Pôle**fiction**

GALLIMARD JEUNESSE Télérama' RTL

Au printemps 2012,
Gallimard Jeunesse, RTL et Télérama
ont lancé un grand concours ouvert
à tous ceux qui rêvent d'écrire pour la jeunesse.
Parmi les 1 362 textes reçus, un jury composé d'éditeurs,
d'auteurs, de journalistes, de libraires et du public
a désigné le gagnant en juin 2013.
C'est ce livre que vous avez aujourd'hui entre les mains.

Christelle Dabos

La Passe-miroir

1. Les Fiancés de l'hiver

GALLIMARD JEUNESSE

Bribe

Au commencement, nous étions un.

Mais Dieu nous jugeait impropres à le satisfaire ainsi, alors Dieu s'est mis à nous diviser. Dieu s'amusait beaucoup avec nous, puis Dieu se lassait et nous oubliait. Dieu pouvait être si cruel dans son indifférence qu'il m'épouvantait. Dieu savait se montrer doux, aussi, et je l'ai aimé comme je n'ai jamais aimé personne.

Je crois que nous aurions tous pu vivre heureux en un sens, Dieu, moi et les autres, sans ce maudit bouquin. Il me répugnait. Je savais le lien qui me rattachait à lui de la plus écœurante des façons, mais cette horreur-là est venue plus tard, bien plus tard. Je n'ai pas compris tout de suite, j'étais trop ignorant.

J'aimais Dieu, oui, mais je détestais ce bouquin qu'il ouvrait pour un oui ou pour un non. Dieu, lui, ça l'amusait énormément. Quand Dieu était content, il écrivait. Quand Dieu était en colère, il écrivait. Et un jour, où Dieu se sentait de très mauvaise humeur, il a fait une énorme bêtise.

Dieu a brisé le monde en morceaux.

Les fiancés

L'archiviste

On dit souvent des vieilles demeures qu'elles ont une âme. Sur Anima, l'arche où les objets prennent vie, les vieilles demeures ont surtout tendance à développer un épouvantable caractère.

Le bâtiment des Archives familiales, par exemple, était continuellement de mauvaise humeur. Il passait ses journées à craqueler, à grincer, à fuir et à souffler pour exprimer son mécontentement. Il n'aimait pas les courants d'air qui faisaient claquer les portes mal fermées en été. Il n'aimait pas les pluies qui encrassaient sa gouttière en automne. Il n'aimait pas l'humidité qui infiltrait ses murs en hiver. Il n'aimait pas les mauvaises herbes qui revenaient envahir sa cour chaque printemps.

Mais, par-dessus tout, le bâtiment des Archives n'aimait pas les visiteurs qui ne respectaient pas les horaires d'ouverture.

C'est sans doute pourquoi, en ce petit matin de septembre, le bâtiment craquelait, grinçait, fuyait et soufflait encore plus que d'habitude. Il sentait venir quelqu'un alors qu'il était encore beaucoup trop tôt pour consulter les archives. Ce visiteur-là ne se tenait même pas devant la porte d'entrée, sur le perron, en visiteur respectable. Non, il pénétrait dans les lieux comme un voleur, directement par le vestiaire des Archives.

Un nez était en train de pousser au beau milieu d'une armoire à glace.

Le nez allait en avançant. Il émergea bientôt à sa suite une paire de lunettes, une arcade sourcilière, un front, une bouche, un menton, des joues, des yeux, des cheveux, un cou et des oreilles. Suspendu au milieu du miroir jusqu'aux épaules, le visage regarda à droite, puis à gauche. La pliure d'un genou affleura à son tour, un peu plus bas, et remorqua un corps qui s'arracha tout entier de l'armoire à glace, comme il l'aurait fait d'une baignoire. Une fois sortie du miroir, la silhouette ne se résumait plus qu'à un vieux manteau usé, une paire de lunettes grises, une longue écharpe tricolore.

Et sous ces épaisseurs, il y avait Ophélie.

Autour d'Ophélie, le vestiaire protestait maintenant de toutes ses armoires, furieux de cette intrusion qui bafouait le règlement des Archives. Les meubles grinçaient des gonds et tapaient des pieds. Les cintres s'entrechoquaient bruyamment comme si un esprit frappeur les poussait les uns contre les autres.

Cette démonstration de colère n'intimida pas Ophélie le moins du monde. Elle était habituée à la susceptibilité des Archives.

— Tout doux, murmura-t-elle. Tout doux…

Aussitôt, les meubles se calmèrent et les cintres se turent. Le bâtiment des Archives l'avait reconnue.

Ophélie sortit du vestiaire et referma la porte. Sur le panneau, il y avait écrit :

ATTENTION : CHAMBRES FROIDES
PRENEZ UN MANTEAU

Les mains dans les poches, sa longue écharpe à la traîne, Ophélie passa devant une enfilade de casiers étiquetés : « registre des naissances », « registre des décès », « registre des dispenses de consanguinité », et ainsi de suite. Elle poussa doucement la porte de la salle de consultation. Déserte. Les volets étaient fermés, mais ils laissaient pénétrer quelques rais de soleil qui éclairaient une rangée de pupitres à travers la pénombre. Le chant d'un merle, dans le jardin, semblait rendre cette échappée de lumière plus lumineuse encore. Il faisait si froid aux Archives que ça donnait envie d'ouvrir toutes les fenêtres pour faire entrer l'air tiède du dehors.

Ophélie resta immobile un moment dans l'encadrement de la porte. Elle observa les fils de soleil qui glissaient lentement sur le parquet au fur et à mesure que le jour se levait. Elle respira profondément le parfum des vieux meubles et du papier froid.

Cette odeur, dans laquelle son enfance avait baigné, Ophélie ne la sentirait bientôt plus.

Elle se dirigea à pas lents vers la loge de l'archiviste. L'appartement privé était protégé par un simple rideau. Malgré l'heure matinale, il s'en dégageait déjà un puissant arôme de café. Ophélie toussa dans son écharpe pour s'annoncer, mais un vieil air d'opéra en recouvrit le bruit. Elle se glissa alors par le rideau. Elle n'eut pas à chercher loin l'archiviste, la pièce faisant à la fois office de cuisine, de séjour, de chambre et de cabinet de *lecture* : il était assis sur son lit, le nez dans une gazette.

C'était un vieil homme avec des cheveux blancs en bataille. Il avait coincé sous son sourcil une loupe d'expertise qui lui faisait l'œil énorme. Il portait des gants ainsi qu'une chemise blanche mal repassée sous son veston.

Ophélie toussa encore une fois, mais il ne l'entendit pas à cause du phonographe. Plongé dans sa lecture, il accompagnait le petit air d'opéra en chantonnant, pas très juste d'ailleurs. Et puis, il y avait aussi le ronflement de la cafetière, les gargouillis du poêle et tous les petits bruits habituels du bâtiment des Archives.

Ophélie s'imprégna de l'atmosphère particulière qui régnait dans cette loge : les fausses notes du vieil homme ; la clarté naissante du jour filtrant à travers les rideaux ; le froissement des pages tournées avec précaution ; l'odeur du café et, un ton en dessous, le parfum de naphtaline d'un bec de gaz. Dans un coin de la pièce, il y avait un damier dont les pièces se déplaçaient toutes seules, comme si deux joueurs invisibles s'affrontaient. Ça donnait envie à Ophélie de ne surtout toucher à rien, de laisser les choses en l'état, de rebrousser chemin, de peur d'abîmer ce tableau familier.

Pourtant, elle devait se résoudre à briser le charme. Elle s'approcha du lit et tapota l'épaule de l'archiviste.

— Nom di djou ! s'exclama-t-il en sursautant de tout son corps. Tu ne pourrais pas prévenir avant de tomber sur les gens comme ça ?

— J'ai essayé, s'excusa Ophélie.

Elle ramassa la loupe d'expertise qui avait roulé sur le tapis et la lui rendit. Elle ôta ensuite son manteau qui l'enveloppait de pied en cap, débobina son interminable écharpe et déposa le tout sur le dossier d'une chaise. Il ne resta plus d'elle qu'une forme menue, de lourdes boucles brunes mal attachées, deux rectangles de lunettes et une toilette qui aurait mieux convenu à une dame âgée.

— Tu me viens encore du vestiaire, hein ? grommela l'archiviste en nettoyant sa loupe avec sa manche. Cette fixette de passer les miroirs à des heures indues ! Tu sais bien que ma bicoque a les visites surprises en allergie. Un de ces jours, tu vas te prendre une poutre sur la tête, que tu l'auras bien cherché.

Sa voix bourrue faisait frémir deux superbes moustaches qui s'évadaient jusqu'aux oreilles. Il se leva laborieusement du lit et empoigna la cafetière, marmonnant un patois que lui seul parlait encore sur Anima. À force de manipuler des archives, le vieil homme vivait complètement dans le passé. Même la gazette qu'il feuilletait datait d'un demi-siècle au moins.

— Une jatte de café, fille ?

L'archiviste n'était pas un homme très sociable, mais chaque fois que ses yeux se posaient sur Ophélie, tels qu'ils le faisaient à cet instant, ils se mettaient à pétiller comme du cidre. Il avait toujours eu un faible pour cette petite-nièce, sans doute parce que, de toute la famille, elle était celle qui lui ressemblait le plus. Aussi désuète, aussi solitaire et aussi réservée que lui.

Ophélie fit oui de la tête. Elle avait la gorge trop serrée pour parler, là, maintenant.

Le grand-oncle leur remplit à chacun une tasse fumante.

— J'ai eu un petit téléphonage avec ta maman, hier au soir, mâchonna-t-il dans ses moustaches. Elle était tellement excitée que je n'ai pas saisi la moitié de sa jacasserie. Mais bon, j'ai compris l'essentiel : tu vas enfin passer à la casserole, on dirait.

Ophélie acquiesça sans mot dire. Le grand-oncle fronça aussitôt ses énormes sourcils.

— N'allonge pas cette tête, s'il te plaît. Ta mère t'a trouvé un bonhomme, il n'y a plus rien à redire.

Il lui tendit sa tasse et se rassit lourdement sur son lit, faisant grincer tous les ressorts du sommier.

— Pose tes fesses. Il faut qu'on cause sérieux, de parrain à filleule.

Ophélie tira une chaise vers le lit. Elle dévisagea son grand-oncle et ses flamboyantes moustaches avec un sentiment d'irréalité. Elle avait l'impression de contempler, à travers lui, une page de sa vie qu'on lui déchirait juste sous le nez.

— Je me doute bien pourquoi tu me louches dessus ainsi, déclara-t-il, sauf que, cette fois, c'est *non*. Tes épaules tombantes, tes lunettes moroses, tes soupirs de malheureuse comme les pierres, tu les ranges au placard. (Il brandit le pouce et l'in-

16

dex, tout hérissés de poils blancs.) Deux cousins que tu as déjà rejetés ! Ils étaient moches comme des moulins à poivre et grossiers comme des pots de chambre, je te le concède, mais c'est toute la famille que tu as insultée à chaque refus. Et le pis, c'est que je me suis fait ton complice pour saboter ces accordailles. (Il soupira dans ses moustaches.) Je te connais comme si je t'avais faite. Tu es plus arrangeante qu'une commode, à jamais sortir un mot plus haut que l'autre, à jamais faire de caprices, mais dès qu'on te parle de mari, tu es pire qu'une enclume ! Et pourtant, c'est de ton âge, que le bonhomme te plaise ou non. Si tu ne te ranges pas, tu finiras au ban de la famille et ça, moi, je ne veux pas.

Le nez dans sa tasse de café, Ophélie décida qu'il était grand temps pour elle de prendre la parole.

— Vous n'avez aucune inquiétude à avoir, mon oncle. Je ne suis pas venue vous demander de vous opposer à ce mariage.

Au même instant, l'aiguille du phonographe se prit au piège d'une rayure. L'écho en boucle de la soprano emplit toute la pièce : « Si je... Si je... Si je... Si je... Si je... »

Le grand-oncle ne se leva pas pour libérer l'aiguille de son ornière. Il était trop abasourdi.

— Qu'est-ce que tu me barbotes ? Tu ne veux pas que j'intervienne ?

— Non. La seule faveur que je suis venue vous demander aujourd'hui, c'est l'accès aux archives.

— Mes archives ?

— Aujourd'hui.

17

« Si je... Si je... Si je... Si je... », bégayait le tourne-disque.

Le grand-oncle haussa un sourcil, sceptique, ses doigts farfouillant ses moustaches.

— Tu n'attends pas de moi que je plaide ta cause auprès de ta mère ?

— Ça ne servirait à rien.

— Ni que je fasse fléchir ton faiblard de père ?

— Je vais épouser l'homme qu'on a choisi pour moi. Ce n'est pas plus compliqué que cela.

L'aiguille du tourne-disque sursauta et poursuivit son bonhomme de chemin tandis que la soprano clamait triomphalement : « Si je t'aime, prends garde à toi ! »

Ophélie remonta ses lunettes sur son nez et soutint le regard de son parrain sans ciller. Ses yeux à elle étaient aussi bruns que ses yeux à lui étaient dorés.

— À la bonne heure ! souffla le vieil homme, soulagé. Je t'avoue que je te croyais incapable de prononcer ces mots. Il a dû sacrément te taper dans l'œil, le bonhomme. Crache le morceau et dis-moi qui c'est !

Ophélie se leva de sa chaise pour débarrasser leurs tasses. Elle voulut les passer sous l'eau, mais l'évier était déjà rempli à ras bord d'assiettes sales. En temps normal, Ophélie n'aimait pas le ménage, mais ce matin, elle déboutonna ses gants, retroussa ses manches et fit la vaisselle.

— Vous ne le connaissez pas, dit-elle enfin.

Son murmure se noya dans l'écoulement de l'eau. Le grand-oncle arrêta le phonographe et s'approcha de l'évier.

— Je ne t'ai pas entendue, fille.

Ophélie ferma le robinet un instant. Elle avait une voix en sourdine et une mauvaise élocution, elle devait souvent répéter ses phrases.

— Vous ne le connaissez pas.

— Tu oublies à qui tu t'adresses ! ricana le grand-oncle en croisant les bras. Je ne sors peut-être jamais le nez de mes archives, mais je connais l'arbre généalogique mieux que personne. Il n'est pas un de tes plus lointains cousins, depuis la vallée jusqu'aux Grands Lacs, dont j'ignore l'existence.

— Vous ne le connaissez pas, insista Ophélie.

Elle frotta une assiette avec son éponge, le regard dans le vide. Toucher toute cette vaisselle sans gants de protection lui faisait remonter le temps malgré elle. Elle aurait pu décrire, jusqu'au moindre détail, tout ce que son grand-oncle avait mangé dans ces assiettes depuis qu'il les possédait. Habituellement, en bonne professionnelle, Ophélie ne manipulait pas les objets des autres sans ses gants, mais son grand-oncle lui avait appris à *lire* ici même, dans cet appartement. Elle connaissait personnellement chaque ustensile sur le bout des doigts.

— Cet homme n'est pas de la famille, annonça-t-elle enfin. Il vient du Pôle.

Un long silence suivit, seulement perturbé par le gargouillis des canalisations. Ophélie essuya ses mains dans sa robe et regarda son parrain par-dessus ses lunettes en rectangle. Il s'était soudain tassé sur lui-même, à croire qu'il venait de se prendre vingt ans sur les épaules. Ses moustaches étaient retombées comme des drapeaux en berne.

— C'est quoi ce brol ? souffla-t-il d'une voix blanche.

— Je n'en sais pas plus, dit doucement Ophélie, sinon que, d'après maman, c'est un bon parti. J'ignore son nom, je ne connais pas son visage.

Le grand-oncle s'en alla chercher sa boîte à priser sous un oreiller, enfourna une pincée de tabac au fond de chaque narine et éternua dans un mouchoir. C'était sa manière à lui de s'éclaircir les idées.

— Il doit y avoir une erreur...

— C'est ce que je voudrais croire aussi, mon oncle, mais il semblerait qu'il n'y en ait aucune.

Ophélie laissa échapper une assiette, qui se brisa en deux dans l'évier. Elle tendit les morceaux à son grand-oncle ; il les serra l'un contre l'autre, et l'assiette cicatrisa aussitôt. Il la posa sur l'égouttoir.

Le grand-oncle était un Animiste remarquable. Il savait absolument tout rafistoler de ses mains et les objets les plus improbables lui obéissaient comme des chiots.

— Il y a forcément une erreur, dit-il. Tout archiviste que je suis, je n'ai jamais entendu parler d'un mélange aussi contre nature. Moins les Animistes ont de commerce avec ces étrangers-là, mieux ils se portent. Point final.

— Et pourtant, ce mariage aura lieu, murmura Ophélie en reprenant sa vaisselle.

— Mais quelle épingle vous a piquées, ta mère et toi ? s'exclama le grand-oncle, effaré. De toutes les arches, le Pôle est celle qui traîne la plus mauvaise réputation. Ils ont des pouvoirs qui vous détraquent la tête ! Ce n'est même pas une vraie famille, ce sont des meutes qui se déchirent entre elles ! Est-ce que tu sais tout ce qu'on raconte à leur sujet ?

Ophélie cassa une nouvelle assiette. Tout à sa colère, le grand-oncle ne se rendait pas compte de l'impact que ses paroles avaient sur elle. Il aurait eu du mal : Ophélie était dotée d'un visage lunaire, où les émotions remontaient rarement jusqu'à la surface.

— Non, dit-elle seulement, je ne sais pas ce qu'on raconte et ça ne m'intéresse pas. J'ai besoin d'une documentation sérieuse. La seule chose que je souhaite donc, si vous le voulez bien, c'est l'accès aux archives.

Le grand-oncle reconstitua l'autre assiette et la posa sur l'égouttoir. La pièce se mit à craquer et à grincer des poutres ; la mauvaise humeur de l'archiviste se communiquait à tout le bâtiment.

— Je ne te reconnais plus ! Tu faisais plein de chichis avec tes cousins et maintenant qu'on te colle un barbare au fond du lit, te voilà toute résignée !

Ophélie se figea, l'éponge dans une main, une tasse dans l'autre, et ferma les yeux. Plongée dans l'obscurité de ses paupières, elle regarda au fond d'elle-même.

Résignée ? Pour être résignée, il faut accepter une situation, et pour accepter une situation, il faut comprendre le pourquoi du comment. Ophélie, elle, ne comprenait rien à rien. Quelques heures auparavant, elle ne se savait pas encore fiancée. Elle avait l'impression d'aller au-devant d'un précipice, de ne plus s'appartenir du tout.

Quand elle risquait une pensée vers l'avenir, c'était l'inconnu à perte de vue. Abasourdie, incrédule, prise de vertiges, ça oui, elle l'était, comme un patient à qui l'on vient de diagnostiquer une maladie incurable. Mais elle n'était pas résignée.

— Non, décidément, je n'imagine pas le bazar, reprit le grand-oncle. Et puis, qu'est-ce qu'il viendrait faire dans le coin, cet étranger ? Il est où son intérêt, là-dedans ? Sauf ton respect, fille, tu n'es pas la feuille la plus avantageuse de notre arbre généalogique. Je veux dire, c'est juste un musée que tu tiens, pas une orfèvrerie !

Ophélie laissa tomber une tasse. Ce n'était ni de la mauvaise volonté ni de l'émotivité, cette maladresse était pathologique. Les objets lui filaient continuellement entre les doigts. Le grand-oncle avait l'habitude, il reconstituait tout derrière elle.

— Je crois que vous n'avez pas bien compris, articula Ophélie avec raideur. Ce n'est pas cet homme qui s'en vient vivre sur Anima, c'est moi qui dois le suivre au Pôle.

Cette fois, ce fut le grand-oncle qui brisa la vaisselle qu'il était occupé à ranger. Il jura dans son vieux patois.

Une lumière franche entrait maintenant par la fenêtre de la loge. Elle clarifiait l'atmosphère comme une eau pure et déposait de petites étincelles sur le cadre du lit, le bouchon d'une carafe et le pavillon du phonographe. Ophélie ne comprenait pas ce que tout ce soleil faisait là. Il sonnait faux au milieu de cette conversation. Il rendait les neiges du Pôle si lointaines, si irréelles, qu'elle n'y croyait plus vraiment elle-même.

Elle retira ses lunettes, les briqua dans son tablier, puis les remit sur son nez, par réflexe, comme si ça pouvait l'aider à y voir plus clair. Les verres, qui étaient devenus parfaitement transparents sitôt ôtés, retrouvèrent vite leur teinte grise. Cette vieille paire de lunettes était un prolongement d'Ophélie ; la couleur qu'elle prenait s'accordait à ses humeurs.

— Je constate que maman a oublié de vous dire le plus important. Ce sont les Doyennes qui m'ont fiancée à cet homme. Pour le moment, elles seules sont instruites des détails du contrat conjugal.

— Les Doyennes ? hoqueta le grand-oncle.

Son visage s'était décomposé, et toutes ses rides avec lui. Il prenait enfin conscience de l'engrenage dans lequel sa petite-nièce se trouvait prise.

— Un mariage diplomatique, souffla-t-il d'une voix blanche. Malheureuse...

Il enfonça deux nouvelles pincées de tabac dans son nez et éternua si fort qu'il dut remettre son dentier en place.

— Ma pauvre gamine, si les Doyennes s'en sont mêlées, aucun recours n'est plus envisageable. Mais pourquoi ? demanda-t-il en ébrouant ses moustaches. Pourquoi toi ? Pourquoi là-bas ?

Ophélie lava ses mains au robinet et reboutonna ses gants. Elle avait suffisamment cassé de vaisselle pour aujourd'hui.

— Il semblerait que la famille de cet homme ait pris directement contact avec les Doyennes pour arranger le mariage. J'ignore tout des raisons qui les ont orientées vers moi plutôt que vers une autre. J'aimerais croire à un malentendu, vraiment.

— Et ta mère ?

— Ravie, chuchota Ophélie avec amertume. On lui a promis un bon parti pour moi, c'est bien plus qu'elle n'espérait. (Dans l'ombre de ses cheveux et de ses lunettes, elle serra les lèvres.) Il n'est pas en mon pouvoir de repousser cette offre. Je suivrai mon futur époux là où le devoir et l'honneur m'y obligent. Mais les choses s'en tiendront à cela, conclut-elle en tirant sur ses gants d'un geste déterminé, ce mariage-là n'est pas près d'être consommé.

Le grand-oncle la dévisagea d'un air peiné.

— Non, ma fille, non, oublie ça. Regarde-toi... Tu es haute comme un tabouret, tu fais le poids d'un polochon... Peu importe ce qu'il t'inspire, je te conseille de ne jamais opposer ta volonté à celle de ton mari. Tu t'y romprais les os.

Ophélie tourna la manivelle du phonographe pour remettre le plateau en mouvement et posa maladroitement l'aiguille sur le premier sillon du disque. Le petit air d'opéra fit à nouveau résonner le pavillon.

Elle le regarda d'un air absent, les bras dans le dos, et ne dit plus rien.

Ophélie était ainsi. Dans des situations où n'importe quelle jeune fille aurait pleuré, gémi, hurlé, supplié, elle se contentait en général d'observer en silence. Ses cousins et cousines se plaisaient à dire qu'elle était un peu simplette.

— Écoute, marmonna le grand-oncle en grattant son cou mal rasé, il ne faut pas trop dramatiser non plus. J'ai sans doute été excessif quand je te causais de cette famille, tantôt. Qui sait ? Peut-être ton bonhomme te plaira-t-il.

Ophélie regarda son grand-oncle attentivement. La lumière intense du soleil semblait accentuer les traits de sa figure et en creuser chaque ride. Avec un pincement au cœur, elle réalisa soudain que cet homme, qu'elle avait toujours cru solide comme un roc et insensible au passage du temps, était aujourd'hui un vieillard fatigué. Et elle venait de le vieillir davantage, malgré elle.

Elle se força à sourire.

— Ce qu'il me faut, c'est une bonne documentation.

Les yeux du grand-oncle retrouvèrent un peu de leur pétillant.

— Remets ton manteau, fille, on va descendre !

La Déchirure

Le grand-oncle s'engouffra dans la bouche d'un escalier, faiblement éclairé par des veilleuses. Les mains dans son manteau, le nez dans son écharpe, Ophélie descendit à sa suite. La température chutait de marche en marche. Ses yeux étaient encore pleins de soleil ; elle avait vraiment l'impression de s'enfoncer dans une eau noire et glaciale.

Elle sursauta quand la voix bourrue du grand-oncle se répercuta en échos contre les parois :

— Je n'arrive pas à me faire à l'idée que tu vas partir. Le Pôle, c'est vraiment l'autre bout du monde !

Il s'arrêta dans l'escalier pour se tourner vers Ophélie. Elle ne s'était pas encore accoutumée à la pénombre ; elle le percuta de plein fouet.

— Dis, tu es plutôt douée en traversées de miroir. Tu ne pourrais pas exécuter tes petits voyages du Pôle jusqu'ici, des fois ?

— J'en suis incapable, mon oncle. Le passage des miroirs ne fonctionne qu'à petite distance. Inutile de songer à franchir le vide entre deux arches.

Le grand-oncle jura en vieux patois et reprit sa

descente. Ophélie se sentit coupable de ne pas être aussi douée qu'il le croyait.

— J'essaierai de venir vous voir souvent, promit-elle d'une petite voix.

— Tu pars quand, au juste ?

— En décembre, si j'en crois les Doyennes.

Le grand-oncle jura encore. Ophélie fut contente de ne rien comprendre à son patois.

— Et qui va te succéder au musée ? maugréa-t-il. Il n'y en a pas deux comme toi pour expertiser les antiquités !

À cela, Ophélie ne trouva rien à répondre. Qu'elle fût arrachée à sa famille, c'était déjà une déchirure en soi, mais qu'elle fût arrachée à son musée, le seul endroit où elle se sentait pleinement elle-même, c'était perdre son identité. Ophélie n'était bonne qu'à *lire*. Si on lui retirait ça, il ne restait d'elle qu'une empotée. Elle ne savait ni tenir une maison, ni faire la conversation, ni accomplir une tâche ménagère sans se blesser.

— Je ne suis apparemment pas si irrempla-çable, murmura-t-elle dans son écharpe.

Dans le premier sous-sol, le grand-oncle chan-gea ses gants habituels pour des gants propres. À la lumière des veilleuses électriques, il fit coulisser ses casiers pour éplucher les archives, déposées génération après génération sous la voûte froide des caves. Il expulsait de la buée entre ses mous-taches à chaque respiration.

— Bon, ce sont les archives familiales, alors ne t'attends pas à des miracles. Je sais qu'un ou deux de nos ancêtres ont déjà posé le pied dans le Grand Nord, mais ça remonte fichtrement.

Ophélie moucha une goutte qui lui pendait au nez. Il ne devait pas faire plus de dix degrés ici. Elle se demanda si la maison de son époux serait plus froide encore que cette salle d'archives.

— J'aimerais voir Augustus, dit-elle.

C'était évidemment une façon de parler. Augustus était mort bien avant la naissance d'Ophélie. « Voir Augustus » signifiait voir ses croquis.

Augustus avait été le grand explorateur de la famille, une légende à lui tout seul. À l'école, on enseignait la géographie à partir de ses carnets de voyage. Il n'avait jamais écrit une ligne – il ne maîtrisait pas son alphabet – mais ses dessins étaient une mine d'informations.

Comme le grand-oncle ne répondait pas, plongé dans ses casiers, Ophélie crut qu'il ne l'avait pas entendue. Elle tira sur l'écharpe qui lui enveloppait le visage et répéta d'une voix plus forte :

— J'aimerais voir Augustus.

— Augustus ? mâchonna-t-il sans la regarder. Pas intéressant. Trois fois rien. Juste de vieux barbouillages.

Ophélie haussa les sourcils. Le grand-oncle ne dénigrait jamais ses archives.

— Oh, lâcha-t-elle. C'est épouvantable à ce point ?

Avec un soupir, le grand-oncle émergea du tiroir grand ouvert devant lui. La loupe qu'il avait coincée sous son sourcil lui faisait un œil deux fois plus gros que l'autre.

— Travée numéro quatre, à ta gauche, étagère du bas. N'abîme rien, s'il te plaît, et mets des gants propres.

Ophélie longea les casiers, s'agenouilla à l'endroit indiqué. Il y avait là tous les originaux des carnets de croquis d'Augustus, classés par arches. Elle en trouva trois à « Al-Ondalouze », sept à « Cité » et près de vingt à « Sérénissime ». À « Pôle », elle n'en trouva qu'un seul. Ophélie ne pouvait pas se permettre d'être maladroite avec des documents de cette valeur. Elle le posa sur un pupitre de consultation et tourna précautionneusement les pages de dessins.

Des plaines pâles, à fleur de roche, un fjord prisonnier de la glace, des forêts de grands sapins, des maisons engoncées dans la neige… Ces paysages étaient austères, oui, mais moins impressionnants que l'image qu'Ophélie s'était faite du Pôle. Elle les trouvait même assez beaux, d'une certaine façon. Elle se demanda où son fiancé vivait, au milieu de tout ce blanc. Près de cette rivière bordée de cailloux ? Dans ce port de pêche perdu sous la nuit ? Sur cette plaine envahie par la toundra ? Cette arche avait l'air tellement pauvre, tellement sauvage ! En quoi son fiancé pouvait-il être un si bon parti ?

Ophélie tomba sur un dessin qu'elle ne comprit pas : ça ressemblait à une ruche suspendue dans le ciel. Probablement une esquisse.

Elle tourna encore quelques pages et vit un portrait de chasse. Un homme posait fièrement devant un immense tas de fourrures. Les poings sur les hanches, il avait retroussé ses manches de façon à montrer ses bras puissamment musclés, tatoués jusqu'aux coudes. Il avait le regard dur et les cheveux clairs.

Les lunettes d'Ophélie devinrent bleues quand elle comprit que le tas de fourrures, derrière lui, n'était en fait qu'une seule et même fourrure : celle d'un loup mort. Il était grand comme un ours. Elle tourna la page. Cette fois, le chasseur se tenait au milieu d'un groupe. Ils posaient ensemble devant un amoncellement de bois. Des bois d'élans, sans doute, sauf que chaque crâne faisait la taille d'un homme. Les chasseurs avaient tous le même regard dur, les mêmes cheveux clairs, les mêmes tatouages sur les bras, mais aucune arme sur eux, à croire qu'ils avaient tué les animaux de leurs mains.

Ophélie feuilleta le carnet et retrouva ces chasseurs qui posaient devant d'autres carcasses, des morses, des mammouths et des ours, tous d'une taille invraisemblable.

Ophélie referma lentement le carnet et le rangea à sa place. Des Bêtes… Ces animaux frappés de gigantisme, elle en avait déjà vu dans des imagiers pour enfants, mais cela n'avait rien à voir avec les croquis d'Augustus. Son petit musée ne l'avait pas préparée à cette vie-là. Ce qui la choquait par-dessus tout, c'était le regard des chasseurs. Un regard brutal, arrogant, habitué à la vue du sang. Ophélie espérait que son fiancé n'aurait pas ce regard-là.

— Alors ? demanda le grand-oncle quand elle revint vers lui.

— Je comprends mieux vos réticences, dit-elle.

Il reprit ses recherches de plus belle.

— Je vais te trouver autre chose, grommela-t-il. Ces croquis, ils sont quand même vieux de cent cinquante ans. Et puis ils ne montrent pas tout !

C'était justement ce qui inquiétait Ophélie : ce

qu'Augustus ne montrait pas. Elle n'en dit rien, toutefois, et se contenta de hausser les épaules. Un autre que son grand-oncle se serait mépris sur sa nonchalance et l'aurait confondue avec une certaine faiblesse de caractère. Ophélie semblait tellement placide, derrière ses rectangles de lunettes et ses paupières mi-closes, qu'il était presque impossible de deviner que des vagues d'émotion s'entrechoquaient violemment dans sa poitrine.

Les croquis de chasse lui avaient fait peur. Ophélie se demanda si c'était réellement cela qu'elle était venue chercher ici, aux Archives.

Un appel d'air souffla entre ses chevilles, soulevant mollement sa robe. Cette brise venait de la bouche d'escalier qui descendait vers le deuxième sous-sol. Ophélie fixa un moment le passage barré d'une chaîne où se balançait le panneau d'avertissement : « INTERDIT AU PUBLIC ».

Il y avait toujours un courant d'air qui traînait dans les salles des archives, mais Ophélie ne put s'empêcher d'interpréter celui-là comme une invitation. Le deuxième sous-sol réclamait sa présence, maintenant.

Elle tira sur le manteau de son grand-oncle, perdu dans ses rapports, les fesses sur son escabelle.

— M'autoriseriez-vous à descendre ?

— Tu sais bien que je n'ai normalement pas le droit, marmonna le grand-oncle avec un froissement de moustaches. C'est la collection privée d'Artémis, seuls les archivistes y ont accès. Elle nous honore de sa confiance, nous ne devons pas en abuser.

31

— Je n'ai pas l'intention de *lire* les mains nues, rassurez-vous, promit Ophélie en lui montrant ses gants. Et puis, je ne vous demande pas la permission en tant que petite-nièce, je vous la demande en tant que responsable du musée familial.

— Oui, oui, je connais la ritournelle ! soupira-t-il. C'est ma faute aussi, j'ai trop déteint sur toi.

Ophélie décrocha la chaîne et descendit l'escalier, mais les veilleuses ne se mirent pas en marche.

— Lumière, s'il vous plaît, demanda Ophélie, plongée dans l'obscurité.

Elle dut le répéter plusieurs fois. Le bâtiment des Archives désapprouvait cette nouvelle entorse au règlement. Il finit par allumer les veilleuses à contrecœur ; Ophélie dut se contenter d'un éclairage clignotant.

La voix du grand-oncle se répercuta de mur en mur jusqu'au deuxième sous-sol :

— Tu ne touches qu'avec les yeux, hein ! Je me méfie de ta maladresse comme de la petite vérole !

Mains au fond des poches, Ophélie s'avança dans la salle voûtée d'ogives. Elle passa sous un fronton où était gravée la devise des archivistes : *Artémis, nous sommes les gardiens respectueux de ta mémoire*. Bien à l'abri sous leur cloche de verre, les Reliquaires s'étendaient à perte de vue.

Si elle tenait parfois de l'adolescente mal grandie, avec ses longs cheveux indomptés, ses mouvements gauches et sa timidité tapie derrière ses lunettes, Ophélie se coulait dans une autre peau en présence de l'histoire. Toutes ses cousines prisaient les jolis salons de thé, les promenades au bord du fleuve, les visites au zoo et les salles de bal. Pour Ophélie, le deuxième sous-sol des Archives était le lieu le plus fascinant du monde. C'est là qu'était jalousement conservé, bien à l'abri sous des cloches de protection, l'héritage commun de toute la famille. Ici reposaient les documents de la toute première génération de l'arche. Ici avaient échoué les lendemains de l'an zéro. Ici Ophélie s'approchait au plus près de la Déchirure.

La Déchirure, c'était son obsession professionnelle. Elle rêvait parfois qu'elle courait après une ligne d'horizon qui se dérobait toujours à elle. Nuit après nuit, elle allait de plus en plus loin, mais c'était un monde sans fin, sans cassure, rond et lisse comme une pomme ; ce premier monde dont elle collectionnait les objets dans son musée, machines à coudre, moteurs à explosion, presses à cylindre, métronomes… Ophélie n'éprouvait aucune inclination pour les garçons de son âge, mais elle pouvait passer des heures en tête à tête avec un baromètre de l'ancien monde.

Elle se recueillit devant un vieux parchemin protégé sous verre. C'était le texte fondateur de l'arche, celui qui avait lié Artémis et sa descendance à Anima. Le Reliquaire suivant renfermait la première mouture de leur arsenal juridique. On y retrouvait déjà les lois qui avaient attribué aux mères de famille et aux matriarches un pouvoir décisif sur l'ensemble de la communauté. Sous la cloche d'un troisième Reliquaire, un codex reprenait les devoirs fondamentaux d'Artémis envers sa descendance : veiller à ce que chacun mangeât à sa faim, eût un toit pour s'abriter, reçût une instruction, apprît à faire un bon usage de son pouvoir. En lettres capitales, une clause spécifiait qu'elle ne devait ni abandonner sa famille ni quitter son arche. Était-ce Artémis qui s'était dicté à elle-même cette ligne de conduite afin de ne pas se relâcher au fil des siècles ?

Ophélie se promena ainsi de Reliquaire en Reliquaire. Au fur et à mesure qu'elle plongeait dans le passé, elle sentit un grand calme descendre sur elle. Elle perdait un peu l'avenir de vue. Elle oubliait qu'on la fiançait contre son gré, elle oubliait le regard des chasseurs, elle oubliait qu'on l'enverrait bientôt vivre loin de tout ce qui lui était cher.

Le plus souvent, les Reliquaires étaient des documents manuscrits de grande valeur, tels que les cartographies du nouveau monde ou l'acte de naissance du premier enfant d'Artémis, l'aîné de tous les Animistes. Pour quelques-uns, néanmoins, il s'agissait d'objets banals de la vie quotidienne : des ciseaux à cheveux qui cliquetaient dans le vide ; une grossière paire de bésicles aux couleurs changeantes ; un petit livre de contes dont les pages tournaient toutes seules. Ils n'étaient pas de la même époque, mais Artémis tenait à ce qu'ils fissent partie de sa collection à titre symbolique. Symbolique de quoi ? Même elle ne s'en souvenait plus.

Les pas d'Ophélie la dirigèrent d'instinct vers une cloche de verre sur laquelle elle posa respectueusement la main. Un registre y tombait en décomposition et son encre avait été pâlie par le temps. Il faisait le recensement des hommes et des femmes qui s'étaient ralliés à l'esprit de famille pour fonder une nouvelle société. Ce n'était en fait qu'une liste impersonnelle de noms et de chiffres, mais pas n'importe lesquels : ceux des survivants de la Déchirure. Ces gens avaient été témoins de la fin de l'ancien monde.

Ce fut à cet instant qu'Ophélie comprit, avec un petit choc dans la poitrine, quel était cet appel qui l'avait attirée aux archives du grand-oncle, au fond du deuxième sous-sol, devant ce vieux registre. Ce n'était pas le simple besoin de se documenter : c'était retourner aux sources. Ses lointains ancêtres avaient assisté à la dislocation de leur univers. S'étaient-ils laissés mourir pour autant ? Non, ils s'étaient inventé une autre vie.

Ophélie glissa derrière ses oreilles les mèches de cheveux qui lui roulaient sur le front, pour se dégager le visage. Ses lunettes s'éclaircirent sur son nez, dispersant la grisaille qui s'y était accumulée depuis des heures. Elle était en train de faire l'expérience de sa propre Déchirure. Elle avait toujours la peur au ventre, mais elle savait maintenant ce qui lui restait à faire. Elle devait relever le défi.

Sur ses épaules, l'écharpe se mit à remuer.

— Tu te réveilles enfin ? la taquina Ophélie.

L'écharpe roula mollement le long de son manteau, changea de position, resserra ses anneaux autour de son cou et ne bougea plus. C'était une très vieille écharpe, elle passait son temps à dormir.

— On va remonter, lui dit Ophélie. J'ai trouvé ce que je cherchais.

Alors qu'elle s'apprêtait à rebrousser chemin,

elle tomba sur le Reliquaire le plus poussiéreux, le plus énigmatique et le plus dérangeant de toute la collection d'Artémis. Elle ne pouvait pas partir sans lui faire ses adieux. Elle tourna une manivelle, et les deux plaques du dôme protecteur glissèrent, l'une et l'autre dans un sens opposé. Elle coucha sa paume gantée sur la reliure d'un livre, le Livre, et fut envahie par la même frustration qu'elle avait ressentie la première fois à ce contact. Elle ne pouvait *lire* la trace d'aucune émotion, d'aucune pensée, d'aucune intention. D'aucune origine. Et ce n'était pas seulement à cause de ses gants, dont la trame spéciale dressait un barrage entre ses dons de *liseuse* et le monde des objets. Non, Ophélie avait déjà palpé une fois le Livre les mains nues, comme d'autres *liseurs* avant elle, mais il refusait de se révéler, tout simplement.

Elle le prit dans ses bras, caressa sa reliure, fit rouler les pages souples entre ses doigts. Il était entièrement parcouru d'étranges arabesques, une écriture oubliée depuis très longtemps. Jamais de sa vie, Ophélie n'avait manipulé quelque chose se rapprochant d'un tel phénomène. Était-ce seulement un livre, après tout ? Ça n'avait ni la consistance du vélin ni celle du papier chiffon. C'était terrible à admettre, mais ça ressemblait à de la peau humaine, vidée de son sang. Une peau qui bénéficierait d'une longévité exceptionnelle.

Ophélie se posa alors les questions rituelles, qu'elle partageait avec de nombreuses générations d'archivistes et d'archéologues. Quelle histoire racontait cet étrange document ? Pourquoi Artémis tenait-elle à ce qu'il figurât dans sa collection privée ? Et à quoi rimait ce message gravé dans le socle du Reliquaire : *N'essayez sous aucun prétexte de détruire ce Livre ?*

Ophélie emporterait toutes ses interrogations avec elle, à l'autre bout du monde, là où il n'y avait ni archives, ni musée, ni devoir de mémoire. Rien qui la concernât, du moins.

La voix du grand-oncle résonna le long de l'escalier et rebondit longtemps sous la voûte basse du deuxième sous-sol, en un écho fantomatique :

— Remonte ! Je t'ai dégoté un petit quelque chose !

Ophélie posa une dernière fois sa paume sur le Livre et referma le dôme. Elle avait fait ses adieux au passé en bonne et due forme.

Place à l'avenir, maintenant.

Le journal

Samedi 19 juin. Rodolphe et moi sommes bien arrivés. Le Pôle se révèle très différent de tout ce à quoi je m'attendais. Je crois que je n'ai jamais autant eu le vertige de ma vie. Mme l'ambassadrice nous a aimablement reçus dans son domaine, où il règne une éternelle nuit d'été. Je suis éblouie par tant de merveilles ! Les gens d'ici sont courtois, très prévenants et leurs pouvoirs dépassent l'entende- ment.

— Puis-je vous interrompre dans votre occupa- tion, ma cousine ?

Ophélie sursauta, et ses lunettes avec elle. Plon- gée dans le carnet de voyage de l'aïeule Adélaïde, elle n'avait pas vu venir ce petit bout d'homme, chapeau melon à la main, un sourire étalé entre deux oreilles décollées. Le gringalet n'avait certai- nement pas beaucoup plus d'une quinzaine d'an- nées. D'un ample moulinet du bras, il désigna une bande de joyeux drilles qui s'esclaffaient devant une vieille machine à écrire, non loin de là.

— Mes cousins et moi-même, nous nous demandions si vous nous accorderiez la permission de *lire* quelques-uns des bibelots de votre auguste musée.

Ophélie ne put réprimer un froncement de sourcils. Elle n'avait bien sûr pas la prétention de connaître personnellement chaque membre de la famille qui poussait le tourniquet, à l'entrée du musée d'Histoire primitive, mais elle était certaine de n'avoir jamais eu affaire à ces lascars. De quelle branche de l'arbre généalogique venaient-ils ? La corporation des chapeliers ? La caste des tailleurs ? La tribu des pâtissiers ? En tout cas, ils sentaient la farce à plein nez.

— Je suis à vous tout de suite, dit-elle en reposant sa tasse de café.

Ses soupçons se précisèrent quand elle s'en fut à la rencontre de la troupe de M. Chapeau-Melon. Il y avait beaucoup trop de sourires dans l'air.

— Voici la pièce unique du musée ! roucoula un compère avec un regard éloquent pour Ophélie.

L'ironie manquait, selon elle, d'un peu de subtilité. Elle savait qu'elle n'était pas attrayante, avec sa natte ratée qui recrachait des ailes sombres sur ses joues, son écharpe à la traîne, sa vieille robe de brocart, ses bottines dépareillées et cette incurable gaucherie qui lui collait à la peau. Elle n'avait pas lavé ses cheveux depuis une semaine et s'était habillée avec les premiers vêtements qui lui étaient tombés sous la main, sans se soucier de leur assortiment.

Ce soir, pour la première fois, Ophélie rencontrerait son fiancé. Il était venu du Pôle spécialement pour se présenter à la famille. Il resterait quelques semaines, puis il emporterait Ophélie dans le Grand Nord. Avec un peu de chance, il la trouverait tellement repoussante qu'il renoncerait sur-le-champ à leur union.

— Ne touchez pas à cela, dit-elle à l'adresse d'un grand dadais qui approchait ses doigts d'un galvanomètre balistique.

— Qu'est-ce que vous marmottez, cousine ? s'esclaffa-t-il. Parlez plus fort, je ne vous ai pas entendue.

— Ne touchez pas à ce galvanomètre, dit-elle en poussant sur sa voix. Je vais vous proposer des échantillons réservés à la *lecture*.

Le grand dadais haussa les épaules.

— Oh, je voulais simplement voir comment ce bazar fonctionne ! De toute façon, je ne sais pas *lire*.

Le contraire eût étonné Ophélie. La *lecture* d'objets n'était pas une faculté répandue parmi les Animistes. Elle se manifestait parfois à la puberté, sous forme d'intuitions imprécises au bout des doigts, mais elle périclitait en quelques mois si elle n'était pas rapidement prise en charge par un éducateur. Son grand-oncle avait joué ce rôle auprès d'Ophélie ; après tout, leur branche travaillait dans la préservation du patrimoine familial. Remonter le passé des objets au moindre contact ? Rares étaient les Animistes qui souhaitaient s'encombrer d'un tel fardeau, a fortiori si ce n'était pas leur métier.

Ophélie jeta un regard bref à Chapeau-Melon qui touchait les redingotes de ses compagnons en ricanant. Lui, il savait *lire*, probablement pas pour très longtemps encore. Il voulait jouer avec ses mains tant qu'il le pouvait.

— Le problème n'est pas là, cousin, observa calmement Ophélie en revenant au grand dadais. Si vous désirez manipuler une pièce de la collection, vous devez porter des gants comme les miens.

Depuis le dernier décret familial sur la conservation du patrimoine, il était interdit d'aborder des archives les mains nues sans autorisation spéciale. Entrer en contact avec un objet, c'était le contaminer de son propre état d'esprit, ajouter une nouvelle strate à son histoire. Trop de personnes avaient souillé de leurs émotions et de leurs pensées des exemplaires rares.

Ophélie se dirigea vers son tiroir à clefs. Elle l'ouvrit trop grand : le tiroir lui resta dans la main et tout son contenu se répandit sur le carrelage dans une joyeuse cacophonie. Ophélie entendit ricaner dans son dos tandis qu'elle se penchait pour ramasser les clefs. Chapeau-Melon vint l'aider avec son sourire narquois.

— Il ne faut pas se moquer de notre dévouée cousine. Elle va mettre à ma disposition un peu de *lecture* pour me cultiver !

Son sourire se fit carnassier.

— Je veux quelque chose de corsé, dit-il à Ophélie. Vous n'auriez pas une arme ? Un truc de guerre, vous savez.

Ophélie remit le tiroir à sa place et récupéra la clef dont elle avait besoin. Les guerres de l'ancien monde faisaient fantasmer la jeunesse qui ne connaissait que les petites querelles de famille. Ces blancs-becs ne cherchaient qu'à s'amuser.

Les moqueries sur sa petite personne l'indifféraient, mais elle ne tolérait pas qu'on montrât si peu de considération pour son musée, surtout aujourd'hui.

Elle était déterminée à rester professionnelle jusqu'au bout, toutefois.

— Veuillez me suivre, dit-elle, la clef à la main.

— Soumettez-moi vos échantillons ! chantonna Chapeau-Melon avec une caricature de révérence.

Elle les conduisit jusqu'à la rotonde réservée aux machines volantes du premier monde, la section la plus populaire de sa collection. Ornithoptères, aéroplanes amphibies, oiseaux mécaniques, hélicoptères à vapeur, quadriplans et hydravions étaient suspendus à des câbles comme de grandes libellules. La troupe pouffa de plus belle à la vue de ces antiquités, battant des bras comme des oies. Chapeau-Melon, qui mastiquait une pâte à mâcher depuis un moment, la colla sur la coque d'un planeur.

Ophélie le regarda faire sans ciller. Ça, c'était le geste de trop. Il voulait épater la galerie ? Eh bien, ils allaient rire.

Elle leur fit monter l'escalier d'un entresol, puis ils longèrent des étagères vitrées. Ophélie glissa sa clef dans la serrure d'un rayonnage, fit coulisser la vitre et saisit dans un mouchoir une minuscule bille de plomb qu'elle tendit à Chapeau-Melon.

— Une excellente entrée en matière pour se cultiver sur les guerres de l'ancien monde, assura-t-elle d'une voix plate.

Il éclata de rire en s'emparant de la bille la main nue.

— Que me présentez-vous là ? Une crotte d'automate ?

Son sourire s'évanouit au fur et à mesure qu'il remontait le passé de l'objet, du bout des doigts. Il devint pâle et immobile, comme si le temps s'était cristallisé autour de lui. En voyant sa tête, ses compagnons hilares donnèrent d'abord du coude contre ses côtes, puis ils finirent par s'inquiéter de son manque de réactivité.

— Vous lui avez refilé une saleté ! paniqua l'un d'entre eux.

— C'est une pièce très appréciée des historiens, démentit Ophélie d'un ton professionnel.

De blême, Chapeau-Melon devint gris.

— Ce n'est pas... ce que je... demandais, articula-t-il difficilement.

Avec son mouchoir, Ophélie récupéra le plomb et le rangea sur son coussinet rouge.

— Vous vouliez une arme, n'est-ce pas ? Je vous ai remis le projectile d'une cartouche qui a, en son temps, perforé le ventre d'un troupier. C'était cela, la guerre, conclut-elle en remontant ses lunettes sur son nez. Des hommes qui tuaient et des hommes qui étaient tués.

Comme Chapeau-Melon se tenait le ventre d'un air nauséeux, elle se radoucit quelque peu. La leçon était rude, elle en était consciente. Ce garçon était venu avec des épopées héroïques en tête, et *lire* une arme, c'était comme regarder sa propre mort en face.

— Ça va passer, lui dit-elle. Je vous conseille d'aller respirer l'air du dehors.

La troupe s'en fut, non sans lui décocher

quelques coups d'œil mauvais par-dessus l'épaule. L'un d'eux la traita de « mal nippée » et un autre de « sac à patates binoclard ». Ophélie espérait que son fiancé se ferait les mêmes réflexions, tout à l'heure.

Armée d'une spatule, elle s'attaqua à la pâte à mâcher que Chapeau-Melon avait collée sur le planeur.

— Je te devais bien une petite revanche, chuchota-t-elle en caressant affectueusement le flanc de l'appareil, comme elle l'aurait fait d'un vieux cheval.

— Ma chérie ! Je t'ai cherchée partout !

Ophélie se retourna. Jupes relevées, son ombrelle pincée sous le bras, une magnifique jeune femme était en train de trotter dans sa direction en faisant claquer ses bottines blanches sur le dallage. C'était Agathe, sa sœur aînée, aussi rousse, aussi coquette, aussi éblouissante que sa cadette était brune, négligée et renfermée. Le jour et la nuit.

— Mais qu'est-ce que tu fais encore là ?

Ophélie essaya de se débarrasser de la pâte de Chapeau-Melon, mais elle collait à ses gants.

— Je te rappelle que je travaille au musée jusqu'à six heures.

Agathe serra théâtralement ses mains dans les siennes. Elle grimaça aussitôt. Elle venait d'écraser sur son joli gant la gomme à mâcher.

— Plus maintenant, sotte, s'agaça-t-elle en secouant sa main. Maman a dit que tu devais songer uniquement à tes préparatifs. Oh, petite sœur ! sanglota-t-elle en se jetant contre elle. Tu dois être tellement excitée !

— Euh…, parvint seulement à expirer Ophélie.

Agathe se détacha aussitôt d'elle pour la jauger de haut en bas.

— Nom d'une bouillotte, tu t'es regardée dans une glace ? Tu ne peux décemment pas te montrer à ton promis dans cet état. Que penserait-il de nous ?

— Ça, c'est le cadet de mes soucis, déclara Ophélie en se dirigeant vers son comptoir.

— Eh bien, tel n'est pas le cas de ta parentèle, petite égoïste. Nous allons remédier à cela de ce pas !

Avec un soupir, Ophélie sortit son vieux cabas et y rangea ses effets personnels. Si sa sœur se sentait investie d'une mission sacrée, elle ne la laisserait pas travailler en paix. Il ne lui restait plus qu'à fermer le musée. Pendant qu'Ophélie prenait tout son temps pour rassembler ses affaires, une pierre au fond du ventre, Agathe trépignait d'impatience. Elle s'assit sur le comptoir, ses bottines blanches batifolant sous les pantalons de dentelle.

— J'ai des potins pour toi, et des beaux ! Ton mystérieux prétendant a enfin un nom !

Pour la peine, Ophélie sortit la tête de son cabas. Quelques heures avant leur présentation officielle, il était temps ! Sa future belle-famille avait dû faire des recommandations spéciales pour bénéficier de la plus totale discrétion. Les Doyennes s'étaient montrées muettes comme des tombes durant tout l'automne, ne divulguant aucune information au sujet du fiancé, à un point que c'en était devenu ridicule. La mère d'Ophélie, très vexée de ne pas être mise dans la confidence, ne décolérait pas depuis deux mois.

— Alors ? demanda-t-elle comme Agathe savourait son petit effet.

— M. Thorn !

Ophélie frissonna sous les replis de son écharpe. Thorn ? Elle était déjà allergique à ce nom. Il sonnait dur sous la langue. Abrupt. Presque agressif. Un nom de chasseur.

— Je sais aussi que ce cher monsieur ne sera pas ton aîné de beaucoup, sœurette. Ton époux n'aura rien d'un vieux sénile incapable d'honorer sa femme ! Et je t'ai gardé le meilleur pour la fin, enchaîna Agathe sans reprendre son souffle. Tu n'échoueras pas dans un petit trou perdu, crois-moi, les Doyennes ne se sont pas moquées de nous. M. Thorn aurait une tante aussi belle qu'influente qui lui assure une excellente situation à la cour du Pôle. Tu vas mener une existence de princesse !

Les yeux brillants, Agathe triomphait. Ophélie, elle, était catastrophée. Thorn, un homme de cour ? Elle aurait encore préféré un chasseur. Plus elle en apprenait sur son futur époux, plus il lui inspirait l'envie de prendre ses jambes à son cou.

— Et quelles sont tes sources ?

Agathe redressa sa coiffe d'où s'évadaient de frétillantes bouclettes rousses. Sa bouche en cerise plissait un sourire satisfait.

— Du solide ! Mon beau-frère Gérard tient ces renseignements de son arrière-grand-mère, qui les tient elle-même d'une proche cousine, qui est la sœur jumelle en personne d'une Doyenne !

Avec des manières de gamine, elle claqua dans ses mains et bondit sur ses bottillons.

— Tu t'es fait passer une sacrée bague au doigt, ma chérie. Qu'un homme de cette position et de ce rang te réclame en mariage, c'est inespéré ! Allez, presse-toi de ranger ton capharnaüm, il ne nous reste plus beaucoup de temps avant l'arrivée de M. Thorn. Il faut te rendre convenable !

— Pars devant, murmura Ophélie en fermant les agrafes de son cabas. Je dois accomplir une dernière formalité.

Sa sœur s'éloigna en quelques petits pas gracieux.

— Je vais nous réserver un fiacre !

Ophélie demeura longtemps immobile derrière son comptoir. Le silence brutal qui était retombé sur les lieux après le départ d'Agathe lui faisait presque mal aux oreilles. Elle rouvrit au hasard le journal de son aïeule et parcourut des yeux l'écriture fine et nerveuse, vieille de presque un siècle, qu'elle connaissait désormais par cœur.

Mardi 6 juillet. Je me vois obligée de modérer quelque peu mon enthousiasme. Mme l'ambassadrice est partie en voyage, nous laissant aux mains de ses innombrables invités. J'ai l'impression que nous avons été complètement oubliés. Nous passons nos journées à jouer aux cartes et à nous promener dans les jardins. Mon frère s'accommode mieux que moi de cette vie oisive, il s'est déjà entiché d'une duchesse. Je vais devoir le rappeler à l'ordre, nous sommes ici pour des raisons purement professionnelles.

Ophélie était déboussolée. Ce journal et les potins d'Agathe ne collaient pas du tout avec les croquis d'Augustus. Le Pôle lui apparaissait maintenant comme un endroit excessivement raffiné. Thorn était-il un joueur de cartes ? C'était un homme de cour, il devait sûrement jouer aux cartes. Il n'avait probablement que cela à faire de ses journées.

Ophélie rangea le petit carnet de voyage dans une housse de feutre et le fourra au fond de son cabas. Derrière le comptoir d'accueil, elle ouvrit l'abattant d'une écritoire pour en sortir le registre d'inventaire.

Il était arrivé plusieurs fois à Ophélie d'oublier les clefs du musée dans une serrure, de perdre des documents administratifs importants et même de casser des pièces uniques, mais s'il y avait un devoir qu'elle n'avait jamais négligé, c'était la tenue de ce registre.

Ophélie était une excellente *liseuse*, l'une des meilleures de sa génération. Elle pouvait déchiffrer le vécu des machines, strate après strate, siècle après siècle, au fil des mains qui les avaient tâtées, utilisées, affectionnées, endommagées, rafistolées. Cette aptitude lui avait permis d'enrichir le descriptif de chaque pièce de la collection avec un sens du détail jusqu'alors inégalé. Là où ses prédécesseurs se cantonnaient à décortiquer le passé d'un ancien propriétaire, de deux à la rigueur, Ophélie remontait à la naissance de l'objet entre les doigts de son fabricant.

Ce registre d'inventaire, c'était un peu son roman personnel. L'usage voulait qu'elle le remît en main propre à son successeur, une procédure qu'elle n'aurait jamais pensé appliquer si tôt dans sa vie, mais personne n'avait encore répondu à l'appel de candidatures. Ophélie glissa donc sous la reliure une note à l'attention de celui ou celle qui prendrait la relève du musée. Elle rangea le registre dans l'écritoire et verrouilla l'abattant d'un tour de clef.

Avec des mouvements ralentis, elle prit ensuite appui sur son comptoir à deux mains. Elle s'obligea à respirer profondément, à accepter l'inéluctable. Cette fois-ci, c'était vraiment fini. Demain, elle n'ouvrirait pas son musée comme chaque matin. Demain, elle dépendrait à jamais d'un homme dont elle finirait par porter le nom.

Mme Thorn. Autant s'y faire dès à présent.

Ophélie empoigna son cabas. Elle contempla son musée pour la dernière fois. Le soleil traversait la verrière de la rotonde dans une cascade de lumière, auréolant d'or les antiquités et projetant sur le carrelage leur ombre désarticulée. Jamais elle n'avait trouvé cet endroit aussi beau.

Ophélie déposa les clefs dans la loge du concierge. Elle n'était pas passée sous la marquise du musée, dont la vitre était noyée sous un manteau de feuilles mortes, que sa sœur l'apostropha de la portière d'un fiacre :

— Monte ! Nous allons rue des Orfèvres !

Le cocher fit claquer son fouet, bien qu'aucun cheval ne fût attelé à sa voiture. Les roues s'ébranlèrent et le véhicule dégringola le long du fleuve, guidé par la seule volonté de son maître, du haut de son perchoir.

Par la vitre arrière, Ophélie observa le spectacle de la rue avec une acuité nouvelle. Cette vallée où elle était née semblait se dérober à elle au fur et à mesure que le fiacre la traversait. Ses façades à colombages, ses places de marché, ses belles manufactures étaient déjà toutes en train de lui devenir étrangères. La ville entière lui disait que ce n'était plus chez elle, ici. Dans la lumière rousse de cette fin d'automne, les gens menaient leur existence de tous les jours. Une nourrice dirigeait sa poussette en rougissant sous les sifflements appréciateurs des ouvriers, juchés en haut des échafaudages. De jeunes écoliers croquaient leurs marrons chauds sur le chemin de la maison. Un coursier cavalait le long du trottoir avec un paquet sous le bras. Tous ces hommes, toutes ces femmes étaient la famille d'Ophélie et elle n'en connaissait pas la moitié.

Le souffle brûlant d'un tramway doubla leur équipage dans un bruit de sonnettes. Quand il disparut, Ophélie contempla la montagne, sillonnée de lacets, qui surplombait leur Vallée. C'étaient les premières neiges, là-haut. Le sommet avait disparu sous une chape de grisaille ; on ne pouvait même plus distinguer l'observatoire d'Artémis. Écrasée sous cette masse froide de roches et de nuages, écrasée sous la loi de toute une famille, Ophélie ne s'était jamais sentie aussi insignifiante.

Agathe claqua des doigts sous son nez.

— Bon, la punaise, parlons vite, parlons bien. Tout ton trousseau est à revoir. Il te faut des toilettes neuves, des souliers, des chapeaux, de la lingerie, beaucoup de lingerie…

— J'aime mes robes, trancha Ophélie.

— Tais-toi donc, tu t'habilles comme notre grand-mère. Nom d'un bigoudi, ne me dis pas que tu portes encore cette paire de vieilles mochetés ! se révulsa Agathe en prenant les gants de sa sœur dans les siens. Maman t'en a commandé une pleine cargaison chez Julien !

— Ils ne font pas de gants de *liseur* au Pôle, je dois me montrer économe.

Agathe était insensible à cette sorte d'argument. La coquetterie et l'élégance justifiaient tous les gaspillages du monde.

— Secoue-toi, que diantre ! Tu vas me redresser ce dos, me rentrer ce ventre, mettre un peu en valeur ce corsage, poudrer ce nez, farder ces joues et, par pitié, change-moi la couleur de tes lunettes, ce gris est d'un sinistre ! Quant à tes cheveux, soupira Agathe en soulevant la natte brune du bout des ongles, ce serait moi, je te raserais tout cela pour repartir sur du neuf ; malheureusement nous n'en avons plus le temps. Descends vite, nous y sommes !

Ophélie traîna des semelles de plomb. À chaque jupon, à chaque corset, à chaque collier qu'on lui présenta, elle répondit par un refus de la tête. La couturière, dont les longs doigts animistes modelaient les étoffes sans fils ni ciseaux, en pleura de rage. Au bout de deux crises de nerfs et une dizaine de boutiquiers, Agathe n'avait réussi à convaincre sa petite sœur que de remplacer ses bottines dépareillées.

Au salon de coiffure, Ophélie ne mit guère plus de cœur à l'ouvrage. Elle ne voulait entendre parler ni de poudre, ni d'épilation, ni de fer à friser, ni de rubans à la dernière mode.

— J'en ai de la patience avec toi, fulmina Agathe en relevant tant bien que mal ses lourdes mèches de façon à dégager sa nuque. Tu crois que j'ignore tout de ce que tu ressens ? J'avais dix-sept ans quand on m'a fiancée à Charles, et maman deux de moins quand elle a épousé papa. Vois ce que nous sommes devenues : des épouses rayonnantes, des mères comblées, des femmes accomplies ! Tu as été surprotégée par notre grand-oncle, il ne t'a pas rendu service.

Avec un regard flou, Ophélie contempla son visage dans la glace de la coiffeuse en face d'elle tandis que sa sœur se débattait avec ses nœuds. Sans ses mèches rebelles et sans ses lunettes, rangées sur le plateau à peignes, elle se sentait nue.

Dans le miroir, elle vit la forme rousse d'Agathe coller son menton sur le sommet de sa tête.

— Ophélie, lui murmura-t-elle doucement, tu pourrais plaire avec un peu de bonne volonté.

— À quoi bon ? Plaire à qui ?

— Mais à M. Thorn, bougresse ! s'agaça sa sœur en lui administrant une tape sur la nuque. Le charme est la meilleure arme offerte aux femmes, il faut t'en servir sans scrupule. Il suffit d'un rien, une œillade inspirée, un sourire bien appuyé, pour mettre un homme à ses pieds. Regarde Charles, j'en fais ce que je veux.

Ophélie planta ses yeux dans ceux de son reflet, des prunelles à l'arôme de chocolat. Sans lunettes elle se voyait mal, mais elle devina l'ovale mélancolique de son visage, la pâleur de ses joues, son cou blanc qui palpitait sous le col, l'ombre d'un nez sans caractère et ces lèvres trop fines qui n'aimaient pas parler. Elle essaya un timide sourire, mais il sonnait tellement faux qu'elle le ravala net.

Avait-elle du charme ? À quoi le reconnaissait-on ? Au regard d'un homme ? Serait-ce le regard que Thorn poserait sur elle, ce soir ?

L'idée lui parut tellement grotesque qu'elle en aurait ri de bon cœur si sa situation n'avait été morose à en pleurer.

— As-tu fini de me torturer ? demanda-t-elle à sa sœur qui tiraillait sur ses cheveux sans ménagement.

— Presque.

Agathe se tourna vers la gérante du salon pour réclamer des épingles. Cet instant d'inattention était tout ce dont Ophélie avait besoin. Elle remit précipitamment ses lunettes, empoigna son cabas et plongea tête baissée dans le miroir de la coiffeuse, à peine assez large pour elle. Son buste émergea dans la glace murale de sa chambre, quelques quartiers plus loin, mais elle ne put aller plus avant. De l'autre côté du miroir, Agathe l'avait agrippée par les chevilles pour la ramener rue des Orfèvres. Ophélie lâcha son cabas et prit appui sur le mur recouvert de papier peint, luttant de toutes ses forces contre la poigne de sa sœur.

Sans crier gare, elle bascula tout de bon dans la chambre, renversant au passage un tabouret et le pot de fleurs qui se trouvait dessus. Un peu sonnée, elle contempla bêtement le pied déchaussé qui pointait sous sa robe ; une bottine de sa nouvelle paire était restée avec Agathe rue des Orfèvres. Sa sœur ne savait pas franchir les miroirs, voilà qui lui laissait un répit.

Ophélie récupéra son cabas sur le tapis, claudiqua jusqu'à un massif coffre de bois, au pied des lits superposés, et s'y assit. Elle remonta ses lunettes sur son nez et observa la petite pièce encombrée de malles et de boîtes à chapeau. Ce désordre-là n'était pas son désordre habituel. Cette chambre qui l'avait vue grandir sentait déjà le départ.

Elle sortit avec précaution le journal de l'aïeule Adélaïde et en feuilleta encore les pages, pensive.

Dimanche 18 juillet. Toujours aucune nouvelle de Mme l'ambassadrice. Les femmes d'ici sont charmantes et je crois qu'aucune de mes cousines d'Anima ne les égale en grâce et en beauté, mais je me sens parfois mal à l'aise. J'ai l'impression qu'elles n'arrêtent pas de faire des insinuations sur ma tenue, mes manières et ma façon de parler. Ou alors je me monte la tête ?

— Pourquoi tu rentres si tôt ?

Ophélie leva le nez vers le lit du dessus. Elle n'avait pas remarqué les deux souliers vernis qui dépassaient du matelas ; cette paire de jambes maigrelettes appartenait à Hector, le petit frère avec qui elle partageait sa chambre.

Elle referma le carnet de voyage.

— Je fuis Agathe.

— Pourquoi ?

— De petites affaires féminines. M. Dis-Pourquoi veut des détails ?

— En aucune façon.

Ophélie eut un sourire en coin ; son frère l'attendrissait. Les souliers vernis disparurent du lit, là-haut. Ils furent bientôt remplacés par des lèvres barbouillées de marmelade, un nez en trompette,

54

une coupe au bol et deux yeux placides. Hector avait le même regard qu'Ophélie, les lunettes en moins : imperturbable en toute circonstance. Il tenait une tartine dont la confiture d'abricots ruisselait sur ses doigts.

— On avait dit pas de goûter dans la chambre, rappela Ophélie.

Hector haussa les épaules et désigna de sa tartine le carnet de voyage sur sa robe.

— Pourquoi tu ressasses encore ce cahier ? Tu le connais par cœur.

Hector était ainsi. Il posait toujours des questions et toutes ses questions commençaient par « pourquoi ».

— Pour me rassurer, je suppose, murmura Ophélie.

De fait, Adélaïde lui était devenue familière au fil des semaines, presque intime. Et pourtant, Ophélie se sentait déçue chaque fois qu'elle échouait sur la dernière page.

Lundi 2 août. Je suis tellement soulagée ! Mme l'ambassadrice est revenue de voyage. Rodolphe a enfin signé son contrat avec un notaire du seigneur Farouk. Je n'ai pas le droit d'en écrire davantage, secret professionnel oblige, mais nous rencontrerons leur esprit de famille demain. Si mon frère fait une prestation convaincante, nous allons devenir riches.

Le journal s'achevait sur ces mots. Adélaïde n'avait jugé nécessaire ni d'entrer dans les détails ni de retranscrire la suite des événements. Quel contrat son frère et elle avaient-ils signé avec l'esprit de famille Farouk ? Étaient-ils revenus riches du Pôle ? Vraisemblablement pas, cela se serait su…

— Pourquoi tu ne le *lis* pas avec les mains ? demanda encore Hector qui broyait sa tartine entre ses dents en la mastiquant avec flegme. Si je le pouvais, c'est ce que je ferais, moi.

— Je n'en ai pas le droit et tu le sais.

En vérité, Ophélie avait été tentée d'ôter ses gants pour percer les petits secrets de son ancêtre, mais elle était trop professionnelle pour contaminer ce document de sa propre angoisse. Le grand-oncle aurait été très déçu si elle avait cédé à cette impulsion.

Sous ses pieds, une voix suraiguë traversa le plancher depuis l'étage inférieur :

— Cette chambre d'invité, c'est une véritable catastrophe ! Elle devait être digne d'un homme de cour, il aurait fallu beaucoup plus de pompe, de décorum ! Quelle piètre opinion M. Thorn va-t-il se faire de nous ? Nous nous rattraperons sur le repas de ce soir. Roseline, file chez le restaurateur pour prendre des nouvelles de mes poulardes, je te confie la direction des opérations ! Et vous, mon pauvre ami, donnez un peu l'exemple. On ne marie pas sa fille tous les jours !

— Maman, commenta placidement Hector.

— Maman, confirma Ophélie sur le même ton.

Ça ne lui donnait pas du tout envie de descendre. Alors qu'elle tirait sur la tenture fleurie de la fenêtre, le soleil couchant lui dora les joues, le nez et les lunettes. À travers un couloir de nuages empourprés de crépuscule, la lune se détachait déjà sur la toile mauve du ciel comme une assiette en porcelaine.

Ophélie contempla longuement le versant de la vallée, blondi par l'automne, qui dominait leur demeure, puis le passage des fiacres dans la rue, puis ses petites sœurs qui jouaient au cerceau dans la cour de la maison, au milieu des feuilles mortes. Elles chantaient des comptines, se lançaient des défis, se tiraient par la natte, passant du rire aux larmes et des larmes au rire avec une déconcertante facilité. Elles étaient des échos d'Agathe au même âge, avec leurs sourires enjôleurs, leurs bruyants babillages et leurs beaux cheveux blond-roux qui brillaient dans la lumière crépusculaire.

Une bouffée de nostalgie envahit brutalement Ophélie. Ses yeux s'agrandirent, ses lèvres s'amincirent, son masque impassible craquelait. Elle aurait voulu galoper derrière ses sœurs, retrousser ses jupes sans pudeur et jeter des cailloux dans le jardin de la tante Roseline. Comme cette époque lui semblait loin, ce soir…

— Pourquoi tu dois partir ? Ça va être la barbe de me retrouver seul avec toutes ces pestes.

Ophélie se tourna vers Hector. Il n'avait pas bougé du lit superposé, occupé à se pourlécher les doigts, mais il avait suivi son regard à travers la fenêtre. Sous ses dehors flegmatiques, le ton était accusateur.

— Ce n'est pas ma faute, tu sais.

— Pourquoi tu n'as pas voulu te marier avec nos cousins, alors ?

La question lui fit l'effet d'une claque. C'est vrai,

Hector avait raison, elle n'en serait pas là si elle avait épousé le premier venu.

— Mais les regrets ne servent à rien, murmura-t-elle.

— Gare ! avertit Hector.

Il s'essuya la bouche d'un coup de manche et s'aplatit sur le lit. Un violent appel d'air souffla dans les robes d'Ophélie. Chignon défait et front luisant, sa mère venait de faire irruption dans la chambre comme une tornade. Le cousin Bertrand suivait derrière.

— Je vais loger les petites ici puisqu'elles ont cédé leur chambre au fiancé de leur sœur. Ces malles prennent toute la place, je ne m'en sors pas ! Descends-moi celle-ci dans la remise et fais bien attention, c'est du fragi...

La mère s'interrompit, bouche bée, quand elle aperçut la silhouette d'Ophélie qui se découpait dans le coucher de soleil.

— Par les ancêtres, je te croyais avec Agathe !

Elle pinça ses lèvres d'indignation en décortiquant des yeux sa toilette de vieille dame et son écharpe ramasse-poussière. La métamorphose attendue n'avait pas eu lieu.

La mère porta la main à sa large poitrine !

— Tu veux m'achever ! Après tout le mal que je me donne pour toi ! De quoi me punis-tu, ma fille ?

Ophélie sourcilla derrière ses lunettes. Elle s'était toujours affublée avec ce mauvais goût, pourquoi devrait-elle changer maintenant ses habitudes vestimentaires ?

— Sais-tu seulement l'heure qu'il est ? s'affola

la mère, ses ongles vernis plaqués sur sa bouche. Nous devons monter à l'aérogare dans moins d'une heure ! Où est passée ta sœur ? Et moi qui suis affreuse, saperlipopette, jamais nous n'y serons à temps !

Elle sortit un poudrier de son corsage, se tamponna un nuage rose sur le nez, rembobina son chignon blond-roux d'une main experte et pointa son ongle rouge vers Ophélie.

— Je te veux présentable avant le prochain coup de l'horloge. C'est valable pour toi aussi, grand dégoûtant ! gronda-t-elle à l'adresse du lit du dessus. Tu sens la confiture séchée à plein nez, Hector !

La mère se cogna au cousin Bertrand qui était demeuré là, les bras ballants.

— Et cette malle, c'est pour aujourd'hui ou pour demain ?

Dans un tourbillon de robe, l'orage s'en fut de la chambre comme il était venu.

L'ours

Une pluie dense était tombée en même temps que le soir. Elle grésillait sur la charpente métallique en treillis, haute de cinquante mètres, du hangar à dirigeable. Hissée sur un plateau voisin, cette base était la plus moderne de la vallée. Spécialement conçue pour accueillir les long-courriers, elle bénéficiait d'un chauffage à la vapeur et disposait de sa propre usine à hydrogène. Ses immenses portes sur rails étaient grandes ouvertes, laissant voir des entrailles de fer forgé, de brique et de câbles, où s'activaient de nombreux ouvriers en gabardine.

Au-dehors, le long du quai aux marchandises, quelques lampadaires crachaient une lumière brouillée par l'humidité. Trempé jusqu'aux os, un gardien vérifiait les bâches de protection sur les caisses postales en attente d'embarquement. Il tiqua quand il tomba sur une forêt de parapluies, en plein milieu du quai. Sous les parapluies se tenaient des hommes en redingote, des femmes enguirlandées et des mômes soigneusement peignés. Ils restaient tous là, silencieux et impassibles, à scruter les nuages.

— Excusez donc, mes bons cousins, on peut être utile à quelque chose ? demanda-t-il.

La mère d'Ophélie, dont le parapluie rouge dominait tous les autres, pointa l'horloge sur pied autour de laquelle ils avaient planté leur camp. Tout était énorme chez cette femme, sa robe à tournure, sa gorge de grenouille, son chignon en choucroute et, dominant le tout, son chapeau à plumes.

— Dites-moi déjà si cette heure-ci est la bonne. Voilà bien une quarantaine de minutes que nous guettons le dirigeable en provenance du Pôle !

— En retard, comme à son habitude, la renseigna le gardien avec un bon sourire. Vous attendez une livraison de fourrures ?

— Non, fils. Nous attendons un visiteur.

Le gardien loucha sur le nez en bec de corbeau qui venait de lui répondre. Ce nez appartenait à une dame d'un âge extrêmement avancé. Elle était tout de noir vêtue, depuis la mantille qui bordait ses cheveux blancs jusqu'au taffetas de sa robe à plastron. Les élégantes passementeries en argent de sa toilette témoignaient de son statut de Doyenne, mère parmi les mères.

Le gardien ôta sa casquette en signe de respect.

— Un envoyé du Pôle, chère mère ? Vous êtes certaine qu'il n'y a pas méprise sur la personne ? Je travaille sur les quais depuis que je suis gamin et je n'ai jamais vu un homme du Nord se traîner jusqu'ici pour autre chose que les affaires. Ils ne se mêlent pas à n'importe qui, ces gens-là !

Il pinça sa casquette pour les saluer et s'en retourna à ses caisses. Ophélie le suivit des yeux, maussade, puis reporta son regard sur ses bottillons. À quoi bon en avoir mis une paire toute neuve ? Ils étaient déjà barbouillés de boue.

— Redresse le menton et évite de prendre l'eau, lui souffla Agathe avec qui elle partageait un parapluie jaune citron. Et puis souris, tu es morose à pleurer ! Ce n'est pas avec une gâte-joie pareille que M. Thorn grimpera aux rideaux.

Sa sœur ne lui avait pas pardonné son escapade à travers le miroir, ça se sentait dans sa voix, mais Ophélie l'écoutait à peine. Elle se concentrait sur le crépitement de la pluie qui recouvrait les battements affolés de sa poitrine.

— C'est bon, pourquoi tu ne la laisses pas respirer ? s'agaça Hector.

Ophélie décocha un regard reconnaissant à son frère, mais il était déjà occupé à sauter dans les flaques avec ses petites sœurs, ses cousins et ses cousines. Ils incarnaient l'enfance qu'elle aurait voulu revivre une dernière fois ce soir. Pleins d'insouciance, ils étaient tous venus assister non pas à l'arrivée du fiancé, mais à celle du dirigeable. C'était un spectacle rare pour eux, une véritable fête.

— C'est Agathe qui a raison, déclara la mère sous son énorme parapluie rouge. Ma fille respirera quand on le lui dira et de la façon qu'on lui dira. N'est-ce pas, mon ami ?

La question, purement protocolaire, était réservée au père d'Ophélie qui balbutia une vague formule d'assentiment. Ce pauvre homme dégarni et grisonnant, vieilli prématurément, était concassé par l'autorité de sa femme. Ophélie ne se rappelait pas l'avoir déjà entendu répondre non. Elle chercha des yeux son vieux parrain parmi la foule d'oncles, de tantes, de cousins et de neveux. Elle le trouva qui boudait à l'écart des parapluies, engoncé jusqu'aux moustaches dans son imperméable bleu marine. Elle n'attendait de lui aucun miracle, mais le signe sympathique qu'il lui adressa de loin lui fit du bien.

Ophélie avait de la vase dans la tête et de la confiture à la place du ventre. Son cœur cognait au fond de sa gorge. Elle aurait voulu que cette attente sous la pluie ne connût jamais de terme.

Des exclamations alentour lui firent l'effet de coups de poignard :

— Là !

— C'est lui.

— Pas trop tôt…

Ophélie leva les yeux vers les nuages, l'estomac noué. Une masse sombre, en silhouette de baleine, perçait la brume et se détachait sur la toile de la nuit en émettant des craquements sinistres. Le ronronnement des hélices devint assourdissant. Les enfants hurlèrent de joie. Les jupons de dentelle se soulevèrent. Le parapluie jaune citron d'Ophélie et Agathe s'envola dans le ciel. Parvenu au-dessus de la piste d'atterrissage, le dirigeable largua ses cordes. Les ouvriers s'en emparèrent et tirèrent dessus de tout leur poids pour permettre à l'aérostat de descendre. Ils se cramponnèrent par dizaines aux rails de guidage manuel, l'aidèrent à s'engouffrer dans le grand hangar et l'amarrèrent au sol. On aménagea une passerelle pour le débarquement. Portant des caisses et des sacs postaux à bras-le-corps, les membres de l'équipage débarquèrent.

Toute la famille se pressa devant le hangar comme un essaim de mouches. Seule Ophélie était restée en arrière, ruisselante sous la pluie froide, ses longs cheveux bruns plaqués sur les joues. L'eau dégoulinait à la surface de ses lunettes. Elle ne voyait plus devant elle qu'une masse informe de robes, de jaquettes et de parapluies.

Par-dessus le brouhaha, la voix surpuissante de sa mère dominait :

— Mais laissez-le passer, vous autres, faites place ! Mon cher, mon très cher monsieur Thorn, soyez le bienvenu sur Anima. Comment donc, vous êtes venu sans escorte ? Par les ancêtres, Ophélie ! Où a-t-elle encore filé, cette tête de lune ? Agathe, dégote-nous vite ta sœur. Quel temps infect, mon pauvre ami, vous seriez arrivé une heure plus tôt, nous vous aurions accueilli sans cette flotte. Que quelqu'un lui donne un parapluie !

Clouée sur place, Ophélie était incapable de bouger. Il était là. L'homme qui était sur le point de déstructurer sa vie était là. Elle ne voulait ni le voir ni lui parler.

Agathe lui attrapa le poignet et lui fit traverser la famille en la traînant à sa suite. Enivrée de bruits et de pluie, à demi consciente, Ophélie passa de visage en visage jusqu'à tomber sur le poitrail d'un ours polaire. Hébétée, elle ne réagit pas quand l'ours marmonna un « bonsoir » glacé, tout là-haut, loin au-dessus de sa tête.

— Les présentations sont faites ! s'époumona sa mère au milieu des applaudissements polis. À vos fiacres ! Il ne s'agit pas non plus d'attraper la mort.

Ophélie se laissa pousser à l'intérieur d'un véhicule. Le fouet claqua l'air, les cahots secouèrent l'équipage. On alluma un lampion qui projeta une lueur roussâtre sur les passagers. L'averse semblait battre la chamade sur les carreaux. Coincée contre la portière, Ophélie se concentra sur cette pulsation d'eau, le temps de recouvrer ses esprits et de sortir de sa torpeur. Elle réalisa peu à peu qu'on parlait avec animation autour d'elle. C'était sa mère qui faisait la conversation pour dix. L'ours était-il là, lui aussi ?

Ophélie remonta ses lunettes mouchetées de gouttes de pluie. Elle vit d'abord l'énorme chignon en choucroute de sa mère qui l'écrasait sur la banquette du fiacre, puis le nez de corbeau de la Doyenne juste devant elle et enfin, de l'autre côté, l'ours. Il regardait obstinément par la vitre de la portière, répondant de temps à autre au babillage de la mère par un laconique hochement de tête, sans prendre la peine d'échanger un regard avec personne.

Soulagée de ne pas être dans sa ligne de mire, Ophélie se prêta à un examen plus attentif de son fiancé. Contrairement à sa première impression, Thorn n'était pas un ours, même s'il en avait l'apparence. Une ample fourrure blanche, hérissée de crocs et de griffes, lui couvrait les épaules. Il n'était pas tellement corpulent, en fait. Ses bras, croisés sur sa poitrine, étaient aussi effilés que des épées. En revanche, tout étroit qu'il était, cet homme avait une stature de géant. Son crâne s'appuyait contre le plafond du fiacre et l'obligeait à ployer le cou. Plus haut perché encore que le cousin Bertrand, et ce n'était pas peu dire.

« Par les ancêtres, s'ébahit Ophélie, ce sera mon époux, tout ça ? »

Thorn portait sur les genoux une jolie valise tapissée qui jurait avec ses vêtements en peau de fauve et lui conférait une petite touche de civilisation. Ophélie l'observait à la dérobée. Elle n'osait pas le dévisager avec insistance, de peur qu'il ne sentît cette attention et ne se retournât brusquement vers elle. En deux coups d'œil brefs, toutefois, elle se fit une idée de sa figure, et ce qu'elle en entrevit lui donna la chair de poule. La prunelle pâle, le nez tranchant, le crin clair, une balafre en travers de la tempe, ce profil tout entier était imprégné de mépris. Un mépris qui s'adressait à elle et à toute sa famille.

Interloquée, Ophélie comprit que cet homme se mariait à contrecœur lui aussi.

— J'ai un présent pour Mme Artémis.

Ophélie tressaillit. Sa mère se tut brusquement. Même la Doyenne, qui s'était endormie, ouvrit les yeux à demi. Thorn avait articulé cette phrase du bout des lèvres, comme si leur parler lui coûtait. Il prononçait chaque consonne avec dureté, c'était l'accent du Nord.

— Un présent pour Artémis ? bégaya la mère, décontenancée. Mais certainement, monsieur ! se ressaisit-elle. Ce sera un insigne honneur de vous introduire auprès de notre esprit de famille. Vous connaissez probablement son observatoire de réputation, n'est-ce pas ? S'il n'y a que cela pour vous être agréable, je vous propose de nous y rendre dès demain.

— Maintenant.

La réponse de Thorn avait claqué aussi sèchement que le fouet du cocher. La mère devint blême.

— C'est-à-dire, monsieur Thorn, qu'il serait mal perçu de déranger Artémis ce soir. Elle ne reçoit plus à la tombée de la nuit, comprenez-vous ? Et puis, se rengorgea-t-elle avec un sourire aimable, nous avons prévu un petit repas à votre intention…

Le regard d'Ophélie voletait de sa mère à son fiancé. Un « petit repas », c'était un joli euphémisme. Elle avait réquisitionné la grange de l'oncle Hubert pour son banquet pantagruélique, orchestré la saignée de trois cochons, passé une commande de feux de Bengale chez le droguiste, empaqueté plusieurs kilos de dragées, programmé un bal costumé jusqu'à l'aube. Roseline, la tante et marraine d'Ophélie, était en train d'achever les préparatifs à cet instant même.

— Ça ne saurait attendre, déclara Thorn. De toute façon, je n'ai pas faim.

— Je comprends, fils, approuva soudain la Doyenne avec un sourire fripé. Il faut ce qu'il faut.

Ophélie sourcilla derrière ses lunettes. Elle, en revanche, ne comprenait pas. À quoi rimait donc ce comportement ? Thorn se montrait tellement grossier qu'il la faisait passer pour un modèle de bonnes manières. Il frappa du poing le petit rectangle de verre, derrière lui, qui séparait le conducteur de son équipage. Le véhicule freina net.

— Monsieur ? demanda le cocher, dont le nez s'était collé à la vitre.

— Chez Mme Artémis, ordonna Thorn avec son accent dur.

À travers la vitre arrière, le cocher interrogea du regard la mère d'Ophélie. La stupeur l'avait rendue pâle comme une morte et arrachait à sa lèvre un léger tremblement.

— Conduis-nous à l'observatoire, dit-elle enfin, les mâchoires contractées.

Se cramponnant à la poignée de sa banquette, Ophélie sentit le véhicule opérer un demi-tour pour remonter la pente qu'il dévalait un instant plus tôt. Au-dehors, des cris de protestation accueillirent la manœuvre ; c'étaient les autres fiacres de la famille.

— Quelle épingle vous pique ? s'égosilla la tante Mathilde à travers une portière.

La mère d'Ophélie baissa sa vitre.

— Nous montons à l'observatoire, dit-elle.

— Comment donc ? s'offusqua l'oncle Hubert. À cette heure ? Et les agapes ? Et les réjouissances ? On gargouille de partout, nous autres !

— Mangez sans nous, festoyez de votre côté et rentrez tous vous coucher ! déclara la mère.

Elle referma sa vitre pour couper court au scandale et signala au cocher, qui avait de nouveau collé sa figure hésitante contre la vitre arrière, qu'il pouvait reprendre sa course. Ophélie mordit dans son écharpe pour s'empêcher de sourire. Cet homme du Nord venait de froisser mortellement sa mère ; tout bien pesé, il dépassait ses espérances.

Pendant que leur voiture se remettait en route sous le regard sidéré de la famille, au-dehors, Thorn s'appuya à la vitre, concentré uniquement sur la pluie. Il ne semblait plus guère disposé à poursuivre la conversation avec la mère, et moins encore à l'engager avec la fille. Ses yeux, effilés comme des éclats de métal, n'effleurèrent pas un instant cette demoiselle qu'il était censé courtiser.

D'un geste satisfait, Ophélie repoussa une mèche dégoulinante qui lui collait au nez. Si Thorn ne jugeait pas nécessaire de déployer des efforts pour lui plaire, il y avait quelques chances pour qu'il n'en espérât pas non plus en retour. Au train où allaient les choses, les fiançailles seraient rompues avant minuit.

La bouche pincée, la mère ne se donna plus la peine de combler les silences ; ses yeux brillaient de colère dans la pénombre du fiacre. La Doyenne souffla sur la lanterne et se rendormit sur un soupir, enveloppée dans sa grande mantille noire. Le trajet promettait d'être long.

Le fiacre emprunta une route mal pavée, à flanc de montagne, qui dessinait des lacets en tête d'épingle. Barbouillée par les cahots, Ophélie se concentrait sur le paysage. Elle fut d'abord du mauvais côté de la voiture et ne rencontra qu'une roche accidentée où bourgeonnaient les premières neiges. Un virage plus loin, sa vue dégringola dans le vide. La pluie avait cessé, balayée par un vent d'ouest. Cette éclaircie avait soufflé entre les nuages une poussière d'étoiles, mais en bas, au creux de la Vallée, le ciel rougeoyait encore dans le crépuscule. Les forêts de châtaigniers et de mélèzes avaient cédé la place aux sapins dont le parfum résineux envahissait le cocher.

À la faveur de la pénombre, Ophélie reporta une attention plus franche sur la silhouette cas-

69

sée en trois de Thorn. La nuit avait déposé une lueur bleutée sur ses paupières closes ; Ophélie remarqua une autre cicatrice qui lui fendait le sourcil et jetait sur sa joue un éclat blanc. Cet homme serait donc bien un chasseur, en fin de compte ? Il était sans doute un peu maigre, mais elle lui avait trouvé le même regard dur que les modèles d'Augustus. Secoué par les soubresauts de la voiture, elle l'aurait cru endormi, n'eussent été le pli contrarié qui lui creusait le front et le pianotage nerveux de ses doigts sur sa valise. Elle se détourna lorsque les paupières de Thorn laissèrent soudain filtrer une étincelle grise.

Le cocher avait freiné.

— L'observatoire, annonça-t-il.

L'observatoire

Deux fois seulement dans sa vie, Ophélie avait eu l'opportunité de rencontrer l'esprit de sa famille.

Elle ne se rappelait pas la première, à l'occasion de son baptême. Elle n'était alors qu'un lange pleurnicheur qui avait arrosé la Doyenne de larmes et d'urine.

La seconde fois, en revanche, avait imprimé un vif souvenir dans sa mémoire. À quinze ans, elle avait remporté le concours de *lecture* organisé par la Compagnie des sciences, grâce à un bouton de chemise : il l'avait ramenée plus de trois siècles en arrière et lui avait livré les frasques de son propriétaire dans les moindres détails. Artémis en personne lui avait alors remis le grand prix, ses premiers gants de *liseuse*. Ces mêmes gants, usés jusqu'à la corde, dont elle grignotait ce soir les coutures tout en descendant du fiacre.

Un vent glacé fit claquer son manteau. Ophélie demeura immobile, souffle coupé, écrasée par la voûte formidable du dôme blanc dont le long télescope éborgnait la nuit. L'observatoire d'Artémis n'était pas seulement un centre de recherche en astronomie, en météorologie et en mécanique des roches, c'était une merveille architecturale. Serti dans un écrin de parois montagneuses, le palais comptait une dizaine d'édifices destinés à abriter les grands instruments : du cercle méridien à la lunette équatoriale, en passant par l'astrographe et le pavillon magnétique. Le fronton du bâtiment principal, frappé d'un cadran solaire noir et or, dominait de toute son altitude la Vallée, où scintillaient les lumières nocturnes de la bourgade.

Ce spectacle était plus impressionnant encore que dans le souvenir d'Ophélie.

Elle offrit son bras à la Doyenne qui peinait à descendre du marchepied. C'était plutôt là le devoir de l'homme, mais Thorn avait réquisitionné les banquettes du fiacre pour ouvrir sa valise. Les yeux encaissés sous des sourcils sévères, il agissait à sa convenance, sans se soucier le moins du monde de ces femmes dont il était l'invité d'honneur.

Sur la terrasse de l'observatoire, un savant galvanisé courait après son haut-de-forme qui roulait entre deux rangées de colonnes.

— Excusez-moi, savant père ! l'apostropha la mère d'Ophélie en maintenant d'une main son beau chapeau à plumes. Vous travaillez ici ?

— Absolument.

L'homme avait renoncé à son haut-de-forme pour redresser vers elle un front large que fouettait sa houppette.

— Un vent magnifique, n'est-ce pas ? s'exalta-t-il. Absolument magnifique ! Ça nous a nettoyé le ciel en une demi-heure.

Soudain, il fronça les sourcils. Grossi par son lorgnon, son œil suspicieux ricocha sur les trois femmes, puis sur le fiacre, garé devant l'entrée principale, où l'ombre immense de Thorn s'affairait à déballer sa valise.

— Qu'est-ce que c'est ? Qu'est-ce que vous voulez ?

— Une audience, fils, intervint la Doyenne.

Elle s'appuyait de tout son poids au bras d'Ophélie.

— Impossible. Absolument impossible. Revenez demain.

Le savant brandit sa canne vers la nuit, pointant les nuages qui s'effilaient dans le vent comme des toiles d'araignée.

— Première éclaircie nocturne depuis une semaine. Artémis est débordée, absolument débordée.

— Ce ne sera pas long.

Thorn avait lâché cette promesse en s'extrayant du fiacre, une cassette sous le bras. Le savant repoussa vainement la houppe de cheveux qui folâtrait devant ses yeux.

— Quand bien même vous n'en auriez que pour une fraction de seconde, je vous le répète, c'est absolument impossible. Nous sommes en plein inventaire. Quatrième réédition du catalogue *Astronomiae instauratae mechanica*. C'est absolument prioritaire.

« Six ! » exulta Ophélie en son for intérieur. Elle n'avait jamais entendu autant de « absolument » à la file.

Thorn avala en deux longues enjambées les marches du perron et se dressa de toute son altitude devant le savant, qui recula aussitôt d'un pas.

Le vent hérissait les mèches pâles de ce grand épouvantail et étirait les lacets de sa fourrure, dévoilant la crosse d'un pistolet à sa ceinture. Le bras de Thorn se déplia. Ce mouvement brusque arracha un sursaut au savant, mais c'était une simple montre de gousset qu'il venait de lui brandir sous le nez.

— Dix minutes, pas une de plus. Où puis-je trouver Mme Artémis ?

Le vieillard désigna de sa canne le dôme principal ; une fente l'entaillait comme une tirelire.

— À son télescope.

Thorn fit claquer ses talons sur le marbre, sans un regard en arrière, sans un remerciement. Rouge d'humiliation sous son gros chapeau à plumes, la mère ne dérageait pas. Aussi se vengea-t-elle sur Ophélie quand celle-ci dérapa sur une plaque de gel, manquant d'entraîner la Doyenne dans sa chute.

— Et toi, tu ne guériras donc jamais de cette maladresse ? Tu me couvres de honte !

Ophélie chercha ses lunettes à tâtons sur les dalles. Lorsqu'elle les enfila, la grosse robe de sa mère lui apparut en triple. Les verres étaient cassés.

— Et cet homme qui ne nous attend pas, gronda la mère en empoignant ses jupes. Monsieur Thorn, ralentissez l'allure !

Sa petite cassette sous le bras, Thorn pénétra dans le vestibule de l'observatoire en faisant la sourde oreille. Il avançait d'un pas martial et ouvrait toutes les portes qui lui tombaient sous la main sans jamais frapper. Sa stature surplombait le ballet des savants qui grouillaient à travers les corridors et qui commentaient d'une voix forte les cartes de constellations.

Ophélie suivait le mouvement, le nez dans son écharpe. Elle ne voyait plus de Thorn qu'une silhouette fractionnée en morceaux. Il se dressait si haut dans sa fourrure hirsute que de dos il ressemblait à s'y méprendre à un ours polaire.

Elle savourait franchement la situation. L'attitude de cet homme était si outrageante que ça paraissait presque trop beau pour être vrai. Comme Thorn s'engageait dans un escalier en spirale, Ophélie prêta encore son bras à la Doyenne pour l'aider à monter les marches.

— Puis-je vous poser une question ? lui souffla-t-elle.

— Tu peux, fille, sourit la Doyenne.

Un savant qui descendait l'escalier en trombe les bouscula sans s'excuser. Il s'arrachait les cheveux en hurlant comme un damné qu'il ne s'était jamais trompé dans ses calculs et que ce n'était pas cette nuit que ça commencerait.

— Combien d'affronts notre famille devra-t-elle essuyer avant d'envisager une remise en question des fiançailles ? demanda Ophélie.

Sa question jeta un froid. La Doyenne retira sa main du bras qu'elle lui offrait. Elle remonta sur sa tête sa mantille noire, de façon qu'il n'en dépassât plus que le bec de son nez et un sourire sillonné de rides.

— De quoi te plains-tu, fille ? Ce jeune garçon m'a l'air tout à fait charmant.

Perplexe, Ophélie contempla la forme noire et rabougrie de la Doyenne qui se hissait laborieusement d'une marche à l'autre. Se moquait-elle donc, elle aussi ?

La voix maussade de Thorn résonna dans la rotonde où il venait de pénétrer :

— Madame, votre frère m'envoie auprès de vous.

Ophélie ne voulait pas manquer l'entrevue avec Artémis. Elle se dépêcha de franchir la porte de métal où chancelait encore cet écriteau :

NE PAS DÉRANGER : OBSERVATION EN COURS

Elle battit des cils derrière ses lunettes cassées tandis qu'elle s'enfonçait dans l'obscurité. Elle entendit comme un froissement d'ailes devant elle ; c'était sa mère, de plus en plus courroucée, qui avait sorti son éventail pour se rafraîchir les idées. Quant à Thorn, elle ne distingua sa fourrure hérissée de griffes que lorsque les ampoules murales s'allumèrent, degré par degré.

— Mon frère ? Lequel donc ?

Ce murmure rauque, qui évoquait davantage le raclement d'une meule qu'une voix de femme, avait rebondi à travers toute l'armature métallique de la salle. Ophélie chercha sa provenance. Elle suivit des yeux les passerelles qui montaient en spirale autour de la coupole, puis redescendit le long du canon de cuivre dont la focale embrassait près de six fois sa taille. Elle trouva Artémis recourbée contre la lentille du télescope.

Elle la voyait éclatée en trois morceaux. Il lui faudrait soigner ses lunettes dès que possible.

L'esprit de famille s'arracha lentement au spectacle des étoiles, dénoua chacun de ses membres, chacune de ses articulations jusqu'à dépasser Thorn lui-même, et de haut. Artémis couva un long moment des yeux cet étranger venu troubler sa contemplation du ciel et qui ne cillait même pas sous le poids de son regard.

Quelques années avaient filé depuis ses quinze ans, mais Ophélie se sentit aussi indisposée par l'apparence d'Artémis que le jour où elle lui avait remis son premier prix.

Non pas qu'elle fût laide car, en vérité, sa beauté avait quelque chose de redoutable. Sa chevelure rousse s'évadait de sa nuque en une torsade négligée et ruisselait sur les dalles de marbre, autour de ses chevilles nues, comme un fleuve de lave en fusion. Le galbe gracieux de son corps éclipsait les plus belles adolescentes de toute l'arche. Sa peau, une chair si blanche et si souple qu'elle semblait liquide vue de loin, se coulait sur les lignes parfaites de son visage. L'ironie du sort voulait qu'Artémis méprisât cet éclat surnaturel dont la Nature l'avait parée et que tant de coquettes lui enviaient. Aussi ne faisait-elle confectionner pour sa taille de géante que des habits d'homme. Cette nuit, elle portait une redingote de velours rouge, ainsi que de simples hauts-de-chausses qui laissaient ses mollets dénudés.

Ce n'étaient pas ces manières hommasses non plus qui mettaient mal à l'aise Ophélie, désagrément insignifiant en regard de tant de splendeur. Non, c'était autre chose. Artémis était belle, mais d'une beauté froide, indifférente, presque inhumaine.

La fente de ses yeux, laissant entrevoir deux iris

jaunes, n'exprimait rien pendant qu'elle dévisageait longuement Thorn. Ni colère, ni ennui, ni curiosité. Juste une attente.

Au bout d'un silence qui sembla durer une éternité, elle se fendit d'un sourire vide de toute émotion, ni bienveillant ni mauvais. Un sourire qui n'avait de sourire que la forme.

— Vous avez l'accent et les manières du Nord. Vous êtes de la descendance de Farouk.

Artémis se pencha en arrière dans un long mouvement gracieux ; le marbre jaillit du dallage comme une fontaine pour lui offrir un siège. De tous les Animistes qui peuplaient l'arche, personne n'était capable d'un tel prodige, pas même la lignée des forgerons qui tordaient le métal d'une simple pression du pouce.

— Et que me veut-il, mon cher frère ? demanda-t-elle de sa voix très rauque.

La Doyenne s'avança d'un pas, releva sa robe noire pour lui faire une révérence et répondit :

— Le mariage, belle Artémis, vous vous rappelez ?

Les yeux jaunes d'Artémis roulèrent vers la vieille femme en noir, puis vers le chapeau emplumé de la mère, qui s'éventait d'un geste fébrile, avant de plonger droit sur Ophélie. Celle-ci frissonna, ses cheveux humides se collant à ses joues comme des algues. Artémis, dont elle ne voyait qu'une image trouble et segmentée, était son arrière-arrière-arrière-arrière-arrière-arrière-arrière-grand-mère.

Et il manquait certainement encore un arrière ou deux.

De toute évidence, son aïeule ne la reconnaissait pas. L'esprit de famille ne reconnaissait jamais personne. Elle ne se souciait plus depuis long-temps de mémoriser les visages de toute sa des-cendance, des visages trop éphémères pour cette déesse sans âge. Ophélie se demandait parfois si Artémis avait été proche de ses enfants, jadis. Ce n'était pas une créature très maternelle, elle ne sortait jamais de son observatoire pour se mêler à sa progéniture et elle avait délégué depuis long-temps toutes ses responsabilités aux Doyennes.

Ce n'était pas entièrement sa faute, néanmoins, si Artémis avait si peu de mémoire. Rien ne se fixait durablement dans son esprit, les événements lui coulaient dessus sans persister. Cette prédispo-sition à l'oubli était sans doute la contrepartie de son immortalité, une soupape de sûreté pour ne pas sombrer dans la folie ou le désespoir. Artémis ne se connaissait pas de passé ; elle vivait dans un éternel présent. Nul ne savait ce qu'était sa vie avant de fonder sa propre dynastie sur Anima, plu-sieurs siècles en arrière. Pour la famille, elle était là, elle avait toujours été là, elle serait toujours là.

Et il en allait ainsi pour chaque arche et pour chaque esprit de famille.

D'un mouvement nerveux, Ophélie remonta sur son nez ses lunettes abîmées. Quelquefois, mal-gré tout, elle se posait cette question : qu'étaient réellement les esprits de famille et d'où venaient-ils ? Que le sang d'un phénomène comme Artémis coulât dans ses propres veines lui semblait à peine croyable, et il coulait, pourtant, propageant son animisme à la lignée entière sans jamais se tarir.

— Oui, je me rappelle, acquiesça enfin Artémis. Comment vous nommez-vous donc, ma fille ?

— Ophélie.

Il y eut un reniflement dédaigneux. Ophélie regarda Thorn. Il lui tournait le dos, aussi raide qu'un grand ours empaillé. Aussi ne pouvait-elle pas voir l'expression de sa figure, mais elle ne douta pas que ce reniflement vînt de lui. Son petit filet de voix ne lui avait visiblement pas plu.

— Ophélie, dit Artémis, je vous présente mes félicitations pour votre mariage et je vous remercie de cette alliance qui renforcera les rapports cordiaux entre mon frère et moi-même.

C'était une formule de circonstance, sans enthousiasme, prononcée pour le seul souci du protocole. Thorn se dirigea vers Artémis et lui offrit sa cassette de bois laqué. Approcher de près cette sublime créature, capable de tourner la tête à un cortège de vieux savants, le laissait parfaitement de marbre.

— De la part du seigneur Farouk.

Ophélie consulta sa mère d'un coup de lunettes. Serait-elle censée remettre elle aussi un hommage à l'esprit de sa belle-famille, le jour de son arrivée au Pôle ? À la lippe stupéfaite que sa mère allongeait, du bout de ses lèvres maquillées, elle comprit qu'elle se posait la même question.

Artémis accepta l'offrande d'un geste nonchalant. Sa figure, jusqu'alors impassible, se contracta légèrement dès qu'elle sonda, de la surface de sa peau, le contenu de la cassette.

— Pourquoi ? demanda Artémis, à travers ses paupières mi-closes.

— J'ignore ce que contient cette cassette, l'informa Thorn en s'inclinant avec beaucoup de raideur. Je n'ai par ailleurs aucun autre message à vous transmettre.

L'esprit de famille caressa le bois laqué d'une main pensive, posa de nouveau ses yeux jaunes sur Ophélie, parut sur le point de lui dire quelque chose, puis haussa une épaule avec désinvolture.

— Vous pouvez disposer, vous tous. J'ai du travail.

Thorn n'avait pas attendu de bénédiction pour tourner les talons, montre en main, et redescendre l'escalier de son pas nerveux. Les trois femmes prirent hâtivement congé d'Artémis et se dépêchèrent de le suivre, par crainte qu'il ne poussât la grossièreté jusqu'à lancer le fiacre sans elles.

— Par les ancêtres, je refuse de céder ma fille à ce rustre !

La mère avait explosé dans un chuchotis furieux, au beau milieu d'un planétarium où une foule de savants palabraient sur le prochain passage de la comète. Thorn ne l'entendit pas. Sa fourrure d'ours mal léché avait déjà quitté la salle obscure où les mécaniques des globes ronronnaient comme des rouages d'horlogerie.

Le cœur d'Ophélie sauta dans sa poitrine, palpitant d'espoir, mais la Doyenne lui ôta toutes ses illusions d'un simple sourire.

— Un accord a été conclu entre deux familles, fille. Il n'est personne, hormis Farouk et Artémis, qui puisse revenir dessus sans déclencher un incident diplomatique.

Le gros chignon de la mère s'était défait sous son beau chapeau et son nez pointu violaçait à vue d'œil malgré les couches de fard.

— Oui, mais tout de même, mon magnifique repas !

Ophélie se renfrogna dans son écharpe en suivant des yeux le ballet des astres sous la voûte du planétarium. Du comportement de son fiancé, de sa mère et de la Doyenne, elle n'arrivait pas à déterminer lequel était le plus crispant.

— Si par hasard vous me demandez mon avis..., murmura-t-elle.

— Personne ne te le demande, la coupa la Doyenne avec son petit sourire.

Dans d'autres circonstances, Ophélie n'aurait pas insisté. Elle tenait trop à sa tranquillité pour débattre, argumenter, faire valoir sa position, mais ce soir c'était du restant de son existence qu'il était question.

— Je vous le donne tout de même, dit-elle. M. Thorn n'a pas plus envie de s'enchaîner à moi que moi à lui. Je pense que vous avez dû commettre une erreur quelque part.

La Doyenne s'immobilisa. Sa silhouette toute tordue d'arthrite se redressa lentement, grandit encore et encore, tandis qu'elle se tournait vers elle. Sous l'entrelacs des rides, le sourire bienveillant avait disparu. L'iris d'un bleu fade, à la frontière de la cécité, se plantèrent dans ses lunettes avec une telle froideur qu'Ophélie en fut abasourdie. La mère d'Ophélie elle-même se décomposa en assistant à cette métamorphose. Ce n'était plus une vieille femme rabougrie qui se dressait devant elles, dans ce tourbillon de savants surexcités. C'était l'incarnation de l'autorité suprême sur Anima. La digne représentante du Conseil matriarcal. La mère parmi les mères.

— Il n'y a aucune erreur, dit la Doyenne d'une voix glaciale. M. Thorn a introduit une demande officielle pour épouser une Animiste. Parmi toutes les jeunes filles à marier, tu es celle que nous avons choisie.

— Il semblerait que M. Thorn n'apprécie guère votre choix, observa tranquillement Ophélie.

— Il devra s'en satisfaire. Les familles ont parlé.

— Pourquoi moi ? insista Ophélie sans se soucier du visage catastrophé de sa mère. Vous me punissez ?

C'était sa conviction profonde. Ophélie avait refusé trop de propositions, trop d'arrangements. Elle dissonait parmi toutes ses cousines qui étaient déjà mères de famille et cette fausse note déplaisait. Les Doyennes se servaient de cette alliance pour faire un exemple.

La vieillarde enfonça son regard pâle tout au fond de ses lunettes, par-delà les verres brisés. Quand elle ne se recroquevillait pas sur elle-même, elle était plus grande qu'Ophélie.

— Nous t'accordons une dernière chance. Fais honneur à notre famille, gamine. Si tu échoues à cette tâche, si tu fais échouer ce mariage, je te jure que tu ne poseras jamais plus les pieds sur Anima.

La cuisine

Ophélie courait à la vitesse du vent. Elle franchissait les rivières, fendait les forêts, survolait les villes, passait à travers les montagnes, mais la ligne d'horizon demeurait hors de portée. Parfois, elle filait sur la surface d'une mer immense et le paysage se faisait longtemps liquide, mais elle finissait toujours par rejoindre un rivage. Ce n'était pas Anima. Ce n'était même pas une arche. Ce monde-là tenait d'une seule pièce. Il était intact, sans cassure, rond comme un ballon. Le vieux monde d'avant la Déchirure.

Soudain, Ophélie aperçut une flèche verticale qui barrait l'horizon comme un éclair. Elle ne se souvenait pas de l'avoir jamais vue, cette flèche. Elle courut vers elle, par curiosité, plus rapide que le vent. Plus elle s'en approchait, moins la flèche ressemblait à une flèche. À la réflexion, c'était plutôt une sorte de tour. Ou une statue.

Non, c'était un homme.

Ophélie voulut ralentir, changer de direction, rebrousser chemin, mais une force irrésistible l'entraînait malgré elle vers cet homme. Le vieux monde avait disparu. Il n'y avait plus d'horizon, juste Ophélie qui se précipitait malgré elle vers cet homme maigre, immense, qui lui tournait obstinément le dos.

Ophélie ouvrit grand les yeux, la tête sur l'oreiller, ses cheveux déployés autour d'elle comme une végétation sauvage. Elle se moucha. Son nez avait la sonorité d'une trompette obstruée. Respirant par la bouche, elle contempla le sommier à lattes du lit d'Hector, juste au-dessus du sien. Elle se demanda si son petit frère dormait toujours, là-haut, ou s'il avait déjà descendu l'échelle de bois. Elle n'avait pas la moindre idée de l'heure qu'il pouvait être.

Ophélie se souleva sur un coude et promena un regard myope sur la chambre, où des couches avaient été improvisées sur le tapis, dans un désordre de draps et de polochons. Ses petites sœurs s'étaient toutes levées. Un vent froid bruissait à travers l'embrasure de la fenêtre et gonflait les rideaux. Le soleil était déjà levé, les enfants devaient être partis pour l'école.

Ophélie s'aperçut que la vieille chatte de la maison s'était lovée entre ses pieds écartés, au fond du lit. Elle replongea sous sa couverture-patchwork et se moucha encore une fois. Elle avait l'impression d'avoir du coton dans la gorge, les oreilles et les yeux. Elle y était habituée, elle attrapait des rhumes au premier courant d'air. Sa main tâtonna sur la table de chevet, à la recherche de ses lunettes. Les verres cassés commençaient déjà à cicatriser, mais il leur faudrait plusieurs heures avant guérison complète. Ophélie les posa sur son nez. Un objet se réparait plus vite s'il se sentait utile, c'était une question de psychologie.

Elle allongea ses bras sur la couverture, peu pressée de se tirer du lit. Ophélie avait eu du mal à trouver le sommeil après leur retour à la maison. Elle savait qu'elle n'était pas la seule. Dès l'instant où il s'y était enfermé, avec un reniflement en guise de « bonne nuit », Thorn n'avait cessé d'arpenter la chambre du dessus et de faire grincer le plancher de long en large. Ophélie s'était fatiguée avant lui et avait fini par sombrer dans le sommeil.

Enfoncée dans son oreiller, elle s'efforça de débrouiller le fil des émotions qui se nouaient dans sa poitrine. Les paroles glaciales de la Doyenne résonnaient dans sa tête : « Si tu échoues à cette tâche, si tu fais échouer ce mariage, je te jure que tu ne poseras jamais plus les pieds sur Anima. »

Le bannissement était pire que la mort. Le monde d'Ophélie tenait tout entier sur cette arche ; si on la chassait, elle n'aurait plus jamais aucune famille vers qui se tourner. Elle devait épouser cet ours, elle n'avait pas le choix.

Un mariage de convenance avait toujours une finalité, à plus forte raison s'il renforçait les rapports diplomatiques entre deux arches. Ce pouvait être l'apport d'un sang neuf pour éviter les dégénérescences liées à un trop haut degré de consanguinité. Ce pouvait être une alliance stratégique pour favoriser les affaires et le commerce. Ce pouvait être aussi, quoique cela restât exceptionnel, un mariage d'amour né d'une idylle de voyage.

Ophélie avait beau examiner la chose sous toutes les coutures, le plus important lui échappait. Cet homme, que tout ici semblait révulser, quel profit espérait-il sincèrement tirer de ce mariage ?

Elle se replongea dans son mouchoir à carreaux et souffla de tout son nez. Elle se sentait soulagée. Thorn était un énergumène à peine civilisé, qui culminait deux têtes au-dessus d'elle et dont les longues mains nerveuses semblaient exercées aux armes. Mais au moins, il ne l'aimait pas. Et il ne l'aimerait pas davantage à la fin de l'été, lorsque le délai traditionnel entre les fiançailles et les noces se serait écoulé.

Ophélie se moucha une dernière fois, puis repoussa ses couvertures. Un miaulement furieux gronda sous la couverture-patchwork quand elle la repoussa ; elle avait oublié la chatte. Elle considéra dans la glace murale, non sans une certaine satisfaction, son visage étourdi, ses lunettes de travers, son nez rouge et ses cheveux brouillés. Thorn ne voudrait jamais la mettre dans son lit. Elle avait senti sa désapprobation, elle n'était pas la femme qu'il recherchait. Leurs familles respectives pouvaient les obliger à se marier, ils veilleraient ensemble à ce que cela demeurât une union de façade.

Ophélie noua un vieux peignoir autour de sa chemise de nuit. Si cela ne tenait qu'à elle, elle resterait à cagnarder au lit jusqu'à midi, mais sa mère avait prévu un fol emploi du temps pour les jours à venir, avant le grand départ. Déjeuner sur l'herbe, dans le parc familial. Thé avec les grands-mères Sidonie et Antoinette. Promenade le long du fleuve. Apéritif chez l'oncle Benjamin et sa nouvelle femme. Soirée théâtre, puis dîner dansant. Ophélie en avait une indigestion rien que d'y penser. Elle aurait préféré un rythme moins effréné pour faire convenablement ses adieux à son arche natale.

Le bois craqua sous ses pieds quand elle descendit l'escalier. La maison lui parut trop calme.

Elle comprit bientôt que tout le monde s'était donné rendez-vous dans la cuisine ; une conversation étouffée lui parvenait à travers la petite porte vitrée. Le silence se fit dès qu'elle la poussa.

Ophélie était le point de convergence de tous les regards. Le regard scrutateur de sa mère, postée près de la gazinière. Le regard navré de son père, à moitié avachi sur la table. Le regard outré de la tante Roseline, son long nez coincé dans sa tasse de thé. Le regard songeur du grand-oncle, pardessus la gazette qu'il feuilletait, dos à la fenêtre.

Somme toute, il n'y avait que Thorn, occupé à bourrer une pipe sur son tabouret, qui ne s'intéressait pas le moins du monde à elle. Ses cheveux blond argenté sauvagement rejetés en arrière, son menton mal rasé, sa maigreur, sa tunique de mauvaise qualité et la dague enfilée à sa botte évoquaient plus un vagabond qu'un homme de cour. Il ne semblait pas à sa place au milieu des cuivres chauds de la cuisine et des odeurs de confitures.

— Bonjour, croassa Ophélie.

Un silence inconfortable l'accompagna jusqu'à table. Elle avait connu des matins plus rieurs. Ophélie remonta du doigt ses lunettes cassées, par pur mécanisme, et se remplit un plein bol de cho-

88

colat chaud. L'écoulement du lait dans la porcelaine, la protestation du carrelage lorsqu'elle tira sa chaise, le raclement de son couteau à beurre sur la tartine, le sifflet de ses narines bouchées… Elle avait l'impression que chaque bruit qui émanait d'elle, même infime, prenait des proportions énormes.

Elle sursauta quand la voix de sa mère résonna à nouveau :

— Monsieur Thorn, vous n'avez encore rien avalé depuis votre arrivée parmi nous. Vous ne vous laisseriez pas tenter par une jatte de café et du pain beurré ?

Le ton avait changé. Il n'était ni chaud ni âcre. Poli, juste ce qu'il fallait. La mère avait dû mettre la nuit à profit pour méditer les paroles de la Doyenne et se calmer les nerfs. Ophélie l'interrogea des yeux, mais sa mère se déroba, faisant mine de surveiller son four.

Quelque chose n'allait pas ; il flottait dans l'air un parfum de conspiration.

Ophélie se raccrocha à son grand-oncle, mais il bouillonnait sous ses moustaches. Elle se reporta alors sur la tête dégarnie et hésitante du père, attablé en face d'elle, et s'appuya de tout son regard sur lui.

Comme elle s'y attendait, il céda.

— Fille, il y a… un léger imprévu.

Il avait intercalé son « léger imprévu » entre le pouce et l'index.

Le cœur cogna dans les oreilles d'Ophélie et, l'espace d'une seconde folle, elle crut que les fiançailles étaient rompues. Le père bascula un œil par-dessus son épaule, vers Thorn, comme s'il espérait un démenti. L'homme ne leur présentait depuis son tabouret qu'un profil taillé au canif, front buté, ses dents mordillant la corne de sa pipe. Ses longues jambes frémissaient d'impatience. S'il ne ressemblait plus tout à fait à un ours, dépouillé de sa fourrure, Ophélie lui trouvait à présent une attitude de faucon pèlerin, nerveux et agité, sur le point de prendre son envol.

Elle revint à son père quand il lui tapota doucement la main.

— Je sais que ta mère nous avait pondu un invraisemblable programme pour la semaine...

Il fut interrompu par la toux furieuse de sa femme, penchée sur sa gazinière, puis il reprit avec un soupir :

— M. Thorn nous expliquait tantôt que des obligations l'attendaient chez lui. Des obligations de première importance, vois-tu ? Bref, il ne peut pas gaspiller de temps en grandes réceptions, en amusements divers et...

Excédé, Thorn le coupa en faisant claquer le couvercle de sa montre de gousset.

— On part aujourd'hui, par le dirigeable de quatre heures tapantes.

Le sang reflua des joues d'Ophélie. Aujourd'hui. Quatre heures tapantes. Son frère et ses sœurs ne seraient pas revenus de l'école. Elle ne leur dirait pas au revoir. Elle ne les verrait jamais grandir.

— Rentrez donc chez vous, monsieur, puisque le devoir vous y oblige. Je ne vous retiens pas.

Ses lèvres avaient remué toutes seules. Ce ne fut qu'un souffle à peine audible, à moitié enrhumé, mais il fit l'effet d'un coup de tonnerre dans la cuisine. Son père se décomposa, sa mère la foudroya du regard, la tante Roseline s'étouffa dans son thé et le grand-oncle se réfugia derrière une quinte d'éternuements. Ophélie ne regardait aucun d'eux. Son attention était concentrée sur Thorn qui, pour la première fois depuis leur rencontre, la toisait tout entière, bien en face, de haut en bas. Ses interminables jambes l'avaient tiré d'un coup de son tabouret, comme la détente d'un ressort. Elle le voyait en triple, à cause de ses verres cassés. Trois hautes silhouettes, six yeux effilés comme des rasoirs et trente doigts resserrés. Tout cela faisait beaucoup pour un seul gaillard, fût-il immense…

Ophélie attendit une explosion. La réponse ne fut qu'un murmure lourd :

— Est-ce une dérobade ?

— Bien sûr que non, s'agaça la mère en bombant son énorme poitrine. Elle n'a pas son mot à dire, monsieur Thorn, elle vous accompagnera où il vous plaira.

— Et moi, mon mot, l'ai-je donc à dire ?

Cette question, lancée d'une voix aigre, venait de Roseline qui fixait le fond vide de sa tasse de thé d'un air venimeux.

Roseline était la tante d'Ophélie, mais elle était surtout sa marraine et, en tant que telle, celle qui avait été désignée comme son chaperon. Veuve et sans enfants, sa situation la prédisposait tout naturellement à accompagner sa filleule au Pôle jusqu'à son mariage. C'était une femme d'âge mûr, avec une denture de cheval, maigre comme un sac d'os, aussi nerveuse qu'une côtelette. Elle portait ses cheveux en chignon, comme la mère d'Ophélie, mais le sien ressemblait à une pelote d'épingles.

— Pas plus que moi, grommela le grand-oncle dans ses moustaches en froissant sa gazette. De toute façon, personne ne me demande plus jamais mon avis dans cette famille !

La mère mit les poings sur son énorme tour de hanches.

— Ah, vous deux, ce n'est ni l'heure ni le lieu !

— C'est juste que tout se précipite un peu plus vite que nous l'avions envisagé d'abord, intervint le père à l'adresse des fiancés. La gamine est intimidée, ça lui passera.

Ni Ophélie ni Thorn ne leur accordaient la moindre attention. Ils se mesuraient du regard, elle assise devant son chocolat chaud, lui du sommet de sa taille démesurément grande. Ophélie ne voulait pas céder aux yeux métalliques de cet homme, mais après réflexion, elle ne jugea pas très intelligent de le provoquer. Dans sa situation, le plus raisonnable était encore de se taire. De toute façon, elle n'avait pas le choix.

Elle baissa la tête et se tartina de beurre une autre tranche de pain. Quand Thorn se rassit sur son tabouret, enveloppé dans un nuage de tabac, chacun poussa un soupir de soulagement.

— Préparez immédiatement vos affaires, dit-il simplement.

Pour lui, l'incident était clos. Pas pour Ophélie. Depuis l'ombre de ses cheveux, elle lui fit la promesse de lui mener l'existence aussi difficile qu'il la lui rendait lui-même.

Les yeux de Thorn, gris et froids comme le tranchant d'une lame, la heurtèrent une fois encore.

— Ophélie, ajouta-t-il sans sourire.

Dans cette bouche maussade, durci par l'accent du Nord, on aurait dit que son prénom coupait la langue. Écœurée, Ophélie plia sa serviette, puis quitta la table. Elle remonta l'escalier en douce et s'enferma dans la chambre. Adossée contre le panneau de la porte, elle ne bougea pas, ne cilla pas, ne pleura pas, mais ça criait à l'intérieur d'elle. Les meubles de la chambre, sensibles à la colère de leur propriétaire, se mirent à trembloter comme s'ils étaient parcourus de frissons nerveux.

Ophélie fut secouée par un éternuement spectaculaire. Le charme se rompit aussitôt et les meubles redevinrent parfaitement immobiles. Sans même se donner un coup de peigne, Ophélie enfila la plus sinistre de ses robes, une antiquité corsetée, grise et austère. Elle s'assit sur le lit et, pendant qu'elle enfonçait ses pieds nus dans ses bottines, son écharpe rampa, glissa et sinua jusqu'à son cou comme un serpent.

On frappa à la porte.

— Endrez, marmonna Ophélie, le nez bouché.

Le grand-oncle passa ses moustaches par l'entrebâillement de la porte.

— Je peux, fille ?

Elle opina derrière son mouchoir. Les gros souliers de l'oncle se frayèrent un chemin à travers la mélasse de draps, d'édredons et d'oreillers qui encombraient le tapis. Il fit signe à une chaise d'approcher, ce qu'elle fit docilement en jouant des pieds, et se laissa tomber dessus.

— Ma pauvre gamine, soupira-t-il, ce bon-homme-là, c'est vraiment le dernier mari que je te souhaitais.

— Je sais.

— Il va falloir que tu sois courageuse. Les Doyennes ont parlé.

— Les Doyennes ont parlé, répéta Ophélie.

« Mais elles n'auront pas le dernier mot », ajouta-t-elle en son for intérieur, même si elle n'avait pas la plus petite idée de ce qu'elle espérait en pensant cela.

À la vive surprise d'Ophélie, le grand-oncle se mit à rire. Il désignait la glace murale.

— Tu te souviens de ta première traversée ? Nous avions fini par croire que tu resterais à jamais comme ça, ta jambe remuant ici et le reste à se débattre dans le miroir de ma sœur ! Tu nous as fait passer la plus longue nuit de notre vie. Tu n'avais pas treize ans.

— J'en ai gardé quelques séquelles, soupira Ophélie en contemplant ses mains, qu'elle voyait éclatées en morceaux à travers ses lunettes cassées.

Le regard que le grand-oncle lui adressa était brusquement redevenu sérieux.

— Précisément. Et ça ne t'a pas empêchée pour autant de recommencer et de te coincer à nouveau, jusqu'à ce que tu piges enfin le truc. Les Passe-miroir sont rares dans la famille, fille, est-ce que tu sais pourquoi ?

Ophélie souleva les paupières derrière ses lunettes. Elle n'avait jamais abordé la question avec son parrain. Pourtant, tout ce qu'elle savait, elle le tenait de lui.

— Parce que c'est une forme de *lecture* un peu particulière ? suggéra-t-elle.

Le grand-oncle ébroua ses moustaches et écarquilla ses yeux d'or sous les ailes de ses sourcils.

— Rien à voir ! *Lire* un objet, ça demande de s'oublier un peu pour laisser la place au passé d'un autre. Passer les miroirs, ça demande de s'affronter soi-même. Il faut des tripes, t'sais, pour se regarder droit dans les mirettes, se voir tel qu'on est, plonger dans son propre reflet. Ceux qui se voilent la face, ceux qui se mentent à eux-mêmes, ceux qui se voient mieux qu'ils sont, ils pourront jamais. Alors, crois-moi, ça ne court pas les trottoirs !

Ophélie fut saisie par cette déclaration inattendue. Elle avait toujours passé les miroirs de façon intuitive, elle ne se trouvait pas particulièrement courageuse. Le grand-oncle désigna alors la vieille écharpe tricolore, usée par les ans, qui reposait paresseusement en travers de ses épaules.

— C'est pas ton premier golem, ça ?

— Si.

— Celui-là même qui a bien failli nous priver à jamais de ta compagnie.

Ophélie acquiesça, après un temps. Elle oubliait parfois que cette écharpe, qu'elle traînait toujours dans son sillage, avait naguère essayé de l'étrangler.

— Et en dépit de cela, tu n'as jamais cessé de la porter, articula le grand-oncle en ponctuant chaque mot d'une tape contre sa cuisse.

— Je vois bien que vous cherchez à me dire

quelque chose, dit doucement Ophélie. L'ennui, c'est que je ne comprends pas trop quoi.

Le grand-oncle poussa un grognement bourru.

— Tu ne payes pas de mine comme ça, fille. Tu te caches derrière tes cheveux, derrière tes lunettes, derrière tes murmures. De toute la portée de ta mère, tu es celle qui n'a jamais versé une larme, jamais braillé, et pourtant je peux te jurer que tu es bien celle qui a collectionné le plus de bêtises.

— Vous exagérez, mon oncle.

— Depuis ta naissance, tu n'as jamais cessé de te faire mal, de te tromper, de te casser la figure, de te coincer les doigts, de te perdre…, poursuivit-il sur sa lancée avec de grandes gesticulations. Je te raconte pas le sang d'encre, on a longtemps cru que tu finirais un jour par succomber à l'une de tes innombrables boulettes ! « Mam'zelle Fonce-dans-le-Mur », qu'on t'appelait. Écoute-moi bien, fille… (Le grand-oncle s'agenouilla douloureusement au pied du lit où Ophélie était restée avachie, ses pieds noyés au fond de ses bottes délacées. Il lui saisit les coudes et la ballotta, comme pour mieux imprimer chaque syllabe dans sa mémoire.) Tu es la personnalité la plus forte de la famille, ma petite. Oublie ce que je t'ai dit la dernière fois. Je te prédis que la volonté de ton mari se brisera sur la tienne.

La médaille

L'ombre en cigare du dirigeable filait sur les pâturages et les cours d'eau comme un nuage solitaire. À travers le vitrage oblique, Ophélie scrutait le paysage, espérant apercevoir une dernière fois au loin la tour de garde où sa famille agitait des foulards. La tête lui tournait encore. À peine quelques minutes après le décollage, alors que le dirigeable manœuvrait un virage, elle avait dû quitter la promenade de tribord en catastrophe pour chercher les toilettes. Le temps d'en revenir, elle ne voyait déjà plus de la Vallée qu'une zone d'ombre lointaine au pied de la montagne.

Elle n'aurait pas pu imaginer des adieux plus ratés.

— Une fille de la montagne qui a le mal de l'air ! Ta mère a raison, tu ne manques jamais une occasion de te distinguer...

Ophélie arracha son regard de la baie vitrée pour le déverser dans la salle aux Cartes, ainsi appelée pour ses planisphères fixés au mur qui retraçaient la géographie éclatée de toutes les arches. À l'autre bout de la pièce, la robe vert bouteille de la tante Roseline se détachait sur le velours miel des tapis et des fauteuils. Elle inspectait les représentations cartographiques d'un œil sévère. Ophélie mit un temps à comprendre que ce n'étaient pas les arches qu'elle étudiait ainsi, mais la qualité de l'imprimé. Déformation professionnelle : la tante Roseline travaillait dans la restauration du papier.

Elle revint vers Ophélie d'un petit pas nerveux, s'assit dans le fauteuil voisin, et ses dents chevalines grignotèrent les biscuits qu'on leur avait servis. Nauséeuse, Ophélie détourna les yeux. Les deux femmes étaient seules dans la salle. À part elles, Thorn et le personnel d'équipage, il n'y avait pas d'autres passagers à bord du dirigeable.

— As-tu remarqué l'expression de M. Thorn quand tu t'es mise à restituer ton repas dans tout le dirigeable ?

— J'étais un peu distraite à ce moment-là, ma tante.

Ophélie dévisagea sa marraine par-dessus les rectangles de ses lunettes. Elle était aussi étriquée, sèche et jaunâtre que sa mère était grassouillette, moite et rougeaude. Ophélie connaissait mal cette tante qui serait son chaperon pour les prochains mois et cela lui faisait bizarre de se retrouver en tête à tête avec elle. En temps ordinaire, elles se voyaient peu et ne se parlaient guère. La veuve n'avait toujours vécu que pour ses vieux papiers, de même qu'Ophélie n'avait toujours vécu que pour son musée. Cela ne leur avait pas laissé beaucoup de place pour devenir intimes.

— Il était mort de honte, déclara la tante Roseline d'une voix âpre. Ça, ma petite demoiselle, c'est un spectacle auquel je ne veux plus jamais assister. Tu portes en toi l'honneur de la famille.

Au-dehors, l'ombre du dirigeable se fondait dans l'eau des Grands Lacs, scintillante comme du mercure. La lumière de fin d'après-midi s'affadissait dans la salle aux Cartes. Le velours miel du décor se fit moins doré, déclina vers le beige. Alentour, l'aérostat grinçait de toute son armature et bourdonnait de toutes ses hélices. Ophélie s'imprégna une bonne fois pour toutes de ces bruits, de ce léger roulis sous ses pieds, et elle se sentit mieux. C'était juste une habitude à prendre.

Elle sortit de sa manche un mouchoir à pois et éternua une fois, deux fois, trois fois. Ses yeux larmoyèrent derrière ses lunettes. La nausée était passée. Pas le rhume.

— Pauvre homme, se dérida-t-elle. S'il craint le ridicule, il n'épouse pas la bonne personne.

La peau de la tante Roseline devint jaune pâle. Elle jeta un regard affolé dans la petite salle, tremblant à la pensée de découvrir la fourrure d'ours dans l'un des fauteuils.

— Par les ancêtres, ne dis pas de telles choses, chuchota-t-elle.

— Il vous inquiète ? s'étonna Ophélie.

Elle-même avait eu peur de Thorn, oui, mais c'était avant de le rencontrer. Depuis que l'inconnu avait un visage, elle ne le redoutait plus.

— Il me donne froid dans le dos, soupira la tante en rajustant son minuscule chignon. As-tu vu ses cicatrices ? Je le soupçonne d'être porté sur la violence quand il est mal luné. Je te conseille de te faire oublier après la petite scène de ce matin. Efforce-toi donc de lui faire bonne impression, nous allons passer avec lui, moi les huit prochains mois, toi le restant de ta vie.

Ophélie eut le souffle coupé en laissant tomber son regard par la grande vitre d'observation. Les forêts flamboyantes d'automne, dorées par le soleil, battues par le vent, venaient de céder la place à une paroi de roche abrupte qui s'effondrait dans une mer de brouillard. Le dirigeable s'éloigna et Anima apparut entièrement encerclée par une ceinture de nuages, suspendue en l'air. Plus ils prenaient de la distance, plus elle ressemblait à une souche de terre et de gazon qu'une pelle invisible aurait arrachée de son jardin. C'était donc cela, une arche vue de loin ? Cette petite motte perdue au milieu du ciel ? Qui pourrait imaginer que des lacs, des prairies, des villes, des bois, des champs, des montagnes, des vallées s'étendaient sur ce ridicule pan de monde ?

La main collée contre la vitre, Ophélie grava cette vision dans son esprit tandis que l'arche disparaissait, effacée par les rideaux de nuages. Elle ignorait quand elle y reviendrait.

— Tu aurais dû te prendre une paire de rechange. On passe pour des pauvres !

Ophélie retourna à sa tante qui la regardait d'un air désapprobateur. Elle mit un moment à comprendre qu'elle faisait allusion à ses lunettes.

— Elles ont presque fini de cicatriser, la rassura Ophélie. D'ici à demain, il n'y paraîtra plus.

Elle les retira pour souffler de la buée sur les verres. Hormis une petite fissure dans un angle de sa vision, elle n'était pas vraiment gênée et ne voyait plus chaque chose en triple exemplaire.

Dehors, il ne demeurait qu'un ciel sans fin où commençaient à scintiller les premières étoiles. Quand la salle s'éclaira, les vitres se transformèrent en miroirs et il ne fut plus possible de rien voir. Ophélie ressentit le besoin de se raccrocher des yeux à quelque chose. Elle s'approcha du mur aux cartes. C'étaient de véritables œuvres d'art, réalisées par d'illustres géographes ; les vingt et une arches majeures et les cent quatre-vingt-six arches mineures étaient toutes représentées avec un scrupule inouï du détail.

Ophélie remontait le temps comme d'autres traversent une pièce, mais elle avait de mauvaises connaissances en cartographie. Il lui fallut un moment pour repérer Anima et plus longtemps encore pour trouver le Pôle. Elle les compara l'un à l'autre et fut étonnée par leur différence de proportions : le Pôle était presque trois fois grand comme Anima. Avec sa mer intérieure, ses sources et ses lacs, il évoquait une grande cuve remplie d'eau.

Toutefois, rien ne la fascina davantage que le planisphère central, qui donnait une vision générale du Noyau du monde et de l'orbite fixe des arches autour de lui. Le Noyau du monde était le plus gros vestige de la Terre originelle : ce n'était qu'un amas de volcans, continuellement frappés par la foudre, définitivement inhabitable. Il était enveloppé par la mer des Nuages, une masse compacte de vapeur que le soleil ne pénétrait jamais, mais la carte ne la représentait pas pour des raisons de lisibilité. En revanche, elle retraçait les couloirs des vents qui permettaient aux dirigeables de circuler aisément d'une arche à l'autre.

Ophélie ferma les yeux et essaya de se représenter cette carte en relief, telle qu'on pourrait l'observer de la Lune. Des éclats de cailloux suspendus au-dessus d'un grand, d'un immense orage perpétuel… Quand on y songeait, ce nouveau monde était un vrai miracle.

Un carillon retentit dans la salle aux Cartes.

— Le souper, interpréta la tante Roseline avec un soupir. Penses-tu pouvoir te tenir à table sans nous couvrir de ridicule ?

— Vous voulez dire sans vomir ? Ça dépendra du menu.

Quand Ophélie et sa marraine poussèrent la porte de la salle à manger, elles crurent un instant s'être trompées. Les buffets n'étaient pas dressés et une demi-pénombre flottait entre les murs lambrissés.

Une voix cordiale les retint au moment où elles rebroussaient chemin :

— Par ici, mesdames !

Uniforme blanc, épaulettes rouges et doubles boutons de manchette, un homme vint à leur rencontre.

— Capitaine Bartholomé, pour vous servir ! s'exclama-t-il avec emphase.

Il se fendit d'un large sourire, où étincelaient quelques dents en or, et épousseta ses galons.

— En fait, je ne suis que le second, mais on ne va pas ergoter. J'espère que vous nous pardonnerez, nous avons entamé les hors-d'œuvre. Prenez

102

place avec nous, mesdames, une touche de féminité sera la bienvenue !

Le capitaine en second leur désigna le fond de salle. Entre un long paravent à claire-voie et les belles baies vitrées, une petite tablée prenait les dernières lueurs du couchant sur la promenade de tribord. Ophélie y repéra sans mal la silhouette haute et maigre qu'elle n'aurait pas voulu y trouver. Thorn se tenait de dos. Elle ne voyait de lui qu'une interminable colonne vertébrale sous sa tunique de voyage, des cheveux pâles et hirsutes, et des coudes qui remuaient au rythme des couverts sans songer un instant à s'interrompre pour elles.

— Mais bon sang, que faites-vous ? se scandalisa Bartholomé.

Ophélie ne s'était pas posée sur une chaise, près de sa tante, qu'il la saisit aussitôt par la taille, lui fit faire deux pas de danse et l'assit d'autorité à côté de la dernière personne qu'elle voulait fréquenter de près.

— À table, il faut toujours alterner les hommes et les femmes.

Le nez plongé dans son assiette, Ophélie se sentit complètement submergée par l'ombre de Thorn, qui se tenait deux têtes plus haut, très droit sur sa chaise. Elle beurra ses radis sans grand appétit. Un petit homme en face d'elle la salua avec une inclination affable, en étirant un sourire entre ses favoris couleur poivre. L'espace de quelques instants, seul le cliquetis des couverts remplit le silence autour de la table. On mastiqua les crudités, on but du vin, on se passa le beurre de main en main. Ophélie renversa sur la nappe la salière qu'elle tendait à sa tante.

Le capitaine en second, à qui ce silence pesait visiblement, se tourna comme une girouette du côté d'Ophélie.

— Comment vous sentez-vous, ma chère enfant ? Ce vilain mal de cœur est-il passé ?

Ophélie s'essuya la bouche d'un coup de serviette. Pourquoi cet homme lui parlait-il comme si elle avait dix ans ?

— Oui, je vous remercie.

— Je vous demande pardon ? s'esclaffa-t-il. Vous avez une toute petite voix, mademoiselle.

— Oui, je vous remercie, articula Ophélie en poussant sur ses cordes vocales.

— N'hésitez pas à signaler tout inconfort à notre médecin de bord. C'est un maître dans son domaine.

L'homme aux favoris couleur poivre, en face d'elle, afficha une modestie de bon ton. Ce devait être lui, le médecin.

Un nouveau silence retomba sur la table, que Bartholomé perturbait en pianotant sur ses couverts de ses doigts agités. Ophélie se moucha pour dissimuler son agacement. Les yeux pétillants du second ne cessaient de se hisser d'elle à Thorn, puis de redescendre de Thorn à elle. Il devait vraiment s'ennuyer pour chercher une distraction auprès d'eux.

— Eh bien, dites-moi, vous n'êtes pas très causants ! gloussa-t-il. J'avais pourtant cru comprendre que vous voyagiez ensemble, non ? Deux dames d'Anima et un homme du Pôle… c'est plutôt rare, un assortiment pareil !

Ophélie hasarda un coup d'œil prudent vers les mains longues et maigres de Thorn, qui découpait ses radis en silence. Ainsi, l'équipage ignorait tout de ce qui avait motivé leur rencontre ? Elle décida de s'aligner sur son attitude. Elle se contenta d'esquisser un sourire poli, sans dissiper le malentendu.

Sa tante ne l'entendait pas de cette oreille.

— Ces jeunes gens sont amenés à se marier, monsieur ! s'exclama-t-elle, outrée. L'ignoriez-vous donc ?

À la droite d'Ophélie, les mains de Thorn se crispèrent autour de ses couverts. De là où elle se tenait, elle pouvait voir une veine saillir à son poignet. En tête de table, les dents en or de Bartholomé étincelèrent.

— Je suis navré, madame, mais je l'ignorais en effet. Monsieur Thorn, voyons, vous auriez dû me dire ce qu'était cette charmante enfant pour vous ! De quoi ai-je l'air, moi, maintenant ?

« De quelqu'un qui se régale de la situation », répondit Ophélie en pensée.

L'exultation de Bartholomé ne dura guère, cependant. Son sourire faiblit dès qu'il vit la figure de Thorn. La tante Roseline pâlit en la remarquant à son tour. Ophélie, elle, ne la voyait pas. Il aurait fallu qu'elle se penchât sur le côté et qu'elle se dévissât la tête des épaules pour parvenir jusque là-haut. De toute façon, elle devinait sans mal ce qui se tenait au-dessus d'elle. Des yeux tranchants comme des rasoirs et un pli sévère en guise de bouche. Thorn n'aimait pas se donner en spectacle, ils partageaient au moins cela en commun.

Le médecin de bord dut percevoir le malaise, car il s'empressa de faire diversion.

— Je suis très intrigué par les petits talents de votre famille, dit-il en s'adressant à la tante Roseline. Votre emprise sur les objets les plus anodins est tout bonnement fascinante ! Veuillez pardonner mon indiscrétion, mais oserais-je vous demander quel est votre savoir-faire, madame ?

La tante Roseline se tapota la bouche avec sa serviette.

— Le papier. Je défroisse, je restaure, je rafistole.

Elle attrapa la carte des vins, la déchira sans cérémonie et ressouda les bords d'un simple glissement du doigt.

— C'est fort intéressant, commenta le docteur en briquant les petites pointes de ses moustaches tandis qu'un serveur présentait la soupe.

— Je pense bien, se rengorgea la tante. J'ai sauvé de la décomposition des archives d'une très grande valeur historique. Généalogistes, restaurateurs, conservateurs, notre branche familiale est au service de la mémoire d'Artémis.

— C'est également votre cas ? demanda Bartholomé en tournant son sourire étincelant vers Ophélie.

Elle n'eut pas le loisir de rectifier : « Ça l'*était*, monsieur. » Sa tante se chargea de répondre à sa place, entre deux cuillerées de soupe :

— Ma nièce est une excellente *liseuse*.

— Une *liseuse* ? répétèrent en chœur le capitaine en second et le médecin de bord, interloqués.

— Je tenais un musée, expliqua brièvement Ophélie.

Elle supplia sa tante des yeux de ne pas insister. Elle n'avait pas envie de parler de ce qui appartenait à l'ancienne vie, surtout en compagnie des longs doigts de Thorn contractés autour de leur cuillère à soupe. La vision des foulards d'adieu de sa famille, à la tour de garde, la hantait. Elle voulait finir son velouté de légumes et aller dormir.

Malheureusement, la tante Roseline était sculptée dans le même bois que sa mère. Elles n'étaient pas sœurs pour rien. Elle tenait à impressionner Thorn.

— Non, non, non, c'est bien plus que cela, ne sois pas si modeste ! Messieurs, ma nièce peut entrer en empathie avec les objets, remonter leur passé et dresser des expertises extrêmement fiables.

— Cela a l'air amusant ! s'enthousiasma Bartholomé. Accepteriez-vous de nous faire une petite démonstration, chère enfant ? (Il tira sur une chaîne de son bel uniforme. Ophélie crut d'abord que c'était une montre, mais elle se trompait.) Cette médaille d'or est mon porte-bonheur. L'homme qui me l'a donnée m'a appris qu'elle appartenait à un empereur de l'ancien monde. J'adorerais en savoir davantage !

— Je ne peux pas.

Ophélie retira un long cheveu brun de sa soupe. Elle avait beau ramener tout ce qu'elle pouvait de boucles sur sa nuque, à coup d'épingles, d'attaches et de barrettes, elles se répandaient partout.

Bartholomé fut dépité.

— Vous ne pouvez pas ?

— La déontologie me l'interdit, monsieur. Ce

n'est pas le passé de l'objet que je retrace, c'est celui de ses propriétaires. Je vais profaner votre vie intime.

— C'est le code éthique des *liseurs*, confirma la tante Roseline en dévoilant ses dents de cheval. Une lecture privée n'est autorisée qu'avec le consentement du propriétaire.

Ophélie tourna ses lunettes vers sa marraine, mais celle-ci tenait coûte que coûte à ce que sa nièce se distinguât aux yeux de son promis. De fait, les mains noueuses reposèrent lentement leurs couverts sur la nappe et ne bougèrent plus. Thorn était attentif. Ou alors, il n'avait plus faim.

— Dans ce cas, je vous en donne la permission ! déclara Bartholomé de façon très prévisible. Je veux connaître mon empereur !

Il lui tendit sa vieille médaille en or, assortie à ses galons et à ses dents. Ophélie l'examina d'abord avec ses lunettes. Une chose était certaine, cette breloque ne datait pas de l'ancien monde. Pressée d'en finir, elle déboutonna ses gants. Dès qu'elle referma ses doigts autour de la médaille, des fulgurances filèrent dans l'entrebâillement de ses paupières. Ophélie se laissa inonder, sans interpréter encore le flot de sensations qui se déversaient en elle, des plus récentes aux plus anciennes. Une *lecture* se déroulait toujours dans le sens contraire des aiguilles d'une montre.

Des promesses en l'air murmurées à une jolie fille dans la rue. On s'ennuie tellement là-haut, seul face à l'immensité. Une petite épouse et les marmots l'attendent à la maison. Ils sont loin, ils n'existent presque pas. Les voyages se succèdent sans laisser de trace. Les femmes aussi. L'ennui est plus fort que les remords. Soudain, il y a un éclair blanc dans une cape noire. C'est un couteau. Il est pour Ophélie, ce couteau, un mari se venge. La lame rencontre la médaille, dans la poche de l'uniforme, et dévie de sa mortelle trajectoire. Ophélie s'ennuie encore. Un brelan de rois, au milieu des éclats de fureur, lui vaut une belle médaille. Ophélie se sent rajeunir. L'instituteur le fait monter sur la chaire avec un gentil sourire. Il lui remet un cadeau. Ça brille, c'est joli.

— Eh bien ? s'amusa le capitaine en second.

Ophélie renfila ses gants et lui rendit son portebonheur.

— Vous vous êtes fait avoir, murmura-t-elle. C'est une médaille du mérite. Une simple récompense pour enfant.

Les dents en or disparurent avec le sourire de Bartholomé.

— Je vous demande pardon ? Vous n'avez pas dû *lire* attentivement, mademoiselle.

— C'est un médaillon pour enfant, insista Ophélie. Il n'est pas en or et il n'a pas un demi-siècle d'ancienneté. Cet homme, que vous avez battu aux cartes, vous a menti.

La tante Roseline toussa nerveusement ; ce n'était pas là l'exploit qu'elle avait espéré pour sa nièce. Le médecin de bord se prit d'un intérêt passionné pour le fond de son assiette. La main de Thorn remonta sa montre de gousset d'un geste plein d'ennui.

Comme le capitaine en second paraissait anéanti par cette révélation, Ophélie eut pitié de lui.

— Cela n'en est pas moins un excellent porte-bonheur. Cette médaille vous a tout de même sauvé de ce mari jaloux.

— Ophélie ! s'étouffa Roseline.

Le reste du repas se déroula en silence. Quand ils se levèrent de table, Thorn fut le premier à quitter les lieux, sans gargouiller une formule de politesse.

Le lendemain, Ophélie parcourut la nacelle du dirigeable de long en large. Nez dans son écharpe, elle flânait sur les promenades de bâbord et de tribord, prenait le thé au salon, visitait discrètement, avec la permission de Bartholomé, la passerelle de commandement, la cabine de navigation ou le local de la radio. Le plus souvent, elle tuait le temps en contemplant le paysage. Parfois, ce n'était qu'un ciel intensément bleu à perte de vue, où bourgeonnaient à peine quelques nuages. Parfois, c'était un brouillard humide qui crachotait sur toutes les fenêtres. Parfois, c'étaient les clochers d'une ville lorsqu'ils survolaient une arche.

Ophélie s'habitua aux tables sans nappes, aux cabines sans passagers, aux fauteuils sans occupants. Personne ne montait jamais à bord. Les escales étaient rares ; le dirigeable ne se posait pas au sol. Le trajet n'en était pas moins long, car ils effectuaient de nombreux détours pour larguer des colis postaux et des sacs de lettres au-dessus des arches.

Si Ophélie laissait traîner son écharpe un peu partout, Thorn ne pointait jamais le bout de son museau hors de sa cabine. Elle ne le voyait ni au petit déjeuner, ni au dîner, ni au thé, ni au souper. Il en fut ainsi plusieurs jours durant.

Quand les corridors se mirent à fraîchir et les hublots à se parer de dentelles de givre, la tante Roseline décréta qu'il était grand temps pour sa nièce d'avoir une vraie conversation avec son fiancé.

— Si vous ne brisez pas la glace maintenant, il sera trop tard ensuite, l'avertit-elle un soir, les bras plongés dans un manchon, alors qu'elles se promenaient toutes les deux sur le pont.

Les baies vitrées flamboyaient dans le soleil couchant. Au-dehors, il devait faire épouvantablement froid. Des débris de l'ancien monde, trop petits pour former des arches, étaient nappés de gel et étincelaient comme une rivière de diamants au milieu du ciel.

— Que vous importe que Thorn et moi nous appréciions ou non ? soupira Ophélie, engoncée dans son manteau. Nous allons nous marier, n'est-ce pas la seule chose qui compte ?

— Fichtre ! J'ai été à mon époque une jeune fille à marier plus romantique que toi.

— Vous êtes mon chaperon, lui rappela Ophélie. Votre rôle est de veiller à ce que rien d'indécent ne m'arrive, pas de me précipiter dans les bras de cet homme.

— Indécent, indécent... il n'y a pas trop de risques de ce côté-là, grommela la tante Roseline. Je n'ai pas vraiment eu l'impression que tu allumais un indomptable désir chez M. Thorn. En fait, je crois que je n'ai jamais vu un homme prendre autant de précautions pour éviter de croiser une femme.

Ophélie ne put réprimer un sourire en coulisse qu'heureusement sa tante ne vit pas.

— Tu vas lui proposer une tisane, décréta soudain la tante d'un air déterminé. Une tisane de tilleul. Ça calme les nerfs, le tilleul.

— Ma tante, c'est cet homme qui a tenu à m'épouser et non l'inverse. Je ne vais tout de même pas le courtiser.

— Je ne te demande pas de lui faire des avances, je nous souhaite juste une atmosphère respirable pour les temps à venir. Tu vas un peu prendre sur toi et te montrer aimable avec lui !

Ophélie vit son ombre s'allonger, se distendre et disparaître à ses pieds alors que le disque roux du soleil s'évanouissait dans la brume, de l'autre côté des vitrages. Ses lunettes sombres s'adaptèrent aux mouvements de l'éclairage et pâlirent peu à peu. Elles étaient complètement cicatrisées, à présent.

— J'y réfléchirai, ma tante.

Roseline lui épingla le menton pour l'obliger à lui faire face. Comme la plupart des femmes de la famille, sa tante était plus grande qu'elle. Avec sa toque de fourrure et ses dents trop longues, elle ne ressemblait plus à un cheval, mais à une marmotte.

— Tu dois y mettre de la bonne volonté, tu m'entends ?

Le soir était tombé derrière les vitres de la promenade. Ophélie avait froid au-dehors et au-dedans, malgré l'écharpe qui resserrait son étreinte autour de ses épaules. Au fond d'elle-même, elle savait que sa tante n'avait pas tort. Elles ignoraient tout encore de la vie qui les attendait au Pôle.

Il lui fallait mettre de côté les griefs qu'elle nourrissait contre Thorn, le temps d'un petit entretien.

L'avertissement

Les coups discrets sur la porte de métal se perdirent le long de la coursive. La pénombre se pressait autour d'Ophélie et de son petit plateau fumant. Ce n'était pas une véritable obscurité ; les veilleuses permettaient de distinguer le papier peint à rayures, le numéro des cabines, les vases de fleurs sur les consoles.

Ophélie laissa passer quelques battements de cœur, guetta un bruit de l'autre côté de la porte, mais seul le ronronnement des hélices rythmait le silence, en toile de fond. Elle pinça maladroitement le plateau dans un gant et frappa encore deux coups. Personne ne lui ouvrit.

Elle en serait quitte pour revenir plus tard.

Plateau en main, Ophélie pivota sur ses talons avec précaution. Elle eut aussitôt un mouvement de recul. Son dos heurta la porte dont elle venait de se détourner ; la tasse déversa un peu de sa tisane.

Dressé dans toute son altitude, Thorn laissait tomber sur elle un regard incisif. Loin d'adoucir sa figure anguleuse, les veilleuses en creusaient les balafres et amplifiaient l'ombre hérissée de la fourrure sur les parois du couloir.

Ophélie le jugea décidément beaucoup trop grand pour elle.

— Qu'est-ce que vous voulez ?

Il avait articulé sa question d'une voix plate, sans chaleur. Son accent du Nord appuyait rudement sur chaque consonne.

Ophélie lui tendit son plateau.

— Ma tante tient à ce que je vous serve une tisane.

Sa marraine aurait désapprouvé cette franchise, mais Ophélie mentait mal. Raide comme une stalagmite, les bras ballants, Thorn ne remua pas d'un pouce pour saisir la tasse qu'elle lui offrait. C'était à se demander si, au fond, il n'était pas plus idiot que dédaigneux.

— C'est une infusion de tilleul, dit-elle. Il paraît que ça dét…

— Vous parlez toujours si bas ? la coupa-t-il abruptement. C'est à peine si l'on vous comprend.

Ophélie observa un silence, puis parla encore plus bas :

— Toujours.

Thorn plissa le front tandis qu'il semblait chercher en vain quelque chose digne d'intérêt chez ce petit bout de femme, derrière ses lourdes mèches brunes, derrière ses lunettes rectangulaires, derrière son vieux cache-nez. Ophélie prit conscience, après un face-à-face interminable, qu'il voulait accéder à sa cabine. Elle fit un pas de côté avec son plateau de tisane.

Thorn dut plier sa silhouette à rallonge jusqu'à pouvoir passer sous le linteau de sa porte.

Ophélie se tint sur le seuil, encombrée de son plateau. La cabine de Thorn, à l'instar de toutes celles du dirigeable, était très exiguë. Une banquette tapissée qui se transformait en lit, un filet à bagages, un étroit couloir de circulation, une tablette au fond de la pièce avec un nécessaire à écrire, et c'était tout. Ophélie avait déjà du mal à se mouvoir dans sa loge, il était presque miraculeux que Thorn pût entrer dans la sienne sans se cogner partout.

Il tira sur le cordon d'une ampoule de plafond, déversa sa fourrure d'ours en travers de la banquette et s'appuya des deux mains sur la tablette de travail. Il y avait là des calepins et des blocs barbouillés de notes. Penché sur cette étrange paperasse, le dos cassé en deux, Thorn ne bougea plus d'une oreille. Ophélie se demanda s'il réfléchissait ou s'il lisait. Il paraissait l'avoir tout bonnement oubliée dans son couloir, mais au moins n'avait-il pas refermé la porte derrière lui.

Il n'était pas dans la nature d'Ophélie de harceler un homme de questions, aussi attendit-elle le plus patiemment du monde devant la cabine, gelée jusqu'aux os, soufflant des nuages de buée à chaque expiration. Elle observa avec attention les muscles noués de la nuque, les poignets osseux qui dépassaient des manches, les omoplates saillantes sous la tunique, les longues jambes nerveuses. Cet homme était entièrement crispé, à croire qu'il était mal à son aise dans ce corps trop grand et trop maigre qu'électrifiait une tension perpétuelle.

— Encore là ? grommela-t-il sans daigner se retourner.

Ophélie comprit qu'il ne toucherait pas à la tisane. Pour se soulager les mains, elle la but elle-même. Le liquide chaud lui fit du bien.

— Je vous déconcentre ? murmura-t-elle en sirotant sa tasse.

— Vous ne survivrez pas.

Le cœur d'Ophélie se décrocha. Elle ne put faire autrement que recracher sa tisane dans la tasse. C'était cela ou tout avaler de travers.

Thorn lui présentait obstinément son dos. Elle aurait donné cher pour le regarder en face et vérifier qu'il ne se moquait pas d'elle.

— À quoi prétendez-vous que je ne survivrai pas ? demanda-t-elle.

— Au Pôle. À la cour. À nos fiançailles. Vous devriez retourner dans les jupes de votre mère tant que vous en avez encore l'opportunité.

Déconcertée, Ophélie n'entendait rien à ces menaces à peine maquillées.

— Vous me répudiez ?

Les épaules de Thorn se contractèrent. Il tourna à demi sa haute silhouette d'épouvantail et versa un regard négligent dans sa direction. Ophélie se demanda si la pliure de sa bouche tenait du sourire ou de la grimace.

— Répudier ? grinça-t-il. Vous avez une vision édulcorée de nos coutumes.

— Je ne vous suis pas, souffla Ophélie.

— Ce mariage me répugne autant qu'à vous, n'en doutez pas, mais je me suis engagé auprès de votre famille au nom de la mienne propre. Je ne suis pas en position de me défaire de mon serment sans en payer le prix, et il est élevé.

117

Ophélie prit le temps d'assimiler ces paroles.

— Je ne le puis davantage, monsieur, si c'est ce que vous espérez de moi. En renonçant à ce mariage sans une motivation recevable, je déshonorerais ma famille. Je serais bannie sans autre forme de procès.

Thorn fronça plus encore les sourcils, dont l'un était tranché en deux par sa cicatrice. La réponse d'Ophélie n'était pas celle qu'il aurait voulu entendre.

— Vos mœurs sont plus souples que les nôtres, la contredit-il avec un air de condescendance. J'ai flairé de près le nid où vous avez grandi. Rien de comparable avec le monde qui s'apprête à vous accueillir.

Ophélie serra les doigts autour de sa tasse. Cet homme s'adonnait à des manœuvres d'intimidation et ça ne lui plaisait pas. Il ne voulait pas d'elle, elle l'avait parfaitement compris et elle ne lui en tenait pas rigueur. Mais qu'il attendît de la femme qu'il avait demandée en mariage qu'elle endossât toute la responsabilité d'une rupture, c'était assez lâche.

— Vous noircissez délibérément le tableau, l'accusa-t-elle dans un chuchotis. Quel profit nos familles peuvent-elles espérer tirer de notre union si je ne suis pas censée en réchapper ? Vous me prêtez une importance que je n'ai pas...

Elle laissa passer un ange avant d'achever, en épiant la réaction de Thorn :

— ... ou vous me taisez l'essentiel.

Les yeux métalliques se firent plus perçants. Cette fois, Thorn ne la regardait pas par-dessus l'épaule, de haut et de loin. Il la regardait avec vigilance, au contraire, tout en frottant sa mâchoire mal rasée. Il tiqua quand il s'aperçut que l'écharpe d'Ophélie, qui ruisselait jusqu'au sol, battait l'air comme la queue d'un chat énervé.

— Plus je vous observe, plus je suis conforté dans ma première impression, maugréa-t-il. Trop chétive, trop engourdie, trop choyée... Vous n'êtes pas forgée pour l'endroit où je vous emmène. Si vous m'y suivez, vous ne passerez pas l'hiver. À vous de voir.

Ophélie soutint le regard qu'il appuyait sur elle. Un regard de fer. Un regard de défi. Les paroles du grand-oncle résonnèrent dans sa mémoire et elle s'entendit lui répondre :

— Vous ne me connaissez pas, monsieur.

Elle reposa la tasse de tisane sur son plateau et, lentement, à gestes posés, elle referma la porte entre eux.

Plusieurs jours s'écoulèrent encore sans qu'Ophélie recroisât Thorn dans la salle à manger ou au détour d'une coursive. L'échange qu'ils avaient eu la laissa longtemps perplexe. Pour ne pas inquiéter inutilement sa tante, elle lui avait menti : Thorn était trop occupé pour la recevoir, ils ne s'étaient pas adressé la parole. Tandis que sa marraine échafaudait déjà de nouvelles stratégies amoureuses, Ophélie grignotait les coutures de ses gants. Sur quel échiquier les Doyennes l'avaient-elles placée ? Les dangers évoqués par Thorn étaient-ils bien réels ou avait-il juste cherché à l'effrayer dans l'espoir qu'elle s'en retournât chez elle ? Sa position à la cour était-elle vraiment aussi assurée que sa famille le croyait ?

Persécutée par sa tante, Ophélie avait besoin de s'isoler. Elle s'enferma dans les toilettes du dirigeable, ôta ses lunettes, plaqua son front sur le hublot glacé et n'en décolla plus pendant un long moment, son souffle déposant sur la vitre un voile de plus en plus épais. Elle ne voyait rien du dehors, à cause de la neige qui encroûtait le hublot, mais elle savait que c'était la nuit. Le soleil, repoussé par l'hiver polaire, ne se montrait plus depuis trois jours.

Soudain, l'ampoule électrique palpita fébrilement et le sol se mit à chalouper sous les pieds d'Ophélie. Elle quitta les toilettes. Alentour, le dirigeable crissait, gémissait, craquait tandis qu'il amorçait des manœuvres d'amarrage en pleine tempête de neige.

— Ce n'est pas possible, tu n'es pas encore prête ? s'exclama la tante Roseline en déboulant dans le couloir, emmitouflée sous plusieurs épaisseurs de fourrures. Va vite rassembler tes affaires et, si tu ne veux pas geler avant d'avoir franchi la passerelle, couvre-toi !

Ophélie s'enfourna dans deux manteaux, un gros bonnet, des moufles en plus de ses gants et donna plusieurs tours à son interminable écharpe. À la fin, elle ne pouvait plus rabattre ses bras tellement elle était étriquée par les couches de vêtements.

Quand elle rejoignit le reste de l'équipage dans le sas du dirigeable, on débarquait ses malles au-dehors. Un vent coupant comme du verre s'engouffrait par la portière et blanchissait déjà le parquet de neige. La température était si basse, dans cette pièce, qu'Ophélie en eut les larmes aux yeux.

Impassible sous sa pelisse d'ours, battue par les rafales, la longue silhouette de Thorn s'engagea sans hésitation dans la tourmente. Quand Ophélie s'avança à son tour sur la passerelle, elle eut l'impression d'avaler de la glace à pleins poumons. Les croûtes de neige qui recouvraient ses lunettes l'aveuglaient et les cordes de la passerelle glissaient sous ses moufles. Chaque marche lui coûtait ; il lui semblait que ses orteils se pétrifiaient sur place, au fond de ses bottines. Quelque part derrière elle, étouffée par la bise, la voix de la tante lui cria de prendre garde où elle posait les pieds. Il n'en fallut pas davantage à Ophélie. Elle dérapa aussitôt et se rattrapa tant bien que mal au cordon de sécurité, une jambe se balançant dans le vide. Elle ignorait quelle distance séparait encore la passerelle du sol, et elle ne voulait pas le savoir.

— Descendez doucement, lui recommanda un membre de l'équipage en lui agrippant le coude. Là !

Ophélie gagna la terre ferme plus morte que vive. Le vent claquait dans ses manteaux, dans ses robes, dans ses cheveux, et son bonnet s'envola au loin. Empêtrée dans ses moufles, elle essaya de faire tomber la neige tassée sur ses lunettes, mais elle s'était soudée aux verres comme une coulure de plomb. Ophélie dut se résoudre à les décrocher de son nez pour se repérer. Où que portât son regard trouble, elle ne saisit que des morceaux de nuit et de neige. Elle avait perdu Thorn et sa tante.

— Votre main ! lui hurla un homme.

Déboussolée, elle tendit son bras au hasard et fut aussitôt happée sur un traîneau qu'elle n'avait pas vu.

— Accrochez-vous !

Elle se cramponna à une barre tandis que tout son corps, crispé de froid, était ébranlé par des secousses. Un fouet claquait au-dessus d'elle, encore et encore, insufflant de plus en plus de hâte à l'attelage de chiens. Dans la fente de ses paupières, Ophélie crut distinguer des traînées lumineuses entrelacées dans les ténèbres. Des lampadaires. Les traîneaux fendaient une ville de part en part, rejetant des vagues blanches sur les trottoirs et sur les portes. Il sembla à Ophélie que cette course dans la glace n'en finissait plus, lorsque l'allure ralentit enfin, la laissant enivrée de vent et de vitesse sur son tas de fourrures.

Les chiens franchissaient un massif pont-levis.

Le garde-chasse

— Par ici ! héla un homme qui agitait une lanterne.

Grelottante, cheveux au vent, Ophélie trébucha hors du traîneau et se retrouva dans la poudreuse jusqu'aux chevilles. La neige coula par-dessus le bord de ses bottines comme de la crème. Elle ne se faisait qu'une idée confuse de l'endroit où ils se trouvaient. Une cour étroite, prise en tenaille par des remparts. Il ne neigeait plus, mais le vent taillait dans le vif.

— Un bon voyage, mon seigneur ? demanda l'homme à la lanterne en allant à leur rencontre. J'pensais pas que vous seriez absent si longtemps, on commençait à s'inquiéter. Dites un peu, en voilà un drôle d'arrivage !

Il fit balancer sa lampe devant le visage ahuri d'Ophélie. Elle ne vit de lui qu'un éclat flou à travers ses lunettes. Il avait un accent beaucoup plus prononcé que Thorn, elle le comprenait à peine.

— Bigre, quelle maigrichonne ! Pas bien solide sur ses jambes, celle-là. J'espère qu'elle ne va pas nous claquer entre les doigts. Ils auraient quand même pu vous donner une fille avec plus de couenne…

Ophélie était abasourdie. Comme l'homme tendait la main vers elle avec l'intention évidente de la palper, il se reçut un coup en plein sur le crâne. C'était le parapluie de la tante Roseline.

— N'approchez pas vos paluches de ma nièce et soignez votre langage, grossier personnage ! s'indigna-t-elle sous sa toque de fourrure. Et vous, monsieur Thorn, vous pourriez dire quelque chose !

Mais Thorn s'abstint de dire quoi que ce fût. Il était déjà loin, son immense fourrure d'ours se découpant dans le rectangle lumineux d'une porte. Hallucinée, Ophélie plongea ses pieds dans les empreintes qu'il avait laissées derrière lui et le suivit à la trace jusqu'au perron de la maison.

Chaleur. Lumière. Tapis.

Le contraste avec la tourmente du dehors était presque agressif. À moitié aveugle, Ophélie traversa un long vestibule et se traîna d'instinct jusqu'à un poêle qui lui enflamma les joues.

Elle était en train de comprendre pourquoi Thorn pensait qu'elle ne survivrait pas à l'hiver. Ce froid-là était sans commune mesure avec celui de sa montagne. Ophélie peinait à respirer ; son nez, sa gorge, ses poumons la brûlaient de l'intérieur.

Elle eut un haut-le-corps quand une voix de femme, plus puissante encore que celle de sa mère, explosa dans son dos :

— Jolie brise, hein ? Passez donc votre fourrure, mon bon seigneur, la voilà d'jà trempée. Les affaires ont été bonnes ? Et de la compagnie pour madame, vous en avez ramené en définitive ? C'est qu'elle doit trouver le temps long, là-haut !

La femme n'avait apparemment pas remarqué la petite créature tremblotante qui s'était pelotonnée près du poêle. De son côté, Ophélie avait du mal à la comprendre, à cause de son accent, très marqué lui aussi. « De la compagnie pour madame » ? Comme Thorn ne répondait rien, fidèle à lui-même, la femme s'éloigna aussi discrètement que le permettaient ses sabots.

— Je vais aider mon mari.

Ophélie prenait lentement connaissance de son environnement. Au fur et à mesure que la neige fondait sur ses lunettes, des formes étranges se précisaient autour d'elle. Des trophées d'animaux, gueules béantes et œil figé, jaillirent des murs le long d'une immense galerie de chasse. Des Bêtes, à en juger par leur taille monstrueuse. Les bois d'un élan, qui trônaient au-dessus de l'entrée, avaient l'envergure d'un arbre.

Au fond du logis, l'ombre de Thorn se dressait devant une vaste cheminée. Il avait posé sa valise en tapisserie à ses pieds, prêt à l'empoigner à la première occasion.

Ophélie lâcha sa petite braisière pour cette cheminée, qu'elle jugea plus attrayante. Gorgées d'eau, ses bottines gargouillaient à chaque pas. Sa robe aussi avait bu la neige, elle semblait lestée de plomb. Ophélie la releva un peu et s'aperçut que ce qu'elle avait pris pour un tapis était en réalité une immense fourrure grise. La vision lui donna froid dans le dos. Quel animal pouvait être à ce point monstrueux de son vivant pour couvrir une telle distance une fois écorché ?

Thorn avait plongé son regard de fonte dans le feu de cheminée ; il ignora Ophélie quand elle s'approcha. Ses bras croisaient le fer sur sa poitrine tels des sabres, et ses longues jambes nerveuses frémissaient d'impatience contenue, comme si elles ne supportaient pas de rester en place. Il consulta sa montre de gousset dans un cliquetis de couvercle rapide. *Tac tac*.

Les mains offertes aux flammes, Ophélie se demanda ce que devenait sa tante. Elle n'aurait pas dû la laisser seule avec l'homme à la lanterne, dehors. En prêtant l'oreille, il lui semblait entendre des protestations au sujet de leurs bagages.

Elle attendit que ses dents eussent cessé de claquer pour adresser la parole à Thorn.

— Je vous avoue que je ne comprends pas bien ces gens…

Ophélie crut, à son silence tenace, que Thorn ne lui répondrait pas, mais il finit par desserrer les mâchoires :

— En présence des autres et tant que j'en aurai décidé ainsi, vous serez deux dames de compagnie que j'ai ramenées de l'étranger pour divertir ma tante. Si vous voulez me faciliter la tâche, surveillez votre langue, en particulier celle de votre chaperon. Et puis ne vous tenez pas au même niveau que moi, ajouta-t-il avec un soupir excédé. Ça va attirer les soupçons.

Ophélie se recula de deux pas, s'arrachant à regret de la chaleur de la cheminée. Thorn se donnait décidément beaucoup de mal pour ne pas ébruiter leur mariage, ça en devenait pré-occupant. Elle était par ailleurs troublée par la relation insolite qui le liait à ce couple. Ils l'appe-laient « seigneur » et, derrière l'apparente familia-rité qu'on lui manifestait, se cachait une certaine déférence. Sur Anima, on était tous le cousin de quelqu'un et on ne s'encombrait pas de cérémo-nial. Ici, il flottait déjà dans l'air une sorte de hié-rarchie inviolable dont Ophélie ne saisissait pas la nature.

— C'est ici que vous vivez ? demanda-t-elle dans un souffle à peine audible, depuis sa place en retrait.

— Non, condescendit encore à répondre Thorn après un silence. C'est le logis du garde-chasse.

Cela rassura Ophélie. Elle n'aimait pas le par-fum morbide des trophées de Bêtes, à peine mas-qué par l'odeur du feu de cheminée.

— Nous y passerons la nuit ?

Alors que Thorn lui avait obstinément présenté son profil taillé au couteau, cette réflexion l'amena à tourner vers elle un regard de faucon. L'éton-nement avait détendu d'un coup les traits sévères de sa figure.

— La nuit ? Quelle heure croyez-vous donc qu'il soit ?

— Manifestement beaucoup plus tôt que je ne le pensais, déduisit Ophélie à mi-voix.

La pénombre qui pesait sur le ciel brouillait son horloge interne. Elle avait sommeil et elle avait froid, mais elle n'en dit rien à Thorn. Elle ne vou-lait pas accuser de la faiblesse devant cet homme qui la jugeait déjà trop délicate.

Il y eut soudain un coup de tonnerre dans le vestibule.

— Vandales ! enragea la voix de la tante Roseline. Maladroits ! Goujats !

Ophélie perçut la crispation de Thorn. Pourpre de colère sous sa toque, la tante faisait une entrée en fanfare dans la galerie aux trophées, talonnée de près par l'épouse du garde-chasse. Ophélie eut cette fois l'occasion de voir à quoi ressemblait la femme ; c'était une créature aussi rose et rondouillarde qu'un poupon, avec une natte d'or enroulée autour de son front comme une couronne.

— A-t-on idée de débouler ainsi chez les braves avec un tel appareillage ? protesta celle-ci. C'est qu'on se prendrait pour de la duchesse !

Roseline aperçut Ophélie devant l'âtre. Elle la prit aussitôt à témoin, son parapluie brandi comme une épée :

— Ils ont saccagé ma belle, ma magnifique machine à coudre ! se scandalisa-t-elle. Et comment je vais ourler nos robes ? Comment je vais réparer nos accrocs ? Je suis une spécialiste du papier, moi, pas de l'étoffe !

— Comme tout le monde, tiens, rétorqua la femme avec mépris. Au fil et à l'aiguille, ma bonne dame !

Ophélie voulut interroger Thorn des yeux pour savoir quelle attitude adopter, mais il semblait se désintéresser de ces querelles de chiffonnières, résolument tourné vers la cheminée. Elle devinait pourtant, à sa raideur, qu'il désapprouvait l'indiscrétion de la tante Roseline.

— C'est intolérable, s'étouffa celle-ci. Savez-vous au moins à qui vous... vous...

Ophélie posa une main sur son bras pour l'inciter à la pondération.

— Calmez-vous, ma tante, cela n'est pas si grave.

La femme du garde-chasse fit rouler ses yeux clairs de la tante à la nièce. Elle posa un regard éloquent sur ses cheveux dégoulinants, son teint cadavérique et son accoutrement ridicule qui gouttait comme une serpillière.

— Je m'attendais à quelque chose de plus exotique. Je souhaite bien de la patience à dame Berenilde !

— Va chercher ton mari, déclara abruptement Thorn. Qu'il harnache ses chiens. Il nous faut encore traverser les bois, je ne veux pas gaspiller plus de temps.

La tante Roseline entrouvrit ses longues dents chevalines pour demander qui était dame Berenilde, mais Ophélie l'en dissuada d'un regard.

— Vous ne préférez pas y aller en dirigeable, mon seigneur ? s'étonna la femme du garde-chasse.

Ophélie aurait espéré un « oui », le dirigeable lui faisant plus envie que les bois glacés, mais Thorn, agacé, répondit :

— Il n'y aura pas de correspondance avant jeudi. Je n'ai pas de temps à perdre.

— Bien, mon seigneur, s'inclina la femme.

Cramponnée à son parapluie, la tante Roseline était scandalisée.

— Et à nous, monsieur Thorn, on ne demande pas notre avis ? Je préférerais dormir à l'hôtel en attendant que cette neige fonde un peu.

Thorn empoigna sa valise, sans un regard pour Ophélie et sa marraine.

— Elle ne fondra pas, dit-il seulement.

Ils sortirent par une grande terrasse couverte, non loin de laquelle bruissait une forêt. Le souffle coupé par le froid, Ophélie distinguait mieux ici le paysage qu'à sa descente du dirigeable. La nuit polaire n'était pas aussi noire et impénétrable qu'elle l'avait imaginé. Dentelé par la crête des sapins tout boursouflés de neige, le ciel tirait sur l'indigo phosphorescent et se faisait bleu tendre juste au-dessus des remparts qui séparaient la ville voisine de la forêt. Le soleil se cachait, oui, mais il n'était pas loin. Il se tenait là, presque à la portée des yeux, juste à fleur d'horizon.

Repliée derrière son écharpe, le nez dans un mouchoir, Ophélie eut un choc quand elle aperçut les traîneaux qu'on attelait pour eux. Le pelage ébouriffé par le vent, les chiens-loups étaient aussi imposants que des chevaux. C'était une chose de voir des Bêtes dans le carnet d'Augustus, c'en était une autre de les découvrir en chair et en crocs. La tante Roseline faillit tourner de l'œil à leur vue.

Les bottes plantées dans la neige, le visage fermé, Thorn enfilait des gants d'attelage. Il avait troqué sa fourrure d'ours blanc contre une pelisse grise, moins ample et moins lourde, qui collait de près à son corps en fil de fer. Il écoutait d'un air peu attentif le compte rendu verbal du garde-chasse qui se plaignait des braconniers.

Une fois encore, Ophélie se demanda qui était Thorn pour ces gens. La forêt lui appartenait-elle donc pour avoir droit à ce rapport en règle ?

— Et nos malles ? les coupa la tante Roseline, entre deux claquements des dents. Vous ne les chargez pas sur les traîneaux ?

— Elles nous ralentiraient, dame, dit le garde-chasse en mâchant une chique. Vous inquiétez donc pas, on vous les fera parvenir bientôt chez dame Berenilde.

La tante Roseline ne le comprit pas tout de suite, à cause de son accent et de sa chique. Elle dut lui faire répéter trois fois sa phrase.

— Des femmes ne peuvent voyager sans le strict nécessaire ! s'offusqua-t-elle. Et M. Thorn, il la garde bien, sa petite valise, non ?

— Ce n'est pas du tout la même chose, souffla le garde-chasse, très choqué.

Thorn eut un claquement de langue agacé.

— Où est-elle ? demanda-t-il, ignorant ostensiblement Roseline.

D'un geste de la main, le garde-chasse signala un point vague au-delà des arbres.

— Elle traîne du côté du lac, mon seigneur.

— De qui parlez-vous ? s'impatienta la tante Roseline.

La tête dans son écharpe, Ophélie ne comprenait pas non plus. Elle ne comprenait rien à rien. Le froid lui donnait mal au crâne et l'empêchait de garder les idées claires. Elle pataugeait toujours dans le coton lorsque les traîneaux se remirent en route sous la nuit, gonflant ses jupons de courants d'air. Recroquevillée au fond de l'attelage, ballottée par les cahots comme une poupée de chiffon, elle s'aidait de ses moufles pour empêcher ses cheveux de lui fouetter le nez. Devant elle, Thorn

131

dirigeait leur attelage ; son ombre immense, tendue en avant, épousait le vent comme une flèche. Les grelots étouffés du traîneau voisin, qui transportait le garde-chasse et la tante Roseline, les suivaient discrètement dans l'obscurité. Alentour, les branches nues des arbres griffaient le paysage, lacéraient la neige et recrachaient ici et là des lambeaux de ciel. Secouée dans tous les sens, luttant contre le sommeil visqueux qui l'engourdissait, Ophélie avait l'impression que cette course n'avait pas de fin.

Tout à coup, les ombres grouillantes des bois volèrent en éclats et une nuit vaste, cristalline, éblouissante, déroula son manteau étoilé à perte de vue. Les yeux d'Ophélie se dilatèrent derrière ses lunettes. Elle se redressa dans le traîneau et, tandis que le souffle glacé de la bise s'engouffrait dans ses cheveux, la vision lui claqua au visage.

Suspendue au milieu de la nuit, ses tours noyées dans la Voie lactée, une formidable citadelle flottait au-dessus de la forêt sans qu'aucune attache la reliât au reste du monde. C'était un spectacle complètement fou, une énorme ruche reniée par la terre, un entrelacs tortueux de donjons, de ponts, de créneaux, d'escaliers, d'arcs-boutants et de cheminées. Jalousement gardée par un anneau gelé de douves, dont les longues coulées s'étaient figées dans le vide, la cité enneigée s'élançait au-dessus et au-dessous de cette ligne. Constellée de fenêtres et de réverbères, elle réfléchissait ses mille et une lumières sur le miroir d'un lac. Sa plus haute tour, elle, harponnait le croissant de la lune.

« Inaccessible », estima Ophélie, exaltée par la

vision. C'était donc cette ville flottante qu'Augustus avait dessinée dans son carnet ?

En tête de traîneau, Thorn bascula un regard par-dessus son épaule. À travers les mèches claires qui lui fouettaient le visage, son œil était plus vif que de coutume.

— Tenez-vous !

Perplexe, Ophélie s'agrippa à ce qui lui tomba sous la main. Un appel d'air, puissant comme un torrent, lui coupa le souffle, tandis que les énormes chiens et le traîneau accrochaient ce courant et s'arrachaient de la neige. Le cri hystérique de sa marraine s'étira vers les étoiles. Ophélie, elle, était incapable d'émettre le moindre son. Elle sentit son cœur battre à tout rompre. Plus ils s'élevaient dans le ciel, plus ils gagnaient en vitesse et plus son estomac pesait au fond de son ventre. Ils dessinèrent une ample boucle qui lui parut aussi interminable que les hurlements de la tante. Dans une gerbe d'étincelles, les patins se posèrent sans douceur sur la glace des douves. Ophélie sursauta brutalement sur le plancher du traîneau ; elle faillit passer par-dessus bord. Enfin, les chiens refrénèrent leur course et l'attelage s'immobilisa devant une herse colossale.

— La Citacielle, annonça laconiquement Thorn en descendant.

Il n'eut pas un regard en arrière pour vérifier que sa fiancée était toujours bien là.

La Citacielle

Ophélie se tordait la nuque, incapable de détacher son regard de la cité monumentale qui se dressait jusqu'aux étoiles.

Perché sur une muraille, un chemin de ronde enlaçait la forteresse par la taille et serpentait en colimaçon jusqu'au sommet. La Citacielle était bien plus bizarre qu'elle n'était belle. Des tourelles aux formes diverses, tantôt bouffies, tantôt fluettes ou bien bancales, crachaient de la fumée par toutes leurs cheminées. Les escaliers en arcades enjambaient maladroitement le vide et ne donnaient pas du tout envie de s'y risquer. Les fenêtres – vitraux ou croisées – émaillaient la nuit d'une palette de couleurs mal assorties.

— J'ai cru mourir…, agonisa une voix derrière Ophélie.

— Gaffe, dame. Chaussée comme vous êtes, ce sol-là est une vraie glissoire.

Soutenue par le garde-chasse, défaillante, la tante Roseline cherchait son équilibre sur la surface des douves. À la lumière de la lanterne, son teint paraissait plus jaune encore qu'à l'accoutumée.

Ophélie posa à son tour un pied prudent hors de son traîneau et assura la prise de ses souliers sur la glace. Elle tomba aussitôt à la renverse.

Les bottes crantées de Thorn, elles, adhéraient parfaitement à l'épaisse pellicule de gel tandis qu'il dessanglait ses chiens pour les joindre à ceux du garde-chasse.

— Ça ira, mon seigneur ? s'enquit ce dernier tout en enroulant les longes autour de ses poignets.

— Oui.

En un coup de rênes, l'attelage détala sans un bruit, accrocha un couloir d'air et disparut avec sa lanterne dans la nuit comme une étoile filante. Affalée sur la glace, Ophélie le suivit des yeux avec le sentiment qu'il emportait avec lui tout espoir de retour en arrière. Elle ne comprenait pas comment il était physiquement possible qu'un traîneau attelé à des chiens pût voler ainsi.

— Aidez-moi.

Le grand corps raide de Thorn s'était incliné derrière son traîneau vide et attendait apparemment qu'Ophélie fît de même. Elle dérapa tant bien que mal jusqu'à lui. Il lui désigna un piquet qu'il venait de planter dans la neige.

— Appuyez votre pied contre lui. À mon signal, vous poussez aussi fort que vous pouvez.

Elle acquiesça, peu sûre d'elle. C'était à peine si elle sentait ses orteils contre le pieu. Dès que Thorn lui en donna le signal, elle s'arc-bouta de tout son poids contre le traîneau. Le véhicule, qui se mouvait si facilement derrière les grands chiens-loups, semblait pris dans la glace depuis qu'on avait dételé les bêtes. Ophélie fut soulagée de voir les patins céder à leur poussée.

— Encore, exigea Thorn d'un ton plat tandis qu'il enfonçait d'autres piquets.

— M'expliquera-t-on à la fin ce que tout ce manège signifie ? se formalisa la tante Roseline en les voyant faire. Pourquoi personne ne vient-il nous accueillir en bonne et due forme ? Pourquoi nous traite-t-on avec si peu d'égards ? Et pourquoi ai-je l'impression que votre famille n'est pas informée de notre venue ?

Elle gesticulait dans sa fourrure brune, luttant pour trouver son équilibre. Le regard que Thorn darda sur elle la pétrifia sur place. Ses yeux ressortaient comme deux éclats de lame dans l'obscurité bleutée de la nuit.

— Parce que, chuchota-t-il entre ses dents. Un peu de discrétion, madame, ça vous écorcherait ?

Sa figure maussade redescendit vers Ophélie et lui fit signe de pousser. Répétant encore et encore leur manipulation, ils gagnèrent un vaste hangar dont les immenses portes, mollement reliées par des chaînes, grinçaient sous le vent. Thorn souleva sa pelisse, révélant un sac qu'il portait en bandoulière, et tira un trousseau de clefs. Les cadenas sautèrent, les chaînes glissèrent. Des rangées de traîneaux, semblables au leur, s'alignaient dans le noir. Une rampe de manœuvre avait été aménagée à l'intérieur, Thorn gara leur véhicule dans l'entrepôt sans plus avoir besoin du concours d'Ophélie. Il récupéra sa valise et leur fit signe de le suivre au fond du hangar.

— Vous ne nous faites pas entrer par la grande porte, commenta la tante Roseline.

Thorn pesa de tout son regard sur les deux femmes, tour à tour.

— À compter de maintenant, dit-il d'une voix pleine d'orage, vous me suivez sans discuter, sans tergiverser, sans traîner les pieds, sans un bruit.

La tante Roseline pinça les lèvres. Ophélie garda le fond de sa pensée pour elle puisque, de toute façon, Thorn n'attendait pas d'assentiment. Ils s'infiltraient à l'intérieur de la citadelle comme des clandestins, mais il avait ses raisons. Qu'elles fussent bonnes ou mauvaises, c'était une autre chose.

Thorn fit coulisser une lourde porte en bois. À peine pénétrèrent-ils dans une salle obscure, à la puissante odeur animale, qu'il y eut de l'agitation dans l'ombre. Un chenil. Derrière les barreaux des box, de grosses pattes grattèrent, d'énormes truffes reniflèrent, de larges museaux couinèrent. Les chiens étaient si grands qu'Ophélie se serait crue dans une écurie. Thorn siffla entre ses dents pour calmer leurs ardeurs. Il se recourba à l'intérieur d'un monte-charge en fer forgé, attendit que les femmes s'y fussent installées, déplia la grille de sécurité et fit pivoter une manivelle. Avec un bruit métallique, l'ascenseur prit de l'altitude et grimpa de palier en palier. Des cristaux de glace se soulevèrent en nuages autour d'eux tandis que la température remontait.

La chaleur qui se coulait dans les veines d'Ophélie se transforma bientôt en supplice. Elle lui ébouillantait les joues et recouvrait ses lunettes de buée. La marraine étouffa un petit cri lorsque le monte-charge s'immobilisa brutalement. Thorn replia la grille en accordéon de l'ascenseur, balançant son long cou de part et d'autre de l'étage.

— Prenez à droite. Dépêchez-vous.

Cet étage ressemblait singulièrement à une ruelle sordide, avec des pavés à moitié déchaussés, des trottoirs mal entretenus, de vieilles publicités sur les murs et un brouillard dense. Il flottait dans l'air un vague parfum de boulangerie et d'épices qui remua le ventre d'Ophélie.

Valise en main, Thorn leur fit emprunter des quartiers dépeuplés, des chemins dérobés et des escaliers délabrés. À deux reprises, il les renfonça dans l'ombre d'une venelle, à cause du passage d'un fiacre ou d'un lointain éclat de rire. Il traîna ensuite Ophélie par le poignet pour lui faire forcer l'allure. Chacune de ses longues enjambées comptait double pour elle.

Elle observa à la lueur des réverbères les mâchoires crispées de Thorn, son œil très pâle et, tout là-haut, son front déterminé. Une fois encore, elle se demanda dans quelle mesure sa place à la cour était très légitime pour qu'il agît de la sorte. Ses longs doigts nerveux relâchèrent son bras quand ils investirent l'arrière-cour d'une maison en piteux état. Un chat qui fouinait dans les poubelles détala à leur vue. Après un dernier coup d'œil méfiant, Thorn poussa les deux femmes derrière une porte qu'il referma aussitôt sur eux et verrouilla à double tour.

La tante Roseline hoqueta de stupeur. Les yeux d'Ophélie s'arrondirent sous ses lunettes. Flamboyant dans le déclin du jour, un parc champêtre déployait autour d'elles son feuillage d'automne. Plus de nuit. Plus de neige. Plus de Citacielle. Par un invraisemblable tour de passe-passe, ils avaient surgi ailleurs. Ophélie pivota sur ses talons. La porte qu'ils venaient de franchir se tenait debout, absurdement, au milieu du gazon.

Comme Thorn paraissait respirer plus à son aise, elles comprirent que ses interdictions étaient levées.

— C'est extraordinaire, balbutia la tante Roseline dont la longue figure sèche s'était dilatée d'admiration. Où sommes-nous ?

La valise à la main, Thorn s'était aussitôt remis en route entre les rangées d'ormes et de peupliers.

— Au domaine de ma tante. Merci de garder vos autres questions pour plus tard et de ne pas nous retarder davantage, ajouta-t-il d'une voix coupante comme Roseline s'apprêtait à poursuivre sur sa lancée.

Elles suivirent Thorn dans l'allée bien entretenue du parc, longée par deux ruisseaux en escalier. La tante dégrafa son manteau de fourrure, charmée par la brise tiède.

— Extraordinaire, répétait-elle avec un sourire qui dévoilait ses longues dents. Tout simplement extraordinaire…

Ophélie se moucha, plus réservée. Ses cheveux et ses robes ne cessaient de pleurer de la neige fondue, elle répandait des flaques partout sur son passage.

Elle observa l'herbe du gazon à ses pieds, puis les cours d'eau scintillants, puis les feuillages qui frémissaient dans le vent, puis le ciel rosi par le crépuscule. Elle ne pouvait taire un petit malaise en elle. Le soleil n'était pas à sa place ici. La pelouse était beaucoup trop verte. Les arbres roux ne déversaient aucune feuille. On n'entendait ni le chant des oiseaux ni le bourdonnement des insectes.

Ophélie se rappela le journal de bord de l'aïeule Adélaïde :

Mme l'ambassadrice nous a aimablement reçus dans son domaine, où il règne une éternelle nuit d'été. Je suis éblouie par tant de merveilles ! Les gens d'ici sont courtois, très prévenants et leurs pouvoirs dépassent l'entendement.

— Ne retirez pas votre fourrure, ma tante, murmura Ophélie. Je crois que ce parc est faux.

— Faux ? répéta Roseline, interdite.

Thorn se retourna à demi. Ophélie n'eut qu'un bref aperçu de son profil balafré et mal rasé, mais le regard qu'il avait versé de son côté avait trahi une étincelle de surprise.

Une grande demeure se dessina en filigrane derrière la dentelle des branchages. Elle leur apparut tout entière, bien découpée sur la toile rouge du couchant, lorsque l'allée délaissa le bois champêtre pour de jolis jardins symétriques. C'était une gentilhommière drapée de lierre, coiffée d'ardoises et rehaussée de girouettes.

Sur le perron de pierre, aux marches concaves, se tenait une vieille dame. Les mains croisées sur son tablier noir, un châle sur les épaules, elle semblait les guetter depuis toujours. Elle les dévora des yeux sitôt qu'ils gravirent les marches, ses rides propagées autour d'un sourire radieux.

— Thorn, mon petit, quelle joie de te revoir !

Malgré la fatigue, malgré le rhume, malgré les doutes, Ophélie ne put dissimuler son amusement. À ses yeux, Thorn était tout sauf « petit ». Elle sourcilla, en revanche, quand celui-ci repoussa les avances de la vieillarde sans ménagement.

— Thorn, Thorn, tu n'embrasses donc pas ta grand-mère ? s'attrista la femme.

— Arrêtez ça, siffla-t-il.

Il s'engouffra dans le vestibule du manoir, les laissant toutes les trois sur le seuil.

— Quel sans-cœur ! suffoqua Roseline qui semblait avoir oublié toute politique de rapprochement.

Mais la grand-mère s'était déjà trouvé une autre victime. Ses doigts malaxaient les joues d'Ophélie comme pour juger de sa fraîcheur, manquant de décrocher ses lunettes.

— Voici donc le sang nouveau qui vient au secours des Dragons, dit-elle avec un sourire rêveur.

— Je vous demande pardon ? bredouilla Ophélie.

Elle n'avait pas compris un traître mot de cette formule d'accueil.

— Tu as un bon visage, s'égaya la vieille femme. Très innocent.

Ophélie se dit qu'elle devait surtout avoir l'air hébétée. Les mains fripées de la grand-mère étaient parcourues d'étranges tatouages. Les mêmes tatouages que les bras des chasseurs, sur les croquis d'Augustus.

— Pardonnez-moi, madame, je suis en train de

vous arroser, dit Ophélie en ramenant vers l'arrière ses cheveux dégoulinants.

— Par nos illustres aïeuls, vous grelottez, ma pauvre enfant ! Entrez, entrez vite, mesdames. On ne va pas tarder à servir le souper.

Les Dragons

Plongée dans l'eau fumante, Ophélie ressuscitait.

En temps ordinaire, elle n'aimait pas beaucoup utiliser la baignoire de quelqu'un d'autre – *lire* ces petits espaces d'intimité pouvait être embarrassant – mais elle profita pleinement de celle-ci. Ses orteils, que le froid avait rendus gourds comme de la pierre, venaient de retrouver une couleur rassurante au fond de l'eau. Assoupie par les vapeurs chaudes, Ophélie promenait un regard somnolent sur la longue bordure émaillée de la baignoire, sur la bouilloire en étain, sur les frises à fleurs de lys de la tapisserie et sur les beaux vases en porcelaine de la console. Chaque pièce du mobilier était une véritable œuvre d'art.

— Je suis à la fois rassurée et préoccupée, ma fille !

Ophélie tourna ses lunettes embuées vers le paravent de toile où l'ombre de la tante Roseline gesticulait comme dans un théâtre pour enfants. Elle épinglait son petit chignon, enfilait ses perles, repoudrait son nez.

— Rassurée, reprit l'ombre de la tante, parce que cette arche n'est pas aussi inhospitalière que je le redoutais. Jamais je n'ai vu une maison aussi bien tenue et, même si son accent me heurte un peu les oreilles, cette vénérable grand-mère est une crème !

Roseline contourna le paravent pour se pencher sur la baignoire d'Ophélie. Ses cheveux blonds, tirés à quatre épingles, sentaient très fort l'eau de toilette. Elle avait coincé son corps étroit dans une belle robe vert sombre. La grand-mère lui en avait fait cadeau en dédommagement de sa machine à coudre cassée chez le garde-chasse.

— Mais je suis préoccupée, parce que l'homme que tu t'apprêtes à épouser est un malotru, chuchota-t-elle.

Ophélie fit glisser ses lourdes mèches larmoyantes de ses épaules et fixa ses genoux, qui affleuraient de la mousse comme deux bulles roses. Elle se demanda un instant si elle ne devait pas raconter à sa marraine les mises en garde de Thorn.

— Sors de là, dit la tante Roseline en claquant des doigts. Tu deviens fripée comme un pruneau.

Quand Ophélie s'arracha de l'eau chaude de sa baignoire, l'air lui fit l'effet d'une claque froide sur tout le corps. Son premier réflexe fut d'enfiler ses gants de *liseuse*. Elle s'enroula ensuite volontiers dans le drap blanc que lui tendait sa marraine et se frictionna devant la cheminée. La grand-mère de Thorn avait mis plusieurs robes à sa disposition. Étendues sur le grand lit à baldaquin, telles des femmes alanguies, elles rivalisaient de grâce

et de coquetterie. Sans prêter l'oreille aux protestations de Roseline, Ophélie choisit la plus sobre
d'entre elles : une toilette gris perle, cintrée à la
taille et boutonnée jusqu'au menton. Elle assit ses
lunettes sur son nez et en assombrit les verres.
Quand elle se vit ainsi guindée dans la glace, ses
cheveux tressés sur la nuque, son négligé habituel lui manqua. Elle tendit le bras à son écharpe,
encore froide, qui enroula ses anneaux tricolores
jusqu'à sa place familière, autour du cou, sa
frange balayant le tapis.

— Ma pauvre nièce, tu es irrémédiablement
dépourvue de goût, s'irrita Roseline.

On frappa à leur porte. Une jeune fille en tablier
et bonnet blancs s'inclina respectueusement.

— Le repas est servi, si ces dames veulent bien
me suivre.

Ophélie observa ce joli visage constellé de
taches de son. Elle essaya, sans y parvenir, de
deviner son lien de parenté avec Thorn. Si c'était
une sœur, elle ne lui ressemblait pas du tout.

— Merci, mademoiselle, répondit-elle en lui
rendant sa salutation cérémonieuse.

La jeune fille parut tellement interloquée
qu'Ophélie pensa avoir commis un impair. Aurait-
elle dû l'appeler « cousine » plutôt que « mademoiselle », par délicatesse ?

— Je crois que c'est une domestique, lui souffla la tante dans l'oreille, tandis qu'elles descen-
daient l'escalier tapissé de velours. J'en avais déjà
entendu parler, mais c'est la première fois de ma
vie que j'en vois une de mes yeux.

Ophélie n'y connaissait rien. Elle avait lu des

ciseaux de bonne, au musée, mais elle pensait que ces professions-là avaient disparu avec l'ancien monde.

La jeune fille les introduisit dans une vaste salle à manger. L'atmosphère y était plus sombre que dans le corridor avec ses boiseries brunes, son haut plafond à caissons, ses peintures en clair-obscur et les vitrages dormants qui laissaient deviner la nuit du parc entre deux résilles de plomb. Les chandeliers dissipaient à peine cette pénombre le long de la grande table et déposaient sur l'argenterie de fragiles éclats dorés.

Au milieu de toutes ces ombres, une créature lumineuse trônait en tête de table, au fond d'un fauteuil sculpté.

— Ma douce enfant, accueillit-elle Ophélie d'une voix sensuelle. Approchez donc, que je vous admire.

Ophélie offrit maladroitement sa main aux doigts délicats qui s'étaient élancés vers elle. La femme à laquelle ils appartenaient était d'une beauté à couper le souffle. Son corps souple, voluptueux, faisait bruisser à chaque mouvement sa robe de taffetas bleu aux bandes de ruban crème. La peau laiteuse de son cou jaillissait du corsage, nimbée par un nuage blond. Un sourire aérien flottait sur ce visage doux, sans âge, et il était impossible d'en détacher les yeux une fois qu'ils s'étaient posés sur lui. Ophélie dut s'y soustraire, malgré tout, pour contempler le bras satiné que la femme lui avait tendu. La sous-manche en tulle brodé laissait deviner par transparence un entrelacs de tatouages, ceux-là mêmes que portait

146

la grand-mère sur ses propres bras ainsi que les chasseurs des croquis d'Augustus.

— J'ai peur d'être trop quelconque pour être « admirée », murmura impulsivement Ophélie.

Le sourire de la femme s'accentua, ce qui imprima une fossette dans le lait de sa peau.

— Vous ne manquez pas de franchise, en tout cas. Voilà qui nous change, n'est-ce pas, maman ?

L'accent du Nord, qui avait des inflexions si dures dans la bouche de Thorn, roulait sensuellement sur la langue de cette femme et lui donnait plus de charme encore.

Deux chaises plus loin, la grand-mère acquiesça avec un bon sourire.

— C'est ce que je te disais, ma fille. Cette jeune personne est d'une candide simplicité !

— J'oublie tous mes devoirs, se désola la belle femme. Je ne me suis même pas présentée à vous ! Berenilde, la tante de Thorn. Je l'aime comme un fils et je suis persuadée que je vais bien vite vous aimer comme ma propre fille. Vous pouvez donc vous adresser à moi comme à une mère. Prenez place, ma chère enfant, et vous aussi, madame Roseline.

Ce fut quand Ophélie s'assit devant son assiette de soupe qu'elle prit conscience de la présence de Thorn, attablé en face d'elle. Il s'était tellement fondu dans la pénombre ambiante qu'elle ne l'avait pas remarqué.

Il était méconnaissable.

Sa crinière, courte et pâle, ne batifolait plus comme de la mauvaise herbe. Il avait rasé la barbe qui lui mangeait les joues, de telle façon qu'il n'en restait qu'un bouc taillé en forme d'ancre. La grossière pelisse de voyage avait cédé la place à un étroit veston bleu nuit à haut col, d'où s'évadaient les manches amples d'une chemise impeccablement blanche. Ces habits raidissaient plus encore son grand corps maigre, mais ainsi Thorn ressemblait plus à un gentilhomme qu'à un animal sauvage. La chaîne de sa montre de gousset et ses boutons de manchette accrochaient la lumière des chandelles.

Sa figure, longue et aiguisée, n'en était pas plus aimable pour autant. Il gardait les paupières résolument baissées sur sa soupe au potiron. Il semblait compter en silence le nombre d'allées et venues entre sa cuillère et ses lèvres.

— Je ne t'entends guère, Thorn ! observa la belle Berenilde, une coupe de vin à la main. Moi qui espérais qu'une touche de féminité dans ton existence te rendrait plus disert.

Quand il releva les yeux, ce ne fut pas sa tante qu'il dévisagea de plein fouet, mais Ophélie. Une lueur de défi brillait toujours dans le ciel plombé de ses prunelles. Ses deux cicatrices, l'une à la tempe, l'autre au sourcil, juraient presque sur la nouvelle symétrie de son visage, bien rasé, bien peigné.

Lentement, il se tourna vers Berenilde.

— J'ai tué un homme.

Il avait jeté cela d'un ton nonchalant, comme une banalité, entre deux lampées de soupe. Les lunettes d'Ophélie blêmirent. À côté d'elle, la tante Roseline s'étrangla, au bord de la syncope. Berenilde reposa sa coupe de vin d'un geste calme sur la nappe de dentelle.

— Où ? Quand ?

Ophélie, elle, aurait demandé : « Qui ? Pourquoi ? »

— À l'aérogare, avant que je n'embarque pour Anima, répondit Thorn d'une voix posée. Un disgracié qu'un individu malintentionné m'a dépêché aux trousses. J'ai quelque peu précipité mon voyage en conséquence.

— Tu as bien fait.

Ophélie se crispa sur sa chaise. Comment donc, c'était tout ? « Tu es un assassin, parfait, passe-moi le sel... »

Berenilde perçut sa raideur. D'un mouvement plein de grâce, elle posa sa main tatouée sur son gant.

— Vous devez nous juger effrayants, susurra-t-elle. Je constate que mon cher neveu, fidèle à lui-même, ne s'est pas donné la peine de vous mettre au parfum.

— Nous mettre au parfum de quoi ? se formalisa la tante Roseline. Il n'a jamais été question que ma filleule épouse un criminel !

Berenilde tourna vers elle ses yeux d'une eau limpide.

— Cela a peu à voir avec le crime, madame. Nous devons nous défendre contre nos rivaux. Je crains que beaucoup de nobles à la cour ne considèrent cette alliance entre nos deux familles d'un fort mauvais œil. Ce qui rend les uns plus forts affaiblit la position des autres, lui dit-elle doucement en souriant. Le plus infime changement dans l'équilibre des pouvoirs précipite les intrigues et les meurtres de couloir.

149

Ophélie était choquée. C'était donc cela, la cour ? Dans son ignorance, elle s'était imaginé des rois et des reines qui passaient leurs journées à philosopher et à jouer aux cartes.

La tante Roseline, elle aussi, semblait tomber des nues.

— Par les ancêtres ! Vous voulez dire que ce sont là des pratiques courantes ? On s'assassine tranquillement les uns les autres, et puis voilà ?

— C'est un soupçon plus compliqué, répondit Berenilde avec patience.

Des hommes en queue-de-pie noire et plastron blanc entrèrent discrètement dans la salle à manger. Sans mot dire, ils remportèrent les soupières, servirent du poisson et disparurent en trois ronds de jambe. Personne à table ne jugea digne d'intérêt de les présenter à Ophélie. Tous ces gens qui vivaient ici n'étaient donc pas de la famille ? C'était cela, des domestiques ? Des courants d'air sans identité ?

— Voyez-vous, poursuivit Berenilde en appuyant le menton sur ses doigts entrelacés, notre mode de vie est quelque peu différent du vôtre sur Anima. Il y a les familles qui ont les faveurs de notre esprit Farouk, celles qui ne les ont plus et celles qui ne les ont jamais eues.

— *Les* familles ? releva Ophélie dans un murmure.

— Oui, mon enfant. Notre arbre généalogique est plus tortueux que le vôtre. Dès la création de l'arche, il s'est scindé en plusieurs branches bien distinctes les unes des autres, des branches qui ne se mélangent pas entre elles sans réticence… ou sans s'entre-tuer.

150

— Tout à fait charmant, commenta la tante Roseline avec deux coups de serviette sur sa bouche.

Ophélie décortiqua son saumon avec appréhension. Elle était incapable de manger du poisson sans se coincer une arête dans la gorge. Elle regarda Thorn à la dérobée, mal à l'aise de le sentir juste devant elle, mais il accordait plus d'attention à son assiette qu'à toutes les convives réunies. Il mastiquait son poisson d'un air maussade, comme si avaler de la nourriture lui répugnait. Pas étonnant qu'il fût si maigre... Ses jambes étaient tellement longues que, malgré la largeur de la table, Ophélie devait ramener ses bottillons sous sa chaise pour éviter de lui marcher sur les pieds.

Elle remonta ses lunettes sur son nez et observa, cette fois-ci discrètement, la silhouette ratatinée de la grand-mère, à côté de lui, qui mangeait son saumon d'un bon appétit.

Qu'avait-elle dit, déjà, en les accueillant ? « Voici donc le sang nouveau qui vient au secours des Dragons. »

— Les Dragons, souffla soudain Ophélie, c'est le nom de votre famille ?

Berenilde haussa ses sourcils bien épilés et consulta Thorn avec une expression étonnée.

— Tu ne leur as rien expliqué ? À quoi donc as-tu employé ton temps durant le voyage ?

Elle secoua ses jolies bouclettes blondes, mi-agacée, mi-amusée, puis elle lança à Ophélie une œillade pétillante.

— Oui, ma chère enfant, c'est le nom de notre famille. Trois clans, dont le nôtre, gravitent actuellement à la cour. Vous l'avez compris, nous ne nous apprécions pas beaucoup mutuellement. Le clan des Dragons est puissant et redouté, mais petit par le nombre. Vous en ferez vite le tour, ma petite !

Un frisson dévala le dos d'Ophélie, depuis la nuque jusqu'au bas des reins. Elle avait soudain un mauvais pressentiment quant au rôle qu'elle serait amenée à jouer au sein de ce clan. Apporter du sang nouveau ? Une mère pondeuse, voilà ce qu'ils envisageaient de faire d'elle.

Elle considéra Thorn bien en face, sa figure sèche et désagréable, son grand corps anguleux, son regard dédaigneux qui fuyait le sien, ses manières cassantes. À la seule pensée de fréquenter cet homme de près, Ophélie laissa échapper sa fourchette sur le tapis. Elle voulut se pencher pour la récupérer, mais un vieillard en queue-de-pie surgit aussitôt de l'ombre pour lui en donner une autre.

— Pardonnez-moi, madame, intervint une fois encore la tante Roseline. Êtes-vous en train d'insinuer que le mariage de ma nièce pourrait mettre sa vie en danger, à cause de la lubie imbécile de je ne sais quel courtisan ?

Berenilde disséqua son poisson sans se départir de sa placidité.

— Ma pauvre amie, j'ai peur que la tentative d'intimidation dont Thorn a été l'objet ne soit que le maillon d'une longue chaîne.

Ophélie toussa dans sa serviette. Ça n'avait pas manqué, elle avait failli avaler une arête.

— Ridicule ! s'exclama Roseline en lui décochant un regard significatif. Cette gamine ne ferait pas de mal à une mouche ; que pourrait-on redouter d'elle ?

Thorn leva les yeux au plafond, excédé. Ophélie, elle, collectionnait les arêtes sur le bord de son assiette. Sous ses dehors distraits, elle écoutait, observait, réfléchissait.

— Madame Roseline, dit Berenilde d'une voix soyeuse, vous devez comprendre qu'une alliance conclue avec une arche étrangère est vécue comme une prise de pouvoir à la Citacielle. Comment vous expliquer cela sans trop vous choquer ? murmura-t-elle en plissant ses grands yeux limpides. Les femmes de votre famille sont réputées pour leur belle fécondité.

— Notre fécondité…, répéta la tante Roseline, prise au dépourvu.

Ophélie remonta encore ses lunettes, qui tombaient sur son nez dès qu'elle penchait la tête pour manger.

Voilà, c'était dit.

Elle étudia l'expression de Thorn en face d'elle. Même s'il évitait soigneusement son regard, elle lut sur son visage le même dégoût que le sien, ce qui ne manqua pas de la rassurer. Elle vida son verre d'eau, lentement, pour se dénouer la gorge. Devait-elle annoncer maintenant, au beau milieu de ce repas de famille, qu'elle n'avait aucune intention de partager le lit de cet homme ? Ce ne serait sans doute pas du meilleur effet.

Et puis, il y avait autre chose… Ophélie ne savait pas quoi précisément, mais les cils de Berenilde avaient frémi, comme si elle s'était obligée

153

à les regarder dans les yeux en leur exposant ses raisons. Une hésitation ? Un non-dit ? C'était difficile à déterminer, mais Ophélie n'en démordait pas : il y avait autre chose.

— En attendant, nous ignorions tout de votre situation, finit par bredouiller la tante Roseline d'une voix plus embarrassée. Madame Berenilde, je dois en référer à la famille. Cette donne pourrait remettre en question les fiançailles.

Le sourire de Berenilde s'adoucit.

— Vous l'ignoriez peut-être, madame Roseline, mais telle n'est pas l'idée de vos Doyennes. Elles ont accepté notre offre en parfaite connaissance de cause. Je suis navrée si elles ne vous ont pas instruites de tout cela, mais nous avons été obligés d'agir dans la plus grande discrétion, pour assurer votre protection. Moins il y aura de gens au courant de ce mariage et mieux nous nous porterons. Vous êtes libre, cela va sans dire, d'écrire à votre famille si vous doutez de ma parole. Thorn prendra votre lettre en charge.

La marraine était devenue très blanche sous son chignon serré. Elle tenait ses couverts avec une telle force que ses doigts en tremblaient. Quand elle planta sa fourchette dans son assiette, elle ne parut pas s'apercevoir qu'un flan au caramel y avait remplacé le saumon.

— Je refuse qu'on assassine ma nièce à cause de vos petites affaires !

Son cri avait grimpé dans les aigus, à la limite de l'hystérie. Ophélie en fut si remuée qu'elle oublia sa propre nervosité. À cet instant précis, elle réalisa à quel point elle se serait sentie seule et abandonnée sans cette vieille tante bougonne auprès d'elle.

Elle lui mentit de son mieux :

— Ne vous rongez pas les sangs. Si les Doyennes ont donné leur aval, c'est qu'elles estiment que le péril ne doit pas être si grand pour moi.

— Un homme est mort, nigaude !

Ophélie était à court d'arguments. Elle n'aimait guère le discours qu'on leur servait, elle non plus, mais perdre son sang-froid ne changerait rien à sa situation. Elle enfonça son regard dans les yeux de Thorn, qui se résumait à deux fentes étroites, le pressant muettement de rompre son silence.

— Je compte beaucoup d'ennemis à la cour, dit-il d'un ton âpre. Votre nièce n'est pas le nombril du monde.

Berenilde le considéra un moment, un peu étonnée de son intervention.

— Il est vrai que ta position est déjà délicate à l'origine, indépendamment de toute considération nuptiale, acquiesça-t-elle.

— Évidemment ! Si ce grand ahuri étrangle tout ce qui bouge, je conçois aisément que les amitiés n'affluent pas à sa porte, ajouta Roseline.

— Qui reprendra du caramel ? se hâta de proposer la grand-mère en s'emparant de la saucière.

Personne ne lui répondit. Sous la lumière vacillante des chandelles, un éclair avait filé entre les paupières de Berenilde et les mâchoires de Thorn s'étaient contractées. Ophélie se mordit la lèvre. Elle comprit que, si sa tante ne refrénait pas bien vite sa langue, on se chargerait de la faire taire d'une façon ou d'une autre.

— Veuillez pardonner ce débordement, monsieur, murmura-t-elle alors en s'inclinant devant Thorn. La fatigue du voyage nous met un peu à fleur de peau.

La tante Roseline allait protester, mais Ophélie lui comprima le pied sous la table tout en gardant son attention rivée sur Thorn.

— Vous vous excusez, marraine, et moi aussi. Je me rends compte maintenant que toutes les précautions que vous avez prises tantôt, monsieur, ne visaient qu'à notre sécurité, et je vous en suis reconnaissante.

Thorn la dévisagea d'un air circonspect, arquant du sourcil, sa cuillère en suspens. Il prenait les remerciements d'Ophélie pour ce qu'ils étaient, une simple politesse de façade.

Elle posa sa serviette et invita Roseline, suffoquée, à se lever de table.

— Je crois que nous avons besoin de nous reposer, ma tante et moi.

Du fond de son fauteuil, Berenilde adressa à Ophélie un sourire appréciateur.

— La nuit porte conseil, philosopha-t-elle.

La chambre

Ophélie scrutait l'obscurité, échevelée, les paupières collées de sommeil. Quelque chose l'avait réveillée, mais elle ne savait pas quoi. Redressée sur son lit, elle contempla les contours flous de la pièce. Par-delà les rideaux en brocart du baldaquin, elle distinguait à peine la fenêtre à croisillons. La nuit pâlissait sur les carreaux embués ; ce serait bientôt l'aube.

Ophélie avait eu du mal à s'endormir. Elle avait partagé toute sa vie sa chambre avec son frère et ses sœurs, ça lui faisait étrange de passer la nuit seule dans une demeure qu'elle ne connaissait pas. La conversation du souper n'avait pas aidé non plus.

Elle prêta attentivement l'oreille au silence que rythmait la pendule de cheminée. Qu'est-ce qui avait bien pu la réveiller ? De petits coups résonnèrent soudain à la porte. Elle n'avait donc pas rêvé.

Dès qu'elle repoussa son édredon, Ophélie eut le souffle coupé par le froid. Elle coula un lainage sur sa chemise de nuit, trébucha contre un repose-pied sur le tapis et tourna le bouton de la porte. Une voix abrupte lui tomba aussitôt dessus.

— Ce n'est pas faute de vous avoir mise en garde.

Un immense manteau noir, lugubre comme la mort, se détachait à peine sur la pénombre du couloir. Sans lunettes, Ophélie devinait plus Thorn qu'elle ne le voyait. Il avait vraiment une façon bien à lui d'engager la conversation...

Elle frissonna, encore somnolente, dans le courant d'air glacial de la porte, le temps de rassembler ses esprits.

— Je ne peux plus reculer, finit-elle par murmurer.

— Il est trop tard, en effet. Nous allons désormais devoir composer l'un avec l'autre.

Ophélie se frotta les yeux comme si cela pouvait l'aider à dissiper le voile de sa myopie, mais elle continuait de ne voir de Thorn qu'un grand manteau noir. Cela importait peu. Son intonation avait laissé assez clairement entendre à quel point cette perspective ne l'enchantait pas, ce qui comblait d'aise Ophélie.

Elle crut discerner l'ombre d'une valise pendue à son bras.

— Nous repartons déjà ?

— Je repars, rectifia le manteau. Vous, vous restez chez ma tante. Mon absence n'a que trop duré, je dois reprendre mes activités.

Ophélie s'aperçut soudain qu'elle ignorait toujours la situation de son fiancé. À force de le voir comme un chasseur, elle avait oublié de lui poser la question.

— Et en quoi vos activités consistent-elles ?

— Je travaille à l'intendance, s'impatienta-t-il. Mais je ne suis pas venu vous voir pour échanger des banalités, je suis pressé.

Ophélie ouvrit les paupières à demi. Elle n'arrivait tout simplement pas à imaginer Thorn en bureaucrate.

— Je vous écoute.

Thorn repoussa la porte vers Ophélie avec une telle brusquerie qu'il lui écrasa les orteils. Il fit tourner le verrou trois fois à vide pour lui en montrer le fonctionnement. Il la prenait vraiment pour une demeurée.

— À compter d'aujourd'hui, vous vous enfermez à double tour chaque nuit ; est-ce bien clair ? Vous n'avalez rien d'autre que ce qui vous est servi à table et, de grâce, veillez à ce que votre intarissable chaperon modère ses propos. Il n'est pas très intelligent d'offenser dame Berenilde sous son propre toit.

Bien que ce ne fût pas de bon goût, Ophélie ne put réprimer un bâillement.

— Est-ce un conseil ou une menace ?

Le grand manteau noir observa un silence, lourd comme du plomb.

— Ma tante est votre meilleure alliée, dit-il enfin. Ne quittez jamais sa protection, ne vous promenez nulle part sans sa permission, ne vous fiez à personne d'autre.

— « Personne d'autre », voilà qui vous inclut, non ?

Thorn renifla et lui referma la porte au nez. Il n'avait décidément pas le sens de la plaisanterie.

Ophélie partit à la recherche de ses lunettes, quelque part entre les oreillers, puis elle se posta à la fenêtre. Elle frotta de sa manche un carreau pour le désembuer. Au-dehors, l'aube peignait le ciel en mauve et déposait ses premières touches de rose sur les nuages. Les majestueux arbres d'automne baignaient dans la brume. Il était encore trop tôt pour que les feuillages se fussent déjà dépouillés de leur grisaille, mais d'ici peu, lorsque le soleil envahirait l'horizon, ce serait un incendie de rouge et d'or sur tout le parc.

Plus Ophélie contemplait ce paysage féerique, plus sa conviction était renforcée. Ce décor était un trompe-l'œil ; une reproduction de la nature parfaitement réussie, mais une reproduction tout de même.

Elle baissa les yeux. Entre deux parterres de violettes, Thorn, dans son grand manteau, s'éloignait déjà dans l'allée, la valise à la main. Ce gaillard était parvenu à lui couper l'envie de dormir.

Ophélie claqua des dents, puis reporta son attention sur les cendres mortes de la cheminée. Elle avait l'impression de se trouver dans un caveau. Elle ôta ses gants de nuit, qui l'empêchaient de *lire* à tort et à travers dans son sommeil, puis pencha un broc sur la belle cuvette en faïence de la coiffeuse.

« Et maintenant ? » se demanda-t-elle en aspergeant ses joues d'eau froide. Elle ne se sentait pas d'humeur à rester en place. Les avertissements de Thorn l'avaient bien plus intriguée qu'effrayée. Voilà un homme qui se donnait beaucoup de mal pour protéger une femme qu'il n'appréciait pas…

Et puis il y avait ce petit quelque chose, ce flottement indéfinissable que Berenilde avait trahi au souper. Ce n'était peut-être qu'un détail, mais ça la turlupinait.

Ophélie contempla son nez rougi et ses cils perlés d'eau dans la glace de la coiffeuse. Allait-on la placer sous surveillance ? « Les miroirs, décida-t-elle soudain. Si je veux rester libre de mes mouvements, je dois répertorier tous les miroirs des environs. »

Elle trouva un peignoir de velours dans la penderie, mais pas de chaussons à se mettre aux pieds. Elle grimaça en se glissant dans ses bottines, durcies par l'humidité du voyage. Ophélie sortit en tapinois. Elle longea le corridor principal de l'étage. Les deux invitées occupaient les chambres d'honneur, de part et d'autre des appartements privés de Berenilde, et il y avait en outre six chambrettes inoccupées, qu'Ophélie visita tour à tour. Elle repéra une lingerie et deux cabinets de toilette, puis descendit l'escalier. Au rez-de-chaussée, des hommes en redingote et des femmes en tablier s'activaient déjà, malgré l'heure matinale. Ils astiquaient les rampes, époussetaient les vases, allumaient les feux dans les cheminées et répandaient dans la demeure un parfum composé de cire, de bois et de café.

Ils saluèrent affablement Ophélie quand elle fit le tour des petits salons, de la salle à manger, de la salle de billard et de la salle de musique, mais leur politesse devint embarrassée quand elle s'invita aussi dans la cuisine, le lavoir et l'office.

Ophélie veillait à se refléter sur chaque glace,

chaque psyché, chaque médaillon. Passer les miroirs n'était pas une expérience très différente de la *lecture*, quoi qu'en pensât le grand-oncle, mais c'était certainement plus énigmatique. Un miroir garde en souvenir l'image qui s'imprime à sa surface. Par un processus mal connu, certains *liseurs* pouvaient ainsi créer un passage entre deux miroirs sur lesquels ils s'étaient déjà reflétés, mais cela ne marchait ni sur les vitres, ni sur les surfaces dépolies, ni sur les grandes distances.

Sans y croire vraiment, Ophélie tenta de traverser une glace de corridor pour se rendre dans sa chambre d'enfance, sur Anima. Au lieu de prendre une consistance liquide, le miroir demeura solide sous ses doigts, aussi dur et froid qu'un miroir tout ce qu'il y a de plus normal. La destination était beaucoup trop lointaine ; Ophélie le savait, mais elle se sentit déçue quand même.

En remontant l'escalier de service, Ophélie échoua sur une aile du manoir laissée à l'abandon. Les meubles des couloirs et des antichambres avaient été drapés de blanc, tels des fantômes endormis. La poussière la fit éternuer. Cet endroit était-il réservé aux autres membres du clan quand ils rendaient visite à Berenilde ?

Ophélie ouvrit une porte à double battant, au fond d'une galerie. L'atmosphère moisie de la longue salle ne la prépara pas à ce qui l'attendait de l'autre côté. Tentures de damas broché, grand lit sculpté, plafond décoré de fresques, jamais Ophélie n'avait vu une chambre aussi somptueuse. Il régnait ici une tiédeur douillette absolument incompréhensible : aucun feu ne brûlait dans la cheminée et la galerie voisine était glaciale. Sa surprise alla grandissant quand elle repéra des chevaux à bascule et une armée de soldats de plomb sur le tapis.

Une chambre d'enfant.

La curiosité poussa Ophélie vers les photographies encadrées aux murs. Un couple et un bébé couleur sépia revenaient sur chacune d'elles.

— Vous êtes matinale.

Ophélie se tourna vers Berenilde qui lui souriait dans l'entrebâillement des deux portes. Elle était déjà habillée de frais, dans une robe lâche de satin, sa chevelure gracieusement enroulée au-dessus de sa nuque. Elle tenait dans les bras des tambours à broder.

— Je vous cherchais, ma chère petite. Où donc êtes-vous allée vous perdre ?

— Qui sont ces personnes, madame ? des gens de votre famille ?

Les lèvres de Berenilde laissèrent entrevoir des dents de perle. Elle s'approcha d'Ophélie pour regarder les photographies avec elle. Maintenant qu'elles se tenaient debout côte à côte, la différence de taille entre elles était notable. Si elle n'était pas aussi grande que son neveu, Berenilde dominait Ophélie d'une tête.

— Certainement non ! dit-elle en riant de bon cœur, avec son accent exquis. Ce sont les anciens propriétaires du manoir. Ils sont morts depuis des années.

Ophélie jugeait un peu étrange que Berenilde eût hérité de leur domaine s'ils n'étaient pas de sa famille. Elle observa encore les portraits sévères. Une ombre creusait leurs yeux, des paupières

163

aux sourcils. Du maquillage ? Les photographies n'étaient pas assez nettes pour lui permettre d'en être sûre.

— Et le bébé ? demanda-t-elle.

Le sourire de Berenilde se fit plus réservé, presque triste.

— Tant que cet enfant vivra, cette chambre vivra aussi. J'aurais beau la draper, la démeubler, condamner ses fenêtres, elle resterait toujours fidèle à cette apparence que vous voyez. C'est certainement mieux ainsi.

Un nouveau trompe-l'œil ? Ophélie trouva l'idée singulière, mais pas tant que cela. Les Animistes déteignaient bien sur leurs maisons après tout. Elle voulut demander quel était ce pouvoir qui générait de telles illusions et ce qu'était devenu le bébé des photographies, mais Berenilde la coupa dans son élan en lui proposant de s'asseoir avec elle dans les fauteuils. Une lampe rose déposait sur eux une flaque de lumière.

— Vous aimez broder, Ophélie ?

— Je suis trop maladroite pour cela, madame.

Berenilde posa un tambour sur ses genoux, et ses mains délicates, ornées de tatouages, tirèrent l'aiguille d'un geste serein. Elle était aussi lisse que son neveu était anguleux.

— Hier, vous vous qualifiiez de « quelconque », aujourd'hui de « maladroite », chantonna-t-elle d'un timbre mélodieux. Et ce filet de voix qui éclipse chacun de vos mots ! Je vais finir par croire que vous ne souhaitez pas que je vous apprécie, ma chère enfant. Ou bien vous êtes trop modeste, ou bien vous êtes fausse.

Malgré son confort douillet et ses élégantes tapisseries, Ophélie se sentait mal à l'aise dans cette pièce. Elle avait l'impression de violer un sanctuaire où tous les jouets l'accusaient des yeux, depuis les singes mécaniques jusqu'aux marionnettes désarticulées. Il n'existait rien de plus sinistre qu'une chambre d'enfant sans enfant.

— Non, madame, je suis réellement très gauche. Un accident de miroir quand j'avais douze ans.

L'aiguille de Berenilde s'immobilisa en l'air.

— Un accident de miroir ? J'avoue que je ne comprends pas bien.

— Je suis demeurée coincée dans deux endroits en même temps, plusieurs heures durant, murmura Ophélie. Mon corps ne m'obéit plus aussi fidèlement depuis ce jour. J'ai subi une rééducation, mais le médecin avait prévu qu'il me resterait quelques séquelles. Des décalages.

Un sourire s'étira sur le beau visage de Berenilde.

— Vous êtes amusante ! Vous me plaisez.

Avec ses souliers bourbeux et ses cheveux défaits, Ophélie se sentait l'âme d'une petite paysanne à côté de cette éblouissante dame du monde. Dans un élan plein de tendresse, Berenilde laissa son tambour à broder en suspens sur ses genoux et saisit dans les siennes les mains gantées d'Ophélie.

— Je conçois que vous vous sentiez un peu nerveuse, ma chère petite. Tout cela est tellement nouveau pour vous ! N'hésitez pas à me confier vos inquiétudes comme vous le feriez à votre mère.

Ophélie s'abstint de lui dire que sa mère était

probablement la dernière personne au monde à qui elle viendrait confier ses inquiétudes. Et plutôt que de s'épancher, c'étaient de réponses concrètes qu'elle avait besoin.

Berenilde lui lâcha presque aussitôt les mains en s'excusant.

— Je suis navrée, j'oublie parfois que vous êtes une *liseuse*.

Ophélie mit un temps à comprendre ce qui la mettait mal à l'aise.

— Je ne peux rien *lire* avec mes gants, madame. Et même si je les ôtais, vous pourriez me prendre la main sans crainte. Je ne *lis* pas les êtres vivants mais juste les objets.

— Je le saurai à l'avenir.

— Votre neveu m'a appris qu'il travaillait dans une intendance. Quel est donc son employeur ?

Les yeux de Berenilde s'agrandirent, aussi brillants et superbes que des pierres précieuses. Elle libéra un rire cristallin qui emplit toute la chambre.

— Ai-je dit une sottise, madame ? s'étonna Ophélie.

— Oh non, c'est Thorn qui est à blâmer, badina Berenilde en riant encore. Je le reconnais bien là, économe de ses mots comme de ses bonnes manières ! (Soulevant un volant de sa robe, elle s'essuya le coin des paupières et redevint plus sérieuse.) Apprenez qu'il ne travaille pas « dans une intendance », comme vous dites. Il est le surintendant du seigneur Farouk, le principal administrateur des finances de la Citacielle et de toutes les provinces du Pôle.

Comme les lunettes d'Ophélie bleuissaient, Berenilde acquiesça doucement.

— Oui, ma chère, votre futur époux est le plus grand comptable du royaume.

Ophélie mit un temps à digérer cette révélation. Ce dadais hirsute et malpoli en haut fonctionnaire, cela défiait l'imagination. Pourquoi était-on allé marier une fille aussi simplette qu'elle à une telle personnalité ? À croire qu'au fond ce n'était pas Ophélie qu'on punissait, mais Thorn.

— Je me représente mal ma place au sein de votre clan, avoua-t-elle. Si on met de côté les enfants, qu'attendez-vous de moi ?

— Comment cela ! s'exclama Berenilde.

Ophélie se réfugia derrière son masque impassible, un peu niais, mais elle s'étonna intérieurement de cette réaction. Sa question n'était pas si incongrue, n'est-ce pas ?

— Je tenais un musée sur Anima, s'expliqua-t-elle à mi-voix. Espère-t-on que je reprenne mes fonctions ici, ou quelque chose d'approchant ? Je ne souhaite pas vivre à vos crochets sans donner de ma personne.

Ce qu'Ophélie essayait surtout de négocier, c'était son autonomie. Berenilde plongea son beau regard limpide sur les livres d'images d'une bibliothèque, songeuse.

— Un musée ? Oui, j'imagine que ce pourrait être une occupation distrayante. La vie des femmes prête parfois à l'ennui ici-haut, on ne nous confie pas de grandes responsabilités comme chez vous. Nous en reparlerons une fois que votre place à la cour sera suffisamment assise. Il va vous falloir être patiente, ma douce enfant…

S'il y avait une chose qui n'inspirait pas de l'impatience à Ophélie, c'était bien d'intégrer cette noblesse. Elle n'en connaissait vraiment que ce que le journal de son aïeule lui avait appris, *nous passons nos journées à jouer aux cartes et à nous promener dans les jardins*, et ça ne lui faisait pas envie.

— Et comment l'asseoir, cette place à la cour ? s'inquiéta-t-elle un peu. Devrai-je participer à des mondanités et rendre hommage à votre esprit de famille ?

Berenilde reprit sa broderie. Une ombre avait filé dans l'eau claire de son regard. L'aiguille qui perçait la toile tendue sur le tambour fut moins dansante. Pour une raison qui échappait à Ophélie, elle l'avait blessée.

— Vous ne verrez pas le seigneur Farouk autrement que de loin, ma petite. Quant aux mondanités, oui, mais ce ne sera pas pour aujourd'hui. Nous attendrons votre mariage à la fin de l'été. Vos Doyennes ont demandé que soit scrupuleusement observée l'année traditionnelle des fiançailles, afin de permettre de vous connaître mieux. Et puis, ajouta Berenilde avec un léger froncement de sourcils, ça nous accordera du temps pour vous préparer à la cour.

Incommodée par le trop-plein de coussins, Ophélie ramena son corps vers le bord du fauteuil et contempla le bout crotté des souliers qui pointaient sous sa chemise de nuit.

Ses doutes se confirmaient, Berenilde ne lui

livrait pas le fond de sa pensée. Elle releva la tête et laissa vaguer son attention à travers la fenêtre. Les premières lueurs du jour trouaient de flèches d'or la brume et élançaient des ombres au pied des arbres.

— Ce parc, cette chambre…, chuchota Ophélie. Ce seraient donc des effets d'optique ?

Berenilde tirait l'aiguille, aussi paisible qu'un lac de montagne.

— Oui, ma chère fille, mais ils ne sont pas de mon fait. Les Dragons ne savent pas tricoter des illusions, c'est plutôt là une spécialité de notre clan rival.

Un clan rival dont Berenilde avait tout de même hérité un domaine, releva Ophélie en silence. Peut-être n'était-elle pas en si mauvais termes avec eux.

— Et votre pouvoir, madame, quel est-il ?

— Quelle question indiscrète ! s'offusqua gentiment Berenilde sans détacher les yeux de son tambour à broder. Demande-t-on son âge à une dame ? Il me semble que c'est plutôt le rôle de votre accordé de vous enseigner tout cela…

Comme Ophélie affichait une mine déconcertée, elle poussa un petit soupir attendri et dit :

— Thorn est vraiment incorrigible ! Je devine qu'il vous laisse baigner dans le brouillard sans jamais se soucier de satisfaire votre curiosité.

— Nous ne sommes ni l'un ni l'autre très bavards, observa Ophélie en choisissant ses mots avec soin. Je crains toutefois, sauf votre respect, que votre neveu ne me porte guère dans son cœur.

Berenilde s'empara d'un étui à cigarettes dans une poche de sa robe. Quelques instants plus tard, elle soufflait une langue de fumée bleue entre ses lèvres entrouvertes.

— Le cœur de Thorn..., susurra-t-elle en roulant fort les « r ». Un mythe ? Une île déserte ? Une boule de chair desséchée ? Si cela peut vous consoler, ma chère enfant, je ne l'ai jamais vu épris de qui que ce soit.

Ophélie se remémora avec quelle éloquence inhabituelle il lui avait parlé de sa tante.

— Il vous tient en grande estime.

— Oui, se dérida Berenilde en tapotant son porte-cigarettes sur le bord d'une bonbonnière. Je l'aime comme une mère et je crois qu'il nourrit à mon endroit une affection sincère, ce qui me touche d'autant plus que ce n'est pas une inclination naturelle chez lui. Je me suis longtemps désespérée de ne lui connaître aucune femme et je sais qu'il m'en veut de lui avoir un peu forcé la main. Vos lunettes changent souvent de couleur, s'amusa-t-elle soudain, c'est distrayant !

— Le soleil se lève, madame, elles se modulent à la luminosité.

Ophélie observa Berenilde à travers le vilain gris qui s'était posé sur ses verres et décida de lui fournir une réponse plus honnête :

— Ainsi qu'à mon humeur. La vérité est que je me demandais si Thorn n'aurait pas espéré une femme qui vous ressemble plus. J'ai peur d'être aux antipodes de ce désir.

— Vous avez peur ou vous en êtes soulagée ?

Sa longue cigarette pincée entre deux doigts, Berenilde étudiait l'expression de son invitée comme si elle s'adonnait à un jeu particulièrement divertissant.

— Ne vous crispez pas, Ophélie, je ne vous tends aucun piège. Vous imaginez-vous que je suis étrangère à vos émotions ? On vous lie de force à un homme que vous ne connaissez pas et qui se révèle aussi chaleureux qu'un iceberg ! (Elle écrasa son mégot au fond de la bonbonnière en secouant ses bouclettes, dans une valse blonde.) Mais je ne suis pas d'accord avec vous, mon enfant. Thorn est un homme de devoir et je crois qu'il s'était tout simplement forgé à l'idée de ne jamais se marier. Vous êtes en train de le bousculer dans ses petites habitudes, voilà tout.

— Et pourquoi ne le désirait-il pas ? Honorer la famille, en fondant la sienne, n'est-ce pas normalement ce à quoi chacun aspire ?

Ophélie remonta du doigt ses lunettes sur son nez, en ricanant intérieurement. Et c'était elle qui disait cela…

— Il ne le pouvait pas, la contredit doucement Berenilde. Pourquoi donc suis-je allée lui chercher une épouse si loin, sans vouloir vous offenser ?

— Doit-on vous servir quelque chose, madame ?

C'était un vieux monsieur qui venait de les interrompre du seuil de la chambre, tout étonné de les trouver dans cette partie du manoir. Berenilde jeta négligemment son tambour à broder sur le coussin d'un fauteuil.

— Du thé et des biscuits à l'orange ! Faites-les-nous servir au petit salon, nous ne restons pas ici. Que disions-nous, ma chère enfant ? demanda-t-elle en tournant vers Ophélie ses grands yeux turquoise.

— Que Thorn ne pouvait pas se marier. Je vous avoue que je ne comprends pas bien ce qui peut empêcher un homme de prendre épouse si tel est son souhait.

Un rayon de soleil s'invita dans la chambre et posa sur le cou délicat de Berenilde un baiser en or. Les frisottis qui roulaient sur sa nuque s'illuminèrent.

— Parce que c'est un bâtard.

Ophélie cilla plusieurs fois, éblouie par la lumière en train d'éclore derrière les carreaux. Thorn était né d'un adultère ?

— Feu son père, mon frère, a eu la faiblesse de fréquenter la femme d'un autre clan, lui expliqua Berenilde, et la malchance a voulu que la famille de cette garce soit, depuis, tombée en disgrâce.

L'ovale parfait de son visage s'était déformé au mot « garce ». « C'est plus que du mépris, constata Ophélie, c'est de la haine pure. » Berenilde lui tendit sa belle main tatouée pour qu'elle l'aidât à se lever.

— Il s'en est fallu d'un cheveu que Thorn soit renvoyé de la cour en même temps que sa catin de mère, reprit-elle d'une voix recomposée. Mon très cher frère ayant eu la riche idée de décéder avant de l'avoir officiellement reconnu, j'ai dû user de toute mon influence pour sauver son fils de la déchéance. J'y suis assez bien parvenue, comme vous pouvez en juger.

Berenilde referma la porte à double battant dans un claquement sonore. Son sourire pincé s'adoucit. D'amer, son regard se fit sucré.

— Vous ne cessez d'examiner les tatouages que ma mère et moi portons aux mains. Apprenez, ma petite Ophélie, qu'ils sont la marque des Dragons.

C'est une reconnaissance à laquelle Thorn ne pourra jamais prétendre. Il n'est pas une femelle de notre clan qui accepte d'épouser un bâtard dont le parent a été déchu.

Ophélie médita ces paroles. Sur Anima, on pouvait bannir un membre qui aurait gravement porté atteinte à l'honneur de la famille, mais de là à condamner tout un clan... Thorn avait raison, les mœurs d'ici n'étaient pas tendres.

L'écho cuivré d'une horloge comtoise sonna dans le lointain. Plongée dans ses propres pensées, Berenilde parut soudain revenir à la réalité.

— La partie de croquet chez la comtesse Ingrid ! J'allais complètement l'oublier.

Elle pencha sur Ophélie son long corps, souple et velouté, pour lui caresser la joue.

— Je ne vous invite pas à vous joindre à nous, vous devez être encore fatiguée de votre voyage. Prenez donc le thé au salon, reposez-vous dans votre chambre et usez de ma valetaille à votre gré !

Ophélie regarda Berenilde s'éloigner dans un froufrou de robe, le long de la galerie aux draps fantômes.

Elle se demanda ce que pouvait bien être une valetaille.

L'escapade

Maman, papa.

La plume d'oie resta longtemps suspendue sur le papier après avoir griffonné ces deux petits mots. Ophélie ne savait tout simplement pas quoi ajouter. Elle n'avait jamais eu l'art, ni à l'oral ni à l'écrit, d'exprimer ce qui la touchait de près, de définir précisément ce qu'elle ressentait.

Ophélie plongea son regard dans les flammes de la cheminée. Elle s'était assise sur la fourrure du petit salon avec pour écritoire un repose-pied en tapisserie. Près d'elle, son écharpe s'était roulée paresseusement sur le sol, comme un serpent tricolore.

Ophélie revint à sa lettre et retira le cheveu qui était tombé sur la feuille. Il lui semblait que c'était encore plus difficile avec ses parents. Sa mère avait une personnalité envahissante qui ne laissait de place à rien d'autre qu'elle-même ; elle parlait, elle exigeait, elle gesticulait, elle n'écoutait pas. Quant à son père, il n'était que l'écho faiblard de sa femme, toujours à l'approuver du bout des lèvres sans lever le nez de ses souliers.

Ce que la mère d'Ophélie voudrait lire dans cette lettre, c'était l'expression d'une profonde gratitude et les premiers potins de cour qu'elle pourrait répéter ensuite à l'envi. Ophélie n'écrirait pourtant ni l'un ni l'autre. Elle n'allait tout de même pas remercier sa famille de l'avoir expédiée à l'autre bout du monde, sur une arche aussi sulfureuse... Quant aux potins, elle n'en avait aucun à raconter et c'était vraiment le cadet de ses soucis.

Elle attaqua donc son courrier par les questions d'usage. *Comment allez-vous, tous ? Avez-vous trouvé quelqu'un pour me remplacer au musée ? Le grand-oncle sort-il un peu de ses archives ? Mes petites sœurs travaillent-elles bien à l'école ? Avec qui Hector partage-t-il la chambre, maintenant ?*

En écrivant cette dernière phrase, Ophélie se sentit soudain toute drôle. Elle adorait son frère, et la pensée qu'il grandirait loin d'elle, qu'elle lui deviendrait étrangère, lui glaça le sang. Elle décida que c'était assez pour les questions.

Elle humecta sa plume dans l'encrier et prit une inspiration. Devait-elle leur parler un peu de son fiancé et de ses rapports avec lui ? Elle n'avait pas la plus petite idée de la personne qu'il était réellement : un ours mal léché ? un important fonctionnaire ? un vil meurtrier ? un homme de devoir ? un bâtard déshonoré dès la naissance ? C'étaient trop de facettes pour un seul homme et elle ne savait à laquelle, en définitive, elle serait bientôt mariée.

Nous sommes arrivées hier, le voyage s'est bien déroulé, écrivit-elle lentement à la place. En cela, elle ne mentait pas, mais elle taisait l'essentiel :

l'avertissement de Thorn sur le dirigeable ; leur mise au secret dans le manoir de Berenilde ; les petites guerres de clans.

Et puis, il y avait la porte au fond du parc, par laquelle ils étaient arrivés la veille. Ophélie y était retournée et l'avait trouvée verrouillée. Quand elle avait demandé la clef à un domestique, on lui avait répondu qu'ils n'avaient pas le droit de la lui donner. En dépit des courbettes des serviteurs et des manières délicieuses de dame Berenilde, elle se sentait prisonnière... et elle n'était pas certaine de pouvoir l'écrire.

— Voilà ! s'écria la tante Roseline.

Ophélie se retourna. Assise à un petit secrétaire, très droite sur sa chaise, la marraine reposa sa plume sur son support en bronze et plia les trois feuilles qu'elle venait de noircir d'encre.

— Vous avez déjà fini ? s'étonna Ophélie.

— Oh que oui, j'ai eu toute la nuit et toute la journée pour réfléchir à ce que j'allais écrire. Les Doyennes vont entendre parler de ce qui se trame ici, tu peux me faire confiance.

À force de laisser sa plume en suspens sur sa lettre, Ophélie déposa une tache d'encre étoilée au beau milieu d'une phrase. Elle appliqua un buvard dessus et se leva. Elle contempla pensive-ment la délicate horloge de cheminée qui battait les secondes avec un tic-tac cristallin. Bientôt neuf heures du soir, et toujours aucune nouvelle ni de Thorn ni de Berenilde. Par la fenêtre, toute brune de nuit, on ne voyait plus rien du parc ; la lumière des lampes et de la cheminée y réfléchissait le petit salon comme dans un miroir.

— Je crains que votre lettre ne quitte jamais le Pôle, murmura-t-elle.

— Pourquoi dis-tu une chose pareille ? se scandalisa Roseline.

Ophélie posa un doigt sur sa bouche pour l'inciter à parler moins fort. Elle s'approcha du secrétaire et retourna entre ses mains l'enveloppe de sa tante.

— Vous avez entendu dame Berenilde, chuchota-t-elle. C'est à M. Thorn qu'il nous faudra remettre nos lettres. Je n'ai pas la naïveté de croire qu'il le fera sans veiller à ce que le contenu ne contrarie pas leurs projets.

La tante Roseline se leva brusquement de sa chaise et baissa sur Ophélie un regard aigu, un tantinet étonné. La lumière de la lampe rendait son teint plus jaune qu'il ne l'était déjà au naturel.

— Nous sommes donc absolument seules, c'est cela que tu es en train de me dire ?

Ophélie hocha la tête. Oui, c'était son intime conviction. Personne ne viendrait les chercher, les Doyennes ne reviendraient pas sur leur décision. Il leur fallait tirer leurs épingles du jeu, si complexe fût-il.

— Et cela ne t'effraie pas ? demanda encore la tante Roseline avec des yeux mi-clos, pareils à ceux d'un vieux chat.

Ophélie souffla de la buée sur ses lunettes et les briqua contre sa manche.

— Un peu, avoua-t-elle. En particulier ce qu'on ne nous dit pas.

La tante Roseline serra les lèvres ; même ainsi, ses dents chevalines débordaient. Elle considéra son enveloppe un instant, la déchira en deux et se rassit à son secrétaire.

— Très bien, soupira-t-elle en reprenant la plume. Je vais essayer d'être plus subtile, même si ces finasseries ne sont pas mon fort.

Quand Ophélie reprit place à son tour devant son repose-pied, la tante ajouta d'un ton sec :

— J'ai toujours cru que tu étais comme ton père, sans personnalité ni volonté. Je me rends compte que je te connaissais bien mal, ma fille.

Ophélie contempla longuement la tache d'encre sur sa lettre. Elle n'aurait su dire pourquoi, mais ces paroles l'avaient réchauffée d'un coup.

Je suis heureuse que tante Roseline soit là, écrivit-elle à ses parents.

— La nuit est tombée, commenta sa marraine avec un regard désapprobateur pour la fenêtre. Et nos hôtes qui ne sont pas encore rentrés ! J'espère qu'ils ne vont pas nous oublier complètement. La grand-mère est charmante, mais elle est tout de même un peu gâteuse.

— Ils sont soumis au rythme de la cour, dit Ophélie avec un haussement d'épaules.

Elle n'osa pas faire allusion à la partie de croquet où s'était rendue Berenilde. Sa tante aurait trouvé infamant qu'on leur préférât des jeux d'enfant.

— La cour ! souffla Roseline en grattant le papier de sa plume. Un bien joli mot pour désigner une grotesque scène de théâtre où les coups de poignard se distribuent dans les coulisses. Quitte à choisir, je crois que nous sommes mieux ici, bien à l'abri de ces toqués.

Ophélie fronça les sourcils en caressant son écharpe. Sur ce point, elle ne partageait pas le sentiment de sa tante. L'idée d'être privée de sa liberté de mouvement lui faisait horreur. On la mettait d'abord en cage pour la protéger, puis un jour la cage deviendrait prison. Une femme confinée chez elle avec pour seule vocation de donner des enfants à son époux, c'est ce qu'on ferait d'elle si elle ne prenait pas son avenir en main dès aujourd'hui.

— Vous ne manquez de rien, mes chères petites ?

Ophélie et Roseline levèrent le nez de leur correspondance. La grand-mère de Thorn avait ouvert la porte à deux battants, si discrètement qu'elles ne l'avaient pas entendue entrer. Elle évoquait vraiment une tortue avec son dos bosselé, son cou tout flétri, ses gestes lents et ce sourire ridé qui lui fendait le visage de part en part.

— Non, merci, madame, répondit la tante Roseline en articulant bien fort. Vous êtes bien aimable.

Ophélie et sa tante s'étaient aperçues que si elles avaient parfois du mal à comprendre l'accent du Nord, l'inverse était également vrai. La grand-mère paraissait parfois un peu perdue quand elles parlaient trop vite.

— Je viens d'avoir ma fille au téléphone, annonça la vieillarde. Elle vous prie de l'excuser, mais elle a été retenue. Elle rentrera demain, dans la matinée.

La grand-mère secouait la tête d'un air gêné.

— Je n'aime pas beaucoup toutes ces mondanités auxquelles elle croit devoir assister. Ce n'est pas raisonnable...

Ophélie releva de l'inquiétude dans le son de sa voix. Berenilde prenait-elle aussi des risques en paraissant à la cour ?

— Et votre petit-fils ? demanda-t-elle. Quand rentrera-t-il ?

En vérité, elle n'était pas pressée de le revoir ; aussi, la réponse de la vieille femme la combla d'aise :

— Ma pauvre enfant, c'est un garçon tellement sérieux ! Il est tout le temps affairé, sa montre à la main, à ne jamais tenir en place. C'est à peine s'il prend le temps de se nourrir ! J'ai peur que vous ne le voyiez jamais qu'en coup de vent.

— Nous aurons du courrier à lui remettre, dit la tante Roseline. Il faudra donner en retour à notre famille l'adresse où elle pourra nous joindre en retour.

La grand-mère dodelina de la tête tant et si bien qu'Ophélie se demanda si elle n'allait pas finir par la rentrer dans ses épaules comme une tortue au fond de sa carapace.

Il était midi passé, le lendemain, quand Berenilde rentra au manoir et s'effondra au fond de sa duchesse en réclamant du café.

— Les chaînes de la cour, ma petite Ophélie ! s'exclama-t-elle quand celle-ci vint la saluer. Vous ne connaissez pas votre bonheur. Pouvez-vous me passer ceci, je vous prie ?

Ophélie avisa un joli petit miroir sur la console qu'elle lui désignait et le lui remit, après avoir failli le faire tomber par terre. Berenilde se redressa sur ses coussins et examina d'un œil inquiet la petite ride, à peine visible, qui s'était imprimée dans la poudre de son front.

— Si je ne veux pas m'enlaidir tout à fait, je vais devoir prendre du repos.

Un domestique lui servit la tasse de café qu'elle lui avait réclamée, mais elle la repoussa d'un air écœuré, puis elle adressa à Ophélie et à la tante Roseline un sourire las.

— Je suis navrée, vraiment navrée, dit-elle en faisant rouler sensuellement ses « r ». Je ne pensais pas m'absenter si longtemps. Vous ne vous êtes pas trop languies, j'ose espérer ?

La question était purement formelle. Berenilde prit congé d'elles et s'enferma dans sa chambre, ce qui fit suffoquer d'indignation la tante Roseline.

Les journées suivantes furent à l'avenant. Ophélie ne voyait plus guère son fiancé, saisissait Berenilde à la volée entre deux absences, échangeait quelques politesses avec la grand-mère quand elle la croisait dans un couloir et passait le plus clair de son temps avec sa tante. Son existence s'enlisa bientôt dans une morne routine, cadencée par des promenades solitaires dans les jardins, des repas avalés sans mot dire, de longues soirées à lire au salon et quelques autres trompe-ennui. Le seul événement notable fut l'arrivée des malles, un après-midi, ce qui tranquillisa quelque peu la tante Roseline. De son côté, Ophélie prenait soin d'afficher en toute circonstance un visage résigné pour ne pas éveiller les soupçons lorsqu'elle se perdait trop longtemps au fond du parc.

Un soir, elle se retira de bonne heure dans sa chambre. Quand le carillon sonna quatre coups, elle écarquilla les yeux sur le plafond de son lit. Ophélie décida que le moment était venu pour elle de se dégourdir les jambes.

Elle boutonna l'une de ses vieilles robes démodées et enfila une pèlerine noire dont l'ample capuche lui avala la tête jusqu'aux lunettes. Elle n'eut pas le cœur de réveiller son écharpe, qui somnolait au fond du lit, roulée en boule. Ophélie sombra corps et âme dans la glace de sa chambre, rejaillit dans le miroir du vestibule et, avec mille précautions, elle tira les loquets de l'entrée.

Dehors, une fausse nuit d'étoiles surplombait le parc. Ophélie marcha sur la pelouse, mêla son ombre à celle des arbres, franchit un pont de pierre et bondit par-dessus les ruisseaux. Elle parvint jusqu'à la petite porte de bois qui coupait le domaine de Berenilde du reste du monde.

Ophélie s'agenouilla et posa sa main à plat sur le battant. Elle avait mis à profit chacune de ses flâneries dans le parc à la préparation de cet instant, à susurrer des mots amicaux à la serrure, à lui insuffler de la vie, à l'apprivoiser jour après jour. Tout dépendait à présent de sa prestation. Pour que la porte la considérât comme sa propriétaire, il lui fallait agir en tant que telle.

— Ouvre-toi, chuchota-t-elle d'une voix ferme.

Un déclic. Ophélie saisit la poignée. La porte, qui se tenait debout au milieu du gazon, sans rien devant ni derrière elle, bâilla sur une volée de marches. Enveloppée dans sa pèlerine, Ophélie referma la porte, s'avança dans la petite cour mal pavée et eut un dernier regard en arrière. Il était

difficile de croire que cette maison décrépite dissimulait un manoir et son domaine.

Ophélie s'enfonça dans le brouillard malodorant
des ruelles que perçait péniblement la lumière des
lampadaires. Un sourire lui passa sur les lèvres.
Pour la première fois depuis ce qui lui paraissait
une éternité, elle était libre d'aller où il lui chan-
tait. Ce n'était pas une fuite, elle souhaitait juste
découvrir par elle-même le monde où elle s'apprêtait à vivre. Après tout, il n'était pas écrit sur son
front qu'elle était la fiancée de Thorn ; pourquoi
serait-elle inquiétée ?

Elle se fondit dans la pénombre des rues
désertes. Il faisait sensiblement plus froid et plus
humide ici que dans le parc du manoir, mais elle
était contente de respirer un air « vrai ». Avec un
regard pour les portes condamnées et les façades
aveugles du quartier, Ophélie se demanda si chacune de ces habitations recelait des châteaux et
des jardins. Au détour d'une ruelle, elle fut arrêtée
par un bruit étrange. Derrière un réverbère, un
panneau de verre blanc vibrait entre deux murs.
Ça, c'était une fenêtre ; une véritable fenêtre.
Ophélie l'ouvrit. Une rafale de neige lui entra dans
la bouche et les narines, renversant sa capuche
en arrière. Elle se détourna, toussa un bon coup,
retint son souffle et prit appui sur ses deux mains
pour se pencher au-dehors. La moitié du corps
au-dessus du vide, Ophélie reconnut l'anarchie
des tourelles de travers, des arcades vertigineuses
et des remparts désordonnés qui enflaient à la
surface de la Citacielle. Loin en contrebas, l'eau
glacée des douves étincelait. Et plus bas encore,

hors de portée, une forêt de sapins blancs frémissait sous le vent. Le froid était à peine soutenable ; Ophélie repoussa le lourd panneau de verre, ébroua son manteau et reprit le fil de son exploration.

Elle s'effaça à temps dans l'ombre d'une impasse alors qu'un cliquetis de métal venait dans sa direction, depuis l'autre bout du trottoir. C'était un vieil homme magnifiquement paré, des bagues à chaque doigt, des perles enfilées dans sa barbe. Une canne d'argent scandait sa marche. Un roi, aurait cru Ophélie. Il avait les yeux étrangement ombrés, comme les gens sur les photographies dans la chambre d'enfant.

Le vieillard approchait. Il passa devant le cul-de-sac où Ophélie s'était tapie, sans remarquer sa présence. Il fredonnait, les yeux en demi-lunes. Ce n'étaient pas des ombres sur son visage, mais des tatouages ; ils lui recouvraient les paupières jusqu'aux sourcils. À ce moment précis, un feu d'artifice aveugla Ophélie. La chansonnette que marmonnait le vieillard explosa dans un concert de carnaval. Une foule de masques joyeux se massa autour d'elle, lui souffla des confettis dans les cheveux et s'en fut aussi brutalement qu'elle était venue, tandis que l'homme et sa canne s'éloignaient sur le trottoir.

Déconcertée, Ophélie secoua ses cheveux, à la recherche des confettis, n'en trouva pas et regarda le vieil homme s'éloigner. Un tricoteur d'illusions. Il appartenait donc au clan rival des Dragons ? Ophélie jugea plus prudent de rebrousser chemin. Comme elle n'avait aucun sens de l'orientation, elle ne retrouva pas la route du manoir de Berenilde. Ces venelles nauséabondes, encombrées de brouillard, se ressemblaient toutes.

Elle descendit un escalier qu'elle ne se rappelait pas avoir monté, balança entre deux avenues, franchit une arche qui empestait les égouts. En passant devant des affiches publicitaires, elle ralentit le pas.

HAUTE COUTURE :
LES DOIGTS D'OR DU BARON MELCHIOR
OSENT TOUT !
ASTHME ? RHUMATISME ? NERFS FRAGILES ?
AVEZ-VOUS PENSÉ À LA CURE THERMALE ?
LES DÉLICES ÉROTIQUES DE DAME CUNÉGONDE
PANTOMIMES LUMINEUSES – LE THÉÂTRE
OPTIQUE DU VIEIL ÉRIC

Il y avait vraiment de tout… Ophélie sourcilla quand elle tomba sur une affiche plus incongrue que les autres :

LES SABLIERS DE LA FABRIQUE HILDEGARDE
POUR UN REPOS BIEN MÉRITÉ

Elle arracha l'affichette pour l'examiner de près. Elle tomba alors nez à nez sur son propre visage. Les annonces étaient placardées sur une surface réfléchissante. Ophélie oublia les sabliers et s'avança dans le couloir de publicités. Les affiches se firent plus rares tandis que son reflet, au contraire, allait en se démultipliant.

C'était l'entrée d'une galerie de glaces. Vraiment inespéré : il lui suffisait d'un miroir pour regagner sa chambre.

Ophélie déambula doucement au milieu des autres Ophélie, encapuchonnées dans leur pèlerine, les yeux un peu égarés derrière leurs lunettes. Elle se prit au jeu du labyrinthe, suivit le dédale de miroirs et s'aperçut bientôt que le sol avait changé d'aspect. Les pavés de la rue avaient cédé la place à un beau parquet ciré, couleur de violoncelle.

Un éclat de rire figea Ophélie sur place et, avant qu'elle n'eût le temps de réagir, le triple reflet d'un couple l'encercla. Elle fit ce qu'elle faisait le mieux au monde : elle ne parla pas, ne s'affola pas, n'esquissa aucun geste qui pût attirer l'attention. L'homme et la femme, magnifiquement vêtus, la frôlèrent sans se soucier d'elle. Ils portaient des loups sur le visage.

— Et monsieur votre mari, ma chère cousine ? badina le gentilhomme en couvrant de baisers les bras gantés.

— Mon époux ? Il dilapide notre fortune au bridge, bien évidemment !

— Veillons, dans ce cas, à lui donner un peu de chance…

Sur ces mots, l'homme emporta sa compagne au loin. Ophélie demeura immobile un instant, encore incrédule d'être passée si facilement inaperçue. Quelques pas encore et la galerie de glaces déboucha sur des galeries supplémentaires, de plus en plus complexes. Bientôt, d'autres reflets se mêlèrent au sien, la noyant dans une foule de dames voilées, d'officiers en uniforme, de chapeaux à plumes, de messieurs emperruqués, de masques en porcelaine, de coupes de champagne, de danses folles. Tandis qu'une musique enjouée entonnait une valse, Ophélie comprit qu'elle était en train d'évoluer au milieu d'un bal costumé.

Voilà pourquoi elle ne s'était pas fait remarquer sous sa pèlerine noire. Elle aurait aussi bien pu être invisible.

Ophélie noircit ses lunettes par précaution, puis elle poussa l'audace jusqu'à attraper au vol, sur le plateau d'un domestique, une coupe pétillante pour étancher sa soif. Elle longea les glaces, prête à se fondre dans son reflet à tout instant, et posa un regard plein de curiosité sur le bal. Elle écoutait les conversations de toutes ses oreilles, mais elle déchanta vite. Les gens se disaient des petits riens, faisaient de l'esprit, s'amusaient à se séduire. Ils n'abordaient aucun sujet véritablement sérieux et certains avaient un accent trop prononcé pour qu'Ophélie les comprît bien.

En vérité, ce monde extérieur dont on l'avait sevrée tout ce temps ne semblait pas aussi menaçant qu'on le lui avait dépeint. Elle avait beau aimer le calme et tenir à sa tranquillité, ça lui faisait du bien de voir de nouveaux visages, fussent-ils masqués. Chaque gorgée de champagne lui étincelait sur la langue. Elle mesurait, au plaisir qu'elle prenait à être parmi ces inconnus, à quel point l'atmosphère oppressante du manoir lui avait pesé.

— Monsieur l'ambassadeur ! appela une femme, tout près d'elle.

Elle portait une somptueuse robe à vertugadin et un face-à-main de nacre et d'or. Adossée à une colonne, Ophélie ne put s'empêcher de suivre des yeux l'homme qui venait dans leur direction.

Était-il un descendant de cette ambassadrice que l'aïeule Adélaïde avait citée tant de fois dans son carnet de voyage ? Une redingote miteuse, des mitaines trouées, un gibus crevé : son costume tranchait insolemment sur les couleurs festives et tape-à-l'œil de la fête. Il allait sans masque, à visage découvert. Ophélie, d'ordinaire peu sensible au charme masculin, dut au moins reconnaître à celui-ci qu'il n'en était pas dépourvu. Cette figure honnête, harmonieuse, plutôt jeune, parfaitement imberbe, trop pâle peut-être, semblait s'ouvrir sur le ciel tant ses yeux étaient clairs.

L'ambassadeur s'inclina poliment devant la femme qui l'avait interpellé.

— Dame Olga, la salua-t-il en se découvrant.

Quand il se redressa, il eut un regard oblique qui traversa les lunettes sombres d'Ophélie, tout au fond de sa capuche. La coupe de champagne faillit lui tomber des mains. Elle ne cilla pas, ne recula pas, ne se détourna pas. Elle ne devait rien faire qui pût trahir sa posture d'intruse.

Le regard de l'ambassadeur glissa négligemment sur elle et revint à dame Olga, qui lui claquait gentiment son éventail sur l'épaule.

— Ma petite fête ne vous distrait-elle pas ? Vous restez seul dans votre coin comme une âme en peine !

— Je m'ennuie, dit-il sans détour.

Ophélie fut soufflée par sa franchise. Dame Olga libéra un rire qui avait une sonorité un peu forcée.

— Assurément, ça ne vaut pas les réceptions du Clairdelune ! Tout ceci est un peu trop « sage » pour vous, je présume ?

Elle baissa à demi son face-à-main, de façon à laisser paraître ses yeux. Il y avait de l'adoration dans le regard qu'elle posa sur l'ambassadeur.

— Soyez mon cavalier, proposa-t-elle d'une voix roucoulante. Vous ne vous ennuierez plus.

Ophélie se figea. Cette femme portait sur les paupières les mêmes tatouages que le vieil homme qu'elle avait croisé plus tôt. Elle considéra la foule de danseurs autour d'elle. Tous ces masques cachaient-ils cette marque distinctive ?

— Je vous remercie, dame Olga, mais je ne peux pas rester, déclina l'ambassadeur avec un sourire énigmatique.

— Oh ! s'exclama-t-elle, très intriguée. Seriez-vous attendu ailleurs ?

— En quelque sorte.

— Il y a beaucoup trop de femmes dans votre vie ! le gronda-t-elle en riant.

Le sourire de l'ambassadeur s'accentua. Un grain de beauté entre les sourcils lui donnait une expression étrange.

— Et il y en aura encore une autre ce soir.

Ophélie ne lui trouva pas un visage si honnête que cela, tout bien considéré. Elle se fit la réflexion qu'il était grand temps pour elle de regagner son lit. Elle reposa sa coupe de champagne sur une desserte, se fraya un chemin au milieu des danses et des froufrous, puis replongea dans les galeries de glaces, prête à s'engouffrer dans le premier miroir venu.

Une poigne ferme autour de son bras la fit pivoter sur ses souliers. Désorientée parmi toutes les Ophélie qui tournoyaient autour d'elle, elle finit par loucher sur le sourire que le bel ambassadeur penchait sur elle.

— Je me disais aussi qu'il était impossible que je ne reconnaisse pas le visage d'une femme, déclara-t-il le plus tranquillement du monde. À qui ai-je l'honneur, petite demoiselle ?

Le jardin

Ophélie baissa le menton et bafouilla la première chose qui lui passa par la tête :

— Une domestique, monsieur. Je suis nouvelle, je… je viens de prendre mon service.

Le sourire de l'homme s'effaça aussitôt et ses sourcils se haussèrent sous le chapeau haut de forme. Il l'enlaça par les épaules, puis l'entraîna de force à travers les galeries de glaces. Ophélie était abasourdie. Au fond de sa tête, une pensée qui n'était pas la sienne lui ordonnait de ne plus prononcer un mot. Elle eut beau jouer des bras et des jambes, elle ne put faire autrement que replonger dans le brouillard fétide de la ville. Il fallut beaucoup de pavés et beaucoup de ruelles avant que l'ambassadeur ralentît l'allure.

Il tira en arrière le capuchon d'Ophélie et, avec un sans-gêne déconcertant, il caressa pensivement ses épaisses boucles brunes. Il lui releva ensuite le menton pour l'observer à son aise à la lueur d'un lampadaire. Ophélie le dévisagea en retour. L'éclairage qui tombait sur la figure de l'ambassadeur rendait sa peau blanche comme de l'ivoire et ses cheveux pâles comme des rayons de lune. Cela n'en faisait que davantage ressortir le bleu de ses yeux, extraordinairement clairs. Et ce n'était pas un grain de beauté, entre ses sourcils : c'était un tatouage.

Cet homme était beau, oui, mais d'une beauté un peu effrayante. Malgré son chapeau ouvert comme une boîte de conserve, il n'inspirait pas du tout à Ophélie l'envie de lui rire au nez.

— Ce petit accent, cette tenue saugrenue, ces manières provinciales, énuméra-t-il avec une joie grandissante, vous êtes la fiancée de Thorn ! Je savais qu'il nous roulait dans la farine, le lascar ! Et que se cache-t-il sous ces binocles noirs ?

L'ambassadeur fit doucement glisser les lunettes d'Ophélie jusqu'à croiser son regard. Elle ne savait pas trop à quoi son expression ressemblait à cet instant, mais l'homme se radoucit aussitôt.

— Ne soyez pas inquiète, je n'ai jamais brutalisé une femme de ma vie. Et puis, vous êtes si petite ! Ça donne irrésistiblement envie de vous protéger.

Il avait dit cela en lui tapotant la tête comme une grande personne l'aurait fait envers une enfant perdue. Ophélie se demandait s'il n'était pas en train de franchement se moquer d'elle.

— Une petite demoiselle inconsciente ! la rabroua-t-il d'un ton onctueux. Aller parader ainsi en plein territoire mirage, le nez à l'air. Êtes-vous déjà fatiguée de vivre ?

Ce discours choqua Ophélie. Les mises en garde de Thorn et de Berenilde n'étaient donc pas exagérées. « Mirage », c'était le nom de ceux dont les paupières étaient tatouées ? Une appellation sur mesure pour des illusionnistes. Décidément, elle ne comprenait pas : pourquoi ces gens avaient-ils cédé un domaine à Berenilde s'ils détestaient à ce point les Dragons et tout ce qui leur était lié ?

— Vous avez avalé votre langue ? la taquina l'ambassadeur. Je vous effraie ?

Ophélie fit non de la tête, mais elle ne lâcha pas un mot. Elle ne réfléchissait qu'à la manière dont elle pourrait lui fausser compagnie.

— Thorn me tuerait s'il vous savait auprès de moi, exulta-t-il. Quelle ironie, vraiment je me régale ! Ma jeune demoiselle, vous allez m'accorder une petite promenade.

Ophélie aurait bien décliné la proposition, mais le bras qu'il enroula autour du sien était irrésistible. Son grand-oncle avait raison. Entre les mains d'un homme, elle ne pesait vraiment pas lourd.

L'ambassadeur l'entraîna vers des quartiers encore plus malodorants, si tant est que ce fût possible. Ophélie trempait sa robe dans des flaques tellement noires que ça ne pouvait pas être de l'eau.

— Vous êtes fraîchement arrivée chez nous, n'est-ce pas ? observa l'ambassadeur, qui la dévorait des yeux avec une intense curiosité. Je suppose que les villes sur Anima sont beaucoup plus coquettes. Vous aurez vite l'occasion de vous apercevoir qu'ici on cache toute la crasse sous une triple couche de vernis.

Il se tut abruptement alors qu'ils prenaient le tournant d'un trottoir. Ophélie fut à nouveau traversée par une pensée qui ne lui appartenait pas : elle devait remettre sa capuche. Interloquée, Ophélie releva ses lunettes vers l'ambassadeur et il lui répondit par un clin d'œil. Ce n'était donc pas un effet de son imagination, cet homme pouvait superposer ses pensées aux siennes. L'idée lui déplut.

L'ambassadeur la fit passer par des entrepôts remplis jusqu'aux plafonds de caisses et de sacs de toile. De nombreux ouvriers s'y affairaient malgré l'heure avancée de la nuit. Ils pinçaient respectueusement la visière de leur casquette au passage de l'ambassadeur, mais ils ne prêtèrent aucune attention à la petite femme encapuchonnée qui l'accompagnait. L'éclairage, dispensé par des lustres suspendus au bout de longues chaînes en fer, soulignait leurs traits inexpressifs et fatigués. Ce fut en voyant ces hommes usés jusqu'à la corde qu'Ophélie prit pleinement conscience du monde où elle se trouvait. Il y avait ceux qui dansaient au bal, enfermés dans leurs bulles d'illusions, et ceux qui faisaient tourner la machine.

« Et moi ? pensa-t-elle. Quelle sera ma place dans tout ça ? »

— Nous y voilà, chantonna l'ambassadeur. Juste à temps !

Il montrait à Ophélie une horloge comtoise qui pointait déjà presque six heures du matin. Elle trouva singulier de tomber sur une si jolie comtoise au milieu des entrepôts, puis elle s'aperçut qu'ils se tenaient maintenant dans ce qui ressemblait fort à une petite salle d'attente, avec un élégant tapis vert, de confortables fauteuils et des tableaux aux murs. Devant elle, deux grilles en fer forgé donnaient sur des cages vides.

Il n'y avait eu aucune transition avec le décor précédent, c'était étourdissant. L'ambassadeur s'esclaffa en remarquant la mine ahurie d'Ophélie qui écarquillait les yeux derrière ses lunettes noires.

— Précisément ce que je vous disais, le vernis sur la crasse ! Les illusions traînent un peu partout dans le coin. Ce n'est pas toujours très cohérent, mais vous vous y ferez vite. (Il poussa un soupir désabusé.) Des cache-misère ! Sauver les apparences, c'est en quelque sorte le rôle attitré des Mirages.

Ophélie se demanda si c'était par esprit de provocation qu'il portait lui-même des habits de clochard.

Peu après les six coups de l'horloge, un ronronnement se fit entendre et une cabine d'ascenseur prit place derrière l'une des grilles. Un groom vint leur ouvrir. C'était la première fois qu'Ophélie montait dans un ascenseur aussi luxueux. Les parois étaient en velours capitonné et un tourne-disque diffusait de la musique d'ambiance.

Mais toujours aucun miroir en vue.

— Avez-vous desservi récemment le jardin d'été ? demanda l'ambassadeur.

— Non, monsieur, répondit le groom. Il est passé de mode, les fumoirs ont plus de succès.

— Parfait. Conduisez-nous-y et veillez à ce que nous ne soyons pas dérangés.

Il remit un petit objet au groom, qui lui sourit radieusement en retour.

— Oui, monsieur.

Ophélie avait l'impression d'avoir complètement perdu le contrôle de la situation. Tandis que le groom actionnait un levier et que l'ascenseur s'élevait doucement, elle réfléchissait à la manière de se soustraire à cet homme qui s'imposait à elle. Le voyage à travers les différents niveaux de la Citacielle lui parut interminable. Elle compta mentalement les étages : « Dix-huit... dix-neuf... vingt... vingt et un... » Ça n'en finissait pas et chaque palier l'éloignait davantage du manoir.

— Le jardin d'été ! annonça soudain le groom en bloquant le frein de l'ascenseur.

La porte s'ouvrit sur un soleil éblouissant. L'ambassadeur referma la grille en fer forgé et l'ascenseur s'en fut vers les étages supérieurs. Ophélie posa ses mains en abat-jour sur son front ; malgré les verres sombres de ses lunettes, elle se sentait submergée de couleurs. Un champ de coquelicots étalait à perte de vue un tapis rouge qui ondoyait sous un ciel au bleu éclatant. Le chant des cigales emplissait tout l'espace. La chaleur était étouffante.

Ophélie se retourna. Les deux cages d'ascenseur étaient toujours là, encastrées dans un mur absurdement planté au milieu des coquelicots.

— Ici, nous serons à notre aise pour parler, déclara l'ambassadeur en faisant un moulinet avec son gibus.

— Je n'ai rien à vous dire, l'avertit Ophélie.

Le sourire de l'ambassadeur s'étira comme un élastique. Ses yeux se révélaient encore plus bleus que le ciel au-dessus de sa tête.

— Alors là, vous me suffoquez, petite demoiselle ! Je viens de vous enlever à une mort presque certaine. Vous devriez plutôt commencer par me remercier, ne pensez-vous pas ?

Le remercier de quoi ? de l'avoir mise hors de portée d'un miroir ? Incommodée par la chaleur, Ophélie renversa sa capuche et déboutonna sa pèlerine, mais l'ambassadeur lui tapa sur les doigts comme il l'aurait fait à un enfant.

— Ne vous découvrez pas, vous attraperiez froid ! Le soleil ici est aussi illusoire que ce beau ciel sans nuages, ces jolis coquelicots et le chant des cigales.

Il étendit sa cape miteuse par-dessus Ophélie, pour lui offrir un peu d'ombre, et se mit en marche, posément, son chapeau dressé vers le ciel.

— Dites-moi, fiancée de Thorn, quel est votre nom ?

— Je crois qu'il y a un malentendu, souffla-t-elle d'une petite voix. Vous me prenez pour une autre.

Il secoua la tête.

— Oh non, je ne le crois pas. Je suis ambassadeur et, en tant que tel, je sais reconnaître un étranger à sa seule prononciation. Vous êtes une petite d'Artémis. Et ça, dit-il en lui saisissant délicatement le poignet, je gagerais que ce sont des gants de *liseur*.

Il avait dit cela sans le moindre accent aux oreilles d'Ophélie. Elle devait admettre qu'elle était impressionnée, cet homme-là était très bien renseigné.

— Vous sentez votre petite province à plein nez, la railla-t-il. Vous n'avez ni les manières d'une aristocrate ni celles d'une domestique. Je dois dire que c'est adorablement dépaysant.

Ne lâchant pas le poignet d'Ophélie, il lui déposa un baise-main, un sourire espiègle sur les lèvres.

— Je m'appelle Archibald. Me direz-vous enfin votre nom, fiancée de Thorn ?

Ophélie récupéra sa main et effleura des doigts les coquelicots. Quelques pétales rouges se décrochèrent à ce contact. L'illusion était vraiment parfaite, plus réussie encore que le parc de Berenilde.

— Denise. Et pour votre gouverne, je suis déjà mariée à un homme de ma famille. Je ne suis que de passage ici. Je vous l'ai dit, vous me prenez pour une autre.

Le sourire d'Archibald vacilla. Prise d'une inspiration subite, Ophélie avait improvisé ce joli mensonge. Comme elle ne pouvait plus nier qu'elle était animiste, autant se faire passer pour une parente. Le plus important, c'était d'empêcher coûte que coûte cet homme d'établir un lien intime entre elle et Thorn. Elle avait déjà le sentiment d'avoir commis une bêtise irréparable, aussi ne devait-elle pas aggraver sa situation.

Archibald considéra en silence, sous sa cape en auvent, le visage impassible d'Ophélie comme s'il cherchait à percer ses lunettes noires. Pouvait-il entendre les pensées ? Dans le doute, Ophélie se récita en boucle une comptine d'enfance.

— Madame, donc ? dit Archibald d'un air pensif. Et quelle est votre relation avec la fiancée de Thorn ?

— C'est une proche cousine. Je voulais connaître l'endroit où elle va vivre.

Archibald finit par lâcher un profond soupir.

— Je vous avoue que je suis un peu déçu. Il aurait été follement amusant d'avoir la promise de Thorn sous la main.

— Et pourquoi cela ? demanda-t-elle en sourcillant.

— Mais pour la déflorer, bien entendu.

Ophélie battit bêtement des paupières. C'était la déclaration la plus inattendue qu'on lui avait jamais faite.

— Vous aviez l'intention de forcer ma cousine dans les hautes herbes de ce jardin ?

Archibald secoua la tête d'un air exaspéré, presque offensé.

— Me prenez-vous pour une brute épaisse ? Tuer un homme ne me fait ni chaud ni froid, mais jamais je ne lèverai la main sur une femme. Je l'aurais séduite, pardi !

Ophélie était tellement soufflée par le toupet de cet ambassadeur qu'elle n'arrivait pas à se mettre en colère. Il était d'une franchise déconcertante. Son pied buta contre quelque chose, au milieu des coquelicots ; elle se serait étalée de tout son long dans l'herbe si Archibald ne l'avait rattrapée au vol.

— Attention aux pavés ! On ne les voit pas, mais on bute contre eux.

— Et si ma cousine s'était refusée à vous ? insista Ophélie. Qu'auriez-vous fait ?

Il haussa les épaules.

— Je ne sais pas trop ; une telle chose ne m'est jamais arrivée.

— Vous ne doutez vraiment de rien.

Archibald se fendit d'un sourire féroce.

— Avez-vous la moindre idée du mari auquel on la destine ? Croyez-moi, elle aurait été très sensible à mes avances. Asseyons-nous un moment ici, suggéra-t-il sans lui laisser le temps de répondre. Je meurs de soif !

Attrapant Ophélie par la taille, il la souleva de terre et la posa sur le bord d'un puits, aussi aisément que si elle ne pesait rien. Il tira sur la chaîne de la poulie pour y puiser de l'eau.

— Elle est réelle ? s'étonna Ophélie.

— Le puits l'est. Sentez comme elle est glaciale !

Il avait versé sur le poignet d'Ophélie, là où le gant ne la protégeait pas, quelques gouttes brûlantes de froid. Elle ne comprenait pas comment un véritable puits pouvait avoir été creusé entre deux étages de la Citacielle. Les illusions pouvaient-elles distordre l'espace à leur guise ?

Le soleil en plein visage, assaillie par l'arôme de l'herbe chaude, Ophélie attendit que l'ambassadeur se fût désaltéré. Elle avait au moins la chance, dans cette regrettable mésaventure, d'être tombée sur un bavard. L'eau coulait abondamment sur son menton imberbe. La lumière crue du jour mettait en évidence le grain parfait de sa peau. Il était plus jeune qu'il ne lui avait paru à la lueur des lampadaires.

Ophélie le dévisagea avec curiosité. Archibald était beau, c'était indéniable, mais elle ne se sentait pas troublée par lui. Aucun homme ne l'avait jamais troublée. Elle avait lu, une fois, un roman sentimental que sa sœur lui avait prêté. Elle n'avait absolument rien entendu à ces émois amoureux et le livre l'avait ennuyée à mourir. Était-ce anormal ? Son corps et son cœur seraient-ils éternellement sourds à cet appel-là ?

Archibald s'essuya d'un coup de mouchoir, aussi troué que son chapeau, sa veste et ses mitaines.

— Tout cela ne me dit pas ce qu'une petite Animiste faisait à cette heure-ci de la nuit, sans escorte, en pleine fête mirage !

— Je me suis perdue.

Ophélie mentait mal, aussi préférait-elle s'en tenir au plus près de la vérité.

— Vous m'en direz tant ! s'exclama-t-il joyeusement en s'asseyant à côté d'elle sur le bord du puits. Et où donc dois-je vous raccompagner, en digne gentilhomme que je suis ?

Pour toute réponse, Ophélie fixa la pointe de ses bottines sous sa robe, salie par les flaques.

— Puis-je vous demander pourquoi, monsieur, vous projetiez de séduire ma cousine avant son mariage ?

Archibald offrit son profil épuré à la lumière.

— Voler à un courtisan la virginité de sa femme, c'est un jeu qui a toujours eu le don de dissiper mon ennui. Mais la fiancée de Thorn, ma petite Denise, vous ne pouvez pas comprendre l'excitation que ça représente ! Tout le monde déteste l'intendant et l'intendant déteste tout le monde. Je plains sa petite protégée si elle devait tomber entre d'autres bras que les miens. J'en connais qui régleront leurs comptes avec Thorn sans faire dans la dentelle.

Il lui lança un clin d'œil qui lui donna froid dans le dos. Ophélie mordilla la couture de son

201

gant. Certains se rongent les ongles quand ils sont nerveux, Ophélie, c'étaient ses gants. « Vous n'êtes pas forgée pour l'endroit où je vous emmène. » Les paroles de Thorn dans le dirigeable prenaient soudain tout leur sens.

Archibald administra une petite chiquenaude à son couvre-chef, de façon à le faire pencher sur le côté.

— Il nous connaît bien, le saligaud, ricana-t-il. Cette chère Berenilde a répandu la rumeur que la fiancée n'entreprendrait le voyage qu'à l'occasion du mariage. Mais si vous êtes là, ajouta-t-il d'un air séraphique, j'en déduis que votre cousine n'est en réalité pas si loin. Accepteriez-vous de me la présenter ?

Ophélie pensa aux ouvriers des entrepôts quelques étages plus bas, à leur regard éteint, à leurs épaules harassées, aux caisses qu'ils embarqueraient et débarqueraient jusqu'à leur mort. En quelques battements de paupières, elle éclaircit ses lunettes jusqu'à la transparence, de façon à pouvoir regarder Archibald droit dans les yeux.

— Vraiment, monsieur, vous n'avez rien d'autre à faire de vos dix doigts ? Il faut que votre existence soit vide !

Archibald parut complètement pris au dépourvu. Lui, qui se montrait si loquace, ouvrit et referma la bouche sans rien trouver à répondre.

— Un jeu, vous avez dit ? reprit Ophélie d'un ton sévère. Parce que déshonorer une jeune fille et frôler l'incident diplomatique, ça vous amuse, monsieur l'ambassadeur ? Vous êtes indigne des responsabilités qui incombent à votre charge.

Archibald fut frappé d'une telle stupeur qu'Ophélie crut que son sourire allait se décrocher de ses lèvres pour de bon. Il écarquillait les yeux sur elle comme s'il la voyait différemment.

— Il y avait longtemps qu'une femme ne m'avait pas parlé de façon aussi sincère, déclara-t-il enfin, perplexe. Je ne saurais dire si ça me choque ou si ça me charme.

— De la sincérité, vous n'en manquez pas non plus, murmura Ophélie en fixant un coquelicot solitaire qui poussait entre deux pavés. Ma cousine sera avertie de vos intentions. Je redoublerai de recommandations pour qu'elle ne quitte pas Anima avant le mariage, conformément à ce qui était prévu.

Ce n'était pas son mensonge le plus inspiré, mais elle n'excellait pas particulièrement dans cet art.

— Et vous, petite Denise, que faites-vous alors si loin de chez vous ? demanda Archibald d'une voix doucereuse.

— Je vous l'ai dit, je suis en promenade de reconnaissance.

Au moins Ophélie n'eut-elle pas à forcer la comédie, il lui était difficile d'être plus sincère. Elle put regarder Archibald dans les yeux sans ciller.

— Ce tatouage sur votre front, c'est la marque de votre clan ?

— Si fait, dit-il.

— Signifie-t-il que vous pouvez entrer dans l'esprit des autres et en devenir le maître ? demanda-t-elle encore, anxieuse.

Archibald éclata de rire.

— Heureusement que non ! La vie serait affreusement terne si je pouvais lire dans le cœur des femmes comme dans un livre ouvert. Disons plutôt que c'est moi qui puis me rendre transparent à vous. Ce tatouage, ajouta-t-il en se martelant le front, est le gage de cette transparence dont notre société manque cruellement. Nous autres, nous disons toujours ce que nous pensons et nous préférons nous taire plutôt que mentir.

Ophélie le crut. Elle avait pu en juger par elle-même.

— Nous ne sommes pas aussi vénéneux que les Mirages, ni aussi agressifs que les Dragons, enchaîna Archibald en se rengorgeant. Toute ma famille travaille dans le milieu diplomatique. Nous agissons comme un tampon entre deux forces destructrices.

Sur ces mots, ils se turent l'un et l'autre, pensifs, et le crissement des cigales emplit le silence entre eux.

— Je dois vraiment rentrer, maintenant, dit Ophélie à mi-voix.

Archibald parut hésiter, puis il donna une claque à son gibus, qui s'aplatit et se détendit comme un ressort. Il se décrocha du puits et offrit à Ophélie une main galante, ainsi que son plus beau sourire.

— C'est dommage que vous ne soyez pas la fiancée de Thorn.

— Pourquoi donc ? s'inquiéta-t-elle.

— J'aurais adoré vous avoir pour voisine !

Il souligna cette déclaration d'une tape sur le crâne d'Ophélie, à croire vraiment qu'il voyait davantage en elle une enfant qu'une femme. Ils coupèrent à travers champs et retrouvèrent le mur aux ascenseurs.

Archibald consulta sa montre de gousset.

— Il va falloir patienter, un ascenseur ne devrait pas tarder à redescendre. Souhaitez-vous que je vous raccompagne ensuite ?

— Je ne préfère pas, monsieur, déclina-t-elle le plus poliment possible.

Archibald se découvrit et, du doigt, joua avec le fond de son chapeau, qui s'ouvrait comme une boîte de conserve.

— À votre guise, mais faites bien attention à vous, petite Denise. La Citacielle n'est pas une ville recommandable pour une jeune femme solitaire, mariée ou non.

Ophélie s'accroupit et cueillit un coquelicot. Elle fit tournoyer entre ses doigts la tige légèrement velue, qui semblait si réelle.

— Honnêtement, je ne pensais croiser personne à une heure pareille, murmura-t-elle. Je voulais juste marcher un peu.

— Ah çà, nous ne sommes pas dans vos jolies montagnes où le jour et la nuit ont un sens ! Ici-haut, il n'y a pas d'heure pour danser, médire et comploter. Dès qu'on met le doigt dans l'engrenage des mondanités, on perd toute prise sur le temps !

Ophélie décrocha la fleur de sa tige et en renversa chaque pétale jusqu'à ce qu'elle prît l'apparence d'une petite poupée à robe rouge. Agathe lui avait appris ce tour de magie quand elles étaient jeunes.

— Et vous aimez cette vie ?

Archibald s'accroupit à son tour et lui prit la poupée-coquelicot des mains avec une curiosité amusée.

— Non, mais je n'en connais pas d'autre. Puis-je me permettre, petite Denise, de vous donner un conseil ? Un conseil que vous pourrez transmettre ensuite à votre cousine de ma part.

Ophélie le considéra avec étonnement.

— Elle ne doit jamais, au grand jamais, approcher notre seigneur Farouk. Il est aussi capricieux qu'imprévisible, elle s'y casserait les reins.

Il avait dit cela avec une telle gravité qu'Ophélie commençait à se demander sérieusement qui était cet esprit de famille pour inspirer une telle méfiance à ses propres descendants.

— Dites-moi plutôt, monsieur, à qui ma cousine pourra s'adresser sans craindre pour sa vie et sa vertu.

Archibald eut un hochement de tête approbateur, avec des yeux comme des eaux pétillantes.

— Magnifique ! Vous avez enfin saisi la mécanique de notre monde.

Un grincement métallique leur indiqua que l'ascenseur approchait. Archibald rabattit la capuche d'Ophélie sur sa tête, lui ouvrit la grille en accordéon et la poussa doucement à l'intérieur de la cabine capitonnée. C'était un vieux groom cette fois, si ridé, si tremblant et si voûté qu'il devait être centenaire. Ophélie jugeait honteux de faire travailler un homme de cet âge.

— Faites descendre cette dame aux entrepôts, ordonna Archibald.

— Vous restez ici ? s'étonna Ophélie.

L'ambassadeur s'inclina et souleva son gibus éventré en signe d'adieu.

— Moi, il me faut remonter vers de plus hautes sphères. Je prendrai un autre ascenseur. Au revoir, petite Denise, et prenez soin de vous… Oh, un dernier conseil ! (Il tapota du doigt le tatouage entre ses sourcils avec un grand sourire goguenard.) Dites également à votre cousine de ne pas raconter tout et n'importe quoi à ceux qui portent cette marque. Ça pourrait un jour se retourner contre elle.

La grille de l'ascenseur se referma, laissant Ophélie profondément pensive.

La sœur

Tandis que l'ascenseur redescendait lentement les étages, Ophélie s'appuya contre la paroi en velours. Les dernières paroles de l'ambassadeur résonnaient encore dans ses oreilles. Qu'avait-il voulu dire par là ? Elle n'était plus si sûre de l'avoir convaincu avec tous ses mensonges.

Ophélie ne savait pas si c'était l'effet de sa coupe de champagne, du manque de sommeil ou de toutes ces illusions, mais la tête lui tournait. Secouée de tremblements, elle se frictionna les bras. Le contraste avec la chaleur estivale du jardin était brutal. À moins que ce ne fussent là les limites de l'illusion : pendant qu'elle croyait avoir chaud, son corps avait attrapé froid. Son regard tomba sur le tourne-disque, qui diffusait un petit air de violon. « Tout de même, songea-t-elle, comment ces gens font-ils pour vivre à longueur de temps dans cette atmosphère empoisonnée ? » En comparaison, les hystéries de sa mère lui paraissaient reposantes.

En attendant, si Ophélie ne rentrait pas bientôt et qu'on trouvait sa chambre vide, sa tante allait mourir d'inquiétude. Du fond de sa capuche, elle observa le vieux groom en livrée rouge et les énormes favoris blancs qui débordaient de son chapeau à élastique. Il était cramponné à son levier comme un capitaine à son gouvernail.

— Monsieur ?

L'homme mit un temps à comprendre que ce murmure s'adressait à lui. Il tourna vers Ophélie deux yeux profondément enfoncés dans leurs orbites. À son regard stupéfait, elle comprit que personne ne l'avait jamais appelé « monsieur ».

— Oui, mademoiselle ?

— Comment se rend-on chez dame Berenilde à partir des entrepôts, s'il vous plaît ?

— Ce n'est pas la porte à côté, mademoiselle devrait prendre un coche, suggéra le vieux groom. Mademoiselle en trouvera près de la grande halle, de l'autre côté des entrepôts.

— Je vous remercie.

Le vieux groom revint à son compteur, où le chiffre des étages décroissait, puis il posa à nouveau ses yeux pâles sur Ophélie.

— Mademoiselle est étrangère, n'est-ce pas ? Cela s'entend à l'oreille. C'est si rare d'en croiser par ici !

Elle se contenta d'opiner timidement. Il lui faudrait décidément corriger cet accent et ses manières si elle voulait se fondre dans le décor.

Alors que l'ascenseur arrivait au niveau d'un palier, des silhouettes se dessinèrent derrière la dentelle de la grille. Le groom bloqua le frein et leur ouvrit. Ophélie se colla contre la paroi à capitons. Un couple et trois enfants prirent place dans la cabine en demandant « le salon de thé ». Ils étaient tous si impressionnants dans leurs habits de fourrure qu'Ophélie avait l'impression d'être une souris au milieu des ours.

Chahuteurs, les garçons la bousculaient sans lui prêter la moindre attention. Ils se ressemblaient comme trois gouttes d'eau avec leur crâne rasé et leurs sourires en dents de fauve. Écrasée au fond de l'ascenseur, Ophélie se demandait si ces sauvageons allaient à l'école. Elle espérait que les parents ramèneraient un peu de calme parmi eux, mais elle comprit bientôt qu'ils avaient d'autres préoccupations.

— Tâchez de vous distinguer pour changer ! dit la femme à son mari d'une voix âcre. Les portes du Clairdelune nous seront toujours fermées si vous êtes incapable de faire un seul mot d'esprit. Pensez un peu à nos fils et à leur entrée dans le monde.

Les mains plongées dans un manchon, elle portait une robe de vison couleur miel qui l'aurait rendue ravissante si son visage n'avait été déformé par la hargne. Ses lèvres convulsives, ses cheveux pâles tirés sous sa toque, son nez dressé comme une épine, le pli gravé entre ses sourcils, chaque détail de sa physionomie dénotait un perpétuel mécontentement, une insatisfaction profondément enracinée en elle. Il émanait de son corps une telle nervosité qu'Ophélie était prise de migraine rien qu'en la regardant.

Le mari se renfrogna. Son immense barbe blonde se mêlait si bien à la fourrure de son manteau qu'elles paraissaient inextricablement liées l'une à l'autre.

— Il me semble pourtant que ce n'est pas moi qui ai tranché les oreilles de la comtesse. Vos crises de nerfs, ma chérie, ne rendent pas service à notre vie sociale.

Cet homme-là avait un torrent de montagne en guise de voix. Même sans crier, il était assourdissant.

— Elle m'avait insultée ! Il faut bien que je défende mon honneur puisque vous êtes trop lâche pour le faire.

Ophélie se fit toute petite dans son coin d'ascenseur. Elle se laissa bousculer par la bagarre des enfants sans plus songer à protester.

— Mais… nous sommes en train de descendre ! se scandalisa soudain la femme. Nous avons demandé le salon de thé, vieux sénile !

— Que madame et monsieur me pardonnent, dit le groom avec une inclination respectueuse, je dois d'abord déposer mademoiselle aux entrepôts.

La femme, le mari et les trois enfants se tournèrent vers la petite ombre qui cherchait désespérément à disparaître sous sa pèlerine, comme s'ils remarquaient enfin sa présence. Ophélie osait à peine croiser leurs yeux en lames de rasoir, tout là-haut. Si l'homme était le plus grand et le plus imposant de tous, avec sa longue barbe blonde, c'était de son épouse qu'elle se méfiait surtout. Elle ne savait pas comment, mais cette femme lui donnait horriblement mal à la tête.

— Et pourquoi auriez-vous la préséance sur nous ? cracha celle-ci avec mépris.

Ophélie avait peur que son accent ne la trahît une fois encore ; elle se contenta de secouer sa capuche pour leur faire comprendre qu'elle n'y tenait pas tant que cela, à cette *préséance*.

Malheureusement, son attitude n'eut pas l'heur de plaire à la femme.

— Voyez-vous cela, siffla-t-elle, ulcérée. On dirait que cette jeune personne juge indigne de me répondre.

— Freyja, calmez-vous, soupira le mari dans sa barbe. Vous êtes beaucoup trop susceptible, vous faites un scandale d'un rien. Faisons un détour par les entrepôts et puis n'en parlons plus !

— C'est à cause d'impuissants comme vous que notre clan est voué à déchoir, rétorqua-t-elle méchamment. Nous ne devons laisser passer aucun affront si nous voulons nous faire respecter. Allons, montrez un peu votre visage, ajouta-t-elle à l'intention d'Ophélie. Êtes-vous Mirage pour vous cacher lâchement ainsi les yeux ?

Galvanisés par la nervosité de leur mère, les enfants riaient et tapaient des pieds. Ophélie ne comprenait tout simplement pas comment elle s'y était prise pour tomber dans ce nouveau guêpier. Le vieux groom, voyant que la situation tournait au vinaigre, jugea bon d'intervenir :

— Mademoiselle est étrangère, elle n'aura pas bien compris madame.

La colère de Freyja fut soufflée comme une flamme.

— Une étrangère ?

Ses yeux, pâles et étroits, scrutèrent intensément les lunettes d'Ophélie plongées dans l'ombre de sa capuche. Ophélie, de son côté, observait les mains que cette femme avait mises à nu en ôtant son manchon. Elles portaient des tatouages, exactement comme ceux de Berenilde. Ces gens appartenaient à la caste des Dragons. Ils étaient sa future belle-famille.

— Êtes-vous ce que je crois ? articula Freyja d'une voix sourde.

Ophélie fit oui de la tête. Elle avait bien compris que, dans sa situation, il valait encore mieux passer pour ce qu'elle était plutôt que pour le membre d'un clan rival.

— Et peut-on savoir ce que vous manigancez ici ?

Le visage de Freyja s'était lissé sous l'effet de la surprise. Elle venait de rajeunir de dix ans.

— Je me suis perdue, souffla Ophélie.

— Faites-nous descendre aux entrepôts, capitula Freyja, au grand soulagement du groom et de son mari.

Quand l'ascenseur parvint à destination, Freyja laissa Ophélie sortir la première, puis elle lui emboîta le pas.

— Haldor, partez devant avec les enfants, dit-elle en refermant la grille.

— Euh... vous en êtes sûre, ma chérie ?

— Je vous retrouverai au salon de thé dès que j'aurai raccompagné cette petite à bon port. Il serait fâcheux qu'elle fît de mauvaises rencontres.

Ophélie eut un regard pour la comtoise de la salle d'attente. Il était trop tard maintenant pour regagner sa chambre en cachette. Tout le monde devait être réveillé au manoir.

Alors qu'elles traversaient les entrepôts, Freyja soulevait sa robe de vison pour éviter les flaques.

— Je suppose que c'est Berenilde qui vous héberge ? Nous allons prendre un fiacre.

Elles coupèrent à travers la halle du marché, déjà noire de monde. Les odeurs de poisson donnèrent mal au cœur à Ophélie ; pour le moment, elle rêvait plutôt d'un bon café.

Freyja héla une voiture, puis elle prit place sur une banquette. Ophélie s'installa en face d'elle. Tandis que le fiacre se mettait en branle, un silence inconfortable tomba lourdement entre elles. La grande blonde altière et la petite brune empotée.

— Merci, madame, murmura Ophélie.

Freyja eut un sourire qui n'alluma aucune lumière dans ses yeux.

— Vous plaisez-vous au Pôle ?

— C'est un peu nouveau pour moi, répondit Ophélie en choisissant ses mots avec soin.

Elle avait compris que Freyja était une personnalité très susceptible, autant éviter de la froisser.

— Et mon frère ? Est-il à votre goût ?

Freyja était la sœur de Thorn ? Ils avaient, il est vrai, les mêmes yeux pleins d'orage. Ophélie regarda par la vitre de la portière qui s'était mise à vibrer sous la poussée du vent. Le fiacre venait de surgir dehors, le véritable dehors. Il bringuebala le long d'une corniche étroite et haut perchée, cahota jusqu'au sommet d'un rempart et redescendit le flanc de la Citacielle. Risquant un œil en contrebas, Ophélie vit la nuit pâlir au loin, par-delà la forêt de conifères, là où la neige se vallonnait. C'était le soleil, le vrai, le traître, qui faisait semblant de se lever, mais qui rebrousserait chemin avant même d'avoir atteint l'horizon, abandonnant comme chaque jour le Pôle à son hiver. Après un tournant, le fiacre s'engouffra à nouveau dans les entrailles de la Citacielle.

— Nous ne nous connaissons pas encore bien, répondit enfin Ophélie.

— Vous ne connaîtrez jamais Thorn ! ricana Freyja. Savez-vous qu'on vous destine à un bâtard, un opportuniste et un calculateur ? Il est de notoriété publique qu'il a les femmes en aversion. Faites-moi confiance, une fois qu'il vous aura engrossée, vous n'aurez pas plus d'importance à ses yeux qu'un vieux bibelot. Vous serez la risée de la cour !

Gelée jusqu'aux os, Ophélie frotta ses gants l'un contre l'autre. Thorn n'était pas un saint, elle avait déjà pu en juger par elle-même, mais les médisances avaient toujours eu le don de l'agacer. Elle soupçonnait cette femme peu subtile de servir son propre intérêt en voulant la décourager du mariage. Et puis, elle recommençait à lui donner mal à la tête. C'était étrange à décrire, ça faisait comme un picotement hostile tout autour d'elle.

— Sans vouloir vous offenser, madame, je préfère me faire ma propre opinion.

Freyja ne bougea pas d'un cheveu sur la banquette d'en face, les mains dans son manchon, et pourtant une claque magistrale projeta Ophélie contre la vitre. Complètement sonnée, elle écarquilla des yeux incrédules sur la silhouette floue devant elle ; les lunettes s'étaient décrochées de son nez sous le choc de la gifle.

— Ceci, dit Freyja d'une voix glaciale, c'est une

215

gentillesse en regard de ce que cet homme vous réserve dans l'intimité.

Ophélie essuya d'un revers de manche le filet de sang qui s'échappait de son nez et qui lui roulait sur le menton. C'était donc cela, le pouvoir des Dragons ? Pouvoir faire mal à distance ?

Elle chercha ses lunettes à tâtons sur le sol et les remit à leur place.

— Ce n'est pas comme si on me donnait le choix, madame.

La force invisible frappa son autre joue de plein fouet. Ophélie entendit les vertèbres de son cou protester en chœur. Face à elle, le visage de Freyja était déchiré par un sourire de répulsion.

— Épousez ce bâtard, chère petite, et je me chargerai personnellement de faire de votre vie un enfer.

Ophélie n'était pas sûre de pouvoir survivre à une troisième gifle de Freyja. Heureusement pour elle, le fiacre était en train de freiner. À travers la buée de la vitre, Ophélie ne reconnut pas la façade à colonnes devant laquelle il s'était arrêté.

Freyja lui ouvrit la portière.

— Réfléchissez-y à tête reposée, dit-elle d'un ton sec.

Un coup de fouet. Le claquement des sabots sur le pavé. Le fiacre disparut dans le brouillard.

Frottant ses joues endolories, Ophélie contempla le frontispice, tout en marbre et en colonnes, qui se dressait devant elle, encastré entre deux rangées de maisons. Pourquoi Freyja l'avait-elle déposée ici ? Elle gravit d'un pas hésitant l'escalier qui donnait sur une superbe porte à dorures.

Une plaque à l'entrée indiquait :

CHÂTELLENIE DE MME BERENILDE

Le jour de leur arrivée, Thorn les avait introduites par l'arrière-cour. Ophélie aurait dû se douter que le manoir possédait une entrée officielle. Elle dut s'asseoir un instant sur une marche. Ses jambes ne la portaient plus. Elle avait besoin aussi de poser ses pensées.

« Tout le monde déteste l'intendant », avait dit Archibald. Ophélie venait de mesurer à quel point c'était vrai. Cette haine lui retombait déjà dessus sans que la moindre chance lui fût donnée d'exister par elle-même. Elle était la fiancée de Thorn, point final, c'était déjà trop aux yeux des autres.

Ophélie sortit un mouchoir de sa manche et souffla le sang qui lui restait dans le nez. Elle ôta ensuite les épingles de ses cheveux pour recouvrir d'un épais rideau ses joues meurtries. Elle avait voulu voir le monde qui l'attendait ? Elle était servie. La leçon était douloureuse, mais sa vie serait faite de cette matière-là. Mieux valait ne pas porter des œillères.

Ophélie se leva, épousseta sa robe, se présenta à la porte et tira trois fois le cordon de la cloche. Un cliquetis de métal résonna de l'autre côté, signe que quelqu'un actionnait le petit judas pour identifier la visiteuse. La voix du majordome lança des « madame ! madame ! » dans le lointain et, au bout d'un long silence, Berenilde en personne vint lui ouvrir.

— Entrez. Nous prenions le thé en vous attendant.

Ce fut tout. Pas d'accusation, pas de réprimande. Le visage de Berenilde était tout de velours, mais il y avait de la raideur sous ses boucles d'or et son ample peignoir de soie. Elle était beaucoup plus fâchée qu'il n'y paraissait. Ophélie comprit que c'était cela, être une dame du monde : recouvrir d'un doux sourire les sentiments véritables.

Ophélie franchit le seuil et s'introduisit dans une coquette petite pièce où les vitraux posaient des couleurs chaudes sur trois harpes et un clavecin. Interloquée, elle reconnut la salle de musique. Berenilde referma la porte sur ce qu'Ophélie avait toujours cru être un grand placard à partitions. Existait-il d'autres passages entre le manoir et le monde extérieur ?

Avant qu'Ophélie ne pût articuler un mot, Berenilde enveloppa son visage dans ses belles mains tatouées. Ses grands yeux liquides s'étrécirent dans l'ombre des cils tandis qu'elle examinait les bleus à ses joues. Soutenant ce regard, consciente qu'il lui faudrait tôt ou tard rendre des comptes, Ophélie se laissa faire sans oser lui dire qu'elle lui faisait mal ; elle avait un sac de nœuds à la place de la nuque. Elle ne s'était pas vue dans un miroir, mais les prunelles fixes de Berenilde en disaient long.

— Qui ? demanda-t-elle seulement.

— Freyja.

— Allons dans le salon, déclara Berenilde sans sourciller. Vous allez devoir vous entretenir avec Thorn.

Ophélie passa les mains dans ses cheveux pour les ramener vers les joues.

— Il est ici ?

— Nous avons appelé l'intendance dès que nous nous sommes aperçues de votre disparition. C'est votre écharpe qui a donné l'alerte.

— Mon écharpe ? bredouilla Ophélie.

— Cette chose nous a réveillées au beau milieu de la nuit en renversant tous les vases de votre chambre.

L'écharpe avait dû être prise de panique en ne la voyant pas revenir ; Ophélie se sentait bête de ne pas y avoir pensé. Elle aurait apprécié un répit avant d'affronter Thorn, mais elle devait assumer les conséquences de ses actes. Elle suivit donc Berenilde sans rechigner. Dès qu'elle pénétra dans le salon, la tante Roseline lui fondit dessus. Elle ressemblait à un fantôme avec sa peau jaune pâle, son peignoir de nuit et son bonnet blanc.

— Mais quel grain de folie t'est passé par la tête ? Sortir ainsi, au beau milieu de la nuit, sans moi pour te chaperonner ! Tu m'as rendue folle d'inquiétude ! Tu... tu raisonnes comme une table basse !

Chaque reproche propageait des élancements dans la nuque d'Ophélie. La tante dut se rendre compte qu'elle n'était pas dans son assiette, car elle la fit asseoir de force sur une chaise et lui cala une tasse de thé entre les mains.

— C'est quoi, ces marques sur tes joues ? Tu as fait une mauvaise rencontre ? Quelqu'un t'a-t-il violentée ?

Berenilde prit doucement la tante Roseline par les épaules pour la calmer.

— Pas par un homme, si c'est ce qui vous inquiète, la rasséréna-t-elle. Ophélie a fait connaissance avec sa belle-famille. Les Dragons ont parfois des manières un peu sèches.

— Des manières un peu sèches ? répéta la tante, suffoquée. Vous vous moquez de moi ? Regardez son visage !

— Si vous le voulez bien, madame Roseline, c'est à mon neveu que votre nièce doit des explications. Allons nous tenir un instant dans l'antichambre.

Comme les deux femmes se retiraient dans la pièce voisine, la porte laissée entrouverte, Ophélie remua mollement la cuillère dans son thé au citron. La silhouette de Thorn se découpait devant la fenêtre du salon comme une grande ombre immobile. Absorbé dans sa contemplation du parc, il ne lui avait pas accordé un seul regard depuis qu'elle était entrée. Il portait un uniforme noir aux épaulettes dorées qui le guindait encore plus qu'il ne l'était déjà. Probablement son habit de fonction.

Au-dehors, les couleurs d'automne étaient inhabituellement éteintes. Il pesait sur la crête des arbres un couvercle de nuages sombres où clignotaient des fulgurations. Il y avait de l'orage dans l'air.

Alors que Thorn se détachait de la fenêtre et approchait d'un pas lent, Ophélie perçut certaines choses avec une acuité toute particulière : les éclairs lumineux sur le tapis, la tasse chaude entre ses gants, la rumeur enfiévrée de la maison. Néanmoins, le silence de Thorn, en toile de fond, était bien plus obsédant. Elle lança son regard droit devant elle. Son torticolis l'empêchait de soulever les yeux jusqu'aux siens, postés trop haut. Ça l'ennuyait de ne pas voir l'expression de sa figure. Allait-il la gifler comme Freyja ?

— Il n'est pas dans mes habitudes de regretter, le prévint Ophélie.

De Thorn, elle s'était préparée à un blâme, à un scandale, à un soufflet, à tout, sauf à cette voix redoutablement calme :

— Je ne saisis pas bien lequel de mes avertissements vous a échappé.

— Vos avertissements, ce n'étaient que des mots pour moi. J'avais besoin de voir votre monde de mes yeux.

Ophélie s'était levée de sa chaise pour essayer de lui parler en face, mais c'était impossible avec ce cou coincé devant un homme aussi grand. Elle avait à présent une vue imprenable sur la montre de gousset de Thorn, dont la chaîne pendait à l'uniforme.

— Avec la complicité de qui êtes-vous sortie ?

— De votre porte arrière. Je l'ai apprivoisée.

La voix lourde de Thorn, durcie par l'accent, avait poussé Ophélie à lui répondre honnêtement ; elle ne tenait pas à entraîner les domestiques dans sa faute. Devant elle, la main maigre s'empara de la montre de gousset et en ouvrit le couvercle d'un mouvement du pouce.

— Qui vous a brutalisée et pour quelle raison ?

Le ton était aussi impersonnel que celui d'un chef de gendarmerie en cours d'enquête. Ces questions n'étaient pas une marque de sollicitude, Thorn voulait simplement évaluer jusqu'à quel point Ophélie les avait compromis. Elle décida de ne pas mentionner sa rencontre avec l'ambassadeur. C'était sans doute une erreur, mais elle aurait été bien embarrassée de lui restituer la teneur de leur conversation.

— Juste votre sœur Freyja, dont j'ai croisé la route par hasard. Elle ne semble pas approuver notre mariage.

— Demi-sœur, rectifia Thorn. Elle me hait. Je m'étonne que vous lui ayez survécu.

— J'espère que vous n'êtes pas trop déçu.

Le pouce de Thorn referma brusquement le couvercle de sa montre.

— Vous venez de vous faire publiquement remarquer. Il ne nous reste plus qu'à espérer que Freyja tienne sa langue et ne déclenche contre nous aucun engrenage fâcheux. D'ici là, je vous recommande instamment de faire profil bas.

Ophélie remonta ses lunettes sur son nez. À la façon dont Thorn menait son interrogatoire, elle l'avait cru très détaché. Elle s'était trompée : cet incident l'avait beaucoup contrarié.

— C'est votre faute, murmura-t-elle. Vous ne me préparez pas suffisamment à ce monde en me maintenant dans l'ignorance.

Elle vit les doigts de Thorn se crisper autour de sa montre. Le retour de Berenilde dans le salon le détourna de son attention.

— Eh bien ? demanda-t-elle doucement.

— Nous allons devoir changer de stratégie, annonça Thorn en croisant les bras dans son dos.

Berenilde secoua ses bouclettes blondes avec un petit sourire de dérision. Elle n'était ni apprêtée ni maquillée, et plus belle que jamais malgré cela.

— À qui ta sœur pourrait-elle raconter ce qu'elle a vu ? Elle est fâchée avec toute la Citacielle.

— Admettons que quelqu'un d'autre soit au courant et que la rumeur se répande. Si l'on sait ma fiancée ici, nous ne connaîtrons pas la paix.

Thorn se retourna vers Ophélie. Elle ne pouvait pas lever les yeux jusqu'à lui, mais elle sentait presque le regard d'acier sur sa peau.

— Et puis, c'est surtout de cette imprudente qu'il faut se méfier.

— Que proposes-tu, alors ?

— Nous devons redoubler de vigilance et lui mettre un peu de plomb dans la tête. Ce sera vous et moi, à tour de rôle.

Le sourire de Berenilde se tordit.

— Si nous nous faisons rares, là-haut, ça attirera les curiosités. Ne penses-tu pas ?

— À moins que ça ne soit justifié, rétorqua Thorn. Je crains, ma tante, que vous ne connaissiez quelques complications. Quant à moi, quoi de plus normal que de me rendre disponible pour vous ?

Berenilde porta instinctivement la main à son ventre. Soudain, Ophélie mit un mot sur tout ce qui n'avait jamais cessé de lui sauter aux yeux depuis son arrivée ici. Ces vêtements lâches, ces petites lassitudes, cette langueur…

La veuve Berenilde attendait un enfant.

— C'est à *lui* de veiller sur moi, chuchota-t-elle d'une voix blanche. Je ne veux pas m'éloigner de la cour. Il m'aime réellement, tu comprends ?

Thorn eut une expression de dédain. De toute évidence, ces états d'âme l'excédaient.

— Farouk a cessé de s'intéresser à vous et vous le savez pertinemment.

Ophélie tombait des nues. L'esprit de famille ? Cette femme était enceinte de son propre ancêtre ?

Berenilde était devenue encore plus blanche que la soie de son peignoir. Elle dut prendre sur elle pour se recomposer, trait après trait, un visage serein.

— Soit, acquiesça-t-elle. C'est toi qui as raison, mon garçon, comme toujours.

Par-dessus son sourire, le regard qu'elle posa sur Ophélie était venimeux.

Les griffes

À compter de ce jour, l'existence d'Ophélie devint plus carcérale que jamais. Lui furent interdites les promenades en solitaire et les pièces du manoir avec de grands miroirs. On débarrassa sa chambre de sa psyché. En attendant de pouvoir se dérober aux exigences de la cour sans éveiller les méfiances, Thorn et Berenilde l'avaient placée sous surveillance constante. Ophélie dormait avec une femme de chambre près du lit, ne pouvait faire un pas sans avoir un domestique sur les talons et entendait la toux poussive de la grand-mère jusque derrière la porte des commodités. Pour ne rien arranger, elle avait le cou coincé dans une minerve depuis les deux gifles de Freyja.

Ophélie composait avec toutes ces contraintes, bon gré, mal gré. Thorn lui avait recommandé de faire profil bas et son instinct lui soufflait qu'il avait raison, du moins pour le moment. Ce qu'elle redoutait le plus était encore à venir : le retour des maîtres au manoir. Elle pressentait que c'est là que commencerait sa véritable punition pour avoir enfreint les règles. « Lui mettre un peu de plomb dans la tête », avait dit Thorn. Qu'entendait-il par là ?

Un après-midi de janvier, Berenilde simula un malaise alors qu'elle assistait à une pièce de théâtre à la mode. Elle ne s'était pas retirée chez elle que toutes les gazettes de la Citacielle diffusaient déjà des rumeurs alarmistes. *La favorite très éprouvée par sa grossesse*, titrait l'une d'elles. *Encore une fausse couche pour la veuve !* clamait cyniquement une autre.

— Laissez donc de côté ces sottises, ma douce enfant, conseilla Berenilde en trouvant Ophélie au boudoir, absorbée dans un journal.

Elle s'étendit voluptueusement sur une ottomane et réclama une infusion de camomille.

— Apportez-moi plutôt le recueil sur la table, là. Grâce à vous, je vais dorénavant avoir tout mon temps pour lire !

Berenilde avait souligné ce discours d'un sourire serein qui donna froid dans le dos à Ophélie.

L'atmosphère s'assombrit d'un coup. Au-dehors, les girouettes s'affolèrent sur les toits tandis qu'un vent gonflé d'orage se levait. Une goutte d'eau s'écrasa silencieusement contre une vitre du boudoir et, en l'espace de quelques secondes, l'épais rideau d'une averse s'abattit sur les jardins. Raidie par sa minerve, Ophélie se posta devant une fenêtre. Cela lui faisait étrange de voir autant de pluie tomber sans faire le moindre bruit ni former de flaques au sol. Cette illusion-là laissait vraiment à désirer.

— Quel temps morose, mes aïeux ! soupira Berenilde en tournant les pages de son recueil. C'est à peine si j'arrive à lire.

Elle s'installa plus confortablement sur son ottomane et se massa les paupières avec délicatesse.

— Madame souhaite-t-elle qu'on allume les lampes ? proposa un valet qui ranimait le feu du poêle.

— Non, ne gaspillez pas le gaz. Ah, je suppose que je ne suis plus toute jeune ! J'envie votre âge, ma chère fille.

— Il ne m'empêche pas de devoir porter des lunettes, murmura Ophélie.

— Pourriez-vous me prêter votre vue ? demanda Berenilde en lui tendant l'ouvrage. Vous êtes une lectrice très réputée, après tout !

Son accent s'était fait plus sensuel, à croire qu'elle s'adonnait à un étrange jeu de séduction sur Ophélie.

— Je ne suis pas cette sorte de lectrice, madame.

— Eh bien, vous l'êtes à présent !

Ophélie prit place sur une chaise et ramena ses cheveux derrière ses oreilles. Comme elle ne pouvait plier le cou, elle dut hisser le livre en hauteur. Elle jeta un coup d'œil à la couverture : *Les Mœurs de la tour* du marquis Adalbert. La tour ? N'aurait-ce pas plutôt dû être la cour ?

— Ce sont les maximes et les portraits d'un moraliste très célèbre là-haut, lui expliqua Berenilde. Toute personne bien née doit l'avoir lu au moins une fois !

— Cette « tour », qu'est-ce que c'est ? Une métaphore ?

— Pas le moins du monde, ma chère petite, la tour du seigneur Farouk est bien réelle. Elle surplombe la Citacielle, vous n'avez pas pu ne pas la remarquer. C'est là-haut que les grands de ce monde viennent visiter notre seigneur, que les ministres tiennent conseil, que les artistes les plus renommés donnent leurs représentations, que les meilleures illusions se confectionnent ! Eh bien, cette lecture ?

Ophélie ouvrit le recueil et lut une pensée au hasard, sur les conflits de la passion et du devoir.

— Pardonnez-moi, mais je ne vous comprends pas bien, la coupa Berenilde. Pouvez-vous parler plus fort et avec un accent moins prononcé ?

Ophélie sut aussitôt en quoi consisterait réellement sa punition. Un picotement familier lui donnait très mal à la tête, exactement comme cela s'était produit avec la sœur de Thorn. Des coussins de son ottomane, le sourire aux lèvres, Berenilde se servait de son pouvoir invisible pour la corriger.

Ophélie força sur sa voix, mais la douleur se fit plus forte entre ses tempes et Berenilde l'interrompit à nouveau :

— Ainsi, ça n'ira jamais ! Comment pourrais-je éprouver du plaisir à vous écouter si vous grommelez toujours dans vos cheveux ?

— Vous perdez votre temps, intervint Roseline. Ophélie a toujours eu une élocution désastreuse.

Assise dans un fauteuil, la tante examinait à la loupe les pages d'une vieille encyclopédie qu'elle avait piochée dans une bibliothèque. Elle ne lisait pas, elle se concentrait uniquement sur la qualité du papier. De temps en temps, elle faisait glisser son doigt sur une imperfection, une déchirure ou une tache d'humidité : la feuille était comme neuve après son passage. La tante Roseline s'ennuyait tellement au manoir qu'elle rafistolait tous les livres qui lui tombaient sous la main. Ophélie l'avait même surprise, avec un pincement au cœur, en train de raccommoder le papier peint de la buanderie. Sa tante était comme elle, au fond, elle supportait mal le désœuvrement.

— Je pense qu'il serait bon pour votre nièce d'apprendre à s'exprimer en société, déclara Berenilde. Voyons, chère petite, faites un effort et poussez donc sur vos cordes vocales !

Ophélie essaya de reprendre sa lecture, mais sa vision se faisait trouble. Elle avait l'impression que des pointes lui entraient dans le crâne. Alanguie sur son ottomane, Berenilde l'observait du coin de l'œil avec ce sourire velouté qui ne la quittait pas. Elle savait qu'elle était responsable de sa souffrance et elle savait qu'Ophélie le savait.

« Elle veut me voir craquer, réalisa cette dernière en crispant les mains sur son livre, elle veut que je lui demande à haute voix d'arrêter. »

Elle n'en fit rien. La tante Roseline, concentrée sur son encyclopédie, ignorait la punition qui était en train de se donner en silence. Si Ophélie faiblissait, si elle trahissait sa douleur, sa tante serait capable de commettre une bêtise et d'être punie à son tour.

— Plus fort ! ordonna Berenilde.

À présent, Ophélie voyait double. Elle perdait complètement le fil de sa lecture.

— Si vous embrouillez le sens des mots, vous allez transformer ce petit bijou de spiritualité en pelures de pommes de terre, se désola Berenilde. Et cet accent épouvantable, faites donc un effort !

Ophélie referma l'ouvrage.

— Pardonnez-moi, madame. Je crois que le mieux est encore d'allumer une lampe pour que vous puissiez reprendre votre lecture.

Le sourire de Berenilde s'étira plus encore. Ophélie songea que cette femme était pareille à une rose. Sous le velours se cachaient des épines impitoyables.

— Le problème n'est pas là, ma chère fille. Un jour, lorsque vous serez mariée à mon neveu et que votre position sera plus affermie, il vous faudra faire votre entrée à la cour. Il n'y a aucune place là-haut pour les faibles d'esprit.

— Ma nièce n'est pas une faible d'esprit, décréta sèchement la tante Roseline.

Ophélie ne les écoutait que d'une oreille, au bord de la nausée. La douleur sourde qui s'était dilatée dans sa tête s'évadait maintenant vers la nuque en élancements aigus.

Un domestique apparut à point nommé dans l'encadrement de la porte et abaissa un plateau d'argent vers Berenilde. Sur le plateau, une petite enveloppe.

— Cette chère Colombine va venir, commenta Berenilde après avoir décacheté le pli. Les visites ne font que commencer, mon indisposition n'est pas passée inaperçue et une fausse couche en ravirait plus d'une !

Berenilde se leva langoureusement de son divan, puis redonna du gonflant à ses boucles d'or.

— Madame Roseline, ma petite Ophélie, je vais aller m'apprêter. Ma convalescence doit être crédible, il me faut un maquillage approprié. Un domestique va bientôt vous raccompagner à vos chambres, vous n'en bougerez pas tant que je recevrai.

Ophélie poussa un soupir de soulagement. La diversion avait mis un terme à son calvaire. Elle voyait de nouveau clair et le mal de tête avait cessé. Elle aurait vraiment pu croire s'être imaginé ce qu'elle venait de vivre, n'eût été la nausée qui lui remuait encore le ventre.

Berenilde pencha sur elle son sourire lumineux et lui caressa la joue avec une tendresse déconcertante. Ophélie sentit un frisson lui parcourir la nuque, juste sous sa minerve.

— Faites-moi plaisir, ma douce petite. Mettez votre temps libre à profit pour travailler votre diction.

— Nom d'un bigoudi, elle ne mâche pas ses mots ! s'exclama la tante Roseline lorsque Berenilde eut quitté le boudoir. Cette femme est plus sévère qu'il n'y paraît de prime abord. C'est de porter l'enfant d'un esprit de famille qui lui monte ainsi à la tête ?

Ophélie jugea préférable de garder le fond de sa pensée pour elle. Sa marraine referma son encyclopédie, posa sa loupe et sortit des épingles d'une poche de sa robe.

— Mais elle n'a pas complètement tort, poursuivit-elle en relevant les boucles brunes d'Ophélie. Tu es destinée à devenir une femme du monde, il faudrait soigner ta présentation.

Ophélie laissa Roseline lui confectionner un chignon. Elle tirait sans doute trop fort sur ses cheveux, mais ce rituel simple, un tantinet maternel, l'apaisa petit à petit.

— Je ne te fais pas trop mal ?

— Non, non, mentit Ophélie d'une petite voix.

— Avec ce cou bloqué, ce n'est pas commode de te coiffer !

— Je pourrai bientôt ôter cette minerve.

Ophélie sentit sa gorge se nouer pendant que sa tante pestait contre ses nœuds. Elle savait que c'était très égoïste de sa part, mais la pensée que cette femme partirait un jour lui était intolérable. Si sèche et rude fût-elle, c'était la seule personne qui l'empêchait de devenir toute froide à l'intérieur depuis leur arrivée ici.

— Ma tante ?

— Mmmmh ? marmonna Roseline, une épingle pincée entre ses dents chevalines.

— La maison… ça ne vous manque pas trop ?

La tante Roseline lui retourna un regard étonné et piqua la dernière épingle dans son chignon. Prenant Ophélie au dépourvu, elle la serra dans ses bras et lui frotta le dos.

— Et c'est toi qui me le demandes ?

Cela ne dura que le temps d'une respiration. La tante Roseline recula d'un pas, reprit son air guindé et houspilla Ophélie :

— Tu ne vas pas flancher maintenant, tout de même ! Du nerf ! Montre donc à ces nobliaux ce que tu vaux !

Ophélie sentit son cœur battre plus fort entre ses côtes. Elle ne savait pas vraiment d'où lui venaient ces battements, mais un sourire lui monta jusqu'aux lèvres.

— D'accord.

La pluie tomba toute la journée, ainsi que le

lendemain et le reste de la semaine. Berenilde ne cessait de recevoir des visiteurs au manoir, confinant Ophélie et la tante Roseline dans leurs appartements. On leur montait leurs repas, mais on ne se souciait guère de leur donner de quoi lire ou s'occuper. Les heures parurent interminables à Ophélie ; elle se demanda combien de jours encore durerait ce défilé d'aristocrates.

Quand elles prenaient le souper ensemble, tard le soir, Ophélie devait endurer les épines de Berenilde. Charmante et délicate sur la première partie du repas, elle réservait ses flèches empoisonnées pour le dessert. « Que cette fille est empotée ! » se lamentait-elle lorsque Ophélie renversait du pouding sur la nappe. « Vous êtes ennuyeuse à mourir ! » soupirait-elle dès qu'un silence se prolongeait. « Quand vous déciderez-vous à brûler cette horreur ? » sifflait-elle en pointant du doigt son écharpe. Elle lui faisait répéter toutes ses phrases, raillait son accent, critiquait ses manières, l'humiliait avec un savoir-faire remarquable. Et si elle jugeait qu'Ophélie ne fournissait pas suffisamment d'efforts pour s'améliorer, elle lui soufflait des migraines atroces dans le crâne jusqu'à la fin du repas.

Ce petit cérémonial acheva de conforter Ophélie dans sa certitude. Ce n'étaient pas là des toquades de femme enceinte : c'était le véritable visage de Berenilde.

Du jour au lendemain, toutes les visites cessèrent au manoir. Ophélie, qui pouvait enfin se dégourdir les jambes dans la demeure, comprit pourquoi en tombant sur la gazette du jour :

233

M. Thorn a annoncé hier que son intendance serait fermée pour une durée indéterminée. Plaignants, revoyez votre calendrier en conséquence ! Son secrétaire nous a fait savoir qu'il se retirera « le temps nécessaire » auprès de sa tante, favorite parmi les favorites, dont on dit que la santé décline. M. Thorn serait-il un neveu plus prévenant qu'il n'en a l'air ? À moins que cet incorrigible comptable n'entende veiller à ce que les dispositions testamentaires de Berenilde lui restent favorables ? Nous laisserons à nos lecteurs le soin de se faire leur propre opinion sur la question.

Ophélie sourcilla. Thorn n'était vraiment pas un homme populaire… À la seule annonce de sa venue ici, les lieux s'étaient vidés.

Libérée de sa minerve, elle se massa machinalement le cou. Si cela signifiait qu'elle pourrait bientôt voir autre chose que les murs de sa chambre à longueur de temps, elle n'allait pas s'en plaindre. À force de rester cloîtrée, elle avait perdu le sommeil.

Dès que Berenilde apprit que son neveu allait arriver sous peu, elle se montra sans pitié avec les domestiques. Il fallait aérer entièrement la demeure, changer les literies, battre chaque tapis, ramoner toutes les cheminées, dépoussiérer les meubles. Elle se montrait si pointilleuse, si intransigeante sur des détails insignifiants qu'une jeune soubrette finit par éclater en sanglots. Ophélie trouvait l'attitude de Berenilde incompréhensible : elle se donnait plus de mal pour accueillir son neveu que pour recevoir des invités de marque. Ce n'était pas comme s'il ne venait jamais la voir, non ?

Le jour suivant, tôt dans la matinée, Thorn franchit l'entrée du manoir. Ses bras étaient chargés d'une telle pile de dossiers que c'était à se demander comment ce grand maigre pouvait encore conserver son équilibre.

— Il pleut chez vous, dit-il en guise de bonjour.

— Tu as emporté tout ce travail ici ? le railla gentiment Berenilde qui descendait l'escalier, une main sur le ventre. Je croyais que tu devais veiller sur moi !

— Veiller sur vous, oui. Rester les bras croisés, non.

Thorn lui avait répondu d'une voix monocorde sans un regard pour elle. Il avait hissé ses yeux plus haut, au sommet des marches, là où Ophélie était occupée à rattacher les lacets de sa bottine. Quand elle s'aperçut que Thorn la fixait d'un air impassible, encombré de ses dossiers, elle lui adressa un poli signe de tête. Restait à espérer que cet homme ne lui réserverait pas le même traitement que Berenilde.

Ce matin-là, ils prirent le petit déjeuner tous ensemble. Revoir Thorn à cette table n'enchantait guère la tante Roseline, aussi préféra-t-elle observer un silence de bon aloi. Ophélie, elle, était secrètement aux anges. Pour la première fois depuis une éternité, Berenilde avait oublié son existence.

Elle était tout à son neveu, lui lançant des œillades charmeuses, le taquinant sur sa maigreur, s'intéressant à son travail, lui rendant grâce de la tirer de son ennui. Elle ne paraissait pas s'apercevoir que Thorn répondait et mangeait du bout des lèvres, comme s'il se faisait violence pour ne pas être grossier.

En voyant Berenilde s'animer de la sorte, les joues roses de contentement, Ophélie en fut presque amusée. Elle commençait à croire que cette femme avait le besoin viscéral d'être la maman de quelqu'un.

L'atmosphère changea brutalement quand Thorn ouvrit la bouche :

— Vous êtes souffrante ?

Il s'était adressé non pas à sa tante, mais à sa fiancée. Il aurait été difficile à cet instant de déterminer qui, de Berenilde, de la tante Roseline ou d'Ophélie, fut la plus stupéfaite.

— Non, non, finit par bredouiller Ophélie en contemplant son œuf sur le plat.

Elle se savait amaigrie, mais avait-elle à ce point mauvaise mine pour que Thorn lui-même en fût choqué ?

— Tu penses, cette petite est choyée ! soupira Berenilde. C'est plutôt moi, en somme, qui m'épuise à lui inculquer un peu d'éducation. Ta fiancée est aussi taciturne qu'indocile.

Thorn décocha un coup d'œil soupçonneux aux fenêtres de la salle à manger. L'averse tombait sans répit, posant sur le paysage un voile impénétrable.

— Pourquoi pleut-il ?

C'était la question la plus bizarre qu'Ophélie avait jamais entendue.

— Cela n'est rien, assura Berenilde avec un sourire enjôleur. Je suis juste un peu sur les nerfs.

Ophélie contempla alors d'un regard neuf la pluie qui tambourinait contre les carreaux sans faire de bruit. Ce temps reflétait-il les humeurs de la propriétaire ?

Thorn décrocha sa serviette et se leva de table.

— En ce cas, vous pourrez reposer vos nerfs, ma tante. Je prends la relève.

Ophélie fut aussitôt priée de se rendre avec sa marraine dans la bibliothèque. Cela ne les ravit pas particulièrement ; après les toilettes, c'était l'endroit le plus glacial du manoir. Thorn avait déjà méthodiquement empilé ses dossiers sur un bureau, au fond de la pièce. Il ouvrit grand une fenêtre puis, sans un mot pour ces dames, il plia ses interminables jambes derrière son bureau et se plongea dans l'étude d'un échéancier.

— Et nous ? s'offusqua la tante Roseline.

— Vous prenez un livre, marmonna Thorn. Il me semble que ce n'est pas ce qui manque ici.

— Ne pouvons-nous pas au moins sortir un peu ? Nous n'avons pas mis les pieds dehors depuis une éternité !

— Vous prenez un livre, répéta Thorn avec cet accent dur qui le caractérisait.

Excédée, la tante Roseline s'empara furieusement d'un dictionnaire, se posta le plus loin possible de Thorn, à l'autre bout de la salle, et se mit à examiner l'état du papier, page après page.

Non moins déçue, Ophélie s'accouda à la fenêtre et respira l'air inodore du jardin. La pluie qui tombait à verse disparaissait au moment de rebondir sur ses lunettes, comme si l'illusion ne pouvait pousser plus loin ses limites. Il était vraiment étrange de se recevoir sur le visage une eau qui ne mouillait pas. Ophélie tendit sa main ; elle pouvait presque toucher les rosiers devant elle. Elle aurait préféré un vrai jardin avec de vraies plantes et un vrai ciel, mais elle brûlait d'envie d'enjamber cette fenêtre. Sa punition n'avait-elle pas assez duré ?

Elle observa Thorn du coin des lunettes. Trop à l'étroit derrière le petit bureau, les épaules voûtées, le front bas, son nez tranchant penché sur un dossier, il paraissait indifférent à tout ce qui n'était pas sa lecture. Ophélie aurait pu aussi bien ne pas être là. Entre Berenilde qui faisait une véritable fixation sur elle et cet homme qui paraissait à peine conscient de son existence, elle aurait décidément du mal à trouver sa place dans cette famille.

Ophélie prit un ouvrage, s'assit sur une chaise et se bloqua dès la première ligne. Il n'y avait que des œuvres savantes dans cette bibliothèque, elle n'en comprenait pas un traître mot. Le regard dans le vague, elle caressa sa vieille écharpe, roulée en boule sur ses genoux, et laissa le temps couler lentement sur elle.

« Que me veulent ces gens, à la fin ? se demanda-t-elle, perdue dans ses pensées. Ils me font assez sentir que je ne suis pas à la hauteur de leurs attentes, alors pourquoi se donnent-ils autant de mal pour s'encombrer de moi ? »

— Vous vous intéressez à l'algèbre ?

Ophélie se tourna vers Thorn d'un air étonné, puis massa son cou douloureux. Les mouvements brusques lui étaient déconseillés, mais elle s'était laissé prendre par surprise. Les coudes sur le bureau, Thorn posait sur elle un regard aigu ; elle se demanda depuis combien de temps ces yeux métalliques la décortiquaient de la sorte.

— L'algèbre ? répéta-t-elle.

Thorn lui désigna du menton le précis qu'elle tenait à la main.

— Oh, ça ? Je l'ai pris au hasard.

Elle ramena ses pieds sous sa chaise, tourna la page et fit semblant d'être concentrée sur sa lecture. Berenilde s'était suffisamment moquée d'elle avec *Les Mœurs de la tour*, elle espérait que Thorn ne la tourmenterait pas avec les mathématiques. Un comptable comme lui devait être imbattable sur ce terrain.

— Que se passe-t-il entre ma tante et vous ?

Cette fois, Ophélie considéra Thorn avec le plus grand sérieux. Elle ne se faisait donc pas des idées, cet homme essayait réellement d'engager la conversation. Elle eut un coup d'œil hésitant pour sa marraine ; la tante Roseline s'était assoupie, son dictionnaire sur les genoux. Ophélie prit son écharpe dans ses bras, reposa le précis d'algèbre sur son étagère et s'approcha du bureau de Thorn.

Elle le regarda bien en face, lui assis, elle debout, même si elle trouvait un peu vexant de rester la plus petite des deux. Cet homme était vraiment l'incarnation de l'austérité, avec cette figure excessivement anguleuse, ces cheveux pâles trop bien peignés, ces yeux effilés comme des rasoirs, ces sourcils perpétuellement froncés, ces mains maigres qu'il croisait devant lui et cette bouche maussade qui ne souriait jamais. Ce n'était pas précisément le genre de personne qui inspirait d'emblée l'envie de se confier.

— Il se passe que votre tante ne me pardonne pas mon escapade, déclara Ophélie.

Thorn émit un reniflement ironique.

— C'est le moins que l'on puisse dire. Cette averse est symptomatique. La dernière fois que le temps s'est dégradé à ce point ici, l'affaire s'est conclue sur un duel à mort entre ma tante et une courtisane. J'aimerais autant éviter de vous voir en arriver à de telles extrémités.

Les lunettes d'Ophélie blêmirent. Un duel à mort ? Ces pratiques dépassaient son entendement.

— Je n'ai aucune intention de me battre contre votre tante, le rassura-t-elle. Peut-être la cour lui manque-t-elle ?

— Plutôt Farouk.

Ophélie ne savait pas ce qui la choquait le plus : que Berenilde attendît un enfant de son propre esprit de famille ou le mépris qu'elle avait décelé dans la voix de Thorn. Ce Farouk inspirait vraiment à sa descendance les sentiments les plus contradictoires.

Elle passa une main songeuse sur son écharpe comme elle l'aurait fait avec un vieux chat. Et cet homme, attablé en face d'elle ? Que devait-elle penser de lui, au fond ?

— Pourquoi les gens d'ici vous détestent-ils ?

Il y eut un éclair de surprise dans les yeux incisifs de Thorn. Il ne s'était sans doute pas préparé à une question aussi directe. Il se tut un long moment, les sourcils froncés à s'en fendre le front, avant de desserrer les dents.

— Parce que je ne respecte que les chiffres.

Ophélie ne fut pas bien certaine de comprendre, mais elle supposa qu'elle devrait se contenter de cette explication pour l'instant. Elle trouvait déjà surréaliste que Thorn se fût donné la peine de lui répondre. Elle avait l'impression, peut-être trompeuse, qu'il ne lui était plus aussi hostile qu'auparavant. Ça ne le rendait pas forcément aimable, il se montrait toujours aussi renfrogné, mais l'atmosphère était moins crispée. Était-ce à cause de leur dernière conversation ? Thorn avait-il pris en considération ce qu'elle lui avait dit ?

— Vous devriez vous réconcilier avec ma tante, reprit-il en rétrécissant les yeux. Elle est la seule personne digne de confiance, ne vous en faites surtout pas une ennemie.

Ophélie s'accorda un instant de réflexion que Thorn mit à profit pour remettre le nez dans ses papiers.

— Parlez-moi du pouvoir de votre famille, se décida-t-elle à demander.

Thorn leva les yeux d'un rapport et arqua les sourcils.

— Je suppose que vous entendez par là la famille de mon père, maugréa-t-il.

Comme personne n'y faisait jamais allusion, Ophélie avait parfois tendance à oublier que Thorn était l'enfant illégitime de *deux* familles. Elle craignit un instant d'avoir commis un impair.

— Oui… enfin… si vous possédez ce pouvoir vous-même, cela va de soi.

— Pas sous sa forme la plus puissante, mais je le possède. Je ne peux pas vous en offrir une

241

démonstration sans vous faire mal. Pourquoi cette question ?

Ophélie éprouva un vague malaise. Il y avait une tension soudaine dans la voix de Thorn.

— Ce que m'a fait subir votre sœur, je n'y étais pas préparée.

Elle jugea préférable de passer sous silence les migraines de Berenilde, mais Thorn la prit de court :

— Ma tante use-t-elle de ses griffes sur vous ?

Les doigts croisés contre son menton, il observait Ophélie avec attention, dans l'expectative. C'était sans doute un effet d'optique, mais sa cicatrice au sourcil rendait son regard particulièrement perçant. Embarrassée, Ophélie ne pouvait pas répondre à cette question piège. Si elle disait « oui », contre qui serait-il réellement fâché en définitive ? contre sa tante de malmener sa fiancée ? ou contre sa fiancée de trahir sa tante ? Peut-être ne serait-il pas fâché du tout et que c'était là une simple curiosité de sa part.

— Parlez-moi des griffes, éluda-t-elle.

Un courant d'air se frotta à ses chevilles. Ophélie éternua à s'en faire mal aux os de toute la nuque. Après un bon coup de mouchoir, elle jugea plus correct d'ajouter :

— S'il vous plaît.

Prenant appui sur ses poings, Thorn arracha du bureau son corps à rallonge. Il retroussa jusqu'aux coudes les manches de sa chemise.

Ses bras maigres étaient sillonnés de cicatrices, pareilles à celles qu'il portait au visage. Ophélie essaya de ne pas les regarder trop fixement, de peur de paraître impolie, mais elle était perplexe. Comment un comptable qui occupait un poste aussi important pouvait-il être abîmé à ce point ?

— Comme vous pouvez le constater, dit Thorn d'une voix morne, je ne porte pas sur moi la marque distinctive du clan. Cependant, je suis l'exception qui confirme la règle : tous les nobles en ont une. Ayez toujours le réflexe de localiser le tatouage de chaque personne que vous croisez. C'est l'emplacement qui compte, pas le symbole.

Ophélie n'était pas particulièrement expressive ; elle eut pourtant du mal à dissimuler son étonnement. Thorn avait pris l'initiative de la conversation, et voilà qu'il répondait maintenant aux questions ! Curieusement, ça sonnait faux. Cet effort semblait coûter à Thorn comme s'il se faisait violence pour ne pas replonger dans ses dossiers. Ce n'était pas par plaisir qu'il se montrait bavard ; alors pourquoi ?

— Les Dragons portent la marque du clan aux mains et aux bras, enchaîna-t-il cependant, imperturbable. Évitez de croiser leur route et ne répondez jamais à leurs provocations, si humiliantes soient-elles. Ne vous fiez qu'à ma tante.

Cela, c'était vite dit… Ophélie contempla la fenêtre que Thorn avait refermée. La fausse pluie s'y abattait maintenant dans un silence perturbant, sans jamais y laisser la moindre traînée d'eau.

— Torturer à distance, chuchota-t-elle, est-ce une autre sorte d'illusion ?

— C'est beaucoup plus brutal qu'une illusion, mais vous avez saisi le principe, grommela Thorn en consultant sa montre de gousset. Les griffes agissent comme un prolongement invisible de notre système nerveux, elles ne sont pas réellement tangibles.

Ophélie n'aimait pas parler à quelqu'un sans voir son visage. Elle voulut hisser les yeux vers Thorn, mais elle ne put aller au-delà des boutons de son col officier. Elle avait gardé des raideurs dans la nuque et cet homme était insolemment grand.

— Les brutalités de votre sœur m'ont paru très tangibles, dit-elle.

— Parce que son système nerveux a directement agressé le vôtre. Si votre cerveau est convaincu que le corps souffre, alors le corps s'arrangera pour que ce soit effectivement le cas.

Thorn avait dit cela comme si c'était la plus élémentaire des évidences. Peut-être était-il moins cassant, il n'avait pas perdu toute condescendance pour autant.

— Et quand on est attaqué par un Dragon, murmura Ophélie, jusqu'où le corps peut-il jouer le jeu du cerveau ?

— Douleurs, fractures, hémorragies, mutilations, énuméra Thorn sans états d'âme. Tout dépend du talent de celui qui vous attaque.

Du coup, Ophélie n'osait plus du tout regarder ses cicatrices. C'étaient les siens qui lui avaient fait ça ? Comment pouvait-il parler de *talent* ? Elle grignota les coutures de son gant. Elle ne se permettait généralement pas de le faire devant quelqu'un, mais là, elle en avait vraiment besoin. Les croquis d'Augustus lui revinrent comme une claque. Ces chasseurs au regard dur et arrogant, capables de tuer des Bêtes sans avoir recours à des armes, ils seraient sa nouvelle famille. Ophélie ne comprenait tout simplement pas comment elle pourrait survivre parmi eux.

— Je mesure maintenant la portée de vos paroles dans le dirigeable, avoua-t-elle.

— Vous avez peur ? Voilà qui ne vous ressemble pas.

Ophélie leva vers Thorn un regard surpris, mais son cou protesta et elle dut rebaisser la tête. Ce qu'elle avait entraperçu de lui, toutefois, la laissa songeuse. Les yeux de rasoir l'observaient avec de la hauteur et de la distance, mais ce n'était pas réellement de la condescendance. Plutôt une lointaine curiosité, comme si cette petite fiancée s'avérait moins inintéressante qu'on ne s'y attendait.

Ophélie ne put s'empêcher de s'agacer.

— Comment pouvez-vous prétendre savoir ce qui me ressemble ou non ? Vous n'avez jamais pris la peine d'essayer de me connaître.

À cela, Thorn ne répondit rien. Le silence qui était brutalement tombé entre eux parut s'étirer à l'infini. Ophélie commençait à trouver gênant de rester plantée devant cet homme, raide comme un monolithe, les bras ballants, trop grand pour qu'elle pût voir l'expression de sa figure.

Un bruit retentissant, au fond de la bibliothèque, la tira d'embarras. Le dictionnaire de la tante Roseline avait glissé de ses genoux et s'était écrasé sur le parquet. La duègne se réveilla en sursaut, promenant un regard hébété autour d'elle.

Elle ne tarda pas à surprendre Thorn et Ophélie près de la fenêtre.

— Qu'est-ce que c'est que ces manigances ? s'indigna-t-elle. Veuillez reculer d'un pas, monsieur, vous vous tenez trop près de ma nièce ! Vous ferez tout ce que bon vous semble lorsque vous serez unis par les liens sacrés du mariage.

L'oreille

— Asseyez-vous. Levez-vous. Asseyez-vous…
Non, pas ainsi. Nous avons répété ce mouvement
cent fois, ma chère fille, est-il si difficile pour vous
de le mémoriser ?

Berenilde se posa sur une bergère du salon,
animée par cette grâce naturelle qui enveloppait
chacun de ses gestes, et se remit debout avec la
même fluidité.

— Ainsi. Vous ne pouvez pas vous laisser tomber comme un sac de charbon, vous devez être
aussi harmonieuse qu'une partition musicale.
Asseyez-vous. Levez-vous. Asseyez-vous. Levez-
vous. Asseyez-vous. Non, non, non !

Trop tard, Ophélie était tombée à côté de sa
chaise. À force de s'asseoir et de se rasseoir, elle
avait attrapé le tournis.

— Accepteriez-vous, madame, que nous nous
en tenions là ? demanda-t-elle en se relevant. Nous
pratiquons cet exercice depuis trop longtemps
pour que je le réalise correctement.

Berenilde haussa ses sourcils parfaitement épilés et agita son éventail avec un sourire malicieux.

— J'ai observé une belle aptitude chez vous, mon enfant. Vous êtes très forte pour dissimuler votre insolence sous de petits airs soumis.

— Je crois pourtant n'être ni insolente ni soumise, repartit calmement Ophélie.

— Berenilde, laisse cette pauvre enfant souffler ! Tu vois bien qu'elle ne tient plus debout.

Ophélie adressa un sourire reconnaissant à la grand-mère, occupée à tricoter près de la cheminée. La vieille dame était aussi indolente et aussi silencieuse qu'une tortue, mais quand elle intervenait dans une conversation, c'était souvent pour prendre sa défense.

De fait, Ophélie était rompue de fatigue. Berenilde l'avait sortie du lit à quatre heures du matin, par foucade, prétextant qu'il fallait impérativement travailler son maintien. Elle l'avait obligée à avancer avec un livre en équilibre sur la tête, lui avait fait monter et descendre les escaliers du manoir jusqu'à être satisfaite de sa démarche, et cela faisait plus d'une heure qu'elle s'acharnait sur sa tenue en chaise.

Depuis qu'elle ne recevait plus de visiteurs, Berenilde consacrait ses journées à refaire l'éducation d'Ophélie : sa façon de se tenir à table, de choisir ses robes, de servir le thé, de faire des compliments, d'articuler ses phrases… Elle l'étouffait tellement de recommandations qu'Ophélie n'en retenait pas la moitié.

— C'est entendu, maman, soupira Berenilde. Je suis certainement plus lasse encore que cette chère petite. Lui inculquer les bonnes manières n'est pas de tout repos !

Ophélie songea que Berenilde se fatiguait inutilement, qu'elle ne serait jamais une fiancée caressante, gracieuse et spirituelle, et qu'il y avait des choses autrement plus importantes dont elle aurait dû l'instruire. Elle n'en dit rien, évidemment. Désapprouver Berenilde ne l'aiderait pas à se réconcilier avec elle.

Ophélie gardait plutôt ses questions pour Thorn, lorsqu'il daignait lever le nez de ses dossiers ou raccrocher le téléphone, c'est-à-dire très rarement. Le ton qu'il employait pour s'adresser à elle était un peu forcé, mais il ne l'éconduisait jamais. Ophélie en apprenait chaque jour davantage sur la généalogie des Dragons, leurs us et coutumes, leur extrême susceptibilité, les gestes qu'il fallait éviter devant eux et les mots qui ne devaient pas être prononcés en leur présence.

Le seul sujet qui n'était jamais abordé, ni par Ophélie ni par Thorn, c'était leur mariage.

— Pouvez-vous me passer les cigarettes, ma fille ? Vous les trouverez sur la cheminée.

Berenilde s'était assise au fond d'un fauteuil, près de la fenêtre toute noire d'orage. Les mains posées sur un ventre qui ne s'arrondissait pas encore, elle ressemblait à une future maman épanouie. C'était une image trompeuse, Ophélie le savait. Berenilde portait l'enfant d'un seigneur qui ne s'intéressait plus à elle. Sous le beau visage de porcelaine se cachaient du désarroi amoureux et un orgueil mortellement blessé.

D'une tape amicale de la main, Berenilde désigna le siège voisin à Ophélie quand elle lui apporta ses cigarettes.

— Je reconnais avoir été un peu stricte, ces derniers temps. Venez donc vous reposer auprès de moi.

Ophélie aurait préféré prendre un bol de café en cuisine, mais elle ne pouvait faire autrement qu'obéir aux caprices de cette femme. À peine fut-elle assise que Berenilde lui tendit son étui à cigarettes.

— Prenez-en une.

— Sans façon, déclina Ophélie.

— Prenez-en une, vous dis-je ! Les fumoirs sont des lieux de sociabilité incontournables, vous devez vous y préparer dès à présent.

Ophélie attrapa une cigarette du bout des doigts, incertaine. Si la tante Roseline la voyait, elle serait certainement très contrariée. La seule et unique fois où elle avait fumé du tabac, elle avait onze ans. Elle en avait pris juste une bouffée à la pipe de son père et elle avait ensuite été malade toute la journée.

— Retenez bien ceci, dit Berenilde en inclinant son fume-cigarette vers la flamme d'un briquet. Si un homme se tient près de vous, c'est à lui d'allumer votre cigarette. Aspirez lentement la fumée et diffusez-la discrètement dans l'atmosphère, comme ceci. Ne la soufflez jamais au visage de quelqu'un, ça se terminerait en duel. Essayez un peu pour voir ?

Ophélie toussa, cracha, larmoya. Sa cigarette lui échappa des doigts, elle eut juste le temps de la récupérer avant que son écharpe ne prît feu. Elle décida que ce serait sa dernière tentative.

Berenilde éclata d'un rire cristallin.

— N'y a-t-il pas une seule chose que vous sachiez faire convenablement ?

Le rire de Berenilde s'éteignit sur ses lèvres. Ophélie suivit son regard en toussotant, au-delà des portes ouvertes du salon. Dressé au milieu du couloir, du courrier à la main, Thorn assistait à la scène sans mot dire.

— Viens te joindre à nous, proposa Berenilde d'une voix onctueuse. Pour une fois que nous nous amusons un peu !

Ophélie, elle, ne s'amusait pas tellement ; elle avait mal aux poumons d'avoir trop toussé. Thorn resta fidèle à lui-même, raide de la tête aux pieds, aussi sinistre qu'un employé de pompes funèbres.

— J'ai du travail, marmonna-t-il en s'éloignant.

Son pas lugubre se perdit au fond du couloir.

Berenilde écrasa sa cigarette dans le cendrier d'une table basse. Le geste trahissait de la contra-riété. Même son sourire avait perdu de son velouté.

— Je ne reconnais plus ce garçon.

Ophélie essaya de calmer son écharpe, qui se débobinait de son cou comme un serpent en fuite. L'incident de la cigarette l'avait affolée.

— En ce qui me concerne, je ne le trouve pas très différent de d'habitude.

Les yeux limpides de Berenilde se perdirent à travers la fenêtre, dans les nuages gorgés d'orage qui pesaient sur le parc.

— Que ressentez-vous pour lui ? murmura-t-elle. Je me flatte de savoir percer les émotions de n'importe quel visage, mais le vôtre demeure un mystère pour moi.

— Rien de particulier, répondit Ophélie en

haussant les épaules. Je connais trop peu cet homme pour avoir la moindre opinion sur la question.

— Sottises !

D'un mouvement du poignet, Berenilde déploya son éventail comme si elle se consumait de l'intérieur.

— Sottises, reprit-elle plus posément. On peut aimer d'un seul regard. D'ailleurs, on ne s'aime jamais si bien que quand on se connaît fort mal.

Des paroles bien amères, mais Ophélie n'était pas suffisamment sentimentale pour se sentir concernée.

— Je ne suis pas plus éprise de votre neveu qu'il ne l'est de moi.

Berenilde la considéra pensivement. Ses bouclettes blondes, qui dansaient comme des flammes à chaque mouvement de son visage, s'étaient figées. Prise dans le faisceau implacable de ce regard, Ophélie se sentit soudain l'âme d'une brebis jetée entre les pattes d'une lionne. Ses migraines reprirent de plus belle. Elle eut beau essayer de se convaincre que cette douleur n'était pas réelle, que c'était l'esprit de Berenilde qui parasitait le sien, ça lui fit quand même mal. De quoi cette femme la punissait-elle réellement, au fond ?

— Faites ce que vous voulez de votre cœur, ma fille. J'attends uniquement que vous remplissiez vos devoirs et que vous ne nous déceviez pas.

« Elle ne me punit pas, réalisa alors Ophélie, les poings serrés sur sa robe, elle veut me dompter. C'est mon indépendance d'esprit qui l'inquiète. »

Au même instant, le timbre d'une sonnette retentit dans le manoir. Un visiteur s'annonçait. Qui que ce fût, Ophélie le loua intérieurement pour cette venue providentielle.

Berenilde s'empara d'une clochette sur la table basse et l'agita. Il y en avait de semblables sur chaque meuble du manoir, afin de pouvoir solliciter un domestique depuis n'importe quelle pièce.

Une servante se présenta aussitôt sur une révérence.

— Madame ?

— Où est Mme Roseline ?

— Dans le cabinet de lecture, madame. Elle était très intéressée par la collection de timbres de madame.

Déridée, Ophélie songea que tant qu'il y aurait du papier dans cette maison, sous quelque forme que ce fût, la tante Roseline trouverait de quoi s'occuper les mains.

— Qu'on veille à ce qu'elle y reste le temps que je reçoive, ordonna Berenilde.

— Oui, madame.

— Et raccompagne cette enfant dans ses quartiers, ajouta-t-elle avec un signe de la main en direction d'Ophélie.

— Bien, madame.

Comme une petite fille qui n'aurait pas été sage, Ophélie fut enfermée à double tour dans sa chambre. C'était le même cérémonial chaque fois que quelqu'un se présentait au domaine. Autant s'armer de patience. Quand Berenilde recevait, cela pouvait durer des heures.

Ophélie taquinait son écharpe, qui se tortillait

joyeusement sur le tapis, lorsque les gloussements des servantes lui firent dresser l'oreille :

— C'est M. Archibald !

— Tu l'as vu, de tes yeux vu ?

— J'ai même pris son chapeau et ses gants !

— Oh ! Pourquoi ce n'est jamais à moi que de telles choses arrivent ?

Ophélie plaqua son oreille sur la porte, mais les pas précipités s'éloignaient déjà. Était-il possible que ce fût l'Archibald du jardin d'été ? Elle entortilla ses cheveux autour de ses doigts. En supposant que ce fût lui, que se passerait-il s'il évoquait sa rencontre avec une Animiste en pleine fête mirage ?

« Berenilde me lacérera à coups de griffes, conclut Ophélie. Et si j'en réchappe, Thorn ne répondra plus jamais à mes questions. Dans quelle soupière suis-je allée me mettre ? »

Elle fit les cent pas dans sa chambre. De ne pas savoir ce qui se tramait dans son dos, en ce moment même, lui mettait les nerfs à vif. Elle trouvait déjà l'atmosphère irrespirable depuis son escapade, elle ne tenait pas à ce que sa relation avec sa belle-famille se dégradât tout à fait.

N'y tenant plus, elle tambourina à la porte de sa chambre jusqu'à ce que quelqu'un vînt lui ouvrir.

— Oui, mam'zelle ?

Ophélie eut un soupir de soulagement. C'était Pistache, sa femme de chambre. Cette adolescente était le seul membre du personnel qui se permettait quelques familiarités lorsque les maîtres n'étaient pas dans les environs.

— Il fait un petit peu froid dans ma chambre,

dit Ophélie avec un sourire désolé. Serait-il possible d'allumer un feu ?

— Pour sûr !

Pistache entra, referma la porte à clef et ôta la grille de la cheminée.

— J'ai cru comprendre que Mme Berenilde recevait un visiteur important ? souffla Ophélie à voix basse.

Pistache plaça des bûches dans l'âtre et lui décocha un regard pétillant par-dessus son épaule.

— Oui-da ! chuchota-t-elle d'une voix excitée. M'sieur l'ambassadeur est ici ! Et pis c'est un sacré épatement pour madame.

D'un geste coquet, elle épingla son bonnet de dentelle de façon à lui redonner un peu d'allure.

— Ah, là, là, mam'zelle ! Ne vous en approchez jamais, il aurait tôt fait de vous mettre dans son lit. Et pis on m'a dit que même madame n'a pas été capable de lui résister !

L'accent très prononcé de l'adolescente, fraîchement arrachée de sa province, empêchait Ophélie de la comprendre parfaitement, mais elle avait saisi l'essentiel. C'était bien l'Archibald qu'elle connaissait.

Elle s'agenouilla près de Pistache, devant le feu qui commençait à prendre dans une délicieuse odeur de résine.

— Dites-moi, ne pourrais-je assister à l'entretien entre Mme Berenilde et cet ambassadeur ? En toute discrétion, bien sûr.

Pistache grimaça. Elle non plus, elle ne comprenait pas toujours son accent. Quand Ophélie répéta plus lentement, elle pâlit tellement que ses taches de rousseur ressortirent comme un feu d'artifice.

— J'peux pas ! Si Madame apprend que je vous ai laissée sortir sans permission, j'suis morte ! J'suis vraiment désolée, mam'zelle, soupira Pistache, j'me doute que vous devez crever de solitude ici. Et pis, vous me traitez avec respect, vous me donnez du « vous », vous me prêtez une oreille bienveillante, mais faut me comprendre... j'peux pas, c'est tout !

Ophélie se mettait à sa place. Berenilde ne plaisantait pas avec la fidélité de ses domestiques. Qu'un seul parmi eux la trahît et ils seraient sans doute tous pendus.

— Ce dont j'ai besoin, c'est juste un miroir, déclara-t-elle alors.

La soubrette secoua ses nattes d'un air navré.

— J'peux pas ! Madame vous a interdit...

— Les glaces, oui. Pas les miroirs de poche. Je ne pourrais pas sortir de cette chambre par un miroir de poche, n'est-ce pas ?

Pistache se mit aussitôt debout et épousseta son tablier blanc.

— Juste. J'vais vous chercher ça tout de suite !

Quelques instants plus tard, Pistache revint avec un miroir à main, une véritable œuvre d'art sculptée en argent et cerclée de perles. Ophélie le prit avec précaution et s'assit sur son lit. Ce n'était pas ce qu'il y avait de plus commode, mais ça ferait l'affaire.

— Où, à votre avis, Mme Berenilde est-elle en train de recevoir l'ambassadeur ?

Pistache plongea les poings au fond des poches

de son tablier, un geste désinvolte qu'elle ne se serait jamais permis devant ses maîtres.

— Un invité de marque, c'est toujours au salon rouge !

Ophélie se représenta donc le salon rouge, ainsi baptisé pour ses magnifiques tapisseries exotiques. Il y avait deux glaces là-bas, l'une au-dessus de la cheminée et l'autre au fond d'un argentier. La seconde serait la cachette idéale.

— Excusez mon indiscrétion, mais vous allez en faire quoi, du miroir ? demanda Pistache, très intriguée.

Ophélie lui sourit, posa un doigt sur sa bouche et retira ses lunettes.

— Ça restera entre nous, n'est-ce pas ? Je vous fais confiance.

Sous les yeux stupéfaits de Pistache, Ophélie posa le miroir contre son oreille jusqu'à ce qu'il l'eût entièrement englouti. L'oreille émergea à l'intérieur de l'argentier du salon rouge, à l'autre bout du manoir. Ophélie reconnut aussitôt la voix badine d'Archibald, à demi étouffée par la vitre du meuble :

— ...tesque Mme Séraphine qui aime à s'entourer d'éphèbes. Sa petite fête fut exquisément décadente, mais votre grain de sel manquait ! Nous vous avons regrettée.

Archibald se tut. Un tintement de cristal. On devait lui remplir son verre.

— Tout comme nous vous regrettons à la cour, poursuivit-il bientôt d'un ton suave.

La voix de Berenilde s'éleva à son tour, mais elle parlait trop doucement pour qu'Ophélie pût l'entendre, même en se bouchant l'autre oreille.

Devant elle, Pistache était ébahie.

— Ne me dites pas, mam'zelle, que vous entendez ce qui se cause en bas !

Son miroir tenu comme un cornet de téléphone, Ophélie lui fit signe de ne pas faire de bruit : Archibald était en train de donner la réplique.

— Je sais cela et c'est précisément la raison de ma venue ici aujourd'hui. Les gazettes vous ont dépeinte en des termes si alarmants que nous vous croyions à l'agonie ! Notre seigneur Farouk, qui n'est pourtant pas du genre à se soucier d'autre chose que son plaisir, montre des signes d'inquiétude à votre sujet.

Un silence. Berenilde devait lui répondre.

— Je sais que ces torchons exagèrent toujours, fit la voix d'Archibald, surtout quand c'est la jalousie qui s'exprime à travers eux. Je me dois cependant de vous parler sans fard. Vous n'êtes plus une toute jeune femme et un accouchement, à votre âge, peut s'avérer hasardeux. Vous êtes en position de vulnérabilité, Berenilde. Votre domaine, pour confortable qu'il soit, n'a rien d'une place forte et un domestique, ça se corrompt facilement. Sans évoquer tous ces poisons qui circulent actuellement sur le marché !

Cette fois, lorsque Berenilde intervint, Ophélie saisit à la volée « merci, mais » et « neveu ».

— Thorn ne peut pas être à vos côtés jour et nuit, la gronda gentiment Archibald. Et je ne dis pas cela dans votre seul intérêt. L'Intendance doit rouvrir ses portes. Trop d'affaires traînent devant les tribunaux, la milice provinciale se laisse aller, les courriers circulent sans accord, les contrôles se raréfient et tout le monde escroque tout le monde. Hier encore, le Conseil des ministres dénonçait ces dysfonctionnements.

Peut-être était-ce sous le coup de l'irritation, mais la voix de Berenilde devint bien plus distincte à l'intérieur de l'argentier :

— Eh bien, déléguez ! Mon neveu ne peut pas tenir seul la Citacielle à bout de bras.

— Nous en avons déjà parlé, Berenilde.

— Que cherchez-vous, ambassadeur ? Si je ne vous connaissais pas, je dirais que vous essayez de m'isoler… ou de me pousser à me défaire de mon enfant.

Le rire d'Archibald éclata si fort qu'Ophélie en sursauta.

— Berenilde ! Pour quelle sorte d'odieux personnage me prenez-vous ? Moi qui pensais que nous nous comprenions bien, vous et moi. Et puis à quoi rime cet « ambassadeur », n'ai-je pas toujours été Archibald, et rien qu'Archibald, pour vous ?

Un bref silence se posa sur le salon rouge, puis Archibald poursuivit d'un ton plus sérieux :

— Il est évidemment hors de question que vous écourtiez votre grossesse. Ce que je vous suggérais, en fait, c'était de venir vous installer chez moi et de laisser Thorn réintégrer son Intendance. Je me fais un devoir personnel de veiller sur vous et sur l'enfant que vous portez.

Ophélie écarquilla les yeux derrière ses lunettes. Berenilde chez Archibald. Thorn à l'Intendance. La tante Roseline et elle resteraient-elles donc seules au manoir ?

— J'ai peur de devoir décliner votre proposition, dit Berenilde.

— Et moi, j'ai peur de devoir vous l'imposer. C'est un ordre du seigneur Farouk.

Au nouveau silence qui s'ensuivit, Ophélie n'eut aucun mal à imaginer l'émotion de Berenilde.

— Vous me prenez au débotté. M'autorisez-vous à convoquer mon neveu ?

— J'allais vous le demander, ma chère !

De nouveau, le pas de Berenilde s'éloigna au point de rendre inaudibles ses paroles, mais Ophélie avait entendu le son caractéristique d'une clochette. Berenilde distribuait ses ordres. Archibald eut à peine le temps de débiter des banalités que Thorn entrait à son tour dans le salon rouge.

— Monsieur l'ambassadeur.

Au seul son de ces mots, prononcés sur un ton glacial, Ophélie visualisa des yeux tranchants comme du métal. Thorn détestait Archibald, elle le sut d'instinct.

— Notre indispensable intendant ! s'exclama Archibald avec une intonation fondante d'ironie. Je n'ai guère encore eu l'occasion de vous féliciter pour vos fiançailles ! Nous nous languissons de connaître l'heureuse élue.

Il avait dû se lever, Ophélie l'entendait sous un angle légèrement différent. Sa main s'était crispée autour du miroir. Un mot de travers dans la bouche de cet homme et jamais plus elle ne connaîtrait la paix.

— Ma fiancée est très bien où elle se trouve pour le moment, rétorqua Thorn d'une voix de plomb.

— Je suppose que oui, susurra Archibald, doucereux.

Ce fut tout. Il n'ajouta rien d'autre, ne fit aucune allusion à leur rencontre. Ophélie peinait à y croire.

— Venons-en au fait, enchaîna-t-il joyeusement. Monsieur l'intendant, vous êtes sommé de reprendre vos fonctions séance tenante. La Citacielle se disperse à tous les vents !

— C'est hors de question, déclara Thorn.

— C'est un ordre, rétorqua Archibald.

— Je n'ai que faire de vos ordres. J'entends rester auprès de ma tante jusqu'à la naissance de son enfant.

— Ce n'est pas un ordre de moi, mais du seigneur Farouk. J'assurerai moi-même, sur sa demande, la sécurité de votre tante.

Un silence interminable emplit l'oreille d'Ophélie. Elle était si absorbée par ce qu'elle entendait qu'elle en oubliait complètement la présence de Pistache en face d'elle, brûlante de curiosité.

— Qu'est-ce qu'ils disent, mam'zelle ? Qu'est-ce qu'ils disent ?

— Je présume qu'aucun recours n'est envisageable, finit par articuler la voix de Thorn avec une extrême raideur.

— Aucun, en effet. Prenez vos dispositions dès aujourd'hui. Berenilde, vous vous rendrez au Clairdelune ce soir. Un bal sera organisé en votre honneur ! Madame, monsieur, je vous souhaite le bonjour.

Mime

Ophélie resta immobile et silencieuse un long moment, son oreille suspendue dans le vaisselier. Elle se rendit à l'évidence, il n'y avait plus personne au salon rouge. Elle reposa le miroir sur le lit. Il pesait tellement lourd qu'elle en avait mal au poignet.

— Alors, mam'zelle ? demanda Pistache avec un sourire mutin. Vous avez entendu quoi ?

— Il va y avoir du changement, murmura Ophélie.

— Du changement ? Quel changement ?

— Je ne sais pas encore.

Ophélie avait un mauvais pressentiment. Thorn et Berenilde ne prendraient pas le risque de la laisser seule au manoir, ils ne lui faisaient pas assez confiance pour ça. Quel sort lui réserverait-on ?

— Mam'zelle ! Mam'zelle ! Venez voir !

Pistache bondissait de joie devant la fenêtre, ses nattes dansant sur ses épaules. Ophélie battit des paupières sous ses lunettes, éblouie. Un soleil resplendissant était en train de percer les nuages de ses flèches d'or. Le ciel devint si bleu, les couleurs du parc si flamboyantes, que ça en faisait mal aux yeux après toute cette grisaille. Ophélie en déduisit qu'au moins Berenilde n'était plus fâchée contre elle.

On frappa à la porte. Ophélie se dépêcha de cacher le miroir à main sous un oreiller et fit signe à Pistache qu'elle pouvait ouvrir.

C'était Thorn. Il entra sans cérémonie, poussa Pistache dans le couloir et referma la porte. Il trouva Ophélie assise dans un fauteuil, un livre à la main, son écharpe sur les genoux. Elle n'était pas suffisamment bonne comédienne pour feindre la surprise, aussi se contenta-t-elle d'escalader des yeux la silhouette interminable qui se dressait devant elle.

— Le temps a changé, constata-t-elle.

Thorn se planta devant la fenêtre, rigide comme un chevalet, les mains croisées dans le dos. La lumière du jour semblait rendre son profil plus pâle et plus anguleux qu'il ne l'était déjà.

— Nous venons de recevoir une visite déplaisante, lâcha-t-il du bout des lèvres. En fait, la situation pourrait difficilement se présenter plus mal.

Ophélie s'étonna de voir soudain Thorn en bleu, puis elle comprit que c'étaient ses lunettes qui avaient pris cette teinte. Le bleu était la couleur de l'appréhension.

— Expliquez-vous.

— Vous partez ce soir.

Il s'exprimait d'un ton brusque et saccadé. Ophélie avait d'abord cru qu'il regardait par la fenêtre, mais il n'en était rien. Son œil gris était figé de fureur sous le sourcil balafré. La colère le suffoquait. Elle irradia hors de lui, transperçant le front d'Ophélie de mille piqûres d'aiguille. C'était décidément une manie familiale de se passer les nerfs sur la cervelle des gens.

— Où ? souffla-t-elle.

— Dans le nid d'un vautour dénommé Archibald. C'est notre ambassadeur et le bras droit de Farouk. Vous y accompagnerez ma tante jusqu'au terme de sa grossesse.

Assise dans son fauteuil, Ophélie avait l'impression que les coussins, le rembourrage et les ressorts se dérobaient sous elle. Si Archibald la voyait, il la trahirait devant tout le monde.

— Mais pourquoi ? balbutia-t-elle. N'étais-je pas censée être tenue au secret ?

D'un geste excédé, Thorn tira les tentures de la fenêtre comme si toute cette lumière l'agressait.

— Nous ne pouvons pas faire autrement. Vous et votre chaperon vous ferez passer pour des membres de notre domesticité.

Ophélie contempla le feu qui crépitait dans la cheminée. Même si elle se grimait en servante, Archibald la reconnaîtrait et dénoncerait son imposture. Il l'avait immédiatement repérée au beau milieu d'un bal costumé : cet homme-là avait un sens de l'observation diabolique.

— Je ne veux pas, déclara-t-elle en refermant son livre. Nous ne sommes pas des pions que vous pouvez manipuler à votre guise, monsieur. Je souhaite rester au manoir avec ma tante.

Pour la peine, Thorn fit descendre sur elle un regard interdit. Ophélie crut un instant qu'il allait se mettre en colère et lâcher ses griffes sur elle, mais il se contenta d'aspirer bruyamment par le nez, impatient.

— Je ne commettrai pas l'erreur de prendre votre refus à la légère. Il vaut mieux vous convaincre que vous contraindre, je me trompe ?

Ophélie haussa les sourcils, prise au dépourvu. Thorn s'empara d'une chaise et s'assit à quelque distance du fauteuil, ses articulations pliant tant bien que mal les jambes trop grandes.

Il posa ses coudes sur ses genoux, jucha son menton sur ses poings et planta ses yeux métalliques tout au fond des lunettes d'Ophélie.

— Je ne suis pas un grand bavard, dit-il enfin. J'ai toujours considéré que parler était une perte de temps, mais, j'espère que vous l'aurez remarqué, j'essaie d'aller à l'encontre de ma nature.

Ophélie tapota nerveusement la couverture de son livre. Où Thorn voulait-il en venir ?

— Vous n'êtes pas une pipelette non plus, enchaîna-t-il avec son accent trop dur. Si ça m'a soulagé au début, je vous avoue que vos silences ont maintenant plutôt tendance à m'embarrasser. Je n'ai pas la prétention de vous croire heureuse, mais au fond je n'ai pas la plus petite idée de l'opinion que vous vous faites de moi.

Thorn se tut, comme s'il attendait une réponse, mais Ophélie fut incapable d'articuler un mot. Elle s'était attendue à tout sauf à cette déclaration. Ce qu'elle pensait de lui ? Depuis quand s'en souciait-il ? Il n'avait même pas confiance en elle.

Pensif, Thorn laissa tomber son regard sur l'écharpe roulée en boule au creux des genoux de la jeune fille.

— Vous aviez raison, l'autre jour. Je n'ai pas assez pris le temps ni de vous connaître ni de vous permettre de me connaître en retour. Ce n'est pas dans mes habitudes de faire des concessions, mais… j'admets que j'aurais dû avoir une autre attitude envers vous.

Il s'interrompit net quand il releva les yeux vers Ophélie. Horriblement gênée, elle s'aperçut qu'elle saignait du nez.

— Ce doit être la chaleur de la cheminée, bredouilla-t-elle en tirant un mouchoir de sa manche.

Ophélie se pencha dans son mouchoir tandis que Thorn patientait, hiératique sur sa chaise. Il n'y avait qu'elle pour se mettre dans une situation aussi ridicule alors que les circonstances ne s'y prêtaient pas du tout.

— Peu importe, marmonna Thorn avec un coup d'œil pour sa montre. De toute façon, je ne suis pas doué pour ces choses-là et l'heure tourne.

Il inspira profondément, puis enchaîna d'un ton plus formel :

— Voici les faits. Archibald va accueillir ma tante en son domaine du Clairdelune pour me permettre de rattraper mes retards. Du moins, c'est la version officielle, car je redoute que ce nuisible mijote autre chose.

— Le plus sage ne serait-il pas que je reste ici, alors ? insista Ophélie, le nez dans son mouchoir.

— Non. Même dans la tanière d'un loup, vous serez infiniment plus en sécurité auprès de ma tante que seule au manoir. Freyja sait que vous êtes ici et, croyez-moi, elle ne vous veut pas que du bien. Tous les domestiques de cette demeure ne suffiraient pas à vous protéger contre elle.

Ophélie devait admettre qu'elle n'avait pas pensé à cela. À choisir entre Freyja et Archibald, elle préférait encore Archibald.

— Est-ce à cela que se résumera toujours mon existence ? murmura-t-elle avec amertume. Vivre dans les jupons de votre tante ?

Thorn remonta sa montre et fixa un long moment le cadran. Ophélie compta beaucoup de tic-tac pendant ce silence.

— Je ne suis pas un homme assez disponible pour veiller convenablement sur vous.

Il tira d'une poche un petit calepin d'argent et griffonna une note au crayon.

— Voici l'adresse de l'Intendance. Mémorisez-la bien. Si vous vous trouvez en difficulté, si vous avez besoin d'aide, venez me voir sans attirer l'attention.

Ophélie fixa la petite feuille de papier. C'était bien aimable, mais ça ne résolvait pas son problème.

— Cet Archibald ne se doutera-t-il jamais de mon identité si je passe les prochains mois chez lui ?

Les yeux de Thorn se réduisirent à deux fentes étroites.

— Il ne doit pas s'en douter. Ne vous fiez pas à ses sourires niais, c'est un homme dangereux. S'il apprend qui vous êtes, il se fera un devoir de vous déshonorer pour le simple plaisir de m'humilier. Faites donc très attention à contrôler votre animisme.

Ophélie repoussa sa masse de cheveux derrière ses épaules. Ne pas se trahir allait devenir un véritable tour de force.

— Ce n'est pas seulement devant Archibald que vous devrez prendre d'extrêmes précautions, poursuivit Thorn en détachant chaque syllabe, mais devant l'ensemble de sa famille. Ces gens-là sont reliés les uns aux autres. Ce que l'un voit, tout le monde le voit. Ce que l'un entend, tout le monde l'entend. Ce que l'un sait, tout le monde le sait. On les appelle « la Toile », vous les repérerez à la marque qu'ils portent sur le front.

Les dernières paroles d'Archibald revinrent à Ophélie comme une décharge électrique : « Dites à votre cousine de ne pas raconter tout et n'importe quoi à ceux qui portent cette marque. Ça pourrait un jour se retourner contre elle. » Cette nuit-là, toute la famille d'Archibald avait donc été témoin de leur rencontre ? Connaissaient-ils tous son visage, à présent ?

Ophélie se sentait acculée. Elle ne pouvait pas mentir plus longtemps à Thorn et à Berenilde, elle devait leur dire ce qui s'était passé.

— Écoutez…, souffla-t-elle d'une petite voix.

Thorn interpréta son embarras tout autrement.

— Vous devez penser que je vous jette dans la fosse aux lions avec une belle insouciance, dit-il d'une voix plus lourde. Je vous le montre mal, mais votre sort est une réelle préoccupation pour moi. Si la moindre offense vient à vous être faite dans mon dos, ça se payera au prix fort.

Thorn referma le couvercle de sa montre dans un cliquetis de métal. Il s'en fut aussi soudainement qu'il était venu, laissant Ophélie en tête à tête avec sa mauvaise conscience.

Elle frappa plusieurs fois à la porte de sa chambre, demandant à voir Berenilde, répétant que c'était très important, mais on ne put rien faire pour elle.

— Madame est très, très, très occupée, lui expliqua Pistache dans l'entrebâillement de la porte. Soyez patiente, mam'zelle, je vous ouvrirai bientôt. Je dois vous laisser ! s'exclama-t-elle comme un son de clochette retentissait au loin.

Ophélie eut un faux espoir, deux heures plus tard, quand il y eut un bruit de clef à la serrure. C'était la tante Roseline qu'ils avaient oubliée dans le cabinet de lecture et qu'ils venaient de faire monter.

— C'est intolérable ! éclata-t-elle, verte de colère. Ces gens nous enferment continuellement comme des voleuses ! Et puis, qu'est-ce qui se passe, d'abord ? Il y a des malles partout en bas ! On vide le manoir ?

Ophélie lui raconta ce que Thorn venait de lui dire, mais cela mit la tante Roseline de plus mauvaise humeur encore.

— Comment donc ? Ce butor était seul avec toi ici, sans personne pour vous chaperonner ? Il ne t'a pas trop malmenée, au moins ? Et c'est quoi, cette histoire d'aller jouer les domestiques ailleurs ? C'est qui, cet Archimède ?

Ophélie songea un instant à se confier davantage, mais elle comprit vite que la tante Roseline n'était pas la bonne personne pour le faire. Elle eut déjà toutes les peines du monde à lui expliquer ce que Thorn et Berenilde attendaient d'elles.

Après une longue conversation et beaucoup de répétitions, Ophélie se rassit dans son fauteuil, pendant que la tante Roseline marchait en rond dans la chambre. Elles passèrent une bonne partie de la journée à écouter le branle-bas général qui secouait la demeure. On apprêtait les malles, on sortait les robes, on repassait les jupes au fil des ordres de Berenilde, dont la voix, forte et claire, résonnait dans tous les couloirs.

Au-dehors, le jour déclinait. Ophélie ramena ses jambes contre elle et cala son menton sur ses genoux. Elle avait beau réfléchir, elle s'en voulait de ne pas avoir dit immédiatement la vérité à Thorn. Quoi qu'elle fît, à présent, il était beaucoup trop tard.

« Récapitulons, raisonna-t-elle en silence. Les Dragons veulent se débarrasser de moi parce que j'épouse leur bâtard. Les Mirages veulent ma mort parce que j'épouse un Dragon. Archibald veut me mettre dans son lit parce que ça l'amuse et, à travers lui, c'est à toute la Toile que j'ai menti. Mes seuls alliés sont Berenilde et Thorn, mais j'ai réussi à me mettre l'une à dos et je ne vais pas tarder à en faire autant avec le second. »

Ophélie enfouit la tête dans sa robe. Cet univers était beaucoup trop compliqué pour elle, la nostalgie de son ancienne vie lui tordait le ventre.

Elle tressaillit lorsque la porte de la chambre s'ouvrit enfin.

— Madame souhaiterait s'entretenir avec mademoiselle, annonça le majordome. Si mademoiselle veut bien me suivre.

Ophélie le suivit jusque dans le grand salon dont le tapis était recouvert de boîtes à chapeau.

— Ma chère petite, il me tardait de vous parler !

Berenilde rayonnait comme une étoile. Poudrée de la tête aux pieds, elle paradait en corset et cotillon blanc sans aucun sens de la pudeur. Il émanait d'elle une forte odeur de fer à friser.

— Moi aussi, madame, dit Ophélie en prenant une inspiration.

— Non, pas de « madame » ! À la corbeille, les « madame » ! Appelez-moi par mon prénom, appelez-moi « ma tante », appelez-moi même « maman » si vous le voulez ! Et maintenant, exprimez-vous en toute franchise.

Berenilde pivota gracieusement pour lui offrir son profil, galbé à la perfection.

— Me trouvez-vous ronde ?

— Ronde ? balbutia Ophélie, déconcertée. Ma foi, non. Mais…

Berenilde l'étreignit théâtralement dans ses bras, lui couvrant les vêtements de poudre.

— Je me reproche mon attitude enfantine envers vous, ma fille. Je vous en ai voulu comme une vraie adolescente. Mais c'est oublié, à présent !

Les joues de Berenilde étaient roses de plaisir et ses yeux brillaient. Une femme amoureuse, tout simplement. Farouk s'était inquiété pour elle, elle triomphait.

— Thorn vous a expliqué ce qui nous arrive, je crois. Je pense que la proposition d'Archibald est la meilleure chance qui pouvait nous être offerte.

Berenilde s'assit devant sa coiffeuse, où trois miroirs reflétèrent son beau visage sous des angles différents. Elle appuya sur la poire d'une bouteille

271

de parfum pour s'en vaporiser le corsage. Ophélie éternua.

— Voyez-vous, reprit Berenilde d'un air plus grave, je pense que l'existence que nous menions n'était pas viable. Il est périlleux pour des courtisans de se couper ainsi des autres et, pour être parfaitement franche, je crois que cela ne fera pas de tort à mon neveu d'être un peu privé de vous.

Avec une pointe d'ironie au creux des lèvres, vaguement troublée aussi, elle sourit au reflet d'Ophélie qui se tenait les bras ballants derrière elle.

— Ce garçon s'est ramolli depuis qu'il vous a enlevée à votre famille. Je le trouve excessivement compréhensif avec vous, ça ne lui ressemble pas. Et moi qui me flattais devant vous de régner sans partage sur son cœur, je vous avoue avoir éprouvé une pincée de jalousie !

Ophélie l'écoutait à peine, trop concentrée sur les paroles qu'elle devait prononcer à présent. « Madame, j'ai déjà rencontré M. Archibald. »

— Madame, j'ai...

— Le passé, c'est le passé ! la coupa Berenilde. Ce qui compte, c'est ce qui vient. Je vais enfin pouvoir vous initier aux subtilités retorses de la cour.

— Attendez, madame, j'ai...

— Car vous, ma chère Ophélie, vous allez faire partie de ma suite, ajouta Berenilde, avant de crier : Maman !

Berenilde claqua des doigts, superbe. La grand-mère s'avança lentement, son sourire de tortue lui fendant le visage. Elle présenta à Ophélie un petit coffre qui sentait fort la naphtaline. Une robe noire, un peu bizarre, était pliée dedans.

— Déshabillez-vous, ordonna Berenilde en s'allumant une cigarette.

— Écoutez..., insista Ophélie. J'ai déjà...

— Aidez-la, maman, cette enfant est trop pudibonde.

Avec des gestes doux, la grand-mère dégrafa la robe d'Ophélie jusqu'à ce qu'elle fût tombée à ses pieds. Frissonnante, les bras croisés sur la poitrine, elle ne portait plus qu'une toilette de coton sur le dos. Si Thorn entrait maintenant dans le salon, elle aurait l'air fine.

— Mettez ceci, ma petite fille, dit la grand-mère.

Elle lui tendit la robe noire que contenait le petit coffre. De plus en plus décontenancée, Ophélie s'aperçut, en déroulant le lourd velours rehaussé de galons en argent, que ce n'était pas là un habit de femme.

— Une livrée de valet ?

— On va vous apporter une chemise et des chausses. Enfilez-la donc pour voir.

Ophélie passa la tête dans le col étroit de l'uniforme qui lui retomba jusqu'aux cuisses. Berenilde souffla un nuage de fumée à travers son sourire satisfait.

— À compter de cette nuit, vous vous appelez Mime.

Interloquée, Ophélie découvrit dans le triple miroir de Berenilde un reflet qu'elle ne reconnut pas. Un petit homme aux cheveux noirs, aux yeux en amande et aux traits effacés lui réfléchissait sa propre surprise.

— Qu'est-ce que c'est ? bégaya-t-elle.

Le petit homme avait remué les lèvres au même rythme qu'elle.

— Un déguisement efficace, lui répondit Berenilde. Le seul bémol, c'est votre voix... et votre accent. Mais quelle importance si vous êtes muette ?

Ophélie vit les yeux du jeune homme s'agrandir. Elle porta la main à ses lunettes pour vérifier si elles étaient toujours là, étant donné qu'elle ne les voyait plus. Son reflet paraissait manipuler du vide.

— Il faudra éviter aussi les tics de ce genre, se moqua Berenilde. Alors, qu'en pensez-vous ? Je doute que vous intéressiez qui que ce soit sous cette apparence !

Ophélie acquiesça en silence. Son problème venait de trouver une solution.

Au Clairdelune

La clef

L'antichambre était l'un des ascenseurs les plus convoités de toute la Citacielle. Il était aménagé comme un boudoir et l'on pouvait y goûter toutes sortes de thés. On l'appelait l'Antichambre parce que lui seul menait au Clairdelune, le domaine d'Archibald. Ne pouvaient monter à son bord que les invités de l'ambassadeur, ceux qui se distinguaient par le lignage et par l'extravagance. Sans doute à cause de son poids, c'était aussi l'ascenseur le plus lent : il mettait une demi-heure pour effectuer son trajet.

Guindée dans son uniforme, Ophélie croisait les jambes, les dépliait, les recroisait, se frottait les chevilles l'une contre l'autre. C'était la première fois de sa vie qu'elle portait un vêtement d'homme. Elle ne savait pas quelle posture adopter et ses bas-de-chausses lui grattaient horriblement les mollets.

Assise dans un fauteuil confortable, tasse de thé à la main, Berenilde lui jeta un coup d'œil désapprobateur.

— J'espère que vous ne gesticulerez pas ainsi

chez l'ambassadeur. Vous vous tiendrez droite, les talons serrés, le menton haut et le regard baissé. Ne faites surtout rien de vos dix doigts que je ne vous demanderai expressément.

Elle reposa sa tasse de thé sur un guéridon et fit signe à Ophélie d'approcher. Elle prit délicatement ses mains gantées dans les siennes. Ophélie se raidit aussitôt à ce contact. Berenilde paraissait de bonne composition depuis la visite surprise d'Archibald, mais les sautes d'humeur de cette lionne étaient imprévisibles.

— Ma douce petite, n'oubliez jamais que seule la livrée est porteuse de l'illusion. Vous avez le visage et le buste d'un homme, mais vos mains et vos jambes sont celles d'une femme. Évitez tout ce qui pourrait attirer l'attention sur elles.

Des mains de femme... Ophélie contempla ses gants de *liseuse*, aussi noirs que sa livrée, et plissa plusieurs fois les doigts pour aider le tissu neuf à se faire. Elle avait renoncé à sa vieille paire habituelle pour une de celles que lui avait offertes sa mère. Elle ne voulait rien porter sur elle qui pût éveiller les souvenirs d'Archibald.

— Ce déguisement est aussi humiliant qu'indécent ! persifla la tante Roseline. Faire de ma nièce votre valet ! Si ma sœur apprenait cela, toutes ses épingles se dresseraient sur sa tête.

— La chance tournera, assura Berenilde avec un sourire confiant. Un peu de patience, madame Roseline.

— Un peu de patience, répéta la grand-mère de Thorn avec un sourire gâteux. Un peu de patience.

Trop âgée pour être séparée de sa fille, la vieille

dame s'était jointe à la suite de Berenilde. Ophélie l'avait toujours vue habillée en toute simplicité ; c'était un véritable spectacle de la voir affublée de son grand chapeau à plumes et de sa robe de damas bleu. Son long cou de tortue avait presque entièrement disparu sous les rangées de perles.

— De la patience, il me semble que nous n'en avons guère manqué jusqu'à présent, observa froidement la tante Roseline.

Berenilde adressa une œillade malicieuse à l'horloge de l'Antichambre.

— Nous serons arrivées dans quinze minutes, chère amie. Je vous conseille de les mettre à profit pour perfectionner vos « oui, madame » et pour nous resservir de ce délicieux thé aux épices.

— Oui, madame, articula la tante Roseline avec un accent du Nord très exagéré.

Berenilde cambra les sourcils de satisfaction. Elle portait une robe claire à collerette et une perruque d'une hauteur vertigineuse, qui évoquait une pièce montée en sucre glace. Elle était aussi lumineuse que la tante Roseline était austère dans sa toilette stricte de dame de compagnie. Son minuscule chignon lui tirait tellement la peau du front qu'elle n'avait plus la moindre ride d'expression.

— Vous êtes fière, madame Roseline, soupira Berenilde en sirotant son thé aux épices. C'est une qualité que j'aime trouver chez une femme, mais elle n'a pas sa place chez une dame de compagnie. Bientôt, je vous adresserai la parole avec hauteur et vous ne devrez me répondre que par « oui, madame » ou par « bien, madame ». Il n'y aura plus ni de « je » ni de « vous » entre nous, nous ne serons plus du même monde. Vous sentez-vous capable d'endurer cela ?

Reposant la théière d'un geste sec, la tante Roseline se redressa dans toute sa dignité.

— Si c'est dans l'intérêt de ma nièce, je me sentirai même capable de récurer votre pot de chambre.

Ophélie mordit le sourire qui lui vint aux lèvres. La tante avait une façon très personnelle de remettre les gens à leur place.

— J'attends de vous deux la plus grande discrétion et une obéissance inconditionnelle, déclara Berenilde. Quoi que je fasse ou quoi que je dise, à l'une comme à l'autre, je ne tolérerai aucun regard de travers. Surtout, ne trahissez jamais votre animisme devant témoin. Au premier faux pas, les mesures que je me verrai obligée de prendre seront exemplaires, dans notre intérêt à toutes les quatre.

Sur cet avertissement, Berenilde croqua dans un macaron avec une volupté amoureuse.

Ophélie consulta l'horloge de l'ascenseur. Encore dix minutes avant le Clairdelune. Peut-être était-ce le soulagement de quitter sa prison dorée, mais elle n'éprouvait aucune appréhension. Elle se sentait même curieusement impatiente. L'inertie, l'attente, la vacuité de son existence au manoir, tout cela aurait fini par l'éteindre peu à peu, jusqu'à la réduire en tas de cendres le jour de son mariage. Ce soir, elle se remettait enfin en mouvement. Ce soir, elle allait voir des visages inconnus, découvrir un nouvel endroit, en apprendre davantage sur les rouages de ce monde. Ce soir, elle ne serait plus la fiancée de l'intendant, mais un simple valet, anonyme parmi les anonymes. Cette livrée était le meilleur poste d'observation dont elle pouvait rêver, elle avait la ferme intention de s'en servir au mieux. Elle regarderait sans être vue, elle écouterait en restant muette.

Peu importait ce que pensait Thorn, Ophélie avait l'intime conviction qu'il ne pouvait pas y avoir que des hypocrites, des corrompus et des meurtriers sur cette arche. Il existait forcément des gens dignes de confiance. À elle de savoir les repérer.

« Le manoir m'a changée », constata-t-elle en jouant des doigts dans ses gants neufs.

Sur Anima, Ophélie ne s'intéressait qu'à son musée. Elle était devenue aujourd'hui, par la force des choses, plus curieuse des autres. Elle éprouvait le besoin de se chercher des points d'appui, des personnes honnêtes qui ne la trahiraient pas pour des rivalités de clans. Elle refusait de ne dépendre que de Thorn et de Berenilde. Ophélie voulait se forger sa propre opinion, faire ses choix personnels, exister par elle-même.

Ce fut lorsqu'il ne resta plus que trois minutes à l'horloge de l'ascenseur qu'un doute vint entacher ses belles résolutions.

— Madame, murmura Ophélie en se penchant vers Berenilde, croyez-vous qu'il y aura des Mirages au bal de M. Archibald ?

Occupée à repoudrer son nez, Berenilde lui retourna un regard stupéfait, puis éclata d'un rire cristallin.

— Bien entendu ! Les Mirages sont des personnalités incontournables, ils sont de toutes les réceptions ! Vous en croiserez continuellement au Clairdelune, ma petite.

Ophélie fut déconcertée par une telle insouciance.

— Mais la livrée que je porte, c'est une confection Mirage, n'est-ce pas ?

— N'ayez crainte, personne ne la reconnaîtra. Vous êtes un domestique tout ce qu'il y a de plus insignifiant, sans personnalité ni signe distinctif. Des centaines de valets vous ressembleront, au point qu'on ne pourra faire aucune différence entre vous et eux.

Ophélie leva la tête et contempla le reflet de Mime sur la glace du plafond. Une face pâlichonne, un nez effacé, des yeux inexpressifs, des cheveux peignés comme il faut... Berenilde devait certainement avoir raison.

— Mais vous, madame, reprit Ophélie, cela ne vous inquiète pas de côtoyer des Mirages à visage découvert ? Ils sont pourtant vos ennemis jurés.

— Pourquoi m'en inquiéterais-je ? Le Clairdelune est un asile diplomatique. On y conspire, on y médit, on y menace, mais on n'y assassine certainement pas. Même les duels judiciaires y sont interdits.

Des duels judiciaires ? Ophélie n'aurait jamais cru trouver ces deux mots dans la même phrase.

— Et si nous tombons sur Freyja et son mari ? insista-t-elle. Votre famille sait que je suis placée sous votre protection ; ne devineront-ils pas que je me cache dans votre suite ?

Relevant les pans de sa robe, Berenilde se mit gracieusement debout.

— Vous ne croiserez jamais ma nièce au Clair-delune. Elle n'y a pas ses entrées, à cause de ses manières brutales. Tranquillisez-vous donc, mon enfant, nous arrivons à destination.

De fait, l'ascenseur ralentissait.

Ophélie échangea un regard avec Roseline. En cet instant, elles étaient encore tante et nièce, marraine et filleule, mais bientôt leurs rapports deviendraient purement formels, tels qu'ils doivent être entre une dame de compagnie et un valet muet. Ophélie ignorait quand elle aurait l'occasion de lui reparler librement ; aussi, son dernier mot fut pour cette femme qui lui sacrifiait son confort et son orgueil :

— Merci.

La tante Roseline étreignit brièvement sa main dans la sienne. Les grilles dorées de l'Antichambre s'ouvrirent sur le domaine du Clairdelune. Du moins, c'est ce à quoi s'était attendue Ophélie. Elle fut déconcertée de découvrir, à la place, une grande salle des pas perdus. C'était un endroit éblouissant, avec un carrelage en damier, de gigantesques lustres en cristal et des statues en or qui portaient des corbeilles de fruits.

Suivant les directives de Berenilde, Ophélie se chargea de pousser le chariot à bagages hors de l'ascenseur. Il était encombré de malles si lourdes qu'elle avait l'impression de déplacer une maison de brique. Elle s'empêcha de dévorer du regard les plafonds peints de la salle des pas perdus. De nombreux paysages s'y animaient de façon spectaculaire, ici le vent soufflant dans les arbres, là des vagues menaçant de déborder sur les murs. Ophélie dut se retenir aussi de dévisager les nobles emperruqués qu'elle essayait d'éviter avec son chariot. Ils étaient maquillés à outrance, parlaient d'une voix aiguë et prenaient des postures maniérées. Ils s'exprimaient avec une telle préciosité, des tournures de phrase si alambiquées qu'Ophélie les comprenait à peine, et ce n'était pas une question d'accent. Ils portaient tous, des paupières aux sourcils, la marque des Mirages.

Dès que les nobles reconnurent la belle Berenilde, ils lui adressèrent les plus excentriques et cérémonieux saluts, auxquels elle répondit d'un battement de cils distrait. Ophélie aurait vraiment cru, à les voir, qu'il n'y avait aucune rivalité entre eux. Berenilde prit place avec sa mère sur une banquette de velours. Il y en avait de semblables à travers toute la salle des pas perdus ; beaucoup de dames s'y éventaient impatiemment.

Ophélie gara le chariot à bagages derrière la banquette de Berenilde et resta debout, talons soudés. Elle ne comprenait pas ce qu'elles attendaient exactement ici. La soirée était déjà bien avancée et Archibald allait finir par trouver insultant le retard de son invitée d'honneur.

Sur un banc voisin, une vieille dame en rose donnait un coup de brosse à ce qu'Ophélie supposa être un lévrier à poil long. Il était haut comme un ours, portait au cou un ridicule ruban bleu et émettait un bruit de locomotive à vapeur dès qu'il sortait la langue. Elle ne s'était pas préparée à voir une Bête dans un endroit comme celui-ci.

Soudain, le silence se fit dans la salle des pas perdus. Tous les nobles se retournaient sur le passage d'un homme rond comme un tonneau. Il marchait d'un petit pas pressé, un immense sourire aux lèvres. À voir son uniforme, noir à galons d'or, Ophélie déduisit qu'il s'agissait d'un majordome en chef – Berenilde lui avait fait apprendre par cœur la hiérarchie des domestiques –, mais il en avait si peu l'allure qu'elle avait des doutes. Il tanguait sur ses jambes et portait sa perruque de travers.

— Mon bon Gustave ! l'interpella un Mirage d'une voix onctueuse. Mon épouse et moi-même patientons ici depuis deux jours. J'ose croire que ce n'est là qu'un petit oubli de votre part ?

Il avait dit cela en glissant discrètement dans la poche du majordome un petit objet qu'Ophélie ne reconnut pas, car ils se tenaient trop loin. Le majordome tapota sa poche d'uniforme d'un air flatté.

— Il n'y a aucun oubli, monsieur. Monsieur et madame figurent sur la liste d'attente.

— Mais nous attendons depuis deux jours déjà, insista le Mirage d'un ton plus crispé.

— Et d'autres depuis plus longtemps encore, monsieur.

Sous le regard interdit du Mirage, le majordome reprit son petit pas pressé et offrit un sourire radieux à tous les nobles qui se présentèrent devant lui. L'un mit en avant sa plus jeune fille en louant son esprit et sa beauté. Un autre vantait la qualité exceptionnelle de ses illusions. Même la vieille dame en rose obligea son lévrier géant à faire le beau pour impressionner le majordome, mais celui-ci fendait l'assemblée sans céder à personne. Il ne s'arrêta qu'une fois parvenu à la banquette de Berenilde, et là, s'inclina si profondément qu'il faillit perdre sa perruque, mal attachée.

— Mesdames, M. l'ambassadeur vous attend.

Berenilde et sa mère se levèrent sans un mot, puis suivirent le majordome. Ophélie eut du mal à faire rouler son chariot à travers la foule de nobles indignés. Le majordome Gustave les fit passer au fond de la salle, par une porte que gardaient des gendarmes à l'air peu commode.

Ils se retrouvèrent aussitôt dans l'allée d'une roseraie. Ophélie leva les yeux et découvrit, entre les arceaux de roses blanches, une vaste nuit étoilée. Le Clairdelune portait bien son nom. La tiédeur de l'air était si suave, le parfum des fleurs si enivrant qu'elle ne douta pas un instant qu'ils venaient de pénétrer dans une illusion. Une très ancienne illusion, même. Le journal d'Adélaïde lui revint en mémoire : *Mme l'ambassadrice nous a aimablement reçus dans son domaine, où il règne une éternelle nuit d'été.* Archibald avait donc hérité le domaine de son aïeule tandis qu'Ophélie marchait sur les traces de la sienne. C'était un peu comme si l'histoire se répétait.

La voix haut perchée du majordome la fit redescendre sur terre.

— C'est un honneur d'escorter madame ! gloussa-t-il en s'adressant à Berenilde. Oserais-je avouer à madame que je partage sans retenue l'estime que M. l'ambassadeur nourrit à son endroit ?

La tante Roseline leva les yeux au ciel en l'entendant. À cause des empilements de malles sur son chariot à bagages, Ophélie ne pouvait pas bien voir ce qui se passait devant elle. Elle profita d'un tournant dans l'allée de la roseraie pour regarder plus attentivement cet étrange majordome. Avec sa grosse face hilare et son nez violacé d'ivrogne, il lui faisait plus penser à un personnage de cirque qu'à un domestique.

— Je ne l'ignore pas, mon dévoué Gustave, susurra Berenilde, je vous suis redevable de plus d'un service. Et je vous en devrai un autre lorsque vous m'aurez brossé en deux coups de pinceau le tableau actuel du Clairdelune.

Comme le Mirage avant elle, Berenilde remit discrètement un petit objet au majordome. Perplexe, Ophélie vit qu'il s'agissait d'un sablier. On échangeait donc ici des faveurs contre de simples sabliers ?

Les lèvres de Gustave se délièrent aussitôt.

— Il y a du monde, madame, et pas du menu fretin. Après toutes les rumeurs qui ont circulé autour de l'indisposition de madame, les rivales de madame ont refait une apparition très remarquée à la cour. De vilaines langues ont même évoqué les symptômes d'une disgrâce, mais que je sois pendu si j'y ai prêté une oreille complaisante !

— Les rivales ne m'inquiètent pas tant que les rivaux, dit Berenilde d'un ton léger.

— Je ne cache pas à madame que M. le chevalier compte au menu du jour. Il a accouru ici sitôt qu'il a appris que madame serait l'hôte du Clairdelune. M. le chevalier a ses entrées partout à la cour, et même quand il serait préférable qu'il ne se montre pas, il n'en fait toujours qu'à sa tête. J'espère que sa présence n'indisposera pas madame ?

Il y eut un long silence, seulement perturbé par les roues du chariot à bagages sur les pavés de la roseraie. Ophélie avait mal aux bras, mais elle brûlait d'en apprendre davantage. Qui était donc ce chevalier qui semblait mettre Berenilde mal à l'aise ? Un amant éconduit ?

— Des membres de ma famille seront-ils présents aussi ? demanda seulement Berenilde.

Le majordome eut une toux faussement embarrassée qui ressemblait plutôt à un rire étouffé.

— M. et Mmes les Dragons ne sont pas très appréciés par M. l'ambassadeur, sauf votre respect, madame. Ils mettent toujours tellement de désordre quand ils viennent !

— Archibald m'ôte une épine du pied, approuva Berenilde d'un ton badin. Gardez-moi de mes amis, je m'occupe de mes ennemis. Les Mirages ont au moins le bon sens de ne pas se déchirer entre eux.

— Que madame n'ait aucune inquiétude. M. mon maître a réservé pour madame ses propres appartements. Madame y sera en parfaite sécurité. Maintenant, que ces dames veuillent bien m'excuser, je vais les annoncer auprès de monsieur !

— Faites, mon gentil Gustave. Dites à Archibald que nous arrivons.

Le majordome s'éloigna de son petit pas pressé. Ophélie faillit perdre l'équilibre en voulant le suivre des yeux : une roue de son chariot à bagages s'était coincée dans une malformation du pavé. Alors qu'elle jouait des bras pour la dégager, elle eut un aperçu de la route qui lui restait encore à parcourir. Le chemin d'arceaux de la roseraie était prolongé par une immense allée ponctuée de grands bassins. Le château d'Archibald se dressait tout au fond, en pierres blanches et ardoises bleues ; il sembla à Ophélie presque aussi inaccessible que la fausse lune dans le ciel.

— Nous allons prendre un raccourci, annonça Berenilde en offrant le bras à sa mère.

Elles longèrent un grand parterre de violettes, qui donna l'impression à Ophélie qu'il s'agissait plutôt d'un détour. Elle commençait à avoir des crampes dans les mains. Berenilde s'engagea sur un pont qui, enjambant un petit canal, donnait sur d'autres jardins, puis, sans prévenir, elle tourna sur elle-même dans un gracieux mouvement de robe. Ophélie dut freiner des deux pieds pour ne pas la heurter avec son chariot.

— À présent, écoutez-moi bien, chuchota Berenilde. Le majordome qui vient de s'entretenir avec moi est l'homme le plus fourbe et le plus vénal du Clairdelune. Il cherchera à vous corrompre un jour ou l'autre, dès que quelque ami à moi, côté Mirage ou côté Dragon, lui offrira un bon prix en échange de ma vie ou de celle de mon enfant. Vous ferez semblant d'accepter son offre et m'en aviserez au plus tôt. Est-ce clair ?

— Comment donc ? hoqueta la tante Roseline. Je croyais que l'on ne s'assassinait pas ici ! Que c'était un asile diplomatique !

Berenilde lui adressa un sourire venimeux qui

lui rappela que, à part des « oui, madame », elle ne voulait plus rien entendre de sa bouche.

— On ne s'assassine pas, répondit-elle néanmoins, mais il arrive qu'il y ait des accidents inexpliqués. Ils peuvent être aisément évités, à condition de rester vigilant.

Berenilde avait prononcé ce dernier mot avec un regard significatif pour la silhouette de Mime, figée derrière le chariot à bagages. Sous le visage neutre de l'illusion, Ophélie était consternée. Dans son esprit, les domestiques étaient des personnes foncièrement différentes des nobles, des âmes pures comme Pistache. De savoir qu'elle devrait se méfier d'eux aussi lui brouillait tous ses repères.

Comme Berenilde aidait sa mère à descendre la pente du pont, Ophélie poussa machinalement son chariot derrière elles. Elle mit un temps à réaliser que le paysage sur l'autre berge n'était pas celui qui aurait dû s'y trouver. Au lieu de violettes, elles traversaient maintenant un bois de saules pleureurs. Un petit air de valse flottait dans l'atmosphère. Ophélie leva les yeux et vit, par-dessus les ondulations des feuillages, le château d'Archibald qui élançait ses tourelles blanches dans la nuit. Le petit pont les avait transportées d'un bout à l'autre du domaine ! Ophélie avait beau réfléchir, elle ne comprenait pas comment des illusions pouvaient jouer ainsi avec les lois de l'espace.

Dans les jardins du château, des couples en costume d'apparat dansaient à la lumière des lampadaires. Plus Berenilde et sa suite approchaient, plus la foule se faisait dense, mer de perruques et de soie. Dans le ciel, la fausse lune était aussi éblouissante qu'un soleil de nacre et les fausses étoiles évoquaient un véritable feu d'artifice. Quant à la demeure d'Archibald, elle était digne d'un château de conte de fées, avec ses tours coiffées de toits pointus et ses innombrables vitraux. En comparaison, le manoir de Berenilde faisait figure de maison de campagne.

Ophélie ne resta pas longtemps sous le charme du décor. Les danseurs suspendaient leur valse au fur et à mesure que Berenilde s'avançait parmi eux, calme comme un lac. Ils avaient tous pour la favorite des sourires aimables et des mots de sympathie, mais leurs regards étaient plus froids que de la glace. Les femmes, en particulier, chuchotaient sous le couvert des éventails en se montrant des yeux le ventre de Berenilde. Il émanait d'elles une telle hostilité qu'Ophélie en avait la gorge nouée.

— Berenilde ou l'art de se faire désirer ! s'exclama une voix moqueuse par-dessus la musique et les rires.

Ophélie se crispa derrière son chariot à bagages. C'était Archibald, son gibus troué dans une main, une vieille badine dans l'autre, qui venait à leur rencontre d'un pas alerte. Il traînait dans son sillage une floraison de jeunes filles ravissantes.

À l'arrivée du maître des lieux, tous les domestiques présents dans les jardins s'inclinèrent. Ophélie calqua sa posture sur la leur. Elle décrocha les mains de son chariot, se pencha avec raideur et fixa la pointe de ses souliers aussi longtemps qu'eux.

Quand elle se redressa enfin, elle ne se laissa

pas émouvoir par le franc sourire ni les grands yeux ciel d'Archibald alors qu'il baisait la main de Berenilde. Elle lui tenait un peu rigueur de lui avoir dissimulé la particularité de sa famille. Venant d'un homme qui prétendait ne pas pouvoir mentir, elle considérait cette omission comme une petite trahison.

— C'est mal connaître une femme que la vouloir ponctuelle, répondit Berenilde d'une voix malicieuse. Demandez donc à vos sœurs !

Elle serra tour à tour les jeunes filles contre son cœur, comme si elles étaient toutes ses enfants.

— Patience ! Mélodie ! Grâce ! Clairemonde ! Gaîté ! Friande ! Et voilà ma petite Douce, conclut-elle en étreignant la plus jeune des sept ; vous m'avez tellement manqué !

À l'abri des paupières mi-closes de Mime, Ophélie fit glisser son regard d'une sœur à l'autre. Elles étaient toutes si jeunes, si blondes, si délicates dans leur robe blanche qu'on aurait pu croire à un jeu de miroirs. Les adolescentes répondirent aux accolades de Berenilde avec une tendresse qui était certainement plus sincère que la sienne. Il y avait une réelle admiration dans leurs beaux yeux limpides.

Les sept sœurs portaient sur le front la marque de la Toile. Si Ophélie croyait Thorn, chacune d'elles avait donc vu son visage à travers les yeux de leur frère. Glisseraient-elles une allusion à son sujet devant Berenilde ? Si tel devait être le cas, Ophélie se félicita de ne pas avoir donné son vrai nom cette nuit-là.

— Vous êtes venue en petite escorte, à ce que je vois, constata Archibald.

Il fit un baisemain galant à la grand-mère, toute rose de plaisir, puis tourna un sourire franchement amusé vers la tante Roseline. Elle était si guindée et si glaciale dans sa robe noire qu'elle détonnait au milieu des couleurs du bal. Rien que pour cela, Archibald paraissait la trouver captivante.

— Ma dame de compagnie, la présenta Berenilde avec négligence. Je l'ai moins choisie pour le plaisir de sa conversation que pour ses talents de sage-femme.

Les lèvres de la tante Roseline s'amincirent, mais elle prit sur elle de ne rien répliquer et s'en tint à un poli hochement de tête.

Lorsque Archibald s'approcha du chariot à bagages, Ophélie s'obligea à ne pas avoir de mouvement de recul. Comme par un fait exprès, ses bas-de-chausses se remirent à lui démanger irrésistiblement les mollets. Elle crut que l'ambassadeur allait pousser son inspection jusqu'à Mime, mais il se contenta de tapoter les malles.

— Nous allons installer vos affaires dans mes appartements. Considérez-vous-y comme chez vous !

Le majordome Gustave s'approcha et ouvrit un coffret. Archibald en sortit une belle chaîne d'argent où pendait une ravissante petite clef, sertie de pierres précieuses. Berenilde tourna gracieusement sur elle-même pour qu'il pût enfiler la chaîne à son cou. Cette étrange cérémonie fut applaudie du bout des doigts par l'assemblée.

— Et si nous dansions un peu ? proposa Archibald avec un clin d'œil. Ce bal est en votre honneur, après tout !

— Je ne dois pas trop forcer, rappela Berenilde en posant une main protectrice sur son ventre.

— Juste une valse ou deux. Et vous avez la permission de me marcher sur les pieds !

Ophélie observa leur petit manège avec une certaine fascination. Sous le jeu des manières légères, presque enfantines, ces deux-là semblaient se dire autre chose en silence. Archibald n'était pas le chevalier servant auquel il voulait faire croire, Berenilde le savait et Archibald savait que Berenilde le savait. Qu'est-ce que l'un attendait réellement de l'autre dans ce cas ? Obéissaient-ils aveuglément aux ordres de Farouk ou essayaient-ils d'en tirer le meilleur parti possible ?

Ophélie se le demandait certainement autant qu'eux tandis qu'ils s'éloignaient, au bras l'un de l'autre. Son cœur se remit lentement en marche. Archibald ne l'avait pas même effleurée du regard ! Ophélie avait beau se savoir méconnaissable, c'était un vrai soulagement d'avoir remporté cette première épreuve avec succès.

Renard

La deuxième épreuve d'Ophélie en tant que valet venait de commencer. Qu'était-elle censée faire des malles ? Berenilde était partie danser sans lui donner la moindre directive. La grand-mère et la tante Roseline s'étaient perdues dans la foule. Ophélie se retrouvait seule sous les étoiles, entre deux saules pleureurs, encombrée de son chariot à bagages. Archibald avait parlé d'installer Berenilde dans ses propres appartements, mais Ophélie n'allait tout de même pas entrer dans le château comme chez elle. Et puis où se trouvaient-ils, ces appartements ? L'inconvénient, quand on est muet, c'est qu'on ne peut poser aucune question.

Elle jeta des regards hésitants aux domestiques qui servaient des rafraîchissements dans les jardins, espérant qu'ils comprendraient son embarras, mais ils se détournaient tous d'elle d'un air indifférent.

— Hep ! toi !

Un valet, qui portait exactement le même uniforme qu'Ophélie, se dirigeait vers elle au pas de charge. Il était bâti comme un buffet à vaisselle et possédait des cheveux si roux qu'ils semblaient avoir pris feu sur sa tête. Ophélie le trouva très impressionnant.

— Ben alors, on lambine ? Dès que les maîtres ont le dos tourné, on se débrouille pour bayer aux corneilles ?

Lorsqu'il leva une main grande comme un battoir, Ophélie crut qu'il allait la frapper à toute volée. Au lieu de cela, il lui tapota le dos d'un geste bon enfant.

— On va s'entendre, dans ce cas. Je m'appelle Renard et je suis le roi des tire-au-flanc. T'es jamais venu ici encore, hein ? T'avais l'air si perdu dans ton coin que tu me faisais de la peine. Suis-moi, fiston !

Le valet empoigna le chariot à bagages et le poussa devant lui comme s'il s'agissait d'un landau de bébé.

— En fait, mon vrai nom, c'est Renold, enchaîna-t-il d'un ton plein d'entrain, mais tout le monde m'appelle Renard. Je suis au service de la grand-mère de monsieur et toi, petit veinard, t'es le larbin de Mme Berenilde. Je vendrais mes tripes pour approcher une telle femme !

Il embrassa avec passion le bout de ses doigts et retroussa, dans un sourire gourmand, ses lèvres sur des canines très blanches. Tout en remontant l'allée avec lui, Ophélie le dévorait des yeux, subjuguée. Ce Renard lui faisait penser à une flambée de cheminée. Il devait avoisiner la quarantaine, mais son énergie était celle d'un vrai jeune homme.

Il baissa sur Ophélie des yeux étonnés, aussi verts que des émeraudes.

— Pas fort causant, dis donc ! C'est moi qui te fais de l'effet ou t'es toujours aussi timide ?

Ophélie dessina du pouce une croix sur sa bouche, l'air impuissant.

— Un muet ? ricana Renard. Maligne, la Berenilde, elle sait s'entourer de gens discrets ! T'es pas sourd aussi, j'espère. Tu comprends ce que je te cause ?

Ophélie fit oui de la tête. Il avait un accent à couper au couteau, mais tout de même moins prononcé que celui de Pistache.

Renard manœuvra le chariot à bagages sur un petit chemin pavé, encadré par deux rangées de haies parfaitement taillées, de façon à contourner le château et les jardins. Ils franchirent un porche de pierre qui donnait sur une vaste arrière-cour. Il n'y avait pas de lampadaires ici, mais les fenêtres allumées du rez-de-chaussée découpaient des rectangles d'or dans la nuit ; elles étaient couvertes de vapeur comme si une chaleur infernale régnait à l'intérieur. Des tuyaux de poêle recrachaient d'abondantes fumées le long du mur.

— Les cuisines, commenta Renard. Leçon n° 1, mon gars, ne mets jamais le nez dans les cuisines du Clairdelune. Ce qui se trame là-dedans, c'est pas pour les petits bonshommes comme toi.

Ophélie le crut sur parole. Alors qu'ils passaient devant les fenêtres embuées, des cris et des insultes leur parvinrent en même temps que les odeurs de poisson grillé. Elle risqua un coup d'œil par un carreau, là où la vapeur ne s'était pas collée, et aperçut un ballet étourdissant de soupières en argent, de corbeilles à pain, de pâtisseries à étages et d'espadons étendus sur des plateaux immenses.

— Par ici ! l'appela Renard.

Il engageait le chariot à bagages dans le passage d'une porte de service, un peu plus loin. Quand Ophélie le rejoignit, elle découvrit un vieux vestibule glacial et mal éclairé. Pas de doute, elle était dans le quartier des domestiques. Les vapeurs des cuisines s'échappaient d'une porte à double battant, sur la droite, répandant dans tout le vestibule une brume épicée. Des commis poussaient les panneaux à tout bout de champ, emportant des plateaux fumants ou ramenant des chariots de vaisselle à laver.

— Je t'attends ici avec le chariot, dit Renard. Tu dois t'enregistrer auprès de Papier-Mâché pour avoir ta clef.

Il pointa du pouce une porte vitrée, à gauche, surmontée de la plaque « régisseur ». Ophélie hésitait. De quelle clef pouvait-elle bien avoir besoin ? Berenilde l'avait chargée de surveiller les malles, l'idée de les confier à cet inconnu ne lui inspirait rien de bon.

— Allez, grouille-toi de prendre ta clef, la pressa Renard.

Ophélie frappa à la porte et entra. Elle ne vit pas tout de suite l'homme qui se tenait assis derrière le secrétaire, la plume à la main. Son costume sombre, son teint grisâtre, sa parfaite immobilité le rendaient presque invisible sur le fond lambrissé du mur.

— Vous êtes ? demanda le régisseur d'un ton pincé.

Sa peau était plus fripée que celle d'un vieillard. Papier-Mâché ? Le surnom lui allait comme un gant.

— Vous êtes ? insista-t-il.

Ophélie fouilla ses poches, à la recherche de la lettre de recommandation que Berenilde avait écrite spécialement pour Mime. Elle la remit au régisseur, qui enfila un monocle et la parcourut d'un regard morne. Sans cérémonie, il sortit un registre de son secrétaire, mouilla sa plume dans un encrier, griffonna quelques mots et le tendit à Ophélie.

— Signez.

Il lui désigna de l'index, sous une longue liste de noms, de dates et de signatures, un nouvel intitulé : *Mime, service de dame Berenilde*. Ophélie improvisa un paraphe maladroit.

Le régisseur se leva, contourna son secrétaire et se dirigea vers des casiers classés ainsi : « maîtres d'hôtel », « maîtres queux », « marmitons », « femmes de charge », « femmes de chambre », « nourrices », « lingères », « palefreniers », « chauffeurs-mécaniciens », « jardiniers », « basse-couriers ». Il ouvrit le casier « valets » et en sortit une petite clef au hasard, qu'il remit à Ophélie. Sur l'étiquette, elle vit un sceau de ce qu'elle supposa être les armoiries du Clairdelune. Au verso, une simple adresse : *6, rue des Bains*.

— Votre chambre, dit le régisseur. Vous êtes prié de la laisser en l'état, de ne pas y recevoir de femmes et surtout de ne pas y manger, nous venons de dératiser le coin. Gardez toujours cette clef sur vous, elle est la preuve de votre appartenance provisoire au Clairdelune. Nous effectuons régulièrement des contrôles d'identité pour assurer la sécurité des hôtes de monsieur. Vous devez présenter cette clef à chaque fois, sous peine d'être jeté aux oubliettes le cas échéant. Bienvenue au Clairdelune, conclut-il sur le même ton monocorde.

Ophélie quitta le bureau du régisseur, un peu perplexe. À son soulagement, Renard l'attendait toujours devant le chariot à bagages. Elle fut moins rassurée, toutefois, quand elle s'aperçut qu'il était en train de se quereller avec une cuisinière luisante de sueur.

— Traîne-savates !

— Gâte-sauce !

— Vieux renard empâté !

— Que du muscle ! Je t'y fais goûter quand tu veux, l'empoisonneuse.

Ophélie posa une main sur le bras de Renard pour l'inciter au calme. Elle n'avait aucune envie de voir son seul guide se battre contre une femme.

— Roule tes mécaniques, va, ironisa la cuisinière. Y a qu'à tes petits mignons que t'en imposes.

Elle poussa théâtralement la porte à double battant et disparut dans les fumées des casseroles. Ophélie se sentait gênée d'avoir assisté à cet échange, mais Renard la prit au dépourvu en explosant de rire.

— Allonge pas cette tête, gamin. C'est une vieille amie ! On se chatouille toujours un peu.

Ophélie comprit soudain pourquoi cet homme éveillait en elle un étrange sentiment de familiarité. Il lui rappelait son grand-oncle, en plus jeune.

Elle ne devait surtout pas faire de tels amalgames. Si le majordome en chef du Clairdelune était corrompu, pourquoi ce valet serait-il davantage digne de confiance ?

— Tu as ta clef ? demanda Renard.

Mal à l'aise, Ophélie hocha doucement la tête.

— Parfait. On fait notre livraison et ensuite je te cause.

Renard poussa le chariot à bagages à l'intérieur d'un spacieux monte-charge de fer forgé, puis il actionna un levier. Il ne bloqua le frein que lorsque le monte-charge arriva au dernier étage du château. Ils traversèrent une salle de service réservée aux bonnes, puis un très long corridor qui desservait une dizaine de portes. Sur chacune d'elles, une plaque d'or : « Douce », « Gaieté », « Friande », « Mélodie », « Clairemonde », « Grâce », « Patience ».

— Ici, chuchota Renard en désignant la plaque « Clothilde », ce sont les appartements de ma maîtresse, la grand-mère de monsieur. Elle fait la sieste, alors pas de bruit. Je ne tiens pas à reprendre mon service trop tôt.

Ophélie sourcilla. Il allait bientôt être minuit, c'était une drôle d'heure pour une sieste. Archibald l'avait prévenue, le jour et la nuit n'avaient aucun sens à la cour du Pôle.

Elle remarqua une somptueuse cage d'ascenseur, au beau milieu du couloir ; celui-là devait être réservé à la famille. Elle aperçut plus loin une porte dont la plaque avait été couverte d'un foulard noir. Suivant son regard, Renard se pencha à son oreille.

— La chambre conjugale de feu monsieur et feu madame, les parents des jeunes maîtres. Ils sont morts il y a des années, mais elle n'a jamais été effacée.

Effacer une chambre ? Ophélie eut beau questionner Renard des yeux, il ne s'expliqua pas. Il fit rouler le chariot à bagages jusqu'à une porte au fond du corridor, frappée de lettres formant le nom « Archibald ». Ophélie entra à sa suite dans une antichambre qui faisait à elle seule deux fois la taille du salon de Berenilde au manoir. Une immense cheminée en marbre rose, des fenêtres hautes jusqu'au plafond, des portraits en pied, des bibliothèques sur chaque mur, deux lustres en cristal, des meubles sculptés comme des œuvres d'art... Cette famille avait vraiment la folie des grandeurs. Un phonographe, que quelqu'un devait sans doute continuellement remonter, diffusait le son nasillard d'un opéra.

Ophélie tomba, avec un petit choc, sur son propre reflet dans une grande glace murale. Un visage lunaire perché sur un corps plat comme la main. Même sous les traits d'un homme, elle n'avait pas fière allure. Cheveux noirs, face blanche, livrée noire, chausses blanches, elle ressemblait à une vieille photographie.

— La chambre de M. l'ambassadeur, commenta Renard en désignant une porte close. Pour ton service à toi, ce sera toujours par ici.

Il ouvrit une porte bleu ciel, à l'autre bout de l'antichambre, qui donnait sur un exquis salon de dame. C'était une pièce grande et claire, sans surcharge décorative. Bouche de calorifère, baignoire sur pieds, téléphone mural, il y avait là toutes les commodités pour veiller au confort de Berenilde. Archibald ne s'était pas moqué de son invitée, elle serait logée comme une reine.

En revanche, Ophélie fut choquée de ne voir aucune fenêtre.

— C'était à l'origine une simple garde-robe, dit Renard en empoignant une malle, mais monsieur l'a fait agrandir pour la circonstance.

Ophélie prit note pour elle-même. Au Clair-delune, on effaçait des pièces et on en créait de nouvelles sur commande.

Elle aida Renard à décharger le chariot à bagages : les malles de robes, les coffres à chaussures, les écrins à bijoux...

— T'es pas un gros débrouillard, dis donc ! ricana Renard alors qu'Ophélie renversait une pile de boîtes pour la seconde fois.

Ils déposèrent toutes les affaires dans la chambre, à côté du paravent. Ophélie ne saisissait pas encore toutes les subtilités de la domesticité, mais elle savait qu'en tant que valet elle n'avait pas le droit de toucher aux toilettes de sa maîtresse. Ce serait le rôle des bonnes de les ranger dans les placards.

— Fais-moi voir ta clef de plus près, demanda Renard quand ils eurent fini. On va régler l'horlogerie de ta maîtresse sur la tienne.

Ophélie s'habituait à ne rien comprendre ; elle lui remit sa clef sans rechigner.

— La rue des Bains, dit-il en lisant l'étiquette. Pauvre gamin, Papier-Mâché t'a flanqué juste à côté des latrines ! Tout le monde s'arrange pour ne pas finir là-bas.

Renard se dirigea vers la belle horloge de cheminée. En s'approchant à son tour, Ophélie vit qu'elle affichait des mots à la place de l'heure : « zigzag », « monte à peine », « ricochet », « grand-angle »... Renard fit pivoter la longue aiguille jusqu'à « bains ». Un second cadran, plus petit, comportait une série de chiffres ; il fixa l'aiguille sur six.

— Voilà ! Maintenant, comme je suis un brave gars, je vais te montrer ta chambre.

Ophélie commençait à soupçonner ce grand rouquin de ne pas l'aider pour la seule beauté du geste. Il attendait quelque chose en retour, ça se sentait dans ses sourires. Elle n'avait rien à lui donner, comment le lui faire comprendre ?

Ils prirent le corridor en sens inverse et redescendirent par le monte-charge, cette fois jusqu'aux sous-sols du château. Renard passa d'abord à la blanchisserie et remit à Ophélie un lot de draps pour sa chambre ; il en profita pour récupérer une chemise et des bas-de-chausses propres. Ils traversèrent ensuite une buanderie collective, des entrepôts, une salle des coffres et une immense office. Ophélie se perdit tout à fait quand ils pénétrèrent dans les dortoirs. Une suite interminable de numéros se déroulait le long de couloirs tortueux qui portaient tous des noms de rue. Les portes s'ouvraient et se refermaient sur des domestiques, les uns fourbus après le service, les autres à peine sortis de la sieste, comme si c'était à la fois le matin et le soir. Ils semblaient tous très irritables, à s'énerver pour une porte claquée, un salut trop guindé ou un regard de travers. Des sons de cloche provenaient d'un peu partout.

Étourdie par le brouhaha environnant, encombrée de ses draps, Ophélie avait du mal à entendre Renard qui marchait à longues enjambées devant elle.

— Les dortoirs sont divisés en quartiers, expliquait-il. Les cuisiniers avec les cuisiniers, les jardiniers avec les jardiniers, les bonnes avec les bonnes, les valets avec les valets. Hâtons le pas, garçon ! s'exclama-t-il brusquement en consultant sa montre de poche. Les festivités vont bientôt commencer, là-haut, ma maîtresse ne voudra les manquer pour rien au monde.

Alors qu'il refermait le couvercle d'un coup de pouce pressé, Ophélie revit soudain Thorn, sa montre de gousset à la main, trop grand pour sa chaise. Cela remontait à quelques heures à peine et cela lui semblait déjà des jours. Pourquoi y pensait-elle tout à coup ?

Ophélie fut tirée de ses pensées par le regard brutal qu'une femme posa sur elle, au détour d'un couloir. Un demi-regard, plutôt. Un monocle noir lui éclipsait l'œil gauche. Elle examinait Ophélie de haut en bas, sans un mot, sans un sourire, avec une telle insistance que c'en était embarrassant.

Renard s'inclina profondément devant elle.

— Salutations, ma belle ! Où as-tu encore été fourrer tes petites mains ?

Ophélie se posait la même question. La femme était couverte de suie de la tête aux pieds. Elle portait un uniforme de mécanicien. Ses boucles, sombres comme la nuit, coupées très court, crachaient des mèches agressives sur ses joues.

— Je viens du calorifère qui fait encore des siennes, répondit-elle d'une voix maussade. Et ça, c'est qui ?

Elle avait désigné Ophélie d'un œil dur, au bleu électrique. Ce bout de femme n'était pas beaucoup plus âgé qu'elle, mais elle dégageait un charisme étonnant.

— Le valet de Mme Berenilde, s'esclaffa Renard. Je ne connais même pas son nom, il ne cause guère !

— Il a l'air intéressant.

— Allez, te moque pas ! C'est la première fois que le petit vient par ici, je lui montre les ficelles.

— Gracieusement, bien sûr ? ironisa la femme.

— Fiston, dit Renard en se tournant vers Ophélie, cette charmante brunette, c'est Gaëlle, notre mécanicienne. Le chauffage, la plomberie, toutes les tuyauteries, c'est elle.

— Je ne suis pas *votre* mécanicienne, grommela Gaëlle, je suis au service de la Mère Hildegarde.

— Et comme la Mère Hildegarde est l'architecte du Clairdelune, reprit-il d'un ton doucereux, c'est du pareil au même.

La mécanicienne ignora le mouchoir que Renard était en train de lui offrir. Elle reprit sa route d'un pas nonchalant et bouscula au passage Ophélie, dont la pile de draps tomba par terre.

Renard rangea son mouchoir, l'air contrarié.

— Tu lui as tapé dans l'œil, on dirait. Pas

touche, hein ! Ça fait des années que je la convoite, celle-là.

Tandis qu'elle rassemblait ses draps, Ophélie aurait voulu le rassurer. La dernière chose qu'elle avait en tête, c'était de compter fleurette à une jolie mécanicienne.

— Rue des Bains ! annonça enfin Renard, quelques couloirs plus loin.

Ils étaient arrivés dans une coursive aux briques pourries d'humidité et à l'atmosphère nauséabonde. Ophélie introduisit sa clef dans la serrure de la porte n° 6. Renard alluma la lampe à gaz et referma derrière eux. Lorsque Ophélie découvrit l'espace d'intimité qui lui serait dévolu pour les mois à venir, sa bouche se dessécha. Des murs sales, un lit bancal, une vieille bassine en cuivre, une odeur épouvantable… C'était sordide.

« Laisser la chambre en l'état », avait dit le régisseur. Il s'était bien moqué de Mime.

— Ça, mon garçon, dit Renard en pointant un tableau au-dessus du lit, c'est ton nouveau cauchemar.

Sur le tableau, un jeu de clochettes était relié à de multiples étiquettes : « salle de bal », « billard », « salon de thé », « fumoir », « bibliothèque »… Renard montra le carillon « chambre ».

— Tu es maintenant raccordé à l'horloge personnelle de ta maîtresse. Tu dormiras et te réveilleras au même rythme qu'elle. Et au Clairdelune, fiston, ça peut tomber n'importe quand. Monsieur n'a jamais l'inspiration en berne quand il s'agit d'amuser la galerie, ça lui prend à toute heure de la nuit.

Renard s'empara d'un tabouret, cala dessus son

grand corps taillé comme un buffet et fit signe à Ophélie de s'asseoir en face de lui.

— Maintenant, on cause.

Ophélie et sa pile de draps prirent place sur le lit ; les pieds arrière cédèrent aussitôt sous le poids.

— Mon veinard, tu es tombé sur la perle rare. Ça fait vingt-trois ans que je trime au Clairdelune, autant te dire que de l'expérience, j'en manque guère. Et puis, je suis un gentil bonhomme, moi, pas un de ces innombrables vicieux qui pullulent dans le coin. Quand je t'ai vu venir avec tes yeux en soucoupe, je me suis dit de suite : « Mon Renold, ce petit-là va se faire croquer par le premier venu, faut que tu lui donnes un coup de pouce. »

Ophélie cligna des yeux pour lui faire signe de poursuivre. Dans un grincement de tabouret, Renard se pencha vers elle, si près qu'elle redouta un moment qu'il choquât ses lunettes. Et Mime ne portait pas de lunettes.

— Voilà ce que je te propose. Je t'apprends tout ce que tu as besoin de savoir ici, en échange de quoi je ne te demande qu'une insignifiante contre-partie.

Il déboutonna sa livrée et extirpa d'une pochette intérieure un petit sablier rouge.

— Est-ce que tu sais ce que c'est ?

Ophélie fit non de la tête.

— Je m'en doutais. Ces choses-là ne se concoctent que dans le coin. Pour faire bref, les nobliaux d'ici nous remercient avec ces pourboires. Des sabliers comme ça, t'en verras jamais que de quatre couleurs. Des verts, des rouges, des bleus et des jaunes. Ah, les jaunes !

Renard riboula des yeux avec extase, puis il lui enfonça son sablier dans la main.

— Reluque-le bien.

Ophélie soupesa l'objet. Ce n'était pas plus grand que le pouce, mais ça pesait lourd comme si on avait remplacé le sable par des billes de plomb. Il était frappé d'une petite plaque de cuivre : « station balnéaire ».

— Il y a tout un tas de destinations, crut bon de préciser Renard comme elle sourcillait. Rues marchandes, quartiers des femmes, salles de jeu et j'en passe ! Le truc, c'est d'avoir la main heureuse, car tu sais jamais vraiment où tu vas tomber. Une fois, j'en ai dégoupillé un qui s'appelait pompeusement « bouffée d'air pur » et je me suis retrouvé dans un chalet paumé en pleine montagne.

Ophélie se frotta le nez, elle n'était pas sûre de bien comprendre. Elle renversa le sablier sur lui-même, mais, à sa grande surprise, les grains ne s'écoulèrent pas. Renard s'esclaffa devant son air stupéfait et lui signala un petit anneau de métal qu'elle n'avait pas remarqué.

— Tu auras beau tourner ce sablier dans tous les sens, il ne marchera pas tant que la goupille est intacte. N'y touche pas, hein, je ne veux pas te voir disparaître avec mon congé ! Regarde juste ça.

Il lui montra du doigt un sceau doré incrusté dans le bois :

MANUFACTURE FAMILIALE
H^{DE} & CIE

— C'est la Mère Hildegarde qui les fabrique, précisa Renard. Un bibelot sans cette estampille ne vaut pas plus que les ongles de mes orteils. Te laisse pas refiler de la camelote, fieu, la contrefaçon sévit ici plus que partout ailleurs.

D'un geste rapide, il lui confisqua le sablier et le rangea dans sa poche.

— Conseil d'ami, si tu ne veux pas te faire plumer, utilise la salle des coffres ou dégoupille tes sabliers rapidement. Une fois, un vieux camarade avait entassé un salaire de douze années dans ce qu'il croyait être la cachette idéale. Le jour où on lui a tout volé, il s'est pendu.

Renard se leva, poussa la bassine sous un robinet et la remplit d'eau.

— Je reprends bientôt mon office, tu permets que je fasse un brin de toilette ici ?

Ophélie essaya d'adopter un air réprobateur pour l'en décourager, mais il se déshabilla devant elle sans la moindre pudeur. Il ne garda bientôt sur lui qu'une chaîne au cou avec sa clef personnelle. Ce n'était vraiment pas commode de porter sur le corps le visage d'un autre, Ophélie devrait apprendre à travailler ses expressions.

— Ces sabliers, reprit Renard dans la bassine, ce sont nos congés. Je sais pas depuis combien de temps tu sers la Berenilde, mais je suppose que c'est pas repos tous les jours. Eh bien ici, avec le train de vie de ces messieurs dames, ce sera pire encore ! C'est devenu tellement fou pour la valetaille que certains ont commencé à gronder ferme dans le dos des maîtres. La Mère Hildegarde a alors eu l'idée des sabliers. Prête-moi un linge, veux-tu ?

Ophélie lui tendit un drap de bain en évitant de

le regarder. Elle se sentait extrêmement gênée. Cet homme faisait sa toilette juste sous son nez et ne semblait guère pressé de se rhabiller.

— Comme je suis un brave gars, je me contenterai de tes dix premiers sabliers, toutes couleurs confondues, déclara alors Renard. Ce que tu toucheras par la suite ne regardera que toi.

Il sortit de la bassine, s'enveloppa dans le drap et se frictionna. Ses favoris roux étaient hirsutes lorsqu'il se courba vers Ophélie, main tendue pour conclure. Elle secoua farouchement la tête. Elle n'avait rien compris à cette histoire de sabliers, elle refusait de sceller un accord sans en connaître chaque clause.

— Quoi, monsieur fait la fine bouche ? T'es conscient, p'tit père, que d'autres te siffleraient ton salaire sans te demander ton avis ? Renard, lui, s'engage à te renseigner sans malice et à te protéger de ses poings s'il le faut. Ça vaudrait bien le triple de ce que je te demande !

Offensé, il lui tourna le dos, enfila sa chemise propre, boutonna par-dessus sa livrée de valet. Quand il fit de nouveau face à Ophélie, la colère avait cédé la place à un large sourire.

— C'est bien, fiston, faut pas te laisser marcher sur les pieds. Mettons alors que tu me refiles uniquement tes sabliers verts, ça te va ?

Ophélie resta les bras ballants devant la main que lui tendait à nouveau Renard. Le sourire de celui-ci s'élargit plus encore.

— T'es pas aussi naïf que t'en as l'air, gamin. Je te jure que je n'essaie pas de t'emberlificoter. Les verts, ce sont les sabliers qui ont le moins de valeur. Tu veux que je t'explique la chose en deux mots ?

Ophélie acquiesça. Elle aurait quand même été plus à l'aise s'il avait enfilé un pantalon.

Renard mit ses boutons de manchette d'un air professoral.

— Quatre couleurs, quatre valeurs donc. Les verts, les plus répandus, te donnent droit à un jour de congé dans la Citacielle : grande halle, fumoir d'opium, baraques de forains, sauna... Une fois encore, je te souhaite de tirer le bon numéro.

Au grand soulagement d'Ophélie, il boutonna enfin son pantalon et laça ses bas-de-chausses.

— Les rouges, eux, poussent plus loin la jubilation. Jour de permission ! À ne pas confondre avec les verts, hein ? Là, t'as l'autorisation officielle de sortir dans le monde du bon vrai dehors. Tu choisis ta destination, tu dégoupilles et tu peux en profiter jusqu'à l'écoulement complet du sablier. Ceux-là, je les garde pour les beaux jours !

Renard se pencha vers un éclat de miroir cloué au mur. Il plaqua en arrière sa crinière rouge et passa une main satisfaite sur sa mâchoire puissante, parfaitement imberbe.

— Avec les bleus, on tape dans le haut du panier, enchaîna-t-il avec un soupir amoureux. Tu as intérêt à avoir de l'ambition pour les récolter, mais le jeu en vaut la chandelle. Ces sabliers-là te plongent dans un vrai rêve éveillé. Deux fois dans ma vie j'y ai goûté et j'en ai la chair de poule rien que d'en parler.

Il passa son bras autour des épaules d'Ophélie. Elle se félicita d'avoir enroulé sa tresse au-dessus

de sa nuque. Si Renard avait senti des cheveux
là où Mime n'en portait pas, il y aurait eu un
malaise.

— Essaie de te représenter les couleurs les plus
vives, les parfums les plus enivrants, les caresses
les plus affolantes, lui murmura-t-il. Tu seras de
toute façon en deçà de ce que peut te procurer
cette illusion. Un plaisir souverain, si intense qu'il
est à peine supportable et qui, une fois dissipé, te
laisse endeuillé.

Les douze coups de minuit sonnèrent dans le
lointain. Renard libéra Ophélie et vérifia rapidement sa mise.

— Bref, une belle cochonnerie. Ils s'arrangent
toujours pour t'y faire goûter une fois. Après, tu
es à leur botte et t'en redemandes, dans l'espoir
complètement fou de décrocher un jour la récompense suprême, un aller sans retour au paradis : le
sablier jaune. Tu comprends mieux, fiston ?

Ce qu'Ophélie comprenait surtout, c'est que ces
sabliers étaient un vrai piège à mouches.

— Bon, alors, qu'est-ce que tu décides ? la pressa
Renard en agitant sa montre. Dix sabliers verts et
je t'apprends tout ce que tu dois savoir pour faire
ton trou au Clairdelune. Marché conclu ?

Ophélie leva haut le menton et le regarda droit
dans les yeux. Elle ignorait encore tout de ce
monde, elle avait besoin d'un guide. Peut-être
cet homme trahirait-il sa confiance, peut-être
la conseillerait-il mal, mais comment le saurait-
elle si elle ne lui donnait pas sa chance ? Elle ne
pouvait aller de l'avant sans jamais prendre le
moindre risque.

Cette fois, elle accepta de bon cœur la poignée de main de Renard. Il lui concassa les doigts avec un rire cordial.

— À la bonne heure ! Je vais te déniaiser en bonne et due forme, tu ne le regretteras pas. Sur ce, je te laisse. Minuit a sonné, Mme Clothilde réclame mes services !

L'enfant

Dès que Renard fut parti, Ophélie eut l'impression qu'il avait emporté avec lui le peu de chaleur de la pièce. Étroit, gris, glacial, cet endroit tenait de la cellule de prison. Ophélie porta la main à son cou par réflexe, mais la bonne vieille écharpe n'y était plus. Berenilde l'avait obligée à la laisser dans une malle, au manoir. À la seule pensée de ne plus revoir ce ramasse-poussière remuant avant des mois, le cœur d'Ophélie se serra.

Elle plaça une cale sous le lit boiteux et se laissa tomber dessus avec un soupir. Elle n'avait pas dormi depuis que Berenilde l'avait réveillée ce matin, à quatre heures, pour lui apprendre à s'asseoir sur une chaise.

Tandis qu'elle se familiarisait avec les toiles d'araignée au plafond, Ophélie reconsidéra cette histoire de sabliers. Des objets qui vous transportent vers toutes sortes de destinations, l'espace de quelques heures... Elle avait cru que les domestiques touchaient des gages pour leurs services. Certes, elle n'y connaissait pas grand-chose en matière d'argent – elle travaillait bénévolement

315

sur Anima – mais tout de même, ça ressemblait à une belle escroquerie.

Ophélie releva ses mains gantées devant son visage et les contempla songeusement. Ce soir plus que jamais, le musée d'histoire primitive lui manquait. À quand remontait la dernière fois qu'elle avait *lu* une antiquité ? Ces dix doigts empotés, qui n'étaient doués qu'aux expertises, ne serviraient-ils donc plus qu'à satisfaire les caprices de Berenilde ?

Ophélie reposa ses mains sur le matelas. Elle avait le mal du pays. Depuis son arrivée au Pôle, elle n'avait reçu aucune lettre ni de ses parents, ni de sa sœur, ni de son grand-oncle. L'avait-on déjà oubliée ?

« Je ne dois pas m'attarder ici, se raisonna-t-elle, étendue sur le dos. Berenilde va avoir besoin de moi. »

Pourtant, elle se laissa mollement emplir par la rumeur des dortoirs. Les coups de talons pressés. Le timbre des sonnettes. Les chasses d'eau des toilettes, à côté.

Le plafond se mit en mouvement. Il se hérissa de hauts sapins, et les toiles d'araignée se transformèrent en une forêt sauvage qui défilait à perte de vue. Ophélie savait qu'au-delà de cette forêt il y aurait la terre, et puis la mer, et puis des villes, sans abîme, sans cassure, parce que ce sol-là était celui du vieux monde. Le paysage se fit flou et une silhouette, longue et maigre, se dressa au loin. Emportée malgré elle, Ophélie fut précipitée de force vers cet homme qui lui claquait sa montre de gousset au nez.

« Votre sort est une réelle préoccupation pour moi. »

Ophélie se réveilla en sursaut et fixa le plafond de sa chambre d'un air choqué. Thorn avait-il vraiment prononcé des mots pareils ? Elle se redressa dans un grincement de sommier, décrocha ses lunettes de son nez et se frotta les yeux. Il l'avait bel et bien dit, oui. Elle était alors beaucoup trop soucieuse pour s'appesantir dessus, mais ça remontait maintenant à la surface comme une bulle d'air. Il en allait ainsi avec Ophélie, elle réagissait toujours avec un train de retard.

Elle manipula nerveusement ses lunettes entre ses doigts. Thorn se tracassait pour elle ? Il avait une singulière façon de le montrer, elle ne savait pas du tout quoi en penser.

Ophélie s'inquiéta soudain de l'heure. Elle remit ses lunettes en place, et le visage factice de Mime les absorba sous sa peau blanche. Elle passa la tête dans l'entrebâillement de sa porte pour consulter l'horloge du couloir. Elle dut la relire plusieurs fois. Si elle en croyait ces aiguilles, il était déjà cinq heures du matin ! Comment avait-elle pu dormir autant sans même s'en rendre compte ? Il lui semblait que son sommeil n'avait duré que le temps d'un battement de paupières.

Ophélie s'en fut au petit trot, mais elle rebroussa aussitôt chemin. Elle avait failli oublier sa clef sur la porte. Le régisseur avait été très clair : sans clef, sa présence au Clairdelune n'avait aucune légitimité.

Elle erra un moment dans le dédale des dortoirs, bousculée par des domestiques pressés, tombant d'impasse en impasse. Les invités d'Archibald seraient-ils seulement encore debout à cette heure ? Si Ophélie avait manqué à ses devoirs, Berenilde se ferait les griffes sur elle comme jamais.

Elle finit par trouver un escalier en colimaçon. À peine posa-t-elle le pied sur la première marche qu'elle fut déjà en haut. Elle ne s'attarda pas sur ce prodige, elle commençait à s'habituer aux bizarreries de l'espace.

L'escalier débouchait sur un étroit couloir de service, tout en longueur et sans fenêtres. L'un des murs était ponctué d'innombrables portes closes : « salon de musique », « boudoir aux épices », « fumoir hommes », « fumoir femmes »... À force de le longer, Ophélie comprit que le couloir de service faisait le tour du château. Elle se décida finalement pour la porte « galerie du fond ». Elle essaya ensuite de se repérer dans les corridors, mais ils se ressemblaient tous, avec leur parquet verni, leurs banquettes de velours et leurs belles glaces murales.

Ophélie haussa les sourcils en voyant des couples s'enlacer voluptueusement au fond des alcôves, puis les fronça quand des femmes en simple jupon traversèrent une antichambre à grands éclats de rire. Elle n'était pas certaine d'apprécier la tournure que prenait la petite fête d'Archibald.

Ophélie glissa la tête dans l'entrebâillement de toutes les portes, colla son nez à chaque fenêtre. Des paons allaient librement sur la grande table du séjour. Dans une salle de théâtre, ovationnés par un public, deux hommes se livraient à un pastiche de duel tout en déclamant de la poésie. Au jardin, de jeunes aristocrates s'adonnaient à une course d'automobiles entre les parterres de fleurs. Sous les épais brouillards des fumoirs, beaucoup de nobles avaient perdu leur perruque et quelques-uns, au contraire, ne portaient plus guère qu'elle. À la bibliothèque, de vieilles dames se lisaient à voix haute des œuvres libertines ; Ophélie resta toute bête quand elle aperçut la grand-mère de Thorn qui roucoulait de rire avec elles. Elle ne voyait nulle part ni Berenilde ni la tante Roseline, et elle ignorait si cela devait la rassurer ou non.

Postés dans toutes les salles, il y avait des gendarmes en bicorne, vêtus d'un uniforme bleu et rouge. Ils demeuraient au garde-à-vous, le regard fixe, pareils à des soldats de plomb. Ophélie se demanda à quoi ils pouvaient bien servir.

Elle entra dans un cabinet de jeu et souffla de soulagement quand elle vit la tante Roseline, facilement reconnaissable à sa robe noire, qui dormait sur un divan. Elle lui secoua doucement l'épaule sans parvenir à la réveiller. L'atmosphère ici était saturée de vapeurs narcotiques. Ophélie promena un regard larmoyant parmi les joueurs de billard et de cartes qui tombaient endormis sur toutes les tables. Discrets comme des ombres, les valets continuaient de proposer aux plus résistants des cognacs et des boîtes de cigares.

Elle trouva Archibald assis à l'envers dans un fauteuil, dos sur le siège, jambes croisées sur le dossier, un bec de narguilé dans la bouche. Son regard se perdait dans le vide avec une sorte de mélancolie pensive qui contrastait avec ses habituels sourires. Ophélie songea que s'il y avait un homme à qui elle n'accorderait jamais sa confiance, c'était bien lui. On n'organisait pas une orgie en l'honneur d'une femme enceinte, tout de même.

Au fond de la salle, à demi étendue sur un sofa, Berenilde jouait aux échecs avec des gestes somnolents. Ophélie se dirigea droit vers elle. Elle ne pouvait peut-être pas parler, mais elle trouverait bien un moyen de la convaincre de regagner sa chambre avec la tante Roseline avant que tout ne se mît vraiment à dégénérer. Elle s'inclina en claquant des talons, comme le faisaient les domestiques pour annoncer leur présence, mais Berenilde l'effleura à peine des yeux et poursuivit sa partie comme si de rien n'était.

Ophélie se sentit l'âme d'un meuble.

— Attention, chevalier, susurra Berenilde en avançant sa tour. Je vais mettre votre reine en difficulté.

Le chevalier ? Un valet n'était pas autorisé à dévisager un noble, mais Ophélie ne résista pas à la tentation de jeter un coup d'œil au fauteuil voisin. Sa surprise fut de taille. Boucles dorées, joues rebondies, lunettes rondes, l'adversaire de Berenilde se rongeait les ongles d'un air tragique. Il ne devait pas avoir plus de dix ans, ses pantoufles touchaient à peine le sol. Qu'est-ce que cet enfant faisait ici à cette heure ?

— Échec au roi, le prévint Berenilde.

Le chevalier poussa un long bâillement et renversa sa pièce d'un revers de la main.

— Si M. Thorn était mon précepteur, dit-il

d'une voix pâteuse, je ferais un meilleur joueur d'échecs.

— Allons, chevalier, j'ai veillé à vous procurer le meilleur précepteur qui soit. Vos progrès sont indéniables, je vous assure. Et sincèrement, je ne souhaite à aucun enfant au monde d'avoir mon neveu pour professeur.

Le chevalier plongea un biscuit dans un verre de lait et croqua dedans, aspergeant de miettes son beau pantalon de velours.

— Excusez-moi, madame, vous avez entièrement raison. Je vous sais déjà gré de tout ce que vous faites pour moi.

— Vous vous trouvez bien, chez votre oncle ?

— Oui, madame. Il est un peu dur d'oreille, mais je m'entends à merveille avec ses chiens.

Ophélie trouvait cette scène surnaturelle. À quelques couloirs de là, des hommes et des femmes s'adonnaient à tous les excès.

Les fumées narcotiques qui embrumaient la pièce commençaient déjà à l'amollir, elle n'avait aucune envie de finir sur le divan avec la tante Roseline. Elle aurait bien toussé pour se rappeler à Berenilde, mais elle avait peur de se trahir. Elle sursauta quand ce fut le chevalier qui leva vers elle ses lunettes en culs de bouteille. Il portait, depuis les paupières jusqu'aux sourcils, le tatouage des Mirages.

— Vous êtes au service de madame ? Vous travaillez au manoir ? Est-ce que vous trouvez ma chambre jolie ?

Ophélie se contenta de ciller bêtement. La chambre d'enfant, c'était donc la sienne ? La curiosité du chevalier eut au moins le mérite de faire réagir Berenilde, qui fit mine de réprimer un bâillement.

— Veuillez m'excuser, chevalier, mais il se fait tard. J'ai dansé et joué tout mon content !

— Madame, dit l'enfant en inclinant poliment la tête. Nous reprendrons notre conversation une autre fois, si vous voulez.

Ophélie offrit précipitamment son bras à Berenilde quand elle la vit vaciller. Ses yeux, si limpides en temps normal, avaient une consistance vitreuse. Elle avait bu et fumé plus que de raison, ce qu'Ophélie jugea parfaitement déraisonnable dans son état.

— Que faites-vous ainsi ? demanda Berenilde à Archibald.

Assis la tête en bas dans son fauteuil, il décrocha son narguilé de ses lèvres et souffla un ruban de fumée bleue. Son vieux haut-de-forme était tombé et ses cheveux pâles s'écoulaient jusque sur le tapis.

— J'observe mon existence sous un angle différent, déclara-t-il gravement.

— Voyez-vous cela ! Et qu'en déduisez-vous ?

— Qu'à l'endroit ou à l'envers, elle est absolument vide de sens. Et que cette position fait monter le sang à la tête, ajouta-t-il avec un sourire grimaçant. Vous nous quittez déjà ? Souhaitez-vous que je vous raccompagne ?

— Non, non, poursuivez donc votre méditation.

Ophélie comprit que ce serait à elle de prendre les choses en main. Berenilde pesant de tout son poids sur son épaule, elle la soutint fermement à travers le salon de jeu et les corridors. Heureusement, elles arrivèrent bientôt devant la belle grille d'or de l'ascenseur.

— Bonsoir, madame ! lança joyeusement le groom en s'inclinant.

— Ma chambre, ordonna Berenilde.

— Certainement, madame.

Le groom les fit monter au dernier étage du Clairdelune. Ophélie serra les dents pendant qu'elles se dirigeaient vers les quartiers d'Archibald. Berenilde s'appuyait lourdement sur elle et ses ongles lui entraient dans la chair de l'épaule comme des lames. Sa perruque en pièce montée devait peser à elle seule plusieurs kilos.

Elles pénétrèrent dans l'antichambre où chantonnait le phonographe, puis dans les appartements destinés à Berenilde. Les bonnes avaient déjà vidé les malles et rangé les affaires. À peine Ophélie eut-elle aidé Berenilde à s'asseoir qu'elle se mit à fouiller les placards. Toute chambre de dame digne de ce nom devait posséder des sels ammoniacaux. Elle finit par tomber sur une armoire où étaient rangées des eaux minérales, de l'huile de foie de morue et une collection de petits flacons. Elle en ouvrit un et le referma dès que l'odeur acide lui piqua le nez. Elle avait trouvé.

Ophélie faillit répandre les sels sur le tapis lorsque Berenilde la retint par le poignet.

— Cet enfant avec qui vous m'avez vue, dit-elle d'une voix rauque. Ne vous en approchez jamais, est-ce clair ?

La seule chose qui était claire aux yeux d'Ophélie, pour le moment, c'était que la tante Roseline se retrouvait seule en bas. Elle tira sur son poignet et Berenilde finit par lâcher prise.

Dans le corridor, l'ascenseur était déjà redescendu. Ophélie appuya sur le levier d'appel ; dès que la grille s'ouvrit, le groom ravala son sourire aimable.

— C'est toi qui as appelé l'ascenseur ?

Ophélie acquiesça et entra, mais le groom la chassa si brutalement qu'elle en eut le souffle coupé.

— Tu te prends pour quoi ? Un marquis ? Tu me déranges encore une fois, simplet, et je te casse les dents.

Interdite, Ophélie le vit fermer la grille et redescendre avec son ascenseur de luxe. Elle dut traverser le long corridor des chambres pour regagner la salle des bonnes. Même l'escalier de service se montra contrariant : il obligea Ophélie à descendre toutes les marches des étages comme n'importe quel escalier ordinaire.

La tante Roseline n'avait heureusement pas bougé de son divan, droguée par les vapeurs ambiantes. Les sels qu'Ophélie lui glissa sous le nez lui firent l'effet d'une gifle.

— Boule puante et chaussettes sales ! bredouilla-t-elle en repoussant le flacon.

Ophélie cligna plusieurs fois des yeux pour inciter sa tante à plus de discrétion. Si elle se mettait à jurer comme une Animiste, leur imposture ferait feu de paille. Roseline se ressaisit en voyant la face pâlichonne de Mime penchée sur elle, puis elle promena un regard déboussolé sur les joueurs de tarot et de billard.

— Où est Be… madame ?

Pour toute réponse, Ophélie lui tendit la main. Elles quittèrent discrètement les lieux et, quelques étages plus tard, elles arrivèrent auprès de Berenilde. Elle s'était débarrassée de sa perruque et avait déroulé le fil du combiné téléphonique jusqu'au lit.

— Ma domesticité est de retour, annonça-t-elle à son interlocuteur, te voilà tranquille ? Cette première soirée s'est déroulée sans la moindre anicroche.

La tante Roseline, qui venait de se trouver un éventail, l'agita avec une dignité offensée. De toute évidence, elle avait une opinion différente sur la soirée qu'elle venait de passer.

— J'utiliserai ma clef, n'aie aucune inquiétude, poursuivit Berenilde. Non, c'est moi qui te rappellerai. Au revoir.

Elle tendit le combiné d'ivoire à Ophélie.

— Ce garçon devient remarquablement prévenant, lui dit-elle, non sans une pointe de sarcasme.

Ophélie raccrocha le téléphone plus impatiemment qu'elle n'aurait dû. « Votre sort est une réelle préoccupation pour moi », hein ? Grand bien lui fît ! Berenilde et Archibald étaient aussi irresponsables que des enfants gâtés et Thorn le savait. Un homme qui consent à abandonner sa propre fiancée dans un tel nid de décadents ne peut décemment pas prétendre qu'il se soucie d'elle.

— Fermez la porte, demanda Berenilde de son lit.

Elle avait détaché sa chaîne pour remettre à Ophélie la jolie clef ornée de pierres précieuses qu'Archibald lui avait offerte. Au premier déclic de serrure, un silence de plomb tomba sur elles. Dans l'antichambre, de l'autre côté de la porte, la musique éraillée du phonographe s'était brusquement arrêtée.

— À présent, nous pouvons parler librement, déclara Berenilde avec un soupir exténué. Nous serons à l'abri des indiscrets aussi longtemps que cette porte restera fermée à clef.

Comme Ophélie et la tante Roseline s'entreregardaient, indécises, Berenilde eut un claquement de langue agacé. Au fur et à mesure que ses mains ôtaient les épingles de sa coiffure, les boucles dorées rebondissaient gracieusement sur ses épaules.

— Les chambres du Clairdelune sont les plus sûres du Pôle, mesdames. Chaque tour de clef nous place à l'écart du monde. C'est un peu comme si nous n'étions plus vraiment là, comprenez-vous ? Vous pourriez vous égosiller qu'on ne vous entendrait pas de la pièce voisine, même en collant l'oreille à la porte.

— Je ne suis pas certaine que cela me rassure tellement, siffla la tante Roseline.

— Nous ne nous enfermerons que le temps de nous reposer, assura Berenilde d'une voix lasse. Et de grâce, baissez cette lumière !

Sur ces paroles, elle enfonça sa tête dans son oreiller et se massa les tempes avec une expression douloureuse. Ses beaux cheveux étaient abîmés à cause de la perruque et sa peau, si soyeuse à l'accoutumée, avait la pâleur fade d'une bougie. Pourtant, Ophélie devait admettre que sa beauté était plus émouvante encore dans la fatigue.

La tante Roseline tamisa l'éclairage de la pièce et tressaillit en croisant le regard anonyme de Mime.

— Je ne me fais pas à ce déguisement grotesque ! Ne peux-tu pas l'ôter, le temps que nous sommes ensemble ?

— Il ne vaut mieux pas, dit Berenilde. Ophélie ne dormira pas avec nous, seules les dames de compagnie et les nourrices sont autorisées à partager l'intimité de leur maîtresse.

Le teint naturellement jaune de la tante Roseline devint cireux.

— Et où ira-t-elle donc ? C'est sur ma filleule que je suis censée veiller, moi, pas sur vous !

— J'ai déjà une chambre reliée à la vôtre, s'empressa de la rassurer Ophélie en lui montrant sa clef. Je ne serai pas loin.

Au fond d'elle-même, elle espérait que jamais sa tante ne mettrait les pieds rue des Bains.

— Où est maman ? s'inquiéta Berenilde qui remarquait soudain son absence.

— À la bibliothèque, dit Ophélie. Elle ne semblait pas trop s'ennuyer.

Elle passa sous silence les lectures libertines auxquelles elle l'avait vue s'adonner avec d'autres dames de son âge.

— Vous irez bientôt la chercher, ma chère petite. En attendant, faites-nous donc du thé.

Les appartements de Berenilde disposaient d'une petite cuisine. Tandis que la tante Roseline mettait une théière en fonte sur le gaz, Ophélie préparait les tasses. Elle n'en cassa qu'une seule.

— Pourquoi ne dois-je pas m'approcher du

327

chevalier ? demanda-t-elle tout en cherchant le sucrier dans le garde-manger.

Berenilde s'épongea le front avec son mouchoir en dentelle, prostrée sur son lit. Si elle n'était pas malade, après tout ce qu'elle avait bu et inhalé cette nuit, ce serait une chance.

— Ni vous ni Mme Roseline, soupira-t-elle. C'est un illusionniste redoutable. Vous seriez perdante à son jeu, ma chère petite.

— Vous offriez pourtant un charmant tableau, s'étonna Ophélie qui ramassait maintenant les sucres qu'elle avait répandus par terre.

— Une autre bataille se jouait derrière notre innocente partie d'échecs. Cet enfant essaie de me prendre au piège de son imagination et je m'épuise à lui échapper ! Il serait capable de s'amuser avec vous simplement parce que vous êtes de ma suite.

— S'amuser avec nous ? releva la tante, sourcils froncés.

La tête de Berenilde roula sur l'oreiller pour lui adresser un sourire moqueur.

— Connaissez-vous l'hypnose, madame Roseline ? C'est comme rêver en restant éveillé, dit-elle en faisant rouler chaque « r ». Sauf que ce rêve-là vous est imposé de force.

— Quel petit poison ! Chez nous, les mômes ne sont pas toujours des anges, je vous l'accorde, mais leur passe-temps le plus répréhensible consiste à appuyer sur une sonnette, puis à détaler comme des lapins.

En l'écoutant, Berenilde libéra un rire si dépourvu de joie qu'Ophélie en eut froid dans le dos.

— Pourquoi en a-t-il après vous ? insista-t-elle. Je vous ai sentie plutôt bienveillante.

Berenilde fit glisser ses souliers du bout des pieds et contempla le ciel en toile de son lit.

— J'ai une dette envers lui. C'est une vieille histoire, je vous en parlerai une autre fois.

Le sifflement de la théière emplit le silence qui s'ensuivit. La tante Roseline servit le thé, les lèvres serrées comme des pinces à linge, mais Berenilde repoussa sa tasse avec une moue écœurée.

— Ma petite Ophélie, pouvez-vous m'apporter mon porte-cigarettes, mon briquet et un peu d'eau-de-vie, je vous prie ?

— Non.

Berenilde se redressa sur son oreiller et la tante Roseline renversa son thé. Aussi incrédules l'une que l'autre, elles dévisagèrent le petit homme planté au milieu du tapis, son sucrier à la main.

— Je crois que je ne vous ai pas bien comprise, dit doucereusement Berenilde.

— Non, répéta Ophélie d'un ton posé. Excusez ma franchise, mais je peux respirer votre haleine de là où je me tiens. Ne voyez-vous pas tout ce que vous vous faites subir, à vous et à votre bébé ? Si vous êtes incapable d'être raisonnable, alors je le serai à votre place.

Les dents chevalines de la tante Roseline se dévoilèrent, le temps d'un très bref sourire.

— Elle a raison, une femme de votre âge devrait être particulièrement vigilante.

Berenilde arqua les sourcils et croisa les mains sur son ventre, effarée.

— De mon âge ? balbutia-t-elle d'une voix blanche. Comment osez-vous ?

Trop lasse pour se mettre en colère, elle laissa aussitôt retomber sa tête sur l'oreiller dans une cascade de bouclettes blondes.

— Il est vrai que je me sens un peu drôle. J'ai peur d'avoir été imprudente.

— Je vais vous chercher une toilette pour dormir, déclara sèchement la tante Roseline.

Allongée sur son lit, perdue dans sa belle robe froissée, Berenilde semblait soudain si vulnérable qu'Ophélie se radoucit malgré elle. « Je devrais détester cette femme, songea-t-elle. Elle est capricieuse, narcissique et calculatrice. Pourquoi, en ce cas, ne puis-je m'empêcher de me faire du souci pour elle ? »

Ophélie tira une chaise vers le lit et s'y assit. Elle venait de comprendre que ce serait sans doute cela, son véritable rôle ici. Protéger Berenilde de ses ennemis, de sa famille… et d'elle, aussi.

La bibliothèque

Les semaines qui suivirent furent les plus étranges qu'Ophélie avait jamais vécues. Il ne s'écoulait pas une journée – ou plutôt « une nuit » puisqu'il ne faisait jamais jour au Clairdelune – sans qu'il prît l'envie à Archibald d'organiser un bal costumé, un grand banquet, une improvisation théâtrale ou quelque excentricité de son invention. Berenilde mettait un point d'honneur à être de toutes les fêtes. Elle tenait la conversation, souriait, brodait, jouait, dansait, puis, une fois dans l'intimité de sa chambre, elle s'évanouissait de fatigue. Ces défaillances ne duraient guère ; Berenilde se hâtait de se montrer de nouveau en public, plus resplendissante que jamais.

— La cour est soumise à la loi du plus fort, répétait-elle à Ophélie, dans les rares moments où elles étaient seules. Montrez un signe de faiblesse devant les autres, et demain toutes les gazettes ne parleront plus que de votre déchéance.

Tout cela était bien joli, mais Ophélie devait désormais vivre au même rythme qu'elle. Chaque salle du Clairdelune possédait son « horloge à domesticité », ce petit dispositif où il suffisait de régler les aiguilles sur la bonne chambre du dortoir pour solliciter son valet depuis n'importe quel endroit du château. Le panneau à clochettes du 6, rue des Bains sonnait à toute heure, ne laissant aucun répit à Ophélie, tant et si bien qu'il lui arriva une fois de s'endormir en servant le thé.

Berenilde était épuisante à satisfaire. Elle réclamait des pains de glace, des biscuits au gingembre, du tabac à la menthe, un repose-pied à la bonne hauteur, des coussins sans plumes, et c'était ensuite à Ophélie de se débrouiller pour trouver le nécessaire. Elle soupçonnait Berenilde de profiter de la situation, mais le sort de sa tante, contrainte à la passivité des dames de compagnie, ne lui faisait pas plus envie.

D'ailleurs, Archibald ordonnait parfois de longues séances d'oisiveté. Ses invités étaient alors tenus de rester assis sans rien faire d'autre que fumer. Ceux qui lisaient ou parlaient à voix basse pour tromper l'ennui étaient très mal considérés au cours de ces séances. Ophélie les aurait bénies si elle n'avait été obligée de rester auprès de Berenilde, debout dans les vapeurs d'opium.

Néanmoins, le problème le plus difficile à résoudre pour Ophélie, ce furent les toilettes. En tant que valet, elle n'avait pas accès aux commodités pour femmes. Quant à celles des hommes, elles manquaient cruellement d'intimité. Ophélie devait guetter les occasions où il n'y avait personne, et elles étaient rares.

L'entretien de ses effets personnels ne fut pas une tâche facile non plus. Ophélie pouvait porter ses chemises, ses mouchoirs, ses pantalons et ses bas-de-chausses à la buanderie, mais elle n'avait pas de livrée de rechange. Et sans livrée, elle n'était plus Mime. Elle devait donc la laver elle-même, dans sa bassine de chambre, et l'endosser avant qu'elle ne fût sèche.

Elle était si souvent enrhumée que Renard lui-même finit par compatir.

— C'est pitié de t'avoir refilé un coin aussi humide, gamin ! soupira-t-il en voyant Ophélie se moucher en plein service. File-moi un sablier de plus et je m'arrange avec la Gaëlle pour qu'elle te relie au calorifère.

C'était vite dit. Depuis qu'Ophélie travaillait pour Berenilde, elle n'avait jamais obtenu le moindre congé. Il fallait reconnaître qu'à force de casser les plats en faïence d'Archibald, elle ne pouvait pas non plus espérer d'elle un traitement de faveur. Heureusement, elle trouva en la grand-mère de Thorn une alliée précieuse ; ce fut elle qui lui remit son tout premier sablier vert, pour la remercier de lui avoir apporté un châle. Alors qu'Ophélie cherchait une tabatière, elle croisa Renard qui, de son côté, allait servir sa tisane à dame Clothilde. Elle en profita pour lui remettre son pourboire.

— Félicitations, bonhomme ! jubila-t-il en l'empochant aussitôt. Chose promise, chose due, je vais t'enseigner ta première leçon.

Il lui signala discrètement des yeux les gendarmes postés dans le corridor.

— Ces messieurs ne sont pas là pour le décorum, chuchota-t-il très bas. Ils assurent la sécurité de la famille et des invités. Ils possèdent chacun un sablier blanc, aller simple pour les oubliettes ! Égare une seule fois ta clef, aie le moindre geste déplacé, mon gars, et ils te tomberont dessus à bras raccourcis.

Le jour même, Ophélie se procura une chaîne pour toujours avoir sa clef autour du cou. Elle se faisait contrôler chaque matin ; elle ne voulait plus prendre aucun risque.

Somme toute, ces mesures étaient compréhensibles. Archibald offrait l'asile aux nobles qui craignaient pour leur vie, les ministres en vue, les favorites jalousées. Ophélie se rendit d'ailleurs compte que personne ici ne s'appréciait vraiment. Les Mirages voyaient la présence de Berenilde parmi eux d'un mauvais œil, mais ils se défiaient aussi d'Archibald et de ses sœurs, entre les mains desquels ils remettaient leur vie. On se souriait beaucoup, mais les regards étaient équivoques, les phrases ambiguës, le fond de l'air envenimé. Personne ne faisait confiance à personne, et si tous ces gens s'étourdissaient de fêtes, c'était pour oublier à quel point ils avaient peur les uns des autres.

Celui parmi eux qui déconcertait le plus Ophélie, c'était le petit chevalier. Il était si jeune, si poli, si gauche derrière son épaisse paire de lunettes qu'il donnait l'impression d'être l'innocence même. Pourtant, il mettait tout le monde mal à l'aise, en particulier Berenilde dont il recherchait ardemment la compagnie. Elle lui faisait la conversation sans jamais le regarder dans les yeux.

Ophélie ne tarda pas à découvrir de nouveaux

visages au Clairdelune. Beaucoup de courtisans et de fonctionnaires allaient et venaient comme s'ils n'étaient que de passage. Ophélie les voyait s'engouffrer à l'intérieur d'ascenseurs placés sous haute surveillance, dans la galerie centrale du château. Ils ne redescendaient que quelques jours plus tard ; d'autres ne revenaient jamais.

Berenilde se détournait chaque fois qu'elle surprenait quelqu'un en train de monter à bord d'un de ces ascenseurs. Ophélie comprit alors qu'ils menaient à la tour de Farouk. Interloquée, elle étudia attentivement l'ambassade depuis les jardins. Le château avait toutes les apparences d'un espace parfaitement délimité, avec des toitures et des poivrières normales sous la nuit étoilée. Et pourtant, certains de ses ascenseurs s'élevaient au-delà du ciel, vers un monde invisible.

— Leçon n° 2, dit Renard quand Ophélie put lui remettre un autre sablier, tu auras remarqué que l'architecture ici est extrêmement mouvante. Ne t'attarde jamais dans les salles provisoires si tu n'y vois plus personne. La Mère Hildegarde a déjà effacé des pièces alors que des camarades s'y trouvaient encore.

Ophélie en frissonna d'horreur.

Elle n'avait encore jamais rencontré la Mère Hildegarde, mais, à force d'entendre parler d'elle, elle commençait à mieux la connaître. Cette Hildegarde était une architecte étrangère. Elle venait d'une arche lointaine et peu connue, Arc-en-Terre, où les gens jouaient avec la spatialité comme avec un élastique. Ophélie avait fini par comprendre que ce n'étaient pas les illusions des

Mirages qui déformaient les lois de la physique dans la Citacielle ; c'était le prodigieux pouvoir de la Mère Hildegarde. Si les chambres du Clair-delune étaient plus sûres que des coffres-forts, c'était parce que chaque tour de clef les enfermait dans un espace clos, c'est-à-dire coupé du reste du monde, absolument inviolable.

Ophélie se procura du papier, un crayon et obligea Renard à lui dessiner une carte des lieux pendant leur petit déjeuner à l'office. Elle était fatiguée de se perdre dans les absurdités de cet espace. Combien d'escaliers menaient vers des destinations impossibles ? Combien de salles possédaient des fenêtres alors que ce n'était pas logique ?

— Houlà, tu m'en demandes trop ! protesta Renard en grattant sa crinière rousse. Essaie donc de faire tenir sur une feuille des salles qui contiennent plus de place qu'elles ne devraient. Quoi, qu'est-ce qu'il y a ?

Ophélie martelait de son crayon un petit couloir auquel elle ne comprenait rien à rien.

— Ça ? dit Renard. C'est ce qu'on appelle une Rose des Vents. T'en avais jamais vu ? Il y en a plein par ici.

Il prit le crayon et dessina de grandes flèches qui partaient dans tous les sens.

— Avec cette Rose des Vents, tu as un raccourci vers les jardins côté cascades, un raccourci vers la grande salle à manger, un raccourci vers le fumoir des hommes et une porte normale qui donne sur le couloir de service. L'astuce, conclut-il, c'est de retenir les couleurs des portes. Tu saisis le principe ?

Tandis qu'elle contemplait son ébauche de plan, Ophélie comprit surtout qu'elle allait devoir faire travailler sa mémoire plutôt que son sens de l'orientation. Elle aurait aimé demander à Renard où se trouvait cette fameuse Mère Hildegarde dont il lui rebattait les oreilles, mais, hélas, un muet ne pose pas de questions.

Cela ne l'empêchait pas d'apprendre beaucoup à son contact, bien plus en tout cas qu'avec Thorn et Berenilde. Au fil des repas pris ensemble, Renard se montrait de plus en plus bavard avec Mime, et il le conseillait parfois sans avoir reçu de sablier en retour.

— Gamin, tu ne peux surtout pas faire le même salut à un duc et à un baron, même s'ils appartiennent à la même famille ! Avec l'un, tu te penches jusqu'à pouvoir contempler tes rotules. Avec l'autre, une simple inclination de tête suffit.

Ophélie commençait à s'y retrouver parmi tous ces aristocrates ; elle allait jusqu'à maîtriser la préséance et ses nombreuses exceptions. Les titres correspondaient soit à des fiefs que possédaient les nobles, dans la Citacielle ou dans les provinces du Pôle, soit à des charges honorifiques, soit à des privilèges accordés par Farouk. Parfois aux trois en même temps.

— Tous des incompétents notoires ! s'emporta Gaëlle. Ça vous épingle de faux soleils dans de faux ciels et c'est incapable de vous réparer une chaudière.

Ophélie faillit s'étrangler avec sa potée de lentilles et Renard haussa ses grosses touffes de sourcils. D'habitude, la mécanicienne ne se mêlait pas de leurs affaires, mais cette fois-là, elle s'était invitée à leur souper. Elle poussa Renard sur le banc, planta ses coudes sur la table et darda sur Ophélie son œil bleu électrique. Ses cheveux couleur nuit coupés court et son monocle noir lui avalaient la moitié du visage.

— Toi, ça fait un moment que je t'observe et je dois dire que tu m'intrigues. Derrière tes airs de ne pas y toucher, tu te renseignes sur tout et sur tout le monde. Tu serais pas un peu *espion* dans ton genre ?

Gaëlle avait appuyé sur son « espion » avec une ironie qui mit Ophélie mal à l'aise. Cette femme aux manières brusques avait-elle l'intention de la dénoncer aux gendarmes d'Archibald ?

— Tu vois toujours le mal partout, ma belle, intervint Renard, sourire en coin. Ce pauvre bonhomme n'a rien vu d'autre que le petit manoir de sa maîtresse, c'est normal qu'il soit dépaysé. Et puis ne te mêle donc pas de ce que je lui raconte, c'est un marché entre lui et moi.

Gaëlle ne lui accorda aucun intérêt. Elle resta concentrée sur Ophélie qui essayait de mastiquer ses lentilles le plus innocemment possible.

— Je ne sais pas trop, maugréa-t-elle enfin. Le fait est que tu m'intrigues.

Elle claqua sa main sur la table pour souligner sa phrase et se leva aussi brutalement qu'elle s'était assise.

— Je n'aime pas ça, avoua Renard d'un air dépité quand Gaëlle fut partie. On dirait que tu lui as *vraiment* tapé dans l'œil. Des années que je la convoite, moi, cette femme-là.

Ophélie termina son assiette, un peu inquiète. En jouant le rôle de Mime, elle n'était pas censée trop attirer l'attention.

Elle repensa par la suite à l'opinion que Gaëlle se faisait des nobles. Dans ce monde, les domestiques avaient bien peu de valeur. Ils n'appartenaient pas à la descendance de Farouk et venaient du peuple des sans-pouvoirs, ils devaient donc compenser avec leurs mains ce qu'ils ne pouvaient apporter avec leurs dons. Il y avait effectivement de quoi rester pensif. Un Mirage qui tricote des illusions vaut donc mieux que ceux qui nettoient son linge et préparent ses repas ?

Plus Ophélie côtoyait la société du Pôle, plus elle déchantait. Elle était venue ici en espérant trouver des gens de confiance, elle ne voyait autour d'elle que de grands enfants capricieux… à commencer par le maître de maison. Ophélie ne comprenait tout simplement pas comment la charge d'ambassadeur avait pu revenir à un homme aussi désinvolte et provocateur. Archibald ne se peignait jamais, se rasait à peine, arborait des trous à chaque gant, chaque redingote, chaque chapeau, sans que rien pût porter atteinte à sa beauté séraphique. Et cette beauté, il en usait et abusait auprès des dames. Ophélie comprenait mieux pourquoi Thorn et Berenilde la protégeaient de lui : Archibald avait comme art de vivre de conduire les femmes à l'adultère. Il mettait toutes ses invitées dans son lit, puis il en parlait à leur époux avec une franchise époustouflante.

« Vous êtes gras comme un porc ! s'esclaffa-t-il devant le prévôt des marchands. Prenez garde, votre femme est la plus insatisfaite de toutes celles que j'ai eu le plaisir de *visiter*. »

« Vous semblez porter beaucoup d'intérêt à ma sœur Friande, dit-il doucement au garde des Sceaux. Effleurez-la une fois et je ferai de vous le mari le plus encorné de toutes les arches. »

« Vous arrive-t-il parfois de faire votre travail ? demanda-t-il au lieutenant de police. Je le disais à votre femme hier encore, on entre à la Citacielle comme dans un moulin ! Non que ça me déplaise, mais il m'est déjà arrivé de croiser les personnes les plus inattendues là où elles n'auraient jamais dû se trouver… »

À ces derniers mots, Ophélie avait bien failli renverser son plateau de pâtisseries sur la robe de Berenilde. Elle touchait du bois, mais Archibald n'avait jamais encore mentionné leur rencontre. Si la Toile avait assisté à la scène à travers lui, comme semblait le croire Thorn, ses sœurs restaient discrètes elles aussi. S'en souciaient-ils tous comme d'une guigne ou attendaient-ils le bon moment pour glisser un mot à Berenilde ? Ophélie avait l'impression de marcher sur un fil en permanence.

Un matin, toutefois, ce fut à son tour de percer les petits secrets d'Archibald. C'était au cours d'une de ces rares accalmies où les invités cuvaient l'ivresse de la dernière fête et où le métronome du Clairdelune ne s'était pas encore remis en mouvement. À part un noble qui errait dans les corridors comme un somnambule, l'œil vitreux, seuls quelques domestiques remettaient de l'ordre au rez-de-chaussée.

Ophélie était descendue pour chercher un recueil de poèmes que Berenilde, soumise aux caprices étranges des femmes enceintes, lui réclamait de toute urgence. Quand elle ouvrit la porte de la bibliothèque, Ophélie se demanda d'abord si ses lunettes ne lui jouaient pas des tours. Il n'y avait plus ni fauteuils roses ni lustres en cristal. Ça sentait la poussière, le mobilier était agencé différemment et, lorsqu'elle regarda les étagères, elle ne reconnut pas les livres habituels. Disparues, les œuvres libertines ; disparues, les philosophies du plaisir ; disparus, les poèmes sentimentaux ! Il n'y avait là que des dictionnaires spécialisés, d'étranges encyclopédies et, surtout, une collection impressionnante d'études de linguistique. Sémiotique, phonématique, cryptanalyse, typologie des langues... Que faisait une littérature aussi sérieuse chez le frivole Archibald ?

Piquée de curiosité, Ophélie se mit à feuilleter un livre au hasard : *Du temps où nos ancêtres parlaient plusieurs langues*, mais il faillit lui échapper des mains quand elle entendit la voix d'Archibald dans son dos :

— Cette lecture vous inspire-t-elle ?

Ophélie se retourna et soupira de soulagement. Ce n'était pas à elle qu'on s'adressait. Elle ne les avait pas aperçus en entrant, mais Archibald et un autre homme se tenaient au fond de la pièce, penchés sur un lutrin de bois. De toute évidence, ils ne l'avaient pas remarquée non plus.

— Assurément, c'est une reproduction remarquable, commenta l'homme qui accompagnait Archibald. Si je n'avais pas été expert, j'aurais juré avoir affaire à un original.

Il s'exprimait avec un accent qu'Ophélie n'avait jamais entendu encore. Abritée derrière un rayonnage, elle n'était pas très certaine d'avoir le droit d'être ici, mais elle ne put s'empêcher de jeter un coup d'œil à la dérobée. L'étranger était si petit qu'il devait se tenir sur un escabeau pour arriver à la hauteur du lutrin.

— Si vous n'aviez pas été expert, répondit Archibald d'un ton nonchalant, je ne me serais pas offert vos services.

— Où se trouve l'original, *signore* ?

— Seul Farouk le sait. Contentons-nous de cette copie pour l'instant. Ce dont je dois d'abord m'assurer, c'est que cette traduction est dans vos cordes. Notre seigneur m'a officiellement chargé de la soumettre à toutes mes relations, mais il perd patience et j'abrite sous mon toit une concurrente qui cherche à me doubler. Je suis assez pressé, donc.

— Allons, allons, ricana l'étranger de sa petite voix fluette. Je suis peut-être le meilleur, n'attendez pas de moi des miracles ! Personne, à ce jour, n'a jamais déchiffré le Livre d'un esprit de famille. Ce que je peux vous proposer, c'est une étude statistique de toutes les particularités de ce document : le nombre de signes, la fréquence de chacun d'entre eux, la taille des espacements. Je pourrai procéder ensuite à une étude comparative avec les autres reproductions dont je suis l'heureux propriétaire.

— Et c'est tout ? Vous traversez le monde à mes frais pour m'apprendre ce que je sais déjà ?

Le ton d'Archibald ne trahissait aucun agacement, mais il y avait quelque chose, dans sa prononciation doucereuse, qui parut mettre l'étranger mal à l'aise.

— Pardonnez-moi, *signore*, mais à l'impossible nul n'est tenu. Ce que je peux vous affirmer, c'est que plus nous comparons, plus les statistiques générales gagnent en précision. Peut-être nous sera-t-il possible un jour de faire jaillir un peu de logique dans le chaos de cet alphabet ?

— Et l'on vous dépeint comme le meilleur de votre discipline ! soupira Archibald d'un ton navré. Nous nous faisons perdre mutuellement du temps, monsieur. Permettez-moi de vous raccompagner.

Ophélie se dissimula derrière un buste en marbre tandis que les deux hommes quittaient la bibliothèque. Dès qu'ils fermèrent la porte, elle se dirigea sur la pointe des pieds vers le lutrin. Un immense livre reposait là. Il ressemblait à s'y méprendre à celui des archives d'Artémis. Du bout de ses gants de *liseuse*, Ophélie tourna précautionneusement les pages. C'étaient les mêmes arabesques énigmatiques, la même histoire muette, la même texture de peau. L'expert avait raison, cette reproduction était un petit chef-d'œuvre.

Il existait donc d'autres Livres à travers les arches ? À en croire ce petit étranger, chaque esprit de famille en possédait un exemplaire et, à en croire Archibald, le seigneur Farouk brûlait de déchiffrer le sien...

Troublée, Ophélie fut saisie d'un pressentiment. Les pièces d'un étourdissant puzzle se mettaient en place dans son esprit. Cette « concurrente » signalée par Archibald, elle eut la conviction qu'il s'agissait de Berenilde. Ce n'était ni le lieu ni l'heure pour réfléchir, toutefois. Son instinct lui soufflait qu'elle n'aurait pas dû entendre ce qu'elle avait entendu, mieux valait éviter de traîner dans les parages.

Ophélie fila vers la porte. Quand elle ne parvint pas à tourner la poignée, elle comprit qu'elle s'était laissé enfermer. Elle chercha des yeux une fenêtre, une porte de service, mais cette bibliothèque-là ne ressemblait en rien à celle qu'elle connaissait. Il n'y avait pas même de cheminée. La seule source de lumière venait du plafond où une illusion, plutôt réussie au demeurant, imitait le lever du soleil sur la mer.

Ophélie entendit les battements de son propre cœur et réalisa soudain que le silence qui régnait ici était anormal. Les activités des domestiques ne lui parvenaient plus à travers les murs. Inquiète, elle finit par frapper à la porte pour se manifester. Ses coups ne produisirent pas le moindre son, à croire qu'elle tapait dans un oreiller.

Une salle double.

Renard lui avait déjà parlé de ces pièces qui superposaient deux lieux dans un même espace. Seul Archibald possédait la clef qui donnait accès à chacun. Ophélie était prise au piège dans le doublon de la bibliothèque. Elle s'assit sur une chaise et mit de l'ordre dans ses pensées. Forcer la porte ? Elle ne menait nulle part. Une partie était là, l'autre ne l'était plus et on ne peut pas agir sur ce qui n'existe pas. Attendre le retour d'Archibald ? S'il ne revenait pas avant des semaines, ça promettait d'être long.

« Je dois trouver un miroir », décida alors Ophélie en se levant.

Malheureusement pour elle, cette bibliothèque ne possédait pas la vanité des autres salles du Clairdelune. Elle ne cherchait ni à plaire au regard, ni à jouer avec la lumière. Dénicher une glace au milieu des livres savants allait être un tour de force. Il y avait bien des miroirs de poche sur les étagères, destinés à déchiffrer des textes à l'envers, mais Ophélie n'y aurait pas entré la main.

Elle repéra finalement un plateau argenté où étaient entreposées des bouteilles d'encre. Elle le débarrassa et l'astiqua avec un mouchoir jusqu'à pouvoir se refléter dedans. Il était étroit ; ça ferait l'affaire, néanmoins. Ophélie l'appuya contre une échelle de bibliothèque. Archibald ne manquerait pas de s'interroger quand il verrait ce plateau à un endroit aussi incongru, mais elle n'avait pas le choix.

Agenouillée sur le tapis, Ophélie se représenta mentalement sa chambre de dortoir et plongea tête baissée dans le plateau. Son nez se tordit, ses lunettes crissèrent et son front résonna comme un gong. Sonnée, elle contempla le visage inexpressif de Mime, en face d'elle. Le passage n'avait pas marché ?

« Passer les miroirs, ça demande de s'affronter soi-même, avait dit le grand-oncle. Ceux qui se voilent la face, ceux qui se mentent à eux-mêmes, ceux qui se voient mieux qu'ils sont, ils pourront jamais. »

Ophélie comprit pourquoi le miroir l'avait rejetée. Elle portait le visage de Mime et jouait un autre rôle que le sien. Elle déboutonna sa livrée, puis affronta en face son bon vieux reflet. Elle avait le nez rouge et les lunettes tordues à cause du choc. Ça lui fit drôle de retrouver sa mine étourdie, son chignon raté, sa bouche timide, ses yeux cernés. Ce visage était peut-être un peu brouillon, mais au moins c'était le sien.

La livrée de Mime sous le bras, Ophélie put cette fois traverser le plateau. Elle se réceptionna maladroitement sur le sol de sa chambre, au 6, rue des Bains, et se hâta de remettre son uniforme. Ses mains tremblaient comme des feuilles. Elle l'avait vraiment échappé belle, cette fois.

Quand elle remonta dans la chambre de Berenilde, au dernier étage du château, celle-ci l'accueillit d'un regard impatient depuis sa baignoire.

— Tout de même ! J'ai dû envoyer Roseline à ta recherche et je me retrouve sans personnel pour m'apprêter. Ne me dis pas que tu as oublié mon recueil de poèmes, par-dessus le marché ? s'agaça-t-elle en voyant Mime revenir les mains vides.

Ophélie vérifia d'un coup d'œil qu'il n'y avait personne d'autre dans les appartements et donna un tour de clef à la porte. L'entêtant phonographe de l'antichambre voisine ne se fit plus entendre : Ophélie et Berenilde avaient été transportées dans un espace différent.

— Que suis-je pour vous ? demanda alors Ophélie d'une voix sourde.

La colère de Berenilde retomba aussitôt. Elle étendit ses beaux bras tatoués sur la bordure de la baignoire.

— Plaît-il ?

346

— Je ne suis pas riche, je ne suis pas puissante, je ne suis pas belle et je ne suis pas aimée de votre neveu, énuméra Ophélie. Pourquoi l'avoir forcé à m'épouser, moi, alors que ma seule présence vous cause tant d'ennuis ?

Passé l'instant de stupéfaction, Berenilde éclata d'un rire musical. L'eau moussante clapota sur la porcelaine de la baignoire aussi longtemps que dura son hilarité.

— Quelle tragédie est en train de se jouer dans votre tête ? Je vous ai choisie par hasard, ma chère petite, cela aurait pu aussi bien être votre voisine. Cessez donc de faire l'enfant et aidez-moi à me relever. Cette eau devient glaciale !

Ophélie eut alors la certitude qu'elle lui mentait ; « hasard » n'appartenait pas au vocabulaire de la cour. Le seigneur Farouk était en train de chercher un expert pour percer le secret de son Livre. Et si Berenilde pensait l'avoir enfin trouvé ?

La visite

— Jeune homme, vous êtes la honte de votre profession, susurra Gustave.

Ophélie contempla la trace brune que son fer avait imprimée sur le papier. De toutes ses besognes quotidiennes, s'il y en avait une qu'elle jugeait particulièrement ingrate, c'était bien de repasser le journal. Chaque matin, un paquet de gazettes était livré au vestibule des domestiques. Les valets devaient refaire eux-mêmes le pliage afin de le rendre plus maniable pour les maîtres. Ophélie grillait toujours trois à quatre journaux avant d'en repasser un convenablement. Renard avait pris l'habitude de le faire à sa place, mais pas aujourd'hui : c'était sablier vert, il profitait d'un congé bien mérité. Et comme Ophélie jouait de malchance, le majordome en chef inspectait justement l'office ce matin.

— Vous comprendrez que je ne peux tolérer un tel gaspillage, lui dit-il avec un large sourire. Vous n'aurez désormais plus droit aux gazettes. Pour cette fois, allez donc remettre à Mme Berenilde le fruit de votre maladresse. À défaut d'avoir une langue, essayez d'avoir des tripes, hum ?

Gustave gloussa et s'en fut de son petit pas pressé. Ce n'était pas la première fois que le majordome en chef s'amusait à ce petit jeu-là avec Mime. Sous ses airs mielleux, il prenait un sournois plaisir à humilier et à dénoncer ceux qui n'avaient pas ses galons. Il n'était un exemple pour personne avec sa perruque à l'envers, son plastron mal attaché et son haleine alcoolisée, et pourtant, d'après Renard, il en avait déjà poussé certains jusqu'au suicide.

Ophélie se sentait beaucoup trop fatiguée pour s'indigner. Tandis qu'elle prenait la direction du boudoir blanc, sa gazette brûlée sur un plateau, elle avait l'impression de marcher dans du coton. Entre l'humidité de sa chambre, la douceur trompeuse des corridors et le manque de sommeil, elle avait fini par attraper une angine. Elle avait mal à la tête, mal à la gorge, mal au nez, mal aux oreilles, mal aux yeux, et sa vieille écharpe lui manquait. Si elle n'avait pas donné tous ses sabliers à Renard, elle se serait volontiers fait porter pâle.

Ophélie mit le couloir de service à profit pour déchiffrer les gros titres sur le papier brûlé de la gazette.

LE CONSEIL DES MINISTRES ACCOUCHE
ENCORE D'UNE SOURIS
CONCOURS DE POÈMES – À VOS PLUMES,
LES ENFANTS !
UN CARROSSE DÉCAPITÉ AU CLAIRDELUNE
GRANDE CHASSE DU PRINTEMPS :
LES DRAGONS AFFÛTENT LEURS GRIFFES

Le printemps, déjà ? Le temps avait filé si vite… Ophélie retourna la gazette pour voir le tableau de météorologie. Moins vingt-cinq degrés. Le thermomètre de cette arche semblait figé à la même température, mois après mois. Le climat serait-il plus clément avec le retour du soleil, à la saison prochaine ? Elle n'était pas si pressée de le savoir, au fond : chaque jour écoulé la rapprochait du mariage, à la fin de l'été.

Avec le train de vie effréné de Berenilde, Ophélie avait rarement eu le temps de penser à Thorn. Et si elle avait une certitude, c'était qu'il en allait de même pour lui. « Votre sort est une réelle préoccupation pour moi », avait-il dit. Eh bien, s'il se préoccupait vraiment du sort de sa fiancée, c'était uniquement de loin. Il ne s'était plus jamais manifesté depuis le soir de leur arrivée au Clairdelune ; Ophélie n'aurait pas été étonnée qu'il eût tout à fait oublié son existence.

Une quinte de toux résonna dans sa poitrine. Elle attendit qu'elle fût calmée avant de pousser la porte de service qui menait au boudoir blanc. Ce petit salon féminin était le plus confortable et le plus délicat du château ; tout n'y était que dentelles, coussins, mollesse, velours. Une illusion poétique faisait tomber du plafond des flocons de neige qui n'arrivaient jamais jusqu'au tapis.

Aujourd'hui, Berenilde et les sept sœurs d'Archibald s'étaient réunies au boudoir blanc pour admirer la dernière collection de chapeaux du baron Melchior.

— Celui-ci ne devrait pas manquer de vous plaire, mademoiselle, dit-il à Douce en lui remettant une composition végétale. Les roses éclosent et fleurissent au fil du bal jusqu'à l'apothéose. Je l'ai appelé « Floraison du soir ».

Toutes les femmes applaudirent. Mirage au majestueux embonpoint, le baron Melchior avait lancé sa propre maison de couture. Les tissus d'illusions à partir desquels il brodait ses confections rivalisaient d'imagination. Plus il poussait l'audace, plus il remportait de succès. On disait de lui qu'il avait des doigts en or. Les pantalons aux motifs changeants au gré de la journée, c'était du Melchior. Les cravates musicales pour les grandes occasions, c'était du Melchior. La lingerie féminine qui devenait invisible sur les douze coups de midi, c'était du Melchior.

— J'aime beaucoup ce bonnet d'intérieur en tulle de soie, le complimenta Berenilde.

Même si ses robes étaient étudiées pour dissimuler l'arrondi de son ventre, sa maternité devenait de plus en plus évidente. Debout dans un coin du boudoir, Ophélie la surveillait. Elle ne comprenait pas comment la veuve faisait pour demeurer aussi belle et aussi lumineuse en dépit de tous ses excès.

— Vous êtes une connaisseuse, répondit le baron en lissant ses moustaches gominées. Je vous ai toujours considérée comme une exception dans votre famille. Vous avez le bon goût des Mirages, madame !

— Voyons, baron, ne soyez pas insultant, dit Berenilde avec son petit rire cristallin.

— Ah, les nouvelles du jour ! s'exclama Gaieté en se servant sur le plateau d'Ophélie.

La jeune fille s'assit délicatement sur une bergère, puis fronça les sourcils.

— On dirait que cette gazette a vu le fer d'un peu trop près.

— Mime, tu seras privé de pause aujourd'hui, déclara Berenilde.

Désabusée, Ophélie n'en attendait pas moins d'elle. La tante Roseline, qui servait le thé à toutes ces dames, se raidit de colère. Elle ne pardonnait à Berenilde aucune des punitions administrées à sa filleule.

— Écoutez donc, ils en ont parlé ! s'esclaffa Gaieté, son joli nez collé à la gazette. « Le défilé de carrosses aux jardins du Clairdelune a toujours su se distinguer des autres. Hier soir, l'infortunée comtesse Ingrid l'a démontré à ses dépens. Avait-elle fait apprêter un carrosse trop imposant ? Avait-elle choisi pour l'occasion des étalons trop vigoureux ? Coups de fouet, appels de bride, rien n'y a fait, la comtesse a traversé la grande allée comme un boulet de canon, réclamant de l'aide à cor et à cri. » Attendez, ne riez pas encore, le meilleur est pour la fin ! « Soit le carrosse était trop haut, soit le porche était trop bas, toujours est-il que le véhicule s'est vu amputé de sa toiture en moins de temps qu'il n'en faut pour l'écrire. La folle chevauchée s'est heureusement bien terminée et la comtesse s'en sort avec une belle frayeur et quelques contusions. »

— Quel spectacle désolant ! s'exclama Mélodie.

— Si le ridicule tuait…, soupira Grâce, laissant sa phrase en suspens.

— Elle choisira un carrosse plus modeste à l'avenir, philosopha Clairemonde.

— Ou des étalons moins impétueux, répliqua Friande.

Les sœurs d'Archibald rirent tant et si bien qu'elles durent sortir leur mouchoir. La tête d'Ophélie bourdonnait comme une ruche ; elle trouvait tous ces gazouillis assommants. Berenilde, qui posait sur cette jeunesse un œil bienveillant, agita un éventail devant sa gorge.

— Voyons, mes chères petites, ne vous moquez pas trop des mésaventures de cette malheureuse Ingrid.

— Voilà qui est bien dit, approuva Patience d'un ton pincé. Modérez-vous donc un peu, sottes. La comtesse est notre invitée.

Les sœurs d'Archibald étaient dignes de leur surnom. Patience faisait continuellement preuve de pondération, Gaieté se riait de tout, Mélodie voyait en chaque chose le prétexte à une œuvre d'art, Grâce accordait une importance primordiale aux apparences, Clairemonde éclairait son auditoire de ses jugements avisés et Friande résumait la vie à une question de sensualité. Quant à la petite Douce, elle était si lisse que les paroles les plus désobligeantes tombaient de sa bouche comme des perles.

La Toile. Le nom du clan prenait tout son sens lorsqu'on les voyait ensemble.

Malgré leurs différences d'âge et de tempérament, les sœurs ne paraissaient former qu'une seule et même personne. Si l'une tendait la main, une autre lui passait aussitôt poudrier, pince à sucre, gants, sans qu'elles eussent besoin de se concerter. Lorsque l'une amorçait une phrase, une autre la complétait le plus naturellement du monde. Parfois, elles se mettaient toutes à rire en même temps sans raison apparente. D'autres fois, au contraire, elles devenaient roses d'embarras et aucune d'elles ne parvenait plus à suivre la conversation ; cela se produisait généralement quand Archibald « visitait » l'une de ses invitées dans une chambre du château.

Archibald...

Depuis l'épisode de la bibliothèque, Ophélie n'arrivait plus à taire un petit malaise en elle. Elle avait le sentiment d'avoir mis le doigt sur quelque chose d'essentiel, mais elle ne pouvait en parler à personne et surtout pas à Berenilde. Plus elle y réfléchissait, plus elle avait la conviction que la favorite avait orchestré le mariage de Thorn pour rasseoir sa position auprès de Farouk.

— Baron, puis-je jeter un coup d'œil à vos rubans ? demanda Douce de sa voix enjôleuse.

Le baron Melchior reposa sa tasse de thé et se fendit d'un sourire qui souleva ses moustaches droites comme des baguettes.

— J'attendais que vous me le demandiez, mademoiselle. J'ai spécialement pensé à vous pour ma nouvelle collection.

— À moi ?

Douce poussa un petit cri ravi quand le baron ouvrit sa mallette. Sur le fond noir en velours, les rubans de couleur arboraient chacun un papillon qui battait des ailes. La fillette se mit en tête de tous les essayer.

— Apportez-moi le grand miroir.

Ahurie de fatigue, Ophélie mit un temps à comprendre que l'ordre s'adressait à elle.

354

— C'est impoli de s'approprier ainsi le domestique d'une autre, sermonna Patience.

— Usez de mon personnel à votre guise, ma chérie, dit Berenilde en caressant affectueusement les cheveux de la petite fille. Je n'en ai pas besoin pour le moment.

Le grand miroir pesait comme du plomb, mais Douce se montra aussi impitoyable que Berenilde.

— Ne le posez pas, ordonna-t-elle à Ophélie. Tenez-le ainsi pour qu'il soit à ma hauteur. Non, ne le penchez pas, pliez plutôt les genoux. Voilà, gardez la position.

Douce donnait ses ordres d'une voix caressante comme si elle lui accordait là une grande faveur. De longs cheveux à la finesse incomparable, un teint de nacre, une eau pure au fond des yeux, elle aimait déjà jouer de ses charmes. Ophélie y était peu sensible. Pour l'avoir déjà vue faire des colères spectaculaires, elle savait que ces belles manières n'étaient qu'un vernis qui se craquelait à la première contrariété. Elle plaignait sincèrement l'homme qui l'épouserait.

Alors qu'Ophélie luttait contre une envie irrépressible d'éternuer, son miroir en main, les dames conversaient, riaient, buvaient du thé, essayaient des chapeaux.

— Madame Berenilde, vous devriez renvoyer votre valet, déclara soudain Melchior en portant un mouchoir à son nez. Il n'arrête pas de tousser et de renifler, c'est parfaitement déplaisant.

Si Ophélie avait pu parler, elle se serait empressée d'approuver le baron, mais un coup discret à la porte dispensa Berenilde de répondre.

— Va ouvrir, lui demanda-t-elle.

Prise de crampes, Ophélie ne fut pas fâchée de poser son miroir un instant. Quand elle ouvrit la porte, elle fut beaucoup trop saisie pour s'incliner. Deux têtes au-dessus d'elle, tout raide dans son uniforme noir et ses épaulettes à franges, plus maigre et plus maussade que jamais, Thorn remontait sa montre.

Il entra sans un regard pour Ophélie.

— Mesdames, salua-t-il du bout des lèvres.

Un silence stupéfait était tombé sur le petit boudoir. Berenilde cessa d'agiter son éventail, la tante Roseline eut un hoquet de surprise, les sœurs laissèrent leur tasse de thé en suspens et Douce courut se réfugier dans les jupons de l'aînée. Cet homme immense et taciturne brisait par sa seule présence le charme féminin des lieux. Il était si grand que la fausse neige lui tombait devant les yeux comme un essaim de mouches blanches.

Berenilde fut la première à se ressaisir.

— Tu n'as aucune manière ! le taquina-t-elle avec son bel accent rauque. Tu aurais dû t'annoncer, tu nous prends au dépourvu.

Thorn choisit un fauteuil qui n'était surchargé ni de coussins ni de dentelles, puis il s'assit en pliant ses grandes jambes d'échassier.

— Je devais déposer des dossiers au cabinet de l'ambassadeur. Je profite de mon passage pour voir comment vous vous portez, ma tante. Je ne m'attarderai pas.

À cette dernière phrase, toutes les sœurs d'Archibald poussèrent un soupir de soulagement. De son côté, Ophélie éprouvait les plus grandes peines du monde à tenir son rôle, immobile dans son coin, sans pouvoir regarder Thorn en face. Elle savait qu'il n'était pas très apprécié, mais c'était autre chose de le constater par elle-même. Connaissait-il la véritable apparence de Mime ? Se doutait-il que sa fiancée était présente dans la pièce, spectatrice muette de son impopularité ?

Thorn paraissait indifférent au froid qu'il avait jeté. Il posa son porte-documents sur ses genoux et s'alluma une pipe malgré les toux désapprobatrices autour de lui. Il refusa d'un froncement de sourcils le thé que lui servit la tante Roseline ; il était difficile de déterminer lequel des deux avait les lèvres les plus pincées.

— Monsieur l'intendant ! s'exclama le baron Melchior avec un sourire. Je suis bien aise de vous voir, voilà des mois que j'ai sollicité une audience !

Thorn posa sur lui un regard d'acier qui en aurait dissuadé plus d'un, mais le gros baron ne se laissa pas impressionner. Il frotta ses mains baguées d'un air enjoué.

— Votre mariage est très attendu, savez-vous ? Une telle cérémonie ne s'improvise pas au dernier moment, je suis certain qu'un homme aussi organisé que vous ne l'ignore guère. Je m'engage à concocter pour l'élue de votre cœur la plus adorable robe de mariée qui soit !

Ophélie faillit se trahir par une brutale envie de tousser.

— J'aviserai le moment venu, déclara Thorn, lugubre.

Le baron sortit un calepin de son chapeau comme un magicien en aurait tiré un lapin blanc.

357

— Ce sera l'affaire d'un instant. Pouvez-vous me donner les mensurations de la dame ?

C'était sans doute la situation la plus embarrassante qu'Ophélie avait jamais vécue. Elle aurait voulu disparaître sous le tapis.

— Je ne suis pas intéressé, insista Thorn d'une voix orageuse.

Les moustaches enduites de brillantine s'effondrèrent en même temps que le sourire de Melchior. Ses paupières tatouées battirent plusieurs fois, puis il rangea son calepin.

— À votre aise, monsieur l'intendant, dit-il avec une douceur redoutable.

Il referma sa mallette de rubans et empila tous ses chapeaux dans une boîte. Ophélie était sûre que Thorn l'avait diablement vexé.

— Je vous souhaite le bonjour, murmura Melchior à ces dames avant de s'en aller.

Un silence inconfortable retomba sur le boudoir. Plongée dans les jupons de l'aînée, la petite Douce contemplait les cicatrices de Thorn avec une moue écœurée.

— Tu as encore maigri, reprocha Berenilde. Avec tous ces banquets ministériels, tu ne prends donc jamais le temps de manger ?

Friande fit un clin d'œil à ses sœurs et s'approcha du fauteuil de Thorn, un sourire espiègle aux lèvres.

— Il nous tarde de rencontrer votre petite Animiste, monsieur Thorn, roucoula-t-elle. Vous êtes si secret !

Ophélie commençait à s'inquiéter d'être le sujet de toutes ces conversations. Elle espérait que sa rencontre avec Archibald ne serait pas mise sur la table. Comme Thorn se contentait de consulter sa montre de gousset, Friande s'enhardit et se pencha vers lui. Ses bouclettes blondes se trémoussaient à chaque mouvement de tête.

— Pourriez-vous nous dire au moins à quoi elle ressemble ?

Thorn planta si brutalement ses yeux de fer dans les siens que Friande en perdit son sourire.

— Je pourrais vous dire à quoi elle ne ressemble pas.

Derrière le masque impassible de Mime, Ophélie haussa les sourcils. Qu'entendait-il par là ?

— Mon intendance me réclame, conclut Thorn en fermant son couvercle de montre.

Il se leva et s'en fut en deux longues enjambées. Ophélie referma la porte derrière lui, déconcertée. C'était bien la peine de se déplacer pour si peu...

Les conversations reprirent aussitôt dans le boudoir comme si elles n'avaient jamais été interrompues :

— Oh, madame Berenilde ! Accepteriez-vous de jouer avec nous à l'Opéra du printemps ?

— Vous seriez parfaite dans le rôle de la belle Isolde !

— Et puis le seigneur Farouk assistera à la représentation. Ce serait pour vous l'occasion de vous rappeler à son bon souvenir !

— Peut-être, répondit Berenilde en secouant son éventail, à peine attentive.

« Est-elle en colère ? » se demanda Ophélie tout en se mouchant. Elle n'en comprit la raison que bien plus tard, lorsque Berenilde montra le sol de son éventail.

— Qu'est-ce que je vois là, sur le tapis ?

Ophélie s'accroupit au pied du fauteuil où s'était tenu Thorn et récupéra un joli tampon d'argent.

— C'est le sceau de l'intendance, commenta Clairemonde. Monsieur votre neveu doit être très ennuyé de l'avoir égaré.

Comme Ophélie restait les bras ballants, Berenilde lui assena un coup d'éventail.

— Eh bien, s'agaça-t-elle, qu'attends-tu pour le lui rapporter ?

L'intendance

Ophélie fixait la silhouette pâle et plate de Mime qui lui faisait face dans la glace murale. À l'intérieur de la salle d'attente, il ne restait plus qu'elle et un aristocrate qui tripotait son haut-de-forme en jetant, de temps à autre, un regard impatient sur la porte en verre brouillé du secrétariat. Ophélie l'observait sans en avoir l'air, par miroir interposé. Comme beaucoup de Mirages, c'était un homme bien portant, presque à l'étroit dans son veston, chaque paupière ponctuée de tatouages. Depuis son arrivée, il consultait continuellement la pendule de cheminée. Neuf heures vingt. Dix heures quarante. Onze heures cinquante-cinq. Minuit et quart.

Ophélie réprima un soupir. Lui, au moins, n'attendait pas depuis le matin. Après s'être perdue dans un nombre incalculable d'ascenseurs, elle était restée debout ici toute la journée. Elle se sentait si fatiguée qu'elle commençait à voir trouble malgré ses lunettes. Les consultants étaient reçus selon l'ordre de préséance et les valets arrivaient en dernier sur la liste. Ophélie évitait de regarder les nombreux fauteuils vides, ainsi que la desserte où du café et des petits-fours avaient été servis. Elle n'avait droit à rien de tout cela.

Elle se serait bien contentée de déposer le sceau au secrétariat, mais elle savait qu'elle ne le pouvait pas. Si Berenilde avait été tellement contrariée, c'était parce que Thorn l'avait délibérément oublié et, s'il l'avait délibérément oublié, c'était parce qu'il avait voulu provoquer une rencontre.

La porte vitrée s'ouvrit enfin. Un homme sortit, donnant poliment un coup de chapeau à son confrère resté dans la salle d'attente.

— Au revoir, monsieur le vice-président, dit le secrétaire. Monsieur le conseiller ? Si vous voulez bien me suivre.

Le Mirage passa dans le secrétariat avec un grognement mécontent et Ophélie se retrouva seule. N'y tenant plus, elle attrapa une tasse de café, y plongea un petit-four et s'assit sur le premier fauteuil venu. Le café était froid et déglutir lui faisait mal, mais elle avait l'estomac dans les talons. Ophélie engloutit tous les petits-fours de la desserte, se moucha deux fois et tomba aussitôt endormie.

Elle dut se remettre précipitamment debout lorsque la porte s'ouvrit, une heure plus tard. Le conseiller mirage s'en fut, encore plus mécontent qu'il n'était entré. Le secrétaire referma la porte vitrée sans un regard pour Ophélie.

Dans le doute, elle attendit un peu, puis frappa quelques coups pour se rappeler à son souvenir.

— Qu'est-ce que tu veux ? lui demanda-t-il par l'entrebâillement de la porte.

Ophélie lui fit signe qu'elle ne pouvait pas parler et lui désigna l'intérieur du secrétariat. Elle voulait entrer comme les autres, n'était-ce pas évident ?

— M. l'intendant doit prendre du repos. Je ne vais pas le déranger pour un valet. Si tu as un message, remets-le-moi.

Ophélie resta incrédule. Elle prenait racine ici depuis des heures et on ne lui accordait même pas la faveur d'une audience ? Elle secoua la tête de Mime et pointa obstinément la porte que le secrétaire bloquait du pied.

— Es-tu sourd en plus d'être muet ? Tant pis pour toi.

Il claqua la porte au nez d'Ophélie. Elle aurait pu laisser le sceau dans la salle d'attente et s'en retourner bredouille, mais elle n'en fit rien. Elle commençait à se sentir de mauvaise humeur. Thorn avait voulu l'attirer jusqu'ici ? Il allait devoir en assumer les conséquences.

Elle tambourina à la vitre jusqu'à ce que l'ombre emperruquée du secrétaire réapparût derrière le verre brouillé.

— Décampe ou j'appelle les gendarmes !

— Eh bien, que vous arrive-t-il ?

Ophélie reconnut l'accent dur de Thorn.

— Oh, monsieur est descendu ? bredouilla le secrétaire. Que monsieur ne se dérange pas, ce n'est qu'un petit malotru dont je m'en vais botter le train.

Derrière la vitre, l'ombre du secrétaire fut écartée par la silhouette, haute et maigre, de Thorn. Quand il ouvrit la porte et abaissa sur Ophélie son nez tranchant, elle redouta un instant qu'il ne la reconnût pas ; elle hissa le menton pour bien répondre à son regard.

— Insolent ! se récria le secrétaire. C'en est trop, j'appelle les gendarmes.

— C'est le coursier de ma tante, grinça Thorn entre ses dents.

Le secrétaire se décomposa, puis se recomposa une attitude mortifiée.

— Monsieur me voit absolument confus. C'est une regrettable méprise.

Ophélie tressaillit. Thorn avait posé une grande main glaciale sur sa nuque pour la pousser à l'intérieur d'un ascenseur, au fond du secrétariat.

— Éteignez les lumières superflues, je ne recevrai plus personne pour aujourd'hui.

— Oui, monsieur.

— Mes rendez-vous de demain ?

Le secrétaire chaussa une épaisse paire de bésicles et feuilleta un calepin.

— J'ai dû les annuler, monsieur. M. le vice-président m'a remis en partant une convocation pour le Conseil des ministres, à cinq heures ce matin.

— Avez-vous reçu l'inventaire des celliers et caves par le maître queux ?

— Non, monsieur.

— J'ai besoin de ce rapport pour le Conseil. Procurez-vous-le.

— Les celliers, monsieur ?

Ce ne devait pas être la porte à côté, car la perspective de s'y rendre n'enthousiasmait pas le secrétaire. Il s'inclina néanmoins.

— Certainement, monsieur. Au revoir, monsieur.

Sur une série interminable de courbettes et de « monsieur », le secrétaire obséquieux se retira.

Thorn déplia la grille de l'ascenseur. Ophélie était enfin seule avec lui. Ils n'échangèrent pourtant ni un mot ni un regard tandis que l'ascenseur prenait lentement de l'altitude. L'intendance avait été aménagée dans l'une des nombreuses tourelles de la Citacielle. L'écart de palier qui séparait le secrétariat du cabinet de Thorn parut interminable à Ophélie, tellement le silence se faisait pesant dans la cabine. Elle eut beau se moucher, éternuer, tousser, contempler ses souliers, Thorn n'articula pas une seule phrase pour la mettre à l'aise.

L'ascenseur s'arrêta devant un immense couloir avec autant de portes qu'un piano compte de touches à son clavier. Probablement une Rose des Vents.

Thorn poussa une porte à double battant, au bout du couloir. D'après l'adage, c'est la fonction qui fait l'homme et non l'homme qui fait la fonction. Quand Ophélie découvrit l'Intendance, elle se demanda si ce n'était pas particulièrement vrai dans le cas de Thorn. L'étude était une salle austère et froide qui ne s'autorisait pas la moindre excentricité. Le mobilier de travail se résumait à un grand bureau, quelques sièges et des secrétaires de classement aux quatre coins de la pièce. Pas de tapis sur le parquet, pas de tableaux sur le lambris, pas de bimbeloterie sur les étagères. De toutes les lampes à gaz, seule celle du bureau était allumée. L'atmosphère sombre du bois n'était égayée par aucune couleur, hormis celles des reliures le long des rayonnages. Bouliers, mappemondes et graphiques faisaient office de décoration.

L'unique note fantaisiste, en somme, était un canapé usé jusqu'à la corde, installé sous un œil-de-bœuf.

— Vous pouvez vous exprimer ici sans crainte, dit Thorn après avoir verrouillé les portes derrière lui.

Il se débarrassa de son uniforme à épaulettes. Il était désormais en simple veston, boutonné sur une chemise à la blancheur irréprochable. Comment faisait-il pour ne pas avoir froid ? Malgré le radiateur de fonte, la température de l'étude était glaciale.

Ophélie pointa du doigt l'œil-de-bœuf.

— Sur quoi donne cette fenêtre ?

Elle porta la main à son cou. Sa voix était rouillée comme une vieille grille. Entre le mal de gorge et le mutisme de Mime, ses cordes vocales avaient souffert.

En l'entendant, Thorn avait arqué son sourcil balafré. Ce fut le seul mouvement qui anima sa longue figure rigide. Peut-être était-ce le fruit de son imagination, mais Ophélie le trouvait encore plus raide que d'habitude.

— Le dehors, répondit-il enfin.

— Le véritable dehors ?

— En personne.

Ophélie ne put résister à la tentation. Elle se percha sur le canapé comme une petite fille, pour coller son nez au hublot. Malgré le double vitrage, le verre était aussi froid que de la glace. Ophélie regarda en contrebas et aperçut l'ombre des

remparts, des arcades et des tours. C'était vertigi-
neux. Il y avait même une aire de dirigeables ! Elle
essuya du gant la buée qu'elle avait déposée. Alors
qu'elle saisissait un morceau de nuit à travers les
dentelles de givre et les stalactites, elle retint sa
respiration. D'étranges tourbillons laissaient des
traînées de couleur au milieu des étoiles. C'était
cela, une aurore boréale ?

« Depuis quand n'ai-je pas vu le ciel ? » se
demanda-t-elle, fascinée.

Elle avait la gorge tout à l'étroit, soudain, et ce
n'était pas seulement parce qu'elle était malade.
Elle pensa à toutes les nuits étoilées qu'elle n'avait
jamais pris le temps de contempler dans sa petite
Vallée.

Ophélie en aurait oublié Thorn dans son dos si
la sonnerie criarde d'un téléphone ne l'avait arrachée à sa contemplation. Il échangea un bref coup
d'œil avec elle pour l'inciter à la discrétion, puis
décrocha.

— Oui ? Avancée ? Quatre heures, j'y serai.

Il reposa le cornet acoustique sur la barre du
téléphone et revint à Ophélie. Elle attendit ses
explications, mais Thorn se tenait appuyé sur son
bureau, bras croisés, comme si c'était lui qui était
dans l'expectative. Elle fouilla alors les poches de
son uniforme, posa le sceau sur le bureau et gratta
sa gorge pour s'éclaircir la voix.

— Votre initiative n'a pas enchanté votre tante.
Et pour être tout à fait franche, je ne l'ai pas tellement appréciée non plus, ajouta-t-elle avec une
pensée pour la salle d'attente. N'aurait-il pas été
plus simple de téléphoner au Clairdelune ?

Le grand nez de Thorn émit un reniflement agacé.

— Les lignes de la Citacielle ne sont pas sûres. Et puis ce n'est pas à ma tante que je voulais parler.

— Dans ce cas, je vous écoute.

Ophélie s'était exprimée d'un ton plus sec qu'elle ne l'aurait voulu. Thorn avait sans doute une bonne raison pour avoir provoqué ce rendez-vous, mais elle ne se sentait pas dans son assiette. S'il tournait trop longtemps autour du pot, il allait en faire les frais.

— Ce déguisement me met mal à l'aise, déclara Thorn en consultant sa montre. Ôtez-le, je vous prie.

Ophélie pétrit nerveusement le bouton de son col.

— Je ne porte qu'une chemise sous ma livrée.

Elle se sentit aussitôt honteuse d'avoir dévoilé sa pudeur. C'était exactement le genre de conversation qu'elle ne voulait pas avoir avec Thorn. De toute façon, il n'était pas homme à s'émouvoir pour ces choses-là. Comme de juste, il claqua impatiemment le couvercle de sa montre et lui désigna des yeux une penderie, derrière le bureau.

— Prenez un manteau.

« Faites ci, faites ça… » Par certains côtés, Thorn était le digne neveu de sa tante. Ophélie contourna le bureau en bois massif pour ouvrir le panneau de la penderie. Il n'y avait là que des affaires de Thorn, excessivement austères et démesurément grandes. Faute de mieux, elle décrocha un long manteau noir de son cintre.

Elle s'assura d'un coup d'œil bref que Thorn ne la regardait pas, mais il lui tournait ostensiblement le dos. Courtoisie ? Ironie ? Indifférence ?

Ophélie déboutonna sa livrée et enfila le manteau. Elle sourcilla quand elle vit son reflet dans une glace, à l'envers du panneau. Elle était si petite et le manteau si grand qu'elle ressemblait à une enfant dans un habit d'adulte. Des lèvres gercées, un nez irrité, elle avait vraiment une mine épouvantable. Ses boucles sombres, mal contenues par le chignon, lui roulaient sur les joues et renforçaient la pâleur de sa peau. Ses lunettes grises ne dissimulaient même pas les cernes qui lui ombraient les yeux. Ophélie faisait tellement pitié qu'elle jugea son accès de pudeur encore plus ridicule.

Trop fatiguée pour tenir debout, elle s'assit dans le fauteuil de bureau. Il était fait sur mesure pour Thorn ; ses pieds à elle ne touchaient plus le sol.

— Je vous écoute, répéta-t-elle alors.

Appuyé de l'autre côté du grand bureau, Thorn tira un petit papier de sa poche de veston et le fit glisser sur l'écritoire jusqu'à Ophélie.

— Lisez.

Interloquée, Ophélie retroussa les manches trop longues du manteau et saisit le rectangle de papier. Un télégramme ?

MONSIEUR THORN
INTENDANCE CITACIELLE, PÔLE
SANS NOUVELLES DE TOI DEPUIS TON DÉPART
TU POURRAIS RÉPONDRE AUX LETTRES
DE MAMAN FÂCHÉE PAR TON SILENCE
ET TON INGRATITUDE
COMPTONS SUR ROSELINE
POUR NOUS ÉCRIRE – AGATHE

Ophélie relut plusieurs fois le message, suffoquée.

— C'est assez contrariant, dit Thorn d'une voix plate. Vos Doyennes ont commis un impair en révélant cette adresse-ci à votre famille. Je ne dois surtout pas être contacté à l'intendance et encore moins par télégramme.

Ophélie leva le menton pour le regarder droit dans les yeux, depuis l'autre côté du bureau. Cette fois, elle était bel et bien en colère contre lui. Thorn avait la responsabilité de son courrier. Par sa faute, elle s'était sentie oubliée de ses parents tandis qu'eux se rongeaient les sangs.

— Quelles sont ces lettres dont parle ma sœur ? l'accusa-t-elle. Vous ne m'avez jamais rien remis. Avez-vous seulement envoyé celles que nous vous avions confiées ?

Elle devait vraiment avoir l'air fâchée, car Thorn perdit contenance.

— Ce n'est pas moi qui ai malencontreusement égaré toutes ces lettres, maugréa-t-il.

— Alors, qui s'amuse à intercepter notre courrier ?

Thorn souleva et referma le couvercle de sa montre. Ophélie commençait à le trouver agaçant à toujours surveiller l'heure ainsi.

— Je l'ignore, mais cette personne est douée. Le contrôle des voies postales compte parmi les attributions de ma fonction. Sans ce télégramme, je n'aurais jamais été alerté de ces disparitions.

Ophélie ramena derrière son oreille une mèche qui lui roulait sur le nez.

— Me donnez-vous la permission de le *lire* ?

La formule pouvait prêter à confusion, mais Thorn comprit immédiatement où elle voulait en venir.

— Je n'en suis pas le propriétaire. Vous n'avez pas à me demander la permission.

Dans l'ombre de ses lunettes, Ophélie haussa les sourcils. Comment savait-il cela ? Ah oui, la tante Roseline et elle en avaient parlé dans le dirigeable, à la table du capitaine en second. Sous ses dehors hautains, Thorn était finalement plutôt attentif.

— Vous l'avez touché en dernier, expliqua-t-elle. Je ne peux pas faire autrement que vous *lire* au passage.

L'idée ne parut pas plaire à Thorn. Son pouce ouvrait, fermait, rouvrait, refermait le couvercle de sa montre de gousset.

— Le cachet du télégramme est authentique, dit-il. Je doute que ce soit un faux, si c'est ce qui vous inquiète.

Les yeux de Thorn, pareils à deux éclats de métal, brillaient étrangement à la lumière de la lampe de bureau. Chaque fois qu'ils se posaient sur Ophélie, comme en cet instant, elle avait l'impression qu'ils essayaient de la percer jusqu'à l'âme.

— À moins évidemment que ce ne soit ma parole que vous remettiez en cause, acheva-t-il avec son accent dur. Ne chercheriez-vous pas plutôt à me *lire*, moi ?

Ophélie secoua la tête.

— Vous me surestimez. Un *liseur* ne pénètre pas la psychologie profonde des gens. Ce que je peux capter, c'est un état d'esprit passager, ce que vous avez vu, entendu, ressenti au moment de manipuler l'objet, mais je vous assure que ça reste superficiel.

Argumenter n'avait jamais été le fort d'Ophélie. Le couvercle de la montre de Thorn n'arrêtait plus de faire *tac tac*, *tac tac*, *tac tac*.

— Quelqu'un joue avec ma correspondance, soupira-t-elle, je ne veux plus courir le risque de me faire manipuler.

À son grand soulagement, Thorn rangea enfin sa montre dans sa poche de veston.

— Vous avez ma permission.

Comme Ophélie déboutonnait son gant de protection, il l'observa avec cette curiosité lointaine qui le caractérisait.

— Vous pouvez *lire* absolument tout ?

— Pas tout, non. Je ne peux *lire* ni la matière organique ni la matière première. Les gens, les animaux, les plantes, les minéraux à l'état brut sont hors de ma portée.

Ophélie regarda Thorn par-dessus la monture de ses lunettes, mais il ne posa pas d'autres questions. Lorsqu'elle saisit le télégramme de sa main nue, elle fut aussitôt traversée par un bouillonnement cérébral qui lui coupa le souffle. Comme elle s'y attendait, Thorn était un faux calme. Au-dehors, c'était une plaque de marbre ; au-dedans, une pensée en entraînait aussitôt une autre, à une telle cadence qu'Ophélie fut incapable d'en intercepter une seule. Thorn réfléchissait beaucoup et réfléchissait très vite. Elle n'avait jamais rien *lu* de tel chez personne.

Remontant le temps, elle perçut bientôt l'étonnement qui l'avait saisi en prenant connaissance du télégramme. Il n'avait pas menti, il n'était au courant de rien pour les lettres volées.

Ophélie s'enfonça plus loin dans le passé. Le télégramme alla de Thorn à un inconnu et d'un inconnu à un autre inconnu. C'étaient tous des agents du service postal, plongés dans les petits tracas du quotidien. Ils avaient froid, ils avaient mal aux pieds, ils avaient envie d'un meilleur salaire, mais aucun d'eux ne manifesta la moindre curiosité pour le message destiné à l'intendance. Ophélie ne put remonter au-delà des mains du stationnaire qui retranscrivit en toutes lettres les signaux sonores d'un poste récepteur.

— Où se trouve la station télégraphique ? demanda-t-elle.

— À la Citacielle, près des hangars aux dirigeables.

Thorn avait mis cette *lecture* à profit pour ranger ses petits papiers, assis à l'autre bout du bureau, qu'il réservait habituellement aux consultants. Il classait, tamponnait, archivait des factures.

— Et d'où reçoit-elle les signaux ?

— Quand il s'agit du télégramme d'une autre arche, comme celui-ci, elle les reçoit directement du Vent du Nord, dit-il sans lever les yeux de son tri. C'est une arche mineure interfamiliale, dédiée aux correspondances aériennes et au service postal.

Comme chaque fois qu'Ophélie lui posait des questions, Thorn répondait du bout des lèvres, à croire qu'il se faisait violence pour rester patient.

« Me juge-t-il trop lente d'esprit ? » songea-t-elle sérieusement. Le fait est qu'elle ne pouvait rivaliser avec la mécanique effrénée de son cerveau.

— Je pense comme vous que ce télégramme est authentique, déclara Ophélie en reboutonnant son gant. Et je crois aussi que vous êtes de bonne foi. Excusez-moi d'avoir douté de vous.

Pour la peine, Thorn lâcha ses factures des yeux. Il ne devait pas être habitué à ces politesses, car il ne trouva rien à répondre et se tint raide comme un épouvantail. Peut-être parce que c'était la fin de journée, mais ses cheveux pâles, qu'il peignait toujours vers l'arrière, lui retombaient maintenant sur le front et plongeaient dans l'ombre la balafre de son sourcil.

— Cela ne résout pas l'énigme des lettres disparues, ajouta Ophélie, gênée par ce silence. Ma présence au Pôle n'est plus tellement un secret. Que suggérez-vous ?

— Nous ignorons tout de l'intercepteur et de ses motivations, finit par articuler Thorn. Nous ne changerons donc rien à notre stratégie. Vous jouerez les valets muets au Clairdelune, tandis qu'une domestique simulera votre présence au manoir de ma tante.

Sur ces mots, il dévissa le verre de la lampe, mettant à nu la flamme bleutée, puis brûla le télégramme sans autre forme de procès.

Ophélie retira ses lunettes pour se masser les paupières. Sa *lecture* avait amplifié son mal de tête. Même si elle n'avait fait qu'en effleurer la surface, les pensées accélérées de Thorn lui avaient donné le tournis. Vivait-il cela en permanence ?

— Cette mascarade devient absurde, chuchotat-elle. De toute façon, que nous importe que je sois découverte après notre union plutôt qu'avant ?

Être mariée ne me rendra pas moins vulnérable aux extravagances familiales, aux vengeances de bas étage et autres manigances.

Ophélie toussa pour s'éclaircir la voix. Elle était de plus en plus enrouée. À ce rythme, elle finirait aphone pour de bon.

— Je pense que nous devrions cesser de couper les cheveux en quatre et moi de me cacher, conclut-elle. Advienne que pourra.

Elle remit ses lunettes d'un geste déterminé. Ce mouvement de coude bouscula un encrier qui déversa son contenu sur le beau bois laqué du bureau. Thorn se leva et sauva précipitamment ses factures de la marée noire, tandis qu'Ophélie fouillait les poches de sa livrée, pliée sur le fauteuil, pour en sortir tous ses mouchoirs.

— Je suis désolée, dit-elle en épongeant les dégâts.

Elle s'aperçut ensuite qu'elle avait barbouillé d'encre le manteau de Thorn.

— Je l'apporterai à la teinturerie, promit-elle, encore plus confuse.

Factures en main, Thorn la considéra sans mot dire. Quand Ophélie croisa ses yeux, tout au sommet du grand corps maigre, elle s'étonna de ne pas y trouver trace de colère. Thorn paraissait surtout déconcerté. Il finit par se dérober à son regard, à croire qu'il était plus en faute qu'Ophélie.

— Vous faites erreur, marmonna-t-il en rangeant ses papiers dans un tiroir. Lorsque je vous aurai épousée, si tout se déroule comme je l'espère, notre situation sera devenue très différente.

— Pourquoi ?

Thorn lui remit une liasse de buvards.

— Vous vivez chez Archibald depuis quelque temps, peut-être connaissez-vous mieux maintenant les particularités de sa famille ?

— Certaines, oui.

Ophélie disposa les buvards partout où l'encre continuait de s'étendre sur le bureau.

— Dois-je apprendre autre chose à leur sujet ?

— Avez-vous entendu parler de la cérémonie du Don ?

— Non.

Thorn eut l'air excédé. Il aurait préféré un « oui ». Il se mit cette fois à éplucher les registres placés dans un secrétaire, comme s'il cherchait coûte que coûte à s'occuper les yeux.

— Un membre de la Toile est présent à chaque mariage, expliqua-t-il de sa voix d'éternel maussade. Par imposition des mains, il tisse entre les époux un lien qui permet de les « jumeler ».

— Qu'essayez-vous de me dire ? balbutia Ophélie, qui avait cessé d'éponger le bureau.

Thorn parut de nouveau impatienté.

— Que bientôt, vous aurez pris de moi et j'aurai pris de vous.

Ophélie frissonna de tout son corps sous le grand manteau noir.

— Je ne suis pas sûre de bien comprendre, souffla-t-elle. Je vous ferai don de mon animisme et vous de... de vos coups de griffes ?

Voûté sur son secrétaire, le nez plongé dans un registre comptable, Thorn maugréa une réponse qui tenait du raclement de gorge.

— Ce mariage aura au moins l'avantage de vous

rendre plus forte, non ? Vous devriez vous estimer contente.

Pour Ophélie, ce fut le sarcasme de trop. Elle jeta tous les buvards sur le bureau, s'approcha du secrétaire et posa son gant taché sur la page que Thorn était occupé à lire. Alors qu'il abaissait sur elle ses yeux en lames de rasoir, elle le défia des lunettes.

— Quand aviez-vous l'intention de m'en parler ?

— En temps et en heure, grommela-t-il.

Thorn était mal à l'aise, ce qui ne fit que mettre Ophélie de plus mauvaise humeur encore. Il ne se comportait pas comme d'habitude et ça la rendait nerveuse.

— Avez-vous si peu confiance en moi pour me faire toutes ces dissimulations ? poursuivit-elle sur sa lancée. Je crois pourtant avoir fait preuve de bonne volonté jusqu'à présent.

Ophélie se sentait pitoyable avec sa voix toute rouillée, mais ses reproches prenaient Thorn au dépourvu. Tous ses traits sévères s'étaient relâchés sous le coup de la surprise.

— Je suis conscient des efforts que vous fournissez.

— Mais ce n'est pas suffisant, murmura-t-elle, et vous avez raison. Gardez-le, votre coupe-gorge. Je suis beaucoup trop maladroite pour que l'on songe à me confier des griffes de Dragon.

Secouée par une quinte de toux, Ophélie retira sa main du registre. Thorn contempla longuement l'empreinte d'encre que le petit gant avait laissée, comme s'il hésitait à dire quelque chose.

— Je vous apprendrai, déclara-t-il abruptement.

Il parut aussi embarrassé en prononçant ces trois mots qu'Ophélie le fut en les entendant.

« Non, songea-t-elle. Pas ça. Il n'a pas le droit. »

— Ce serait bien la première fois que vous vous donneriez cette peine, reprocha-t-elle en détournant les yeux.

De plus en plus décontenancé, Thorn ouvrit la bouche, mais la sonnerie du téléphone le coupa en plein élan.

— Quoi ? gronda-t-il en décrochant. Trois heures ? Entendu. C'est ça, bonne nuit.

Alors qu'il reposait le combiné, Ophélie passa un dernier coup de mouchoir, parfaitement inutile, sur l'énorme tache d'encre qui s'était imprimée sur le bureau.

— Il vaut mieux que je rentre. Est-ce que je peux emprunter votre penderie, s'il vous plaît ?

La livrée de Mime posée sur son bras, elle désignait la glace du panneau, resté ouvert. Elle devait partir avant qu'il ne fût trop tard.

Au fond d'elle-même, elle savait qu'il était déjà trop tard.

Alors qu'elle se penchait vers le miroir, Ophélie vit la haute silhouette de Thorn approcher d'une démarche guindée. Sa figure s'était emplie d'ombre et d'orage. Il n'avait pas apprécié la tournure qu'avait prise leur conversation.

— Reviendrez-vous ? fit-il d'un ton rude.

— Pourquoi ?

Elle n'avait pas pu s'empêcher d'être sur la défensive. Dans la glace, elle vit le reflet de Thorn froncer les sourcils jusqu'à en déformer sa cicatrice.

— Grâce à votre aptitude à passer les miroirs, vous pourriez me rendre compte de la situation au Clairdelune. Et puis, ajouta-t-il plus bas, en se prenant d'un intérêt soudain pour ses souliers, je crois que je suis en train de m'habituer à vous.

Il avait articulé cette dernière phrase avec l'intonation neutre d'un comptable, mais Ophélie se mit à trembler. La tête lui tournait. Elle voyait trouble.

Il n'avait pas le droit.

— Je fermerai la penderie à clef quand je recevrai, enchaîna Thorn. Si la porte est ouverte, c'est que vous pouvez entrer ici en toute sécurité, à n'importe quelle heure du jour ou de la nuit.

Ophélie enfonça son doigt dans la glace comme s'il s'agissait d'une eau dense et, soudain, elle les vit tous les deux. Une petite Animiste avalée par son manteau trop grand, l'air maladif et étourdi. Un Dragon, immense, nerveux, le front plissé par une tension cérébrale permanente. Deux univers inconciliables.

— Thorn, je dois être honnête avec vous. Je crois que nous commettons une erreur. Ce mariage…

Ophélie s'arrêta à point nommé, prenant conscience de ce qu'elle avait failli dire. « Ce mariage n'est qu'une machination de Berenilde. Elle se sert de nous pour arriver à ses fins, nous ne devons pas entrer dans son jeu. » Elle ne pouvait raisonnablement pas déclarer cela à Thorn sans avoir la preuve de ce qu'elle avançait.

— Je sais qu'on ne peut plus retourner en arrière, soupira-t-elle. L'avenir que vous m'offrez ne me fait tout simplement pas envie.

Dans la glace, les mâchoires de Thorn s'étaient

contractées. Lui qui n'accordait jamais d'importance à l'opinion des autres, il semblait humilié.

— J'avais prédit que vous ne tiendriez pas l'hiver et vous m'avez détrompé. Vous me jugez inapte à vous offrir un jour une vie décente : me permettrez-vous de faire à mon tour mes preuves ?

Il parlait haché menu, les dents serrées, à croire que cette question exigeait de lui un effort prodigieux. Ophélie, elle, ne se sentait pas bien du tout. Elle n'avait aucune envie de lui répondre.

Il n'avait pas le droit.

— Pourriez-vous envoyer un télégramme à ma famille pour la rassurer ? bredouilla-t-elle piteusement.

Ophélie aperçut une étincelle de colère dans le reflet du regard de Thorn. Elle crut un instant qu'il allait l'envoyer sur les roses, mais, au lieu de cela, il acquiesça. Elle s'engloutit tout entière dans la glace de la penderie et posa le pied dans sa chambre de dortoir, à l'autre bout de la Citacielle. Elle demeura immobile dans l'obscurité froide, perdue sous son manteau, l'estomac noué à lui donner la nausée.

De Thorn elle s'était attendue à tout. Brutalité. Mépris. Indifférence.

Il n'avait pas le droit de tomber amoureux d'elle.

L'orange

Ophélie contemplait sa tartine de beurre sans appétit. Autour d'elle, l'office des domestiques bourdonnait de commérages et de ricanements. Elle avait l'impression que le moindre cliquetis de tasse se répercutait contre les parois de son crâne.

Depuis son retour de l'intendance, voilà plusieurs jours, elle n'arrivait plus à trouver le sommeil. Ce n'était pourtant pas faute de s'épuiser au travail. En plus des corvées habituelles, Mime servait désormais de tourneur de pages. Berenilde avait fini par accepter d'interpréter Isolde pour l'Opéra du printemps et elle ne manquait pas une seule répétition au salon de musique.

— Je vais être plus exigeante avec vous que jamais, avait-elle déclaré à Ophélie après avoir appris la disparition des lettres. Personne ici ne doit se douter que vous puissiez être autre chose pour moi qu'un valet.

Au fond, Ophélie s'en moquait. Elle n'avait qu'un seul souhait : se sortir Thorn de la tête. Il avait eu le mauvais goût de transformer une conventionnelle affaire de mariage en historiette sentimentale et elle ne le lui pardonnait pas. À ses yeux, il venait de rompre un pacte tacite. Des rapports cordiaux et dépassionnés, c'était tout ce à quoi elle aspirait. À cause de lui, il planait entre eux un inconfort qui n'existait pas avant.

Alors qu'Ophélie essayait d'avaler son café, une claque dans son dos lui fit en répandre la moitié sur la table. Renard s'installa à califourchon sur le banc et lui mit sa montre sous le nez, bousculant un confrère au passage.

— Presse-toi un peu, fiston. La cérémonie funèbre va commencer !

Mme Frida, une vieille cousine d'Archibald, avait été foudroyée par une crise cardiaque au dernier bal du Clairdelune, après une danse trop endiablée. Ce matin, on l'inhumait dans le caveau familial.

Comme Ophélie faisait signe à Renard de partir devant, il lui loucha dessus en fronçant ses énormes sourcils rouges.

— Qu'est-ce qui te prend à la fin ? Tu dis plus jamais rien ! Oui, bon, t'as jamais été causant, mais avant tu me parlais avec les yeux, avec les mains, avec des gribouillis et on se comprenait. Là, j'ai l'impression de postillonner tout seul contre un mur ! Je commence à me faire du mouron, moi.

Ophélie considéra Renard avec étonnement. Il s'inquiétait pour elle ? Elle sursauta quand un panier d'oranges atterrit en plein sur sa tartine de beurre.

— Tu peux livrer ça pour moi ?

C'était Gaëlle, la mécanicienne au monocle noir. Fidèle à elle-même, elle nageait dans une blouse pleine de suie et dissimulait son visage derrière un nuage de cheveux sombres.

— Tonnerre, jura Renard. D'où tu sors ces oranges ?

Les oranges, comme tous les fruits exotiques, ne se voyaient jamais que sur la table des nobles. Archibald disposait d'un verger privé sur la lointaine arche d'Arc-en-Terre. Ophélie savait qu'une Rose des Vents permettait d'y accéder, enjambant des milliers de kilomètres sans aucun respect des lois élémentaires de la géographie, mais seul le régisseur en possédait la clef.

— Que je sache, l'orangerie d'Arc-en-Terre appartient aussi à la Mère Hildegarde, dit Gaëlle d'une voix grinçante. C'est chez elle, après tout.

— C'est bien ce que je pensais, soupira Renard en grattant ses favoris, tu t'es servie dans le garde-manger de monsieur. Hors de question que je touche à des fruits volés. Demande-moi tout ce que tu veux sauf ça.

— Je ne te demande rien. C'est au nouveau que je m'adresse.

Gaëlle fit rouler son œil unique sur Ophélie. Un œil si bleu, si vif, si éclatant que les boucles noires qui lui pleuvaient dessus ne parvenaient pas à l'ombrager.

— Livre ça à ma patronne, tu veux ? Elle sera à l'enterrement de la vieille et je sais que tu dois t'y rendre aussi. Je te promets qu'on ne te fera pas d'histoires.

— Pourquoi lui ? grommela Renard, renfrogné. Pourquoi pas toi, par exemple ?

Ophélie se posait la même question, mais l'idée

de rencontrer enfin la Mère Hildegarde ne lui déplaisait pas. C'était une étrangère comme elle, et pourtant elle avait réussi à se rendre indispensable auprès de tous les grands de ce monde. L'élévation de la Citacielle dans les airs, les couloirs aériens pour les traîneaux à chiens, les distorsions de l'espace, les chambres fortes, la conception des sabliers : il n'y avait pas un lieu ici qui ne portât pas sa marque de fabrique. Son coup de génie, c'était d'avoir combiné son pouvoir sur l'espace avec les illusions des Mirages. Ophélie avait beaucoup à apprendre d'elle.

Elle se raidit lorsque Gaëlle se pencha sur la table jusqu'à se coller nez à nez avec le visage de Mime. Elle parla si bas qu'Ophélie l'entendit à peine au milieu du brouhaha ambiant :

— Pourquoi toi, hein ? Parce que je n'ai pas cessé de t'observer depuis ton arrivée ici. Tu ne te sens pas à ta place et tu as bien raison. Sais-tu pourquoi ma patronne s'appelle « la Mère », et non pas « la duchesse » ou « la comtesse » ? Parce qu'elle n'est pas des leurs. Elle, elle est la maman des gens comme toi et moi. Apporte-lui ces oranges, elle comprendra.

Sous le regard éberlué d'Ophélie, Gaëlle s'en fut de sa démarche de garçon manqué, mains aux poches. Pas à sa place ? Qu'entendait-elle par là ?

— Eh bien, moi, j'ai rien compris, déclara Renard en peignant sa tignasse de feu. Je la connais depuis qu'elle est toute jeunette, c'te femme-là, mais je crois que je ne la comprendrai jamais.

Il poussa un soupir rêveur, presque admiratif, puis il agita sa montre devant Ophélie.

— On est de moins en moins en avance. Décolle tes fesses de ce banc !

La cérémonie funèbre de feu Mme Frida se tenait à la chapelle du Clairdelune, tout au fond du domaine, au-delà de la forêt de sapins, au-delà du bassin de l'Assiette-d'Argent. Dès qu'elle y posa le pied, à la suite d'une procession de nobles vêtus en noir, Ophélie sentit un changement d'ambiance. Vue de l'extérieur, la chapelle évoquait un châtelet en ruine, sans prétention, qui conférait une petite touche romantique aux jardins. Passé la grande porte, on pénétrait dans un monde obscur et inquiétant. Le pavement de marbre répercutait chaque pas, chaque chuchotis jusqu'à la voûte. D'imposants vitraux étaient battus par une fausse pluie et illuminés par de faux éclairs. Chaque fulgurance laissait apercevoir brièvement les motifs du verre entre les baguettes de plomb : un loup enchaîné, un serpent d'eau, un marteau frappé par la foudre, un cheval à huit pattes, un visage mi-ombre, mi-lumière.

Son panier d'oranges sous le bras, Ophélie promena un regard inquiet à travers la chapelle emplie de beau monde. Comment allait-elle reconnaître la Mère Hildegarde ?

— Clef, je vous prie, l'interpella un gendarme posté à l'entrée.

Ophélie tira sur sa chaîne et lui présenta sa clef. À son grand étonnement, il lui remit alors un parapluie noir. Il pesait si lourd qu'elle en eut le souffle coupé. Le gendarme en distribuait à tous les valets qu'il contrôlait. Ils le brandissaient ensuite au-dessus de la tête de leur maître, comme pour le protéger d'une pluie invisible. Cette mise en scène faisait donc partie de la cérémonie funèbre ? Ophélie plaignait la famille. Ce ne devait pas être facile de faire son deuil avec une théâtralisation aussi ridicule.

Ophélie repéra Berenilde et sa mère ; la tante Roseline n'était pas avec elles. Seuls les valets étaient autorisés à assister à l'enterrement.

— Pourquoi ces oranges ? demanda Berenilde, insolemment belle dans sa robe de deuil. Ai-je réclamé quoi que ce soit ?

Ophélie s'efforça de lui expliquer, à grand renfort de gestes, qu'elle devait les livrer à quelqu'un dans la foule.

— Nous n'avons pas le temps, trancha Berenilde, la cérémonie va commencer. Qu'attends-tu pour ouvrir ton parapluie ?

Ophélie s'empressa d'obéir, mais des pendeloques de cristal étaient fixées à chaque baleine du parapluie. Voilà qui expliquait son poids. Encombrée du panier de Gaëlle, Ophélie aurait tout fait tomber par terre si la grand-mère de Thorn n'était une fois encore venue à son secours. Elle la soulagea de ses oranges, au profond agacement de Berenilde.

— Vous êtes trop bonne avec ce garçon, maman.

La grand-mère dut comprendre l'avertissement à demi-mot, car son visage ridé se fissura d'un sourire contrit.

— Je suis surtout trop gourmande, ma fille. Je raffole des oranges !

— Ne touchez pas à celles-là, on ne sait pas où elles ont traîné. Dépêchons-nous, enchaîna Berenilde en prenant le bras de sa mère, j'aimerais être assise près de l'autel d'Odin.

Hissant son parapluie le plus haut possible pour compenser sa petite taille, Ophélie leur emboîta le pas. Tant pis, la Mère Hildegarde attendrait. Elle se faufila comme elle put entre les autres parapluies, étrange forêt de champignons noirs, jusqu'à atteindre les bancs réservés aux proches de la défunte.

Reconnaissable à son haut-de-forme éventré, Archibald était avachi au premier rang. Ophélie ne l'avait jamais vu aussi sérieux. Était-il donc affecté par la mort de la vieille Mme Frida ? Rien que pour cela, il regagnait une place dans son estime.

L'ambassadeur était entouré de ses sœurs et d'une quantité impressionnante de tantes et de cousines. C'était la première fois qu'Ophélie voyait la Toile au grand complet, parce que les membres du clan ne vivaient pas tous au Clairdelune. La prédominance des femmes dans cette famille était notable. Elle repéra Renard qui se tenait debout derrière la troisième rangée de bancs, déployant son parapluie par-dessus dame Clothilde. La grand-mère d'Archibald était un peu dure d'oreille. Elle tendait son cornet acoustique en direction de l'harmonium, sourcils froncés, avec une attitude de critique musical alors qu'il n'y avait encore personne au clavier.

Ophélie se positionna avec son parapluie derrière Berenilde et sa mère, une rangée plus loin.

Au fond de la chapelle, bien visible de tous, le cercueil avait été installé au pied d'une grande statue représentant un géant assis sur un trône.

Ophélie le contempla avec curiosité. C'était donc cela, « l'autel d'Odin » ? Tenant son parapluie à deux mains pour ne pas faire trembler les pende-loques, elle jeta un coup d'œil curieux aux murs de la nef. Entre les vitraux, d'autres statues de pierre, aux yeux écarquillés et aux traits sévères, soutenaient la voûte à bout de bras.

Les dieux oubliés.

Cette chapelle était une reproduction des églises de l'ancien monde, du temps où les hommes croyaient être gouvernés par des forces toutes-puissantes. Ophélie n'en avait jamais vu ailleurs que dans de vieilles gravures de livres. Sur Anima, les baptêmes, les mariages et les obsèques se célé-braient tous au Familistère, en toute simplicité. Les gens d'ici avaient vraiment le sens du décorum.

Les murmures qui bruissaient sur les bancs s'éteignirent. Les gendarmes, alignés en haie d'honneur le long des murs, se mirent au garde-à-vous. La musique solennelle de l'harmonium s'éleva dans toute la chapelle.

Le maître de cérémonie venait de faire son apparition sur l'autel d'Odin. C'était un vieil homme emperruqué, visiblement bouleversé, avec la marque de la Toile sur le front. Ophélie recon-nut le veuf de Mme Frida.

— Un fil s'est brisé ! déclara-t-il d'une voix che-vrotante.

Il se tut et ferma les yeux. Émue, Ophélie crut un instant qu'il n'arrivait pas à trouver ses mots, mais elle se rendit compte que tous les membres de la Toile s'étaient recueillis. Le silence se pro-longea, seulement perturbé par une toux ici, un bâillement là parmi les bancs des invités. Ophélie avait de plus en plus de mal à tenir son parapluie droit. Elle espérait que son panier d'oranges n'était pas trop lourd pour la grand-mère de Thorn ; elle l'avait installé sur ses genoux et se cramponnait à l'anse pour ne pas le renverser sur le dallage.

Quand Ophélie vit toutes les sœurs d'Archibald se moucher, saisies par la même émotion, elle comprit que la famille ne se recueillait pas. La cérémonie se poursuivait bel et bien, mais sans les paroles. La Toile n'en avait pas besoin, ils étaient tous reliés les uns aux autres. Ce que l'un ressentait, chacun le ressentait. Ophélie posa de nouveau son regard sur Archibald, au premier rang, dont elle devinait tout juste le profil. Aucun sourire provocateur n'éclairait plus son visage. Il avait même peigné ses cheveux et rasé ses joues pour la circonstance.

Cette famille était unie par un lien dont ni Ophélie ni aucun clan du Pôle n'avaient la plus petite idée. Un mort, ce n'était pas seulement la perte d'un être cher. C'était une part entière de soi qui disparaissait dans le néant.

Ophélie se sentit honteuse d'être entrée dans cette chapelle sans une seule pensée pour la femme qui reposait au fond du cercueil. Oublier les morts, c'était comme les tuer une seconde fois. Elle se concentra sur l'unique souvenir qu'elle avait de Mme Frida, celui d'une vieille dame qui dansait un peu trop vite, puis elle s'y raccrocha de toutes ses forces. C'était la seule chose qu'elle pouvait faire pour eux.

Le parapluie parut moins lourd à Ophélie, le temps moins long. Elle fut presque prise au dépourvu lorsque le veuf remercia l'assemblée et que tout le monde se leva. Chaque valet referma son parapluie et suspendit le manche recourbé au dossier d'un banc. La secousse de toutes ces pendeloques évoquait une pluie de cristal.

Ophélie les imita et remercia d'une inclination de tête la grand-mère de Thorn qui lui rendait son panier. Elle profita de ce que Berenilde fût occupée à adresser ses condoléances à la famille d'Archibald pour se mettre en quête d'Hildegarde. Elle devait la trouver tant que la chapelle ne s'était pas encore vidée.

— Bancs du fond, lui souffla Renard à l'oreille. Ne t'attarde pas trop en sa compagnie, fieu, elle n'a pas une excellente réputation.

Dès qu'Ophélie aperçut une vieille femme assise à la dernière rangée de bancs, elle sut sans la moindre hésitation qu'elle avait affaire à la Mère Hildegarde. C'était une antiquité parfaitement hideuse. D'épais cheveux poivre, une peau bistre, une robe à pois de mauvais goût, un cigare planté dans un sourire goguenard, elle détonnait au milieu des nobles pâles qui l'environnaient. Elle promenait autour d'elle ses petits yeux noirs, enfoncés comme des billes dans son gros visage, pour examiner tout ce beau monde avec une sorte d'ironie impertinente. La Mère Hildegarde paraissait prendre un plaisir souverain à voir les gens se détourner dès qu'ils croisaient son regard, puis à les interpeller par leur nom d'une voix gutturale.

— Êtes-vous satisfait de votre nouveau raccourci, monsieur Ulric ?

L'intéressé pinça un sourire poli et s'éloigna d'un pas pressé.

— Je n'oublie pas votre pavillon, madame Astrid ! promit-elle à une dame qui se dissimulait vainement derrière un éventail.

Ophélie observa la scène avec une irrésistible sympathie. Tous ces gens faisaient appel aux services de l'architecte, mais ils avaient honte de s'afficher avec elle. Et plus ils lui faisaient sentir qu'elle était indésirable, plus elle se comportait en maîtresse des lieux. Alors qu'elle n'en finissait plus d'apostropher les nobles, les gendarmes hésitaient à intervenir, mais Archibald leur fit signe de ne pas s'en mêler. Il traversa la chapelle d'un pas tranquille et se pencha par-dessus le dernier banc, son vieux gibus appuyé contre la poitrine.

— Madame, vous perturbez notre deuil. Pourriez-vous vous tenir sage ?

La Mère Hildegarde grigna un sourire de sorcière.

— Comment pourrais-je te refuser une faveur, Augustin ?

— Archibald, madame. Archibald.

La Mère Hildegarde ricana en regardant l'ambassadeur s'éloigner, mais elle tint parole et ne fit plus fuir les invités. Ophélie estima que c'était le moment idéal pour livrer ses oranges.

— Qu'est-ce qu'il veut, le nabot ? lui demanda Hildegarde en tirant une ample bouffée de son cigare.

Ophélie posa son panier à côté d'elle sur le banc

et, dans le doute, lui fit un salut. La Mère Hildegarde n'était peut-être pas noble, ses manières manquaient sans doute de subtilité, elle n'en méritait pas moins un minimum d'égards. « Elle est la maman des gens comme toi et moi », avait dit Gaëlle. C'était idiot, mais Ophélie se sentait soudain pleine d'attentes. Elle ne comprenait pas pourquoi elle avait été choisie pour cette étrange livraison, mais elle se rendait compte qu'elle en espérait un petit miracle. Un mot, un regard, un encouragement, n'importe quoi qui lui permettrait de se sentir enfin chez elle ici. Les paroles de Gaëlle l'avaient plus ébranlée qu'elle n'avait cru.

La Mère Hildegarde s'empara lentement d'une orange. Ses petits yeux noirs allèrent du fruit à Ophélie et d'Ophélie au fruit avec une vivacité surprenante pour son âge.

— C'est ma petite brunette qui t'envoie ?

Elle parlait fort de la gorge, mais Ophélie n'aurait su dire si c'était dû à son accent étranger ou à l'abus des cigares.

— T'as perdu ta langue, nabot ? C'est quoi, ton nom ? Qui est-ce que tu sers ?

Ophélie posa une main impuissante sur sa bouche, sincèrement navrée de ne pas pouvoir lui répondre. La Mère Hildegarde s'amusa à faire rouler l'orange dans sa grosse main fripée. Elle détailla Mime de haut en bas avec une curiosité sarcastique, puis elle lui fit signe d'approcher pour lui murmurer quelque chose à l'oreille.

— Tu as l'air si insignifiant que ça t'en rendrait presque spécial. Toi aussi, tu as des petites affaires à cacher, mon bonhomme ? Marché conclu.

À sa stupéfaction, la Mère glissa trois sabliers bleus dans sa poche de livrée et la congédia d'une claque sur les fesses. Ophélie n'avait absolument rien compris à ce qui venait de se passer. Elle ne s'était pas remise de son étonnement que Renard l'attrapa par le bras et la retourna comme une girouette.

— J'ai tout vu ! siffla-t-il entre ses dents. Trois bleus pour un panier d'oranges ! Tu le savais, hein ? Tu voulais te garder ton paradis pour toi tout seul, faux frère !

Il était méconnaissable. L'avidité et la rancœur avaient avalé toute trace de bonhomie dans ses grands yeux verts. Ophélie en éprouva une peine indicible. Elle secoua la tête pour lui signifier que non, elle ne savait pas, elle ne comprenait pas, elle ne voulait même pas de ces sabliers, mais un hurlement détourna leur attention.

— À l'assassin !

Autour d'eux, c'était le chaos. Les nobles dames quittaient les lieux en poussant des cris paniqués tandis que les hommes, interdits, formaient un cercle autour du dernier banc de la chapelle. La Mère Hildegarde était toute raide dans sa robe à pois, les yeux figés dans les orbites, pâle comme un cadavre.

L'orange qu'elle tenait un instant plus tôt avait roulé sur les dalles. Sa main était toute noire et gonflée.

— C'est lui ! s'exclama quelqu'un en désignant Ophélie. Il a empoisonné l'architecte !

Ce fut alors une explosion d'échos à travers toute la chapelle. « Empoisonneur ! Empoisonneur !

Empoisonneur ! » Ophélie avait l'impression d'être tombée au fond d'un cauchemar. Alors qu'elle tournait sur elle-même, dénoncée par des dizaines de doigts, elle saisit à la volée, de loin en loin, le visage décomposé de Renard, le visage catastrophé de Berenilde, le visage intrigué d'Archibald. Elle bouscula les gendarmes qui essayèrent de s'emparer d'elle, se déganta à la hâte, courut vers le panier d'oranges et toucha son anse du bout de la main. Un geste risqué, mais c'était peut-être sa seule chance de savoir. Elle *lut* alors, entre deux battements de cils, l'accablante vérité.

L'instant d'après, Ophélie ne vit plus qu'une avalanche de gourdins.

Les oubliettes

Étendue sur un tapis qui sentait la moisissure, Ophélie réfléchissait. Du moins, elle essayait de réfléchir. Elle avait une vision déformée de la pièce où elle se trouvait. Ses lunettes s'étaient tordues sur son nez et elle ne pouvait les remettre convenablement en place puisqu'on lui avait menotté les poignets derrière le dos. La seule source de lumière venait de l'imposte d'une porte et faisait jaillir de l'ombre d'étranges silhouettes : des chaises cassées, des tableaux déchirés, des animaux empaillés, des horloges arrêtées. Il y avait même une roue de bicyclette, toute seule dans son coin.

C'était donc cela, les oubliettes du Clairdelune ? Un vieux débarras ?

Ophélie fit une tentative pour se mettre debout et renonça aussitôt. Ses menottes lui faisaient mal. Bouger lui faisait mal. Respirer lui faisait mal. Elle avait probablement une côte fêlée ; ces gendarmes n'y étaient pas allés de main morte.

Ils avaient poussé le scrupule jusqu'à lui confisquer les trois sabliers bleus que la Mère Hildegarde lui avait donnés.

Toutes ses pensées allèrent à la tante Roseline qui devait mourir d'inquiétude. Et Thorn ? Était-il informé de ce qui se passait ? Ophélie n'avait pas reçu la moindre visite depuis qu'on l'avait jetée sur ce tapis, quelques heures plus tôt. De sa vie, elle avait rarement trouvé le temps aussi long.

Que serait-elle censée faire lorsqu'on viendrait la chercher ? Tenir son rôle jusqu'au bout pour ne pas dévoiler l'imposture de Mime ? Désobéir à Thorn et s'exprimer à voix haute pour plaider sa cause ? Sa seule défense reposait sur sa *lecture* du panier empoisonné ; pourquoi la croirait-on sur parole ? Elle avait déjà du mal à y croire elle-même.

Et puis, Ophélie se sentait en partie coupable de ce dont on l'accusait. Si la Mère Hildegarde était morte, c'était à cause de sa naïveté.

Elle souffla sur une mèche de cheveux qui lui collait aux lunettes. Elle ne la voyait pas, à cause du camouflage efficace de sa livrée, mais la sensation la gênait. Elle se raidit quand elle perçut un mouvement dans l'ombre, tout près d'elle, à même le sol, puis elle comprit qu'il s'agissait du reflet de Mime. Il y avait un miroir juste là, appuyé contre un empilement de meubles. L'idée de s'enfuir lui traversa l'esprit, mais elle déchanta aussitôt. À bien y regarder, ce miroir-là était cassé.

Ophélie leva la tête vers la porte, le cœur battant. Quelqu'un faisait tourner une clef dans la serrure. Une silhouette emperruquée, ronde comme un tonneau, se découpa dans la lumière du couloir. C'était Gustave, le majordome en chef du Clairdelune. Il referma la porte derrière lui, un bougeoir à la main, puis il s'avança dans le débarras jusqu'à ce qu'Ophélie pût mieux le distinguer. La lumière de la flamme faisait ressortir sa peau farineuse et ses lèvres rouges, transformant son gros visage souriant en grotesque masque de comédie.

— Je pensais vous trouver plus abîmé, roucoulat-il d'une voix fluette. Nos petits gendarmes ne sont pourtant pas réputés pour leur délicatesse.

Ophélie avait du sang collé dans les cheveux et une paupière si tuméfiée qu'elle peinait à l'ouvrir, mais ce majordome ne pouvait pas le deviner. L'illusion de la livrée dissimulait tout cela sous le visage immuable de Mime.

Gustave se pencha sur elle avec un petit « tss-tss » condescendant.

— On dirait bien que vous vous êtes fait manipuler, hum ? Assassiner de façon aussi grossière, en plein territoire diplomatique, au beau milieu d'une cérémonie funèbre ! Personne, pas même vous, n'est aussi stupide. Hélas, à moins d'un miracle, je ne vois pas ce qui pourrait sauver votre insignifiante petite personne. Mme Hildegarde n'était pas en odeur de sainteté, je vous le concède, mais on ne tue pas au Clairdelune. C'est la règle.

Gênée par ses menottes, Ophélie écarquilla son œil valide. Depuis quand ce gros majordome se souciait-il de son sort ? Il se pencha davantage et son sourire s'accentua.

— À l'heure où je vous parle, Mme Berenilde est en train de défendre votre cause auprès de monsieur comme si son propre honneur était en jeu. Elle y met une telle ferveur que personne n'est dupe. J'ignore ce que vous lui faites dans l'intimité, mais elle s'est sacrément entichée de vous, hum ? Et je dois admettre que cela vous rend particulièrement précieux à mes yeux.

Ophélie l'écoutait comme dans un rêve. Cette scène était irréelle.

— Je crois que Mme Berenilde pourrait même finir par convaincre monsieur de vous offrir un jugement équitable, poursuivit Gustave avec un gloussement amusé. Malheureusement, le temps joue contre vous, hum ? Nos chers gendarmes sont trop zélés, j'ai entendu dire qu'ils allaient prochainement vous mettre la corde au cou, sans enquête, sans procès, sans témoins. Il sera un peu tard quand votre maîtresse en sera avertie.

Ophélie sentit son corps se couvrir de sueurs froides. Elle commençait vraiment à avoir peur. Si elle révélait sa véritable identité, serait-on plus clément avec elle ou aggraverait-elle la situation ? Ne risquait-elle pas d'entraîner Berenilde dans sa chute ?

Le gros Gustave se redressa, essoufflé de s'être trop penché. Il se chercha une chaise qui possédait ses quatre pieds, l'installa près du tapis d'Ophélie et s'assit dessus. Le bois grinça dangereusement sous son poids.

— Voulez-vous conclure un marché avec moi, jeune homme ?

Trop mal en point pour se redresser, Ophélie ne voyait plus de Gustave qu'une paire de souliers vernis et de bas blancs. Elle lui fit signe qu'elle l'écoutait d'un battement de paupières.

— Il est en mon pouvoir de vous sauver des gendarmes, reprit la petite voix aiguë de Gustave. Je vous donne ma parole que personne ne viendra vous importuner jusqu'à ce que monsieur prenne sa décision. C'est votre seule chance de salut, hum ?

Il s'esclaffa, à croire vraiment que la situation était hilarante.

— Si monsieur décide de vous donner votre chance et si par miracle vous en réchappez, alors vous me devrez une petite faveur.

Ophélie attendit la suite, mais Gustave ne dit plus rien. Elle comprit qu'il écrivait quand elle entendit un léger grattement. Il s'inclina jusqu'à lui coller son message contre le nez, bougeoir à l'appui :

Berenilde doit avoir perdu son bébé avant le soir de l'opéra.

Pour la première fois de sa vie, Ophélie sut ce que haïr voulait dire. Cet homme lui répugnait. Il brûla le message à la flamme de la bougie.

— Puisque vous êtes si intime avec madame, ça devrait être dans vos cordes, hum ? Pas d'entourloupe, la prévint-il d'un ton mielleux. La personne qui me mandate est puissante. Envisagez seulement de me trahir, échouez dans cette tâche et votre misérable existence prendra aussitôt fin, hum ?

Gustave s'en fut de son petit pas pressé sans même attendre un signe d'assentiment. Après tout, ce n'était pas comme si Mime était en position de refuser son offre. Il referma la porte dans un cliquetis de clef et Ophélie se retrouva seule sur son tapis poussiéreux, recroquevillée dans le noir.

Un sursis. C'est tout ce qu'elle venait d'obtenir.

Ophélie lutta longtemps contre l'angoisse et la souffrance avant de sombrer dans un sommeil sans rêves. Le cliquetis de la porte la tira de sa torpeur quelques heures plus tard. Trois gendarmes en bicorne noir entrèrent dans le débarras. Ophélie faillit pousser un gémissement de douleur quand ils la saisirent sous les aisselles pour la mettre debout.

— Du nerf ! Tu es convoqué au cabinet de l'ambassadeur.

Soutenue d'une poigne ferme, Ophélie trébucha hors du débarras. Elle cligna des yeux, éblouie par la lumière du couloir. Il semblait s'étendre à l'infini, ponctué d'innombrables portes qui ouvraient sur d'autres débarras. Ophélie savait qu'au-delà de ce couloir il n'y avait rien. Renard lui avait parlé des oubliettes : c'était un immense espace clos, sans escalier, sans ascenseur, sans fenêtre, sans aucune possibilité de sortie. Seuls les gendarmes y allaient et venaient à leur guise.

L'un d'eux récupéra un sablier blanc dans une petite niche située près de la cellule d'Ophélie. Le sable qu'il contenait s'écoulait au ralenti, un grain après l'autre. Chaque domestique jeté aux oubliettes était lié à un sablier comme celui-ci ; sa détention prenait fin dès qu'il était vide. Quand on savait que certains sabliers étaient étudiés pour se retourner automatiquement, dans un mouvement perpétuel, ça donnait froid dans le dos.

Le gendarme brisa le sablier d'Ophélie par terre. Elle n'eut pas le temps de battre des cils qu'elle se retrouva dans la chapelle du Clairdelune, à l'endroit précis où on l'avait arrêtée. « Un sablier écoulé ramène toujours à la case départ », lui avait expliqué Renard. C'était la première fois qu'elle en faisait l'expérience. D'autres gendarmes étaient déjà sur place pour l'empoigner par les épaules et lui demander de les suivre. Leurs ordres se répercutaient en échos contre le dallage en damier, les grands vitraux et les statues de pierre. Il n'y avait plus qu'eux dans la chapelle. Ophélie n'arrivait pas à croire qu'une cérémonie funèbre s'était déroulée ici ce matin même. Ou alors était-ce hier ?

Elle fut conduite de raccourci en raccourci, de Rose des Vents en Rose des Vents pour traverser le domaine du Clairdelune. Elle mettait péniblement un pied devant l'autre. Chaque respiration lui déchirait les côtes. La tête creuse, elle n'avait pas la moindre idée de ce qu'elle devait faire pour les sortir de cette soupière, Berenilde, Roseline et elle. Parler ou se taire ? Ophélie se sentait tellement seule avec ses incertitudes qu'elle se surprit à souhaiter que Thorn fût là pour les tirer d'affaire. Elle ne tenait presque plus sur ses jambes quand les gendarmes la poussèrent dans le cabinet privé de l'ambassadeur.

Ce qui attendait Ophélie à l'intérieur, elle ne s'y était pas préparée.

Archibald et Berenilde prenaient tranquillement le thé. Assis dans des fauteuils confortables, ils devisaient d'un ton léger tandis qu'une petite fille rondelette leur jouait un peu de piano. Ils ne paraissaient pas même avoir remarqué la présence de Mime.

Seule la tante Roseline, qui servait le thé, se mit à trembler nerveusement. Son teint jaune était devenu très pâle : pâle de rage contre le monde entier, pâle d'inquiétude pour sa nièce. Ophélie aurait voulu se précipiter dans ses bras. Elle seule lui donnait l'impression d'avoir un visage humain au milieu de toute cette indifférence.

— Mes sœurs ne vous épuisent pas trop ? demanda Archibald avec un intérêt poli. Je ne suis pas certain que toutes ces répétitions soient nécessaires.

— Elles sont simplement désireuses de faire bonne impression à notre seigneur, répondit Berenilde. Cet opéra sera leur première apparition officielle là-haut, à la cour.

— Ce sera surtout votre grand retour, ma chère. Si Farouk vous revoit, nul doute qu'il voudra aussitôt vous arracher du Clairdelune. Vous n'avez jamais été aussi belle.

Berenilde accueillit le compliment d'un battement de paupières étudié, mais son sourire était un peu raide.

— Je n'en suis pas aussi convaincue que vous, Archi. Vous savez combien les « petites affaires féminines » l'indisposent, expliqua-t-elle en posant une main sur son ventre. Tant que je suis dans cet état, il refusera de me recevoir. C'était le prix à payer, je le savais dès le début.

Ophélie avait la tête qui tournait. Tout cela était tellement loin de ce qu'elle vivait en ce moment...

Une femme était morte, une autre allait être jugée pour un crime qu'elle n'avait pas commis, et eux sirotaient leur thé en parlant peines de cœur !

Tapi dans un coin du cabinet, un homme toussa contre son poing pour attirer leur attention. C'était Papier-Mâché, le régisseur. Il était si étroit, si grisâtre, si guindé qu'il en devenait invisible quand il restait silencieux.

— Madame, monsieur, le prévenu est arrivé.

Ophélie ne savait pas si elle était supposée s'incliner ou non. Elle avait si mal aux côtes que le simple fait de se tenir debout était un supplice. Elle dévisagea éperdument Berenilde, lui demandant des yeux ce qu'elle devait faire, mais sa protectrice lui accorda à peine un regard. Elle se contenta de reposer sa tasse sur sa soucoupe et d'attendre. La tante Roseline, elle, paraissait lutter contre l'envie de briser sa théière en porcelaine sur la tête de quelqu'un.

Quant à Archibald, il s'éventait avec son haut-de-forme d'un air ennuyé.

— Qu'on en finisse ! Nous vous écoutons, Philibert.

Papier-Mâché chaussa une paire de bésicles, ouvrit une enveloppe et lut la lettre qu'elle contenait d'un ton monocorde :

— « Je soussignée Mme Meredith Hildegarde déclare sur l'honneur assumer l'entière responsabilité des événements survenus au cours de la cérémonie funèbre de feu Mme Frida. J'ai fait la commande d'un panier d'oranges pour la circonstance, mais ni son contenu ni son livreur ne sont en faute. Mon malaise a été provoqué par une violente allergie à une morsure d'araignée. En espérant avoir dissipé tout malentendu, je vous prie d'agréer, Monsieur l'ambassadeur... »

— Et cetera, et cetera, le coupa Archibald en secouant la main. Merci, Philibert.

Pinçant les lèvres, le régisseur replia la lettre et rangea ses bésicles. Ophélie n'en croyait pas ses oreilles. C'était une histoire à dormir debout.

— L'incident est donc clos, déclara Archibald sans un regard pour Ophélie. Veuillez accepter mes plus plates excuses, chère amie.

Il s'était adressé directement à Berenilde, comme si la seule personne à avoir été offensée était la maîtresse, et non le valet. Ophélie avait l'impression de ne pas exister.

— Ce n'était qu'un regrettable malentendu, susurra Berenilde en faisant signe à la tante Roseline de leur resservir du thé. Pauvre Mme Hildegarde, ces araignées sont une véritable plaie ! On ne les voit pas, à cause des illusions, mais elles grouillent de partout. Enfin, quelques jours au lit et il n'y paraîtra plus. Tu peux nous laisser, ajouta-t-elle avec un coup d'œil négligent pour Ophélie. Je t'accorde ton repos pour la journée.

Ophélie se remit en mouvement comme dans un songe. Un gendarme lui retira ses menottes, un autre lui ouvrit la porte. Elle sortit dans le couloir, fit quelques pas au hasard, se répétant encore et encore que c'était fini, qu'elle était vivante, puis ses jambes se dérobèrent sous elle. Elle se serait étendue de tout son long si une main secourable ne l'avait retenue à temps.

— Cher payés, ces sabliers, hein ?

C'était Renard. Il avait attendu devant le cabinet pour être là à sa sortie. Ophélie s'en sentit si reconnaissante que l'émotion lui piquait les yeux.

— J'ai pas été très glorieux, ajouta-t-il avec un sourire gêné. Sans rancune, gamin ?

Ophélie acquiesça de tout son cœur. « Sans rancune. »

La Nihiliste

Dans les dortoirs des sous-sols, les portes des chambres s'ouvraient et se fermaient sans fin malgré l'heure tardive. Les becs de gaz avaient été mis en veilleuse pour la nuit. Certains domestiques partaient reprendre leur service, d'autres revenaient se coucher, tous se bousculaient sans un mot d'excuse. Si quelques-uns s'accordaient le temps de bavarder avec leur voisin de chambre, café à la main, la plupart s'ignoraient royalement.

Tout au fond des dortoirs, la rue des Bains était envahie par des nuages de vapeur chaude. Les valets faisaient la queue, serviette sur l'épaule, pour passer dans les douches collectives. Empester la transpiration faisait partie des interdits de la profession. La cacophonie des jets d'eau, des vocalises et des insultes résonnait à travers tout le couloir.

De l'autre côté de la porte du 6, rue des Bains, verrouillée à double tour, la tante Roseline n'en finissait plus de s'indigner.

— Nom d'un cornet à pistons, comment peux-tu dormir avec un bruit pareil ?

— Question d'habitude, murmura Ophélie.

— Ça ne s'arrête jamais ?

— Jamais.

— Ce n'est pas un endroit pour une jeune dame. Et puis, cette chambre est détestable. Regarde-moi ces murs pourris d'humidité, pas étonnant que tu sois toujours malade ! Oh, tu grimaces... C'est ici que tu as mal ?

Roseline fit une légère pression sur la côte et Ophélie fit oui de la tête, les dents serrées. Elle s'était allongée sur le lit, sans livrée, chemise relevée, tandis que les longues mains nerveuses de sa tante lui palpaient les flancs.

— C'est bien une côte fêlée. Tu vas devoir te reposer, éviter les mouvements brusques et, surtout, ne rien porter de lourd pendant au moins trois semaines.

— Mais Berenilde...

— Elle a prouvé son impuissance à te protéger. Tu ne dois le salut qu'à la bonne foi de cette Hildegarde.

Ophélie ouvrit la bouche, puis se ravisa. Ce n'était pas à sa bonne foi, mais à son mensonge qu'elle devait la vie. Elle n'avait pas la naïveté de croire que rien ne lui serait demandé en retour.

— Fini de jouer les larbins ! grommela Roseline. Toute cette histoire va beaucoup trop loin. À ce rythme, tu seras morte avant d'avoir épousé ton énergumène de fiancé.

— Pas si fort, chuchota Ophélie avec un regard entendu pour la porte.

La tante pinça sa grande bouche chevaline. Elle plongea un linge dans un récipient d'eau froide, puis nettoya le sang séché sur la lèvre fendue d'Ophélie, la plaie de son front, ses cheveux embrouillés. Pendant un long moment, elles ne dirent plus rien ni l'une ni l'autre, et le chahut de la rue des Bains prit toute la place.

Étendue sur le dos, débarrassée de ses lunettes, Ophélie ne respirait pas à son aise. Le soulagement d'être en vie avait lentement cédé le pas à un arrière-goût amer. Elle se sentait trahie et écœurée ; après ce qui venait d'arriver, il lui semblait qu'elle ne pouvait réellement faire confiance à personne. Elle observa la silhouette étriquée, un peu floue, qui la soignait à petits gestes prudents. Si la tante Roseline avait la moindre idée de ce qui s'était réellement passé, d'abord à la chapelle, puis aux oubliettes, elle se serait rendue malade d'inquiétude. Ophélie ne pouvait pas lui en parler, sinon elle aurait été capable de faire une bêtise et de se mettre en danger.

— Ma tante ?

— Oui ?

Ophélie voulut lui dire qu'elle était heureuse qu'elle fût là, qu'elle avait peur pour elle, aussi, mais tous les mots se coinçaient dans sa gorge comme des cailloux. Pourquoi n'arrivait-elle jamais à parler de ces choses-là ?

— Ne montrez pas vos sentiments aux autres, bredouilla-t-elle à la place. Gardez votre colère secrète, fondez-vous dans le décor, ne comptez que sur vous-même.

La tante Roseline haussa les sourcils et tout son front, dégagé par son chignon serré, parut se rétrécir d'un coup. Avec des mouvements lents, elle essora le linge et le posa à plat sur le récipient d'eau.

— Voir des ennemis partout, dit-elle gravement, crois-tu que ce soit une existence supportable ?

— Je suis désolée, ma tante. Essayez de tenir bon jusqu'au mariage.

— Je ne parlais pas pour moi, sotte ! Il me semble que c'est toi qui vas vivre ici pour le restant de tes jours.

Le ventre d'Ophélie se noua. Elle s'était promis de ne jamais flancher. Elle détourna la tête, et ce simple mouvement lui fit mal dans tout le corps.

— Je crois que j'ai besoin de réfléchir, murmura-t-elle. Honnêtement, je n'y vois plus très clair.

— Dans ce cas, tu pourrais commencer par mettre ça.

La tante Roseline lui posa ses lunettes sur le nez, non sans une certaine malice. La petite chambre insalubre retrouva ses lignes nettes, ses contours précis, son désordre familier. De vieilles gazettes subtilisées, des tasses à café sales, une boîte de gâteaux, un panier de chemises propres et repassées : Renard venait voir Mime à chacune de ses pauses et il n'arrivait jamais les mains vides. Ophélie se sentit aussitôt honteuse de s'être apitoyée sur son sort. Renard l'avait accueillie le jour de son arrivée, initiée à tous les rouages du Clair-delune, conseillée au mieux et il avait été là à sa sortie des oubliettes. Ce n'était pas l'homme le plus désintéressé qui fût, mais il n'avait jamais cherché à lui nuire et Ophélie commençait à comprendre que c'était une qualité rare.

— Vous avez raison, chuchota-t-elle. J'y vois déjà un peu mieux.

La tante Roseline passa une main attentionnée, un peu rude, dans ses lourdes boucles brunes.

— Nom d'un démêloir, tes cheveux sont un vrai sac de nœuds ! Assieds-toi, je vais essayer de débrouiller tout ça.

Quelques coups de peigne plus tard, la sonnette « salon de musique » résonna sur le panneau à clochettes, au-dessus du lit.

— Ta marâtre et son maudit opéra ! soupira la tante Roseline. Elle a beau dire, elle est complètement obsédée par ça. Je me charge des partitions ; toi, tu te reposes.

Quand la tante fut partie, Ophélie décida de se rhabiller. Mieux valait ne pas se promener trop longtemps avec son vrai visage sur le cou. Endosser sa livrée réclama beaucoup de gestes prudents, mais bien lui en prit : à peine eut-elle fini de se boutonner qu'on frappa à sa porte.

La première chose qu'elle vit en ouvrant, ce fut l'énorme pavillon d'un phonographe. Sa surprise alla croissant quand elle s'aperçut que c'était Gaëlle qui le lui apportait.

— Il paraît que t'es en convalescence, maugréat-elle. Je viens avec un peu de musique. Je peux entrer, dis ?

Ophélie se doutait qu'elle aurait affaire à elle tôt ou tard, mais elle ne l'attendait pas si vite. Gaëlle grinça des dents et le sourcil qui maintenait son monocle noir en place se fronça de contrariété. Elle était en simple chemise et salopette : tous les valets qui sortaient des douches et des toilettes sifflaient en passant derrière elle. Cela ne se voyait pas quand elle portait ses grosses combinaisons habituelles, mais la mécanicienne avait de très jolies courbes.

Ophélie lui fit signe d'entrer et ferma à clef derrière elle. Sans perdre un instant, Gaëlle posa le phonographe sur la petite table, sortit précautionneusement un disque du sac qu'elle portait en bandoulière, le plaça sur le plateau tournant et remonta le moteur à ressort. Une musique fracassante de fanfare emplit toute la pièce.

— Les murs ont des oreilles, s'expliqua-t-elle à voix basse. Ainsi, nous pourrons parler à notre aise.

Gaëlle plongea sur le lit comme si c'était le sien et s'alluma une cigarette.

— De femme à femme, ajouta-t-elle avec un sourire moqueur.

Ophélie poussa un soupir résigné et s'assit sur un tabouret, lentement, pour ménager ses côtes. Elle commençait à se douter que la mécanicienne l'avait percée à jour.

— Ne fais pas ta timide, insista Gaëlle en étirant davantage son sourire. Je parie que tu n'es pas plus muette que masculine.

— Depuis quand le savez-vous ? demanda alors Ophélie.

— Depuis le premier instant. Tu peux berner tout le monde, ma mignonne, mais pas la Gaëlle.

La mécanicienne rejeta la fumée de sa cigarette par le nez, son œil bleu électrique fixé sur Ophélie. Elle était beaucoup plus agitée qu'elle ne voulait le montrer.

— Écoute, cracha-t-elle entre ses dents, je sais ce que tu dois penser et c'est pour ça que je suis ici. Je ne suis pas responsable de ce traquenard dans lequel tu es tombée. Si incroyable que cela puisse paraître, j'ignorais que ces oranges étaient empoisonnées. Je ne sais pas ce qui s'est passé, mais moi, j'ai jamais voulu te créer des ennuis. C'est même tout le contraire.

La fanfare du phonographe recouvrait si bien sa voix nerveuse qu'Ophélie avait du mal à l'entendre.

— Je sais qui tu es. En tout cas, je le suppose. Une petite nouvelle qui doit se travestir pour servir la puante Berenilde ? Tu ne peux être que la fiancée de son neveu dont chacun ici guette la venue. Tu n'es pas encore arrivée que tout le monde te déteste déjà, le sais-tu ?

Ophélie acquiesça d'un clignement de paupières. Oh oui, elle le savait. Les ennemis de Thorn étaient devenus les siens, et il en comptait un nombre impressionnant.

— Je trouve ça dégueulasse, reprit Gaëlle après avoir aspiré une nouvelle bouffée de tabac. Je sais ce que ça fait d'être haïe pour être née dans la mauvaise famille. Je t'observe depuis le début et j'ai pensé que tu allais te faire manger toute crue. C'est pour ça que je voulais te recommander à ma patronne. Les oranges, c'est une sorte de code entre nous. Je te jure que j'étais sincère quand je te disais que c'était quelqu'un de différent, qu'elle t'accepterait telle que tu es, sans te juger.

— Je n'ai jamais douté de votre bonne foi, assura Ophélie. Comment se porte Mme Hildegarde ?

Gaëlle faillit en perdre son monocle.

— T'as jamais douté de moi ? Eh bien, je ne sais pas ce qu'il te faut !

Elle écrasa sa cigarette sur le barreau en fer du lit et s'en alluma aussitôt une deuxième.

— La Mère sera bientôt sur pied, dit-elle en secouant son allumette pour l'éteindre. Elle a une santé d'acier, le poison qui la tuera n'a pas encore été inventé. Son histoire d'allergie n'était pas très crédible, mais bon, l'important c'est qu'elle t'ait disculpée.

— Pourquoi l'a-t-elle fait ? demanda Ophélie d'un ton circonspect. Sait-elle qui je suis, elle aussi ?

— Non, et elle ne le saura que si tu décides de le lui dire. Je ne m'en mêlerai plus, tu as ma parole d'honneur.

Au grand regret d'Ophélie, Gaëlle se sentit le devoir de souligner la formule d'un énorme crachat sur le sol, déjà peu reluisant, de sa chambrette.

— Je ne comprends toujours pas pourquoi votre Mme Hildegarde m'a tirée d'affaire. Après tout, rien ne prouve que je n'aie pas cherché à l'empoisonner. Toutes les apparences sont contre moi.

Gaëlle ricana entre ses dents. Elle croisa les jambes, arborant sans honte deux gros souliers sales, et tous les ressorts du lit grincèrent à l'unisson. Sa salopette était tachetée de charbon et d'huile ; Ophélie devrait certainement changer les draps après son passage.

— Parce que, comme tu dis, toutes les apparences sont contre toi. Tu te serais condamnée à mort en empoisonnant les oranges. Et puis, la

Mère a la faiblesse de me faire confiance, et moi, j'ai la faiblesse de te faire confiance. Sans vouloir te vexer, tu as une belle tête d'ingénue.

Ophélie se raidit sur son tabouret, vérifia d'un coup d'œil dans la glace qu'elle avait bien l'apparence neutre de Mime et revint, stupéfaite, à Gaëlle.

— Vous me voyez telle que je suis ?

Gaëlle plissa les lèvres, hésitante, puis elle souleva le sourcil et ôta son monocle. C'était la première fois qu'Ophélie voyait son œil gauche. Il était aussi noir que celui de droite était bleu. De l'hétérochromie. Gaëlle portait un tatouage sur la paupière, un peu à la façon des Mirages.

— Je travaille au service de la Mère Hildegarde, mais je suis née ici. Je suis la dernière survivante de mon clan. As-tu déjà entendu parler des Nihilistes ?

Ophélie fit non de la tête, saisie par ces révélations.

— Ce n'est pas étonnant, poursuivit Gaëlle d'un ton sarcastique, ils sont tous morts il y a une vingtaine d'années.

— Tous morts ? dit Ophélie, exsangue.

— Une étrange épidémie, persifla Gaëlle. Ainsi va la cour…

Ophélie déglutit. Ça sentait vraiment l'affaire sordide.

— Vous en avez réchappé.

— En me faisant passer pour une petite domestique de rien du tout, exactement comme toi aujourd'hui. J'étais gamine à l'époque, mais j'avais déjà compris beaucoup de choses.

Gaëlle ôta sa casquette, puis ébroua ses cheveux

sombres et courts qui retombèrent sur son visage dans un désordre indescriptible.

— Tous les nobliaux sont de petits blondinets, moi comprise. On tient ça de Farouk, notre très mal nommé esprit de famille. J'ai réussi à passer inaperçue en teignant mes cheveux en noir. Si ma présence ici venait à se savoir, je serais morte avant d'avoir pu visser mon dernier boulon, ajouta-t-elle avec un rictus amusé. J'ai découvert ton secret, je te livre le mien, ça me paraît équitable.

— Pourquoi ? souffla Ophélie. Pourquoi chercherait-on à vous tuer ?

— Regarde-toi dans la glace.

Ophélie sourcilla, se tourna à nouveau vers son reflet. À son grand étonnement, elle vit cette fois son véritable visage, couvert de bosses et de bleus, avec de grands yeux écarquillés derrière une paire de lunettes.

— Comment faites-vous cela ?

Gaëlle tapota sa paupière tatouée.

— Il me suffit de te regarder avec mon « mauvais œil ». Je suis une Nihiliste. J'annule le pouvoir des autres et ta livrée est une pure concoction Mirage. Tu comprends pourquoi je n'aime autant pas le crier sur les toits ?

Elle remit son monocle en place et Ophélie redevint Mime sur la surface du miroir.

— Cette lentille spéciale m'empêche d'annuler toutes les illusions que je reluque. Elle agit comme un filtre.

— Un peu à la façon des gants de *liseur*, murmura Ophélie en contemplant ses mains. Mais vous m'avez démasquée malgré votre monocle. Il vous permet donc de voir ce qui se cache derrière les illusions ?

— Ma famille en vendait plein autrefois, grommela Gaëlle dans un nuage de tabac. Les Mirages n'ont pas apprécié que chacun puisse voir tout ce que dissimulent leurs petits artifices. Nos monocles ont mystérieusement disparu avec toute ma famille... Je n'ai pu sauver que celui-ci.

Sur ces mots, elle rabattit tout ce qu'elle put de cheveux sur son regard et enfonça profondément sa casquette. Ophélie l'observa tandis qu'elle terminait sa cigarette en silence. Elle comprit que si les traits de cette femme étaient si durs, c'était à cause de toutes les épreuves qu'elle avait traversées. « Elle se revoit à travers moi, songea Ophélie. Elle veut me protéger comme elle aurait voulu qu'on la protège. » Elle sentit soudain son cœur palpiter jusque dans sa gorge. Les sœurs, les cousines, les tantes, elle connaissait ; Gaëlle était ce qui se rapprochait le plus d'une toute première amie. Ophélie aurait voulu trouver une phrase de circonstance, des mots assez forts pour exprimer l'immense gratitude qui la submergeait, mais elle n'était décidément pas douée pour cela.

— C'est bien aimable de me faire confiance, balbutia-t-elle, honteuse de ne rien trouver de mieux à dire.

— Ton secret contre mon secret, grogna la mécanicienne en écrasant sa cigarette. Je ne suis pas un ange, ma bichette. Si tu me trahis, je te trahis aussi.

Ophélie remonta ses lunettes sur son nez, geste qu'elle pouvait enfin se permettre devant quelqu'un.

— C'est de bonne guerre.

Gaëlle se leva dans un grincement de sommier et fit craquer les articulations de ses doigts comme un homme.

— C'est quoi, ton vrai nom ?

— Ophélie.

— Eh bien, Ophélie, t'es pas aussi anodine que t'en as l'air. Je te conseille tout de même d'aller rendre une visite de courtoisie à ma patronne. Elle a menti pour toi et elle ne supporte pas l'ingratitude.

— Je tâcherai de m'en souvenir.

Gaëlle désigna son phonographe du menton avec un sourire grimaçant. À la longue, la fanfare faisait mal aux oreilles.

— Je t'apporterai d'autres disques. Bon rétablissement.

Elle pinça le bord de sa casquette en signe de salutation et claqua la porte derrière elle.

La confiance

Ophélie remonta le bras du phonographe pour interrompre la musique assourdissante. Elle ferma sa porte à double tour, ôta sa livrée et s'étendit sur son lit qui sentait maintenant l'huile et le tabac. Nez au plafond, elle poussa un profond soupir. Elle avait été dupée comme une idiote, battue à coups de gourdin, menacée par un majordome véreux et confondue par une noble déchue. Ça faisait beaucoup de catastrophes pour une seule petite personne.

Ophélie comprit qu'elle allait devoir parler à Thorn dès ce soir. Son cœur se mit à cogner douloureusement contre ses côtes. Elle appréhendait de le revoir. Elle n'était pas encore très sûre de ce qui s'était réellement passé la dernière fois et elle gardait l'espoir de s'être fait de fausses idées, mais l'attitude de Thorn avait vraiment été équivoque.

Ophélie avait peur, viscéralement peur qu'il pût se prendre d'affection pour elle. Elle se sentait incapable de l'aimer en retour. Elle n'y connaissait certes pas grand-chose en matière de sentiments, mais pour que cette alchimie fonctionnât, ne fallait-il pas qu'un homme et une femme eussent un minimum d'affinités ? Thorn et elle n'avaient absolument rien en commun, leurs deux natures étaient incompatibles. L'échange de leurs pouvoirs familiaux, le jour du mariage, n'y changerait rien.

Ophélie mâchouilla nerveusement les coutures de son gant. Elle s'était montrée dissuasive avec Thorn. S'il se sentait rejeté une fois encore, continuerait-il de lui offrir son soutien ? Aujourd'hui plus que jamais, elle allait pourtant en avoir besoin.

Elle se leva avec précaution et passa une main à travers la glace de sa chambre. Alors que le corps d'Ophélie restait au 6, rue des Bains, son bras pénétrait dans la penderie de l'Intendance, à l'autre bout de la Citacielle. Elle sentit l'épaisseur des manteaux. Thorn avait dit qu'il fermerait le panneau de la penderie s'il était en consultation. Ophélie savait qu'il pouvait recevoir jusqu'à minuit, il était sans doute encore trop tôt.

Elle récupéra son bras. Il ne lui restait plus qu'à patienter.

Ophélie diminua la flamme du bec de gaz, se pelotonna sous ses draps et flotta bientôt dans un demi-sommeil agité. Elle rêva qu'elle était prisonnière d'un immense sablier blanc ; chaque grain qui s'écoulait produisait un véritable coup de tonnerre. Quand elle se réveilla en sursaut, la chemise trempée de sueur, elle comprit que ce qu'elle entendait, c'était simplement le robinet qui gouttait dans sa bassine. Elle but un peu d'eau, se passa une éponge humide dans le cou et replongea sa main dans la glace. Cette fois, elle put enfoncer le bras jusqu'au coude.

La penderie de l'Intendance était ouverte.

Ophélie se ravisa dès qu'elle vit son reflet dans le miroir. Elle était en simple chemise et hauts-de-chausses, sans souliers à ses pieds, et ses longs cheveux bruns tombaient librement jusqu'au bas du dos. Entrer ainsi chez Thorn, ce n'était pas une très bonne idée. Elle dut farfouiller dans son désordre pour retrouver le grand manteau qu'il lui avait prêté. Elle se le boutonna tout le long du corps et retroussa les manches trop longues. Ça ne dissimulerait pas les contusions à son visage, mais ce serait déjà plus décent.

Ophélie assombrit le verre de ses lunettes pour masquer son œil au beurre noir et bascula tout entière dans son reflet. Le froid lui coupa aussitôt le souffle. Elle n'y voyait pas plus loin que le bout de son nez. Thorn avait coupé le chauffage et éteint les lumières. Était-il parti en laissant sa penderie ouverte ?

Ophélie attendit de s'habituer à l'obscurité ambiante, le cœur battant. L'œil-de-bœuf, au fond de la salle, laissait filtrer un peu de lune entre les formations de givre. Elle commençait à distinguer les contours du grand bureau, les lignes des étagères, les arrondis des sièges. Sous l'œil-de-bœuf, une silhouette tout en creux et en angles se tenait assise sur le canapé, parfaitement immobile.

Thorn était là.

Ophélie avança, trébuchant sur les défauts du parquet, se cognant au coin des meubles. Quand elle parvint au canapé, elle s'aperçut que les yeux pâles de Thorn, éclats de lame sur fond d'ombre, suivaient ses moindres mouvements. Il se tenait tout voûté, les avant-bras posés sur les cuisses, mais ça ne l'empêchait pas d'être toujours aussi grand. Il portait son uniforme d'intendant, dont seules les épaulettes dorées ressortaient dans le noir.

— Je vous ai réveillé ? murmura Ophélie.

— Non. Que voulez-vous ?

Pour un accueil hivernal, c'était un accueil hivernal. La voix de Thorn était encore plus maussade que de coutume. Il ne paraissait pas particulièrement heureux de voir Ophélie et, d'une certaine façon, ça la rassura. De toute évidence, il avait revu son opinion sur elle depuis la dernière fois.

— Il y a une ou deux choses dont je dois parler avec vous. C'est assez important.

— Asseyez-vous, dit Thorn.

Il avait le don de transformer ce qui aurait pu passer pour une formule de politesse en ordre despotique. Ophélie se chercha à tâtons un siège, mais une fois trouvé, elle dut renoncer à le déplacer. Composé de velours et de bois précieux, il pesait trop lourd pour sa côte fêlée. Elle s'assit donc à distance, dos au canapé, obligeant Thorn à changer de place. Il quitta sa posture repliée avec un reniflement agacé et s'installa dans son fauteuil de fonction, de l'autre côté du bureau. Ophélie cligna des yeux, éblouie, quand il tourna la cheville de sa lampe de travail.

— Je vous écoute, dit-il, pressé d'en finir.

Elle n'eut pas le temps de prononcer un mot qu'il lui coupa aussitôt la parole :

— Que vous est-il arrivé ?

La longue figure de Thorn s'était davantage durcie, pour autant que ce fût possible. Ophélie avait caché tout ce qu'elle avait pu sous ses lunettes et ses cheveux, dans l'espoir qu'il ne remarquât pas les traces de coups, mais c'était raté.

— Une cérémonie funèbre a mal tourné. C'est de cela que je dois vous parler.

Thorn croisa ses longs doigts noueux sur le bureau et attendit ses explications. Son attitude était si sévère qu'Ophélie avait l'impression de se tenir sur le banc des accusés, face à un juge implacable.

— Connaissez-vous Mme Hildegarde ?

— L'architecte ? Tout le monde la connaît.

— Je lui ai livré des oranges. À peine en a-t-elle touché une qu'elle est tombée raide. Ma culpabilité n'a pas fait l'ombre d'un doute et les gendarmes m'ont aussitôt jetée aux oubliettes.

Les doigts mêlés de Thorn se contractèrent sur le bureau.

— Pourquoi ma tante ne m'a-t-elle pas téléphoné ?

— Peut-être n'en a-t-elle eu ni le temps ni l'occasion, dit prudemment Ophélie. De toute façon, Mme Hildegarde n'est pas morte. Elle aurait fait, selon elle, une violente allergie.

— Une allergie, répéta Thorn, sceptique.

Ophélie déglutit et serra les poings sur ses genoux. C'était l'instant de vérité.

— Elle a menti. Quelqu'un a bel et bien versé du poison sur ces oranges... dans l'intention de me nuire à moi, pas à Mme Hildegarde.

— Vous semblez avoir une idée très précise sur la question, constata Thorn.

— C'est votre grand-mère.

À cette annonce, Thorn ne bougea pas d'un cheveu. Il demeura mains croisées, dos voûté, sourcils froncés, nez pincé. Ophélie s'était rarement sentie aussi mal à l'aise. Maintenant qu'elle s'était lancée, elle avait des craintes. Après tout, pourquoi Thorn lui ferait-il confiance ?

— Je l'ai *lu* en touchant le panier d'oranges, poursuivit-elle. Sous prétexte de m'en soulager, votre grand-mère y a versé un poison de son cru. La haine qu'elle me voue, telle que je l'ai perçue du bout des doigts, donne froid dans le dos.

Ophélie guetta un éclair d'émotion dans le regard métallique de Thorn – surprise, déni, incompréhension – mais il semblait s'être changé en marbre.

— Elle déteste tout ce que je représente, insista-t-elle dans l'espoir de le convaincre. Une parvenue, une honte, un sang impur. Elle ne souhaite pas ma mort, elle veut me discréditer publiquement.

Ophélie sursauta lorsque le grelot du téléphone retentit sur le bureau. Thorn le laissa sonner, ses yeux profondément enfoncés dans ses lunettes sombres.

— Je n'en ai rien dit à votre tante, bredouilla-t-elle. Je ne sais trop si elle se doute ou non du comportement ambigu de sa mère. J'aurais aimé avoir d'abord votre sentiment là-dessus, conclut-elle dans un filet de voix.

Thorn se remit enfin en mouvement. Il décroisa les doigts, se redressa dans son fauteuil, prenant de l'altitude, et consulta sa montre de gousset. Ophélie était stupéfaite. Ne la prenait-il pas au sérieux ? Pensait-il perdre son temps avec elle ?

— Vous voulez mon sentiment ? dit-il enfin sans lâcher sa montre des yeux.

— S'il vous plaît.

Ophélie s'était presque faite implorante. Thorn remonta sa montre, la rangea dans sa poche d'uniforme et, d'un geste imprévisible, il déblaya violemment du bras tout le contenu de son bureau. Les porte-plumes, les encriers, les buvards, le courrier et même le téléphone se déversèrent sur le parquet dans un fracas étourdissant. Ophélie se cramponna des deux mains aux accoudoirs de son siège pour s'empêcher de décamper. C'était la première fois qu'elle voyait Thorn s'abandonner à un éclat de violence et elle redoutait que le prochain fût pour elle.

Coudes sur la table, mains appuyées l'une à l'autre, doigts contre doigts, Thorn n'avait pourtant pas du tout l'attitude de quelqu'un qui venait de se mettre en colère. Ainsi dépouillé, le bureau arborait une belle auréole sombre : le contenu de l'encrier qu'Ophélie avait renversé la dernière fois.

— Je suis plutôt contrarié, dit Thorn. Un peu plus que cela, même.

— Désolée, souffla Ophélie.

Thorn émit un claquement de langue agacé.

— J'ai dit que j'étais contrarié, pas que *vous* m'aviez contrarié.

— C'est donc que vous avez décidé de me croire ? murmura-t-elle, soulagée.

Thorn arqua les sourcils de surprise et sa longue cicatrice suivit le mouvement.

— Et pourquoi ne vous croirais-je pas ?

Prise au dépourvu, Ophélie contempla le nécessaire à écrire qui s'était amoncelé sur le sol. Ce chaos, au milieu de l'univers parfaitement ordonné du cabinet, faisait fausse note.

— Eh bien... il aurait été légitime que vous accordiez plus de crédit à votre grand-mère qu'à une personne que vous connaissez à peine. Je crois que vous avez cassé le câble de votre téléphone, ajouta-t-elle après un raclement de gorge.

Thorn la considéra avec attention.

— Ôtez vos lunettes, je vous prie.

Saisie par cette demande inattendue, Ophélie obéit. La silhouette maigre de Thorn, à l'autre bout du bureau, se perdit dans le brouillard. S'il voulait juger des dégâts par lui-même, elle n'allait pas l'en empêcher.

— Ce sont les gendarmes, soupira-t-elle. Ils ont la main leste.

— Ont-ils découvert votre véritable identité ?

— Non.

— Vous ont-ils fait subir d'autres choses que je n'aurais pas sous les yeux ?

Ophélie remit ses lunettes avec des gestes maladroits, horriblement gênée. Elle détestait quand Thorn la soumettait ainsi à ses interrogatoires, à croire qu'il était incapable de quitter sa posture d'intendant.

— Rien de grave.

— Réflexion faite, je rectifie ce que j'ai dit, reprit Thorn d'une voix monocorde. Vous êtes en partie responsable de ma contrariété.

— Ah ?

— Je vous avais demandé de ne vous fier à personne d'autre que ma tante. Personne d'autre.

Faut-il donc vous mettre toujours les points sur les « i » ?

Le ton de Thorn était tellement excédé qu'Ophélie tomba des nues.

— Comment aurais-je pu un instant soupçonner votre grand-mère ? Elle s'est montrée plus gentille avec moi que n'importe lequel d'entre vous.

Thorn devint si blême, soudain, que la couleur de sa peau se confondit avec celle de ses cicatrices. Ophélie avait pris conscience trop tard des mots qu'elle venait de prononcer. Toutes les vérités ne sont pas toujours bonnes à dire.

— Et puis, elle vit sous votre toit, bafouilla-t-elle.

— Vous compterez souvent des ennemis sous le même toit que le vôtre. Essayez de vous faire à cette idée.

— Vous vous méfiiez donc d'elle depuis le début ? dit Ophélie, choquée. Votre propre grand-mère ?

Un bruit de soufflerie mécanique envahit l'intendance, suivi d'un clic retentissant.

— Le monte-plats, expliqua Thorn.

Ses longues jambes se déplièrent comme des ressorts. Il se dirigea vers un mur, souleva un volet de bois et récupéra une cafetière en aluminium.

— Puis-je en avoir un peu ? demanda impulsivement Ophélie.

Elle ne pouvait plus se passer de café depuis qu'elle vivait au Pôle. Elle se rendit compte trop tard qu'il n'y avait qu'une seule tasse, mais Thorn la lui céda sans émettre d'objection. Venant de lui, elle trouva le geste très élégant.

— J'ai moi aussi fait les frais de cette vieille renarde, dit-il en lui versant du café.

Ophélie leva les yeux vers lui, tout là-haut. Elle assise, lui debout, il y avait de quoi attraper le vertige.

— Elle s'en est prise à vous aussi ?

— Elle a essayé de m'étouffer sous un oreiller, dit Thorn avec flegme. Heureusement, je suis plus résistant qu'il n'y paraît.

— Et... vous étiez jeune ?

— Je venais à peine de naître.

Ophélie laissa son regard tomber dans sa tasse brune et fumante. Elle se sentait pleine de colère.

— C'est monstrueux.

— C'est le sort habituellement réservé aux bâtards.

— Et personne n'a rien dit, rien fait contre elle ? Comment Berenilde peut-elle seulement encore tolérer cette femme chez elle ?

Thorn rouvrit le volet du monte-plats pour en sortir cette fois du tabac. Il se rassit dans son fauteuil, chercha sa pipe dans un tiroir et se mit à la bourrer.

— Vous avez pu juger par vous-même à quel point cette vieille dame est talentueuse pour tromper son monde.

— Personne ne sait donc ce qu'elle vous a fait subir ? s'étonna Ophélie.

Thorn frotta une allumette pour mettre le feu au fourneau de sa pipe. La flamme souligna ses traits anguleux et contractés, empreints de tension cérébrale. Dès qu'il cessait de mener l'interrogatoire, son regard devenait fuyant.

— Personne, maugréa-t-il. Exactement comme pour vous aujourd'hui.

— Sans vouloir vous offenser, insista doucement Ophélie, comment pouvez-vous alors savoir ce qui s'est passé ? Vous venez de me dire que vous n'étiez qu'un nourrisson.

Thorn secoua son allumette et des anneaux argentés se déroulèrent de sa pipe.

— J'ai une très bonne mémoire.

Derrière ses lunettes, la paupière boursouflée d'Ophélie s'entrouvrit sous le coup de la surprise. Se souvenir d'événements survenus dans les premiers mois de sa vie, elle ne croyait même pas la chose possible. D'un autre côté, une telle mémoire expliquait l'excellence de Thorn en comptabilité. Ophélie trempa ses lèvres dans le café. Le liquide amer la réchauffa de l'intérieur. Elle aurait aimé un peu de sucre et de lait, mais elle n'allait pas trop en demander non plus.

— Et votre grand-mère sait-elle que vous vous en souvenez ?

— Peut-être, peut-être pas, grogna Thorn entre deux bouffées de pipe. Nous n'en avons jamais parlé.

Ophélie le revit en train de repousser sa grand-mère lorsqu'elle les avait accueillis sur le perron. Elle devait reconnaître qu'elle les avait aussi mal jugés l'un que l'autre, ce jour-là.

— Je pensais que ses petites manies meurtrières lui étaient passées avec l'âge, enchaîna Thorn en appuyant sur chaque consonne. Le tour qu'elle vient de vous jouer prouve le contraire.

— Que dois-je faire, alors ? demanda Ophélie.

— Vous ? Rien.

— Je ne me sens pas capable de la regarder en face comme si de rien n'était.

Sous les sourcils froncés de Thorn, dans l'ombre des paupières, les éclats de métal se durcirent. Il y avait de la foudre dans son regard. Ophélie le trouvait presque inquiétant.

— Vous n'aurez plus à la regarder en face. Je vais expédier cette femme très loin de la Citacielle. Ne vous avais-je pas dit que je me vengerais de tous ceux qui s'en prendraient à vous ?

Ophélie se réfugia précipitamment derrière sa tasse de café. Elle avait un gros nœud dans la gorge, soudain. Elle venait de comprendre qu'elle était réellement importante pour Thorn. Ce n'était ni de la comédie ni des mots en l'air. Il exprimait ses sentiments d'une façon un peu rude, certes, mais il était terriblement sincère.

« Il prend ce mariage beaucoup plus au sérieux que moi », songea Ophélie. Cette pensée lui tordait le ventre. Il avait beau ne pas être un homme très commode, elle n'avait aucune envie de le faire souffrir ou de l'humilier en se refusant à lui. Enfin... peut-être cela lui avait-il effleuré l'esprit les premiers temps, mais elle avait revu sa position depuis.

Elle perdit son regard au fond de sa tasse vide, si longtemps que Thorn finit par décrocher sa pipe de sa bouche et par désigner la cafetière.

— Resservez-vous.

Ophélie ne se fit pas prier. Elle se remplit une pleine tasse de café, puis elle se renfonça dans son siège, à la recherche d'une position supportable.

Rester assise lui broyait les côtes et l'incommodait pour respirer.

— J'ai un autre problème urgent à vous soumettre, dit-elle d'une voix rauque. Votre grand-mère mise de côté, je me suis fait un deuxième ennemi.

Les sourcils pâles de Thorn s'arc-boutèrent l'un contre l'autre.

— Qui ?

Ophélie prit une inspiration et lui raconta d'une traite le chantage de Gustave. Plus elle parlait, plus la figure de Thorn se distendait. Il la dévisagea avec une profonde perplexité, comme si elle était la créature la plus improbable que la nature eût enfantée.

— Si Berenilde n'a pas perdu son bébé avant l'Opéra du printemps, je passe à la trappe, conclut-elle en triturant ses gants.

Thorn se renversa dans son fauteuil et passa une main dans ses cheveux blond argenté, les aplatissant encore plus qu'ils ne l'étaient déjà.

— Vous mettez mes nerfs à rude épreuve. Vous avez l'art et la manière de vous fourrer dans le pétrin, vraiment.

Pensif, il souffla toute sa fumée par son grand nez d'épervier.

— Soit. Je m'occuperai de cela également.

— Comment ? demanda Ophélie dans un souffle.

— Ne vous souciez pas des détails. Vous avez juste ma parole que ce majordome ne vous causera aucun tort, ni à vous ni à ma tante.

Ophélie avala d'une traite tout ce qui lui restait de café. Le nœud dans la gorge ne descendait pas. Thorn allait l'aider au-delà de toutes ses espérances. Elle se sentait parfaitement ingrate de l'avoir traité avec autant de dédain jusqu'à présent.

L'horloge de l'Intendance sonna six heures du matin.

— Je dois retourner dans ma chambre, dit Ophélie en reposant sa tasse. Je n'avais pas réalisé qu'il était si tard.

Thorn se leva et lui tint le panneau à miroir de la penderie comme s'il s'agissait d'une porte ordinaire. Ophélie n'avait pas le cœur de partir ainsi, sans un mot aimable pour lui.

— Je... je vous remercie, bégaya-t-elle.

Thorn haussa les sourcils. Il sembla soudain tout guindé dans son uniforme à épaulettes, trop à l'étroit dans son grand corps maigre.

— C'est une bonne chose que vous vous soyez ouverte à moi, dit-il d'un ton bourru.

Il y eut un petit silence gêné, puis il ajouta entre ses dents :

— J'ai pu vous paraître un peu sec, tout à l'heure...

— C'est ma faute, le coupa Ophélie. La dernière fois, je me suis montrée désagréable.

Une convulsion traversa la bouche de Thorn. Elle fut incapable de déterminer si c'était une tentative de sourire ou une grimace embarrassée.

— Ne donnez plus votre confiance qu'à ma tante, rappela-t-il.

Ophélie se sentit peinée de voir à quel point il accordait du crédit à Berenilde. Elle les manipulait comme des marionnettes et il était entré dans son jeu sans même s'en rendre compte.

— À elle, je ne sais pas. Mais à vous, n'en doutez plus.

Ophélie avait cru bien faire en lui disant cela. À défaut de pouvoir jouer les épouses aimantes, elle voulait au moins être honnête avec Thorn. Il avait sa confiance, il devait le savoir. Elle se demanda toutefois si ce n'était pas une erreur quand les yeux gris se dérobèrent brusquement aux siens, dans un mouvement plein de raideur.

— Vous devriez partir, maintenant, marmonna-t-il. Je dois ranger mon cabinet et réparer le téléphone avant mes premiers rendez-vous de la journée. Pour ce dont vous m'avez parlé, je ferai le nécessaire.

Ophélie s'engloutit dans le miroir et refit surface dans sa chambre. Elle était tellement absorbée dans ses pensées qu'elle ne s'aperçut pas tout de suite que le phonographe s'était remis en marche pendant son absence. Elle posa un regard perplexe sur le disque qui déroulait sa musique de fanfare.

— Vous voilà enfin ! soupira une voix derrière elle. Je commençais à m'inquiéter un peu.

Ophélie se retourna. Un petit garçon était assis sur son lit.

La menace

Le chevalier portait un pyjama à rayures. Il léchait ce qu'il restait d'une sucette et levait ses lunettes rondes vers Ophélie.

— Vous ne devriez pas laisser votre clef sur la porte. Vous ne connaissez donc pas ce tour qui consiste à la pousser avec une épingle depuis l'autre côté ? On glisse d'abord un papier en dessous, et ensuite il n'y a plus qu'à le tirer vers soi quand la clef est tombée. Si l'espace sous la porte est assez grand, ça marche à tous les coups.

Les bras ballants dans son grand manteau noir, Ophélie n'écoutait pas un mot de ce que lui disait le chevalier. La présence de ce petit Mirage ici était un désastre. Très calme, absolument inexpressif, il tapota le lit pour l'inviter à s'asseoir près de lui.

— Vous n'avez pas l'air d'aller bien, mademoiselle. Installez-vous à votre aise. La musique ne vous dérange pas trop ?

Ophélie resta debout. Elle était si catastrophée qu'elle avait oublié la douleur. Elle n'avait pas la plus petite idée de ce qu'elle était censée dire ou faire. Elle se décomposa davantage lorsque le garçon sortit maladroitement de son pyjama une liasse d'enveloppes.

— J'ai jeté un coup d'œil à votre courrier personnel. J'espère que ça ne vous ennuie pas, on me reproche souvent d'être trop curieux.

Les lettres disparues. Comment, nom de nom, étaient-elles arrivées entre les mains de cet enfant ?

— Votre mère se fait beaucoup de souci pour vous, commenta le chevalier en piochant une lettre au hasard. Vous avez de la chance, ma première maman est morte. Heureusement que j'ai Mme Berenilde. Elle est extrêmement importante pour moi.

Il posa sur Ophélie ses yeux placides, grossis par ses épaisses lunettes.

— Vous avez réfléchi à la proposition de Gustave ? Vous avez jusqu'à ce soir pour honorer votre part du contrat.

— Le commanditaire, articula Ophélie dans un filet de voix, c'est vous ?

Imperturbable, le chevalier lui montra du doigt le phonographe qui faisait retentir sa musique de fanfare.

— Vous allez devoir parler un peu plus fort pour que je vous entende, mademoiselle. Si vous ne tuez pas le bébé, reprit-il tranquillement, Gustave lâchera les gendarmes sur vous. Moi, je n'ai pas trop d'influence sur eux. Lui, si.

Le garçonnet croqua bruyamment le reste de sa sucette.

— Vous ne devez surtout pas tuer Mme Berenilde, juste le bébé. Une vilaine chute suffira, je pense. C'est essentiel qu'il meure. Il pourrait prendre ma place dans le cœur de Mme Berenilde, comprenez-vous ?

Non, Ophélie ne comprenait pas. Qu'un petit corps de dix ans pût renfermer un esprit aussi malsain, ça dépassait son entendement. C'était à cause de cet endroit, de ces nobles, de toutes ces guerres de clans : ce monde ne donnait pas la moindre chance aux enfants de développer un sens moral.

Le chevalier jeta son bâtonnet de sucette par terre et se mit à éplucher consciencieusement les lettres d'Ophélie.

— Je surveille tout ce qui concerne Mme Berenilde de près. Intercepter le courrier de sa famille est une vraie petite manie. C'est en tombant sur le vôtre que j'ai appris que vous étiez au manoir. Ne vous inquiétez pas, ajouta-t-il en remontant ses lunettes sur son nez, je n'en ai rien dit à personne, pas même à Gustave.

Il balança ses jambes au bout du lit, se prenant d'un intérêt subit pour ses petites pantoufles en fourrure.

— Honnêtement, je suis un tantinet vexé. D'abord, on loge une inconnue dans ma maison sans me demander la permission. Et quand je décide de vous rendre visite par moi-même, je découvre qu'une domestique fait semblant de jouer votre rôle. Un leurre pour les curieux, n'est-ce pas ? J'ai peur de ne pas partager ce sens-là de l'humour, mademoiselle. Cette pauvre fille l'a appris à ses dépens.

Ophélie fut secouée de frissons nerveux. Qui

l'avait remplacée, au manoir ? Pistache ? Elle ne s'en était jamais souciée. Elle n'avait pas eu une seule pensée pour celle qui risquait sa vie à sa place.

— Lui avez-vous fait du mal ?

Le chevalier haussa les épaules.

— J'ai juste fouillé dans sa tête. C'est comme ça que j'ai su que le petit valet, c'était vous en réalité. J'ai voulu voir par moi-même à quoi vous ressembliez et je suis parfaitement rassuré maintenant que c'est chose faite. Vous êtes bien trop quelconque pour que Mme Berenilde se prenne d'affection pour vous.

Il se replongea dans les lettres, le nez froncé de concentration.

— L'autre dame, c'est une parente à vous, n'est-ce pas ?

— Ne vous en approchez pas.

Ophélie avait parlé plus vite que sa pensée. Provoquer cet enfant était un acte irréfléchi et dangereux, elle le sentait de toutes les fibres de son corps. Il releva ses lunettes rondes vers elle et, pour la première fois, elle le vit sourire. Un sourire gauche, presque timide.

— Si Mme Berenilde perd son bébé avant ce soir, je n'aurai aucune raison de m'en prendre à votre parente.

Le chevalier rangea les lettres d'Ophélie dans sa chemise de pyjama et faillit trébucher en se levant du lit. Pour un enfant aussi maladroit, il ne manquait vraiment pas d'aplomb. Côte fêlée ou non, Ophélie lui aurait donné la fessée du siècle si elle avait été capable de bouger, mais il lui semblait qu'elle se noyait corps et âme dans les lunettes en culs de bouteille. Tout jeune qu'il fût, le chevalier n'était pas tellement plus petit qu'elle une fois debout. Elle n'arrivait plus à s'arracher à son regard placide, sur lequel se rabattaient les paupières tatouées.

« Non, pensa Ophélie de toutes ses forces. Je ne dois pas le laisser manipuler mon esprit. »

— Je suis désolé, mademoiselle, soupira le chevalier, mais vous ne garderez aucun souvenir de cette conversation. Je suis toutefois convaincu qu'elle laissera en vous une impression. Une très mauvaise et très tenace impression.

Sur ces mots, il la salua d'une inclination de tête et referma la porte derrière lui.

Ophélie demeura immobile dans le grand manteau de Thorn. Elle avait un mal de crâne atroce. Elle arrêta le phonographe pour le faire taire ; pourquoi l'avait-elle relancé, celui-là ? Elle sourcilla en voyant la clef mal enfoncée dans la serrure. Elle n'avait pas verrouillé la porte, quelle tête de linotte ! Alors qu'elle traversait la chambre, quelque chose se colla à son bas. Ophélie frotta le sol pour s'en débarrasser et examina ce que c'était. Un bâtonnet. Cette pièce se transformait en dépotoir.

Elle s'assit avec précaution sur le lit, puis promena un regard soucieux autour d'elle. Sa livrée était pliée sur le dossier d'une chaise. La bassine avait été vidée de son eau usagée. La porte était enfin fermée à clef.

Alors pourquoi, pourquoi avait-elle l'impression d'avoir oublié quelque chose de très important ?

— Il s'est pendu ? Grand bien lui fasse.

Ophélie venait à peine de se poser à la table de l'office que Renard lui avait jeté cette déclaration à la figure, entre deux gorgées de café. « Qui s'est pendu ? » aurait-elle voulu lui demander. Elle le dévisagea longuement jusqu'à ce qu'il se décidât à en dire plus. Il lui signala du menton l'agitation fiévreuse des domestiques autour des tables.

— Il faut vraiment que tu te décroches de la lune, fiston. Tout le monde ne parle que de ça ! Gustave, le majordome en chef. Il a été retrouvé épinglé à une poutre de sa chambre.

Si Ophélie n'avait pas déjà été assise sur un banc, ses jambes se seraient dérobées sous elle. Gustave était mort. Elle avait parlé de lui à Thorn et il était mort. Elle pressa Renard du regard, avide de savoir ce qui s'était passé.

— Ça a l'air de drôlement te secouer, s'étonna Renard avec un haussement de sourcils. Tu es bien le seul à pleurer sur son sort, crois-moi. C'était un vrai vicelard, ce gars-là. Et puis, il n'avait pas la conscience toute nette, tu sais. Paraît qu'on a trouvé sur son secrétaire une convocation de la Chambre de justice : détention illégale de sabliers jaunes, abus de confiance et j'en passe !

Renard passa son pouce sous sa mâchoire imposante d'un geste significatif.

— Il était fini, de toute façon. À vouloir trop jouer avec le feu, on se brûle les miches.

Ophélie toucha à peine au café que Renard lui servit d'un mouvement théâtral. La Chambre de justice était étroitement liée à l'intendance ; c'était bel et bien Thorn qui était derrière tout ça. Il avait tenu parole. Ophélie aurait dû se sentir soulagée, pour elle et pour le bébé, mais son estomac restait noué. Et maintenant ? Thorn n'allait tout de même pas inviter sa grand-mère à se jeter d'une fenêtre, non ?

Comme Renard se grattait la gorge avec insistance, elle émergea de ses pensées pour revenir à lui. Il contemplait le fond de sa tasse vide avec une moue embarrassée.

— Tu reprends ton service aujourd'hui, hein ? Pour la chansonnette, là ?

Ophélie acquiesça. Elle n'avait pas le choix. Ce soir, c'était l'Opéra du printemps donné en l'honneur de Farouk. Berenilde comptait impérativement sur sa présence ; elle s'était même arrangée pour lui attribuer un petit rôle de gondolier. Avec une côte fêlée, ça promettait d'être une longue soirée.

— Moi, je n'y serai guère, grommela Renard. Mme ma maîtresse est sourde comme un pot, les opéras l'ennuient à mourir.

Il n'avait pas levé les yeux de sa tasse ; un pli s'était incrusté entre ses sourcils.

— Pour toi, c'est pas un peu tôt ? demanda-t-il abruptement. Je veux dire, après ce que t'as vécu… Un seul jour de repos, c'est quand même pas beaucoup, hein ?

Ophélie attendit patiemment qu'il dît ce qu'il avait à dire. Renard se grattait la gorge, peignait ses favoris, jetait des coups d'œil méfiants alentour. Soudain, il plongea une main dans sa poche.

— Tiens. Mais n'en fais pas une habitude, hein ?

C'est juste pour cette fois, le temps que tu souffles un peu, hein ?

Étourdie par tous ces « hein ? », Ophélie considéra le sablier vert posé près de sa tasse de café. Elle s'estima heureuse d'être tenue au silence : si elle avait pu parler, elle n'aurait pas su quoi dire. Jusqu'à cet instant, c'était elle qui donnait tous ses pourboires.

Renard croisa les bras sur la table d'un air renfrogné, comme si jouer les âmes charitables portait atteinte à sa réputation.

— Les trois sabliers bleus, maugréa-t-il entre ses dents, ceux que la Mère Hildegarde t'a donnés. Les gendarmes ne te les ont pas rendus, hein ? Je trouve ça pas correct, alors voilà.

Ophélie scruta intensément Renard, son visage puissant, ses yeux expressifs sous le buisson ardent des sourcils, ses cheveux tout feu tout flamme. Il lui semblait qu'elle le voyait soudain avec plus de clarté qu'auparavant. Thorn lui avait ordonné de ne donner sa confiance à personne ; à ce moment-là, elle se sentit incapable de lui obéir.

— Ne me regarde pas de cette façon, dit Renard en se détournant. Ça te fait comme des yeux de femme... C'est très gênant, tu sais ?

Ophélie lui rendit son sablier. Quoi qu'il en pensât, il en aurait plus besoin qu'elle. Passé l'instant de surprise, Renard se fendit d'un sourire railleur.

— Ah, je crois comprendre ! Tu veux *le* voir et être vu de *lui*, c'est ça ?

Il s'aplatit sur la table comme un grand chat roux, coudes en avant, de façon à pouvoir lui parler nez à nez.

— Le Seigneur Immortel, chuchota-t-il. Celui que seuls les gens de la haute peuvent regarder en face. Moi, mon garçon, je l'ai déjà rencontré. Juré, craché ! C'était juste un instant, alors que j'escortais Mme Clothilde, mais j'ai pu le voir comme je te vois, toi. Et crois-moi ou pas, bonhomme, il m'a effleuré des yeux. Être regardé par un Immortel, tu te rends compte ?

Renard paraissait si fier qu'Ophélie ne sut trop si elle devait sourire ou grimacer. À force de côtoyer les domestiques, elle s'était rapidement aperçue qu'ils étaient redoutablement superstitieux dès qu'il s'agissait de Farouk. Ils semblaient persuadés qu'une simple attention de sa part, même involontaire, impressionnait tellement l'âme qu'elle en devenait immortelle. Ceux qui avaient la chance d'être regardés par l'esprit de famille, un privilège normalement réservé aux nobles, survivraient à la mort du corps. Les autres étaient condamnés au néant.

Les Animistes n'entretenaient pas cette sorte de croyance vis-à-vis d'Artémis. Ils se plaisaient à penser qu'ils continuaient d'exister à travers la mémoire de leurs objets, et ça s'en tenait là.

Renard tapota l'épaule d'Ophélie comme pour la consoler.

— Je sais que tu as un petit rôle dans la pièce, mais n'espère pas être remarqué pour ça. Toi et moi, on est invisibles aux yeux des grands de ce monde.

Ophélie médita ces paroles tandis qu'elle se frayait un chemin à travers le couloir de service du rez-de-chaussée. Il y avait tant de circulation, ce matin, que les valets, les soubrettes et les coursiers se marchaient sur les pieds dans un désordre indescriptible. Tous ne parlaient plus que de l'opéra ; la mort de Gustave était déjà de l'histoire ancienne.

Les côtes d'Ophélie résonnaient à chaque respiration. Elle se chercha des passages moins fréquentés, mais les jardins et les salons étaient noirs de monde. En plus des invités habituels de l'ambassade, il y avait là des ministres, des conseillers, des élégantes, des diplomates, des artistes et des dandys. Ils venaient tous ici pour les ascenseurs d'Archibald, les seuls à desservir la tour de Farouk. Les fêtes de printemps devaient être un événement très attendu au Pôle. Les effectifs de gendarmes avaient doublé pour l'occasion.

Au salon de musique, l'ambiance n'était, hélas, pas tellement plus calme. Les sœurs d'Archibald s'affolaient à cause des problèmes de costumes. Les robes de scène entravaient leurs mouvements, les coiffes pesaient trop lourd sur leur tête, les épingles venaient à manquer…

Ophélie trouva Berenilde derrière un paravent, debout sur un repose-pied, ses bras gantés gracieusement relevés. Majestueuse dans sa robe à collerette fraisée, elle désapprouvait le tailleur qui lui faisait essayer des ceintures de satin.

— Je vous ai demandé de dissimuler mon ventre, non pas d'en souligner l'arrondi.

— Ne vous inquiétez pas de cela, madame. J'ai prévu d'ajouter un jeu de voiles qui ne révélera de votre silhouette que ce qu'il convient.

Ophélie jugea préférable de se tenir en retrait

pour le moment, mais elle pouvait parfaitement voir Berenilde dans la grande psyché à pivot. Elle avait les joues toutes roses d'émotion. Elle était réellement éprise de Farouk ; en cela, elle ne feignait rien.

Ophélie lisait presque ses pensées dans ses grands yeux limpides : « Je vais enfin le revoir. Je dois être la plus belle. Je peux le reconquérir. »

— Je suis contrit pour votre mère, madame, soupira le tailleur avec une expression de circonstance. Tomber malade le jour de votre représentation, ce n'est vraiment pas de chance.

Ophélie retint son souffle. La grand-mère de Thorn avait fait un malaise ? Ce ne pouvait être une coïncidence. Berenilde ne paraissait pas particulièrement inquiète, toutefois. Elle était bien trop obsédée par l'image que renvoyait d'elle le miroir.

— Maman a toujours été fragile des poumons, dit-elle distraitement. Chaque été, elle se rend au sanatorium des Sables-d'Opale. Elle ira plus tôt cette année, voilà tout.

Ophélie aurait aimé savoir comment Thorn avait manœuvré pour que sa grand-mère se fît porter pâle. Peut-être l'avait-il ouvertement menacée ? L'air était soudain devenu beaucoup plus respirable et, de cela, Ophélie lui était redevable. Pourtant, elle continuait de ne pas se sentir à son aise. Elle avait l'impression qu'une menace planait toujours dans l'atmosphère sans qu'elle fût capable de mettre un nom dessus.

Le regard de Berenilde accrocha le reflet noir et blanc de Mime dans la glace.

— Te voilà ! Tu trouveras tes accessoires sur la

banquette. Ne les perds pas, nous n'en avons pas de rechange.

Ophélie comprit le message. Elle paraîtrait aussi à la cour, ce soir. Même cachée sous le visage d'un domestique, elle avait intérêt à ne pas faire mauvaise impression.

Elle chercha la banquette des yeux, au milieu des clavecins et des robes. Elle y trouva un chapeau plat à long ruban bleu, une rame de gondole et la tante Roseline. Décomposée d'inquiétude, elle était si pâle que sa peau avait perdu son jaunâtre habituel.

— Devant toute la cour…, murmura-t-elle entre ses longues dents. Donner la fiole devant toute la cour.

La tante Roseline interprétait la suivante d'Isolde qui, ne pouvant se résoudre à donner le poison réclamé par sa maîtresse, le remplace par un philtre d'amour. C'était un petit rôle sans paroles, de ceux qu'on réservait aux domestiques, mais l'idée de paraître sur scène, devant un public aussi conséquent, la rendait malade de trac.

Alors qu'Ophélie se coiffait du chapeau plat, elle se demanda si Thorn assisterait lui aussi à la représentation. Elle n'avait pas particulièrement envie de faire semblant de ramer juste sous son nez.

À bien y réfléchir, elle n'avait envie de le faire sous le nez de personne.

Les heures qui suivirent tombèrent au compte-gouttes. Berenilde, les sœurs d'Archibald et les dames de la chorale étaient toutes affairées à leur toilette, ne s'accordant de répit que pour boire des infusions au miel. Ophélie et sa tante durent attendre bien sagement sur leur banquette.

Vers la fin de la matinée, Archibald passa au salon de musique. Il avait endossé des habits plus miteux que jamais et ses cheveux étaient si mal peignés qu'ils ressemblaient à un tas de paille. Il mettait vraiment un point d'honneur à paraître négligé quand les circonstances s'y prêtaient le moins. C'était, avec son implacable franchise, l'un des rares traits qu'Ophélie appréciait chez lui.

Archibald fit des recommandations de dernière minute aux couturières de ses sœurs.

— Ces robes sont beaucoup trop audacieuses pour leur âge. Mettez des manches gigot à la place des gants et ajoutez de larges rubans pour cacher les décolletés.

— Mais, monsieur…, bafouilla une confection-neuse avec un coup d'œil alarmé vers l'horloge.

— Ne laissez paraître de leur peau que celle du visage.

Archibald ignora les cris horrifiés de ses sœurs. Son sourire n'était pas aussi désinvolte qu'à l'accoutumée, comme si l'idée de les livrer en pâture à la cour lui répugnait. C'était un frère très protecteur, Ophélie devait lui reconnaître cela.

— Ce n'est pas négociable, décréta-t-il alors que ses sœurs n'en finissaient plus de protester. Sur ce, je retourne à mes invités. Je viens de perdre mon majordome en chef et je me retrouve avec des problèmes d'intendance sur les bras.

Quand Archibald fut parti, le regard d'Ophélie ne cessa plus d'aller et venir entre la pendule, Berenilde et la tante Roseline. Elle se sentait oppressée sous sa livrée, comme si un compte à rebours continuait de s'égrener en silence. Plus que sept heures avant la représentation. Plus que cinq heures. Plus que trois heures. Gustave était mort et, malgré cela, absurdement, elle se sentait encore l'esclave de son chantage. Elle aurait dû prévenir Berenilde de ce qui s'était passé dans les oubliettes. La voir si insouciante devant son miroir ne la tranquillisait pas. Ophélie avait peur pour elle, pour le bébé, pour sa tante, aussi, sans que rien le justifiât vraiment.

La fatigue finit par avoir raison de ses angoisses et elle se mit à somnoler sur la banquette.

Ce fut le silence qui la réveilla. Un silence si brutal qu'il en faisait mal aux oreilles. Les sœurs d'Archibald ne babillaient plus, les couturières avaient suspendu leur ouvrage, les joues de Berenilde s'étaient décolorées.

Des hommes et des femmes venaient de faire irruption dans le salon de musique. Ces gens-là n'avaient pas l'allure des autres nobles du Clairdelune. Ils ne portaient ni perruques ni fanfreluches, mais ils se tenaient tous si droits qu'on aurait pu les croire maîtres des lieux. Leurs beaux habits de fourrure, plus adaptés aux forêts qu'aux salons, ne dissimulaient pas les tatouages sur leurs bras. Ils avaient tous en commun un regard dur, tranchant comme de l'acier. Le même regard que Thorn.

Des Dragons.

Encombrée de son aviron, Ophélie se leva de sa banquette pour s'incliner comme n'importe quel valet tenant un tant soit peu à la vie le ferait. Thorn l'avait mise en garde, sa famille était d'une susceptibilité extrêmement chatouilleuse.

Quand Ophélie se redressa, elle reconnut Freyja à ses lèvres pincées et à son nez en épine. Elle promenait ses yeux glacés sur les robes de scène et les instruments de musique, puis elle les figea sur les sœurs d'Archibald, pâles et silencieuses.

— Vous ne nous saluez pas, jeunes demoiselles ? articula-t-elle lentement. Serions-nous donc indignes d'être vos invités d'un jour ? Nous n'avons l'autorisation de monter au Clairdelune qu'une fois l'an, mais peut-être est-ce déjà trop à votre goût ?

Désemparées, toutes les sœurs se tournèrent vers leur aînée dans un même mouvement de girouettes. Patience leva le menton avec dignité et serra ses mains pour les empêcher de trembler. Elle était peut-être la moins jolie, à cause de ses traits sévères, mais elle ne manquait pas de courage.

— Pardonnez-nous, madame Freyja, nous ne nous attendions pas à cette visite impromptue. Il vous suffira, je pense, de regarder autour de vous pour comprendre notre gêne. Nous sommes toutes en train de nous habiller pour l'opéra.

Patience eut un regard significatif pour les Dragons aux barbes hirsutes et aux bras balafrés. Dans leur manteau de fourrure blanche, ils ressemblaient à des ours polaires qui se seraient égarés dans le monde des humains.

Il y eut des exclamations indignées parmi les dames de la chorale. Les triplets de Freyja pouffaient de rire en penchant leur tête rasée sous les robes. Leur mère n'eut pas un mot pour les rappeler à l'ordre. Au contraire, elle s'assit sur le

447

tabouret d'un clavecin, coudes sur le couvercle, bien décidée à rester. Elle portait sur les lèvres un sourire qu'Ophélie connaissait bien ; c'était celui qu'elle avait affiché dans le fiacre avant de la gifler à toute volée.

— Continuez à votre aise, mesdemoiselles, nous ne vous dérangerons pas. Ceci est une simple réunion de famille.

Des gendarmes soupçonneux entrèrent dans le salon pour voir si tout allait bien, mais Patience leur fit signe de s'en aller, puis elle demanda aux couturières de terminer leur travail.

Freyja tourna alors son sourire forcé vers Berenilde.

— Cela faisait bien longtemps, ma tante. Vous me semblez vieillie.

— Bien longtemps, en effet, chère nièce.

Derrière la posture effacée de Mime, Ophélie ne manquait rien de la scène. À force de jouer les valets, elle avait appris à capter chaque détail en quelques coups d'œil attentifs. Elle ne pouvait pas dévisager crûment Berenilde, mais elle pouvait faire l'addition de tout ce qu'elle percevait d'elle. Le timbre maîtrisé de sa voix. Son immobilité parfaite dans la belle robe d'Isolde. Ses bras gantés qu'elle maintenait le long du corps pour les empêcher de se croiser instinctivement sur son ventre.

Sous son vernis de calme, Berenilde était tendue.

— Tu es injuste, petite sœur. Notre tante n'a jamais été aussi radieuse !

Un homme qu'Ophélie ne connaissait pas s'était avancé hardiment vers Berenilde pour lui baiser la main. Il possédait un menton saillant, des épaules athlétiques et un teint éclatant. S'il était le frère de Freyja, il était donc le demi-frère de Thorn. Il ne lui ressemblait pas du tout.

Son intervention eut le mérite de détendre Berenilde, qui glissa un doigt affectueux sur sa joue.

— Godefroy ! Cela devient si difficile de te sortir de ta province ! Chaque année, je me demande si tu survivras à cet épouvantable hiver, là-bas, au fond de ta forêt.

L'homme laissa éclater un rire retentissant, un rire qui n'avait rien à voir avec les gloussements habituels des courtisans.

— Voyons, ma tante, je ne me permettrais jamais de mourir sans prendre le thé avec vous une dernière fois.

— Berenilde, où est Catherine ? Elle n'est pas avec toi ?

Cette fois, c'était un vieil homme qui venait de s'exprimer. Du moins, Ophélie supposa qu'il était vieux : malgré ses rides et sa barbe blanche, il était bâti comme une armoire à glace. Il posait un regard méprisant sur le mobilier raffiné qui l'entourait. Dès qu'il avait pris la parole, tous les membres de la famille s'étaient tournés vers lui pour l'écouter. Un vrai patriarche.

— Non, père Vladimir, dit doucement Berenilde. Maman a quitté la Citacielle. Elle est souffrante, elle ne viendra pas à la chasse de demain.

— Un Dragon qui ne chasse pas n'est plus un Dragon, gronda le vieil homme dans sa barbe. À trop fréquenter les salons, ta mère et toi êtes devenues de petites délicates. Peut-être vas-tu nous annoncer à présent que toi non plus, tu n'en seras pas ?

— Père Vladimir, il me semble que tante Berenilde a des circonstances atténuantes.

— Si tu n'étais pas notre meilleur chasseur,
Godefroy, je te couperais les mains pour avoir
prononcé des mots aussi honteux. Dois-je te rappeler ce qu'elle représente pour nous, cette grande
chasse du printemps ? Un art noble pratiqué
de nous seuls qui rappelle au monde d'en haut
qui nous sommes. La viande que les courtisans
trouvent chaque jour dans leur assiette, ce sont
les Dragons qui la leur apportent !

Le père Vladimir avait poussé sur sa voix de
façon que chaque personne présente dans la salle
pût l'entendre. Ophélie l'avait entendu, ça oui,
mais elle l'avait à peine compris. Cet homme avait
un accent épouvantable.

— C'est une tradition très respectable, concéda
Godefroy, mais elle n'est pas sans danger. Dans
son état, tante Berenilde pourrait être excusée...

— Fadaises ! s'exclama une femme, jusque-là
restée silencieuse. J'étais sur le point d'accoucher
de toi, mon garçon, que je chassais encore dans
la toundra.

« La belle-mère de Thorn », releva Ophélie
en elle-même. C'était le portrait de Freyja, avec
des traits plus prononcés. Elle non plus, elle ne
serait probablement jamais une amie. Quant à
Godefroy, Ophélie ne savait trop quoi penser de
lui. Il lui inspirait spontanément de la sympathie, mais elle se méfiait des trop bonnes pâtes
depuis le vilain tour que lui avait joué la grand-
mère.

Le père Vladimir leva sa grande main tatouée

pour désigner les triplets, occupés dans leur coin à démanteler une harpe.

— Regardez-les, vous tous ! Voilà à quoi ressemblent des Dragons. Pas dix ans d'âge et, demain, ils chasseront leurs premières Bêtes sans d'autres armes que leurs griffes.

Assise à son clavecin, Freyja exultait. Elle échangea un regard complice avec Haldor, son mari à la vaste barbe blonde.

— Quelle femme parmi vous peut se vanter de perpétuer ainsi notre lignée ? poursuivit le père Vladimir en promenant un regard dur autour de lui. Toi, Anastasia, trop laide pour te dégoter un mari ? Toi, Irina, qui n'as jamais mené à terme une seule de tes grossesses ?

Tous les visages se baissèrent sous le faisceau implacable de son regard, pareil à un phare déblayant l'horizon. Un silence gêné envahit tout le salon. Les sœurs d'Archibald faisaient semblant d'être affairées autour de leur toilette, mais elles ne perdaient pas une miette de ce qui se disait ici.

Ophélie, elle, n'en croyait pas ses oreilles. Culpabiliser des femmes de cette façon, c'était odieux. Près d'elle, la tante Roseline suffoquait tellement qu'elle pouvait entendre chacune de ses respirations.

— Ne vous enflammez pas, père Vladimir, dit Berenilde d'une voix calme. Je serai des vôtres demain, comme je l'ai toujours été.

Le vieillard lui retourna un regard acéré.

— Non, Berenilde, tu n'as pas toujours été des nôtres. En prenant le bâtard sous ta protection et en faisant de lui ce qu'il est aujourd'hui, tu nous as tous trahis.

— Thorn appartient à notre famille, père Vladimir. Le même sang coule dans nos veines.

À ces mots, Freyja libéra un rire méprisant qui fit résonner toutes les cordes du clavecin.

— C'est un ambitieux, un calculateur éhonté ! Il déshéritera mes enfants au profit des siens quand il aura épousé sa ridicule petite femme.

— Tranquillise-toi, susurra Berenilde. Tu prêtes à Thorn un pouvoir qu'il n'a pas.

— C'est l'intendant des finances, ma tante. Bien sûr qu'il a ce pouvoir.

Ophélie se cramponna des deux mains à sa rame de gondolier. Elle commençait à comprendre pourquoi sa belle-famille la détestait autant.

— Ce bâtard n'est pas un Dragon, reprit le père Vladimir d'une voix terrible. Qu'il pointe son vilain nez demain à *notre* chasse, et je me ferai un plaisir de lui imprimer une nouvelle cicatrice sur le corps. Quant à toi, dit-il en pointant son doigt sur Berenilde, si je ne t'y vois pas, tu seras déshonorée. Ne te repose pas trop sur les attentions du seigneur Farouk, ma belle, elles ne tiennent plus qu'à un fil.

Berenilde répondit à sa menace par un sourire suave.

— Veuillez m'excuser, père Vladimir, mais je dois finir de m'apprêter. Nous nous retrouverons après la représentation.

Le vieil homme émit un reniflement méprisant, et tous les Dragons lui emboîtèrent le pas. Ophélie les compta des yeux au fur et à mesure qu'ils franchissaient la porte. Ils étaient douze, en incluant les triplets. C'était donc cela, le clan au grand complet ?

Dès que les Dragons furent partis, les bavardages reprirent dans le salon comme le chant des oiseaux après l'orage.

— Madame ? bredouilla le tailleur en revenant vers Berenilde. Pouvons-nous terminer votre robe ?

Berenilde ne l'entendit pas. Elle caressait son ventre avec une douceur mélancolique.

— Charmante famille, n'est-ce pas ? murmura-t-elle à son bébé.

L'opéra

Quand l'horloge de la galerie principale sonna sept coups, le Clairdelune s'était déjà vidé de sa population. Tout le monde, depuis les invités permanents de l'ambassade jusqu'aux petits courtisans de passage, avait emprunté les ascenseurs qui montaient à la tour.

Archibald avait attendu le dernier moment pour rassembler autour de lui la troupe d'opéra. Elle était composée de ses sept sœurs, de Berenilde et de sa suite, des dames de la chorale ainsi que des ducs Hans et Otto, qui interpréteraient les deux seuls rôles masculins de la pièce.

— Prêtez-moi toute votre attention, dit Archibald en sortant sa montre d'une poche trouée. Dans quelques instants, nous allons prendre l'ascenseur et quitter l'asile diplomatique. Je vous enjoins donc d'être prudents. La tour se situe hors de ma juridiction. Là-haut, il ne sera plus en mon pouvoir de vous garder de vos ennemis.

Il plongea ses yeux couleur ciel dans ceux de Berenilde comme s'il s'adressait à elle en particulier. Elle lui sourit avec espièglerie. En vérité, elle semblait si sûre d'elle, en cet instant, qu'elle dégageait une aura d'invulnérabilité.

Cachée sous son chapeau de gondolier, Ophélie aurait aimé partager son assurance. Sa rencontre avec sa future belle-famille lui avait fait l'effet d'une avalanche de neige.

— Quant à vous, poursuivit Archibald en se tournant cette fois vers ses sœurs, je vous ramènerai au Clairdelune dès la fin de la représentation.

Il fit la sourde oreille lorsqu'elles poussèrent de hauts cris, objectant qu'elles n'étaient plus des enfants et qu'il n'avait pas de cœur. Ophélie se demanda si ces jeunes filles avaient jamais connu autre chose que le domaine de leur frère.

Quand Archibald offrit son bras à Berenilde, toute la troupe se pressa devant la grille dorée de l'ascenseur, jalousement gardée par quatre gendarmes. Ophélie ne pouvait empêcher son cœur de battre plus fort. Combien de nobles n'avait-elle pas vus monter dans l'un de ces ascenseurs ? À quoi ressemblait-il donc, ce monde d'en haut vers lequel tout convergeait ?

Un portier ouvrit la grille et tira sur un cordon d'appel. Quelques minutes plus tard, l'ascenseur descendit de la tour. Vue du corridor, sa cabine ne paraissait avoir de place que pour contenir trois ou quatre personnes. Pourtant, les vingt-deux membres de la troupe entrèrent tous à l'intérieur sans avoir à se bousculer.

Ophélie ne fut pas surprise de découvrir une vaste salle avec des banquettes de velours et des tables garnies de pâtisseries. Les absurdités de l'espace faisaient maintenant partie de son quotidien. Des trompe-l'œil prolongeaient illusoirement cette surface, déjà considérable, en jardins ensoleillés et en galeries de statues. Ils étaient si réussis qu'Ophélie se cogna à un mur en croyant entrer dans une alcôve.

L'air autour d'elle était saturé de parfums capiteux. Les deux ducs emperruqués s'appuyaient sur le pommeau de leur canne. Les dames de la chorale repoudraient leur nez d'un geste coquet. Évoluer parmi tout ce monde sans heurter personne avec sa rame fut un véritable exploit. À côté d'elle, la tante Roseline n'avait pas les mêmes difficultés puisque son seul accessoire se résumait à la fiole qu'elle devrait remettre à Berenilde sur scène. Elle la manipulait nerveusement, de plus en plus agitée, comme si elle tenait un charbon ardent.

Vêtu d'une livrée jaune miel, un groom agita une clochette.

— Mesdames, mesdemoiselles et messieurs, nous allons partir. Nous desservirons la salle du Conseil, les jardins suspendus, les thermes des courtisanes et notre terminus, l'Opéra familial. La Compagnie des ascenseurs vous souhaite une excellente ascension !

La grille dorée se referma et l'ascenseur s'éleva avec une lenteur pachydermique.

Agrippée à sa rame comme si sa vie en dépendait, Ophélie ne quittait pas des yeux Berenilde. Avec la soirée qui s'annonçait, il lui semblait essentiel que l'une d'elles au moins se tînt vigilante. Jamais l'atmosphère ne lui avait paru aussi chargée d'orage. La foudre allait tomber, c'était une certitude : restait maintenant à savoir où et quand.

Lorsqu'elle vit Archibald se pencher à l'oreille de Berenilde, Ophélie s'avança d'un pas pour mieux les écouter.

— J'ai assisté, bien malgré moi, à votre petite réunion de famille.

Ophélie sourcilla, puis elle se rappela qu'Archibald pouvait voir et entendre tout ce que ses sœurs voyaient et entendaient.

— Vous ne devriez pas tenir compte de toutes ces provocations, chère amie, poursuivit-il.

— Me croyez-vous faite en sucre ? le taquina Berenilde en secouant ses bouclettes blondes.

Ophélie vit un sourire s'allonger sur le profil angélique d'Archibald.

— Je sais pertinemment de quoi vous êtes capable, mais je suis tenu de veiller sur vous et sur l'enfant que vous portez. Chaque année, votre grande chasse familiale apporte son lot de morts. Ne perdez simplement pas cela de vue.

Ophélie frissonna de tout son corps. Elle revoyait les immenses carcasses de mammouths et d'ours que l'aïeul Augustus avait dessinées dans son carnet de voyage. Berenilde envisageait-elle sérieusement de les emmener à la chasse, demain ? Ophélie avait beau y mettre de la bonne volonté, elle ne s'imaginait pas en train de participer à une battue dans la neige et dans la nuit, par moins vingt-cinq degrés.

Elle étouffait de devoir toujours se taire.

— L'Opéra familial ! annonça le groom.

Perdue dans ses pensées, Ophélie suivit le mouvement de la troupe. Ce qui devait arriver arriva : elle heurta quelqu'un avec sa rame de gondolier.

Elle enchaîna les courbettes pour exprimer sa confusion avant de réaliser qu'elle les adressait à un petit garçon.

— Ce n'est rien, dit le chevalier en se frottant l'arrière du crâne. Je n'ai pas eu mal.

Derrière ses épaisses lunettes rondes, son visage était inexpressif. Qu'est-ce que cet enfant faisait avec eux dans l'ascenseur ? Il était si discret qu'Ophélie ne l'avait pas remarqué. Elle garda de cet incident un inexplicable sentiment de malaise.

Dans le grand hall, quelques gentilshommes traînaient encore à fumer des cigares. Au passage de la troupe, ils se retournèrent en badinant. Ophélie était trop éblouie pour bien les voir. Les douze lustres en cristal de la galerie se reflétaient parfaitement dans les parquets vernis ; elle avait l'impression de marcher sur des bougies.

Le hall déboucha au pied d'un monumental escalier d'honneur à double révolution. Tout de marbre et de cuivre, de mosaïques et de dorures, c'était lui qui menait à la salle d'Opéra. À chaque marche palière, des statues en bronze brandissaient des lampes à gaz en forme de lyre. Les deux volées symétriques desservaient les couloirs périphériques où les tentures des loges et des balcons étaient déjà presque toutes tirées. L'air y bruissait de murmures et de rires étouffés.

Ophélie fut prise de vertiges à l'idée de devoir gravir les innombrables marches. Chaque mouvement lui enfonçait une lame invisible dans les côtes. Fort heureusement, la troupe contourna le grand escalier, descendit quelques marches et passa par l'entrée des artistes, située juste sous la salle de l'Opéra.

— C'est ici que je vous laisse, chuchota Archibald. Je dois regagner ma place au balcon d'honneur avant l'arrivée de notre seigneur.

— Vous nous donnerez vos impressions après le spectacle ? le pria Berenilde. Les autres me flatteront sans une once de sincérité. Je sais au moins que je peux compter sur votre indéfectible franchise.

— Ce sera à vos risques et périls. Je goûte fort peu l'opéra.

Archibald lui adressa un coup de chapeau et referma la porte derrière lui.

L'entrée des artistes donnait sur un complexe lacis de couloirs qui desservaient les entrepôts du décor, les salles des machines et les loges des chanteurs. Ophélie n'avait jamais mis les pieds dans un Opéra de sa vie ; pénétrer dans ce monde par les coulisses était une expérience fascinante. Elle posa un regard curieux sur les figurants en costume et les cabestans qui servaient à tracter les rideaux ou à changer les décors.

Ce ne fut qu'une fois arrivée à la loge des cantatrices qu'elle s'aperçut que la tante Roseline ne les suivait plus.

— Allez vite la chercher, ordonna Berenilde en s'asseyant devant une coiffeuse. Elle n'apparaît qu'à la fin de l'acte I, mais elle doit impérativement rester auprès de nous.

Ophélie était de cet avis. Elle posa sa rame pour ne pas s'encombrer inutilement, puis s'en fut le long des coursives. La fosse d'orchestre devait se trouver juste au-dessus ; elle pouvait entendre les musiciens en train d'accorder les instruments. À son grand soulagement, elle trouva sans mal la tante Roseline. Plantée au milieu d'un couloir, toute raide dans son austère robe noire, elle gênait le passage des machinistes. Ophélie lui fit signe de la suivre, mais sa tante ne parut pas la voir. Elle tournait sur elle-même, complètement désorientée, sa fiole entre les mains.

— Fermez donc ces portes, grommela-t-elle entre ses dents. J'ai horreur des courants d'air.

Ophélie s'empressa de la prendre par le bras pour la guider jusqu'à la loge. Sans doute était-ce à cause du trac, mais la tante Roseline commettait des imprudences. Elle ne devait surtout pas se laisser aller à parler ainsi en public. Son accent animiste s'entendait dès qu'elle sortait du cadre des « Oui, madame » et des « Bien, madame ». La tante Roseline se ressaisit d'elle-même quand Ophélie la fit asseoir sur un siège, dans la loge des cantatrices. Elle se tint droite et silencieuse, sa fiole serrée contre elle, tandis que Berenilde faisait des vocalises.

Les sœurs d'Archibald étaient déjà montées dans les coulisses ; elles apparaîtraient dès l'ouverture. Berenilde ne ferait son entrée qu'à la scène III de l'acte I.

— Prenez ceci.

Berenilde venait de se tourner vers Ophélie pour lui remettre des jumelles de théâtre. Magnifiée par sa robe de scène et ses cheveux somptueusement coiffés, elle avait des allures de reine.

— Montez là-haut et jetez discrètement un

coup d'œil au balcon de Farouk. Lorsque ces charmantes enfants feront leur apparition, observez-le avec attention. Vous avez dix minutes, pas une de plus.

Ophélie comprit que c'était à *elle* que Berenilde s'adressait, non à Mime. Elle sortit de la loge, traversa un couloir et monta un escalier. Elle leva les yeux vers la passerelle, mais le grand lambrequin faisait écran ; de là-haut, elle ne verrait pas la salle. Elle gagna les coulisses, plongées dans la pénombre, où des robes froufroutantes se pressaient comme des cygnes agités. Les sœurs d'Archibald attendaient désespérément d'entrer en scène.

Quelques applaudissements se firent entendre ; c'était le lever de rideau. L'orchestre entama les premiers accords de l'ouverture et les dames de la chorale élancèrent leurs voix à l'unisson : « Seigneurs, vous plaît-il d'entendre un beau conte d'amour et de mort ? » Ophélie contourna le plateau de scène et repéra des pendillons, ces tentures flottantes tendues en arrière-plan pour dissimuler les coulisses. Elle jeta un coup d'œil furtif entre les pans des rideaux. Elle vit d'abord l'envers du décor d'une ville en deux dimensions, puis le dos des dames de la chorale et, enfin, la grande salle de l'Opéra.

Ophélie ôta son chapeau à long ruban et posa les jumelles de théâtre sur ses lunettes.

Cette fois, elle put voir avec précision les rangées de fauteuils, or et carmin, qui tapissaient le parterre. Peu de sièges étaient vacants. Bien que le spectacle eût officiellement commencé, les nobles

continuaient de se parler entre eux sous le couvert des gants et des éventails. Ophélie les trouva
outrageusement impolis ; les dames de la chorale avaient répété pendant des jours pour cette
représentation. Agacée, elle hissa ses jumelles vers
les galeries supérieures qui escaladaient la salle
d'Opéra sur cinq niveaux. Toutes les loges étaient
prises. On y bavardait, on y riait, on y jouait
aux cartes, mais personne ne prêtait l'oreille à la
chorale.

Lorsque le grand balcon d'honneur apparut
dans le double cerclage des jumelles, Ophélie
retint son souffle. Thorn était là. Guindé dans
son uniforme noir à brandebourgs, il consultait
ce qu'elle supposa être son inséparable montre
de gousset. Fallait-il donc que sa charge d'intendant fût importante pour qu'il eût sa place ici…
Ophélie reconnut Archibald à son vieux haut-de-
forme, juste à côté de lui ; il observait ses ongles
d'un air oisif. Les deux hommes s'ignoraient avec
une telle ostentation, sans même faire semblant
de s'intéresser à la pièce, qu'Ophélie ne put retenir
un soupir excédé. Ils ne donnaient vraiment pas
l'exemple.

D'un glissement de jumelles, elle fit défiler toute
une rangée de femmes endiamantées – probablement des favorites – avant de découvrir un géant
vêtu d'un élégant manteau de fourrure. Ophélie
écarquilla les yeux. C'était donc lui, cet esprit de
famille autour duquel gravitaient tous ces nobles,
toutes ces castes, toutes ces femmes ? Lui à qui
Berenilde vouait une passion éperdue ? Lui pour
qui l'on s'assassinait à tour de bras ? L'imagina-

tion bouillonnante d'Ophélie en avait façonné au fil des semaines un portrait contradictoire, tour à tour glacial et brûlant, doux et cruel, superbe et effrayant.

Apathique.

C'est le premier mot qui lui traversa l'esprit en découvrant ce grand corps avachi sur son trône. Farouk se tenait assis à la façon des enfants qui s'ennuient, juste au bord du siège, coudes sur les accotoirs, dos voûté jusqu'à la bosse. Il avait juché son menton sur son poing pour l'empêcher de chavirer en avant ; le tuyau d'un narguilé était enroulé autour de son autre main. Ophélie l'aurait bel et bien cru endormi si elle n'avait intercepté, dans l'entrebâillement des paupières, l'étincelle d'un regard morne.

Malgré les jumelles, elle distinguait mal le détail de sa physionomie. Peut-être aurait-ce été possible si Farouk avait présenté des traits puissants, des contrastes forts, mais il possédait la pureté du marbre. Ophélie comprit, en le voyant, pourquoi ses descendants étaient tous si pâles de peau et de cheveux. Sa figure imberbe, où l'on devinait à peine l'arcade des sourcils, l'arête du nez, le pli de la bouche, semblait faite de nacre. Farouk était parfaitement lisse, sans ombres, sans aspérités. Sa longue natte blanche était torsadée autour de son corps comme une étrange rivière de glace. Il paraissait à la fois vieux comme le monde et jeune comme un dieu. Sans doute était-il beau, mais Ophélie le trouvait trop dépourvu de chaleur humaine pour s'en émouvoir.

Elle surprit enfin un mouvement d'intérêt dans

toute cette torpeur lorsque les sœurs d'Archibald apparurent sur scène. Farouk mâchouilla le bec de son narguilé, puis, avec la lenteur suave du serpent, il tourna la tête vers ses favorites. Le reste de son corps n'avait pas bougé, tant et si bien que son cou finit par adopter un angle impossible. Ophélie vit les lèvres de son profil remuer et toutes les favorites, pâles de jalousie, firent passer le message de bouche à oreille jusqu'à Archibald. Le compliment ne devait pas être à son goût, car Ophélie le vit se lever de son siège et quitter le balcon.

Thorn, quant à lui, n'avait pas lâché sa montre des yeux ; il avait hâte de regagner son Intendance et n'en faisait aucun mystère.

La marque d'intérêt que Farouk avait manifestée pour les sœurs de l'ambassadeur se propagea des balcons au parterre. Tous les nobles, qui avaient boudé le spectacle jusqu'à cet instant, se mirent à applaudir chaleureusement. Ce que l'esprit de famille approuvait, toute sa cour l'approuvait.

Ophélie referma les pendillons et reposa le chapeau de gondolier sur sa tête. Elle pourrait rendre ses jumelles à Berenilde, elle avait bien appris sa leçon.

Dans les coulisses, des admirateurs se pressaient déjà pour déclarer leur flamme aux sœurs d'Archibald. Aucun d'eux n'accorda un seul regard à Berenilde, dressée dans sa gondole sur rails comme une reine solitaire. Quand Ophélie monta à l'arrière pour s'installer à la place du rameur, elle l'entendit murmurer à travers son sourire :

— Profitez de ces miettes de gloire, mes mignonnes, elles seront éphémères.

Ophélie pencha l'aile ample de son chapeau sur son visage. Berenilde lui donnait parfois froid dans le dos.

Au loin, les violons et les harpes de l'orchestre annoncèrent l'entrée d'Isolde. Le mécanisme propulsa en douceur la gondole sur les rails. Ophélie prit une inspiration pour se donner du courage. Elle allait devoir tenir son rôle de rameur tout au long du premier acte.

Lorsque l'embarcation s'engagea sur le plateau de la scène, Ophélie contempla ses mains vides avec incrédulité. Elle avait oublié sa rame dans la loge.

Elle posa un regard affolé sur Berenilde, espérant d'elle le miracle qui les sauverait du ridicule, mais la cantatrice se rengorgeait déjà, éblouissante sous les feux de la rampe. Ophélie dut se résoudre à improviser, ne trouvant rien de mieux à faire que mimer la gestuelle du rameur sans son précieux accessoire.

Elle n'aurait probablement jamais attiré l'attention si elle ne s'était tenue debout haut perchée, au bord de la gondole. Mortifiée, elle se mordit la lèvre quand des éclats de rire jaillirent de la salle, brisant Berenilde dans son élan alors qu'elle entonnait : « Nuit d'amour, dans la cité du ciel, à nulle autre pareille... » Interdite, aveuglée par l'éclairage de la scène, Berenilde eut plusieurs respirations suffoquées avant de comprendre que ce n'était pas d'elle qu'on se moquait, mais de son rameur. Derrière elle, Ophélie s'efforça de garder sa contenance, se déhanchant en silence au gré d'une rame invisible. C'était cela ou rester bêtement les bras ballants. Berenilde se recomposa alors un sourire de toute beauté qui coupa court aux railleries et reprit son chant comme si elle n'avait pas été interrompue.

Ophélie l'admira sincèrement. En ce qui la concernait, il lui fallut beaucoup de coups de rame imaginaires avant de cesser de fixer ses souliers. Tandis qu'autour d'elle se chantaient l'amour, la haine et la vengeance, Ophélie avait de plus en plus mal aux côtes. Elle essaya de se concentrer sur l'illusion de l'eau qui s'écoulait sans fin au milieu des maisons en carton et des ponts improvisés, mais ce spectacle ne lui changea pas longtemps les idées.

Abritée sous son chapeau, elle risqua alors un coup d'œil curieux vers le balcon d'honneur. Sur son trône, Farouk s'était métamorphosé. Ses yeux brillaient comme des flammes. Son visage de cire fondait à vue d'œil. Ce n'étaient ni l'intrigue de l'opéra ni la beauté du chant qui lui faisaient cet effet, mais Berenilde et Berenilde seule. Ophélie comprenait maintenant pourquoi elle avait tant tenu à reparaître devant lui. Elle était parfaitement consciente de l'emprise qu'elle exerçait sur lui. Elle maîtrisait à la perfection la science de la sensualité, celle qui sait attiser les braises du désir par le seul langage du corps.

Voir ce colosse de marbre se liquéfier à la vue de cette femme était un spectacle troublant pour Ophélie. Elle ne s'était jamais sentie si étrangère à leur monde qu'à cet instant. La passion qui les liait était sans doute la chose la plus vraie et la plus sincère à laquelle elle assistait depuis son arrivée au Pôle ; mais cette vérité-là, Ophélie n'en ferait jamais l'expérience. Plus elle les observait, l'un et l'autre, plus elle en était convaincue. Elle pourrait faire des efforts pour se montrer plus indulgente envers Thorn, ce ne serait jamais de l'amour. S'en rendait-il compte, lui aussi ?

Si elle n'avait pas oublié sa rame, Ophélie l'aurait probablement lâchée de surprise. Elle venait seulement de remarquer le regard acéré que Thorn appuyait sur elle du balcon d'honneur. Considéré d'un autre point de la scène, nul n'aurait pu saisir cette nuance dans l'angle de son regard et douter, en conséquence, qu'il ne fût tout entier à sa tante. Cependant, de là où Ophélie se tenait, à l'extrémité de sa gondole, elle voyait bien que c'était Mime qu'il fixait de la sorte, sans le moindre embarras.

« Non, pensa alors Ophélie avec une torsion de ventre. Il ne s'en rend pas compte. Il attend de moi quelque chose que je suis incapable de lui offrir. »

Comme l'acte touchait à sa fin, un nouvel incident la ramena aux réalités immédiates. La tante Roseline, censée apporter le philtre d'amour à Isolde, ne fit jamais son apparition sur scène. Un silence gêné tomba parmi les chanteurs et Berenilde elle-même resta sans voix durant un long moment. Ce fut un figurant qui la sortit d'embarras en lui remettant une coupe à la place de la fiole.

Dès lors, Ophélie ne pensa plus ni à Thorn, ni à Farouk, ni à l'Opéra, ni à la chasse, ni à sa côte. Elle voulait voir si sa tante allait bien, rien d'autre n'avait plus d'importance à ses yeux. Quand les rideaux tombèrent pour l'entracte, au milieu des applaudissements et des bravos, elle descendit de la gondole sans un regard pour Berenilde. De toute façon, elle n'aurait plus besoin d'elle pour l'acte II.

Ophélie fut soulagée de trouver la tante Roseline dans la loge, à l'endroit précis où elle l'avait laissée. Assise sur sa chaise, très droite, sa fiole entre les mains, elle ne semblait tout simplement pas avoir réalisé que l'heure avait tourné.

Ophélie lui secoua doucement l'épaule.

— Nous n'y arriverons pas si nous bougeons sans cesse, déclara la tante Roseline d'un ton pincé, le regard perdu dans le vague. Pour réussir une photographie, il faut tenir la pose.

Délirait-elle ? Ophélie appuya une main sur son front, mais il semblait d'une température normale. Cela ne l'inquiéta que davantage. Déjà tout à l'heure, la tante Roseline se comportait étrangement. De toute évidence, quelque chose ne tournait pas rond.

Ophélie vérifia qu'elles étaient seules dans la loge, puis elle s'autorisa à parler du bout des lèvres :

— Vous ne vous sentez pas bien ?

La tante Roseline balaya l'air comme si une mouche lui tournait autour, mais elle ne répondit pas. Elle semblait complètement perdue dans ses pensées.

— Ma tante ? l'appela Ophélie, de plus en plus inquiète.

— Tu sais pertinemment ce que j'en pense de ta tante, mon pauvre Georges, marmonna Roseline. C'est une analphabète qui se sert de ses livres comme combustible. Je refuse de fréquenter quelqu'un qui respecte aussi peu le papier.

Ophélie la considéra avec de grands yeux ébahis. L'oncle Georges était mort il y avait de cela une vingtaine d'années. La tante Roseline n'était pas perdue dans ses pensées ; elle était perdue dans ses souvenirs.

— Marraine, l'implora Ophélie dans un murmure. Tout de même, vous me reconnaissez ?

La tante ne lui accorda aucun regard, à croire qu'Ophélie était faite en verre. Celle-ci fut envahie par un incontrôlable sentiment de culpabilité. Elle ne savait ni pourquoi ni comment, mais elle avait confusément l'impression que ce qui arrivait à la tante Roseline était sa faute. Elle avait peur. Peut-être n'était-ce rien, juste un égarement passager, mais une petite voix en elle lui soufflait que c'était bien plus grave que cela.

Elles allaient avoir besoin de Berenilde.

Avec des gestes précautionneux, Ophélie ôta la fiole des mains crispées de sa tante, puis elle resta assise auprès d'elle tout le temps que durèrent l'acte II et l'acte III. Ce fut une attente interminable, que la tante Roseline ponctua de phrases sans queue ni tête, sans jamais vouloir refaire surface. C'était intolérable de la voir assise sur cette chaise, le regard ailleurs, à la fois proche et inaccessible.

— Je reviens, chuchota Ophélie quand les applaudissements firent vibrer le plafond de la loge. Je vais chercher Berenilde, elle saura quoi faire.

— Tu n'as qu'à ouvrir ton parapluie, répondit la tante Roseline.

Ophélie remonta l'escalier qui menait aux coulisses aussi rapidement que le lui permettait sa côte. À force de remuer, la douleur l'empêchait presque de respirer. Elle se faufila à travers les figurants qui se massaient sur scène pour effectuer leur salut. Les tonnerres d'applaudissements propageaient des tremblements sous ses pieds. Des bouquets de roses étaient jetés par dizaines sur les planches.

Ophélie saisit mieux la raison de tous ces honneurs quand elle vit Berenilde en train de recevoir un baisemain de Farouk. L'esprit de famille était venu sur scène en personne pour lui exprimer publiquement son admiration. Berenilde était en état de grâce : radieuse, épuisée, superbe et victorieuse. Ce soir, grâce à sa prestation, elle venait de reconquérir son titre de favorite parmi les favorites.

Le cœur battant, Ophélie ne pouvait détacher ses yeux de Farouk. Vu de près, ce magnifique géant blanc était beaucoup plus impressionnant. Ce n'était pas étonnant qu'il fût pris pour un dieu vivant.

Le regard qu'il posait sur Berenilde, palpitante d'émotion, luisait avec un éclat possessif. Ophélie put lire sur ses lèvres le seul mot qu'il prononça :

— Venez.

Il enroula ses doigts immenses sur l'arrondi délicat de son épaule et, lentement, lentement, ils descendirent les marches de la scène. La foule des nobles se referma sur leur passage comme une lame déferlante.

Ophélie sut qu'elle ne pouvait pas compter sur Berenilde ce soir. Elle devait trouver Thorn.

La gare

Ophélie se laissa entraîner par le mouvement de reflux des spectateurs vers les sorties de la salle. Alors qu'elle descendait avec eux le grand escalier d'honneur, elle se fit marcher sur les pieds au moins cinq fois. Tous les spectateurs furent invités à se rendre au salon du Soleil, où se donnait une grande réception. Des buffets avaient été dressés et des domestiques en livrée jaune promenaient leurs plateaux d'un noble à l'autre pour servir des boissons sucrées.

Un valet désœuvré attirerait l'attention. Ophélie prit une coupe de champagne et traversa la foule d'un petit pas pressé, comme le ferait un serviteur soucieux de désaltérer son maître au plus vite. Partout autour d'elle, on commentait la prestation de Berenilde, son mezzo trop ample, ses aigus trop serrés, son essoufflement en fin de représentation. À présent que Farouk était loin, les critiques se faisaient plus mordantes. Les favorites endiamantées, délaissées, s'étaient réunies à côté des pâtisseries ; quand Ophélie passa près d'elles, il n'était déjà plus question de critique musicale, mais de maquillage raté, de prise de poids et de beauté vieillie. C'était le prix à payer pour être aimée de Farouk.

Ophélie craignit un instant que Thorn ne se fût déjà réfugié dans son intendance, mais elle finit par l'apercevoir. Ce n'était pas difficile : sa figure maussade et balafrée, plantée sur son grand corps d'échalas, dominait toute l'assistance. Taciturne, il aurait visiblement souhaité qu'on le laissât tranquille, mais on ne voyait que lui ; des hommes en redingote affluaient sans cesse dans sa direction.

— Cet impôt sur les portes et fenêtres est un non-sens !

— Quatorze lettres que je vous ai adressées, monsieur l'intendant, et aucune réponse à ce jour !

— Les garde-manger viennent à se vider. Des ministres qui se serrent la ceinture, où va le monde ?

— Il est de votre devoir de nous éviter la famine. Cette grande chasse a intérêt à être bonne, sinon vous entendrez parler de nous au prochain Conseil !

Ophélie se fraya un chemin entre tous ces fonctionnaires bedonnants pour atteindre Thorn. Il ne put retenir un sourcillement étonné quand elle hissa vers lui sa coupe de champagne. Elle essaya de coller sur le visage de Mime une expression insistante. Allait-il comprendre qu'elle sollicitait son aide ?

— Prenez rendez-vous avec mon secrétaire, déclara Thorn à tous ces messieurs d'un ton catégorique.

Sa coupe de champagne à la main, il leur tourna le dos. Il n'eut pas un geste, pas un regard pour Ophélie, mais elle lui emboîta le pas en toute confiance. Il allait la conduire en lieu sûr, elle lui parlerait de la tante Roseline, ils trouveraient une solution.

Ce soulagement fut de courte durée. Un grand gaillard appliqua une claque retentissante sur le dos de Thorn, qui déversa sa coupe de champagne sur le carrelage.

— Cher petit frère !

C'était Godefroy, l'autre neveu de Berenilde. Au grand dépit d'Ophélie, il n'était pas venu seul ; Freyja se tenait à son bras. Sous sa jolie toque de fourrure, elle décortiquait Thorn des yeux comme s'il s'agissait d'une aberration de la nature. L'intéressé se contenta de sortir un mouchoir pour éponger le champagne sur son uniforme ; il ne paraissait pas particulièrement ému de voir sa famille.

Il y eut un silence pesant, souligné par le bourdonnement des conversations et la musique de chambre. Godefroy le fit voler en éclats d'un rire magistral.

— De grâce, vous n'allez pas *encore* vous bouder ! Cinq ans que nous ne nous sommes pas retrouvés tous les trois !

— Quinze, dit Freyja, glaciale.

— Seize, rectifia Thorn avec sa rigidité habituelle.

— Assurément, le temps passe ! soupira Godefroy sans se départir de son sourire.

Postée en retrait, Ophélie avait du mal à s'empêcher de dévisager le beau chasseur. Godefroy captivait l'œil avec ses mâchoires puissantes et ses longs cheveux dorés. Dans sa bouche, l'accent du Nord prenait une sonorité rieuse. Il semblait aussi à l'aise dans sa chair souple et musclée que Thorn était à l'étroit dans son grand corps osseux.

— Tante Berenilde n'a-t-elle pas été extraordinaire, ce soir ? Elle a fait honneur à notre famille !

— Nous en reparlerons demain, Godefroy, persifla Freyja. Notre tante devrait garder ses forces plutôt que de s'épuiser en roucoulades. Un accident de chasse est vite arrivé.

Thorn lança sur sa sœur son regard de faucon. Il ne prononça aucun mot, mais Ophélie n'aurait pas aimé se trouver devant lui à cet instant. Freyja lui sourit d'un air féroce, brandissant son nez en épine comme un défi.

— Tout cela ne te concerne pas. Tu n'as pas le droit de te joindre à nous, tout intendant que tu es. N'est-ce pas merveilleusement ironique ?

Elle se décrocha du bras de son frère et souleva sa robe de fourrure pour éviter la flaque de champagne.

— Je fais le vœu de ne jamais te revoir, dit-elle en guise d'adieu.

Thorn serra les mâchoires mais n'émit aucun commentaire. Ophélie fut tellement saisie par la dureté de ces paroles qu'elle ne se rendit pas tout de suite compte qu'elle gênait le passage de Freyja. Elle fit un pas de côté, mais ce petit contretemps ne lui fut pas pardonné. Un valet avait fait attendre Freyja et Freyja n'attendait pas. Elle abaissa sur Mime un regard méprisant, de ceux qu'on réserve aux insectes rampants.

Ophélie porta vivement la main à sa joue. Une douleur fulgurante venait de lui traverser la peau, comme si un chat invisible l'avait griffée en plein visage. Si Thorn remarqua l'incident, il n'en laissa rien paraître.

Freyja se perdit dans la foule, laissant derrière elle un malaise que Godefroy lui-même ne parvint pas à dissiper.

— Elle n'était pas aussi désagréable quand nous étions petits, dit-il en secouant la tête. Être mère ne lui réussit guère. Depuis notre arrivée à la Citacielle, elle n'a pas cessé de nous railler, ma femme et moi. Sans doute le sais-tu, mais Irina a encore fait une fausse couche.

— Je m'en moque éperdument.

Le ton de Thorn n'était pas particulièrement hostile, mais il ne mâchait pas ses mots. Godefroy ne parut pas offensé le moins du monde.

— C'est vrai que tu dois penser à ton ménage, maintenant ! s'exclama-t-il en lui assenant une nouvelle claque dans le dos. Je plains la femme qui verra ta sinistre figure chaque matin.

— Une sinistre figure que tu as décorée à ta façon, rappela Thorn d'une voix plate.

Hilare, Godefroy fit glisser un doigt en travers de son sourcil, comme s'il redessinait la cicatrice de Thorn sur son propre visage.

— Je lui ai donné du caractère, tu devrais me remercier. Après tout, tu l'as gardé, ton œil.

Massant sa joue en feu, Ophélie venait de perdre ses dernières illusions. Le jovial, le chaleureux Godefroy n'était qu'une brute cynique. Quand elle le vit s'éloigner en riant haut et fort, elle espéra ne plus croiser aucun Dragon de sa vie. Cette belle-famille était horrible, ce qu'elle en avait vu lui avait suffi.

— Le hall de l'Opéra, dit simplement Thorn en tournant les talons.

Dans le grand vestibule, l'atmosphère était plus respirable, mais il y avait encore trop de monde pour qu'Ophélie pût s'exprimer à voix haute. Elle pensait à la tante Roseline, toute seule dans la loge des artistes. Elle suivit Thorn, qui marchait à longues enjambées devant elle, espérant qu'il ne l'emmènerait pas trop loin.

Il passa derrière le comptoir de la billetterie et entra dans les vestiaires. Là, il n'y avait pas un chat. Ophélie trouva l'endroit idéal, aussi fut-elle déconcertée de voir que Thorn ne s'arrêta pas pour autant. Il s'avança entre les rangées de placards, se dirigeant droit vers celui qui portait la mention « intendant ». Souhaitait-il récupérer un manteau ? Il sortit un trousseau de clefs de son uniforme et entra l'une d'elles, toute dorée, dans la serrure du placard.

Quand il ouvrit la porte, Ophélie ne vit ni cintres ni manteaux, mais une petite salle. D'un mouvement du menton, Thorn l'invita à entrer, puis il ferma à clef derrière eux. La salle était circulaire, à peine chauffée, dépourvue de mobilier ; en revanche, elle possédait des portes peintes dans toutes les couleurs. Une Rose des Vents. Sans doute auraient-ils pu parler ici, mais le lieu était exigu et Thorn entrait déjà sa clef dans une nouvelle serrure.

— Je ne dois pas trop m'éloigner, murmura Ophélie.

— C'est l'affaire de quelques portes, dit Thorn d'un ton formel.

Ils traversèrent une série de Roses des Vents qui finit par déboucher sur des ténèbres glaciales. Le souffle coupé par le froid, Ophélie toussa des nuages de buée. Quand enfin elle inspira, ses poumons semblèrent se pétrifier dans sa poitrine. Sa livrée de valet n'était pas conçue pour des températures pareilles. Elle ne voyait plus de Thorn qu'une ombre squelettique qui progressait à tâtons. Par endroits, son uniforme noir se fondait si bien dans l'obscurité qu'Ophélie devinait ses mouvements aux grincements d'un plancher.

— Ne bougez pas, je vais allumer.

Elle patienta, secouée de tremblements. Une flamme grésilla. Ophélie distingua d'abord le profil de Thorn, avec son front bas, son grand nez abrupt et ses cheveux pâles peignés vers l'arrière. Il tourna la cheville d'une lampe à gaz murale, allongeant la flamme, et la lumière repoussa les ténèbres. Ophélie promena un regard éberlué autour d'elle. Ils se trouvaient dans une salle d'attente dont les bancs avaient complètement givré. Il y avait aussi des guichets bordés de stalactites, des chariots à bagages rouillés et un cadran d'horloge qui ne donnait plus l'heure depuis longtemps.

— Une gare désaffectée ?

— Seulement en hiver, maugréa Thorn dans un nuage de buée. La neige recouvre les rails et empêche la circulation des trains pendant la moitié de l'année.

Ophélie s'approcha d'une fenêtre, mais les carreaux étaient hérissés de givre. S'il y avait un quai et des voies dans la nuit, elle n'en voyait rien.

— Nous avons quitté la Citacielle ?

Articuler chaque mot était une épreuve. Ophélie n'avait jamais eu aussi froid de sa vie. Thorn, lui, ne paraissait absolument pas incommodé. Cet homme avait de la glace dans les veines.

— J'ai pensé que nous ne serions pas dérangés ici.

Ophélie eut un coup d'œil pour la porte qu'ils avaient empruntée. Elle aussi était marquée de la mention « intendant ». Thorn l'avait refermée, mais c'était rassurant de la savoir à portée de main.

— Vous pouvez voyager partout avec votre trousseau de clefs ? demanda Ophélie en claquant des dents.

Dans un recoin de la salle d'attente, Thorn s'affaira devant le poêle en fonte. Il le remplit de papier journal, gratta une première allumette, attendit de voir si le tuyau tirait bien, remit du journal, jeta une seconde allumette, attisa le feu. Il n'avait pas accordé un seul regard à Ophélie depuis qu'elle lui avait donné sa coupe de champagne. Était-ce son apparence masculine qui le mettait mal à l'aise ?

— Seulement les établissements publics et les locaux administratifs, répondit-il enfin.

Ophélie s'approcha du poêle et offrit ses mains gantées à la chaleur. L'odeur de vieux papier brûlé était délicieuse. Thorn demeura assis sur ses talons, les yeux plongés dans le feu, le visage plein d'ombre et de lumière. Pour une fois qu'Ophélie était la plus grande des deux, elle n'allait pas s'en plaindre.

— Vous vouliez me parler, marmonna-t-il. Je vous écoute.

— J'ai dû laisser ma tante seule à l'Opéra. Elle se comporte curieusement, ce soir. Elle ressasse d'anciens souvenirs et ne semble pas vraiment m'entendre quand je lui parle.

Pour la peine, Thorn décocha un regard d'acier par-dessus son épaule. Son sourcil blond, scindé en deux par sa balafre, s'était arqué de surprise.

— C'est ce que vous vouliez me dire ? demanda-t-il, incrédule.

Ophélie fronça le nez.

— Son état est réellement préoccupant. Je vous assure qu'elle n'est pas elle-même.

— Vin, opium, mal du pays, énuméra Thorn entre ses dents. Ça lui passera.

Ophélie aurait voulu lui rétorquer que la tante Roseline était une femme trop solide pour ces faiblesses-là, mais le poêle reflua de la fumée et un violent éternuement lui déchira les côtes.

— Moi aussi, j'avais à vous parler, annonça Thorn.

Toujours accroupi, il avait replongé ses yeux dans les vitres rougeoyantes du poêle. Ophélie se sentit terriblement déçue. Il n'avait pas pris ses craintes au sérieux, classant l'affaire comme il aurait négligemment refermé un dossier sur son bureau. Elle n'avait pas tellement envie de l'écouter à son tour. Elle regarda autour d'elle les bancs gelés, l'horloge arrêtée, le volet fermé du guichet, les carreaux blancs de neige. Elle avait l'impression d'avoir fait un pas hors du temps, de se trouver toute seule avec cet homme dans un repli d'éternité. Et elle n'était pas très sûre d'aimer cela.

— Empêchez ma tante d'aller à la chasse de demain.

Ophélie devait admettre qu'elle ne s'était pas attendue à cette déclaration-là.

— Elle semblait très déterminée à en être, objecta-t-elle.

— C'est une folie, cracha Thorn. Toute cette tradition est une folie. Les Bêtes affamées sortent à peine de leur hibernation. Chaque année, nous perdons des chasseurs.

Son profil, figé de contrariété, était encore plus tranchant que de coutume.

— Et puis, je n'ai pas apprécié le sous-entendu de Freyja, poursuivit-il. Les Dragons ne voient pas la grossesse de ma tante d'un très bon œil. Elle devient trop indépendante à leur goût.

Ophélie frissonna de tout son corps, et ce n'était plus seulement de froid.

— Croyez-moi, je n'ai moi-même aucune envie d'assister à cette chasse, dit-elle en se massant les côtes. Je ne vois malheureusement pas comment je pourrais m'opposer à la volonté d'une Berenilde.

— À vous de trouver les bons arguments.

Ophélie prit le temps de réfléchir à la question. Elle aurait pu en vouloir à Thorn de se soucier davantage de sa tante à *lui* plutôt que de sa tante à *elle*, mais à quoi cela aurait-il servi ? Et puis, elle partageait son pressentiment. S'ils ne faisaient rien, toute cette histoire finirait par mal tourner.

Elle laissa tomber son regard sur Thorn. Il se tenait accroupi à un pas d'elle, entièrement concentré sur le poêle de la gare. Elle ne put s'empêcher de suivre des yeux la longue estafilade qui lui barrait la moitié du visage. Une famille qui vous inflige cela n'est pas une vraie famille.

— Vous ne m'avez jamais parlé de votre mère, murmura Ophélie.

— Parce que je n'ai aucune envie d'en parler, répondit aussitôt Thorn d'un ton sec.

Ophélie se doutait qu'il s'agissait là d'un tabou. Le père de Thorn avait commis l'adultère avec la fille d'un autre clan. Si Berenilde avait pris leur enfant sous sa coupe, c'était probablement que la mère n'en voulait pas.

— Cela me concerne un peu pourtant, dit doucement Ophélie. J'ignore tout de cette femme, je ne sais même pas si elle est encore en vie. Votre tante m'a seulement appris que sa famille était tombée en disgrâce. Ne vous manque-t-elle pas ? ajouta-t-elle d'une petite voix.

Le grand front de Thorn se plissa.

— Ni vous ni moi ne la connaîtrons jamais. Il n'y a rien d'autre que vous ayez besoin de savoir.

Ophélie n'insista pas. Thorn dut prendre son silence pour de la vexation, car il lui jeta un coup d'œil nerveux par-dessus son épaule.

— Je m'exprime mal, mâchonna-t-il d'un ton bourru. C'est à cause de cette chasse... La vérité, c'est que je m'inquiète moins pour ma tante que pour vous.

Il avait pris Ophélie de court. La tête creuse, elle ne sut trop quoi lui répondre, se contentant de tendre sottement ses mains vers le poêle. Thorn l'observait maintenant avec la fixité d'un oiseau de proie. Son grand corps ramassé sur lui-même, il parut hésiter, puis il déplia maladroitement un bras vers Ophélie. Il lui saisit le poignet avant qu'elle eût le temps de réagir.

— Vous avez du sang sur votre main, dit-il.

Hébétée, Ophélie contempla son gant de *liseuse*. Il lui fallut plusieurs battements de paupières avant de comprendre ce que ce sang faisait là. Elle se déganta et palpa sa joue. Elle sentit sous ses doigts les contours d'une plaie à vif. Thorn ne l'avait pas remarquée à cause de la livrée de Mime ; cette illusion absorbait tout – taches, lunettes, grains de beauté – sous une peau parfaitement neutre.

— C'est votre sœur, dit Ophélie en remettant son gant. Elle n'y est pas allée de main morte.

Thorn déploya ses longues jambes d'échassier et redevint déraisonnablement grand. Tous ses traits s'étaient contractés comme des lames de rasoir.

— Elle vous a attaquée ?

— Tout à l'heure, à la réception. Je ne lui ai pas libéré le passage assez vite.

Thorn était devenu aussi blême que ses cicatrices.

— Je ne savais pas. Je ne m'en suis pas rendu compte…

Il avait soufflé ces mots d'une voix à peine audible, presque humiliée, comme s'il avait failli à son devoir.

— Ce n'est rien, assura Ophélie.

— Montrez-moi.

Ophélie sentit tous ses membres se crisper sous sa livrée de valet. Se déshabiller dans cette salle d'attente glaciale, juste sous le grand nez de Thorn était la dernière chose dont elle avait envie.

— Je vous dis que ce n'est rien.

— Laissez-moi en juger.

— Ce n'est pas à vous d'en juger !

Thorn considéra Ophélie avec stupeur, mais elle fut la plus étonnée des deux. C'était la première fois de sa vie qu'elle haussait ainsi le ton.

— Et qui donc, sinon moi ? demanda Thorn d'une voix tendue.

Ophélie savait qu'elle l'avait froissé. Sa question était légitime ; un jour, cet homme serait son mari. Ophélie inspira profondément pour apaiser les tremblements de ses mains. Elle avait froid, elle avait mal et, surtout, elle avait peur. Peur de ce qu'elle s'apprêtait à dire.

— Écoutez, murmura-t-elle. Je vous suis reconnaissante de vouloir veiller sur moi et je vous remercie pour le soutien que vous m'avez apporté. Il y a toutefois une chose que vous devez savoir à mon sujet.

Ophélie se fit violence pour ne pas se dérober aux yeux perçants de Thorn, deux têtes plus haut.

— Je ne vous aime pas.

Thorn demeura les bras ballants pendant de longues secondes. Il était absolument inexpressif. Quand enfin il se remit en mouvement, ce fut pour tirer sur la chaîne de sa montre, à croire que l'heure avait soudain pris une extrême importance. Ophélie n'éprouva aucun plaisir à le voir ainsi, figé contre son cadran, les lèvres tirées en un pli indéfinissable.

— Est-ce à cause de quelque chose que je vous aurais dit… ou que je ne vous aurais pas dit ?

Thorn avait demandé cela avec raideur, sans

détacher ses yeux de sa montre. Ophélie s'était rarement sentie aussi mal au fond de ses souliers.

— Ce n'est pas votre faute, souffla-t-elle dans un filet de voix. Je vous épouse parce qu'on ne m'a pas laissé d'autre choix, mais je ne ressens rien pour vous. Je ne partagerai pas votre lit, je ne vous donnerai pas d'enfants. Je suis désolée, chuchota-t-elle encore plus bas, votre tante n'a pas choisi la bonne personne pour vous.

Elle sursauta quand les doigts de Thorn refermèrent le couvercle de sa montre. Il plia son grand corps sur un banc que la chaleur du poêle avait commencé à dégivrer. Sa figure, pâle et creusée, n'avait jamais été aussi vide d'émotions.

— Je suis désormais en droit de vous répudier. En avez-vous conscience ?

Ophélie acquiesça avec lenteur. Par cet aveu, elle avait remis en question les clauses officielles du contrat conjugal. Thorn pouvait la dénoncer et se choisir une autre femme en toute légitimité. Quant à Ophélie, elle serait déshonorée à vie.

— Je voulais vous parler en toute honnêteté, balbutia-t-elle. Je serais indigne de votre confiance si je vous mentais sur ce point.

Thorn fixa ses mains, appuyées l'une à l'autre, doigts contre doigts.

— Dans ce cas, je ferai comme si je n'avais rien entendu.

— Thorn, soupira Ophélie, vous n'êtes pas obligé…

— Bien sûr que je le suis, la coupa-t-il d'un ton cassant. Avez-vous la moindre idée du sort qu'on réserve aux parjures, ici ? Croyez-vous qu'il vous suffit de présenter des excuses à moi et à ma tante, puis de rentrer chez vous ? Vous n'êtes pas sur Anima.

Gelée jusqu'aux os, Ophélie n'osait plus bouger, plus respirer. Thorn observa un long silence, le dos voûté, puis il redressa son interminable colonne vertébrale pour la regarder en face. Ophélie n'avait jamais été aussi impressionnée par ces deux yeux d'épervier qu'en cet instant.

— Ce que vous venez de me dire, ne le répétez à personne si vous tenez à votre peau. Nous allons nous marier comme convenu, et après, ma foi, ça ne regardera que nous.

Quand Thorn se leva, toutes ses articulations craquèrent à l'unisson.

— Vous ne voulez pas de moi ? N'en parlons plus. Vous ne souhaitez pas de marmots ? Parfait, je les déteste. On jasera ferme dans notre dos et puis tant pis.

Ophélie était abasourdie. Thorn venait d'accepter ses conditions, si humiliantes fussent-elles, pour lui sauver la vie. Elle se sentit tellement coupable de ne pas répondre à ses sentiments qu'elle en avait la gorge nouée.

— Je suis désolée…, répéta-t-elle piteusement.

Thorn abaissa alors sur elle un regard métallique qui lui donna l'impression qu'on lui plantait des clous dans le visage.

— Ne vous excusez pas trop vite, dit-il avec un accent encore plus dur qu'à l'accoutumée. Vous regretterez bien assez tôt de m'avoir comme mari.

Les illusions

Après avoir ramené Ophélie au vestiaire de l'Opéra, Thorn s'en fut sans un regard en arrière. Ils n'avaient plus échangé un mot, ni l'un ni l'autre.

Ophélie eut l'impression de marcher comme dans un rêve tandis qu'elle avançait, seule, sur le parquet scintillant du grand hall. Les lustres brillant de mille feux l'agressaient. Elle retrouva l'escalier d'honneur, désert cette fois, puis l'entrée des artistes située une volée de marches plus bas. À part quelques veilleuses, toutes les lumières étaient éteintes. Il n'y avait plus personne, ni machinistes ni figurants. Ophélie se tint immobile dans le couloir, au milieu des éléments de décor abandonnés dans l'ombre, ici un navire en carton-pâte, là de fausses colonnes en marbre. Elle écoutait le sifflet douloureux de sa respiration.

« Je ne vous aime pas. »

Elle l'avait dit. Elle n'aurait pas cru que des mots aussi simples pouvaient autant donner mal au ventre. Il lui semblait que sa côte lui broyait tout l'intérieur du corps.

Ophélie se perdit un moment dans les couloirs

mal éclairés, échouant tantôt sur la salle des machines, tantôt sur les toilettes, avant de retrouver la loge des cantatrices. La tante Roseline était restée plongée dans le noir, assise sur sa chaise, le regard dans le vague, pareille à une marionnette dont on aurait coupé les fils.

Ophélie tourna le bouton de la lumière et s'approcha d'elle.

— Ma tante ? lui chuchota-t-elle à l'oreille.

La tante Roseline ne répondit pas. Ses mains seules s'animaient, déchirant une partition musicale, puis la ressoudant d'un glissé de doigts, la déchirant encore, la ressoudant encore. Peut-être se croyait-elle dans son vieil atelier de restauration ? Il ne fallait pas que quelqu'un assistât à cela.

Ophélie remonta ses lunettes sur son nez ; elle allait devoir se débrouiller seule pour emmener la tante Roseline en lieu sûr. Avec des gestes délicats, essayant de ne pas la brusquer, elle lui confisqua sa partition, puis elle la prit par le bras. Elle fut soulagée de la voir se lever docilement.

— J'espère que nous n'allons pas au square, marmonna la tante Roseline entre ses longues dents chevalines. Je déteste le square.

— Nous allons aux Archives, mentit Ophélie. Le grand-oncle a besoin de vos services.

La tante Roseline hocha la tête d'un air professionnel. Dès qu'il s'agissait de sauver un livre de la destruction du temps, elle répondait à l'appel.

Sans cesser de lui tenir le bras, Ophélie la fit sortir de la loge ; elle avait vraiment l'impression de guider une somnambule. Elles longèrent un couloir, en empruntèrent un deuxième, rebroussèrent chemin au troisième. Les sous-sols de l'Opéra étaient un véritable labyrinthe et le mauvais éclairage n'aidait pas à s'y retrouver.

Ophélie se figea quand elle entendit un gloussement étouffé, non loin de là. Elle lâcha le bras de sa tante et jeta un coup d'œil par l'entrebâillement des portes voisines. Dans la garde-robe des figurants, où les costumes de scène s'alignaient comme d'étranges sentinelles, un homme et une femme s'embrassaient langoureusement. Ils étaient à demi allongés sur une méridienne, dans une posture à la limite de l'indécence.

Ophélie aurait passé son chemin si elle n'avait reconnu, à la lueur des veilleuses, le haut-de-forme éventré d'Archibald. Elle le croyait rentré au Clair-delune avec ses sœurs. Le baiser qu'il donnait à sa partenaire était dénué de tendresse, si appuyé et si furieux qu'elle finit par le repousser en s'essuyant les lèvres. C'était une femme élégante, couverte de bijoux, qui devait avoir au moins vingt ans de plus que lui.

— Goujat ! Vous m'avez mordue !

Il n'y avait pas beaucoup de conviction dans sa colère. Elle souriait avec appétit.

— Je vous soupçonne de vous passer les nerfs sur moi, malotru. Même mon mari ne s'y risquerait pas.

Archibald posa sur la femme des yeux implacablement clairs, sans aucune passion. C'était une source perpétuelle d'étonnement pour Ophélie de le voir mettre autant de dames dans son lit en leur prodiguant si peu d'affection. Même s'il avait un visage d'ange, elles étaient bien faibles de lui céder…

— Vous voyez juste, admit-il de bon gré. Je suis effectivement en train de me passer les nerfs sur vous.

La femme éclata d'un rire suraigu et fit glisser ses doigts bagués sur le menton imberbe d'Archibald.

— Vous ne décolérez pas depuis tout à l'heure, mon garçon. Vous devriez pourtant vous sentir honoré que le seigneur Farouk ait des vues sur vos sœurs !

— Je le hais.

Archibald avait dit cela comme il aurait dit : « Tiens, il pleut » ou « Ce thé est froid ».

— Vous blasphémez ! ricana la femme. Essayez au moins de ne pas dire ces choses-là à voix haute. Si c'est la disgrâce qui vous tente, ne m'entraînez pas dans votre chute.

Elle se renversa sur la méridienne de velours, tête en arrière, dans une pose théâtrale.

— Notre seigneur a deux obsessions, très cher ! Son plaisir et son Livre. Si vous ne flattez pas le premier, il vous faudra songer à déchiffrer le second.

— J'ai peur que Berenilde ne m'ait déjà damé le pion pour l'un comme pour l'autre, soupira Archibald.

S'il avait eu un regard vers l'entrebâillement de la porte, il aurait surpris la face incolore de Mime qui écarquillait les yeux.

« Ainsi, j'avais vu juste, songea Ophélie en serrant les poings dans ses gants. Cette rivale qu'il redoute, ce n'est personne d'autre que moi... moi et mes petites mains de *liseuse*. »

Assurément, Berenilde avait bien manœuvré.

— Je me ferai une raison ! ajouta Archibald avec un haussement d'épaules. Tant que Farouk s'intéresse à elle, il ne s'intéresse pas à mes sœurs.

— Pour un homme qui goûte autant la compagnie des femmes, je vous trouve adorablement vieux jeu.

— Les femmes, c'est une chose, madame Cassandre. Mes sœurs en sont une autre.

— Si seulement vous pouviez être jaloux avec moi comme vous l'êtes avec elles !

Archibald repoussa son haut-de-forme pour se dégager le front, l'air perplexe.

— Vous demandez l'impossible. Vous m'êtes parfaitement indifférente.

Mme Cassandre s'accouda au bord rembourré de la méridienne, visiblement refroidie.

— C'est là votre principal défaut, ambassadeur. Vous ne mentez jamais. Si vous n'usiez et n'abusiez pas de votre charme, ce serait tellement simple de vous résister !

Un sourire traversa le profil pur et lisse d'Archibald.

— Vous souhaitez en refaire l'expérience ? dit-il d'une voix doucereuse.

Mme Cassandre cessa aussitôt de minauder. Devenue toute pâle dans l'atmosphère tamisée des veilleuses, saisie par une émotion brutale, elle le considéra avec adoration.

— À mon grand regret, je le souhaite, implora-t-elle. Faites-moi ne plus me sentir seule au monde...

Alors qu'Archibald se penchait sur Mme Cassandre, avec les yeux mi-clos d'un chat, Ophélie se détourna. Elle n'avait aucune envie d'assister à ce qui allait suivre dans cette garde-robe.

Elle retrouva la tante Roseline à l'endroit précis où elle l'avait laissée. Elle la prit par la main pour l'entraîner loin de cet endroit.

Ophélie s'aperçut bientôt que quitter le grand Opéra familial ne serait pas chose aisée. Elle eut beau montrer et remontrer sa clef de chambre au groom d'ascenseur, prouvant son appartenance au Clairdelune, il ne voulut rien savoir.

— Je ne prends à mon bord que des personnes respectables, petit muet. Celle-là, dit-il en pointant un doigt dédaigneux sur la tante Roseline, m'a tout l'air d'avoir pris trop de champagne.

Son chignon hissé avec dignité, elle serrait et desserrait ses mains en marmottant des phrases décousues. Ophélie commençait à croire qu'elles allaient passer la nuit dans ce hall d'Opéra quand une voix gutturale, au fort accent étranger, vint à son secours :

— Laisse-les donc monter à bord, mon gars. Ces deux-là sont avec moi.

La Mère Hildegarde approchait à petits pas, faisant tinter sur le parquet une canne en or massif. Elle avait maigri depuis son empoisonnement, mais ça n'empêchait pas sa robe à fleurs d'être trop étroite pour son fort embonpoint. Cigare à la bouche, elle avait teint en noir ses épais cheveux poivre, ce qui ne la rajeunissait en aucune façon.

— Vous êtes priée de ne pas fumer dans l'ascenseur, madame, dit le groom d'un ton pincé.

La Mère Hildegarde écrasa son cigare non pas

491

dans le cendrier qu'il lui tendit, mais sur sa livrée jaune miel. Le groom contempla le trou causé par la brûlure d'un air catastrophé.

— Ça t'apprendra à me parler respectueusement, ricana-t-elle. Ces ascenseurs, c'est moi qui les ai fabriqués. Tâche de te le rappeler à l'avenir.

Elle prit place dans la cabine, s'appuyant de tout son poids sur sa canne avec un sourire possessif. Petit boudoir aux parois capitonnées, cet ascenseur-là était plus modeste que celui qu'avait pris la troupe de l'opéra pour monter. Ophélie poussa précautionneusement la tante Roseline à l'intérieur, espérant de tout son cœur qu'elle ne les trahirait pas, puis elle fit un salut aussi profond que le lui permettait sa côte fêlée. C'était la deuxième fois que la Mère Hildegarde lui venait en aide.

Elle fut déconcertée quand la vieille architecte répondit à sa courbette par un éclat de rire tonitruant.

— Nous sommes quittes, gamin ! Un rameur sans sa rame, il me fallait au moins ça pour ne pas mourir d'ennui à cet opéra. Je me suis désopilé la rate jusqu'à l'entracte !

Le groom abaissa le levier d'un geste sec, certainement humilié de prendre à son bord une femme aussi peu respectable. Ophélie, elle, ressentait de l'admiration pour la Mère Hildegarde. Elle avait peut-être des manières de tavernier, du moins bousculait-elle les conventions de ce monde sclérosé.

Quand elles arrivèrent dans la galerie centrale du Clairdelune, la Mère lui tapota la tête d'un geste familier.

— Je t'ai rendu service deux fois, mon garçon. Je ne te demanderai qu'une chose en retour, c'est de ne pas l'oublier. Les gens ici ont la mémoire courte, ajouta-t-elle en tournant ses petits yeux noirs vers le groom, mais moi, je me souviens pour eux.

Ophélie fut prise de regrets quand la vieille architecte partit de son côté à petits coups de canne. Elle se sentait si démunie, ce soir, qu'elle était prête à accepter l'aide de n'importe qui.

Elle entraîna doucement sa tante à travers la galerie, évitant de croiser le regard des gendarmes au garde-à-vous le long des murs. Il lui faudrait probablement des années avant de pouvoir marcher devant eux sans se sentir nerveuse.

Le Clairdelune était inhabituellement calme. Ses innombrables horloges indiquaient minuit et quart ; les nobles ne redescendraient pas de la tour avant le petit matin. Dans les couloirs de service, au contraire, l'ambiance était à la fête. Les soubrettes soulevaient leur tablier pour courir, se touchaient en criant « chat ! », puis repartaient dans de grands éclats de rire. Elles n'accordèrent pas un regard au petit Mime qui aidait la suivante de Mme Berenilde à monter l'escalier.

Parvenue au dernier étage du château, tout au fond du grand corridor, dans les beaux appartements de Berenilde, Ophélie se sentit enfin à l'abri. Elle invita sa tante à s'étendre sur un divan, cala un coussin rond sous sa tête, lui déboutonna le col pour l'aider à mieux respirer et réussit, à force de persévérance, à lui faire avaler un peu d'eau minérale. Les sels ammoniacaux qu'Ophélie lui glissa sous le nez n'eurent aucun effet. La tante Roseline poussa de grands soupirs bruyants, ses yeux roulant dans l'entrebâillement de ses cils, puis elle finit par s'assoupir. Du moins Ophélie le supposa-t-elle.

« Dormez, pensa-t-elle très fort. Dormez et réveillez-vous pour de bon. »

Une fois affalée dans un fauteuil crapaud, près du tuyau du calorifère, Ophélie se rendit compte qu'elle était morte de fatigue. Le suicide de Gustave, la visite des Dragons, cet interminable opéra, les délires de la tante Roseline, le coup de griffe de Freyja, la gare désaffectée, le sourire d'Archibald et cette côte, cette maudite côte qui ne lui laissait aucun répit... Ophélie avait l'impression de peser deux fois plus lourd que la veille.

Elle aurait voulu se fondre dans le velours du fauteuil. Elle ne parvenait pas à se sortir Thorn de la tête. Il avait dû se sentir terriblement humilié par sa faute. Ne commençait-il pas déjà à regretter de s'être lié à une femme aussi ingrate ? Plus elle ruminait ces pensées, plus Ophélie en voulait à Berenilde d'avoir organisé ce mariage. Cette femme ne songeait qu'à posséder Farouk. Ne voyait-elle pas qu'elle les faisait souffrir, Thorn et elle, pour son intérêt personnel ?

« Je ne dois pas me laisser aller, raisonna Ophélie. Je vais préparer du café, veiller sur la tante Roseline, soigner ma joue... »

Elle s'endormit avant d'avoir fait le tour de tout ce qu'il lui restait à faire.

Ce fut le cliquetis du bouton de porte qui la tira de son sommeil. De son fauteuil, elle vit Berenilde entrer dans la pièce. À la lueur rose des lampes, elle semblait à la fois radieuse et épuisée. Ses boucles, libérées de toutes leurs épingles, ondulaient autour de son visage délicat comme un nuage d'or. Elle portait toujours sa robe de scène, mais la collerette en dentelle, les rubans de couleur et les longs gants veloutés s'étaient perdus en chemin.

Berenilde posa un regard sur la tante Roseline, assoupie sur le divan, puis un autre sur Mime, assis à côté du tuyau de calorifère. Elle ferma alors la porte à clef pour les couper du monde extérieur.

Ophélie dut s'y prendre à deux fois pour se mettre debout. Elle était plus rouillée qu'un vieil automate.

— Ma tante..., dit-elle d'une voix rauque. Elle ne va pas bien du tout.

Berenilde lui offrit son plus beau sourire. Elle s'approcha d'elle avec la grâce silencieuse d'un cygne glissant sur un lac. Ophélie s'aperçut alors que ses yeux, si limpides en temps normal, étaient troubles. Berenilde sentait l'eau-de-vie.

— Votre tante ? répéta-t-elle avec douceur. Votre tante ?

Berenilde ne leva pas le petit doigt, mais Ophélie sentit une gifle magistrale lui dévisser la tête des épaules. La griffure de Freyja pulsa de douleur à sa joue.

— Voilà pour la honte dont *votre* tante m'a couverte.

Ophélie n'eut pas le temps de se remettre qu'une nouvelle gifle projeta son visage de l'autre côté.

— Et voilà pour le ridicule que *vous*, oublieux petit rameur, ne m'avez pas épargné.

Les joues d'Ophélie brûlaient comme si elles avaient pris feu. La moutarde lui monta au nez. Elle empoigna une carafe de cristal et vida son eau sur le visage de Berenilde. Celle-ci demeura stupide tandis que son maquillage coulait de ses yeux en de longues larmes grises.

— Et voilà qui devrait vous rafraîchir les idées, dit Ophélie d'une voix sourde. Maintenant, vous allez examiner ma tante.

Dégrisée, Berenilde s'essuya le visage, rassembla ses jupes et s'agenouilla devant le divan.

— Madame Roseline, appela-t-elle en lui secouant l'épaule.

La tante Roseline s'agita, soupira, bougonna, mais rien de ce qu'elle disait n'était intelligible. Berenilde lui souleva les paupières sans parvenir à accrocher son regard.

— Madame Roseline, m'entendez-vous ?

— Vous devriez aller chez le barbier, mon pauvre ami, répondit la tante.

Penchée sur l'épaule de Berenilde, Ophélie retenait son souffle.

— À votre avis, quelqu'un l'aurait-il droguée ?

— Depuis combien de temps est-elle ainsi ?

— Je crois que ça lui a pris juste avant la représentation. Elle était parfaitement elle-même tout au long de la journée. Elle avait un peu le trac, mais pas à ce point-là... Elle ne paraît faire plus aucune différence entre le moment présent et ses souvenirs.

Berenilde se releva péniblement, fourbue. Elle

ouvrit un petit placard vitré, se servit un verre d'eau-de-vie et prit place dans le fauteuil crapaud. Ses cheveux mouillés lui pleuraient dans le cou.

— Il semblerait qu'on ait emprisonné l'esprit de votre tante dans une illusion.

Ophélie crut être frappée par la foudre. « Si Mme Berenilde perd son bébé avant ce soir, je n'aurai aucune raison de m'en prendre à votre parente. » Où avait-elle entendu ces mots ? Qui les avait prononcés ? Ce n'était pas Gustave, non ? Il lui semblait que sa mémoire faisait des ruades dans sa tête pour la forcer à se rappeler quelque chose d'essentiel.

— Le chevalier, murmura-t-elle confusément. Il était dans l'ascenseur avec nous.

Berenilde haussa les sourcils, puis observa le jeu de la lumière à travers son verre d'eau-de-vie.

— Je connais la marque de fabrique de cet enfant. Quand il enferme une conscience dans ces strates-là, on ne s'en tire que de l'intérieur. Ça vous happe par-derrière, ça s'infiltre en vous, ça se chevauche avec la réalité, et puis d'un coup, sans prévenir, vous êtes pris au piège. Sans vouloir jouer les rabat-joie, ma petite, je doute que votre tante dispose d'un mental assez fort pour se sortir de là.

La vision d'Ophélie se brouilla. Les lampes, le divan et la tante Roseline se mirent à tournoyer comme si plus jamais le monde ne devait connaître de stabilité.

— Libérez-la, dit-elle dans un fantôme de voix.

Berenilde tapa du talon, agacée.

— M'écoutez-vous, sotte ? Votre tante est perdue dans ses propres méandres, il n'y a rien que je puisse faire contre cela.

— Alors, demandez au chevalier, bredouilla Ophélie. Il n'a pas pu agir ainsi sans arrière-pensée, n'est-ce pas ? Il attend forcément quelque chose de nous...

— On ne marchande pas avec cet enfant ! la coupa Berenilde. Ce qu'il fait, il ne le défait jamais. Allons, consolez-vous, chère petite. Mme Roseline ne souffre pas et nous avons d'autres soucis.

Ophélie la dévisagea avec horreur tandis qu'elle sirotait son verre à petites gorgées.

— Je viens d'apprendre que la servante qui jouait votre rôle au manoir s'est défenestrée. Un accès de « folie passagère », précisa Berenilde avec une ironie appuyée. Le chevalier a percé notre secret et tient à nous le faire savoir. Et cette chasse qui commence dans quelques heures ! soupira Berenilde, exaspérée. Tout cela est vraiment regrettable.

— Regrettable, répéta lentement Ophélie, incrédule.

Une innocente avait été assassinée par leur faute, la tante Roseline venait d'être embarquée pour un voyage sans retour et Berenilde trouvait cela *regrettable* ?

Les lunettes d'Ophélie s'assombrirent comme si une nuit brutale leur était tombée dessus. Une nuit peuplée de cauchemars. Non... tout cela n'était qu'un malentendu. Cette petite servante n'était pas réellement morte. La tante Roseline allait s'étirer en bâillant et refaire surface.

— Je vous avoue que je commence à perdre

patience, soupira Berenilde en contemplant ses traces de maquillage dans son miroir à main. J'ai voulu respecter la tradition, mais ces fiançailles traînent en longueur. Il me tarde que Thorn vous épouse enfin !

Alors qu'elle portait son verre à ses lèvres, Ophélie le lui arracha des mains et le brisa sur le tapis. Elle déboutonna sa livrée pour la jeter au loin. Elle voulait se débarrasser une bonne fois du visage de Mime, qui faussait sa propre expression, bien déterminée à dévoiler sa colère au grand jour.

Quand Berenilde la vit telle qu'elle était, amaigrie sous sa chemise, la peau couverte de bleus et de sang, les lunettes tordues, elle ne put se retenir de hausser les sourcils.

— Je ne savais pas que les gendarmes vous avaient abîmée à ce point.

— Combien de temps encore allez-vous jouer avec nous ? s'emporta Ophélie. Nous ne sommes pas vos poupées !

Confortablement assise dans son fauteuil, décoiffée et démaquillée, Berenilde ne se départit pas de son calme.

— Voici donc à quoi vous ressemblez lorsqu'on vous pousse dans vos derniers retranchements, murmura-t-elle en contemplant les débris de verre sur le tapis. Pourquoi donc croyez-vous que je vous manipule ?

— J'ai surpris des conversations, madame. Elles m'ont éclairée sur certaines choses que vous vous êtes bien gardée de m'apprendre.

Excédée, Ophélie tendit les bras, mains relevées, doigts en éventail.

— C'est cela que vous convoitez depuis le début. Vous avez fiancé votre neveu à une *liseuse* parce que là-haut, quelque part dans cette tour, un esprit de famille souhaite que quelqu'un déchiffre son Livre.

Ophélie se vidait enfin de ses pensées comme une bobine de fil emportée par sa chute.

— Ce qui inquiète tout le monde, à la cour, ce n'est pas notre mariage. C'est que ce soit vous qui remettiez à Farouk ce qu'il désire le plus : une personne susceptible de rassasier sa curiosité. Vous deviendriez définitivement indétrônable, n'est-ce pas ? Libre de faire tomber toutes les têtes qui vous déplaisent.

Comme Berenilde, son sourire figé sur les lèvres, ne daignait pas répondre, Ophélie ramena ses bras le long du corps.

— J'ai une mauvaise nouvelle, madame. Si le Livre de Farouk est composé de la même matière que le Livre d'Artémis, alors il n'est pas *lisible*.

— Il l'est.

Les mains croisées sur son ventre, Berenilde avait finalement décidé de jouer cartes sur table.

— Il l'est même si bien que d'autres *liseurs* en ont déjà fait l'expérience, poursuivit-elle posément. Vos propres ancêtres, ma chère petite. C'était il y a bien, bien longtemps.

Ophélie écarquilla les yeux derrière ses lunettes. La dernière note du journal de l'aïeule Adélaïde lui revint à la mémoire comme une claque.

Rodolphe a enfin signé son contrat avec un notaire du seigneur Farouk. Je n'ai pas le droit d'en écrire davantage, secret professionnel oblige, mais nous rencontrerons leur esprit de famille demain. Si mon frère fait une prestation convaincante, nous allons devenir riches.

— À qui suis-je liée par contrat ? À vous, madame, ou à votre esprit de famille ?

— Vous comprenez enfin ! soupira Berenilde en réprimant un bâillement. La vérité, ma chère petite, c'est que vous appartenez autant à Farouk que vous appartenez à Thorn.

Choquée, Ophélie repensa à la mystérieuse cassette remise à Artémis pour sceller l'alliance entre les deux familles. Que contenait donc cette boîte ? Des bijoux ? Des pierres précieuses ? Sans doute moins. Ça ne devait pas coûter bien cher, une fille comme Ophélie.

— Personne ne m'a demandé mon avis. Je refuse.

— Refusez et vous fâcherez nos deux familles, l'avertit Berenilde avec sa voix de velours. Si, au contraire, vous agissez tel qu'on l'espère de vous, vous serez la protégée de Farouk, à l'abri de toutes les méchancetés de la cour.

Ophélie n'en croyait pas un traître mot.

— Certains de mes ancêtres ont déjà *lu* son Livre, dites-vous ? Je suppose que si l'on fait appel à moi aujourd'hui, c'est que leur tentative n'a pas été concluante.

— Le fait est qu'ils n'ont jamais réussi à remonter assez loin dans le passé, dit Berenilde avec un sourire dénué de joie.

La tante Roseline s'agita sur le divan. Le cœur

battant, Ophélie se pencha sur elle, mais elle déchanta aussitôt : la tante continuait de divaguer entre ses longues dents. Ophélie considéra un moment son visage cireux, puis elle revint à Berenilde, sourcils froncés.

— Je ne vois ni pourquoi j'offrirais une meilleure prestation, ni pourquoi vous me mariez pour parvenir à vos fins.

Agacée, Berenilde claqua impatiemment sa langue contre son palais.

— Parce que vos ancêtres n'avaient ni votre talent ni celui de Thorn.

— Le talent de Thorn, releva Ophélie, prise au dépourvu. Ses griffes ?

— Sa mémoire.

Berenilde se carra dans son fauteuil et allongea ses bras tatoués sur les accoudoirs.

— Une redoutable et implacable mémoire qu'il a héritée du clan de sa mère, les Chroniqueurs.

Ophélie haussa les sourcils. La mémoire de Thorn était un pouvoir familial ?

— Admettons, bredouilla-t-elle, je ne comprends pas ce que sa mémoire et notre mariage ont à voir avec cette *lecture*.

Berenilde éclata de rire.

— Ils ont absolument tout à voir ! Vous a-t-on parlé de la cérémonie du Don ? Elle permet de combiner les pouvoirs familiaux. Cette cérémonie se pratique à l'occasion des mariages et des mariages uniquement. C'est Thorn qui sera le *liseur* de Farouk, pas vous.

Il fallut un temps considérable à Ophélie pour assimiler ce que Berenilde était en train de lui dire.

— Vous voulez greffer mes aptitudes de *lecture* à sa mémoire ?

— L'alchimie promet d'être efficace. Je suis convaincue que ce cher enfant fera des merveilles !

Ophélie regarda Berenilde du fond de ses lunettes. À présent que la colère lui était sortie du corps, elle se sentait affreusement triste.

— Vous êtes méprisable.

Les lignes harmonieuses de Berenilde s'effondrèrent et ses beaux yeux s'agrandirent. Elle serra ses mains autour de son ventre comme si une lame venait de la poignarder.

— Qu'ai-je fait pour que vous me jugiez aussi durement ?

— Vous me posez la question ? s'étonna Ophélie. Je vous ai vue à l'Opéra, madame. L'amour de Farouk vous est acquis. Vous portez son enfant, vous êtes sa favorite et vous le serez longtemps encore. Alors pourquoi, pourquoi impliquer Thorn dans vos manigances ?

— Parce que c'est lui qui en a décidé ainsi ! se défendit Berenilde en secouant ses cheveux mouillés. Je n'ai organisé votre mariage que parce qu'il en a formulé le souhait.

Ophélie était écœurée par cet étalage de mauvaise foi.

— Vous mentez encore. Quand nous étions à bord du dirigeable, Thorn a essayé de me dissuader de l'épouser.

Le beau visage de Berenilde était décomposé, comme si l'idée qu'Ophélie pût la détester lui était insupportable.

— Croyez-vous qu'il est homme à se laisser

manipuler ainsi ? Ce garçon est beaucoup plus ambitieux que vous n'avez l'air de le penser. Il voulait les mains d'une *liseuse*, je lui ai trouvé les mains d'une *liseuse*. Peut-être a-t-il jugé, en vous voyant la première fois, que mon choix n'était pas le plus inspiré ? J'avoue avoir douté de vous, moi aussi.

Ophélie commença, malgré elle, à se sentir ébranlée. C'était bien pire que cela, en fait. Elle avait l'impression qu'un froid pernicieux était en train de pénétrer dans son sang, de remonter lentement ses veines jusqu'à atteindre son cœur.

Quand elle avait déclaré à Thorn qu'elle ne remplirait jamais auprès de lui le rôle d'une épouse, il s'était montré si accommodant... Beaucoup trop accommodant. Il n'avait pas perdu son sang-froid, il n'avait pas cherché à argumenter, il ne s'était pas comporté comme l'aurait fait un mari éconduit.

— Comme j'ai été naïve ! chuchota Ophélie.

Durant toutes ces semaines, ce n'était pas elle que Thorn s'était évertué à protéger. C'étaient ses mains de *liseuse*.

Elle se laissa pesamment tomber sur un tabouret et fixa les souliers vernis de Mime, à ses pieds. Elle avait dit à Thorn, droit dans les yeux, qu'elle lui faisait confiance et il s'était lâchement dérobé à son regard. Elle s'était sentie tellement coupable de le rejeter et tellement reconnaissante qu'il ne la répudiât pas !

Elle avait la nausée.

Prostrée sur son tabouret, Ophélie ne vit pas tout de suite que Berenilde s'était agenouillée auprès d'elle. Elle caressa les nœuds de ses cheveux sombres, puis les plaies de son visage avec une expression douloureuse.

— Ophélie, ma petite Ophélie. Je vous croyais dépourvue de cœur et de jugeote, je me rends compte à présent de mon erreur. De grâce, ne soyez pas trop sévère avec Thorn et avec moi. Nous essayons simplement de survivre, nous ne vous instrumentalisons pas pour le plaisir.

Ophélie aurait encore préféré qu'elle ne dît rien. Plus Berenilde parlait, plus ça lui donnait mal au ventre.

Accablée de fatigue, étourdie par l'alcool, Berenilde posa sa joue sur ses genoux, pareille à une enfant en mal d'amour. Ophélie ne se sentit pas le cœur de la repousser quand elle s'aperçut qu'elle pleurait.

— Vous avez trop bu, lui reprocha-t-elle.

— Mes... enfants, hoqueta Berenilde en enfouissant son visage contre le ventre d'Ophélie. On me les a enlevés, un par un. Un matin, c'est de la ciguë qu'on a versée dans le chocolat chaud de Thomas. Un jour d'été, ma petite Marion a été poussée dans un étang. Elle aurait eu votre âge... elle aurait eu votre âge.

— Madame, murmura Ophélie.

Berenilde ne pouvait plus retenir ses larmes. Elle reniflait, gémissait, dissimulait sa figure dans la chemise d'Ophélie, honteuse de cette faiblesse à laquelle elle s'abandonnait.

— Et Pierre qu'on a retrouvé pendu à cette branche ! Un par un. J'ai cru mourir. J'ai voulu mourir. Et lui, lui... Vous pourrez me dire qu'il a tous les défauts, mais il a été là quand Nicolas...

mon mari... est mort à la chasse. Il a fait de moi
sa favorite. Il m'a sauvée du désespoir, comblée
de cadeaux, promis la seule chose au monde qui
pouvait donner du sens à ma vie !

Berenilde s'étrangla de sanglots, puis articula
du bout des lèvres :

— Un bébé.

Ophélie poussa un profond soupir. Elle dégagea
doucement le visage de Berenilde, noyé sous les
larmes et les cheveux.

— Vous vous êtes enfin montrée honnête avec
moi, madame. Je vous pardonne.

La soubrette

Ophélie raccompagna Berenilde à son lit. Elle tomba aussitôt endormie. La peau froissée, les cils barbouillés, les orbites creusées, son visage semblait vieilli sur la taie blanche de l'oreiller. Ophélie la contempla d'un air triste, puis éteignit la lampe de chevet. Comment haïr une personne détruite par la perte de ses enfants ?

Remuant sur le divan, empêtrée dans son passé, la tante Roseline pestait contre un papier de mauvaise qualité. Ophélie vola un édredon au lit vacant de la grand-mère et l'étendit sur sa marraine. Quand elle s'aperçut qu'elle ne pouvait rien faire d'autre, elle se laissa lentement glisser sur le tapis et replia ses jambes contre elle. Sa poitrine lui faisait mal. Plus mal que sa joue à vif. Plus mal que ses côtes. C'était une douleur profonde, lancinante, irrémédiable.

Elle avait honte. Honte de ne pas pouvoir ramener la tante Roseline à la réalité. Honte de s'être crue capable de reprendre le gouvernail de sa vie. Honte, tellement honte d'avoir été aussi naïve.

Ophélie lova son menton entre ses genoux et

observa ses mains avec amertume. « On épouse des femmes pour leur fortune ; moi, on m'épouse pour mes doigts. »

Au fond de sa poitrine, la souffrance céda la place à une colère aussi dure et aussi froide que de la glace. Oui, elle pardonnait à Berenilde ses calculs et ses mesquineries, mais elle ne pardonnait rien à Thorn. S'il s'était montré sincère envers elle, s'il ne l'avait pas amenée à s'imaginer des choses, elle l'aurait peut-être excusé. Les occasions de lui dire la vérité n'avaient pas manqué ; non seulement il les avait toutes laissées passer, mais il avait eu l'aplomb de ponctuer leurs rencontres de « je suis en train de m'habituer à vous » et de « votre sort est une réelle préoccupation pour moi ». Par sa faute, Ophélie avait vu des sentiments là où il n'y avait jamais eu que de l'ambition.

Cet homme-là, c'était le pire de tous.

L'horloge sonna cinq coups. Ophélie se remit debout, s'essuya les yeux et, d'un geste déterminé, remit ses lunettes sur son nez. Elle ne se sentait plus du tout découragée. Son cœur battait furieusement entre ses côtes, propageant un afflux de volonté à chaque pulsation. Peu importait le temps que ça exigerait, elle prendrait sa revanche sur Thorn et sur cette vie qu'il lui imposait.

Ophélie ouvrit l'armoire à pharmacie, sortit du sparadrap et une solution d'alcool. Quand elle s'examina dans le miroir à main de Berenilde, elle découvrit un visage couvert d'hématomes, une lèvre fendue, des cernes à faire peur et un regard sombre qui ne lui ressemblait pas. Sa natte échevelée recrachait des boucles brunes sur son front. Ophélie serra les mâchoires tandis qu'elle passait le chiffon d'alcool sur le coup de griffe de Freyja. C'était une coupure nette, comme en ferait un éclat de verre. Elle garderait sans doute une petite cicatrice.

Ophélie plia un mouchoir propre, y colla une croix de sparadrap et dut s'y reprendre à trois fois avant de faire tenir le pansement sur sa joue.

Cela étant fait, elle déposa un baiser sur le front de sa tante.

— Je vais vous sortir de là, lui promit-elle au creux de l'oreille.

Ophélie ramassa la livrée de Mime qu'elle avait jetée au sol et la reboutonna. Ce déguisement ne la protégerait certainement plus du chevalier, il lui faudrait donc éviter de croiser sa route.

Elle s'approcha du lit de Berenilde et lui ôta, non sans difficulté, sa chaîne avec la petite clef sertie de pierres précieuses. Elle ouvrit la porte. À compter de cet instant, elle devrait agir vite. Pour des raisons de sécurité, les appartements de l'ambassade ne se verrouillaient que de l'intérieur. La tante Roseline et Berenilde étaient plongées dans leur sommeil, aussi vulnérables que des enfants ; elles seraient exposées aux dangers de l'extérieur jusqu'à son retour.

Ophélie trottina le long du corridor. Elle emprunta l'escalier de service pour descendre aux sous-sols. Quand elle passa devant le réfectoire des domestiques, elle fut étonnée d'y voir des gendarmes, reconnaissables à leur bicorne et à leur uniforme bleu et rouge. Ils cernaient une tablée de valets occupés à prendre leur café du matin et semblaient les soumettre à un interrogatoire en règle. Une inspection surprise ? Mieux valait ne pas traîner dans les parages.

Ophélie passa aux entrepôts, à la chaudière à charbon, à la salle des canalisations. Elle ne trouva Gaëlle nulle part.

En revanche, elle tomba sur un imprimé placardé sur les murs :

AVIS DE RECHERCHE

Un déplorable incident nous a été rapporté cette nuit. Hier soir, un valet officiant au Clairdelune a frappé un enfant sans défense. Il en va de la réputation de l'ambassade ! Signes distinctifs : cheveux noirs, petite taille, plutôt jeune. Il était armé d'une rame (?) au moment des faits. Si vous connaissez un valet correspondant à ce signalement, adressez-vous sans tarder à la régie. Récompense assurée.

Philibert, régisseur du Clairdelune

Ophélie fronça les sourcils. Ce petit chevalier était un vrai poison, il avait réellement décidé de s'acharner sur elle. Si elle tombait sur les gendarmes, elle échouerait directement aux oubliettes. Elle allait devoir changer de visage, et vite.

Ophélie longea les couloirs en rasant les murs et s'introduisit dans la blanchisserie comme une voleuse. Là, elle sinua dans la vapeur des cuves bouillantes, entre deux rangées de chemises sur les tringles coulissantes. Elle emprunta un tablier et un bonnet blancs. Elle fit un autre détour par la buanderie, où elle subtilisa une robe noire en train de sécher sur un étendoir. Moins Ophélie voulait attirer l'attention, plus elle se cognait aux paniers de linge et aux lavandières.

Comme elle ne pouvait décemment pas se changer dans les couloirs, elle se hâta vers la rue des Bains. Elle dut effectuer plusieurs détours pour éviter les gendarmes qui frappaient aux portes. Parvenue à sa chambre, elle s'enferma à double tour, reprit son souffle, se déshabilla aussi vite que le permettait sa côte, dissimula la livrée de Mime sous l'oreiller et revêtit la robe de la buanderie. Dans la précipitation, elle la mit d'abord à l'envers.

Alors qu'elle nouait le tablier autour de sa taille et épinglait le bonnet sur sa masse de cheveux bruns, Ophélie essayait de raisonner le plus méthodiquement possible. « Et si je me fais contrôler ? Non, les gendarmes interrogent les valets en priorité. Et si on me pose des questions ? Je m'en tiens aux "oui" et aux "non", mon accent ne doit pas me trahir. Et si je me trahis tout de même ? Je suis au service de la Mère Hildegarde. Elle est étrangère, elle engage des étrangers, point final. »

Ophélie se figea quand elle tomba sur son reflet, son véritable reflet, dans le miroir mural. Elle avait complètement oublié l'état de son visage ! Avec son pansement et ses contusions, elle avait l'air d'une pauvre fille maltraitée.

Elle regarda autour d'elle, à la recherche d'une solution au milieu de son désordre. Le manteau de Thorn. Ophélie le décrocha de sa patère et l'examina de haut en bas. C'était un habit de fonctionnaire, cela se voyait au premier coup d'œil. Il était le dernier ingrédient qui manquait à son personnage : quoi de plus vraisemblable, pour une petite servante, d'apporter les affaires de « monsieur » chez le teinturier ? Ophélie enfila le manteau sur un cintre de bois, le plia sur un bras, le souleva bien haut de l'autre. Avec ce manteau hissé devant elle comme une grand-voile, on ne remarquerait pas trop son visage.

Tout cela devrait lui donner assez de temps pour trouver Gaëlle.

À peine Ophélie mit-elle le nez hors de sa chambre qu'un poing faillit s'abattre sur elle. C'était Renard qui s'apprêtait à frapper à la porte. Il écarquilla ses grands yeux verts et entrouvrit la bouche de surprise ; Ophélie ne devait pas avoir l'air beaucoup moins étonnée derrière son manteau.

— Ah ben ça ! grommela Renard en grattant sa crinière rousse. Si je me doutais que le muet recevait. Excuse, petite, faut que je lui cause.

Il posa ses mains puissantes sur les épaules d'Ophélie et la poussa gentiment dans la rue des Bains, comme on chasserait une fillette qui n'a pas été sage. Elle ne fit pas trois foulées que Renard la rappela.

— Hé, petite ! Attends !

En quelques enjambées, il planta devant elle son corps sculpté comme un buffet, poings sur les hanches. Il se pencha, yeux plissés, essayant de mieux voir ce qui se cachait ainsi derrière le grand manteau noir qu'Ophélie dressait entre eux.

— Sa chambre est vide. Qu'est-ce que tu manigançais chez lui, comme ça, toute seule ?

Ophélie aurait préféré une question à laquelle

elle aurait pu répondre par oui ou par non. Faire de Renard son ennemi, c'était la dernière chose dont elle avait besoin. Encombrée de son manteau, elle tira maladroitement la chaîne de sa clef d'une poche de tablier.

— Prêtée, murmura-t-elle.

Renard haussa ses épais sourcils roux et vérifia l'étiquette du 6, rue des Bains avec la lippe suspicieuse d'un gendarme.

— Il serait fou de se promener sans sa clef ! Tu n'essaierais pas de chaparder des sabliers à mon aminche, des fois ?

D'un geste autoritaire, il repoussa le manteau de Thorn comme un rideau. Sa méfiance se transforma en embarras dès qu'il examina Ophélie de près, sous ses lunettes et son bonnet.

— Eh ben, ma pauvre gamine ! soupira-t-il en se radoucissant. J'ignore qui sont tes maîtres, mais ce ne sont pas des délicats. Tu es nouvelle ? Je voulais pas t'effrayer, hein, c'est juste que je cherche mon ami. Est-ce que tu sais où je peux le trouver ? Il y a comme qui dirait un avis de recherche qui circule depuis une heure. Avec sa belle tête de coupable, ça va encore être pour sa pomme.

Ophélie fut désarmée de constater que ce grand valet méritait davantage sa confiance que son propre fiancé. Elle releva le menton, sans plus chercher à se cacher de lui, et le regarda droit dans les yeux.

— Aidez-moi, s'il vous plaît. Je dois voir Gaëlle, c'est très important.

L'espace de quelques battements de paupières, Renard resta sans voix.

— Gaëlle ? Mais qu'est-ce qu'elle... Qu'est-ce que tu... Nom d'un sablier, qui es-tu ?

— Où est-elle ? implora Ophélie. S'il vous plaît.

À l'autre bout de la rue des Bains, les gendarmes firent une arrivée fracassante. Ils pénétrèrent de force dans les douches et les toilettes, en sortirent des hommes à moitié nus, firent pleuvoir les gourdins sur ceux qui protestaient. Les cris et les insultes se répercutaient sur les murs en d'effroyables échos.

Elle était épouvantée.

— Viens, murmura Renard en la prenant par la main. S'ils s'aperçoivent que tu as la clef d'un autre sur toi, ils vont te tomber dessus.

Ophélie s'en fut à la suite de Renard, écrasée par cette poigne virile, empêtrée dans le long manteau de Thorn. Les rues des dortoirs se succédaient les unes aux autres, toutes semblables avec leur carrelage en damier et leurs petits lampadaires. Affolés par les perquisitions, les domestiques se tenaient sur le pas de leur porte et pointaient du doigt ceux qui avaient le malheur de correspondre au signalement. Il y avait de plus en plus de gendarmes, mais Renard parvenait à les éviter en empruntant les chemins de traverse. Il consultait continuellement sa montre de poche.

— Ma maîtresse va bientôt se réveiller, soupira-t-il. Normalement, à cette heure-ci, j'ai déjà préparé son thé et repassé son journal.

Il introduisit Ophélie dans une Rose des Vents et ouvrit la porte qui menait directement à l'arrière du manoir. Ils traversèrent la ménagerie exotique, l'oisellerie, la bergerie et la laiterie. Les oies de la basse-cour sifflèrent furieusement sur leur passage.

Renard entraîna Ophélie jusqu'à la remise des automobiles.

— Monsieur organise une course demain, expliqua-t-il. Comme le chauffeur mécanicien est malade, c'est Gaëlle qui a été désignée pour faire la révision des moteurs. Elle est d'une humeur de chien, j'aime autant te prévenir.

Ophélie posa une main sur son bras au moment où il s'apprêtait à ouvrir les portes de la remise.

— Je vous remercie de m'avoir aidée, mais il est préférable que vous vous en teniez là, chuchota-t-elle. J'entrerai seule.

Renard fronça les sourcils. La lanterne qui surplombait l'entrée de la remise, au-dessus d'eux, faisait flamber toute sa rousseur. Il vérifia d'un coup d'œil prudent qu'ils étaient bien seuls dans cette partie du domaine.

— Je ne comprends rien à ce qui se passe, j'ignore ce que tu cherches et qui tu es réellement, mais il y a une chose qui est claire pour moi, à présent.

Il laissa tomber ses yeux sur les souliers vernis à boucle d'argent qui pointaient hors de la robe noire d'Ophélie.

— Ça, ce sont des grolles de valet, et des valets avec une aussi petite pointure, je n'en connais guère qu'un.

— Moins long vous en saurez sur moi, mieux vous vous porterez, le supplia Ophélie. Des personnes ont souffert pour m'avoir connue de trop près. Je ne me le pardonnerais pas s'il vous arrivait quoi que ce soit par ma faute.

Décomposé, Renard gratta son favori qui poussait sur sa joue comme un buisson ardent.

— Donc je ne me suis pas trompé. C'est... c'est vraiment toi ? Saperlipopette, marmonna-t-il en se tapant le front du plat de la main, pour une situation embarrassante, c'est une situation embarrassante. Pourtant, j'en ai vu défiler des bizarreries par ici.

Ses grandes mains rousses empoignèrent les anneaux de chaque porte.

— Raison de plus pour entrer là-dedans avec toi, conclut-il avec une lippe têtue. J'ai le droit de comprendre, nom d'un petit bonhomme.

C'était la première fois qu'Ophélie entrait dans la remise des automobiles. L'endroit, où flottait l'odeur étourdissante du pétrole, paraissait désert. Éclairées par trois lampes de plafond, les élégantes cabines des chaises à porteurs s'alignaient au premier plan. Bois vert pomme, rideaux bleu ciel, brancards vieux rose, motifs floraux, il n'y en avait pas deux semblables. Les automobiles du Clairdelune avaient été garées au fond de la salle, car on les sortait plus rarement. C'étaient des objets de luxe qu'on exposait surtout pour le plaisir des yeux. Les routes inégales et tortueuses de la Citacielle n'étaient pas adaptées à la circulation motorisée.

Toutes les automobiles étaient recouvertes de draps, sauf une. De loin, elle évoquait une poussette avec ses grandes roues fines à rayons et sa capote fleurie. Probablement une voiture de dame.

Gaëlle jurait comme un charretier en se penchant sur le moteur à explosion. Ophélie n'en avait jamais vu ailleurs que dans son musée, et seulement en pièces détachées. Sur Anima, les véhicules se propulsaient d'eux-mêmes comme des animaux bien dressés ; ils n'avaient pas besoin de moteur.

— Hé, ma belle ! appela Renard. De la visite pour toi !

Gaëlle poussa un dernier juron, frappa le moteur de sa clef à molette, ôta rageusement ses gants et releva ses lunettes de protection sur son front. Son œil bleu vif et son monocle noir se fixèrent sur la petite soubrette que Renard lui amenait. Ophélie se soumit silencieusement à cet examen ; elle savait que Gaëlle la reconnaîtrait, puisqu'elle l'avait toujours vue telle qu'elle était.

— J'espère pour toi que c'est important, finit-elle par cracher d'un ton impatient.

Ce fut tout. Elle ne posa aucune question, ne prononça pas un seul mot qui aurait pu la compromettre devant Renard. « Mon secret contre ton secret. » Ophélie replia maladroitement le manteau de Thorn qui lui encombrait les mains. C'était à son tour de ne pas trahir Gaëlle.

— J'ai des ennuis et il n'y a que vers vous que je peux me tourner. Je vais avoir besoin de vos talents.

Circonspecte, Gaëlle tapota le monocle qui lui creusait une ombre impressionnante sous le sourcil.

— *Mon* talent ?

Ophélie acquiesça en ramenant derrière l'oreille les mèches qui coulaient à flots de son bonnet.

— C'est pas pour rendre service à un nobliau, au moins ?

— Vous avez ma parole que non.

— Mais qu'est-ce que vous marmottez, à la fin ? s'exaspéra Renard. Vous vous connaissez donc, vous deux ? À quoi ça rime, toutes ces cachotteries ?

Gaëlle arracha ses lunettes de protection, ébroua ses boucles noires et remonta ses bretelles sur ses épaules.

— Ne te mêle pas de ça, Renold. Moins tu en sais, mieux ce sera pour toi.

Renard avait l'air tellement déboussolé qu'Ophélie le prit en pitié. Il était la dernière personne de qui elle souhaitait se cacher, mais elle n'avait pas le choix. Elle lui avait montré son véritable visage et c'était déjà trop.

Gaëlle posa un doigt sur sa bouche pour leur intimer le silence. Au-dehors, les oies cacardaient.

— Quelqu'un vient.

— Les gendarmes, pesta Renard en consultant sa montre. Ils fouillent chaque recoin du Clairdelune. Rapides, les gaillards !

Il signala une porte basse, à peine visible derrière les rangées d'automobiles drapées.

— Il faut décamper. Ils ne doivent surtout pas mettre la main sur la gamine.

Gaëlle resserra la pression de son sourcil autour du monocle.

— Toutes les lampes sont allumées, cracha-t-elle, cette voiture a encore le ventre à l'air ! Ils vont comprendre qu'on a fui les lieux et donner l'alerte.

— Pas s'ils trouvent quelqu'un sur place.

Renard retira précipitamment sa livrée, retroussa

les manches de sa chemise et s'aspergea d'huile de moteur.

— Mesdames, je vous présente un mécanicien débordé, ricana-t-il en haussant les bras. Les gendarmes, j'en fais mon affaire. Filez vite par-derrière, toutes les deux.

Ophélie le considéra avec tristesse et émerveillement. Elle se rendit compte à quel point ce grand rouquin avait pris une place significative dans sa vie. Sans pouvoir se l'expliquer, elle avait peur de ne plus jamais le revoir une fois la porte basse franchie.

— Merci, Renold, murmura-t-elle. Merci pour tout.

Il lui adressa un clin d'œil facétieux.

— Dis au muet de faire bien gaffe à ses fesses.

— Mets ça, marmonna Gaëlle en lui tendant ses lunettes de protection. Ça te rendra plus crédible.

Renard les enfila sur son front, prit une ample respiration pour se donner du courage, enveloppa dans ses mains le visage farouche de Gaëlle et l'embrassa avec détermination. Elle fut si stupéfaite qu'elle écarquilla son œil bleu sans seulement songer à le repousser. Quand il la libéra, un immense sourire se déployait entre ses favoris.

— Des années que je la convoite, cette femme-là, chuchota-t-il.

Au loin, les portes s'ouvrirent sur les silhouettes des gendarmes. Gaëlle poussa Ophélie derrière une automobile bâchée, l'entraîna dans l'ombre le long du mur et sortit avec elle par la porte arrière.

— Crétin, siffla-t-elle entre ses dents.

Ophélie n'y voyait pas grand-chose sous la fausse nuit étoilée. Elle aurait toutefois juré que la bouche de Gaëlle, si dure à l'ordinaire, avait pris un pli plus doux.

Les dés

De couloirs en escaliers, Ophélie et Gaëlle parvinrent au dernier étage du Clairdelune sans croiser la route des gendarmes. Ce fut un soulagement de fermer la porte et de tourner la clef dans la serrure. Ophélie jeta le grand manteau de Thorn sur un siège, souleva la tenture du baldaquin du lit pour vérifier que Berenilde dormait toujours, puis elle signala le divan à Gaëlle. La tante Roseline s'y agitait comme si elle était en proie à un mauvais rêve.

— Un Mirage a emprisonné son esprit dans une illusion, murmura Ophélie tout bas. Pouvez-vous l'aider à refaire surface ?

Gaëlle s'accroupit devant le divan et posa un regard scrutateur sur la tante Roseline. Elle la contempla un long moment à travers ses boucles noires, bras croisés, lèvres serrées.

— Du solide, maugréa-t-elle. Toutes mes félicitations au chef, c'est du grand art. Est-ce que je peux me laver les mains ? Je suis pleine de graisse.

Ophélie remplit la cuvette de Berenilde et chercha du savon. Elle était si nerveuse qu'elle renversa de l'eau sur le tapis.

— Pouvez-vous l'aider ? répéta-t-elle d'une toute petite voix tandis que Gaëlle faisait sa toilette.

— Le problème n'est pas si je peux l'aider, mais pourquoi je l'aiderais. C'est qui cette bonne femme, d'abord ? Une amie de la Dragonne ? cracha-t-elle avec un regard méprisant pour le lit à baldaquin. Dans ce cas, très peu pour moi.

Du fond de ses lunettes, Ophélie se concentra sur le monocle noir pour atteindre la personne qui se cachait de l'autre côté.

— Croyez-moi, le seul tort de cette femme est de m'avoir pour nièce.

Ophélie surprit dans la nuit du monocle ce qu'elle espérait voir : une étincelle de colère. Gaëlle éprouvait une haine viscérale pour les injustices.

— Apporte-moi un tabouret.

Gaëlle s'assit face au divan et ôta son monocle. Son œil gauche, plus sombre et plus insondable qu'un puits sans fond, se promena ironiquement sur les appartements de Berenilde. Elle voulait faire profiter Ophélie du spectacle, lui montrer à quoi ressemblait ce monde une fois levé le rideau des illusions. Partout où se posait son regard, l'apparence des lieux changeait. Le tapis majestueux n'était plus qu'une carpette bon marché. L'élégant papier peint laissait la place à un mur infecté de champignons. Les vases en porcelaine devenaient de simples pots en terre cuite. Le baldaquin était mité, le paravent éventré, les fauteuils défraîchis, le service à thé ébréché. Si la trame des illusions se décousait sous le regard implacable de Gaëlle, elle se retissait sitôt qu'il se portait ailleurs.

« Le vernis sur la crasse », avait dit Archibald.

Ophélie mesurait à quel point c'était vrai. Elle ne verrait plus jamais le Clairdelune de la même façon après cela.

Gaëlle se pencha sur son tabouret et souleva doucement le visage endormi de la tante entre ses mains.

— Comment s'appelle-t-elle ?

— Roseline.

— Roseline, répéta Gaëlle en appuyant sur elle une attention minutieuse.

Ses yeux, l'un bleu, l'autre noir, étaient béants. Accoudée au dossier du divan, Ophélie se tordait les doigts d'inquiétude. Les paupières closes de la tante Roseline se mirent à frémir, puis le frisson se propagea au reste de son corps. Elle fut prise de tremblements violents, mais Gaëlle resserra son emprise autour de son visage, plongeant le faisceau accablant de son nihilisme sur lui.

— Roseline, murmura-t-elle. Revenez, Roseline. Suivez ma voix, Roseline.

Les tremblements cessèrent et Gaëlle reposa la tête cireuse sur son coussin. Elle bondit du tabouret, remit son monocle en place et piocha des cigarettes dans la boîte personnelle de Berenilde.

— Bon, je m'arrache. Renard n'y connaît rien en mécanique et les automobiles ne se réviseront pas toutes seules.

Ophélie était abasourdie. La tante Roseline reposait toujours au fond du divan, les yeux fermés.

— C'est qu'elle ne paraît pas tellement réveillée.

Alors qu'elle s'allumait une cigarette, Gaëlle grimaça un sourire qui se voulait probablement rassurant.

— Ça va dormir encore un petit bout de temps. Surtout, ne la brusque pas, elle doit refaire surface et je te prie de croire qu'elle revient de loin. Quelques heures de plus et je ne la repêchais pas.

Ophélie s'entoura le corps de ses bras pour réprimer les frissons qui la secouaient tout entière. Elle se rendait compte, soudain, qu'elle était brûlante. Sa côte semblait battre au même rythme que son cœur. C'était à la fois douloureux et apaisant.

— Est-ce que ça va ? marmonna Gaëlle, inquiète.

— Oh que oui, assura Ophélie avec un faible sourire. C'est… c'est nerveux. Je n'ai jamais été aussi soulagée de ma vie.

— Il ne faut pas se mettre dans des états pareils.

Sa cigarette à la main, Gaëlle semblait complètement déconcertée. Ophélie remonta ses lunettes sur son nez pour pouvoir bien la regarder en face.

— Je vous dois beaucoup. J'ignore de quoi l'avenir sera fait, mais vous trouverez toujours en moi une alliée.

— Évitons les belles paroles, coupa Gaëlle. Sans vouloir te chagriner, ma bichette, soit la cour te brisera net les os, soit elle les pourrira jusqu'à la moelle. Et moi, je ne suis pas quelqu'un de fréquentable. Je t'ai rendu un service, je me suis payée en cigarettes, nous sommes quittes.

Gaëlle contempla la tante Roseline d'un air songeur, presque mélancolique, puis elle pinça le nez d'Ophélie avec un sourire féroce.

— Si tu veux vraiment me rendre service, ne deviens pas l'une des leurs. Fais les bons choix, ne te compromets pas et trouve ta voie propre. On en reparlera d'ici quelques années, d'accord ?

Elle ouvrit la porte et pinça la visière de sa casquette.

— À la revoyure.

Quand Gaëlle fut partie, Ophélie referma à clef derrière elle. Les chambres de l'ambassade étaient les plus sûres de toute la Citacielle ; il ne pourrait plus rien arriver de préjudiciable à qui que ce soit ici tant que cette porte resterait verrouillée.

Ophélie se pencha sur la tante Roseline et passa une main dans ses cheveux tirés à quatre épingles. Elle avait envie de la réveiller, de s'assurer qu'elle était bien revenue de son passé, mais Gaëlle lui avait recommandé de ne pas la brusquer.

Le mieux qui lui restait à faire, c'était dormir.

Ophélie bâilla jusqu'aux larmes. Il lui semblait qu'elle avait une vie entière de sommeil à rattraper. Elle arracha son bonnet de soubrette, défit son tablier, déchaussa ses souliers du bout des orteils et se laissa tomber au fond d'un fauteuil. Lorsqu'elle se mit à survoler les forêts, les villes et les océans, Ophélie sut qu'elle était en train de rêver. Elle parcourait la surface du vieux monde, celui qui ne formait qu'une seule pièce, aussi rond qu'une orange. Elle le voyait avec une profusion de détails. Les ricochets du soleil sur l'eau, les feuillages des arbres, les boulevards des villes, tout lui sautait aux yeux avec une netteté parfaite.

Soudain, l'horizon fut barré par un immense haut-de-forme. Le chapeau grandit, grandit, grandit et, en dessous, il y avait le sourire aigre-doux d'Archibald. Il emplit bientôt tout le paysage, ouvrant entre ses mains le Livre de Farouk.

— Je vous avais pourtant prévenue, dit-il à

Ophélie. Tout le monde déteste l'intendant et l'intendant déteste tout le monde. Vous êtes-vous donc crue à ce point exceptionnelle pour déroger à la règle ?

Ophélie décida qu'elle n'aimait pas ce rêve et rouvrit les yeux. Malgré la chaleur du calorifère, elle grelottait. Elle souffla contre sa paume qui lui renvoya une haleine chaude. Un peu de fièvre ? Elle se leva pour se chercher une couverture, mais Berenilde et la tante Roseline se partageaient déjà celles de la chambre. Ironie du sort, il ne restait pour Ophélie que le grand manteau de Thorn. Elle n'était pas orgueilleuse au point de le bouder. Elle retourna à son fauteuil et se roula en boule dans le manteau. Le carillon de l'horloge résonna, mais elle n'eut pas le courage de compter les coups.

Le fauteuil manquait de confort, il y avait trop de monde là-dedans. Il fallait céder de la place aux ministres avec leurs moustaches arrogantes. Allaient-ils donc se taire ? Ophélie ne pourrait jamais dormir avec tous ces verbiages. Et de quoi parlaient-ils ? Du manger et du boire, évidemment, ils n'avaient que ces mots-là à la bouche. « Les provisions viennent à manquer ! », « Levons une taxe ! », « Punissons les braconniers ! », « Discutons-en autour d'une table ! ». Ophélie n'éprouvait que de la répugnance pour leur énorme ventre, mais aucun ne l'écœurait davantage que Farouk. Son existence même était une erreur. Ses courtisans lui jetaient de la poudre aux yeux, l'enivraient de plaisirs et tiraient les rênes du pouvoir à sa place. Non, décidément, Ophélie ne pourrait jamais se reposer ici. Elle aurait voulu quitter cet endroit, aller dehors, le vrai dehors, avaler du vent à s'en vitrifier les poumons, mais le temps lui faisait défaut. Le temps lui faisait toujours défaut. Elle siégeait à des tribunaux, des conseils d'assises, des parlements. Elle se mettait dans un coin, écoutait les avis des uns et des autres, délibérait parfois, quand ces idiots se précipitaient tête baissée dans une impasse. De toute manière, c'étaient les chiffres qui décidaient. Les chiffres ne se trompent jamais, n'est-ce pas ? Le potentiel des ressources, le nombre d'habitants, ça c'est du concret. Alors ce petit grassouillet, là, qui réclame plus qu'il ne lui est dû, il repartira bredouille, maudira Ophélie sous cape, se plaindra d'elle et puis c'est tout. Les plaintes, Ophélie en recevait une dose quotidienne. Elle ne comptait plus les ennemis, mais sa logique imparable l'emportait toujours sur leur interprétation tendancieuse du partage. Ils avaient déjà essayé de lui coller un greffier aux fesses, pour vérifier, hein, si son intégrité était sans faille. Et ils s'étaient cassé les dents, parce qu'elle ne se fiait qu'aux chiffres. Ni à sa conscience, ni à l'éthique, seulement aux chiffres. Alors, un greffier !

Quoique ce fût là une pensée bizarre, parce que Ophélie se rendit compte soudain qu'elle était elle-même greffière. Une greffière à la mémoire astronomique, désireuse de faire ses preuves, inexpérimentée. Une jeune greffière qui ne se trompait jamais et ça faisait enrager le vieil intendant. Il voyait en elle un insecte nuisible, une opportuniste prête à le pousser dans l'escalier pour usurper sa place. Quel crétin ! Il ne saurait jamais que, derrière ses silences butés, elle ne recherchait que son approbation et qu'une personne au moins se sentirait endeuillée le jour de sa mort. Mais ça, c'était bien plus tard.

Pour le moment, Ophélie se tordait de douleur. Du poison. C'était si prévisible, elle ne pouvait faire confiance à personne, à personne sauf à sa tante. Allait-elle mourir ici, sur ce tapis ? Non, Ophélie était loin de la mort. Elle n'était qu'une fillette qui passait ses journées à jouer aux dés, seule et silencieuse dans son coin. Berenilde essayait par tous les moyens de la distraire, elle lui avait même offert une belle montre en or, mais Ophélie préférait les dés. Les dés étaient aléatoires, pleins de surprises ; ils n'étaient pas immanquablement décevants comme les êtres humains.

Ophélie se sentit moins amère tandis qu'elle rajeunissait encore. Elle courait à en perdre haleine dans la demeure de Berenilde. Elle essayait de rattraper un adolescent déjà bien bâti qui la narguait du haut des escaliers en lui tirant la langue. C'était son frère, Godefroy. Enfin, demi-frère, elle n'avait pas le droit de dire frère. C'était imbécile comme expression, ce n'était tout de même pas une moitié de garçon qui galopait juste devant elle. Et ce n'était pas une moitié de fille qui, au détour d'un couloir, se jetait dans ses jambes en riant aux éclats. Ophélie aimait bien quand Berenilde invitait Godefroy et Freyja, même s'ils lui faisaient parfois mal avec leurs griffes. En revanche, elle n'aimait pas quand leur mère venait avec eux et posait sur elle un regard écœuré. Ophélie détestait ce regard. C'était un regard qui déchirait la tête, qui torturait de l'intérieur sans que personne voie quelque chose. Ophélie crachait dans son thé pour se venger. Mais ça, c'était après, bien après la disgrâce de sa mère, bien après la mort de son père, bien après que sa tante l'avait prise sous sa protection. Maintenant, Ophélie joue à son jeu préféré avec Freyja, sur les remparts, à cette rare période de l'année où il fait suffisamment doux pour profiter du soleil. Le jeu des dés, des dés taillés par Godefroy lui-même. Freyja les lance, décide de la combinaison des chiffres – « tu les additionnes », « tu les divises », « tu les multiplies », « tu les soustrais » – et puis elle vérifie sur son boulier. Le jeu en lui-même ennuie Ophélie. Elle l'aurait préféré plus corsé, avec des fractions, des équations et des puissances, mais de surprendre à chaque fois cette admiration dans l'œil de sa sœur, ça lui chauffe le dedans. Quand Freyja lance les dés, elle se sent enfin exister.

Une alarme retentit. Ophélie battit des paupières, stupide, tordue dans son fauteuil. Tandis qu'elle démêlait les coulées de cheveux qui s'étaient prises dans ses lunettes, elle promena un œil hagard autour d'elle. D'où venait ce bruit ? L'ombre endormie de Berenilde était immobile derrière le rideau du baldaquin. La flamme des becs de gaz grésillait sereinement. La tante Roseline ronflait sur son divan. Ophélie mit un long moment à comprendre que c'était la sonnerie du téléphone qu'elle entendait.

Il finit par se taire, déposant dans les appartements un silence assourdissant.

Ophélie s'arracha de son fauteuil, raide de partout, la tête bourdonnante. La fièvre avait dû retomber, mais ses jambes étaient tout engourdies. Elle se pencha sur sa tante, dans l'espoir de la voir enfin ouvrir les yeux, mais elle dut se résoudre à patienter encore ; Gaëlle avait dit qu'elle referait surface d'elle-même, il fallait lui faire confiance. Elle marcha d'un pas mou jusqu'au cabinet de toilette, retroussa les manches trop longues du manteau de Thorn, ôta ses gants, plia ses lunettes, ouvrit le robinet et rinça abondamment son visage. Elle avait besoin de se nettoyer de tous ces rêves étranges.

Elle croisa son regard myope dans le miroir au-dessus du lavabo. Son pansement s'était décollé et la plaie à sa joue avait encore saigné. Ce fut quand elle remit ses gants qu'elle vit un trou par lequel pointait son petit doigt.

— Ah ça, murmura-t-elle en l'examinant de plus près. Voilà ce qui arrive à force de grignoter les coutures.

Ophélie s'assit sur le bord de la baignoire et contempla le manteau immense dont elle s'était enveloppée. Avait-elle *lu* les souvenirs de Thorn à cause du trou à son gant ? C'était un manteau d'adulte et elle était remontée jusqu'à son enfance, il devait y avoir autre chose. Elle fouilla les poches et finit par trouver ce qu'elle cherchait sous une couture de la doublure. Deux petits dés, maladroitement sculptés à la main. C'étaient eux qu'elle avait *lus*, bien malgré elle.

Ophélie les observa avec nostalgie, une certaine tristesse même, puis elle se ressaisit en refermant le poing. Elle ne devait pas confondre les émotions de Thorn avec les siennes. Cette pensée la fit sourciller. Les émotions de Thorn ? Si ce calculateur en avait eu un jour, il avait dû les perdre en chemin. Sans doute la vie n'avait-elle pas été tendre avec lui, mais Ophélie n'était pas disposée à se montrer compatissante.

Elle se débarrassa du manteau comme elle aurait retiré une peau qui ne lui appartenait pas. Elle changea son pansement, traîna les pieds dans le petit salon et consulta la pendule. Onze heures, la matinée était bien avancée. Les Dragons avaient dû partir pour la chasse depuis longtemps ; Ophélie fut ravie d'avoir échappé à cette obligation familiale.

La sonnerie du téléphone retentit de nouveau, tant et si bien qu'il finit par réveiller Berenilde.

— Au diable cette invention ! s'agaça-t-elle en repoussant le rideau de son lit.

Berenilde ne décrocha pas pour autant. Ses mains tatouées s'envolèrent comme des papillons pour regonfler les ondulations blondes de ses cheveux. Le sommeil lui avait rendu une fraîcheur de jeune fille, mais il avait froissé sa belle robe de scène.

— Faites-nous donc du café, chère petite. Nous allons en avoir grand besoin.

Ophélie était du même avis. Elle posa une casserole d'eau sur la gazinière, faillit mettre le feu à son gant en grattant une allumette, puis fit tourner le moulin à café. Elle retrouva Berenilde accoudée à la petite table du salon, le menton appuyé sur ses doigts entrelacés, les yeux plongés dans sa boîte à cigarettes.

— Ai-je fumé à ce point, hier ?

Ophélie posa une tasse de café devant elle, ne jugeant pas essentiel de lui apprendre qu'une mécanicienne s'était servie dans sa réserve. Dès qu'elle prit place à la table, Berenilde posa un regard cristallin sur elle.

— Je n'ai pas un souvenir très étoffé de notre conversation d'hier, mais j'en sais suffisamment pour décréter que l'heure est grave.

Ophélie lui tendit le sucrier, dans l'attente du verdict.

— En parlant d'heure, où en sommes-nous ? demanda Berenilde avec un regard pour la pendule.

— Onze heures passées, madame.

Cramponnée à sa petite cuillère, Ophélie se prépara à la foudre qui allait s'abattre sur la table. « Comment donc ! Et l'idée de me tirer du lit n'a pas traversé un instant votre petite tête d'oiseau ? Ignorez-vous à quel point cette partie de chasse était significative pour moi ? Par votre faute, on va me traiter de faible, de bonne à rien, de vieillarde ! »

Il n'en fut rien. Berenilde plongea un sucre dans son café et soupira.

— Tant pis. Pour être franche, j'ai cessé de penser à cette chasse à l'instant même où Farouk a posé les yeux sur moi. Et honnêtement, ajouta-t-elle avec un sourire rêveur, il m'a épuisée !

Ophélie porta sa tasse à ses lèvres. C'était le genre de détails dont elle se serait volontiers passée.

— Votre café est infect, déclara Berenilde en tordant sa jolie lèvre. Vous n'avez décidément aucun talent pour la vie en société.

Ophélie devait reconnaître qu'elle n'avait pas tort. Elle avait beau ajouter du sucre et du lait, elle peinait à boire sa tasse.

— Je crois que le chevalier ne nous laisse pas le choix, reprit Berenilde. Quand bien même je vous donnerais un autre visage et une autre identité, cet enfant vous mettrait à nu en un clin d'œil. Le secret de votre présence ici est en train de s'effilocher. De deux choses l'une : ou bien nous vous cherchons une meilleure cachette jusqu'au jour du mariage... (les ongles longs et lisses de Berenilde pianotèrent sur l'anse de sa tasse en porcelaine)... ou bien vous faites votre entrée officielle à la cour.

D'un coup de serviette, Ophélie essuya le café qu'elle venait de répandre sur la nappe. Elle avait envisagé cette possibilité, mais cela lui coûtait de se l'entendre dire. Au point où elle en était, elle préférait encore jouer les valets de Berenilde plutôt que les fiancées de Thorn.

Berenilde se renversa contre le dossier de son fauteuil et croisa les mains sur son ventre arrondi.

— Évidemment, si vous voulez survivre jusqu'à vos noces, cela ne peut se faire qu'à une condition et une condition seulement. Il faut que vous soyez la pupille attitrée de Farouk.

— Sa pupille ? répéta Ophélie en articulant chaque syllabe. Quelles sont les qualités requises pour mériter un tel honneur ?

— Dans votre situation, je crois que vous vous suffisez en vous seule ! la railla Berenilde. Farouk brûle de vous connaître, vous représentez beaucoup à ses yeux. Beaucoup trop, en fait. C'est la raison pour laquelle Thorn a toujours catégoriquement refusé que vous le fréquentiez de près.

Ophélie remonta ses lunettes sur son nez.

— Qu'entendez-vous par là ?

— Si j'en avais la plus petite idée, vous ne me verriez pas hésiter ainsi, s'irrita Berenilde. Allez savoir avec Farouk, il est tellement imprévisible ! Ce que je redoute, ce sont ses impatiences. Je lui ai caché jusqu'à ce jour votre présence dans sa propre Citacielle, savez-vous pourquoi ?

Ophélie se préparait déjà au pire.

— Parce que je redoute qu'il vous essaie d'ores et déjà sur son Livre. L'issue d'une telle *lecture* m'épouvante. Si vous échouez, ce dont je ne doute pas étant donné les déboires de vos prédécesseurs, je crains qu'il ne se laisse aller à un mouvement d'humeur.

Ophélie renonça à terminer son café et reposa la tasse sur sa soucoupe.

— Vous êtes en train de me dire qu'il pourrait me punir si je ne lui apporte pas une satisfaction immédiate ?

— Il ne voudra certainement pas vous faire souffrir, soupira Berenilde, mais je crains que la conséquence ne soit la même au final. Tant d'autres y ont laissé leur esprit avant vous ! Et lui, enfant qu'il est, il regrettera trop tard, comme à l'accoutumée. Farouk ne se fait pas à la vulnérabilité des mortels, en particulier ceux qui n'ont pas hérité de ses pouvoirs. Entre ses mains, vous êtes un fétu de paille.

— Il ne serait pas un peu idiot, votre esprit de famille ?

Berenilde considéra Ophélie avec stupeur, mais celle-ci soutint son regard sans ciller. Elle avait vécu trop de choses dernièrement pour garder plus longtemps ses pensées pour elle.

— Voilà le genre de propos qui écourteront votre séjour parmi nous si vous les lâchez en public, l'avertit Berenilde.

— Qu'est-ce qui rend le Livre de Farouk si différent de celui d'Artémis ? demanda Ophélie d'un ton professionnel. Pourquoi l'un serait-il *lisible* et l'autre non ?

Berenilde haussa une épaule qui s'échappa de sa robe avec sensualité.

— Pour être honnête avec vous, ma fille, je m'intéresse de très loin à cette affaire. Je n'ai vu ce Livre qu'une seule fois et cela m'a suffi. C'est un objet parfaitement hideux et malsain. On dirait...

— De la peau humaine, murmura Ophélie, ou quelque chose qui y ressemble. Je me demandais si un élément particulier entrait dans sa composition.

Berenilde lui adressa une œillade pétillante de malice.

— Cela, ce n'est pas votre affaire, c'est celle de Thorn. Contentez-vous de l'épouser, de lui donner votre pouvoir familial et quelques héritiers au passage. On ne vous demande rien de plus.

Ophélie serra les lèvres, piquée au vif. Elle se sentait niée en tant que personne et en tant que professionnelle.

— Dans ce cas, que suggérez-vous que nous fassions ?

Berenilde se leva, l'air résolu.

— Je vais raisonner Farouk. Il comprendra qu'il doit, dans son propre intérêt, assurer votre sécurité jusqu'au mariage et, surtout, ne rien attendre de vous. Il m'écoutera, j'ai de l'influence sur lui. Thorn sera furieux contre moi, mais je ne vois pas de meilleure solution.

Ophélie contempla la lumière qui s'agitait à la surface de son café, perturbée par ses mouvements de cuillère. Qu'est-ce qui rendrait Thorn furieux, en vérité ? Qu'on causât du tort à sa fiancée ou que celle-ci devînt inutilisable avant même d'avoir servi ?

« Et ensuite ? » se demanda-t-elle avec amertume. Quand elle lui aurait transmis son don et qu'il en aurait usé, qu'adviendrait-il d'elle ? Sa vie au Pôle ne se résumerait-elle donc plus qu'à boire du thé et à faire des politesses ?

« Non, décida-t-elle en observant son visage renversé dans le creux de sa cuillère, je veillerai personnellement à me construire un autre avenir, ne leur en déplaise. »

Le hoquet stupéfait que poussa Berenilde tira Ophélie de ses réflexions. La tante Roseline venait de se redresser sur le divan pour poser sur la pendule un regard bien aiguisé.

— Nom d'une trotteuse, pesta-t-elle, bientôt midi et je traîne toujours au lit.

Les idées noires d'Ophélie volèrent aussitôt en éclats. Elle se leva si précipitamment de sa chaise qu'elle la renversa sur le tapis. Berenilde se rassit au contraire, les mains sur le ventre, éberluée.

— Madame Roseline ? Vous êtes bien là, parmi nous ?

La tante Roseline piqua des épingles dans son chignon défait.

— Ai-je l'air d'être ailleurs ?

— C'est tout bonnement impossible.

— Plus je vous côtoie, moins je vous comprends, marmonna la tante Roseline, les sourcils froncés. Et toi, qu'est-ce que tu as à sourire ainsi ? demanda-t-elle en se tournant vers Ophélie. Tu es en robe, à présent ? C'est quoi, ce pansement sur ta joue ? Saperlotte, où est-ce que tu es allée t'accrocher ?

La tante Roseline lui saisit la main et loucha sur son petit doigt qui semblait faire coucou à travers le trou.

— Tu vas te mettre à *lire* à tort et à travers ! Où sont tes paires de rechange ? Passe-moi ton gant, que je te le ravaude. Et baisse donc ce sourire, tu me donnes froid dans le dos.

Ophélie eut beau faire, elle ne parvint pas à le ravaler ; c'était cela ou pleurer. De son côté, Berenilde ne se remettait pas de sa surprise, tandis que la tante Roseline sortait la boîte de couture d'une armoire.

— Me serais-je trompée ?

Ophélie avait pitié d'elle, mais elle n'allait certainement pas lui expliquer qu'elle avait fait appel aux services d'une Nihiliste.

La sonnerie du téléphone mural retentit à nouveau.

— Le téléphone sonne, fit remarquer la tante Roseline avec son inébranlable sens des réalités. C'est peut-être important.

Berenilde acquiesça, songeuse sur sa chaise, puis elle leva les yeux vers Ophélie.

— Répondez, ma fille.

La tante Roseline, qui passait un fil à travers le chas de son aiguille, se décomposa.

— Elle ? Mais sa voix ? Son accent ?

— Le temps des secrets est terminé, décréta Berenilde. Répondez, chère petite.

Ophélie inspira. Si c'était Archibald, cela ferait un fameux prologue pour son entrée en scène. Mal à l'aise, elle décrocha le combiné en ivoire avec la seule de ses mains qui était encore gantée. Elle avait déjà vu ses parents se servir d'un téléphone quelquefois, mais elle n'en avait jamais utilisé un elle-même.

À peine appuya-t-elle le cornet contre son oreille qu'un coup de tonnerre lui déchira le tympan.

— Allô !

Ophélie faillit lâcher le combiné.

— Thorn ?

Un silence brutal se fit, entrecoupé par la respiration suffoquée de Thorn. Ophélie luttait contre l'envie de lui raccrocher au nez. Elle aurait préféré régler ses comptes avec lui face à face. Si jamais il avait l'aplomb de se fâcher contre elle, elle l'attendait de pied ferme.

— Vous ? lâcha Thorn du bout des lèvres. Très bien. C'est... c'est très bien. Et ma tante, elle est... est-elle près de vous ?

Ophélie écarquilla les yeux. Des bégaiements aussi confus, dans la bouche de Thorn, c'était pour le moins inhabituel.

— Oui, nous sommes finalement restées toutes les trois ici.

Dans le cornet, elle entendit Thorn retenir sa

respiration. C'était impressionnant de pouvoir l'entendre ainsi, comme s'il se tenait tout près, sans avoir son visage devant les yeux.

— Vous voulez sans doute lui parler ? proposa Ophélie d'un ton froid. Je crois que vous avez beaucoup à vous dire.

Ce fut au moment où elle ne l'attendait plus que la déflagration se produisit.

— Restées ici ? tonna Thorn. Voilà des heures que je m'évertue à vous joindre, que je me cogne à votre porte ! Avez-vous la moindre idée de ce que j'ai... Non, évidemment, cela ne vous a même pas effleurée !

Ophélie éloigna le cornet de quelques centimètres. Elle commençait à croire que Thorn avait bu.

— Vous êtes en train de me crever l'oreille. Vous n'avez pas besoin de crier, je vous reçois très bien. Pour votre gouverne, midi n'a pas encore sonné, nous venons tout juste de nous réveiller.

— Midi ? répéta Thorn, interloqué. Comment, nom de nom, peut-on confondre midi et minuit ?

— Minuit ? s'étonna Ophélie.

— Minuit ? reprirent en chœur Berenilde et Roseline, derrière elle.

— Vous n'êtes donc au courant de rien ? Vous dormiez pendant tout ce temps ?

La voix de Thorn était hérissée d'électricité statique. Ophélie se cramponna au combiné. Il n'avait pas bu, c'était bien plus grave que cela.

— Que s'est-il passé ? chuchota-t-elle.

Un nouveau silence emplit le téléphone, si long qu'Ophélie crut que la communication était coupée. Quand Thorn reprit la parole, sa voix avait retrouvé son intonation distante et ses accents durs.

— Je vous appelle depuis le cabinet d'Archibald. Comptez trois minutes le temps que je monte vous rejoindre. N'ouvrez pas votre porte avant.

— Pourquoi ? Thorn, que se passe-t-il ?

— Freyja, Godefroy, le père Vladimir et les autres, dit-il avec lenteur. Il semblerait qu'ils soient tous morts.

L'ange

Berenilde était devenue si blanche qu'Ophélie et la tante Roseline la soutinrent chacune par un bras pour l'aider à se lever. Elle fit preuve néanmoins d'un calme olympien tandis qu'elle leur faisait ses recommandations.

— Ce qui nous attend, de l'autre côté de cette porte, ce ne sont que des vautours. Ne répondez à aucune de leurs questions, évitez de vous montrer à la lumière.

Berenilde saisit sa petite clef sertie de pierres précieuses et l'introduisit dans la serrure. D'un simple déclic, elle les fit basculer toutes les trois dans l'effervescence du Clairdelune. L'antichambre voisine avait été investie par les gendarmes et par les nobles. Tout n'était que confusion, bruits de pas, exclamations étouffées. Dès qu'ils virent la porte s'entrouvrir, le silence se fit. Chacun dévisagea Berenilde avec une curiosité malsaine, puis les questions jaillirent comme un feu d'artifice.

— Madame Berenilde, on nous a rapporté que votre famille entière a péri à cause d'une battue mal orchestrée. Les Dragons auraient-ils usurpé leur réputation de chasseurs hors pair ?

— Pourquoi n'étiez-vous pas avec les vôtres ? L'on dit que vous avez eu des mots avec eux, pas plus tard qu'hier. Auriez-vous donc eu le pressentiment de ce qui allait advenir ?

— Votre clan a disparu, pensez-vous que votre place à la cour soit toujours légitime ?

Désabusée, Ophélie entendait toutes ces médisances sans voir ceux qui les prononçaient. La silhouette de Berenilde, dressée courageusement dans l'entrebâillement de la porte, occultait sa vision de l'antichambre. Elle affrontait les attaques en silence, les mains croisées sur sa robe, guettant Thorn. Ophélie se raidit quand elle entendit une femme prendre la parole.

— La rumeur circule que vous cacheriez une *liseuse* d'Anima. Se trouve-t-elle dans ces appartements ? Pourquoi ne nous la présenteriez-vous pas ?

La femme poussa un cri et plusieurs voix protestèrent. Ophélie n'eut pas besoin d'assister à la scène pour comprendre que Thorn venait d'arriver et refoulait tout ce beau monde.

— Monsieur l'intendant, la disparition des chasseurs affectera-t-elle notre garde-manger ?

— Quelles mesures envisagez-vous de prendre ?

Pour seule réponse, Thorn poussa sa tante à l'intérieur, fit entrer Archibald et un autre homme, puis ferma les appartements à clef. Le vacarme de l'antichambre s'évanouit aussitôt ; ils avaient fait un bond hors de l'espace. Berenilde s'élança alors vers Thorn dans un élan qui les renversa tous les deux contre la porte. Elle serra de toutes ses forces son grand corps maigre qui culminait une tête au-dessus d'elle.

— Mon garçon, je suis tellement soulagée de te voir !

Raide comme un piquet, Thorn ne parut pas savoir quoi faire de ses bras démesurément longs. Il enfonça ses yeux d'épervier à travers les lunettes d'Ophélie. Elle ne devait pas ressembler à grand-chose avec son visage abîmé, ses cheveux déferlants, sa robe de soubrette, ses bras nus et une main gantée sur deux, mais rien de tout cela ne la mettait mal à l'aise. Ce qui la mettait mal à l'aise, c'était d'être pleine d'une colère qu'elle ne pouvait pas exprimer. Elle en voulait à Thorn, mais étant donné les circonstances, elle était incapable de l'accabler.

Ophélie fut tirée de cet embarras pour plonger aussitôt dans un autre. Archibald s'inclina profondément devant elle, son haut-de-forme contre la poitrine.

— Mes hommages, fiancée de Thorn ! Comment diantre avez-vous atterri chez moi ?

Son visage d'ange, pâle et délicat, l'honora d'un clin d'œil complice. Comme on pouvait s'y attendre, la petite improvisation d'Ophélie dans le jardin aux coquelicots ne l'avait pas abusé. Restait à espérer qu'il ne choisirait pas précisément ce soir pour la trahir.

— Pourrais-je connaître enfin votre nom ? insista-t-il avec un franc sourire.

— Ophélie, répondit Berenilde à sa place. Si vous le voulez bien, nous ferons les présentations une autre fois. Nous avons à parler d'affaires autrement plus pressantes.

Archibald l'écouta à peine. Ses yeux lumineux examinaient Ophélie avec plus d'attention.

— Avez-vous été victime de maltraitance, petite Ophélie ?

Elle fut bien en peine de lui répondre. Elle n'allait tout de même pas accuser ses propres gendarmes, non ? Comme elle baissait les yeux, Archibald passa un doigt sur le pansement à sa joue avec une telle familiarité que la tante Roseline toussa contre son poing. Thorn, quant à lui, fronça les sourcils à s'en fendre le front.

— Nous nous sommes réunis ce soir pour causer, déclara Archibald. Alors, causons !

Il se renversa dans un fauteuil et jucha ses souliers troués sur un repose-pied. La tante Roseline prépara du thé. Thorn plia chacun de ses membres sur le divan, mal à l'aise au milieu de tout ce mobilier féminin. Quand Berenilde s'assit près de lui et s'abandonna contre l'épaulette de son uniforme, il ne lui accorda pas un regard ; ses yeux de fer suivaient les moindres faits et gestes d'Ophélie. Incommodée, elle ne savait trop où se mettre, ni comment occuper ses mains. Elle se recula dans un coin de la pièce jusqu'à se heurter la tête contre une étagère.

L'homme qui était entré avec Thorn et Archibald se tint debout au milieu du tapis. Vêtu d'une épaisse fourrure grise, il n'était pas tout jeune. Son nez proéminent, rougi par la couperose, dominait un visage mal rasé. Il briquait ses souliers sales contre son pantalon pour les rendre plus présentables.

— Jan, dit Archibald, faites votre rapport à Mme Berenilde.

— Une sale affaire, marmonna l'homme. Une sale affaire.

Ophélie n'avait pas la mémoire des visages, aussi mit-elle un moment à se rappeler où elle l'avait déjà vu. C'était le garde-chasse qui les avait escortés jusqu'à la Citacielle, le jour de leur arrivée au Pôle.

— Nous vous écoutons, Jan, dit Berenilde d'une voix douce. Exprimez-vous librement, vous serez récompensé pour votre sincérité.

— Un massacre, ma chère dame, grogna l'homme. Si j'en ai réchappé moi-même, c'est par miracle. Un vrai miracle, dame.

Il saisit maladroitement la tasse de thé que lui servit la tante Roseline, la vida bruyamment, la posa sur un guéridon et se mit à agiter les mains comme des marionnettes.

— Je vais vous répéter ce que j'ai raconté à M. votre neveu et à M. l'ambassadeur. Votre famille, là en bas, elle était toute au grand complet. Y avait même trois gosses, que je connaissais pas encore leur bouille. Excusez si je vous parais rude, mais je dois rien vous cacher, hein ? Alors, j'aime autant vous prévenir que votre absence, dame, a été vertement critiquée. Comme quoi vous reniiez les vôtres, que vous vous apprêtiez à fonder votre propre lignée et que ça, ils l'avaient bien compris. Et que la « fiancée du bâtard », pour reprendre leurs mots – que j'aurais honte, moi, d'en sortir de pareils –, ils ne la reconnaîtraient jamais, ni elle ni les mioches qui lui pousseraient dans le tiroir. Là-dessus, on a lancé la battue comme on fait chaque année. Moi qui connais la forêt comme

ma poche, j'ai joué mon rôle et je leur ai choisi
des Bêtes. Pas les femelles engrossées, hein, ça,
on ne touche jamais. Mais j'avais trois gros mâles,
là, à vous fournir de la viande pour l'année.
Y avait plus qu'à ratisser, cerner, isoler et abattre.
La routine, quoi !

Ophélie l'écoutait avec une appréhension croissante. Cet homme avait un accent à couper au couteau, mais elle le comprenait mieux aujourd'hui.

— J'ai jamais vu ça, jamais. Les Bêtes, elles
se sont mises à débouler de partout, de manière
complètement imprévisible, l'écume à la gueule.
Comme possédées. Alors ça, les Dragons, ils y sont
allés à coups de griffes et ils ont taillladé dans le
vif, encore, encore et encore. Mais les Bêtes, il y en
avait toujours de nouvelles, ça n'en finissait plus !
Elles ont piétiné ceux qu'elles n'ont pas mangés.
J'ai cru... Bon sang, j'ai cru que ma dernière heure
était arrivée, et pourtant je connais mon métier.

Tapie dans son coin, Ophélie ferma les yeux.
Hier, elle avait souhaité ne plus revoir sa belle-
famille. Jamais, au grand jamais elle n'aurait
voulu que ça se conclût de cette manière. Elle
pensa aux souvenirs de Thorn, elle pensa à Godefroy et à Freyja quand ils étaient enfants, elle
pensa aux triplets que le père Vladimir était si fier
de conduire à la chasse... Toute la nuit, Ophélie
s'était sentie étouffée par une atmosphère d'orage.
La foudre avait bel et bien fini par tomber.

Le garde-chasse frotta son menton où poussait une barbe drue. Ses yeux se vidèrent de leur
substance.

— Vous allez penser que je perds le nord, que

même moi quand je m'écoute je me trouve dérangé. Un ange, dame, un ange m'a sauvé du carnage. Il est apparu au milieu de la neige et les Bêtes, elles sont reparties douces comme des agneaux. C'est grâce à lui que j'ai été épargné. Un miracle épatant... sauf votre respect, madame.

L'homme déboucha un flacon d'alcool et en but quelques lampées.

— Pourquoi moi ? dit-il en s'essuyant les moustaches de sa manche. Pourquoi cet angelot m'a sauvé, moi, et pas les autres. Ça, je comprendrai jamais.

Interloquée, Ophélie ne put retenir un regard en coulisse pour épier la réaction de Thorn, mais elle fut incapable de deviner son état d'esprit. Il fixait sa montre de gousset depuis un long moment, comme si les aiguilles s'étaient arrêtées.

— Vous me confirmez donc que tous les membres de ma famille sont morts au cours de cette chasse ? demanda Berenilde d'un ton patient. Absolument tous ?

Le garde-chasse n'osait regarder personne en face.

— Nous n'avons trouvé aucun survivant. Certains corps, ils sont méconnaissables. Je vous jure sur ma vie que nous éplucherons cette forêt aussi longtemps que nécessaire pour rassembler les cadavres. Leur offrir une sépulture décente, vous comprenez ? Et qui sait, hein ? l'ange en a peut-être sauvé d'autres ?

Berenilde étira un sourire voluptueux.

— Vous êtes naïf ! À quoi ressemblait-il donc, ce chérubin tombé du ciel ? À un enfant bien habillé, blond comme les blés, adorablement joufflu ?

Ophélie souffla contre le verre de ses lunettes et les essuya dans sa robe. Le chevalier. Encore et toujours le chevalier.

— Vous le connaissez ? s'effara l'homme.

Berenilde libéra un rire retentissant. Thorn sortit de sa léthargie et abaissa sur elle un regard tranchant pour lui enjoindre de se ressaisir. Elle était très rose et ses boucles roulaient sur ses joues avec une négligence qui ne lui ressemblait pas.

— Des Bêtes possédées, c'est bien cela ? Votre ange leur a soufflé dans la cervelle des illusions telles que seule une imagination vicieuse peut en concevoir. Des illusions qui les ont enragées, affamées, puis qu'il a dissipées d'un claquement de doigts.

Berenilde joignit le geste à la parole avec tellement de superbe que le garde-chasse en eut le souffle coupé. Impressionné, il écarquillait des yeux grands comme des assiettes.

— Savez-vous pourquoi ce petit ange vous a épargné ? poursuivit Berenilde. Pour que vous puissiez me dépeindre, dans les moindres détails, la façon dont ma famille a été massacrée.

— C'est une accusation très sérieuse, chère amie, intervint Archibald en pointant du doigt son tatouage frontal. Une accusation devant une multitude de témoins.

Ses lèvres se retroussèrent en un sourire, mais c'était à Ophélie qu'il le destina. À travers lui, toute la Toile assistait à la scène et elle faisait partie du spectacle.

En un battement de paupières, Berenilde se recomposa un visage serein. Sa poitrine, qui se soulevait par saccades, s'apaisa en même temps que sa respiration. Sa chair redevint blanche comme de la porcelaine.

— Une accusation ? Ai-je seulement avancé un nom ?

Archibald porta son attention au fond de son haut-de-forme percé, à croire qu'il trouvait ce trou plus passionnant que toutes les personnes présentes.

— J'ai cru, en vous écoutant, que cet « ange » ne vous était pas étranger.

Berenilde releva les yeux vers Thorn pour le consulter. Tout raide sur le divan, il lui répondit d'un regard acéré. Du fond de son silence, il semblait lui ordonner : « Jouez le jeu. » Cet échange silencieux n'avait duré qu'un instant, mais il permit à Ophélie de mesurer à quel point elle s'était trompée sur Thorn. Elle avait longtemps vu en lui la marionnette de Berenilde, alors qu'il n'avait jamais cessé de tirer les ficelles.

— Je suis bouleversée par la mort de ma famille, murmura Berenilde avec un faible sourire. La douleur m'égare. Ce qui s'est réellement passé aujourd'hui, nul ne le sait et nul ne le saura jamais.

Regard de miel, visage de marbre, elle se produisait à nouveau sur les planches d'un théâtre. Le pauvre Jan, déconcerté au possible, ne comprenait plus à rien à rien.

Ophélie, elle, ne savait trop quoi penser de tout ce qu'elle venait d'entendre. En lançant les gendarmes contre Mime, en emprisonnant l'esprit de la tante Roseline, en poussant la pauvre servante à se défenestrer, le chevalier avait-il manœuvré pour retenir Berenilde ici et l'empêcher d'assister à cette chasse ? Ce n'était qu'une hypothèse. Ce n'étaient toujours que des hypothèses. Cet enfant était redoutable. Son ombre flottait sur chaque catastrophe, mais on ne pouvait jamais l'accuser de rien.

— Nous considérons donc l'affaire comme classée ? badina Archibald. Un déplorable accident de chasse ?

Il y en avait au moins un, ce soir, qui se régalait de la situation. Ophélie l'aurait trouvé détestable si elle n'avait eu le sentiment que chacune de ses interventions visait à protéger Berenilde de ses propres états d'âme.

— Provisoirement, du moins.

Tous les regards affluèrent vers Thorn. C'étaient les premiers mots qu'il prononçait depuis le début de leur petite réunion.

— Cela tombe sous le sens, dit Archibald avec une pointe d'ironie. Si l'enquête met au jour des éléments qui tendraient à dénoter quelque agissement criminel, je ne doute pas que vous rouvriez le dossier, monsieur l'intendant. C'est pile dans vos cordes, ce me semble.

— Comme il sera dans les vôtres de dresser votre rapport à Farouk, monsieur l'ambassadeur, repartit Thorn en dardant sur lui un regard en rasoir. La position de ma tante à la cour est devenue précaire ; puis-je compter sur vous pour défendre ses intérêts ?

Ophélie releva que la tournure tenait plus de la menace que de la requête. Le sourire d'Archibald s'accentua. Il tira l'un après l'autre ses souliers du repose-pied et recoiffa son vieux haut-de-forme.

— M. l'intendant mettrait-il en doute le zèle que je pourrais déployer envers sa tante ?

— Ne l'avez-vous pas déjà desservie par le passé ? siffla Thorn entre ses dents.

Encore habitée par son ancien personnage, Ophélie affichait un visage lointain, peu concerné. En réalité, elle ne perdait pas une miette de ce qui se disait et de ce qui ne se disait pas. Archibald avait-il donc trahi Berenilde par le passé ? Était-ce à cause de cela que Thorn le détestait, lui, encore plus que les autres ?

— Vous nous parlez d'une époque révolue, susurra Archibald sans se départir de son sourire. Quelle mémoire tenace ! Je comprends vos inquiétudes, toutefois. Vous devez votre ascension sociale à l'appui de votre tante. Si elle tombe, vous pourriez bien tomber avec elle.

— Ambassadeur ! protesta Berenilde. Votre rôle n'est pas de jeter de l'huile sur le feu.

Ophélie observa attentivement Thorn, immobile sur le divan. L'allusion d'Archibald ne semblait pas l'avoir ébranlé en apparence, mais ses longues mains noueuses s'étaient contractées autour de ses genoux.

— Mon rôle, madame, est de dire la vérité, toute la vérité, rien que la vérité, reprit doucereusement Archibald. Votre neveu n'a perdu aujourd'hui que la moitié de sa famille. L'autre moitié est toujours bien vivace, quelque part en province. Et cette moitié-là, monsieur l'intendant, conclut-il avec un regard tranquille pour Thorn, a été déchue par la faute de votre mère.

Les yeux de Thorn s'étrécirent en deux fentes

grises, mais Berenilde posa une main sur la sienne pour l'inciter au calme.

— De grâce, messieurs, ne remuons plus toutes ces vieilles histoires ! Il nous faut songer à l'avenir. Archibald, puis-je compter sur votre soutien ?

L'intéressé redressa son haut-de-forme d'une chiquenaude, de façon à dégager ses grands yeux clairs.

— J'ai mieux à vous proposer qu'un soutien, chère amie. Je vous propose une alliance. Faites de moi le parrain de votre enfant et vous pourrez considérer toute ma famille comme la vôtre dorénavant.

Ophélie se précipita dans un mouchoir pour tousser à son aise. Parrain de la descendance directe de Farouk ? En voilà un qui ne perdait aucune occasion pour tirer ses épingles du jeu. Interdite, Berenilde avait posé instinctivement ses mains sur son ventre. Thorn, quant à lui, était blême de rage et semblait lutter contre l'envie de faire avaler son chapeau à Archibald.

— Je ne suis pas en position de refuser votre aide, finit par répondre Berenilde d'un ton résigné. Il en sera donc ainsi.

— C'est une déclaration officielle ? insista Archibald en tapotant encore son tatouage frontal.

— Archibald, je fais de vous le parrain de mon enfant, déclara-t-elle le plus patiemment possible. Votre protection s'étendra-t-elle jusqu'à mon neveu ?

Le sourire d'Archibald se fit plus réservé.

— Vous m'en demandez beaucoup, madame. Les personnes de mon sexe m'inspirent la plus profonde indifférence et je n'ai aucune envie d'introduire dans ma famille un individu aussi sinistre.

— Et je n'ai aucune envie d'être votre parent, cracha Thorn.

— Admettons que je fasse entorse à mes principes, poursuivit Archibald comme si de rien n'était. J'accepte d'offrir ma protection à votre petite fiancée, à condition qu'elle en formule elle-même la demande.

Ophélie haussa les sourcils tandis qu'elle recevait de plein fouet l'œillade pétillante d'Archibald. À force d'être traitée comme un élément du mobilier, elle ne s'attendait plus à ce qu'on lui demandât son avis.

— Déclinez son offre, lui ordonna Thorn.

— Pour une fois, je suis bien de son avis, intervint soudain la tante Roseline en posant furieusement son plateau de thé. Je refuse que tu aies d'aussi mauvaises fréquentations !

Archibald la considéra avec une franche curiosité.

— La dame de compagnie était donc une Animiste ? J'ai été dupé sous mon propre toit !

Loin de s'en formaliser, il paraissait au contraire agréablement surpris. Il se tourna vers Ophélie en claquant des talons et ouvrit grand les yeux, si grand que le ciel parut prendre toute la place sur son visage. De leur divan, Thorn et Berenilde appuyaient sur elle un regard insistant pour lui faire comprendre qu'ils attendaient autre chose qu'un silence idiot.

Dans la tête d'Ophélie, une pensée étrangère s'imprima alors sur toutes les autres. « Faites vos propres choix, petite demoiselle. Si vous ne prenez pas votre liberté aujourd'hui, il sera trop tard demain. »

Archibald continuait de la dévisager innocemment, à croire que cette pensée-là ne venait pas de lui. Ophélie décida qu'il avait raison, elle devait faire ses propres choix dès à présent.

— Vous êtes un homme dépourvu de morale, déclara-t-elle en parlant aussi fort que possible. Mais je sais que vous ne mentez jamais et c'est de vérité que j'ai besoin. J'accepte d'écouter tous les conseils que vous voudrez bien me donner.

Ophélie avait regardé Thorn droit dans les yeux en prononçant ces mots, car c'était à lui aussi qu'elle s'adressait. Elle vit sa figure anguleuse se décomposer. Archibald, lui, n'en finissait plus de sourire.

— Je crois que nous allons bien nous entendre, fiancée de Thorn. Nous sommes amis à compter de cette minute !

Il la salua d'un coup de chapeau, déposa un baiser sur la main de Berenilde et emmena avec lui le pauvre garde-chasse déboussolé. Les cris et les questions des nobles explosèrent quand l'ambassadeur franchit la porte de l'antichambre ; le calme retomba dès que la tante Roseline donna un tour de clef.

Il y eut un long silence tendu durant lequel Ophélie sentit sur elle la désapprobation générale.

— Je suis soufflée par votre arrogance, s'indigna Berenilde en se levant.

— On m'a demandé mon opinion et je l'ai donnée, répondit Ophélie avec toute la placidité dont elle était capable.

— Votre opinion ? Vous n'avez pas à avoir d'opinion. Vos seules opinions seront celles que vous dictera mon neveu.

Rigide comme un cadavre, Thorn ne quittait plus le tapis des yeux. Son profil taillé au couteau était inexpressif.

— De quel droit vous opposez-vous publiquement à la volonté de votre futur mari ? enchaîna Berenilde d'une voix glaciale.

Ophélie n'eut pas à réfléchir longtemps à la question. Son visage se trouvait dans un état lamentable, elle n'était plus à un coup de griffe près.

— Ce droit, je me le suis octroyé, dit-elle avec aplomb. Depuis l'instant où j'ai appris que vous me manipuliez.

Dans l'eau pure des yeux de Berenilde, il y eut comme un remous.

— Comment osez-vous nous parler sur ce ton ? chuchota-t-elle, suffoquée. Vous n'êtes rien sans nous, ma pauvre petite, absolument rien...

— Taisez-vous.

Berenilde se retourna avec vivacité. Thorn avait prononcé cet ordre d'une voix pleine d'orage. Il déplia son grand corps du divan et abaissa sur sa tante un regard perçant qui la fit blêmir.

— Il se trouve que son opinion a de l'importance. Que lui avez-vous dit exactement ?

Berenilde fut si choquée qu'il s'en prît à elle qu'elle resta muette. Ophélie décida de répondre à sa place. Elle dressa son menton pour atteindre l'œil balafré de Thorn, tout là-haut. Il était cerné à faire peur et ses cheveux pâles n'avaient jamais été aussi mal peignés. Il avait été trop éprouvé aujourd'hui pour qu'elle laissât libre cours à sa colère, mais elle ne pouvait reporter cette conversation.

— Je sais pour le Livre. Je connais vos véritables ambitions. Vous vous servez du mariage pour prélever un échantillon de mon pouvoir et vous l'inoculer. Ce que je regrette, c'est de ne pas l'avoir appris de votre bouche.

— Et ce que je regrette, moi, maugréa la tante Roseline en lui rendant son gant raccommodé, c'est de ne rien comprendre à ce que vous chantez.

Thorn s'était réfugié derrière sa montre comme chaque fois qu'une situation échappait à son contrôle. Il la remonta, ferma le couvercle, rouvrit le couvercle, mais cela ne changeait rien : il y avait eu une brisure sur la ligne du temps. Rien ne serait plus comme avant à partir d'aujourd'hui.

— Ce qui est fait est fait, dit-il seulement d'un ton neutre. Nous avons d'autres chats à fouetter, à présent.

Ophélie n'aurait pas cru la chose possible, mais elle se sentit encore plus déçue par Thorn. Il n'avait exprimé aucun regret, formulé aucune excuse. Elle se rendit soudain compte qu'une petite partie d'elle avait continué d'espérer en secret que Berenilde lui avait menti et qu'il n'avait rien à voir dans ces intrigues.

Excédée, Ophélie enfila son gant et aida sa tante à débarrasser le service à thé. Elle était dans un tel état de nerfs qu'elle cassa deux tasses et une soucoupe.

— Nous n'avons plus le choix, Thorn, soupira Berenilde. Nous devons présenter ta fiancée à Farouk et le plus tôt sera le mieux. Tout le monde saura bientôt qu'elle est ici. Il serait dangereux de la lui cacher plus longtemps.

— N'est-il pas plus dangereux encore de la lui mettre sous le nez ? marmonna-t-il.

— Je veillerai à ce qu'il la prenne sous son aile. Je te promets que tout se passera bien.

— Bien entendu, siffla Thorn d'un ton cinglant. C'était pourtant si simple, que n'y avons-nous songé plus tôt ?

Dans la petite cuisine, la tante Roseline échangea un coup d'œil étonné avec Ophélie. C'était la première fois que Thorn se montrait aussi insolent avec Berenilde devant elles.

— Ne me ferais-tu donc plus confiance ? reprocha-t-elle.

Un pas lourd approcha de la cuisine. Thorn ploya la tête pour éviter de se cogner au linteau, trop bas pour sa taille, et s'épaula contre le cadre de la porte. Occupée à essuyer la vaisselle, Ophélie ignora le regard qu'il appuyait pesamment sur elle. Qu'attendait-il ? Un mot aimable ? Elle ne voulait plus le voir en face.

— C'est en Farouk que je n'ai aucune confiance, dit Thorn d'une voix dure. Il est tellement oublieux et tellement impatient.

— Pas si je demeure à ses côtés pour le ramener à la raison, déclara Berenilde derrière lui.

— Vous sacrifieriez ce qui vous reste d'indépendance.

— J'y suis préparée.

Thorn ne quittait pas Ophélie des yeux. Elle avait beau s'acharner sur une théière, elle le sentait dans le coin de ses lunettes.

— Vous ne cessez de la rapprocher de cet épicentre dont je voulais, moi, la tenir éloignée, gronda-t-il.

— Je ne vois pas d'autres solutions.

— Je vous en prie, faites comme si je n'étais pas là, s'agaça Ophélie. Ce n'est pas comme si cela me concernait, après tout.

Elle releva les yeux et ne put échapper, cette fois, au regard que Thorn faisait peser sur elle. Elle surprit ce qu'elle craignait d'y voir. Une profonde lassitude. Elle n'avait pas envie de s'apitoyer sur lui, pas envie de penser aux deux petits dés.

Thorn entra pour de bon dans la cuisine.

— Laissez-nous un instant, demanda-t-il à la tante Roseline qui rangeait le service à thé dans un placard.

Elle serra ses longues dents de cheval.

— À condition que cette porte reste ouverte.

La tante Roseline rejoignit Berenilde dans le salon et Thorn poussa la porte autant que possible. Il n'y avait qu'une lampe à gaz dans la cuisine ; elle projeta l'ombre squelettique de Thorn sur le papier peint tandis qu'il se dressait de toute sa hauteur devant Ophélie.

— Vous le connaissiez.

Il avait chuchoté ces mots avec une raideur extrême.

— Ce n'est pas la première fois que vous le rencontrez, poursuivit-il. Sous votre véritable jour, j'entends.

Ophélie mit un temps à comprendre qu'il lui parlait d'Archibald. Elle repoussa vers l'arrière la déferlante de cheveux qui tombaient sur ses lunettes comme un rideau.

— Non, en effet. J'avais déjà accidentellement fait sa connaissance.

— La nuit de votre escapade.

— Oui.

— Et il savait qui vous étiez pendant tout ce temps.

— Je lui ai menti. Pas très bien, je l'admets, mais il n'a jamais établi de lien entre Mime et moi.

— Vous auriez pu m'en informer.

— Sans doute.

— Vous aviez peut-être des raisons de me taire cette rencontre ?

Ophélie avait mal au cou à force de lever le nez vers Thorn. Elle s'aperçut, à la lumière de la lampe, que les muscles qui jouaient le long de sa mâchoire s'étaient contractés.

— J'espère que vous ne faites pas allusion à ce que je crois, dit-elle d'une voix sourde.

— Dois-je en déduire qu'il ne vous a pas dés-honorée ?

Ophélie étouffait de l'intérieur. Alors là, vraiment, c'était un comble !

— Non. Vous, en revanche, vous m'avez humi-liée comme personne.

Thorn arqua les sourcils et inspira profondé-ment par son grand nez.

— Vous m'en voulez parce que je vous ai fait des dissimulations ? Vous aussi, vous m'avez menti par omission. Il semblerait que nous ayons tous les deux emprunté un mauvais chemin dès le départ.

Il lui avait débité cela d'un ton dépassionné.

Ophélie était de plus en plus perplexe. Pensait-il qu'il allait régler leur différend comme il classait ses dossiers d'intendance ?

— Et puis, je ne vous accuse de rien, ajouta-t-il, imperturbable. Je vous recommande seulement de vous méfier d'Archibald. Gardez-vous de lui, ne demeurez jamais seule en sa compagnie. Je ne saurais que trop vous recommander la même prudence avec Farouk. Soyez constamment escortée par quelqu'un lorsque vous serez amenée à le fréquenter.

Ophélie ne sut trop si elle devait rire ou s'énerver pour de bon. Thorn semblait très sérieux. Elle éternua à trois reprises, se moucha et reprit d'une voix enrhumée :

— Vous placez mal votre inquiétude. Je passe plutôt inaperçue.

Thorn se tut, songeur, puis il s'inclina en avant, vertèbre après vertèbre, jusqu'à pouvoir attraper la main d'Ophélie. Elle se serait dérobée s'il ne s'était redressé de lui-même presque aussitôt.

— Croyez-vous ? ironisa-t-il.

Et tandis que Thorn quittait la cuisine, Ophélie se rendit compte qu'il lui avait glissé un papier dans la main. Un télégramme ?

MONSIEUR THORN
INTENDANCE CITACIELLE, PÔLE
INQUIETS DE VOTRE SILENCE ARRIVONS
DÈS QUE POSSIBLE – PAPA MAMAN AGATHE
CHARLES HECTOR DOMITILLE BERTRAND
ALPHONSE BÉATRICE ROGER MATHILDE MARC
LÉONORE, ETC.

La Passe-miroir

— Baissez toujours les yeux en présence du seigneur Farouk.

— Mais que cela ne t'empêche pas de te tenir droite.

— Ne prenez la parole que si vous y êtes expressément invitée.

— Montre-toi franche comme un sifflet.

— Vous devez mériter la protection qui vous est offerte, Ophélie, faites preuve d'humilité et de gratitude.

— Tu es la représentante des Animistes, ma fille, ne laisse personne te manquer de respect.

Assaillie par les recommandations contradictoires de Berenilde et de la tante Roseline, Ophélie n'écoutait ni vraiment l'une ni vraiment l'autre. Elle essayait d'amadouer l'écharpe qui, moitié folle de joie, moitié folle de colère, s'enroulait autour de son cou, de ses bras et de sa taille de peur d'être à nouveau séparée de sa maîtresse.

— J'aurais dû brûler cette chose quand vous aviez le dos tourné, soupira Berenilde en agitant son éventail. On ne fait pas son entrée à la cour du Pôle avec une écharpe mal éduquée.

Ophélie ramassa l'ombrelle qu'elle venait de faire tomber. Berenilde l'avait affublée d'un chapeau à voilette et d'une robe couleur vanille, légère comme de la crème fouettée, qui lui rappelaient les toilettes de son enfance, à l'époque où toute sa famille sortait pique-niquer en été. Cette tenue lui paraissait infiniment plus incongrue que son écharpe sur une arche où le printemps n'excédait pas les moins quinze degrés.

Leur ascenseur s'immobilisa en douceur.

— L'Opéra familial, mesdames ! annonça le groom. La Compagnie des ascenseurs vous informe qu'une correspondance vous attend de l'autre côté du hall.

La dernière fois qu'Ophélie avait traversé le parquet étincelant du hall de l'Opéra, elle portait une livrée de valet à la place d'une robe de dame, et une rame au lieu d'une ombrelle. Elle avait l'impression d'avoir troqué un déguisement pour un autre, mais une chose restait inchangée : elle avait toujours aussi mal à sa côte.

Un nouveau groom vint à leur rencontre en tirant sur son chapeau à élastique.

— Votre correspondance vous attend, mesdames ! Le seigneur Farouk a manifesté son ardent désir de vous recevoir.

En d'autres termes, il s'impatientait déjà. Berenilde prit place dans l'ascenseur comme si elle flottait sur des nuages. Ophélie, elle, marchait plutôt sur des œufs en passant devant le régiment de gendarmes qui gardaient la grille de l'entrée. Elle ne trouvait pas tellement rassurant de bénéficier d'une telle protection pour monter un seul étage.

— Nous ne sommes plus à l'ambassade, avertit Berenilde tandis que le portier refermait la grille d'or. À compter d'aujourd'hui, ne mangez rien, ne buvez rien, n'acceptez aucun présent sans mon autorisation. Si vous tenez à votre santé ou à votre vertu, vous éviterez également les alcôves et les couloirs peu fréquentés.

La tante Roseline, qui s'était emparée d'un chou à la crème sur le buffet appétissant de l'ascenseur, le reposa sans sourciller.

— Quelles mesures envisagez-vous de prendre concernant notre famille ? demanda Ophélie. Il est hors de question de les faire venir ici.

Rien que d'imaginer son frère et ses sœurs dans ce nid à serpents, cela lui donnait des sueurs froides.

Berenilde s'assit voluptueusement sur l'une des banquettes de l'ascenseur.

— Faites confiance à Thorn pour régler ce problème avec son efficacité habituelle. Pour le moment, souciez-vous surtout de ne pas produire une trop mauvaise impression sur notre esprit de famille. Notre avenir à la cour dépendra en partie de l'opinion que Farouk se fera de vous.

Berenilde et la tante Roseline renouvelèrent aussitôt leurs recommandations – l'une voulant corriger l'accent d'Ophélie, l'autre le préserver, l'une demandant de garder l'animisme pour l'intimité, l'autre de le mettre publiquement en avant –, à croire qu'elles avaient chacune répété leur texte toute la journée.

Ophélie épouilla l'écharpe de ses peluches, autant pour la calmer que pour se calmer elle-même. Derrière la voilette de son chapeau, elle serrait les lèvres afin de contenir sa pensée. « Confiance » et « Thorn » : elle ne ferait plus l'erreur de mettre ces deux mots côte à côte. La petite conversation qu'ils avaient eue la veille n'y changerait rien, quoi que M. l'intendant en pensât.

Alors que l'ascenseur craquait de tous ses meubles, à la façon d'un luxueux navire lancé sur les flots, Ophélie avait l'impression que ces bruits émanaient de son propre corps. Elle se sentait plus fragile que le jour où elle avait vu Anima disparaître dans la nuit, que le jour où sa belle-famille s'était fait les griffes sur elle, que le jour où les gendarmes l'avaient rouée de coups, puis jetée aux oubliettes du Clairdelune. Si fragile, en fait, qu'il lui semblait qu'elle pourrait voler en éclats à la prochaine fêlure.

« C'est ma faute, songea-t-elle avec amertume. Je m'étais promis de ne rien attendre de cet homme. Si j'avais tenu ma promesse, je ne serais pas dans un tel état. »

Acquiesçant machinalement aux conseils qu'on lui donnait, Ophélie fixait avec appréhension la grille dorée de l'ascenseur. Dans quelques instants, elles s'ouvriraient sur un monde plus hostile que tout ce qu'elle avait connu jusqu'alors. Elle n'avait aucune envie de sourire à des gens qui la méprisaient sans la connaître, qui ne voyaient en elle qu'une simple paire de mains.

Ophélie fit à nouveau tomber son ombrelle, mais cette fois, elle ne la ramassa pas. À la place, elle contempla ses gants de *liseuse*. Ces dix doigts étaient exactement comme elle : ils ne lui appartenaient plus. Elle avait été vendue à des étrangers par sa propre famille. Elle était désormais la propriété de Thorn, de Berenilde et bientôt de Farouk, trois personnes en qui elle n'avait aucune confiance, mais auxquelles elle devrait se soumettre pour le restant de ses jours.

Le compartiment s'immobilisa si brutalement que la vaisselle du buffet tintinnabula, le champagne se répandit sur la nappe, Berenilde porta les deux mains à son ventre et la tante Roseline jura, au nom de tous les escaliers du monde, qu'on ne l'y reprendrait plus à monter à bord d'un ascenseur.

— Que ces dames veuillent accepter toutes les excuses de la Compagnie, se désola le groom. Ce n'est qu'un petit incident mécanique, l'ascension reprendra dans quelques instants.

Ophélie ne comprenait pas pourquoi ce garçon s'excusait alors qu'il méritait toute sa reconnaissance. Le choc avait été si douloureux pour sa côte qu'elle en avait encore le souffle coupé : c'était plus efficace que n'importe quelle gifle. Comment avait-elle pu se laisser aller à ressasser des pensées aussi défaitistes ? Ce n'étaient pas seulement les autres ; c'était elle, Ophélie, qui avait construit toute son identité autour de ses mains. C'était elle qui avait décidé qu'elle ne serait jamais rien d'autre qu'une *liseuse*, une gardienne de musée, une créature plus adaptée à la compagnie des objets qu'à celle des êtres humains. *Lire* avait toujours été une passion, mais depuis quand les passions étaient-elles les seules fondations d'une vie ?

Ophélie releva les yeux de ses gants et tomba sur son propre reflet. Entre deux fresques d'illusions où des faunes jouaient à cache-cache avec des nymphes, une glace murale renvoyait un écho de réalité : une toute petite femme en robe d'été, son écharpe tricolore amoureusement enroulée autour d'elle.

Pendant que Berenilde menaçait le pauvre groom de le faire pendre si ce choc d'ascenseur avait la moindre incidence sur sa grossesse, Ophélie s'approcha lentement de la glace. Elle souleva la voilette de son chapeau et s'observa attentivement, lunettes contre lunettes. Bientôt, quand les hématomes se seraient résorbés, quand la griffure de Freyja se serait transformée en cicatrice sur la joue, Ophélie retrouverait un visage familier. Mais son regard, lui, ne redeviendrait jamais comme avant. À force de voir des illusions, il avait perdu les siennes et c'était très bien comme ça. Quand les illusions disparaissent, seule demeure la vérité. Ces yeux-là se tourneraient moins vers l'intérieur et davantage sur le monde. Ils avaient encore beaucoup à voir, beaucoup à apprendre.

Ophélie plongea le bout de ses doigts dans la surface liquide du miroir. Elle se rappela soudain cette journée où sa sœur lui avait fait la leçon, au salon de coiffure, quelques heures avant l'arrivée de Thorn. Que lui avait-elle dit, déjà ?

« Le charme est la meilleure arme offerte aux femmes, il faut t'en servir sans scrupule. »

Alors que l'ascenseur reprenait sa montée, l'incident mécanique ayant été résolu, Ophélie se fit la promesse de ne jamais suivre le conseil de sa sœur. Les scrupules étaient très importants. Ils étaient même beaucoup plus importants que ses mains. « Passer les miroirs, avait dit le grand-oncle avant leur séparation, ça demande de s'affronter soi-même. » Tant qu'Ophélie aurait des scrupules, tant qu'elle agirait en accord avec sa conscience, tant qu'elle serait capable de faire face à son reflet chaque matin, elle n'appartiendrait à personne d'autre qu'elle-même.

« C'est ce que je suis avant d'être une paire de mains, conclut Ophélie en sortant ses doigts de la glace. Je suis la Passe-miroir. »

— La cour, mesdames ! annonça le groom en abaissant le levier du frein. La Compagnie des ascenseurs espère que votre ascension a été agréable et vous présente toutes ses excuses pour ce retard.

Ophélie ramassa son ombrelle, emplie d'une détermination nouvelle. Cette fois, elle était prête à braver ce monde de faux-semblants, ce labyrinthe d'illusions, bien décidée à ne plus jamais s'y perdre.

La grille d'or s'ouvrit sur une lumière aveuglante.

Bribe, post-scriptum

Ça me revient, Dieu a été puni. Ce jour-là, j'ai compris que Dieu n'était pas tout-puissant. Je ne l'ai plus jamais revu depuis.

Au Clairdelune

LES CLANS DU PÔLE

Archibald et ses sœurs
L'aide-mémoire
Les Valkyries

ARTÉMIS
Esprit de famille
d'Anima

Gaëlle

Le chevalier
Dame Cunégonde
Le baron Melchior
Le conteur Éric
Le prévôt des maréchaux
Le directeur du Nibelungen
Le comte Harold

Les Doyennes

Berenilde

Ophélie

Thorn

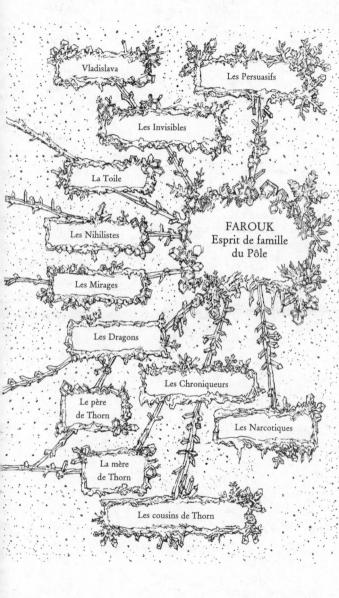

À BORD DE LA CITACIELLE

Retrouvez la suite des aventures d'Ophélie, en découvrant dès maintenant le premier chapitre du Livre II de la saga *La Passe-miroir* :

Extrait

La conteuse

La partie

Ophélie était aveuglée. Dès qu'elle risquait un regard par-dessous son ombrelle, le soleil l'assaillait de toutes parts : il tombait en trombe du ciel, rebondissait sur la promenade en bois verni, faisait pétiller la mer entière et illuminait les bijoux de chaque courtisan. Elle y voyait assez, toutefois, pour constater qu'il n'y avait plus ni Berenilde ni la tante Roseline à ses côtés.

Ophélie devait se rendre à l'évidence : elle s'était perdue.

Pour quelqu'un qui était venu à la cour avec la ferme intention de trouver sa place, ça se présentait plutôt mal. Elle avait rendez-vous pour être officiellement présentée à Farouk. S'il y avait une personne au monde qu'il fallait ne surtout pas faire attendre, c'était bien cet esprit de famille.

Où se trouvait-il ? À l'ombre des grands palmiers ? Dans l'un des luxueux palaces qui s'alignaient le long de la côte ? À l'intérieur d'une cabine de plage ?

Ophélie se cogna le nez contre le ciel. Elle s'était penchée par-dessus le parapet pour chercher Farouk, mais la mer n'était rien de plus qu'un mur. Une immense fresque mouvante où le bruit des vagues était aussi artificiel que l'odeur de sable et la ligne d'horizon. Ophélie remit ses lunettes en place et observa le paysage autour d'elle. Presque tout était faux ici : les palmiers, les fontaines, la mer, le soleil, le ciel et la chaleur ambiante. Les palaces eux-mêmes n'étaient probablement que des façades en deux dimensions.

Des illusions.

À quoi s'attendre d'autre quand on se trouvait au cinquième étage d'une tour, quand cette tour surplombait une ville et quand cette ville gravitait au-dessus d'une arche polaire dont la température actuelle ne dépassait pas les moins quinze degrés ? Les gens d'ici avaient beau déformer l'espace et coller des illusions dans chaque coin, il y avait quand même des limites à leur créativité.

Ophélie se méfiait des faux-semblants, mais elle se méfiait encore plus des individus qui s'en servaient pour manipuler les autres. Pour cette raison, elle se sentait particulièrement mal à l'aise au milieu des courtisans qui étaient en train de la bousculer.

C'étaient tous des Mirages, les maîtres de l'illusionnisme.

Avec leur stature imposante, leurs cheveux pâles, leurs yeux clairs et leurs tatouages claniques, Ophélie se sentait parmi eux plus petite, plus brune, plus myope et plus étrangère que jamais. Ils abaissaient parfois vers elle un regard sourcilleux. Sans doute se demandaient-ils qui était cette demoiselle qui essayait coûte que coûte de se dissimuler sous son ombrelle, mais Ophélie se garda bien de le leur dire. Elle était seule et sans protection : s'ils découvraient qu'elle était la fiancée de Thorn, l'homme le plus haï de toute la magistrature, elle ne donnait pas cher de sa peau. Ou de son esprit. Elle avait une côte fêlée, un œil au beurre noir et une joue entaillée, consécutivement à ses dernières mésaventures. Autant ne pas aggraver son cas.

Ces Mirages apprirent au moins une chose utile à Ophélie. Ils se dirigeaient tous vers une jetée-promenade sur pilotis qui, par un effet d'optique plutôt réussi, donnait l'illusion de surplomber la fausse mer. À force de plisser les yeux, Ophélie comprit que le scintillement qu'elle apercevait à son bout était dû au reflet de la lumière sur une immense structure de verre et de métal. Cette Jetée-Promenade n'était pas un nouveau trompe-l'œil ; c'était un véritable palais impérial.

Si Ophélie avait une chance de trouver Farouk, Berenilde et la tante Roseline, ce serait là-bas.

Elle suivit le cortège des courtisans. Elle aurait voulu se faire aussi discrète que possible, mais c'était compter sans son écharpe. À moitié enroulée autour de sa cheville et à moitié gesticulant sur le sol, elle faisait penser à un boa constricteur en pleine parade amoureuse. Ophélie n'avait pas été capable de lui faire lâcher prise. Si elle était très contente de revoir son écharpe en forme, après des semaines de séparation, elle aurait voulu éviter de crier sur les toits qu'elle était animiste. Pas avant d'avoir retrouvé Berenilde, du moins.

Ophélie inclina davantage son ombrelle sur son visage quand elle passa devant un kiosque à gazettes. Elles affichaient toutes en gros titres :

FIN DES DRAGONS :
QUI VA À LA CHASSE PERD SA PLACE

Ophélie jugea cela d'un absolu mauvais goût. Les Dragons étaient sa belle-famille et ils venaient de périr en forêt dans des circonstances dramatiques. Aux yeux de la cour, ce n'était pourtant jamais qu'un clan rival en moins.

Ophélie s'engagea sur la Jetée-Promenade. Ce qui n'était plus tôt qu'un scintillement indéfinissable se transforma en feu d'artifice architectural. Le palais était encore plus gigantesque qu'elle ne l'avait cru. Son dôme en or, dont la flèche s'élançait vers le ciel comme la foudre, rivalisait avec le soleil ; il n'était pourtant que le point culminant d'un édifice beaucoup plus vaste, tout de verre et de fonte, piqué de tourelles orientales ici et là.

« Et tout ceci, pensa Ophélie en embrassant des yeux le palais, la mer et la foule de courtisans, tout ceci n'est que le cinquième étage de la tour de Farouk. »

Elle commençait vraiment à avoir le trac.

Son trac se transforma en panique quand elle vit deux chiens, aussi blancs et aussi massifs que des ours polaires, venir dans sa direction. Ils l'observaient avec une fixité insistante, mais ce n'étaient pas eux qui épouvantèrent Ophélie. C'était leur maître.

— Bonjour, mademoiselle. Vous vous promenez seule ?

Ophélie n'en crut pas ses yeux en reconnaissant ces boucles blondes, ces lunettes en culs de bouteille et ce visage joufflu d'angelot.

Le chevalier. Le Mirage sans qui les Dragons seraient encore en vie.

Il avait peut-être l'allure d'un petit garçon comme les autres – plus empoté que les autres, même –, ce n'en était pas moins un fléau sur lequel aucun adulte n'avait de prise et dont sa propre famille avait peur. Les Mirages se contentaient en général de répandre des illusions autour d'eux ; le chevalier, lui, les insufflait directement à l'intérieur des gens. Cette déviance de pouvoir, c'était sa marotte. Il s'en était servi pour frapper d'hystérie une servante, emprisonner la tante Roseline dans une bulle de souvenirs, retourner contre les Dragons les Bêtes sauvages qu'ils chassaient, et tout cela sans jamais se faire prendre la main dans le sac.

Ophélie trouvait incroyable qu'il n'y eût personne, dans toute la cour, pour l'empêcher de se montrer en public.

— Vous semblez perdue, constata le chevalier avec une extrême politesse. Voulez-vous que je vous serve de guide ?

Ophélie ne lui répondit pas. Elle était incapable de déterminer ce qui, du « oui » ou du « non », signerait son arrêt de mort.

— Vous voilà enfin ! Où donc étiez-vous passée ?

Au profond soulagement d'Ophélie, c'était Berenilde. Elle fendait la foule de courtisans dans un gracieux mouvement de robe, aussi paisiblement qu'un cygne traverserait un lac. Pourtant, quand elle glissa le bras d'Ophélie sous le sien, elle le serra de toutes ses forces.

— Bonjour, madame Berenilde, bredouilla le chevalier.

Ses joues étaient devenues très roses. Il essuya ses mains contre sa marinière avec une maladresse presque timide.

— Dépêchez-vous, ma chère petite, dit Berenilde sans accorder ni un regard ni une réponse au chevalier. La partie est presque terminée. Votre tante garde notre place.

Il était difficile de déchiffrer l'expression du chevalier, ses culs-de-bouteille lui faisant des yeux particulièrement insolites, mais Ophélie fut à peu près certaine qu'il était déconfit. Elle trouvait cet enfant incompréhensible. Il ne s'attendait tout de même pas à être remercié pour avoir causé la mort de tout un clan, non ?

— Vous ne me parlez plus, madame ? demanda-t-il pourtant d'une voix inquiète. Vous n'aurez donc pas un seul mot pour moi ?

Berenilde marqua une hésitation, puis tourna vers lui son plus beau sourire.

— Si vous y tenez, chevalier, j'en aurai même neuf : vous ne serez pas éternellement protégé par votre âge.

Sur cette prédiction, lancée d'un ton presque anodin, Berenilde prit la direction du palais. Lorsque Ophélie jeta un regard en arrière, ce

qu'elle vit lui donna froid dans le dos. Le chevalier la dévorait des yeux, elle, et non Berenilde,
son visage déformé par la jalousie. Allait-il lancer
ses chiens à leurs trousses ?

— De toutes les personnes avec lesquelles vous
ne devez jamais vous retrouver seule, le chevalier
est en tête de liste, murmura Berenilde en serrant
davantage le bras d'Ophélie. Vous n'écoutez donc
jamais mes recommandations ? Hâtons-nous,
ajouta-t-elle en pressant le pas. La partie touche
à sa fin, nous ne devons surtout pas faire attendre
le seigneur Farouk.

— Quelle partie ? haleta Ophélie.

Sa côte fêlée lui faisait de plus en plus mal.

— Vous allez faire bonne impression à notre
seigneur, ordonna Berenilde sans se départir de
son sourire. Nous comptons aujourd'hui beaucoup plus d'ennemis que d'alliés : sa protection
sera un poids décisif dans la balance. Si vous ne
lui plaisez pas au premier coup d'œil, vous nous
condamnez à mort.

Elle posa une main sur son ventre, incluant
dans cette déclaration l'enfant qu'elle portait.

Gênée pour marcher, Ophélie n'en finissait plus
de secouer l'écharpe qui s'entortillait à son pied.
Les mots de Berenilde ne l'aidaient pas du tout à
se sentir moins nerveuse. Son appréhension était
d'autant plus grande qu'elle avait encore dans la
poche de sa robe le télégramme de sa famille.
Inquiétés par son silence, ses parents, ses oncles,
ses tantes, son frère, ses sœurs et ses cousins
avaient décidé d'avancer de plusieurs mois leur
arrivée au Pôle. Ils ignoraient évidemment que

leur sécurité aussi dépendrait du bon vouloir de Farouk.

Ophélie et Berenilde pénétrèrent dans la rotonde principale du palais, qui était plus spectaculaire encore vue de l'intérieur. Cinq galeries en irradiaient et chacune d'elles était aussi imposante qu'une nef de cathédrale. Le moindre murmure de cour, le moindre froufrou de robe prenait sous les grandes verrières une ampleur formidable. Il n'y avait ici que du beau monde : des ministres, des consuls, des artistes et leurs muses du moment.

Un majordome en livrée d'or s'avança vers Berenilde.

— Si ces dames veulent bien me suivre au jardin de l'Oie. Le seigneur Farouk les recevra dès la fin de sa partie.

Il leur fit emprunter l'une des cinq galeries tout en débarrassant Ophélie de son ombrelle.

— Je préfère la garder, déclina-t-elle poliment quand il voulut aussi récupérer son écharpe, perplexe de trouver cet accessoire vestimentaire à une place aussi inappropriée qu'une cheville. Croyez-moi, elle ne me laisse pas le choix.

Avec un soupir, Berenilde s'assura que la voilette d'Ophélie dissimulait bien son visage derrière une barrière de dentelle.

— Ne montrez pas vos blessures, c'est du dernier mauvais goût. Si vous tirez bien vos épingles du jeu, vous pourrez considérer la Jetée-Promenade comme votre deuxième maison.

En son for intérieur, Ophélie se demanda quelle pouvait bien être sa première maison. Depuis qu'elle était arrivée au Pôle, elle avait déjà visité le manoir de Berenilde, l'ambassade du Clairdelune, l'intendance de son fiancé, et elle ne s'était sentie chez elle nulle part.

Le majordome les introduisit sous une vaste verrière à l'instant précis où des applaudissements en jaillirent, ponctués de « bravo ! » et de « joli coup, mon seigneur ! ». Incommodée par la dentelle blanche de sa voilette, Ophélie essaya de comprendre ce qui se passait entre les palmiers du jardin d'intérieur. Une assemblée de nobles emperruqués s'était regroupée sur la pelouse, autour de ce qui ressemblait à un petit labyrinthe. Ophélie était trop petite pour jeter un coup d'œil par-dessus l'épaule des gens devant elle, mais Berenilde n'eut aucun mal à leur frayer un passage jusqu'à la première place : dès qu'ils la reconnaissaient, les nobles se retiraient d'eux-mêmes, moins pour la beauté du geste que pour garder une distance prudente. Ils attendraient le verdict de Farouk avant d'aligner leur comportement sur le sien.

En voyant Berenilde revenir avec Ophélie, la tante Roseline cacha son soulagement derrière une grimace mécontente.

— Il faudra un jour que tu m'expliques, marmonna-t-elle, comment je suis censée chaperonner une gamine qui échappe sans cesse à ma vigilance.

Ophélie avait maintenant une vue imprenable sur la partie. Le labyrinthe était composé d'une série de dalles numérotées. Sur certaines d'entre elles, des oies étaient attachées à des piquets. Deux domestiques se tenaient à des emplacements précis sur le chemin en spirale et semblaient attendre des directives.

Elle se tourna vers l'endroit où tous les regards convergeaient à cet instant : une petite estrade ronde qui dominait le labyrinthe. Là, installé à une jolie table peinte dans le même blanc que l'estrade, un joueur était en train d'agiter le poing, prenant un plaisir manifeste à impatienter l'assistance. Ophélie le reconnut à son haut-de-forme éventré et au sourire impertinent qui lui fendait le visage en deux : il s'agissait d'Archibald, l'ambassadeur de Farouk.

Quand il ouvrit enfin le poing, un tintement de dés résonna au milieu du silence.

— Sept ! annonça le maître de cérémonie.

Aussitôt, l'un des domestiques s'avança de sept dalles et, à la stupéfaction d'Ophélie, disparut au fond d'un trou.

— Notre ambassadeur n'est vraiment pas chanceux au jeu, ironisa quelqu'un derrière elle. C'est sa troisième partie et il tombe *toujours* sur le puits.

En un sens, la présence d'Archibald rassurait Ophélie. Ce n'était pas un homme sans défauts, mais il était ici ce qui se rapprochait le plus d'un ami et il avait au moins le mérite d'appartenir au clan de la Toile. Il n'y avait que des Mirages parmi les courtisans, à quelques exceptions près, et il flottait autour d'eux un parfum d'hostilité qui rendait l'air irrespirable. S'ils étaient tous aussi tortueux que le chevalier, ça promettait de charmantes journées en perspective.

Comme le reste de l'assistance, Ophélie se

concentra cette fois sur la table de l'autre joueur, en haut de l'estrade. Au début, à cause de sa voilette, elle eut l'impression de n'y voir qu'une constellation de diamants. Elle finit par comprendre qu'ils appartenaient aux nombreuses favorites qui enserraient Farouk dans un entrelacs de bras, l'une peignant ses longs cheveux blancs, l'autre blottie contre son torse, une autre encore agenouillée à ses pieds, et ainsi de suite. Le coude posé sur la table, beaucoup trop petite pour sa taille, Farouk semblait aussi indifférent aux caresses qu'on lui prodiguait qu'à la partie à laquelle il se livrait. En tout cas, Ophélie le déduisit à la façon dont il bâilla bruyamment en jetant ses dés. De là où elle était, elle ne distinguait pas bien son visage.

— Cinq ! chantonna le maître de cérémonie au milieu des applaudissements et des exclamations de joie.

Le second domestique se mit aussitôt à bondir de case en case. À chaque fois, il atterrissait sur une dalle occupée par une oie qui cacardait furieusement et essayait de lui mordre les mollets, mais il la quittait aussi vite, allant de cinq en cinq, jusqu'à finir pile sur la dernière case, au centre de la spirale, acclamé par les nobles comme un champion olympique. Farouk avait gagné la partie. Ophélie, elle, trouva le spectacle irréel. Elle espérait que quelqu'un se soucierait rapidement de sortir l'autre domestique de son trou.

Sur l'estrade, un petit homme en complet blanc profita de la fin de la partie pour s'avancer vers

Farouk avec ce qui ressemblait à un nécessaire à écrire. Il arborait un immense sourire tandis qu'il lui parlait dans le creux de l'oreille. Déconcertée, Ophélie vit Farouk tamponner négligemment un papier que l'homme lui tendait, sans même en lire une seule ligne.

— Prenez exemple sur le comte Boris, lui chuchota Berenilde. Il a attendu le bon moment pour obtenir un nouveau domaine. Préparez-vous, ça va être à nous.

Ophélie ne l'entendit pas. Elle venait de remarquer la présence sur l'estrade d'un autre homme qui attira toute son attention. Il se tenait en retrait, si sombre et si immobile qu'il serait presque passé inaperçu s'il n'avait soudain fait claquer le couvercle de sa montre. À sa vue, Ophélie sentit une bouffée brûlante lui monter du fond du corps jusqu'à lui enflammer les oreilles.

Thorn.

Son uniforme noir à col officier et aux lourdes épaulettes n'était pas adapté à la chaleur étouffante – certes illusoire, mais très réaliste – de la verrière. Guindé de la tête aux pieds, raide comme la justice, silencieux comme une ombre, il ne semblait pas à sa place dans l'univers extravagant de la cour.

Ophélie aurait donné n'importe quoi pour ne pas le trouver ici. Fidèle à lui-même, il allait prendre le contrôle de la situation et lui dicter son rôle.

— Mme Berenilde et les dames d'Anima ! annonça le maître de cérémonie.

Quand toutes les têtes se tournèrent vers Ophélie dans un silence accablant, seulement perturbé par le cacardement des oies, elle prit une profonde inspiration. Le moment était enfin venu pour elle d'entrer dans la partie.

Elle y trouverait sa place, envers et contre Thorn.

CHRISTELLE DABOS est née en 1980 sur la Côte d'Azur. Installée en Belgique, elle se destine à être bibliothécaire quand la maladie survient. L'écriture devient alors une évasion hors de la machinerie médicale, puis une lente reconstruction et enfin une seconde nature. Elle bénéficie pendant ce temps de l'émulation de Plume d'Argent, une communauté d'auteurs sur Internet. C'est grâce à leurs encouragements qu'elle décide de relever son tout premier défi littéraire : s'inscrire au Concours du Premier roman jeunesse (2013), organisé par Gallimard Jeunesse, *Télérama* et RTL. Elle en devient la grande lauréate grâce à *La Passe-miroir*, Livre I : *Les Fiancés de l'hiver*. Depuis, ont paru le Livre II : *Les Disparus du Clairdelune*, le Livre III : *La Mémoire de Babel*, et le Livre IV : *La Tempête des échos*.

Retrouvez l'univers de La Passe-miroir sur :
www.passe-miroir.com

Extrait

Les Mystères de Larispem

1. Le sang jamais n'oublie
de Lucie Pierrat-Pajot

1899 – Cité-État de Larispem

Le duo se déplaçait dans les ombres de la ville. Deux silhouettes féminines, qui se glissaient derrière les murets et empruntaient des passages dérobés, couraient pour traverser la lumière d'un réverbère et se dissimulaient du mieux possible pour éviter les projecteurs des aérostats de la Garde. Elles passèrent au pas de course devant un mur où s'étalaient un portrait géant de la Présidente de Larispem et de son Premier Conseiller. Dans l'obscurité, leurs yeux peints semblaient observer les maraudeuses avec sévérité.

— On y est, chuchota la première.

C'était une adolescente athlétique dont la peau sombre et les vêtements noirs se fondaient dans la nuit. Seules les perles d'argent au bout de ses tresses brillaient de temps en temps quand elles captaient un peu de lumière. Elle désigna un portail rouillé, condamné par une chaîne ainsi que par la prolifération du lierre qui enserrait les gonds et les anciennes fioritures de fer forgé.

— C'est pas trop tôt, haleta la seconde silhouette, adolescente elle aussi, vêtue de la même façon que sa complice, mais nettement plus dodue. Comment tu comptes entrer ? ajouta-t-elle en essayant de reprendre son souffle.

— En passant par-dessus le portail.

— Mais je ne vais jamais pouvoir te suivre !

Sans lui répondre, la première prit appui sur le muret et se hissa souplement au-dessus de la grille. Il y eut un bruit léger lorsqu'elle retomba de l'autre côté.

— Allez, dépêche-toi, Liberté !

La seconde adolescente évalua la hauteur du mur et les risques de se briser le cou sur les pavés du trottoir en l'escaladant – élevés, sans doute, mais il était un peu tard pour renoncer. Elle rassembla son courage et entreprit de suivre le même chemin que l'éclaireuse, en évitant de regarder en bas. Après quelques minutes laborieuses, elle parvint à basculer de l'autre côté et se réceptionna maladroitement dans les herbes folles d'une pelouse laissée à l'abandon.

Les deux maraudeuses se trouvaient dans un ancien jardin redevenu forêt : un tapis de feuilles mortes masquait le tracé des allées, et les haies, sauvages depuis bien longtemps, formaient d'épais murs végétaux. Une forme blanche fantomatique, une statue de femme décapitée, ouvrait les mains en direction des intruses.

— Il est sinistre, cet endroit, marmonna la fille qui s'appelait Liberté. C'est pas étonnant qu'on raconte qu'il est hanté.

Elle désigna la maison bourgeoise en ruine qui

se dressait au milieu du jardin, à quelques foulées de leur position.

— Tant mieux, chuchota l'autre. Avec un peu de chance, personne n'aura osé traîner par ici et il va nous rester des trucs à grappiller dans les ruines.

Les deux adolescentes traversèrent en courant l'espace dégagé qui séparait leur cachette de la maison. Il fallait espérer que la milice de sûreté du quartier n'ait pas placé une sentinelle mécanique dans le coin. Lors de leur dernière expédition, elles étaient tombées sur l'une de ces machines conçues pour être les plus bruyantes et les plus lumineuses possible en cas d'intrusion. Elles avaient failli se faire intercepter, il s'en était fallu d'un cheveu.

— À ton avis, Carmine, qui vivait là ? demanda Liberté en se plaquant contre un mur, lui aussi couvert d'un lierre sombre et épais.

— On s'en fiche. Tu passes trop de temps à te poser des questions là-dessus, Lib. C'est vieux cette histoire, ils sont tous morts depuis des années et ils se moquent qu'on fouille les ruines de leur maison. Le pire qui pourrait nous arriver, c'est qu'on tombe sur un Frère du Sang, ces chauves-souris-là aiment bien rôder la nuit. Mais t'as pas à t'inquiéter, les ennemis de la Cité, j'en fais mon affaire.

Pour souligner sa tirade, Carmine tapota sa ceinture où étaient fixés trois couteaux de taille croissante rangés dans leurs fourreaux de cuir. Liberté poussa un bref grognement. Elle avait beau marauder avec Carmine depuis quelque temps déjà, elle ne pouvait pas entièrement s'ôter de la tête que tôt ou tard, elle s'en mordrait les doigts.

La porte de l'ancienne demeure était défoncée depuis belle lurette. Des graffitis recouvraient le bois sculpté, sans doute réalisés par des gamins en mal de sensations fortes ou par des mendiants venus s'abriter pour une nuit. Dominant tous ces gribouillis, le taureau tricéphale du gouvernement avait été peint en rouge. Un avertissement pour les Frères du Sang et les pilleurs. Les deux adolescentes enjambèrent les décombres et pénétrèrent dans la maison. Carmine tira de sa besace un luxo-maton et remonta la clé du petit appareil qui se mit à vrombir doucement, irradiant une douce lumière dorée. Elle l'attrapa par la poignée et le tint à bout de bras pour examiner les lieux.

La maison avait été pillée pendant la Seconde Révolution et il ne restait pas grand-chose de sa splendeur. Les meubles avaient été distribués depuis longtemps, les objets précieux fondus pour frapper la nouvelle monnaie et la plupart des tableaux détruits. Certains étaient exposés au musée de la Monarchie en souvenir de l'injustice de l'Ancien Régime. À première vue, il n'y avait plus que des murs qui moisissaient lentement depuis presque trente ans, mais pour ceux qui savaient chercher, il restait encore quelques miettes de l'ancien festin à ramasser.

— À toi de jouer, Liberté. Tu préfères quoi ? Salon ou chambre ?

Éclairé par en dessous grâce au luxomaton, le visage farouche de Carmine semblait taillé dans de l'obsidienne. Liberté tourna sur elle-même pour examiner les lieux. Les anciennes maisons aristocratiques comme celle où elles se trouvaient étaient truffées de pièces secrètes et de coffres dissimulés. Durant les dernières années de la Seconde Révolution, les familles nobles et fortunées avaient redoublé d'efforts pour construire des passages secrets et des caches afi n d'y dissimuler leurs possessions les plus précieuses – voire elles-mêmes lorsque leurs vies s'étaient vu directement menacées. Certains nantis y étaient restés coincés, préférant mourir au milieu de leurs trésors que de s'adapter au monde nouveau qu'on leur proposait. C'est ainsi qu'une fois les filles étaient tombées, dans une pièce secrète, face à un squelette encore vêtu d'une robe de chambre. Sous le choc, Liberté s'était enfuie en hurlant. Carmine, elle, avait pris le temps de soulager le cadavre de ses bagues en or avant de refermer la porte.

Liberté chassa ce souvenir de son esprit et observa la maison.

— On va commencer par le salon.

Dans la collection

Pôle**fiction**

Jean Molla
Felicidad

Jean-Claude Mourlevat
Le Combat d'hiver
Le Chagrin du Roi mort
Silhouette
Terrienne

Jandy Nelson
Le ciel est partout
Le soleil est pour toi

Patrick Ness
Le Chaos en marche
- 1. La Voix du couteau
- 2. Le Cercle et la Flèche
- 3. La Guerre du Bruit
Nous autres simples mortels

Jennifer Niven
Tous nos jours parfaits
Les mille visages de notre histoire

Joyce Carol Oates
Nulle et Grande Gueule
Sexy

Isabelle Pandazopoulos
La Décision
Trois filles en colère

Mary E. Pearson
Jenna Fox, pour toujours
- Jenna Fox, pour toujours
- L'héritage Jenna Fox

Lucie Pierrat-Pajot
Les Mystères de Larispem
- 1. Le sang jamais n'oublie
- 2. Les jeux du siècle

François Place
La douane volante

Louise Rennison
Le journal intime de Georgia Nicolson
- 1. Mon nez, mon chat, l'amour et moi
- 2. Le bonheur est au bout de l'élastique
- 3. Entre mes nungas-nungas mon cœur balance
- 4. À plus, Choupi-Trognon...
- 5. Syndrome allumage taille cosmos
- 6. Escale au Pays-du-Nougat-en-Folie
- 7. Retour à la case égouttoir de l'amour
- 8. Un gus vaut mieux que deux tu l'auras
- 9. Le coup passa si près que le félidé fit un écart
- 10. Bouquet final en forme d'hilaritude

ON LIT
PLUS
FORT.
COM

L'ACTUALITÉ DES ROMANS
GALLIMARD JEUNESSE

Maquette : Nord Compo
Photo de l'auteur : D.R.

ISBN : 978-2-07-058261-7
Loi n° 49-956 du 16 juillet 1949
sur les publications destinées à la jeunesse
Dépôt légal : janvier 2023
1er dépôt légal dans la collection : mai 2016
N° d'édition : 560765 – N° d'impression : 267354
Imprimé en France par Maury Imprimeur – 45330 Malesherbes